HEYNE <

Das Buch

Leer um 1700: Der Apotheker Meinhardus Meinen besucht mit seiner Tochter Josefine seit Jahren die großen Kaufmannsschiffe im Hafen. Er versorgt die Matrosen mit Arzneien gegen Skorbut und andere Mangelerscheinungen, im Gegenzug erhält er teure Gewürze und seltene Muscheln. Eines Tages kommt Henk, ein hochgewachsener Fremder, nach Leer. Er stellt sich als Abgesandter des russischen Zaren heraus und soll Josefine und Meinhardus nach St. Petersburg bringen. Der Zar ist an der Kuriositätensammlung des Apothekers interessiert. Josefine hingegen soll wegen Zarin Katharina die Reise unternehmen. Denn sie hat die besondere Begabung, Düfte zu kreieren, die Katharinas Schwermut vertreiben könnten. Eine abenteuerliche Reise beginnt, bei der erst Josefines Herz und dann sie selbst in Gefahr gerät …

Die Autorin

Jutta Oltmanns, geboren 1964, schreibt neben ihrer Tätigkeit bei der Bundesanstalt für Verwaltungsdienstleistungen historische Romane. Ostfriesland ist zugleich Inspiration und Schauplatz ihrer Bücher. Sie lebt mit ihrem Lebensgefährten und ihren zwei Söhnen in Warsingsfehn, wo sie an ihrem nächsten großen Roman arbeitet.

Lieferbare Titel

Das Geheimnis der Inselrose

Tochter der Insel

Windstochter

Jutta Oltmanns

Die Dufthändlerin

Historischer Roman

WILHELM HEYNE VERLAG
MÜNCHEN

Zitat S. 7: »Shakespeare's Gedichte –
Deutsch von Wilhelm Jordan,
Berlin Verlag von G. Reimer, 1861.«
zitiert nach:
Eugène Rimmel, »Magie der Düfte«.
»Die klassische Geschichte des Parfüms«
Parkland Verlag, Stuttgart, 1993 S. 261.

FSC www.fsc.org
MIX
Papier aus verantwortungsvollen Quellen
FSC® C014496

Verlagsgruppe Random House FSC® N001967

2. Auflage
Vollständige Taschenbuchausgabe 09/2016

Neumarkter Straße 28, 81673 München
Redaktion: Frauke Brodd/write and read
Printed in Germany
Umschlaggestaltung: © Nele Schütz Design unter Verwendung
von bridgeman images/Elisabeth Louise Vigée-Lebrun
»The Grand Duchess Elizabeth«
Satz: Greiner & Reichel, Köln
Druck und Bindung: GGP Media GmbH, Pößneck
ISBN 978-3-453-47132-0

www.heyne.de

Für Roland, den adoptierten Ostfriesen,
der alle meine Verrücktheiten teilt.

Dann wäre spurlos mit der Blüthen Fall
Des Sommers Angedenken eingegruftet,
Umschlösse nicht ein Kerker aus Krystall
Als Elixier, was in der Blüte duftet.
So schwindet zwar, indem die Welt vereis't,
Der Blume Form, doch lebt der Blumengeist.

William Shakespeare

Prolog

Leer, Herbst 1706

Der Ort lag in dichtem Nebel. Vom Hafen zogen Schwaden auf und dämpften die letzten Farben des Sommers. Eine leichte Brise trug den Geruch von Fisch und Tang durch die verwinkelten engen Gassen des Fleckens Leer. Laternen an Ketten schwangen quietschend über den Eingängen der Gaststuben. Windböen fegten Blätter und Unrat um die Beine der Pferde und gegen eisenbeschlagene Wagenräder.

Frauen mit Körben am Arm drängten zum Markt und umlagerten die Stände der Händler. Sie kauften nicht nur Fisch und Fleisch, Eier und Brotwaren, sondern tauschten auch lauthals die neuesten Gerüchte aus.

Ein kräftiger riesenhafter Mann im dunklen Mantel bahnte sich einen Weg durch die Menge. Ergrautes, aber immer noch volles Haar umgab seinen Kopf wie eine Wolke. Die schaufelartige Rechte hatte er um den Henkel eines großen Weidekorbs geschlossen, dessen Inhalt mit einem Leinentuch bedeckt war. Das Mädchen an seiner Seite bemühte sich, mit ihm Schritt zu halten. Sie mochte dreizehn Jahre alt sein, war klein und mager und trug das helle Haar zu einem dicken Zopf geflochten. Ihr Gesicht, auf dem ein erwartungsvoller Ausdruck lag, war sehr blass. Fröstelnd zog sie die Kapuze über den Kopf. Das Mädchen hatte weder einen Blick für den Leierkastenmann, um den sich Kinder scharrten, noch für die Marktbeschicker und ihre Käufer. Zielstrebig eilte sie mit ihrem hünenhaften Begleiter zum Hafen.

Es wimmelte von Schiffen und Booten, deren haushohe

schwankende Masten im Nebel gespenstisch wirkten. Seeleute schrien einander Kommandos zu, Händler drängten sich am Ufer und ließen Waren auf Fuhrwerke verladen und in ihre Lagerhäuser schaffen. Hunde schnüffelten zwischen aufgestapelten Ballen und Fässern herum und brachen manchmal in wütendes Gebell aus.

Möwen zogen ihre Kreise und kreischten klagend gegen den Wind, der den Umhang des Mädchens blähte, als sie vor ihrem Begleiter die Pier eines Handelsschiffs betrat. Es war eines jener großen Kauffahrer, die nach Westindien, Afrika und Australien fuhren. Bis auf den Schiffsjungen, der das Deck schrubbte, war niemand zu sehen.

»Guten Morgen, Martin«, begrüßte ihn das Mädchen.

»Josefine! Och, ist das schön, dich zu sehen!« Er strahlte, riss sich die Mütze vom Kopf und machte dann eine kleine Verbeugung in Richtung des Hünen. »Herr Apotheker. Ich hoffe, Ihr seid wohlauf.«

»Das will ich meinen. Was ist mir dir, Junge, hat sich dein nässender Ausschlag verflüchtigt?«

»Wie Schnee in der Sonne.«

»Und wie ist es diesmal mit der Seekrankheit gegangen?«

»Seekrankheit – was ist das? Eure Pillen haben Wunder gewirkt. Ich lache jetzt selbst dem schlimmsten Sturm ins Gesicht!«

»Das freut mich. Wie war eure Reise?«

»Alles ist ganz prächtig gelaufen. Wir sollen sogar einen zusätzlichen Lohn haben. Der Schiffsbauch ist voll von rotem Sappanholz und wunderschönem Porzellan, dazu Pfeffer aus Palembang, Nelken und Muskatnuss von den Gewürzinseln. Ihr glaubt nicht, was für prächtige Stoffe wir geladen haben. Sie sind für Amsterdam. In den Niederlanden fertigt man Überdecken und Vorhänge daraus. Ach ja, und die bestellten Kräuter und Duftwerke haben wir auch erstanden.«

»Die Nelken und den Pfeffer kann ich selbst hier an Deck riechen. Wunderbar!« Das Mädchen schloss genießerisch die Augen, um sie gleich darauf wieder aufzureißen und begierig zu fragen: »Und? Habt ihr viel Kuriosum einhandeln können?«

»Das kannst du glauben! Die Männer haben miteinander gewetteifert auf der Suche nach absonderlichen Dingen. Doch der Kapitän ist nicht zu überbieten. Er hat mit einem der Molukker verhandelt und deinem Vater etwas ganz Besonderes mitgebracht.«

»Was ist es, Martin?«

»Das wird er euch schon selbst zeigen.« Der Junge wandte sich dem Hünen zu. »Ich habe Muscheln für Euch und Schneckenhäuser, so groß, dass sich Hasen darin verkriechen könnten. Soll ich sie holen?«

Der Riese nickte, und der Junge stob davon.

Die Kunde von der Ankunft des Apothekers schien sich schnell herumzusprechen, denn das Deck bevölkerte sich mit Seeleuten. Sie begrüßten den Besucher mit Händedruck oder Schulterschlag und schwangen das Mädchen lachend herum, dass ihr Zopf nur so flog. Schließlich kehrte wieder Ruhe ein, und der Bär griff nach dem Korb. Mit einer energischen Geste verschaffte er sich Gehör.

»Also, wir haben hier Abhilfe gegen die Krätze und Salben, falls ihr Ekzeme oder wundgescheuerte Haut habt. Auch Johanniskraut für die Nerven und den Magen und einen Absud aus Eisenkraut …«

»Hat Eure Tochter auch Düfte dabei, die wir unserer Liebsten mitbringen können?«, unterbrach ihn einer der Männer.

Das Mädchen nickte ernsthaft. »Maiglöckchen, Mimose und Jasmin. Ganz neu habe ich einen Kirschblütenduft zusammengestellt, der eine fruchtige Note hat und nach Sommer riecht.«

»Mein Bruder Bertram hat außerdem noch etwas ganz Besonderes gezaubert«, dröhnte der Hüne und hielt Tonkrüge hoch. »Er nennt es Madagaskar-Elixier. Ein süßer Gebrannter aus Rosen, Jasmin und Orangenblüten, der mit Muskat gewürzt wird. Damit eure Liebste heute Nacht nicht nur gut riecht …«

»Meinhardus!« Empört stieß das Mädchen ihn in die Seite.

Die Seeleute lachten.

»Mein liebes Kind, nach solch einer langen Reise haben die Männer nicht nur Hunger auf Bohnensuppe! Aber was rede ich da, wo du doch noch nicht trocken hinter den Ohren bist und von so was nichts verstehst. Und der Moses auch nicht.«

Martin protestierte. »Auf der vorletzten Reise, in Afrika, da habe ich einen Wilden gesehen, der trug beim Tanzen keine Faser am Leib, nur eine Maske auf dem Kopf und …«

»War das die Stierkopfmaske, die du Vater mitgebracht hast?«

»Jeb! Der Tänzer hat sie vor dem Zelt mit den nackten Mädchen einfach so in den Sand geworfen. Dem stand wohl auch der Sinn nach anderem als Bohnensuppe …«

Die Männer lachten, doch die Kleine runzelte die Stirn. »Was für Mädchen? Warum …«

»Ich hätte gerne was von dem süßen Gesöff«, unterbrach ein bärtiger Seemann rasch ihre Überlegung. »Dies habe ich als Bezahlung zu bieten. Ist es genug?«

Er trat vor und streckte dem Apotheker eine Holzschale mit wunderschöner Maserung entgegen, in der sich einige Muscheln befanden. Eifrig nickte der Hüne, und die Kleine reichte ihm einen Krug.

Auch die anderen Männer griffen jetzt nach Arzneimitteln, Düften oder Likören, im Tausch gegen mitgebrachte Schätze. Die Augen des Riesen leuchteten, als sich die Kuriositäten im Korb häuften: Holzschnitzarbeiten, Korallen, Kästchen aus Perlmutt, Gefäße aus rotem Ton, Muscheln, geschnitzte Kämme und sogar eine Tröte aus dem Haus einer Seeschnecke.

Schließlich bahnte sich der Kapitän mit einem Holzkästchen in den Händen einen Weg durch die Menge und stellte das Behältnis auf einem Heringsfass vor dem Kind ab.

»Mein lieber Meinhardus, ich glaube, für dieses Schätzchen wirst du mich bis an mein Lebensende mit Mitteln gegen Krätze versorgen müssen!«

Dem Apotheker entfuhr ein bewundernder Laut, als er in die Schatulle blickte. Seine Tochter trat langsam näher.

»Oh, eine *cassis cornuta!*«, wisperte sie ehrfurchtsvoll. »Und was für eine große!«

Der Kapitän nickte ihr aufmunternd zu, und die Kleine hob das wundersame Gebilde vorsichtig aus dem Kästchen. Eine riesenhafte Muschel war zum Trinkgefäß geworden, der obere Rand abgeschnitten und in vergoldetes Silber eingefasst. Drei Füße in Gestalt von Vogelkrallen gaben dem Becher einen festen Stand. Die Oberfläche der Muschel erinnerte an feinste Gaze.

»Sie ist wunderschön!«

»Nicht wahr!« Die Augen des Kapitäns glänzten beim Anblick des verzückten Gesichts.

Doch abseits der Menge standen zwei Seeleute und beäugten das Treiben missmutig.

»Gut, dass das Zeug endlich von Bord kommt«, sagte der Größere und kratzte sich ausgiebig am kahlen Kopf. »Möchte nicht wissen, wie viele von den Molukken mit dem Teufel im Bunde sind. Wer weiß, was für einen Zauber sie auf den Krempel gelegt haben.«

Der Kleinere nickte zustimmend. »Du siehst ja: Es lässt Männer zu Narren werden und sie mit Kindern Geschäfte treiben. Man sagt, die Kleine feilscht auch auf dem Wochenmarkt so lange, bis ihr der Preis schmeckt. Von ihrem Vater hat sie die Geschäftstüchtigkeit nicht. Der stiehlt dem Herrgott mit Schwatzen den Tag. Dann eher von der Mutter.«

Fragend hob sein Gegenüber eine Augenbraue.

»Eine Tänzerin. Sie hat dem Pillendreher den Kopf verdreht, ihm ein Ei ins Nest gelegt und dann – mit einer guten Abfindung – das Weite gesucht. Ganz schön ausgefuchst, nicht?«

»Ja. Und die Kleine steht ihr in nichts nach. Sieh nur, wie kampfeslustig sie das Kinn reckt. Die weiß genau, was sie will.«

Der Bärtige spitzte missbilligend den Mund. »Hausarbeit gehört jedenfalls nicht dazu. Es heißt, sie habe weder ein Händchen fürs Stopfen, noch könne sie spinnen oder mit dem Kochtopf umgehen. Stattdessen hilft sie ihrem Vater und seinem kauzigen Bruder stundenlang in der Apotheke, unterstützt den Pillendreher beim Sammeln von Plunder aus aller Herren Länder, mixt Duftwasser zusammen und führt Wortgefechte mit jedem, der sich mit ihr anlegt.«

»Frech und aufsässig soll sie sein, davon habe ich auch schon gehört. Stell dir vor, sie verkehrt mit dem Weib aus dem *Regenbogen!*«

»Das würde ich dem Gör als Erstes verbieten. Notfalls mit der Gerte!«

»Wenn der Kräutermischer seine Tochter weiterhin gewähren lässt, dann wird sich kein Freier für sie finden. Wer will schon ein Weib, dass seinen eigenen Kopf hat und sich zu viele Freiheiten herausnimmt?«

Der Bärtige gab ein freudloses Lachen von sich. »Kein Mann, der halbwegs bei Verstand ist!«

I

Der Flecken Leer

April 1716

I

Eigentlich hatte sie wirklich Besseres zu tun. Josefine dachte an die Blütendüfte, die in Tiegeln und Flakons bereitlagen, um zu neuen Kreationen zusammengestellt zu werden, und an den Sack getrockneter Gewürze, die es noch zu destillieren galt. Dann war da die parfümierte Pomade im Laboratorium, die in kleine Gefäße abgefüllt und etikettiert werden musste. Stattdessen verbrachte sie ihre Zeit mit Pillendrehen!

Eine helle Haarsträhne hatte sich aus dem nachlässig aufgesteckten Knoten gelöst, und Josefine schob sie mit einer ungeduldigen Bewegung zurück. Dann griff sie nach Mutterkraut und Weidenrinde, maß geschickt die Mengen für die Pillen gegen Kopfschmerzen ab und schüttete sie in den Mörser. Mit einer flinken Bewegung gab sie eine Lösung hinzu, nahm den Stößel und verarbeitete alles zu einem Brei.

Aus der Offizin, dem Verkaufsraum der Apotheke, schallte die durchdringende Stimme der Witwe Holtmann zu ihr herüber. Josefine verzog den Mund. Musste ihr Vater stundenlang mit diesem Weib plauschen? Kein Wunder, dass sich die Aufträge stapelten! Die Holtmannsche hatte es doch nur wieder darauf abgesehen, dass Meinhardus ihr die teure Salbe zu einem Spottpreis überließ, und so, wie Josefine ihren Vater kannte, würde er sich erweichen lassen. Wovon sie das fehlende Brennholz kaufen sollten, darüber machte er sich erst Gedanken, wenn das letzte Stück im Ofen lag.

Josefine seufzte leise und sah aus dem Fenster auf die dick vermummten Gestalten, die durch die engen Gassen eilten. Es war zwar schon April, doch der Frost wollte nicht weichen und setzte den Häusern und Bäumen weiße Kappen auf. Dazu wehte ein schneidender Wind. Tagsüber musste der Kamin in der Offizin unablässig brennen, ebenso wie das Feuer hier in der Materialkammer, wo auch die Arzneien zusammengestellt wurden. Mit klammen Fingern konnte man weder abmessen noch anrühren, und abends, wenn ihr Vater sich mit ihrem Onkel Bertram am Branntwein labte, wollte er auch warm sitzen.

Verbissen rührte Josefine weiter. Als die Mischung die richtige Konsistenz besaß, erhellte sich ihr Gesicht. Sie rollte die Masse auf der Arbeitsfläche zu einem gleichmäßigen Strang und drückte sie in die Felder eines Pillenbretts.

Josefines Blick huschte durch den Raum. Auf Regalen und in Schubkästen befanden sich – verstaut in Kästen, Gläsern oder Büchsen – Materialien, die für die Fertigung der Arzneien unerlässlich waren. Welchen Überzug sollte sie nehmen? Mutterkraut und Weidenrinde waren beide furchtbar bitter. Zucker wäre am besten. Josefine schnitt die Pillen, gab sie vorsichtig in den Dreher zum Runden und versah am Schluss alles mit einem süßen Überzug. Zum Trocknen legte sie die Pillen auf ein Sieb.

Gerade als Josefine den Rock ihres blauen Wollkleids anhob und leichtfüßig die Treppe hinaufeilte, um noch einige Duftsäckchen vom Trockenboden zu holen, verkündete die Glocke an der Tür das Ende des Besuchs. Gut so! Dann würde die nörgelige Witfrau zumindest ihr nicht mehr die Ohren volljammern können.

Josefine betrat die Offizin durch eine Tür hinter dem Rezepturtisch, der den Verkaufsraum teilte. Zwei Wände waren mit deckenhohen Regalen verkleidet, auf denen in langen Reihen helle, fein säuberlich etikettierte Keramikgefäße und mit Stopfen versehene Gläser standen. Ihre Beschriftungen trugen Namen wie Türkischer Rhabarber, Fieberpulver, Wermut und

Schlafmohn. Getrennt davon fanden sich die Zutaten für die Farben der Maler. Im unteren Bereich waren die Regale mit zahllosen Schubfächern bestückt, die getrocknete Kräuter, Blätter und Samen von Heilpflanzen und deren Wurzeln sowie zwischen Wachspapier gelagerte Pflaster und Messlöffel enthielten.

Über dem Rezepturtisch baumelten in einer Halterung unterschiedliche Waagen, Gerätschaften und Rezepturbindfäden. Von den Deckenbalken hingen Bündel mit getrocknetem Mohn und Kamille, Salbei und Minze. Dazwischen schlängelte sich eine holzgeschnitzte Äskulapnatter, schon seit alters her Symbol der Heilkunst. Äskulap war der Schutzpatron der Ärzte und Apotheker.

Um einen runden Tisch beim Eingang scharten sich bequeme Stühle, die auf Gäste zu warten schienen. Ein weißer verzierter Schrank barg Josefines Duftkreationen, zu denen sich jetzt die Lavendel- und Rosmarinbeutel vom Trockenboden gesellten. Hier verkaufte Meinhardus während der Geschäftszeiten ihre Parfüms, Seifen, Riechsäckchen und Pomaden. Abends versammelten sich die Kunden um den Tisch und ließen sich den Wein, die Liköre und Obstwässer schmecken, die Josefines Onkel feilbot. Auch getrocknete und kandierte Früchte, Schokolade, Tee aus China, Kaffee und Kakaopulver gab es bei Bertram Meinen zu kaufen.

Der Laden war jetzt leer. Josefines Onkel, dessen lange, dürre Gestalt in einem untadeligen Gehrock aus braunem Tuch steckte, und der auf dem Kopf eine ewig rutschende Perücke trug, staubte mit missmutiger Miene Regale ab, während ihr Vater summend das Sortiment in den Schubladen ergänzte. Seine bärenhafte Gestalt wurde von einem wehenden Umhang in dunklem Rot umhüllt, der besonders gut mit der langen grauen Haarpracht harmonierte, die ihm das Tragen eines Haarersatzes ersparte. Er war bester Laune, und das schien seinen Bruder besonders zu ärgern.

»Ich schäme mich für dich, Meinhardus! Sobald ein Weibsbild dir Honig um den Bart schmiert, wirst du zum Narren!«

»Du bist nur neidisch, dass sie ihren Honig nicht an dich verschwendet hat. Es dauert mich ja, Bruderherz, dass die Natur es nicht besser mit dir gemeint hat. Diese spitze Hakennase, das vorstehende Kinn, keine Haare auf dem Kopf und nichts auf den Rippen. Ich kann die Witwe verstehen! Frauen gefallen stattliche Männer eben besser als dürre Lattenkerle.«

»Stattlich? Von wem sprichst du? Ich sehe hier nur einen aufgeblasenen dicken Strohkopf, der dumm genug ist, sich die Butter vom Brot schwatzen zu lassen.«

»Wollt ihr wohl friedlich sein?!«

Josefine baute sich kopfschüttelnd vor den beiden Männern auf.

»Dein Vater ist der größte Dummkopf unter der Sonne!«

»Dein Onkel ist ein Neidhammel.«

Glockenläuten machte dem Wortgefecht ein Ende. Ein Fremder in einem dunklen Reiseanzug betrat den Raum, und Josefines Vater sprang eilfertig herbei.

»Guten Tag, mein Herr. Willkommen in Meinhardus Meinens Apotheke. Womit kann ich Euch dienen?«

Bertram verzog den Mund, als der Kunde mit einem Magenmittel den Laden wieder verließ.

»*Deine* Apotheke? Du brauchst gar nicht so zu tun, als gehörte dir der Laden alleine. Alter Angeber und Schwerenöter. Ohne Josefines Düfte, meine Stärkungsmittel und den guten Wein hätten wir nur halb so viele Kunden. Die meisten ziehen meine Genussmittel doch deinen bitteren Pillen vor!«

»Dein Gesöff kannst du doch nur verkaufen, weil ich als Apotheker sie in angemessener Menge verordnen darf. Wer hat für sechs Jahre seine Heimat verlassen müssen, um bei dem alten, stocktauben Klaas Buntekuh im Schweiße seines Angesichts das Handwerk zu erlernen?«

Bertram brach in schallendes Gelächter aus. »Im Schweiße seines Angesichts! Du bist so faul wie die Sünde! Immer schon gewesen. Und gearbeitet hast du zeit deines Lebens mehr mit der Zunge als mit den Händen!«

»Pah! Was habe ich als Lehrjunge in Amsterdam geschuftet! Schon vor dem Morgengrauen hieß es Kessel putzen, Standgefäße reinigen, Fußböden scheuern und derlei mehr. Tagsüber wurde ich als Bote herumgescheucht und habe Vorräte einsortiert. Nebenbei galt es, sich die Farben, den Geruch und die Beschaffenheit der zahllosen Arzneien einzuprägen und abends, beim Schein einer alten Funzel, Stunde um Stunde über Latein und Botanik zu schwitzen. Was habe ich gezittert, als ich vor dem strengen Physikus meine Prüfung ablegen musste!«

»Ach hör mir doch auf mit den alten Geschichten! Dein Studienfreund Cornelis hat mir von Zechgelagen und der weiblichen Kundschaft erzählt, der ihr beiden nicht nur Mittelchen gegen Hühneraugen verkauft habt.«

Meinhardus riss den Mund auf, schloss ihn dann nach einem raschen Blick auf Josefine wieder. »Cornelis ist ein altes Tratschweib!«, sagte er schließlich. »Wahr ist und bleibt, dass ich vom Fürsten eigenhändig beauftragt worden bin, hier in unserem schönen Flecken eine Apothekerstube aufzubauen! Ich! Ich ganz allein!«

»Der Fürst hat doch nie ein Wort mit dir gewechselt. Die Regentschaft suchte damals händeringend nach einem Pillendreher für den Flecken Leer, und du warst als Einziger zur Stelle. Wenn der Fürst wüsste, was du unter der Hand für Geschäfte treibst! Ist dir eigentlich klar, dass du ihn betrügst, wenn du deine Arzneimittel den Seeleuten im Tausch gegen Plunder aus aller Welt kostenlos überlässt und ihm die Steuern schuldig bleibst?«

»Was sagst du da? Plunder? Mein Kuriositätenkabinett mit ihren Kostbarkeiten ist eine Wunderkammer, die ihresgleichen sucht!«

»Wunderkammer? Das ist doch wohl eher eine Gruselkammer! Ausgestopfte Vögel, Fische und anderes totes Getier hängen einem vor der Nase, in den Schubladen stinken Muscheln, Schlangenhäute und Insekten vor sich hin. Die Schränke sind voll mit Taranteln, Riesenspinnen und getrockneten Kröten. Mumien und Skelette stehen in den Ecken, dass einem angst und bange wird. Und dann die Glasflaschen mit den unaussprechlichen Kreaturen, die du in Weingeist eingelegt hast.« Bertram schüttelte sich. »Plunder! Und dafür überlässt du den Seeleuten die teuersten Medikamente, meinen besten Wein und Josefines liebliche Düfte. Fehlt nur noch, dass du anfängst, alte Zähne und Fußnägel zu sammeln.«

»Lustreisende von nah und fern kommen eigens hierher, um meine Sammlung zu bestaunen. Sie ist ein Theatrum Mundi! In meiner Wunderkammer zelebrieren die Besucher die Lust am Staunen, sie lernen im Kleinen die ganze Welt kennen, die Vielseitigkeit unserer Schöpfung. Doch von derlei hat ein Kunstbanause wie du natürlich keine Ahnung.«

»Ich weiß nur, dass du deine wunderliche Kammer nutzt, um so manches erholsame Schläfchen zu halten. Statt bei deinen Staubfängern zu schnarchen, solltest du lieber deiner Arbeit nachgehen. Wenn deine Kundschaft wüsste, dass Josefine stundenlang im Laboratorium werkelt, dann gäbe es reichlich Ärger.«

»Die Pillen gegen Kopfschmerzen sind übrigens fertig«, unterbrach Josefine den Disput trocken. »Ich werde jetzt auf den Boden gehen und nach den Kräuterbündeln sehen.«

»Es ist ein Segen, dass du deinem alten Vater so zur Hand gehst.« Meinhardus tätschelte Josefines Wange.

»Reine Notwehr!«

»Da hörst du es, Bruderherz! Wann gedenkst du endlich einen Apothekerlehrling einzustellen?«

Wieder ging die Türglocke und enthob Meinhardus einer Antwort. Während sich Josefines Vater um den Kunden kümmerte, der nach Bärenfett fragte und sich die Wirkung auf den Haarwuchs erklären ließ, fuhr Bertram grummelnd mit seiner Arbeit fort.

Josefine verkniff sich ein Lachen. Wer den Brüdern lauschte, musste den Eindruck gewinnen, sie seien sich spinnefeind, dabei gehörte ihr tägliches Gezanke zum Alltag und machte den beiden einen diebischen Spaß.

Wenn Josefine der betagteren Kundschaft glauben durfte, war das schon zu Kinderzeiten so gewesen. Meinhardus, der ältere der Brüder, war dazu bestimmt worden, bei einem Apotheker in die Lehre zu gehen, während Bertram, der ewig kränkelnde, von seinem Vater in die Herstellung von Likören und den Handel mit Genussmitteln eingeweiht wurde. Das Spirituosenbrennen hatte Tradition bei den Meinens, und im Laboratorium, das sich in einem kleinen Hintergebäude befand, standen immer noch die alte Kräutermühle und eine kupferne Branntweinblase und taten ihren Dienst. Der hauseigene *Echte Friese* sorgte schon seit Generationen für Gesundheit und Wohlbefinden. Die Zutaten für den Schnaps kaufte Bertram von den Kräuterweibern, die genau wussten, wann die rechte Zeit zum Sammeln war und wo der beste Ort. Einige Bestandteile fanden sich auch im eigenen Garten. Daneben destillierte Bertram Obstwässer und Liköre, die Namen trugen wie *Birnengold, Kirschenkobold* oder *Vogelbeerbart.*

Josefines früheste Erinnerung war die an das wunderbare Aroma, das den Kräutern, Gewürzen und Wurzeln bei der Verarbeitung entströmte. Ein Duft, der sie in jedem Moment an ihren Onkel erinnerte, an seine Sanftmut und Herzensgüte, die er hinter beißendem Spott zu verstecken suchte.

»Warum bist du zu mir immer lieb und zu allen anderen so ruppig?«, hatte Josefine ihn schon als Siebenjährige gefragt.

»Ich war zeit meines Lebens der Kleinste und Schwächste. Weißt du, mein Kind, wenn Worte die einzigen Waffen sind, die einem bleiben, dann fallen sie nicht immer liebreizend aus.«

Die Ruppigkeit, das Höhnen und Spotten, war Bertram in Fleisch und Blut übergegangen und Meinhardus sein liebstes Opfer. Doch in Wahrheit hielten die beiden Brüder zusammen wie Pech und Schwefel. Es war ganz selbstverständlich gewesen, dass Bertram, der das Haus geerbt hatte, seinen Bruder Meinhardus nach dessen Ausbildung bei sich aufnahm. Die beiden Männer ergänzten sich auf das Feinste. Die Apotheke, bereichert um Kräuterbrände, Fruchtliköre und Naschwerk, erwies sich als gute Einnahmequelle. Selbst Georg Albrecht, der Fürst von Ostfriesland, leckte sich die Lippen nach ihren Waren und ließ in regelmäßigen Abständen Bertrams Stärkungs- und Genussmittel in die Residenz nach Aurich bringen.

Josefine machte sich auf den Weg zur Treppe in das zweite Stockwerk, wo sich Meinhardus' Kuriositätenkabinett und ihre Schlafräume befanden. Auf ihrem Weg zum Dachboden regten sich Erinnerungen in ihr und hüllten sie ein wie in einen Schleier. Sie sah sich als Neunjährige in eine Decke gekuschelt vor dem Kaminfeuer sitzen und den Gesprächen der Erwachsenen lauschen, denn an zwei Abenden in der Woche versammelte sich die gesamte Honoratiorenschar des Fleckens Leer in der Apothekerstube, um bei Wein und Gebäck das Tagesgeschehen zu besprechen.

Mucksmäuschenstill hatte sie sich verhalten, sodass ihre Anwesenheit regelmäßig in Vergessenheit geriet. Wie war es interessant gewesen, wenn die vier Schüttemeister, die das Vermögen der Stadt verwalteten und für die Ordnung auf den Straßen und am Markt zuständig waren, von gezinkten Gewichten, gepanschten Weinen und liederlichen Weibern berichteten! Oder wenn der Marktmeister Meenke Jakobi Anekdoten vom Viehmarkt, der jedes Jahr zu St. Gallus stattfand und Händlerscharen von nah und fern anlockte, zum Besten gab.

Ein regelmäßiger Besucher der geselligen Abende war auch Wilhelm von Imhof. Vor mehr als zehn Jahren war er im Gefolge der Fürstin Eberhardine Sophie, der Mutter des jetzigen Grafen, nach Ostfriesland gekommen und hatte das Drostenamt in Leer übernommen. Mit seiner Familie bewohnte er das Drostenhaus bei der Festung Leerort an der Ems, wo die Fähre aus dem Rheiderland anlandete.

Der Drost war ein leidenschaftlicher Erzähler, und je weiter der Abend fortschritt und je mehr von Bertrams Likör er trank, desto faszinierender wurden seine Geschichten. Anfangs sprach er noch über die Schwierigkeiten der Versorgung der Truppen, die in der Festung lagerten, über Fehler in der Buchhaltung und das Unvermögen der Köche. Zu später Stunde jedoch zog er die Zuhörer mit düsteren Geschichten in seinen Bann wie jener von den schwarzen Schwänen, die er auf der Ems gesehen haben wollte.

»Sie sind nicht wirklich Tiere, sondern vom Teufel geschickte Verführerinnen, die schon so manchen Seemann in ein kaltes Grab gezogen haben!«

Josefine mochte ihn und auch seine Frau Isabella, deren Vater Bürgermeister von Amsterdam war. Manchmal begleitete Isabella von Imhof sie und Meinhardus in die Niederlande. Von dort aus verkaufte Josefines Vater Medizin bis nach St. Petersburg. Der Kontakt nach Russland war durch Cornelis Zander, Meinhardus' Studienfreund, zustande gekommen. 1697, vor neunzehn Jahren, war der junge Zar Peter nach Amsterdam gereist, um dort den Schiffsbau zu studieren. Mit Cornelis hatte er sich angefreundet, da sie beide eine Leidenschaft für Exotisches verband. Schon damals besaß der Holländer, dessen Apotheke am Kloveniersburgwal stand, eine umfangreiche Naturaliensammlung. Als ein schweres Fieber den russischen Herrscher aufs Lager warf, hatte Cornelis' Behandlung dem Zaren das Leben gerettet. Dies war der Beginn einer langjährigen Freundschaft und Geschäftsverbindung, denn fortan orderte der Monarch seine Arzneien und die des russischen Hofes nur noch über Cornelis

Zander. Dieser seinerseits bat befreundete Apotheker, ihm bei der Fertigung der Mengen von Medikamenten zu helfen. Meinhardus Meinen war einer von ihnen.

Seitdem reiste er in regelmäßigen Abständen nach Amsterdam, um die Heilmittel persönlich bei Cornelis abzuliefern und so lange sie zurückdenken konnte, hatte Josefine ihren Vater begleitet. Nichts liebte sie mehr als diese Besuche bei Cornelis und Ansje Zander, die sie in ihre Arme und ihr Herz geschlossen hatten. Cornelis war ein großer, schlanker Mann, der trotz seiner fünfundsechzig Jahre immer noch volles dunkles Haar besaß. Sein schmales Antlitz mit der großen Nase und den tiefblauen Augen war voller Lachfältchen. Seine Frau Ansje war das genaue Gegenstück: klein, rundlich und mit einem Gesicht wie ein Eierkuchen, in dem die kleinen blauen Augen fast verschwanden. Ansje hatte immer ein Lied auf den Lippen und nahm die Welt leicht. Genau wie ihr Mann war sie weit davon entfernt, aufgrund ihres Standes in Eitelkeit auszubrechen. Die Zanders kleideten sich zwar teuer, aber sie verzichteten ganz auf bunte Farben und bestickte Stoffe. Auch für schmückendes Beiwerk hatten die beiden Holländer nichts übrig. Ansje trug stets ein kleines Filigranherz, das Cornelis ihr zur Hochzeit geschenkt hatte. Damals, als er noch ein junger Mann war und die Apotheke seinem Vater gehört hatte.

Josefine liebte Cornelis und Ansje fast so sehr, wie sie Amsterdam liebte, diese unglaubliche Stadt! Sie schloss die Augen und wäre fast über die letzte Treppenstufe gestolpert. Wasser und Schiffe, Gassen mit roten Backsteinbauten, deren Giebel sich stolz bis zum Himmel reckten, dazwischen Grachten, die die Stadt in Ringen durchzogen und von zahllosen Brücken überspannt wurden. Beladene Lastkarren, die über das Pflaster rumpelten, und Schleppkähne, die Waren zu den Märkten und den wunderschönen Kaufmannshäusern brachten und sie direkt vom Wasser aus belieferten.

Das Glucksen des Wassers vermengte sich in ihren Erinnerungen mit dem Pfeifen des Winds, der durch die Straßen zog, und den Schreien der Möwen, dem Singen, Schimpfen und Schnattern der Menschen. Überall in den Gassen, auf den Booten und Brücken waren vornehme Bürger und Kaufleute, Bettlern und Dienstboten unterwegs, und ihre Gestalten spiegelten sich im Wasser der Grachten.

Josefine seufzte leise und öffnete die Lider. Energisch schüttelte sie die Träume ab. Es war April und an eine Reise nach Amsterdam nicht zu denken. Sie konzentrierte sich auf die schmalen Stufen der Stiege, die vom zweiten Stock bis zum Kräuterboden hinaufführte, wo alles gelagert wurde, was trocken aufbewahrt werden musste.

In dem luftigen Raum befanden sich in großen gedeckelten Holzkisten Kamille, Zinnkraut und andere Heilpflanzen. In der Nähe des Fensters trockneten Samen, Wurzeln und Blumen auf Weidengeflecht, das zwischen hölzernen Gestellen gespannt war. Kräuter hingen in Bündeln von der Decke.

Josefine blieb einen Augenblick stehen und genoss die wunderbare Duftkomposition, die sie an einen Waldspaziergang erinnerte, öffnete dann das Sprossenfenster und blickte auf das Markttreiben vor der Apotheke.

Die Häuser hatten ihre weißen Mützen verloren. Zu Josefines großer Freude lachte die Sonne endlich einmal vom Himmel und lockte die Menschen trotz der Kälte nach draußen. Der Marktplatz, der unweit der Waage am Hafen lag, hatte sich gefüllt. Beschicker mit irdener Keramik, Imker, Kerzenzieher und Besenbinder boten ihre Waren an. Es gab die verschiedenartigsten Stände mit Fleisch, Eiern, schönem Tuch oder saftigem Kuchen. Frauen mit Körben am Arm feilschten um Brot und Käse, eilfertige Dienstboten erledigten Aufträge, und Mägde machten Besorgungen für ihre Herrschaften.

Die Stimmen der Händler klangen bis unters Dach zu Josefine. An den Ständen wurde gehandelt, gelacht und manchmal auch gestritten. Gewürze und Öle wechselten den Besitzer, Konfitüren und Branntwein. Schreiner und Zimmerleute besiegelten per Handschlag ihre Geschäfte. Immer wieder übertönte das Klappern der Pferde und Fuhrwerke das Rufen, Lachen und Schreien an den Ständen. Kutschen fuhren vor und rollten wieder davon.

Josefine musste beim Anblick des Gebrauchtkleiderhändlers lachen, der direkt unter dem Fenster stand. Er trug vier Hüte auf dem Kopf, hatte sich etwa sechs Mäntel umgehängt und sprach davon, dass der Frühling nie kommen würde und warme Kleidung ein Muss sei. Über seinem Arm baumelten Kniehosen, Hauskleider und Schleifen. Abgelegte Kleidung der Reichen, die er nun meistbietend an den Mann oder die Frau bringen wollte. Der Händler kramte Kämme aus seinen Taschen und bot sie einer jungen Frau an, die dankend ablehnte und stattdessen zum Stand einer Putzmacherin schlenderte, die Spitzenbänder, Rüschenmanschetten, Hauben und Schleifen anpries.

Die Lippen der Putzmacherin waren tiefrot gefärbt, und das dunkle Haar floss in üppigen Wellen über ihren grauen Umhang. Henricus Wilken, der sich im letzten Jahr als Arzt in Leer niedergelassen hatte, kam vorbei und erstand ein kleines mit Duftstoffen gefülltes Riechdöschen für die Spitze seines Spazierstocks. Josefine hatte ihn schon oft dabei beobachtet, wie er solche Döschen an die Nase hielt, bevor er in die Häuser einkehrte, deren Bewohner dafür bekannt waren, nicht nach Maiglöckchen zu duften.

Einen starken Kontrast zu der aufgetakelten Putzmacherin boten die Mennoniten, die in großer Zahl auf dem Markt einkauften. Sie betrieben in Leer das Leinenweberhandwerk. Ihre Kleidung war schlicht und in dunklen Tönen gehalten. Die Männer trugen allesamt Bärte und Hüte, die Frauen dunkle, unter dem Kinn zusammengebundene Hauben. Meinhardus schätzte sie als Kunden, denn die Mennoniten zahlten unverzüglich und feilschten nicht um den Preis.

Eine Kutsche hielt vor der Apotheke, der ein Mann in gelben Kniehosen und einem goldbetressten Rock entstieg. Auf seinem Kopf thronte ein Käppchen mit Schnüren und Quästchen. Josefine reckte den Hals, um das Gesicht des Mannes erkennen zu können, doch es gelang ihr nicht. Na, hoffentlich war das kein Revisor der Regentschaft, um die Zustände in der Apotheke zu überprüfen. Das fehlte noch!

Im Geist durchstreifte Josefine rasch alle Räume. Offizin und Materialkammer waren sauber, und es herrschte die vorgeschriebene Ordnung. Alle Gefäße waren beschriftet, die Gläser mit Stopfen versehen und die Giftkräuter weggeschlossen. Die erforderlichen Waagen waren allesamt vorhanden, die Gewichte geeicht und die Rezepte in den Büchern nach der vorgeschriebenen Taxe berechnet worden. Der Katalog würde nicht vollständig sein, da einige Kisten auf dem Kräuterboden noch nicht signiert waren. Und wo war nur die Apothekenordnung geblieben, die sie gut sichtbar auszulegen hatten?

Josefine hörte die Eingangsglocke läuten und sah den aufgeputzten Besucher die Apotheke wieder verlassen. Erleichterung durchströmte sie. Also doch kein Revisor!

Eine Menschentraube drängte sich vor dem stattlichen Gebäude der Waage mit dem Uhrenturm, an deren Doppeltür die neuesten Bekanntmachungen angeschlagen wurden.

»Die Schüttmeister verbieten den Fischweibern, den Fang vor dem Anlanden aufzukaufen.« Josefine erkannte die Stimme des Schmieds, der immer viel zu laut sprach. Sie reckte sich aus dem Fenster, um mehr von der Unterhaltung mitzubekommen.

»Recht so«, nickte ein älterer Mann mit grauem Bart. »Das war ja auch eine Unsitte, den Fischern mit Booten entgegenzufahren, ihren ganzen Fang aufzukaufen und uns Kunden dann einen unangemessenen Preis dafür abzunehmen.«

»Schüttemeister Meeken hat eigens die Tonnenträger um Beistand gebeten, als er gegen die Fischweiber vorging. Eine von ihnen soll mit einem Hering auf ihn losgegangen sein.«

Der Schmied schnalzte mit der Zunge und schüttelte den Kopf. »Die Weiber heutzutage erlauben sich was! Wenn es nicht in der Hand der Männer läge, ihnen Einhalt zu gebieten, dann hätten sie uns bald unter!«

»Ich habe gehört, in Paris haben sich die Wäscherinnen und Marktweiber in Zünften zusammengeschlossen und fordern gleiche Rechte für Männer und Frauen.«

»Es kommt noch so weit, dass wir unsere Söhne an die Waschtröge setzen und unsere Töchter an den Universitäten lehren.«

Der Graubart gab ein meckerndes Lachen von sich. »Ich werde schon dafür sorgen, dass meine Joseffa ihren Platz hinter dem Herd behält!« Seine Hand hieb durch die Luft. »Wir Mannsleute sind nach dem Gesetz dafür verantwortlich, dass in unseren Häusern Zucht und Ordnung herrscht. Da ist manchmal der Rohrstock das beste Mittel zum Zweck.«

»Weiber, Hunde und Bäume – je öfter man sie schlägt, desto besser geraten sie!«, lachte der Schmied.

Josefine hatte dem Gespräch mit wachsendem Groll gelauscht.

»Der Rohrstock täte auch bei alten Böcken wie euch einen guten Dienst!«, schrie sie, doch die Männer verschwanden bereits gestikulierend, sicherlich in Richtung *Goldene Kuh,* dem einzigen Gasthaus am Hafen.

Josefine schloss das Fenster mit einem Knall. Was für ein Glück, dass Meinhardus die Einstellung dieser Kerle nicht teilte. Nie hatte ihr Vater die Hand gegen sie erhoben.

»Ich könnte es auch nicht ertragen«, sagte Josefine laut und erschauderte.

Bei ihrem letzten Kirchenbesuch hatte sich der Pastor darüber ausgelassen, dass Unterordnung und Gehorsamkeit bei Kindern unabdingbar seien. Tugenden, die Josefine nicht besaß und auf die Meinhardus glücklicherweise auch niemals Wert gelegt hatte. Sie war von ihm und ihrem Onkel Bertram stets ernst genommen und liebevoll behandelt worden.

Lächelnd dachte Josefine an die Zeit zurück, als sie ein überaus neugieriges kleines Mädchen von zehn Jahren gewesen war, das liebend gerne herumstreunte. In dem zwischen den Flüssen Leda und Ems gelegenen idyllischen Ort, der ihr Zuhause war, kannte sie jeden Stein und jeden Strauch, alle Menschen rundum, und sie nannte selbst die Tiere beim Namen. Ihre Wege führten sie vom *Westerende* bis zur *Wörde*, von der *Brummelburg* bis zur *Kampstraße*. Vorbei am *Fresenhaus*, der neuen Kirche der Lutheraner, und dem alten Gotteshaus der Reformierten. Sie bestieg den *Plytenberg*, von dem aus man den Emslauf überblicken konnte, und stromerte zur *Großen Bleiche*, einem von langen Wasserbecken durchzogenen Platz, wo die Leinenweber ihre Tücher in die Sonne legten. Josefine blickte in Schneiderstuben, lauschte den Scherenschleifern, beobachtete das Entladen der Fuhrwerke und die Gäste, die den Kutschen entstiegen. Oft verharrte sie bei einem der vier Brunnen, um Wasser zu trinken und einen Blick durch die Fenster der Weberhäuser an der Marktstraße zu werfen. Dort saßen Meister und Gesellen an Stühlen, die den ganzen Raum ausfüllten.

Die meisten Bewohner des Fleckens lebten in Lehmhütten oder winzigen Backsteinbauten. Im Hinterhaus wurden Tiere gehalten, in den Gärten wuchsen Obst und Gemüse. Es gab aber auch reichere Bürger, die Handel trieben und zu Vermögen gekommen waren. Ihre Häuser standen in der *Pfefferstraße*, Backsteinbauten, die Namen trugen wie *Die goldene Kuh* oder *Das schwarze Ross*.

Bei Regenwetter verwandelten sich die Wege des Fleckens in schmutzige Rutschbahnen, sodass die Kutschen und Fuhrwerke Mühe hatten voranzukommen. Gepflastert waren einzig die Straßen zur Festung Leerort und zum Marktplatz.

Unternehmungslustig und mutig wie sie war, verbrachte Josefine ihre Zeit nicht mit den braven Bürgerstöchtern, sondern schloss sich den Webersöhnen und Böttcherzöglingen an, um mit ihnen leer stehende Hütten und verwilderte Gärten zu erforschen. Sie kletterte auf Bäume, machte Klimmzüge an der uralten Eiche im Kirchenviertel, spielte Fangen und Verstecken.

Mehr noch als mit den Jungen durch die Gassen zu ziehen, gefiel es Josefine, sich in der Apotheke aufzuhalten. Sie war fasziniert von den Pflanzen, deren Blätter, Rinden, Knollen oder Blüten heilsame Wirkung zeigten und die so wunderbar würzig dufteten. Meinhardus verarbeitete sie zu Tees, Salben, Essenzen, Pulvern und Pillen. Seit sie lesen konnte, verschlang Josefine Bücher über die Heilkraft der Kräuter und Pflanzen, und ihre ersten Schreibversuche bestanden im Etikettieren der Gläser in der Offizin. Alle ihre Handlungen wurden begleitet von Erklärungen ihres Vaters. Josefine lernte, dass Rosmarin auf Lateinisch *ros marinus* hieß und gegen Blähungen half, dass Schöllkraut zur Herstellung von Augenwasser diente, ein Umschlag aus Maßliebchen bei Verletzungen wirkte und Tausendgüldenkraut bei Fieber einen wunderbaren Dienst tat.

An einem Frühlingstag, Josefine war elf Jahre alt, lag Meinhardus mit Fieber im Bett.

»Was für ein Unglück! Wer soll nun dem armen Jan van Deelen helfen?«

Jan betrieb in der Tonnenträgerstraße eine Fleischerei und war von so runder Gestalt, dass er es kaum noch vermochte, sich hinter seinen Tresen zu quetschen.

»Was fehlt ihm denn?«, fragte Josefine, die mit kalten Wickeln hantierte, um ihrem Vater Linderung zu verschaffen.

»Ihn plagt wieder sein Zipperlein. Seine Tochter Anna sagt, die Gelenke sind fürchterlich angeschwollen, und er kann nicht einmal mehr das Gewicht des Bettlakens auf seinen schmerzenden Füßen ertragen.« Meinhardus betrachtete seine Tochter nachdenklich und spitzte den Mund. »Ich habe dich gestern wieder im *Aufrichtigen Spezereien-Händler* blättern sehen. Was denkst du, wie könnte dem armen Kerl geholfen werden?«

»Hm, Zipperlein. Ich habe gelesen, die Gicht sei die Strafe für zu viel Völlerei. Der dicke Jan sollte seine Mahlzeiten halbieren und fortan nur noch Gänsewein trinken.«

Meinhardus lachte. »Richtig, mein spitzzüngiges Mädchen. Dazu können wir ihm raten, doch damit ist ihm jetzt nicht geholfen.«

Josefine überlegte und krauste die Nase. »Er soll viel Milch trinken, sich warm halten und die schmerzenden Gelenke mit einem Aufguss aus Zinnkraut umwickeln. Außerdem würde ein Tee aus Brautkraut, Schlüsselblume und den Zwiebelknollen der Herbstzeitlosen helfen, stimmt's?«

»Sehr gut, mein Kind. Ich würde noch Rosmarin dazugeben. Er hat eine erwärmende Kraft. Die genauen Mengen stehen in meiner Rezeptsammlung. Könntest du die Mischung zusammenstellen? Ich glaube, mir würde schwindelig werden, wenn ich das Bett verließe.«

Sie konnte es, und einige Tage später war der dicke Jan eigens mit einem Schinken erschienen, um sich zu bedanken.

Er und Meinhardus machten es sich in der Apothekerstube gemütlich und sprachen über das Leiden des Fleischers, als Josefine mit einem Krug Wasser erschien.

Jan van Deelen verzog schmerzlich das Gesicht. »Seid Ihr sicher, dass Wein nicht besser ist?«

»Ganz sicher«, sagte Meinhardus. »Soll ich Euch eine Geschichte über das Zipperlein erzählen? Sie wurde mir in meiner Lehrzeit zugetragen.«

Der Fleischer rückte neugierig näher, und Meinhardus bedeutete auch Josefine, sich zu setzen.

»Zipperlein, das sind in Wahrheit hitzige Kobolde, die anfangs über einen armen Knecht herfielen. Doch so krank der

Mann auch war, er quälte sich aufs Feld, denn ohne Arbeit gab es kein Brot. Die Schinderei und magere Kost waren jedoch nicht im Sinne der Kobolde, und so verließen sie den armen Knecht und quartierten sich bei einem reichen Kaufmann ein. Dieser versuchte alles, um die Zipperlein loszuwerden, jedoch ohne Erfolg. Selbst der Medicus wusste keinen Rat, denn mit Kobolden kannte er sich nicht aus. So verordnete er dem Reichen eine volle Speisekammer, guten Wein und ein weiches Bett. Er solle sich nur ja nicht bewegen und lieber die Dienstboten herumkommandieren. Das tat der gute Mann dann auch, und den hitzigen Kobolden gefiel es bei ihm so gut, dass sie es allen anderen Zipperlein weitersagten. Fortan ließ sich kein Quälgeist mehr mit arbeitendem Volk ein.«

»Ich schufte von morgens bis abends …«, erboste sich der Fleischer.

»Aber Ihr esst zu gut und trinkt zu viel.«

»Das sagt mir gerade der Richtige«, lachte der dicke Jan und wies bezeichnend auf Meinhardus' gut gepolsterte Mitte. »Was habt Ihr mit *Euren* Kobolden gemacht?«

»Bei mir hält es kein Zipperlein lange aus. Dafür sorgt schon mein Bruder mit seiner scharfen Zunge. Er macht jedem den Garaus!«

Als der Metzger den Laden wieder verlassen hatte, klopfte Meinhardus seiner Tochter auf die Schulter. »Das hast du gut gemacht!«

Von diesem Tag an wurde Josefine die Gehilfin ihres Vaters, und sie hätte sich nichts Schöneres vorstellen können. Sie bestückte die Schubladen neu, ordnete Spirituosen und stand hinter dem Tresen, um Pflaster und Salben, Weingeist und Liköre zu verkaufen. Josefine arbeitete mit Kräutern, Wurzeln, Früchten und Blumen. Sie pulverisierte getrocknete Rinderklauen, Walrosszähne und menschliche Hirnschalen genauso unbeeindruckt, wie sie mit Hingabe Gemsenkugeln zerlegte und abgestreifte Schlangenbalge und Kröten dörrte. Josefine verfertigte Essige, bereitete Öle zu und drehte Pillen.

Meinhardus ignorierte die Vorschrift, dass nur ein ausgebildeter Apotheker in die Geheimnisse der Formeln und der Künste eingewiesen werden durfte, und lehrte sie alles, was er wusste. Er tat dies nicht ganz uneigennützig: Josefines Hilfe verschaffte ihm die Freiheit, seinen Mittagsschlaf auszudehnen oder mit den Kräuterweibern und Honighändlern zu plauschen.

Bertram summte zufrieden, wenn Josefine in der Apotheke arbeitete, während Dietlinde, die den Meinens den Haushalt führte, ihr Tun aufs Schärfste missbilligte. Josefine störte das nicht, denn Dietlinde fand immer etwas zu mäkeln. Sie trug strenge schwarze Kleidung, war mürrisch und kantig, hatte den Umfang eines riesigen Kürbisses und schielte fürchterlich. Ihre Hände waren so groß wie Suppenteller und rutschten gerne aus – vornehmlich auf Josefines Hinterteil.

»Warum, um aller Heiligen willen, kannst du dich nicht benehmen wie andere junge Dinger auch? Was hat ein Mädchen von elf Jahren im Laboratorium einer Apotheke zu suchen? Warum vergeudest du deine Zeit damit, getrocknete Walrosszähne zu pulverisieren oder die Hinterlassenschaften von Schafböcken zu zerlegen? Kannst du mir das mal erklären?« Dietlindes Doppelkinn bebte. »Andere Mädchen in deinem Alter besticken Altartücher, backen stundenlang und setzen mit Verstand Butter an. All das sind nützliche Beschäftigungen. Wenn dich dein Vater weiterhin gewähren lässt, dann wirst du nie einem Haushalt vorstehen können.«

»Das will ich auch gar nicht. Ich finde es langweilig, Decken zu besticken, die dann doch nur mit Suppe vollgekleckert werden, oder Brote zu backen, die ich doch im *Samson* schon fertig kaufen kann.«

Dietlinde ließ nicht mit sich reden. Sie scheuchte Josefine in regelmäßigen Abständen zurück in die Küche und schimpfte mit Meinhardus über schlechte Erziehungsmethoden. Die Haushälterin hatte ein Talent dafür, ihren Zögling gerade dann zur Hilfe zu rufen, wenn es im Laboratorium interessant wurde. Kaum jemals schaffte es Josefine, ihrer Hartnäckigkeit zu entgehen. Vielleicht auch, weil Meinhardus immer reumütig klein beigab, wenn Dietlinde ihm seine Verfehlungen vor Augen hielt.

»Es ist schon schlimm genug, dass das Kind ohne Mutter groß werden muss, aber dann auch noch einen törichten Vater zu haben, der ihre Unarten fördert! Meinhardus! Ein Mädchen gehört hinter den Webstuhl und nicht zwischen Schmelztiegel und Mörser.«

Dietlinde war ins Haus gekommen, als Josefine noch in der Wiege lag, daher kannte sie nichts anderes als die kratzbürstige Hartnäckigkeit der Haushälterin, die sie um alles in der Welt zu einem brauchbaren Mitglied der Gesellschaft erziehen wollte. Jedes Abweichen von diesem Weg nahm Dietlinde als persönliche Niederlage. Die Haushälterin war eine Verwandte der Imhofs. Ihr verstorbener Mann hatte nichts als Schulden hinterlassen, und so wurde sie vor zweiundzwanzig Jahren bei Meinhardus und Bertram, denen Haushalt und Kind über den Kopf wuchsen, vorstellig. Josefine war erst wenige Wochen alt gewesen, als ihre Mutter die kleine Familie verließ, um sich einer Theatertruppe anzuschließen.

In Tulia hatte sich der damals schon vierzigjährige Meinhardus während einer Theatervorstellung verliebt. Die Komödiantin war in die Rolle einer Amazone geschlüpft, und an einem heißen Sommertag im Jahr 1691 hatte die Wanderbühne *Rosenstolz* ihre Zelte in Leer aufgeschlagen.

»Tulia trug einen Speer, und es schien, als habe Amor ihr diesen nur für mich in die zarte Hand gelegt. Wir verliebten uns auf der Stelle ineinander«, hatte Josefine ihren Vater schwärmen hören.

»Sie verliebte sich wohl eher in die klingenden Münzen, die

du großzügig in ihren Beutel geworfen hast«, kam der trockene Kommentar von Bertram.

»Sie liebte mich! Jawohl! Doch eine wahre Künstlerin kann nicht auf ewig ihrer Bestimmung entsagen. Und so konnte sie nicht bei mir bleiben.«

»Ich dachte, sie hätte dich wegen des Hanswursts verlassen, der in ihrem neuen Stück die Hauptrolle spielte.«

»Sie ließ mich schweren Herzens zurück«, ignorierte Meinhardus den Einwurf seines Bruders, »aber gottlob mit einer Aufgabe, die mir keine Zeit zum Trauern ließ. Ich bin glücklicher Vater eines wunderbaren Mädchens.«

Dass diese Aufgabe nicht immer einfach war und Meinhardus' Erziehung Gefahren in sich barg, zeigte sich kurz vor Josefines zwölftem Geburtstag. Schulmeister Reenke Böken suchte die Apotheke auf, um sich über sie zu beschweren. Er war ein großer, schlanker Mann Ende fünfzig. Ein Kranz spärlicher Haare zierte sein Haupt und ein Ziegenbart das Gesicht.

»Apotheker Meinen, ich beobachte jetzt schon seit geraumer Zeit, dass Ihr Eurer Tochter Freiheiten gestattet, die nicht rechtens sind, und verlange, dass das unterbleibt! Ansonsten sehe ich mich gezwungen, dies zur Anzeige zu bringen!« Er wies bezeichnend auf Josefine, die hinter dem Tresen stand. »Das ist es, was ich meine. Wie kommt Ihr dazu, dem Kind zu erlauben, in der Offizin zu stehen?«

»Schulmeister Böken, Josefine geht mir nur zur Hand …«

»Sie tut mehr als das! Eure Tochter erdreistet sich, anderen gesundheitliche Ratschläge zu erteilen.«

»Ich wollte Euch nur helfen«, rief Josefine. »Euer Husten …«

»Das bezweifle ich! Du wolltest dich über mich lustig machen!« Der Schulmeister wandte sich wieder Meinhardus zu. »Gestern, als ich Eure Tochter zu mir an das Pult gebeten habe, um ihr die Tagesaufgaben zu geben, hat sie die Frechheit besessen, mir lautstark das Verspeisen von Huflattichblättern gegen meinen Husten zu empfehlen. Ihr könnt Euch vorstellen, was das für ein Gejohle gab. Huflattich! Damit wischen sich bestenfalls Wanderer den Allerwertesten ab.«

Josefine kam aufgebracht hinter dem Tresen hervor. »Bei Bertram hat er wahre Wunder gewirkt. Dietlinde musste ganze Betttücher voll Rotz und Schleim waschen, und dann war die lästige Sache vorbei.«

»So ist es gewesen!«, nickte Meinhardus. »Auch ich hätte Euch zu Huflattichblättern geraten, sehr klein geschnitten und als Salat angerichtet. Josefine hat in bester Absicht gehandelt …«

»Auf derlei gesundheitliche Ratschläge, noch dazu vor meinen Schülern, verzichte ich dankend. Sorgt gefälligst dafür, dass Eure Tochter sich künftig zurücknimmt. Auch was Verdächtigungen angeht.«

»Verdächtigungen?«

»Sie unterstellt mir, ein Dieb zu sein!« Der Schulmeister wippte auf den Zehen.

Meinhardus blickte seine Tochter an und hob fragend die Augenbrauen.

»Ich habe nur gesagt, dass die übelriechenden Winde und der Durchfall, die den Schulmeister Böken plagen, von den vielen Birnen kommen, die er jeden Tag vom Baum des dicken Jan pflückt.«

Der Lehrer machte ein triumphierendes Gesicht. »Da hört Ihr es, Apotheker Meinen. Eure Tochter unterstellt mir, dass ich Obst vom Baum des Fleischers van Deelen stehle.«

Josefine runzelte die Stirn. »Ihr klettert doch jeden Morgen auf die Gartenmauer und …«

»Ich klettere auf keine Mauern!«

»Doch, das tut Ihr! Ich habe es genau gesehen.« Josefine trat einen Schritt auf den Schulmeister zu, kniff die Augen zusammen und wies auf eine Stelle an seinem Mantel. »Ihr habt ja sogar noch eine Birne in der Jackentasche. Der Stiel schaut aus einem kleinen Loch in der Naht.«

Der Schulmeister erstarrte für einen Moment, öffnete dann den Mund, schloss ihn jedoch wieder und rauschte ohne ein weiteres Wort aus dem Laden.

Meinhardus seufzte. »Mein Mädchen, du musst deine Zunge im Zaum halten.«

»Er hustet zum Gotterbarmen, stinkt aus dem Mund wie eine alte Ziege und aus dem …«

»Josefine! Und wenn er wie ein ganzer Misthaufen duftet – es ist seine Sache. Wenn der Schulmeister mich anzeigt, dann bin ich meine Konzession los.«

Josefine ließ den Kopf hängen. »Darf ich dir jetzt nicht mehr helfen, Meinhardus?« Tränen rannen über ihre Wangen.

Meinhardus streichelte ihr über den Schopf und seufzte traurig. »Jetzt, wo mich der Schulmeister auf dem Kieker hat, kann ich dich nicht weiter in der Offizin arbeiten lassen.«

»Aber in der Materialkammer und im Laboratorium. Bitte, Meinhardus!«

Ihr Vater nickte zögerlich.

Am Abend belauschte Josefine ein Gespräch zwischen Meinhardus und Bertram, dem jede Bissigkeit fehlte.

»Sie redet, wie ihr der Schnabel gewachsen ist. Meinst du, ich müsste ihr den Mund verbieten?«, fragte Meinhardus.

»Ich finde nichts dabei, die Wahrheit zu sagen, egal wem. Die Kinder sind zu bedauern, die es jeden Tag mit dem alten Stinksack aushalten müssen. Mir reicht es schon, wenn der verlogene Kerl ab und zu unsere wöchentlichen Versammlungen stört.«

»Trotzdem. Josefine ist so furchtbar altklug. Vielleicht stopfe ich ihr zu viel Wissen in den Kopf. All die Bücher, und ich rede den ganzen Tag … Aber sie fragt mich natürlich auch ständig. Stell dir vor, gestern wollte sie wissen, was der Schüttemeister mit den ›losen Weibern‹ gemeint hat.«

»Du hast ihr doch hoffentlich eine ehrliche Antwort gegeben, Meinhardus. Wenn sie mich fragt, dann rede ich nie drum herum. Josefine ist ein schlaues Mädchen und würde es sofort merken, wenn du sie anlügst.«

»Du hättest das Gesicht des Schulmeisters sehen sollen, als Josefine auf den Birnenstiel zeigte.« Die beiden Männer prusteten los. »Wenn sie nur nicht so vorlaut wäre.«

»Von wem hat sie das lose Mundwerk wohl?«

»Ich weiß, Bruderherz. Du glaubst also nicht, dass ich in der Erziehung zu nachgiebig bin?«

»Du und ich, wir sind vielleicht ab und an ein wenig zu weich, aber Dietlinde gleicht das wieder aus.«

Meinhardus lachte leise. »Was für ein Glück, dass wir sie haben. Strenger als Dietlinde wäre auch eine Mutter nicht. Sie hat Josefine nie etwas durchgehen lassen, sie nie verwöhnt, und sie erzieht meine Tochter nach bestem Wissen. Sie ist nicht dumm und steht mit beiden Beinen fest auf dem Boden.«

»Außerdem hat die Frau ein gutes Herz – auch wenn es auf den ersten Blick nicht so scheint. Und ihre Küche«, Bertram küsste seine Fingerspitzen, »vom Feinsten!«

»Was hätten wir nur ohne sie gemacht, damals, als Tulia ging?«

Eine Weile blieb es still.

»Vermisst du sie noch manchmal? Ich meine, Tulia?« Bertrams Stimme war so leise, dass Josefine seine Worte kaum verstehen konnte.

»Ja. So wie man im Winter den Sommer vermisst, mit all seinen Schmetterlingen und Blumen. Ich war schon ein alter Esel, aber mit ihr zusammen fühlte ich mich jung und unbeschwert. Tulia steckte so voller Leben und hatte ein großes Herz.«

»Wie kannst du so von ihr reden, wo das Frauenzimmer dich doch betrogen hat.«

»Es ist die Wahrheit. Tulia kann nur in Freiheit glücklich sein. Erinnerst du dich an den gelben Vogel, den ich vor vielen Jahren aus Amsterdam mitgebracht hatte? Anfangs ist er in dem großen Käfig herumgesprungen und hat gesungen, dass einem das Herz aufging. Doch dann wurde er immer stiller, verstummte schließlich und starb. Genauso wäre es Tulia ergangen, wenn ich sie festgehalten hätte. Manche Menschen können nur in Freiheit glücklich sein.«

»Hast du jemals wieder etwas von ihr gehört?«

»Nein. Aber in meinem Herzen weiß ich, dass uns eine ganz besondere Liebe verbindet, eine Liebe, die anders ist als all die Tändeleien, denen Tulia jetzt vielleicht nachjagt. Sie hat sich für die Freiheit entschieden, *entscheiden müssen*, um leben zu können, und ich hoffe von ganzem Herzen, dass es ihr gut geht. So, wie ich hoffe, dass Josefine nicht zu sehr unter dem Verlust ihrer Mutter leidet.«

Darüber hätte Meinhardus sich nicht zu sorgen brauchen. Josefine vermisste ihre Mutter nicht, da ihr deren Abwesenheit nie bewusst geworden war. Konnte es einen besseren Ersatz geben als ihren Vater und ihren Onkel? Die beiden Männer wetteiferten förmlich um Josefines Gunst.

Bertram schaukelte sie als kleines Mädchen stundenlang auf seinen Knien und sang ihr Lieder vor, die er selbst erdacht hatte. Mit ihm durchstreifte sie Wiesen und Felder auf der Suche nach Kräutern und Beeren, aus denen er seine Aufgüsse und Liköre herstellte. Gemeinsam packten sie voller Spannung Kisten aus, die er bei Amsterdamer Händlern bestellte und die Dinge enthielten wie Rosenhonig, Mandelmilch, Konfekt oder überzogene Nüsse. Spannender noch war die Ankunft der Düfte, die Bertram aus Grasse kommen ließ. Die französische Stadt war seit vielen Jahren auf die Extraktion von Blütensaft, insbesondere aus Jasmin und Orangen, spezialisiert. Josefine konnte die Ankunft der neuen Parfüms kaum abwarten, genauso wie sie voller Vorfreude auf das Herstellen der Duftwässer war, in denen ihr Onkel die seidenen Abriebtücher tränkte! Nicht nur das

Laboratorium, die ganze Apotheke schien sich dann in ein Blumenmeer zu verwandeln.

So wie Bertram ihre Sinne schärfte, so förderte Josefines Vater ihre Fantasie.

Meinhardus machte mit ihr ausgedehnte Spaziergänge durch den Ort und zum Hafen und unterhielt sie mit Geschichten über die ankernden Schiffe. Leer war Kreuzungspunkt der Straße von Münster nach Emden und des Weges, der von Bremen nach Groningen führte. Mit schweren Fuhrwerken konnte man die Straßen nur in trockenen Sommern passieren, da der Marschboden das Regenwasser nicht versickern ließ und sich große Tümpel bildeten. Die Versorgung mit Waren fand daher größtenteils auf dem Wasserweg statt. Meinhardus erzählte von fernen Ländern und anderen Sitten, von den vielen wunderbaren Dingen auf Gottes Erde, die es noch zu entdecken gab und natürlich von seiner Kuriositätenkammer und deren Schätzen. Mit ihnen wuchs Josefine auf. Jede Kostbarkeit, die ihr Vater erwarb, ließ auch ihr das Herz aufgehen. Josefine verbrachte Stunden damit, die Erwerbungen ihres Vaters zu zeichnen und mit Namen zu versehen.

Josefine lächelte leicht und kehrte mit einem tiefen Atemzug in die Gegenwart zurück. Sie konnte nicht ewig am Fenster stehen und träumen. Arbeit wartete auf sie! An die dreihundert Bündel mit Kräutern wie Beifuß, Bohnenkraut, Dill, Majoran, Minze, Rosmarin und Salbei hingen auf dem Dachboden und mussten akribisch untersucht werden. Einige brauchten mehr Licht und erhielten einen neuen Platz am Fenster, bei anderen überprüfte sie die kleinen Stoffnetze, die über den Bündeln angebracht waren, um die getrockneten Blüten aufzufangen.

Als Josefine fertig war, hörte sie draußen jemanden laut rufen und öffnete erneut das Fenster. Stirnrunzelnd betrachtete sie einen hageren kleinen Mann im schlecht sitzenden Reiseanzug, der sich bei der Waage aufgebaut hatte. Er stand neben einem Handkarren auf einem durchgesägten Fass, hielt ein braunes Fläschchen in die Höhe und verkündete in der Art eines Predigers die wunderbare Wirkung des flüssigen Inhalts. Seine Rede war so leidenschaftlich, dass die Locken seiner dunklen Perücke einen wilden Tanz vollführten. Der Marktschreier trug einen großen Sack um den Bauch gebunden und verkaufte vom Fass aus. Wie magisch angezogen, umringten ihn die Zuhörer.

»Ja! Ihr habt richtig gehört! Ich, Doktor Fernandes, darf euch hier und heute *Maliks Drachensaft* aus dem Orient anbieten. Dieser Saft kann mehr als jedes gewöhnliche Arzneimittel. Er reinigt die Adern, verdichtet die Körpersäfte und hilft dem traurigen Gemüte auf. Er schafft Hilfe bei gelähmten, schwindenden, erfrorenen und zitternden Gliedern, verbessert die Haut, lässt Sonnenflecken verschwinden – Altersflecken natürlich auch –, und er macht das Herz ruhig.«

»… und den Geldbeutel dünner«, stieß Josefine zwischen den zusammengebissenen Zähnen hervor und durchbohrte mit den Fingern das Blütenstoffnetz in ihren Händen. Wieder einmal so ein Scharlatan! Was mochte er seinen Kunden wohl andrehen? Katzenpisse mit einem Hauch Rosenduft?

Josefine versuchte, sich zu beruhigen. Es brachte überhaupt nichts, sich aufzuregen und den Leuten die Augen zu öffnen. Sie wollten Wundermittel, und sie bekamen welche. Es war so widersinnig! Warum schrieben die Menschen einer Medizin aus fernen Ländern eine bedeutendere Wirkung zu als dem, was sie kannten? Warum wurden arabische Traumdeuter, kabbalistische Lehrer oder selbst ernannte Wunderheiler wie dieser Kerl als weise angesehen, während man die Rezepturen ihres Vaters misstrauisch beäugte?

Erst gestern hatte der alte Dirkohm gezetert, als Meinhardus ihm zu einem Aufguss aus den Wurzeln des Salomonssiegels für seine schlecht heilende Kopfwunde riet.

»Salomonssiegel? Das ist doch die Pflanze, die Hexen den

Garaus macht. Es sorgt dafür, dass sie sich die Seele aus dem Leib kotzen. Du willst wohl den guten alten Dirk vom Erdboden tilgen, was?«

»Übelkeit und Erbrechen verursachen nur die beerenartigen Früchte, mein Guter«, hatte Meinhardus zu erklären versucht. »Die Wurzeln, in heißem Wasser eingelegt …«

Mit einer Handbewegung hatte der Alte Meinhardus zum Schweigen gebracht, und noch auf der Straße hörte Josefine ihn zetern: »Dieser Furz von einem Apotheker will mir Zauberkraut verkaufen!«

Und dann Reemtje, die junge Frau von Gerd dem Tonnenträger. Josefine hatte sich das Lachen verbeißen müssen, als sie am Montag, gegen Abend, mit einem in Essig eingeweichten Schwarzbrot vor der Stirn in der Offizin erschienen war.

»Ich habe es mir vom Mund abgespart, Herr Apotheker, doch es vertreibt das Brummen im Schädel nicht im Geringsten.«

»Gesüßter Ringelblumentee, meine liebe Reemtje, der wird dir besser helfen! Trink ihn am besten jetzt gleich und geh dann früh schlafen.«

»Ringelblumentee?« Reemtje hatte erschrocken die Augen aufgerissen. »Ne, ne, das ist mir zu gefährlich! Die alte Annamö sagt, wenn man in hellen Nächten einen Ringelblumenaufguss trinkt, dann träumt man von seiner heimlichen Liebe. Nicht auszudenken, wenn ich den Namen laut herausposaune. Mein Gerd schlägt mich tot!«

Meinhardus hatte sich nicht die Mühe gemacht, von Unsinn und Aberglauben zu sprechen, sondern ihr die Zutaten für einen Nelkentee mitgegeben.

Die Stimme des Wunderheilers drang erneut an Josefines Ohren.

»Mein Allheilmittel vertreibt jede Art von Krankheit – selbst die Pest. Auch für junge Mädchen gibt es nichts Besseres als *Maliks Stärkungssaft*. Es ist eine Verschönerungskur von innen. Denkt an eure Töchter, ihr Frauen. Sichert euch einen vermögenden Eidam durch glänzendes Haar und seidige Haut. Morgen bin ich fort, und ihr müsst wieder mit den abgedroschenen Arzneien dieser alten Apotheke vorlieb nehmen …«

Abgedroschene Arzneien! Das war ja wohl die Höhe. Wütend schloss Josefine das Fenster. Sie warf das Blütennetz auf den Boden und eilte die Treppe hinunter. Der laute Gong, mit dem Dietlinde alle zum Mittagessen rief, ertönte und Josefine hörte, wie Meinhardus die Ladentür schloss. Entschlossen schnappte sie sich einen Umhang vom Kleiderhaken und verließ das Haus durch den Nebeneingang. Das Essen würde warten müssen.

Draußen überfiel sie wieder das Geschrei, mit dem der selbst ernannte Wunderheiler sein Medikament anbot. Viele aus der Zuhörerschaft hatten das Allheilmittel schon gekauft und hielten es so vorsichtig in den Händen wie einen Säugling. Josefine blieb ungeduldig stehen, um ein Fuhrwerk passieren zu lassen. Dem Kutscher gelang es nur mit Mühe, sich mit seinem schwerfälligen Gefährt einen Weg durch die immer größer werdende Menge zu bahnen. Der Quacksalber war wirklich *die* Attraktion des Tages!

Josefine schob sich an einer Gruppe von Waschfrauen mit weißen Hauben und Schürzen vorbei, nickte dem Samtschneider zu und grüßte etliche Tonnenträger und Matrosen. Der hagere Wundermeister auf seinem Fass hielt in der Rechten ein Horn, in das er jetzt stieß, und reckte die Linke mit dem zugestöpselten Fläschchen hoch in die Luft.

»Hier spielt die Musik! Kommt alle herbei und hört von dem Wundermittel, das euch Schönheit verleiht und Krankheiten den Garaus macht! Ihr Alten, kommt nach vorn und hört! *Maliks Stärkungssaft* hat die Kraft, euer Leben um einiges zu verlängern. Wollt ihr hundert Jahre alt werden? Sollen auf eurem kahlen Kopf wieder Locken sprießen? Es kann geschehen, wenn ihr nur wollt!«

Wieder stieß er in sein Horn, und noch mehr Menschen

eilten hinzu. Köche und Mägde kamen aus den Häusern gerannt, Angetrunkene aus den Gaststuben. Kinder strömten von überall herbei, redeten aufgeregt miteinander und ließen sich vor dem Holzfass auf dem Boden nieder.

»Das orientalische Elixier fördert die Verdauung und hilft bei Blähungen. Hat jemand ein Weib im Wochenbett liegen?« Mehrere Hände reckten sich in die Luft. »Bringt ihr den *Drachensaft*, und schon morgen wird die junge Mutter ihrem Haushalt wieder in voller Kraft vorstehen können. Leer hat doch einen Hafen. Wo sind die Seeleute unter euch?« Der Scharlatan hielt gespielt Ausschau. »Fahrensmänner! Ihr fürchtet nicht Piraten und Krieg, sondern die Mundfäule? Dem kann abgeholfen werden!« Wieder hielt er das Elixier in die Höhe.

Josefine verzog angewidert den Mund. Sie trat an den Karren, in dem drei Körbe voller Glasflaschen standen und nahm eine heraus. Der Marktschreier beobachtete sie verblüfft.

Grimmig betrachtete Josefine das Etikett. So hatte sie es sich vorgestellt! Weder Angaben zu den Inhaltsstoffen noch eine Dosieranleitung, geschweige denn ein Hinweis auf die Nebenwirkungen. Nur Versprechungen. Eine voll erblühte Rose war auf dem Etikett abgebildet. *Hilft gegen jedwede Erkrankung.* Josefine zog den Korken heraus und schnupperte. Auf jeden Fall enthielt der ›Stärkungssaft‹ Knoblauch und Pfingstrose.

Mit spitzen Fingern legte Josefine das Glasfläschchen zurück. Sie baute sich vor dem Quacksalber auf und stemmte ihre Hände in die Hüften.

»Ich würde Euch gerne eine Frage stellen.«

Der kleine zappelige Mann strahlte sie an. »Nur zu! Ihr möchtet sicherlich wissen, ob mein Trunk auch in fortgeschrittenem Alter noch zur Verschönerung führt, hab' ich recht? Bei Euch wäre ja noch Einiges auszurichten!«

Die Menge lachte, und Josefine spürte, wie ihr die Röte ins Gesicht stieg.

»Euer Stärkungsmittel, woraus genau besteht es?«

Der Mund des Quacksalbers lachte immer noch, doch seine Augen blickten stechend. »Was würde es nützen, wenn ich Euch die Inhaltsstoffe nenne? Nur Gelehrte könnten mit den lateinischen Namen etwas anfangen.«

»Gelehrte Männer wie Ihr?«

»Ich bin ein Meister meines Fachs und in ganz Europa zu Hause. Man ruft mich an Fürstenhöfe und Bischofssitze. Wie kein Zweiter kenne ich mich mit dem Lateinischen aus und könnte mich vortrefflich mit anderen gebildeten Männern über die Zusammensetzung meines Stärkungssafts austauschen.«

»Auch mit gebildeten Frauen?«

»Die Welt der Medizin steht nur Männern offen. Wie also sollte eine Frau …«

»Nennt mir die Inhaltsstoffe des Wundertrunks!«

»Tut es!«, verlangte eine schroffe Stimme, die Josefine herumfahren ließ.

Ihre forschenden Augen blieben an dem arroganten Blick eines Fremden hängen, der im Halbschatten lässig an einer Hauswand ganz in der Nähe der Apotheke lehnte. Er war hochgewachsen und trug einen offenen schwarzen Mantel, unter dem ein weißes Rüschenhemd hervorblitzte. Das Hemd und die dunkelbraune Hose verrieten, dass er nicht unvermögend war, doch auf eine Perücke hatte der Fremde verzichtet. Lockiges Haar fiel ihm bis auf die Schultern. Es war so hell, das es im funkelnden Sonnenlicht fast weiß wirkte. Seine Augen, die Josefine anstarrten, waren von einem eiskalten Blau und standen in starkem Kontrast zu dem geschwungenen vollen Mund. Schatten vertieften das Grübchen in seinem Kinn, und die hohen Wangenknochen hoben die schmale gerade Nase hervor.

Der Fremde überragte die meisten um mindestens einen halben Kopf. Die Menschen um ihn her schienen ihn nicht zu interessieren. Sein Gesicht, das Josefine in seiner markanten Schönheit an ein Abbild des Erzengels Gabriel erinnerte, trug einen gelangweilten Ausdruck.

Sie erschauderte und wusste nicht, warum. Noch nie hatte ein Mann sie so angestarrt wie dieser Kerl. Sie dachte an ihren sich auflösenden Haarknoten, die Flecken auf dem dunklen Umhang und das mit Blütenpartikeln bestäubte Kleid. Die unverhohlene Musterung war entnervend und äußerst unhöflich. Er schien sich vorzustellen, wie sie mit offenem Haar und unbekleidet aussehen könnte.

Josefine kniff die Lippen zusammen. Sie spürte, wie sich ihr Unbehagen in Zorn verwandelte, als sich sein Mund zu einem bewundernden Lächeln verzog. Er machte sich über sie lustig! Sie war klein, viel zu dünn und mit ihrem strohfarbenen Haar, das weder richtig lockig noch richtig glatt war, nicht einmal hübsch. Im Sommer, wenn sich ihre Haut mit unzähligen Sonnenflecken überzog, sah sie mit ihrem großen Mund, den grünen Katzenaugen und der Stupsnase wie ein Kobold aus. Zumindest behauptete Bertram das. Einzig Isabella von Imhof fand, Josefine habe eine spezielle Schönheit. Die Sonnenflecken würden ihr Frische verleihen, und sie sähe dadurch besonders jung aus, und beim Lachen würden einen ihr voller Mund und ihre strahlenden Augen alle anderen kleinen Mäkel einfach vergessen lassen. Josefine seufzte leise. Sie kannte Isabella und war sich sicher, dass ihre Worte nur der Höflichkeit geschuldet waren. Josefine ignorierte den Fremden und drehte sich ruckartig wieder zu dem Scharlatan um.

»Also?«

»Mein einzigartiger Aufbausaft besteht aus *Paeonia, Filipendula ulmaria, Tanacetum parthenium, Taraxacum radix und Allium sativum.*« Der selbst ernannte Gelehrte nickte Josefine gönnerhaft zu. »Irgendetwas verstanden?«

Sie schenkte ihm ein zuckersüßes Lächeln. »Aber ja! Dieses Stärkungsmittel beinhaltet also Mädesüß – wahrscheinlich in Wein gekocht. Man verwendet es gegen das Viertagefieber. Falsche Kamille – mein Vater verkauft sie gegen den schmerzenden Schädel. Ihr solltet damit vorsichtig sein. Für Frauen, die ein Kind im Leib tragen, ist die Arznei nicht ungefährlich. Dann habt Ihr noch Löwenzahnwurzel aufgezählt – fördert die Verdauung. Ach ja, und Pfingstrose und Knoblauch. Beide bei Frauenleiden ganz hilfreich.«

Der Quacksalber starrte Josefine entgeistert an.

»Eigentlich keine schlechte Mischung. Wir verkaufen sie bei leichtem Unwohlsein und Fieber. Allerdings ist die Arznei bei uns in der Apotheke für einen Bruchteil dessen zu haben, was Ihr verlangt.« Josefine wandte sich der Menge zu. »Ein Allheilmittel ist es nicht. Es hilft weder einem Menschen mit Atemnot, noch ist es einem schwachen Herzen dienlich oder bringt Linderung bei Gliederschmerzen. Von der Pest will ich gar nicht erst reden.«

Der Wunderheiler stieg vor Wut bebend vom Fass, trat dicht auf Josefine zu und wisperte: »Wisst Ihr eigentlich, dass es für Weiber gefährlich ist, das Maul zu weit aufzureißen?«

Josefine trat einen Schritt zurück. »Wollt Ihr mir etwa drohen?«

Die Zuhörerschaft hatte bislang atemlos gelauscht. Jetzt setzten Gemurmel und Unruhe ein.

»Dieser verdammte Kerl ist ein Betrüger«, urteilte Borchert, einer der Tonnenträger. Er war ein großer, vierschrötiger Kerl mit dem Gemüt eines Kindes. »Wir sollten ihm ordentlich eins auf die Rübe geben!«

Josefine schüttelte den Kopf. »Nicht nötig! Dieser Schwindler wird umgehend verschwinden und sich nie mehr hier blicken lassen.« Sie maß den Quacksalber mit zusammengekniffenen Augen. »Stimmt's?«

Der Scharlatan knirschte mit den Zähnen. »Ich denke nicht daran, mir von einer Furie mein Geschäft vermasseln zu lassen!«

Jetzt war es Josefine, die ganz nah an ihn herantrat. »Wenn Ihr nicht wollt, dass diese *Furie* den Marktmeister holt, dann werdet Ihr den Leuten ihr Geld zurückgeben und von jetzt auf gleich Euren elenden Karren nehmen und von hier verschwinden!«

»Der Marktmeister soll sich lieber um ein Weib wie Euch kümmern. Solche wie Ihr, die sich mit den Heilmitteln so gut auskennen, sind doch mit dem Teufel im Bunde. Ich werde ihm das mal stecken, diesem Marktmeister …«

»Er wird Euch gleich etwas stecken! Mich würde es sehr wundern, wenn Ihr von ihm die Erlaubnis erhalten hättet, Euer Gepanschtes hier zu verkaufen.«

Der Quacksalber öffnete den Mund, schloss ihn dann aber wieder.

»Erlaubnis?«, presste er hervor.

»Schon vor vier Jahren hat Fürst Georg Albrecht eine Verordnung wider Gaukelspieler, Leinentänzer und Quacksalber erlassen, die den Menschen auf vielerlei Weise großen Schaden zufügen. Und Ihr seid ja wohl einer von der schlimmsten Sorte!«

»*Doktor* Fernandes, ich will auf der Stelle mein Geld zurück!«, rief ein Bursche mit vernarbtem Gesicht und Hinkebein.

»Ich auch!« Drohend stellte sich ihm Borchert zur Seite.

Die Betrogenen drängten sich johlend und drohend nach vorne. Der Schwindler bekam es mit der Angst zu tun. Mit einer schnellen Bewegung ergriff er Josefine und zerrte sie zwischen sich und die Menschenmenge. Mit einem Arm presste er sie an sich, während die langen Finger der freien Hand sich um Josefines Hals legten. Sie hörte seinen zischenden Atem, spürte den Druck an ihrer Kehle. Josefine zappelte, keuchte und versuchte verzweifelt, ihren Peiniger abzuschütteln. Vor ihren Augen begannen Sterne zu tanzen.

Mit letzter Kraft hob Josefine ein Bein und trat dem Wunderheiler mit voller Wucht auf den Fuß. Er heulte auf und lockerte für einen Augenblick seine Umklammerung. Josefine riss sich los, wirbelte herum und trat dem Kerl gegen das Schienbein. Er brüllte und begann wie ein Tanzbär auf und ab zu springen.

Josefine blieb für einen Augenblick keuchend stehen. Wieder spürte sie, wie ihr schwarz vor Augen wurde. Sie presste die Fingernägel in ihre Handballen, um eine Ohnmacht zu verhindern. Helfende Hände griffen nach ihr.

»Danke! Es geht schon wieder!«, krächzte sie und glaubte immer noch die Finger des Mannes an ihrer Kehle zu spüren.

Josefine atmete tief durch. Sie übersah die neugierigen Blicke der Marktbesucher und setzte sich entschlossen in Bewegung, während sich die Zuhörerschaft wieder dem Quacksalber zuwandte, der jetzt kleinlaut und von Borcherts prankenhafter Hand niedergedrückt am Boden hockte.

»Wir wollen alle unser Geld zurück! Entweder, Ihr rückt die Münzen freiwillig raus, oder …« Einer der Matrosen hieb bezeichnend mit seiner Faust in die freie Hand.

»Es ist ja schon gut! Ihr sollt euer Geld haben!« winselte der Quacksalber kleinlaut.

Josefine hielt sich mit den Händen die Ohren zu. Sie konnte seine Stimme keine Sekunde länger ertragen. Was war sie nur für eine dumme Kuh, sich in eine so missliche Lage zu bringen. Warum hatte sie nicht gleich den Marktmeister geholt? Warum passierten ihr überhaupt immer wieder solche Sachen?

Josefine spürte zu ihrem Entsetzen, wie ihre Augen feucht wurden. Nur nicht weinen! Nicht vor all den anderen. Entschlossen drängte sie die Tränen zurück.

Als Josefine die Eingangstür zur Apotheke fast erreicht hatte, hielt sie plötzlich inne. Der Fremde lehnte immer noch an der Hauswand. Ihre Blicke trafen sich. Einen Moment lang standen sie wie erstarrt inmitten des Lärms und der bewegten Menschenmenge. Schließlich löste der Fremde seinen Blick aus der Verankerung und verneigte sich. Er begann zu klatschen.

»Wer seid Ihr?«, fragte Josefine unwirsch.

»Ein Bewunderer! Wann habe ich das letzte Mal ein so interessantes Schauspiel mit einer derart mutigen Hauptperson erlebt? Das hätte auch anders ausgehen können! Es ist gefährlich, sich zwischen einem Mann und seinem Geldbeutel zu stellen.«

»Euch wäre schon nichts passiert. Ihr standet ja in sicherer Entfernung«, schnappte Josefine.

Der Fremde lachte. »Ich war schon auf dem Sprung, Euch zur Hilfe zu eilen. Doch dann kam der Fußtritt. Sehr gut! Obwohl – welchen Sinn macht Euer Einsatz? Unser *Doktor* Fernandes wird schon morgen wieder auf seinem Fass stehen, irgendwo, und sein Wunderwasser an Mann und Weib bringen. Oder wollt Ihr ihm hinterherfahren und ihn daran hindern?«

»Ich weiß selbst, dass es sinnlos ist«, zischte Josefine. »Aber es war mir einfach unerträglich, mit anzusehen …« Sie stockte. »Wisst Ihr, im letzten Jahr ist ein kleines Mädchen gestorben, nur weil ihre Mutter an die Macht eines solchen Allheilmittels geglaubt hat. Seitdem …«

Josefine brach ab und biss sich auf die Lippen. Wie kam sie dazu, sich vor diesem Fremden zu rechtfertigen?

Um sie her zerstreuten sich jetzt die Menschen. Gezischelte Worte trafen Josefines Ohr.

»… natürlich hat sie recht! Pfingstrosen und Mädesüß haben wir selbst im Garten. Und, ja, ich bin froh, die Münzen wieder im Beutel zu haben. Aber es ziemt sich für ein Weib einfach nicht, einen Mann so bloßzustellen!«

»Das ist vielleicht ein altkluges Frauenzimmer!«

»Gott bewahre uns vor Weibern mit zu viel Wissen!«

»Die hat mehr Haare auf den Zähnen als du auf dem Kopf«, sagte Borchert laut vernehmlich und stieß einem anderen Tonnenträger in die Rippen.

Der Fremde grinste Josefine an. »Sie scheinen Euch nicht sehr dankbar zu sein.«

»Was soll man erwarten von Leuten, die an die Kraft von Liebestränken und Amuletten glauben, gegen Gelbsucht lebendige Schafläuse und gegen das kalte Fieber den Saft ausgedrückter Pferdeäpfel einnehmen?«

»Wenn die Menschen so abergläubisch sind, dann hätte ihnen das Wunderwasser vielleicht tatsächlich geholfen. Glaube versetzt ja bekanntlich Berge.«

»Ihr billigt, was dieser Schwindler tut?«

»Der Zweck heiligt die Mittel.«

»Aber der einzige Zweck in diesem Fall ist das Füllen seines Geldbeutels!«

Der Fremde stieß sich von der Hauswand ab und kam näher. »Ihr seid die Tochter des Apothekers, stimmt's? Die Frau mit der spitzen Zunge.«

»Wer sagt das?«

»Es ist kein Geheimnis. Wie ich höre, besitzt Euer Vater eine Wunderkammer und Ihr eine besondere Gabe.«

»Ihr interessiert Euch für Parfüm? Das kann ich kaum glauben!«

»Und ich kann kaum glauben, dass ein so kratzbürstiges kleines Wesen zauberhafte Düfte kreieren kann.« Er schüttelte belustigt den Kopf. »Ich begleite einen Edelmann auf einer Grand Tour. Er möchte nicht nur Euren Vater kennenlernen, sondern auch etliche Flakons mit Euren Duftkreationen kaufen. Seine Herzallerliebste möchte sich mit Euch austauschen und …«

»Wenn er zu mir kommt, Euer *Edelmann,* dann werde ich ihm einen passenden Duft kreieren. Davon kann er dann meinethalben ein ganzes Fass voll mitnehmen.«

»Die Düfte sind nicht für ihn selbst, sondern für seine Gattin und seine Mätressen.«

Josefine entglitten einen Moment lang die Gesichtszüge. Was mochte das für ein Mann sein, der eine Gattin und gleichzeitig anscheinend hochoffiziell Mätressen besaß? Schließlich fing sie sich wieder. »Ich stelle seit einigen Jahren nur Düfte für Kunden her, die mir gegenübertreten.«

»Ihr werdet eine Ausnahme machen müssen.«

»Ich muss überhaupt nichts!«

»In diesem Fall schon. Ihr werdet es noch sehen.«

Josefine sah ihn kalt an. »Ich weiß nicht, wer Ihr oder Euer Dienstherr seid, und ich lege auch keinen Wert darauf, es zu erfahren, aber eines solltet Ihr wissen: Ich lasse mich zu nichts zwingen, zu gar nichts!«

Das Lachen des Fremden klang ihr in den Ohren, als sie sich abwandte.

Was für ein unverschämter Kerl! Wer um alles in der Welt mochte er sein? Egal! Er war auf der Durchreise und bald wieder fort. Gott sei Dank würde sie ihn nie wiedersehen.

2

Vor der Apotheke blieb Josefine einen Augenblick stehen, um sich zu beruhigen. Sie atmete tief durch und blickte zu der hölzernen Schnitzarbeit über der Eingangstür, ein Männerkopf mit aufgerissenem Mund, dessen Haupt ein orientalischer Turban krönte – ein Geschenk von Cornelis Zander. In Holland waren die *Gaffer* Wahrzeichen der Drogenhändler.

Die Apotheke war ansehnlich, jedoch weniger imposant als die benachbarten Häuser aus Ziegelwerk. Sie stand gegenüber der Waage in der Nähe des neuen Rathauses und war schon von Josefines Großvater erbaut worden. Neben der eichenen Eingangstür des zweigeschossigen Giebelhauses befanden sich zwei Fenster mit halbrunden Bögen. In einem standen ein großes Schauglas mit Pillen und, erhaben auf einem Bord, der kunstvoll verzierte Apothekenmörser, den Meinhardus von seinem Lehrherrn geschenkt bekommen hatte, im zweiten lagen Seifen in Blumenform, Puderdöschen, Bonbons in einer Glasschale und eine Reihe von Duftsäckchen. Im zur Straße gelegenen Bereich des Hauses befanden sich die Offizin und die Materialkammer, in der auch die Arzneien gefertigt wurden. Die Wohnräume gingen zum Garten. Ein Rankenfries mit Blumen und Weinkrügen trennte das Erdgeschoss von den oberen beiden Stockwerken mit den Zwillingsfenstern. Den Giebel krönte eine halbkreisförmige Muschel aus Sandstein.

Hinter dem Haus erschloss sich ein durch eine Mauer von der Straße abgeschirmter Innenhof. Hier servierte Dietlinde in den Sommermonaten frisch gebackenen Kuchen und manchmal sogar das Mittagessen. Meinhardus hielt nur zu gerne ein Schläfchen in der kleinen Laube, die Bertram in jungen Jahren angelegt hatte. In einer entfernten Ecke des Hofs stand das mit Steinplatten ausgelegte Laboratorium mit seinen Öfen. Hier wurde gesiebt und destilliert, eingedickt und getrocknet.

Josefine nahm wieder den seitlichen Nebeneingang, hängte ihren Umhang an den Haken und betrat die gute Stube, die gleichzeitig als Esszimmer diente. Boden und Decke waren mit Holz verkleidet. Ein Feuer im Kamin, der sich den Rauchabzug mit der im angrenzenden Raum befindlichen Küche teilte, sorgte angesichts des kühlen Apriltags für wohlige Wärme. In der Mitte des Raums stand ein großer Tisch mit hohen Stühlen, die mit braunem Leder bespannt waren. Ein zwölfarmiger Messingleuchter hing von der getäfelten Decke. Die Wände zierten Bilder mit verblassten Blumenmotiven und Regale, auf denen Porzellan und die Trinkgefäße der Familie untergebracht waren. Der schwere Eichenschrank nahe dem Fenster zum Garten war geöffnet, und Josefine nahm sich, wie es üblich war, einen Teller vom Stapel und das passende Besteck heraus. Sie ließ sich neben Meinhardus und Bertram nieder.

Die Tür zur Küche stand auf. Der Boden aus Ziegelsteinen war so sauber gefegt, dass man davon hätte essen können. In einer Ecke befand sich der gemauerte Herd, daneben ein steinernes Becken, in den vom Brunnen im Hof klares Wasser geleitet wurde. An großen Haken hingen Pfannen, Siebe und Spieße, Hackmesser und Bratroste. Auf Regalen waren Krüge und Mörser zu sehen.

Dietlinde stand am Herd und schöpfte Suppe in eine Terrine. Mit einer schwungvollen Bewegung, die man der korpulenten Frau nicht zugetraut hätte, schlug sie mit ihrer umfangreichen Kehrseite die Tür hinter sich zu, stellte die Schüssel auf den Tisch und stemmte die Hände in die Hüften.

»Ach! Endlich gedenkt die Dame des Hauses, sich ebenfalls am Tisch blicken zu lassen. Die werten Herrschaften nehmen schon den Nachschlag.«

»Ich hatte eine kleine Auseinandersetzung mit einem fahrenden Händler.

Bertram räusperte sich. »Lebt er noch?«

Josefine schnitt ihm eine Grimasse und griff nach dem Löffel. Sie merkte erst beim Essen, wie hungrig sie war. Die heiße Suppe tat gut, und der Nachtisch – ein Zimtkuchen – brachte sie vollends wieder ins Lot.

Während sie aß, schilderte Josefine in leuchtenden Farben ihre Erlebnisse mit dem Quacksalber.

»Diese verdammten fahrenden Heilkünstler«, polterte Meinhardus.

»Sie sind fast so lästig wie du, Bruderherz, nur dass man sie nach einem Tag wieder loswird!«, stichelte Bertram.

Meinhardus ignorierte ihn. »Ich habe gehört, die Emder Ärzte haben sich geschlossen gegen die unlautere Konkurrenz gewehrt. Seitdem dürfen die Wunderdoktoren nur noch die Freimärkte mit ihrer fragwürdigen Kunst bereichern und rangieren gleich unter den Schwerttänzern und Feuerfressern.« Er hob seinen Teller, und Dietlinde wuchtete ein weiteres Stück Kuchen darauf. »So weit sind wir in Leer noch lange nicht. Da bettelt das Volk ja förmlich darum, betrogen zu werden. Stellt euch vor, gestern hat mir eine Kundin einen goldenen Armreif für eine magische Medizin angeboten, die dafür sorgen soll, dass sie ein Kind empfängt.«

Dietlinde schlug mit ihrem Löffel auf den Tisch. »Unglaublich! Das grenzt ja an Gotteslästerung. Als ob du die Gnade des Heilands herbeizaubern könntest! Ich wüsste zu gerne, wie das Frauenzimmer auf einen derartigen Gedanken gekommen ist.«

Meinhardus zuckte die Achseln.

»Und ich wüsste zu gerne, warum ein Esel vom Land von

einem Herrn hoher Geburt nach Amsterdam eingeladen wird.« Bertram streckte sich und bedachte seinen Bruder mit einem listigen Blick.

»Esel! Wie sprichst du denn von mir, du Hornochse!« Meinhardus richtete sich auf und hob stolz den Kopf. »Du missgönnst mir nur diese Ehre!«

»Ha! Ich bin froh, nicht wie ein Bär nach der Pfeife dieses Mannes tanzen zu müssen.«

»Du bist nur neidisch, weil dich im Leben kein Mensch einladen würde, vom Zaren ganz zu schweigen.«

»Auf derartige Einladungen kann ich gut und gerne verzichten. Du solltest vielleicht etwas freundlicher zu mir sein, Brüderlein. Schließlich werde ich hier die Stellung halten, während du dich am russischen Wein labst und dich von leichten Mädchen betören lässt.«

»Leichte Mädchen? Was weißt du schon davon? Dich hat doch noch nie eine gestreichelt und zum Seufzen gebracht, geschweige denn …«

»Ha! Jetzt hast du dich verraten. Ich wusste schon immer, dass es nicht die Geschäfte sind, die dich nach Amsterdam treiben. Dein Seufzen möchte ich mal hören. Das Gebrüll eines Ochsen ist sicherlich nichts dagegen.«

»Holzkopf! Du kannst doch einen Seufzer nicht einmal von einem Rülpser unterscheiden.«

Dietlinde ignorierte den Schlagabtausch, räumte das Geschirr zusammen und verschwand in Richtung Küche. Josefine spülte den letzten Bissen Kuchen mit heißem Salbeitee hinunter.

»Was war das gerade mit Amsterdam?«

»Ich fahre hin! Morgen schon!«, sagte Meinhardus triumphierend. »Und du glaubst nicht, wen ich dort treffen werde!«

»Meinhardus, nein!« Josefine starrte ihren Vater entgeistert an. »Und wenn es der Kaiser höchstpersönlich wäre, Meinhardus, es geht nicht!«

»Es muss gehen! Josefine, stell dir nur vor, der russische Zar möchte mich kennenlernen. Er ist auf einer Reise nach Frankreich und hat in Amsterdam Station gemacht. Der Stadtrat hat ihn in der Residenz des russischen Botschafters in der *Herengracht* untergebracht.« Meinhardus zog eine reich verzierte Karte aus der Tasche seines Hausmantels. »Hier! Sieh nur! Mein Name steht in goldenen Lettern …«

»Aber du kannst doch nicht alles stehen und liegen lassen, nur weil es dem Zaren einfällt, dass er dich kennenlernen will. Du hast für morgen die Kräuterfrauen bestellt, das Herzmittel für den alten Dirkohm muss gemischt werden, und die Frau von Ulrich dem Tonnenträger liegt krank im Wochenbett und wartet auf ihre Medizin. Wie kommt der Zar überhaupt dazu …«

»Ich verkaufe ihm doch schon seit Jahren Arzneien. Er hält wohl große Stücke auf mich!«

Bertram lachte schallend und schlug sich auf die Oberschenkel. »Du bist ja noch dümmer, als ich dachte. Ist es nicht so, dass noch weitere vier Apotheker Arzneimittel nach Russland schicken? Ich wette darauf, dass der Zar nicht einen von ihnen beim Namen kennt.«

Josefine gab ihm innerlich recht. Cornelis Zander, über den der Handel mit dem russischen Zaren zustande gekommen war, beäugte jedes Heilmittel kritisch, bevor es in einer Kiste, die mit einem Mohren versehen war, dem *Gaffer* der Apotheke Zander, seinen Weg nach St. Petersburg fand.

Meinhardus pochte mit dem Zeigefinger auf das Papier. »Zar Peter hat mich höchstpersönlich eingeladen. Mein Name …«

»… steht in goldenen Lettern auf der Einladung«, imitierte Bertram ihn prustend.

»Jawohl! Josefine, du hättest den Boten des Zaren sehen sollen! Seine Kleidung war mit Gold verbrämt und auf dem Haupt trug er ein wunderbar verziertes Käppchen.«

»Außen hui, innen pfui«, schrie Bertram. »Ich fand, dass der

Kerl ein Ekel war. Er hat mich angesehen, als sei ich Dreck und mir nicht einmal auf die Beine geholfen.«

»Was erwartest du?« Meinhardus wandte sich Josefine zu. »Bertram hat sich beim Anblick des Boten derart erschrocken – er glaubte, es sei ein Revisor –, dass er von der Leiter gefallen ist, dem Mann direkt vor die Füße. Seine Perücke flog durch die Offizin und landete im Gesicht des Boten.«

Josefine musste lachen. »Du hast dich doch nicht verletzt, Bertram?«

»Nur der Stolz ist etwas angekratzt.«

Josefine überlegte. Der Zar befand sich also in Amsterdam und lud ihren Vater zu sich ein. Was mochte dahinterstecken? Die Sache war merkwürdig. Sie öffnete den Mund, um ihre Zweifel zu äußern, schloss ihn jedoch wieder, als sie Meinhardus' glänzende Augen sah. All ihr Reden würde nichts nützten! Josefine seufzte innerlich.

»Gut. Wenn du meinst, dann fahre nach Amsterdam. Bertram und ich werden es hier schon ohne dich schaffen …«

»Du musst mitkommen, Josefine. Dein Name steht ebenfalls auf der Einladung.«

»Mein Name? Woher kennt der Zar meinen Namen? Wie kommt er dazu …«

»Ich bin mir sicher, dass Cornelis ihm von deinen Düften vorgeschwärmt hat! Morgen in aller Frühe steht eine Kutsche für uns bereit. Selbst eine Begleitung zu unserem Schutz hat der Zar arrangiert.«

»Eine Begleitung?«

Josefine verstummte. Urplötzlich durchzuckte es sie wie ein Blitz. Der Fremde! Er hatte von einem Edelmann gesprochen, der ihren Vater kennenlernen und von ihr Düfte kaufen wollte. Konnte es sein, dass es sich dabei um den Zaren handelte? War dieser unverschämte Kerl hier, um sie und ihren Vater nach Amsterdam zu bringen?

Meinhardus hielt immer noch die Karte in den Händen und schwenkte sie triumphierend. »Der Zar bestellt meine Tochter höchstpersönlich zu sich in seine Residenz. Was für eine Ehre! Das werde ich der Frau Pastor unter die Nase reiben, wenn sie mich das nächste Mal auf deine Unzulänglichkeiten beim gottesdienstlichen Singen anspricht. Ich habe vor Dietlinde auch schon damit aufgetrumpft. Was sind schon Kochkünste gegen Düfte, die einen Sorgen und Nöte vergessen und das Herz leicht werden lassen. Ach Josefine, wie bin ich stolz! Meine Tochter wird dem Zaren einen Flakon überreichen, dessen Duft die Seele des großen Mannes berühren wird.«

Josefine stöhnte leise. Sie wollte nicht mit nach Amsterdam, nicht in diesem Fall. Fragte sich nur, wie das ihrem Vater beizubringen war!

Es war schon später Nachmittag, als Josefine sich ins Laboratorium im Hintergebäude aufmachte, um endlich an dem schon vor Tagen bestellten Duft für Hilda Diddens, eine junge Schneiderin, zu arbeiten. Hilda hatte nach dem Tod ihres Vaters die *Fadenwerkstatt* übernommen. Anfangs war es den Leeranern schwergefallen, eine Frau in der Nähstube zu akzeptieren, dabei war Hilda dem alten Diddens immer schon zur Hand gegangen und verstand sich auf das Schneiderhandwerk mindestens so gut wie ihr Vater. Erst als die Frau des Drosten nicht nur für sich selbst, sondern auch für ihren Gatten festliche Gewänder für eine Feierlichkeit am Auricher Hof orderte, wendete sich das Blatt. Mittlerweile bekam Hilda so viele Aufträge, dass die Kunden Wartezeiten in Kauf nehmen mussten.

»Und bei mir hat sie nun auch lange genug warten müssen«, dachte Josefine. Sie würde das Parfüm morgen in aller Frühe noch zur Schneiderstube bringen.

Zielstrebig eilte sie den Laubengang entlang, der zum Laboratorium führte. Vielleicht lag es an dem morgigen Abschied und dem unguten Gefühl beim Gedanken an die Reise, dass Josefine unweigerlich an die Zeit zurückdachte, als ihr bewusst geworden war, dass es mit ihrer Nase etwas Besonderes auf sich hatte. Sie war noch keine zehn Jahre alt gewesen, als sie feststellte, dass sie etwas konnte, das anderen nicht gelang. So wie andere Menschen Dinge hörten, schmeckten oder sahen, so roch Josefine sie. Sie wusste, dass der Wein vergoren war, noch bevor Bertram ein Glas probierte und merkte, dass das Fleisch verbrannte, bevor Dietlinde noch zur Bratröhre lief. Der Geruch von Schnee stieg in ihre Nase, auch wenn die Flocken noch Stunden auf sich warten ließen, und die Botschaft des herannahenden Sturms traf sie, noch bevor sich die Wolken am Himmel sammelten. Josefine spürte das sich ändernde Wetter nicht in den Knochen, wie der alte Dirkohm, sondern sie roch den Sturm, den Schnee, den Regen ebenso wie den Duft der Blumen und Kräuter.

Natürlich blieb den Menschen um sie herum ihre Fähigkeit über die Jahre nicht verborgen.

»Über diese Dinge solltest du anderen gegenüber tunlichst den Mund halten. Manch einer würde dich mit Hexen in einen Sack stecken«, riet Dietlinde irgendwann der zwölfjährigen Josefine und schüttelte betrübt den Kopf. »Als ob das Kind nicht schon absonderlich genug wäre! Nun kann sie auch noch riechen, was anderen verborgen bleibt. Fehlt nur noch, dass sie mit dem Zweiten Gesicht geschlagen ist und heute schon sehen kann, wer morgen zu Besuch kommt.«

Doch das konnte Josefine nicht. Und Meinhardus ließ sie nicht im Stich.

»Da hat sich der Herrgott ja etwas Schönes für dich ausgedacht«, seufzte er lediglich, als sich Josefine auf seinem Schoß verkroch, weil die Last ihrer Sinne sie ängstigte.

»Ich kann nicht vor ihnen davonlaufen, Meinhardus. Wenn ich nichts sehen will, dann schließe ich die Augen, wenn ich nichts hören will, dann verstopfe ich mir die Ohren, doch den Atem anzuhalten, um etwas nicht riechen zu müssen, das geht nicht lange gut.«

»Du musst mit dieser Gabe umzugehen lernen, mein Kind. Nimm sie als Geschenk. Um in den vielen Gerüchen nicht zu ertrinken, solltest du sie ordnen und sortieren. Schule deine Nase, und du wirst sehen: Irgendwann möchtest du diese Gabe nicht mehr missen.«

Von dem Tag an begann Josefine, die Welt der Gerüche zu erforschen. Bald kannte sie jede Blume und jedes Kraut, das in der Umgebung wuchs, beim Namen und konnte die Pflanzen wie vertraute Bekannte mit geschlossenen Augen am Geruch erkennen. Sie schloss sich noch öfter Bertram an, der in den Wald zog, um bestimmte Wurzeln und Baumrinden zu suchen. Es scherte Josefine kein bisschen, dass die Sonne ihre Haut mit Sprenkeln überzog, auch wenn die anderen Kinder sich darüber lustig machten.

Ihre Nase machte Fortschritte! Wenn vermögende Gäste in teure Parfüms gehüllt kamen, um Meinhardus' Wunderkammer zu bestaunen, dann war es für Josefine ein Vergnügen zu erraten, welche Blumen für die Düfte ihr Leben hatten aushauchen müssen.

Bei Spaziergängen nahm sie mit offenen Sinnen den leichten Duft des Morgentaus wahr und unterschied ihn vom warmen Wind, der ihre Haut streichelte. Sie inhalierte Schwaden von Lindenblüten, die im Sommer durch den Flecken zogen, den scharfen Geruch der Pferde vor den Lastkarren und den Staub, den sie aufwirbelten.

Besonders faszinierend waren die Gerüche, die den Menschen entströmten. Josefine roch die Aufregungen des Kutschers, der Angst hatte, der Kunde könnte ihn nicht bezahlen, ebenso deutlich wie die Furcht des Bäckersohns, seine heimliche Liebste würde ihn zurückweisen.

Angenehme Düfte waren ein Fest für ihre Nase, doch es gab durchaus Gerüche, die ihr verhasst waren. Bei Josefines Botengängen für ihren Vater verschlug ihr der Gestank, der den stickigen Räumen mancher Häuser entströmte, fast den Atem. Es roch nach Rauch, ungewaschenen Körpern, Bohnen, Zwiebeln und Kohl.

Dann, an einem heißen Julitag, nötigte Meinhardus seine Tochter, eine Arznei in die Schweinegasse zu bringen.

Josefine wehrte sich mit Händen und Füßen. »Ich möchte wirklich nicht zu dem alten Dirkohm gehen, Meinhardus. Ich kann ihn nicht riechen, und der Gestank in seiner Kate hängt mir noch tagelang in der Nase. Kannst du nicht einen Botenjungen auftreiben?«

Das konnte Meinhardus nicht, und so machte sich Josefine schließlich doch auf den Weg. Je näher sie der Kate des Alten kam, desto mehr verlangsamten sich ihre Schritte.

»Ich werde versuchen, den Geruch zu verdrängen«, dachte sie bei sich und blieb einen Moment vor dem Eingang des Hauses stehen, wo die Luft schon von den Ausdünstungen des alten Mannes und seiner mit in der Kate hausenden Tiere durchdrungen war. Mit aller Kraft konzentrierte Josefine sich darauf, den Gestank zu ignorieren, bis tatsächlich von irgendwo in ihrem Inneren ein völlig anderer Duft in ihr aufstieg. Josefines Augen weiteten sich, als sie den würzigen Geruch nach Tannen und Laubbäumen, nach frischem Quellwasser wahrnahm. Sie hätte nur die Augen zu schließen brauchen und glauben können, auf einer Lichtung mitten im Wald zu stehen.

Auf dem Heimweg ging sie wie auf Wolken.

»Meinhardus, es war unglaublich. Dieser Wohlgeruch hat alles verändert. Ich habe mich nicht mehr vor dem Alten geekelt, vor dem Dreck und den Tieren auch nicht. Wenn ich nur Dirkohm diesen Duft hätte bringen können.«

»Der alte Kauz hätte ihn sicherlich überhaupt nicht wahrgenommen. Er liebt es, genauso zu stinken wie seine Kühe! Das ist *sein* Wohlgeruch.«

Josefine hörte ihm kaum zu. In ihrem Kopf kreisten die Gedanken. »Ist es nicht unglaublich? Ich kann einem unangenehmen Geruch einen wohlduftenden Bruder entgegenstellen. Meinhardus, wenn mir das gelingt, müsste sich dann nicht für jeden Geruch ein ausgleichender Zwilling finden lassen? Was für Möglichkeiten! Könnte ich, wenn ich die Trauer eines Menschen rieche, einen Duft heraufbeschwören, der ihn wieder fröhlich stimmt oder ihm doch zumindest das Gemüt aufhellt?«

Sie konnte es!

Von nun an verbanden sich für Josefine die von den Menschen verströmten Gerüche ihrer Befindlichkeiten mit den Düften von Blüten, Früchten und Kräutern. War jemand verzweifelt, so nahm Josefine Düfte wahr, die sich beruhigend auf das Gemüt legten, bei Verliebten dachte sie an Rosen und Moschus. Arbeitseifer verband sich mit würzigen Kräuteraromen. Es gab keine Gemütsregung, die nicht ihr Gegenstück im Leben der Düfte fand. Josefine fragte sich manchmal, woran es lag, dass gewisse Düfte beruhigten, Leidenschaften weckten oder Erinnerungen an längst vergangene Tage hervorriefen.

»Du solltest geschäftstüchtig mit deiner Gabe umgehen, mein liebes Kind. Wenn du weißt, was die Menschen in ihrer jeweiligen Gemütsverfassung nötig haben, dann wäre es gut, wenn wir solche Düfte anbieten könnten«, befand Meinhardus.

Josefine war bewusst, dass sie weder den Geruch klaren Quellwassers noch die Würze des Waldes einfangen konnte. Anders verhielt es sich mit Pflanzen und Blumen. In ihrem zwölften Sommer verbrachte Josefine Stunden damit, Geruchsträger zu sammeln, zu überlegen, für wen und was sie geeignet sein könnten und wie man die zarten Blüten und wohlriechenden Samen am besten aufbewahren sollte. Im Herbst barg die Materialkammer der Apotheke Berge von Schachteln, denen ein süßer Duft entströmte. Und Bertram erstand auf dem Markt in Amsterdam gläserne Flaschen mit Ölen. Josefine träumte davon, Düfte zu kreieren, die Traurige fröhlich stimmten und Verzweifelten neue Hoffnung einhauchten.

Und wie der warme Geruch der Erde nach einem erfrischenden Sommerregen aufsteigt, so stieg in Josefine die Erkenntnis auf, dass das Kreieren von Parfüms ihre Bestimmung war.

Ein aufgeregtes Piepsen holte Josefine in die Gegenwart und in den Garten zurück. Sie hatte das Laboratorium fast erreicht. Josefine hielt inne, blickte stirnrunzelnd zum alten Kirschbaum hinüber und erkannte den dunklen Kater des Nachbarn zwischen den Zweigen. Er versuchte, an das Vogelnest in dem hohlen Stamm heranzukommen.

»Husch! Weg mit dir, du Räuber!«

Mit einem enttäuschten Maunzen verschwand der Schwarze. Josefine erreichte das kleine Ziegelhaus im äußersten Winkel des Gartens und schloss die Tür auf. Das Laboratorium wurde dominiert von zwei gemauerten Öfen und der wuchtigen Brennblase, die Meinhardus zum Destillieren seiner ätherischen Öle und Bertram zum Brennen feiner Obstwässer verwendete. Sie besaß einen kugeligen Fuß und einen langen Hals, der sich nach oben immer mehr verjüngte. Die Flüssigkeiten in der Blase wurden zuerst erhitzt und dann wieder abgekühlt. Zur Trennung der Stoffe verwendete man sogenannte Alambics, Helme, die auf den Destillierkolben gesteckt wurden und lange nach unten führende Rohre aufwiesen, durch die das Destillat in einen Auffangbehälter abfließen konnte.

Auf Regalen entlang der Wände waren in Reih und Glied die Laborgerätschaften angeordnet: gläserne Destillierhelme, Flaschen zur Trennung von Öl und Wasser, Kessel und Sudpfannen, Salbenmühlen und Schmelztiegel, dazu verzinkte Löffel und Siebe. In einer Ecke stand die Kohlenschaufel und in der anderen eine mächtige Presse aus Eichenholz. Auf dem Tisch fanden sich Mörser aus Stein, in denen Hölzer, Wurzeln, Krebssteine und vieles mehr klein gestoßen wurden, und Handwerkszeug zum Raspeln, Reiben und Schneiden von Horn, Knochen, Muscheln und Zähnen. Zielstrebig eilte Josefine in den Nebenraum, der ihre Duftwerkstatt beherbergte. Über einem großen Eichentisch befanden sich Brettersimse mit Pflanzenessenzen, Ölen und Tinkturen, Weingeist, Glasflakons sowie den notwendigen Gerätschaften zum Mischen: bauchige Flaschen, Trichter, Pipetten, Stäbchen, winzige Messgläser und Löffel. Ein Stapel blütenweißer Tücher hob sich vom dunklen Holz ab.

Josefine stellte zwei Laternen jeweils seitlich auf die eichene Tischplatte und entzündete sie.

Ein Parfüm zu kreieren, erforderte absolute Konzentration. So wie ein Komponist sich in seine Musik versenkte, um Ton für Ton eine neue Melodie entstehen zu lassen, so stellte ein Duftkünstler aus riechbaren Essenzen einen neuen Duft zusammen. Diese standen, aufgereiht wie Soldaten, vor Josefine auf dem Sims über der Arbeitsfläche.

Zur Rechten die Basisnoten, die einem Parfüm seine Tiefe verliehen. Sie bildeten die Basstöne der neuen Duftmelodie, entfalteten nur zögerlich – aber dann lange anhaltend – ihr Odeur und trugen die anderen Noten, sodass sie sich nicht gar zu schnell verflüchtigten. Zu den Basisnoten gehörten die Düfte von Sandelholz, Eichenmoos und Honig ebenso wie wärmende Gewürze aus aller Herren Länder, wie Koriander, Pfeffer oder Zimt.

In der Mitte des Regals waren, einem bunten Blumengarten gleich, die Herznoten aufgereiht. In Fläschchen eingefangene Essenzen von Mimose, Jasmin, Osterglocke und natürlich Rose. Dazu Iris aus den florentinischen Bergen und Tuberose aus dem Orient. Die zarten, leichten Düfte, aber auch die sinnlichschweren, ließen einem das Herz weit werden und streichelten die Seele. Ihre heitere Melodie dämpfte die Schwere der Basisnoten.

Und dann waren da noch die Violinen unter den Duftessenzen, die Kopfnoten, die in der Symphonie den Reigen begannen, deren Duft jedoch schon nach kurzer Zeit verflog. Leichte, aromatische Düfte zählten dazu, wie Zitrone oder Bergamotte aus den Tälern Kalabriens, aber auch kühle Minze.

Neben diesen Hauptnoten gab es Essenzen, die die Fähigkeit besaßen, Düfte zu einem harmonischen Ganzen zu verbinden. Sie standen gesondert in Josefines Duftreigen. Zu ihnen gehörten Auszüge, die eine zu starke Basisnote ausgleichen konnten, wie Vanille, Salbei, Honig und Kardamom, aber auch Lavendel und Melisse, die schrille Kopfnoten abzumildern vermochten.

Josefine stützte das Kinn in die Hand und vergegenwärtigte sich noch einmal die Begegnung mit der temperamentvollen jungen Schneiderin. Hilda war zu ihr gekommen und hatte von einem Kunden erzählt, in den sie verliebt war.

»Seit Monaten versuche ich nun schon, seine Aufmerksamkeit zu erheischen. Ich habe mich hübsch gemacht und bin besonders freundlich zu ihm, doch er beachtet mich kaum. Ich habe ihn beim Maßnehmen sanft berührt, bin ihm ganz nah gekommen, doch er bemerkt es nicht einmal. Was soll ich nur tun, Josefine? Ich kann mich ihm doch nicht aufdrängen wie ein loses Weib.«

Josefine überlegte. Der Duft musste sein wie ein Ton, der den Händler aufhorchen ließ und etwas in seinem Inneren zum Klingen brachte. Natürlich musste er Hildas Wesen in sich tragen, ihre warme Herzlichkeit, aber auch die zarte Sinnlichkeit. Er musste zu ihrem Temperament passen und der Schneiderin helfen, die Zurückhaltung abzulegen, ihrem Kunden offen und frei gegenüberzutreten.

Sie würde ein würzig-warmes Parfüm, mit einem erdigen

Duft kreieren. Er sollte Hildas Bodenständigkeit unterstreichen, aber auch von der Tiefe ihrer Seele erzählen. Natürlich durfte das Parfüm nicht zu schwer sein. Verliebtheit verlangte nach Leichtigkeit. Die Hauptnote sollte von einer gewissen innigen Herzlichkeit getragen sein. Sie würde warme Blütendüfte wählen, die dem Parfüm einen Hauch von zarter Sinnlichkeit verliehen.

Im Geist stellte Josefine den Duft zusammen: als Basisnote warmer Koriander und schwarzer Pfeffer, denen der balsamische Duft der Zeder Wärme und Fülle verlieh. Schmeichelnde Vanille würde die Schwere mildern und den Weg zu den Herznoten, den Blütendüften, bahnen. Wobei sich der Jasmin mit seinem geheimnisvollen, zärtlichen Duft wunderbar mit der Mairose verband, die Hildas Lebhaftigkeit unterstreichen und ihr das nötige Selbstvertrauen schenken sollte, sich dem Mann ihres Herzens zu erklären. Als Kopfnote einen Hauch persischer Limette. Sie stimmte heiter, befreite von Sorgen und berührte die Sinne.

Eigentlich hätte Hilda hier an ihrer Seite sitzen müssen. Es war immer besser, bei jedem Hinzufügen einer weiteren Essenz, die Mischung auf der Haut des Trägers auszuprobieren. Düfte verbanden sich aufs Innigste und rochen bei jedem anders, denn jeder Mensch hatte einen ganz individuellen Körperduft. Doch leider würde sie ja morgen nach Amsterdam reisen müssen, und daher fehlte dazu die Gelegenheit. Erneut wallte Ärger in ihr auf, den Josefine entschlossen zurückdrängte.

Sie langte nach einer bauchigen Mischflasche und dem Glastrichter. Dann griff sie entschlossen nach den Fläschchen auf dem Regal. Mit der Pipette in der Hand begann sie, an dem Konzentrat zu arbeiten. Sie entkorkte die Flakons, roch am Inhalt, tropfte bestimmte Mengen in das Messglas und goss diese dann durch den Trichter in die Mischflasche. Nach jedem neuen Extrakt vermischte Josefine die Essenzen mit dem Rührstäbchen. Nach kurzem Überlegen fügte sie den Blütendüften noch zwei weitere hinzu. Das Geheimnis des Dufts lag nicht darin, möglichst viele Stoffe zu mischen, sondern die richtigen zueinander finden zu lassen. Zum Schluss langte Josefine nach dem Alkohol, um das Konzentrat zum Parfüm zu vergeistigen. Schließlich verstöpselte sie die Flakons wieder, entfernte den Trichter aus der Flasche, verschloss die Mischung und schwenkte sie sanft hin und her. Gespannt öffnete sie das Gefäß und nahm mit geschlossenen Augen den entströmenden Duft wahr. Wunderbar!

Josefine nahm eines der hellen Tücher in die Hand, gab etwas Parfüm darauf und bewegte den Stoff leicht vor ihrer Nase hin und her. Gut! Sehr gut! Genauso hatte sie es sich vorgestellt! Wenn der Händler bei diesem Duft gleichgültig blieb, dann waren Hopfen und Malz verloren!

Vorsichtig füllte Josefine die flüchtige Kostbarkeit in eine der geschliffenen Kristallphiolen, die auf dem Regal standen. Als sie mit müden Bewegungen die Essenzen, eine nach der anderen, wieder auf das Sims stellte, überkamen sie wehmütige Erinnerungen.

Josefine ließ sich zurücksinken, schloss die Augen und dachte an Fleur, die ihr das Kreieren von Düften beigebracht hatte. Wie schön es wäre, sich mit ihr über diesen Duft auszutauschen. Wie sehr sie Fleur vermisste! Sie war nun schon vier Jahre tot. Es brauchte nur die Spur eines Parfüms, den Ton eines Liedes oder ein bestimmtes Bild, dann kehrten die Erinnerungen zurück. Dann war es so, als hätte es die Zeit dazwischen nie gegeben. Die Tage ihrer Jugend waren wieder da, erfüllt von süßen Gerüchen und einer weichen Stimme, von Blütenbergen und sie sanft streichelnden Händen.

Im Sommer vor zehn Jahren hatten sie und Fleur zum ersten Mal miteinander gesprochen. Jener Sommer, in dem Josefine bewusst geworden war, dass Düfte ihr Leben bestimmen würden und sie nichts lieber wollte, als Parfüms zu kreieren.

Parfüms, die waren wie jener leichte, luftige Duft, den die geheimnisvolle Frau trug und der in völligem Gegensatz zu der ihr eigenen Schwermut stand. Auch wenn man über Fleur Laval nur hinter vorgehaltener Hand sprach, so war sie für Josefine vom ersten Anblick an der wunderbarste Mensch, den sie sich vorstellen konnte.

Josefine war schon vor der ersten Begegnung mit Fleur stets hellhörig geworden, wenn in der Apotheke die Rede auf den *Regenbogen* und seine Besitzerin kam. Die Kunden dämpften ihre Stimmen und mokierten sich flüsternd darüber, wie sich eine gewisse Person erdreisten könnte, einfach in die Fußstapfen ihres Vaters zu treten. Ob sie nicht wüsste, dass es für eine Frau ungehörig sei, mit Düften und französischem Kram zu hökern. Und ihr Geschäft schien auch noch zu florieren! Diese vielen Kisten, die sie verschiffen ließ. Wussten denn die Käufer nicht, was für eine sie war?

Was war sie denn für eine? Josefine wusste nichts über Fleur, außer dass sie wunderschön aussah und stets ausnehmend gut roch. Die Parfümeurin war nicht sehr groß, aber sehr schlank, und ihre Haut trug den warmen Ton von Bernstein. Ihre Augen waren riesig und goldbraun, die Nase schmal und das Kinn spitz. Die Farben ihrer Kleider waren nicht grau und trist wie die anderer älterer Frauen, sondern so farbintensiv, dass sie dem *Regenbogen,* in dem sie lebte, alle Ehre machten. Perlen schimmerten an Fleurs Ohren, umschmeichelten Handgelenke und Finger. Um die Stirn hatte sie oft ein tiefblaues Tuch gebunden, das ihr schwarzes lockiges Haar, in das sich erste Strähnen von Grau mischten, aus dem Gesicht hielt. Die zierlichen Füße steckten in modischen Spangenschuhen, und ein feiner, lieblicher Duft umgab sie wie eine Wolke.

Dieser Duft zog Josefine in ihren Bann. Trotz Meinhardus' Ermahnung und Dietlindes erhobenem Zeigefinger trieb sie sich stundenlang in der Gasse *Zwischen den Pütten* herum und starrte zum *Regenbogen,* dem schönen, stillen Haus, in dem Fleur wohnte. Es war aus dunkel gebrannten Ziegeln, unterbrochen von hellen Sandsteinbändern und zierenden Mauerankern. Die Fenster hatten steinerne Kreuze und waren zum Teil mit Dreiecksgiebeln versehen.

Josefine beobachtete den *Regenbogen* von Ferne, immer hoffend, Fleur möge ihre Nase zur Tür herausstecken, doch sie tat es nur selten. Noch nie hatte Josefine irgendjemanden über die Schwelle des Hauses treten sehen, außer den Tonnenträgern, die Waren brachten oder abholten, und den Botenjungen aus der Backstube des *Samson.*

Geredet wurde dagegen viel über die Bewohnerin vom *Regenbogen.* Wenn ein Strauch die Blätter fallen ließ und verdorrte, dann war sie vorbeigegangen und hatte die Zweige berührt. Verlor ein Pferd sein Fohlen, dann war ihr böser Blick schuld. Jedes ungeklärte Rätsel, alle ungesühnten Vergehen schob man Fleur zu, und selbst wenn der wahrhaft Schuldige gefunden wurde, dann blieb in den Köpfen der Menschen immer noch ein Rest von Ungläubigkeit und Misstrauen zurück. Dass Fleur reich war, missgönnte man ihr ebenso wie die Zuneigung ihrer Haushälterin Lotte.

Einmal in der Woche betrat Lotte die Apotheke, um für ihre Herrin Kräuter, Arzneien, Gewürze oder Duftmittel zu kaufen. Öffnete sie die Tür, dann verstummten alle Gespräche wie auf ein geheimes Kommando hin. Urplötzlich wurde es ungemütlich in der Offizin, und Josefine spürte ein beklemmendes Gefühl im Magen. Hastig verabschiedeten sich die Kunden und verließen den Laden, als ob ein tollwütiger Hund darin versteckt wäre.

»Meinhardus, was haben die Leute gegen Lotte?«

Ihr Vater stand auf einer Leiter und befestigte frische Kräutersträuße an der Decke. Anfangs tat er so, als hätte er die Frage seiner Tochter nicht gehört, doch Josefine ließ nicht locker.

»Warum sind die Kunden so, wenn Lotte auftaucht?«

»Weil sie für Fleur arbeitet, darum.«

»Was ist schlimm daran?«

Ihr Vater hielt in seiner Bewegung inne und seufzte. »Du bist jetzt zwölf Jahre alt. Vielleicht ist es Zeit, mit dir darüber zu reden.« Langsam stieg er die Leiter hinunter. »Weißt du, Josefine, die Leute denken, Lotte verkauft sich unter ihrem Stand. Fleur ist eine Mulattin, deshalb will auch niemand etwas mit ihr zu tun haben.«

»Fleur ist eine Mulattin? Das kann ich nicht glauben!«

Josefine dachte an das fahrende Volk, das manchmal durch die Straßen zog und auf dem Marktplatz sang und tanzte. Es waren auch Mulattinnen darunter. Sie trugen riesige goldene Ohrringe und lockten die Männer mit tief ausgeschnittenen Kleidern.

»Es ist aber wahr. Sie hat afrikanisches Blut in den Adern.«

Meinhardus legte das Kräuterbündel aus der Hand.

»Ihr Vater, Monsieur Laval, war Franzose. Er zog hierher nach Leer und kaufte den *Regenbogen.* Damals war ich ein kleiner Junge, und mein alter Herr werkelte hier in diesem Haus und stellte Liköre und Brände her. Monsieur Laval lebte sehr zurückgezogen, und jahrelang wusste niemand so recht, was er trieb. Zweimal im Jahr verließ er sein wunderschönes Haus und kehrte erst Monate später wieder zurück. Manchmal trugen die Tonnenträger Säcke in die Pfefferstraße, deren Wohlgeruch bis hierher in die Apotheke zog.

Als schließlich ein Gesandter des Fürsten in einer prunkvollen Kutsche erschien, nach einem Dufthändler namens Laval fragte und mit Kisten und Kästen voller Riechwässer, Parfüm und französischem Kram wieder verschwand, da machte die Nachricht die Runde wie ein Lauffeuer: Monsieur Laval war ein berühmter Parfümeur! Plötzlich rissen sich die wohlhabenden Bürger um seine Gesellschaft. Er wurde zum gern gesehenen Gast und war nicht geizig mit Geschenken. Nicht wenige

Leeraner hätten gerne ihre Töchter mit ihm verheiratet gesehen, doch Monsieur Laval hatte Besseres zu tun, als sich in die Pläne seiner Nachbarn zu fügen. In den Kellergewölben seines Hauses entstanden wundervolle Duftkreationen, die er auf seinen Reisen zu den europäischen Fürstenhäusern und bis nach Italien verkaufte. Und dort, in Venedig auf dem Sklavenmarkt, hat er sich schließlich in Fleurs Mutter verliebt und sie als seine Frau hierher gebracht.« Ihr Vater schwieg einen Moment, und als er wieder sprach, hatte seine Stimme einen traurigen Klang. »Sie hieß Milumbe und war schwarz wie die Nacht.«

»Du hast dich nicht darüber gefreut, stimmt's?«

»Ich war noch ein Kind damals und fand es nur merkwürdig. Die Verbindung schloss Monsieur Laval von allem aus. Kein Mensch betrat jemals mehr sein Haus, und nie wieder konnte er einen Fuß in das Leben der anderen setzen. Nicht mit einer Mohrin als Frau und einem dunklen Kind. Einzig Lotte, die damals jung verwitwet war und kaum über die Runden kam, fand sich, um der Familie Laval den Haushalt zu führen. Bald sah man sie mit der kleinen Fleur an der Hand durch die Gassen ziehen. Milumbe aber blieb immer hinter den Mauern ihres Hauses verborgen.«

»Wie traurig! Warum war es so schrecklich, dass Monsieur Laval sie geheiratet hat?«

»Es war nicht schrecklich. Es war nur … Es war nicht richtig.« Josefine sah, dass die sonst so geschickten Finger ihres Vaters zitterten. Er fühlte sich unwohl in seiner Haut.

»Was war falsch daran?«

Meinhardus blickte starr auf das Kräuterbündel, das er immer noch in Händen hielt. Josefines Frage passte ihm nicht.

»Alles. Es ist nicht recht, wenn Menschen verschiedener Herkunft sich miteinander vermischen. Ihre Kinder … Das Leben ist hart für sie. Das sieht man ja bei Fleur.«

»Du meinst, weil sie nicht schwarz und nicht weiß ist?«

»Ich meine, weil die Menschen auf sie herabsehen und böse zu ihr sind.«

»Aber nicht alle. Du und Bertram, ihr beide nicht. Die Witwe Davids aus dem *Samson* auch nicht, und Dietlinde findet es gemein, wie Fleur behandelt wird.«

Josefine dachte an ein Gespräch, das sie vor Kurzem unwillentlich belauscht hatte. Dietlinde und Bertram hatten sich aufgebracht darüber unterhalten, dass die Menschen Fleur auswichen, wenn sie durch die Gassen eilte, und manchmal sogar die Richtung wechselten und davonliefen, nur um ihr nicht begegnen zu müssen.

»Können wir Fleur nicht ab und zu einladen, Meinhardus?«

Ihr Vater verharrte mitten in seiner Bewegung. Er sah an Josefine vorbei, als gelänge es ihm nicht, ihr in die Augen zu blicken. Sie konnte die widerstreitenden Gefühle in seinem Inneren fast spüren. Er wollte ihre Frage nur zu gerne bejahen, doch der alte Panzer aus Vorurteilen und Erziehung ließ es nicht zu.

»Nein. Wenn wir sie hierher einladen, dann verlieren wir unsere Kunden.«

»Aber Meinhardus!«

»Es geht nicht. Du siehst es doch an Lotte. Sie ist genauso einsam wie ihre Herrin. Monsieur Laval hat einen Fehler gemacht, als er Milumbe heiratete. Das ist alles, was ich sagen kann.«

»Was kann Fleur denn dafür? Was soll sie denn tun?«

»Sie kann nichts machen, außer dem, was sie sowieso schon tut: ihren Geschäften nachgehen und mit ihrer eigenen Gesellschaft zufrieden sein.«

Fleur ging Josefine nicht mehr aus dem Kopf. Und während sie noch überlegte, wie es ihr gelingen könnte, mit der schönen Mulattin zu sprechen, nahm das Schicksal die Fäden selbst in die Hand. An ihrem dreizehnten Geburtstag, am 10. September, geschah etwas, das Josefines Leben grundlegend verändern sollte.

Auf dem Heimweg von der Schule brandete noch immer ein triumphierendes Gefühl in Josefine, denn sie hatte dem Schulmeister Böken einen Geburtstagswunsch abgerungen und damit ihren Freund Rewert vor Schlägen bewahrt, weil er am Pult eingeschlafen war. Sie genoss den warmen, windigen Septembertag. Am Wegrand wuchs noch Kamille, und wenn Josefine mit dem Fuß darauftrat, verströmte sie einen beruhigenden Duft, den sie mit geschlossenen Augen einsog. Es war ein gutes Gefühl, dass sie Rewert hatte helfen können.

Vor der Apotheke blieb Josefine beschwingt stehen, kniff die Augen zusammen und versuchte, durch das Fenster zu erspähen, wer im Verkaufsraum war. Doch die Sonne blendete so sehr, dass es ihr nicht gelang. Also öffnete sie die Tür und hörte nach dem Verklingen der Glocke eine warme Stimme lebhaft erzählen und dann leises Lachen.

Meinhardus sagte: »Sieh an, da ist ja unsere kleine Blumenfreundin! Sie hat heute Geburtstag.«

Die Kundin drehte sich um, und Josefines Herz fing an zu pochen. Vor ihr stand Fleur in einem purpurfarbenen Leinenkleid. Um die Stirn trug sie ein tiefgrünes Band, und das lockige Haar fiel weich auf ihre Schultern. Ihr voller Mund mit den blütenähnlichen Lippen war zu einem verschmitzten Lächeln verzogen. Ein leichter Duft, der an einen kühlen Sommermorgen erinnerte, umgab Fleur. In dem Korb an ihrem Arm lagen auf edle Seidenstoffe gebettet Glasflakons mit buntem Inhalt, wunderschöne Ketten und Ohrgehänge.

Obwohl ihr bewusst war, dass sie die Händlerin mit offenem Mund anstarrte, konnte Josefine den Blick nicht von ihr abwenden. Für einen langen, überwältigenden Moment schienen sie beide sich in einer anderen, einer verzauberten Welt zu befinden, die nur aus Farben und Düften bestand. Und dann, so schnell wie ein Wimpernschlag, war der Moment vorbei. Josefine kam wieder zu sich.

»Herzlichen Glückwunsch!« Fleur streckte ihr die Hand entgegen. »Sag, beobachtest du immer noch so gerne mein Haus?« Ihre Frage wurde von einem freundlichen Lächeln untermalt.

Josefine sagte nichts. Immer noch starrte sie Fleur an. Ihre schneeweißen Zähne boten einen wundervollen Kontrast zu der dunklen Haut. Und als sie Fleurs weiche Hand in der ihren spürte, den sanften Druck, da fragte sie sich, wie in aller Welt die Menschen diesem herrlichen Wesen irgendetwas Schlechtes nachsagen mochten und warum man ihre Nähe mied.

Später konnte sie nicht mehr sagen, worüber sie gesprochen hatten. Sie erinnerte sich nur noch daran, dass ihr die Offizin nie heller und freundlicher erschienen war als an jenem Nachmittag. Sie selbst hatte ihre Scheu schnell verloren und von Kräutern und Blumen erzählt, von Blüten, die sie gesammelt hatte. Und dann waren sie in den Garten gegangen, in dem letzte Rosen blühten.

»Meinhardus hat mir erzählt, dass du eine leidenschaftliche Duftsammlerin bist«, sagte Fleur und beobachtete Josefine aufmerksam.

Sie nickte nur, ergriff Fleurs Hand und führte sie zu einem Rosenstrauch, dessen Blüten besonders intensiv rochen.

»Hier. Meine Lieblingsrose. Ihr Duft erinnert mich an süße Birnen.«

Fleur neigte sich herab und roch an der Blüte. Sie hob anerkennend eine Augenbraue. »Du hast recht. Menschen mit einer so guten Nase sind selten, weißt du das?«

Josefine hatte verlegen zu Boden geschaut.

»Liebst du Blumen?«

»O ja!«

»Ich auch. Mehr als alles andere! Du solltest dir meinen Garten ansehen. Er würde dir gefallen. Dort züchte ich viele Rosensorten. Sogar eine, die im Wasser lebt. Es ist wunderschön, am Teich zu sitzen, die Blüten anzuschauen und zu sehen, wie sich die Wolken und der blaue Himmel im Wasser spiegeln.«

Josefine sah Fleur an und war wie geblendet und gebannt von der Schönheit der dunkelhäutigen Frau, ihrem Stolz und Selbstbewusstsein.

»Ich könnte dir beibringen, wie man die Düfte der Blumen auf ewig einfängt. Willst du mich nicht irgendwann einmal besuchen kommen?«

Fleurs Stimme zitterte leicht und zerstörte Josefines Vorstellung. Trauer lag in dem Tonfall der Frage, und als Josefine in Fleurs Gesicht sah, glänzten Tränen in deren Augen. Da begriff Josefine, wie einsam Fleur wirklich war.

»Das möchte ich lieber als alles andere.«

Da lächelte Fleur und wischte ihre Tränen fort. Sie strich Josefine über das Haar, sanft und liebevoll. »Ich hätte zu gerne eine Tochter wie dich.«

Josefine fühlte sich Fleur so nah, als ob sie vertraut miteinander wären, sich schon immer gekannt hätten. Und in diesem Moment wusste sie mit unverrückbarer Gewissheit, dass alles, was sie je über diese Frau gehört hatte, Lügen waren. Und sie wusste, dass diese Begegnung ihr Leben verändern würde. Alle hatten sich geirrt, sogar Meinhardus. Fleur war ein liebenswerter Mensch, und es war egal, welche Farbe ihre Haut hatte. Sie hatte Gefühle wie alle anderen auch, war verletzlich und wollte geliebt werden. Menschen konnten füreinander zum Geschenk werden, und so verschieden sie auch sein mochten, es gab immer Gemeinsamkeiten – und sei es auch nur die, dass Gott jedem von ihnen seinen Atem eingehaucht hatte.

»Ich werde kommen!«, sagte Josefine mit fester Stimme. »Und ich werde es bald tun!«

»Sie hat dir gefallen«, stellte Meinhardus fest, als Fleur gegangen war. Er hatte von der Küche aus alles mitbekommen.

Josefine nickte und sah ihm nicht in die Augen. Sie konnte nicht darüber sprechen, welche Gefühle die Begegnung in ihr wachgerufen hatte. Was sie über das, was er gesagt hatte, dachte. Josefine konnte und wollte ihm nicht sagen, was ihr an diesem Tag aufgegangen war. Dieses eine Mal war sie nicht mit Meinhardus einer Meinung und musste damit umzugehen lernen. Die verschiedenen Ansichten machten sie nicht zu Feinden, doch es brachte in Josefine die Gewissheit zum Reifen, dass es nicht immer richtig ist, auf geliebte Menschen zu hören.

Deshalb sagte sie nur: »Ich mag sie.« Und dann sah sie ihrem Vater doch in die Augen. »Ich werde sie besuchen, und du brauchst gar nicht erst damit anzufangen, es mir verbieten zu wollen!«, schob sie hinterher.

Natürlich hatte er es versucht! Doch zu Josefines großem Erstaunen stärkte Dietlinde ihr den Rücken.

»Lass das Kind ruhig zu Fleur gehen. Was immer die Leute auch reden mögen, sie ist eine gute Seele und eine Dame! Josefine braucht eine lenkende weibliche Hand. Auf mich hört sie ja nicht.« Und später, als sie dachten, Josefine sei schon zu Bett gegangen, belauschte diese ein Gespräch zwischen Bertram und Dietlinde: »Fleur treibt Handel mit vielen reichen Kaufleuten. Man sagt, sie beliefert nicht nur die *Cirksena*, sondern Fürsten und Grafen in aller Welt. Wer weiß, vielleicht wird einer der reichen Männer eines Tages auf Josefine aufmerksam.«

»Josefine ist doch noch ein Kind, Dietlinde. Außerdem braucht sie keinen reichen Mann. Sie hat Meinhardus, mich und die Apotheke.«

»Du und Meinhardus, ihr werdet nicht ewig für sie da sein können. Und was dann? So sehr ich mir auch den Kopf zerbreche, mein Lieber, mir fällt in Leer kein Mannsbild ein, das als Bräutigam für Josefine geeignet wäre.«

»Dietlinde, jetzt hör aber auf! Josefine ist erst dreizehn Jahre alt.«

»Die meisten Mädchen in ihrem Alter sind schon längst versprochen. Kaum eine Familie, die ihren Töchtern nicht früh genug ein gutes Unterkommen sichert, aber derlei Gedanken sind dir und Meinhardus natürlich völlig fremd.«

»Das sind sie wirklich! Josefine ist doch keine Milchkuh, die wir an den Mann bringen wollen.«

»Nein. Sie ist ein viel zu kluges, halsstarriges junges Mädchen, zu dem heiratswillige Kerle geflissentlich Abstand halten werden. Das kann ich euch sagen! Josefine hat ihren Ruf doch schon lange weg. Versteh mich nicht falsch: Ich liebe dieses verrückte Kind, doch sie wird noch viel lernen müssen, wenn eine junge Dame aus ihr werden soll. Deshalb solltet ihr sie ruhig eine Weile unter Fleur Lavals Fittiche geben. Sie macht doch in *Französisch Kram.* Warum lasst ihr Josefine nicht das Dufthandwerk bei ihr erlernen? Sie redet doch immerzu davon, Parfüm herstellen zu wollen. So ließe sich das Nützliche mit dem Notwendigen verbinden.«

Es kostete sie einiges an Überredungskunst, bis Meinhardus dem Vorschlag zustimmte, doch schließlich fügte er sich – wie fast immer – Dietlindes Weisung und stattete Fleur an einem Herbsttag im September einen Besuch ab.

»Ihr könnt euch nicht vorstellen, wie begeistert sie war!«, berichtete Meinhardus nach dem Abendessen. »Fleur hatte Tränen in den Augen. Ich habe ihr natürlich angeboten, ein Lehrgeld zu zahlen. Eine Selbstverständlichkeit. Doch sie hat es mir ausgeschlagen. Sie sagt, es sei ein Vergnügen für sie, Josefine um sich zu haben, ein Geschenk!«

Josefine war es ganz warm geworden bei seinen Worten. »Und es ist nicht schlimm, dass ich erst nach der Schule kommen kann?«

»Überhaupt nicht. Es ist ja nur noch dieses Jahr. Fleur hat versprochen, dich umfassend in ihre Handelsgeschäfte einzuführen, und sie will dich lehren, Düfte zu kreieren.«

Josefine jubelte.

»Was vertreibt diese Frau eigentlich genau?«, wollte Bertram wissen.

»Seiden, edle Spitzen, duftgetränkte Peitschen und parfümierte Handschuhe, vor allem aber kostbare Spezereien und Duftwässer. Ich habe eine Karte gesehen, in der die Versendungen ihrer Parfüms eingetragen waren. Es ist unglaublich: Fleurs Düfte reisen bis in die Neue Welt.«

»Wie sieht es bei ihr im Haus aus?«, fragte Dietlinde neugierig und biss einen Faden ab. Sie war am Strümpfestopfen.

»Bunt!«, rief Meinhardus. »Der Raum, in dem sie mich empfangen hat, birgt einen wunderschönen chinesischen Reiseschrank mit Schätzen, die ich nur zu gerne in meinem Kuriositätenkabinett hätte. Ein riesiger Gobelin hängt an der Wand, auf dem ein Paradiesgarten zu sehen ist. Wir haben an einem niedrigen Tisch gesessen, auf weichen Kissen, und uns einen Wein schmecken lassen, der mich glauben ließ, irgendwo im Süden zu sein.«

Auch Josefine würde sich immer an ihren ersten Tag im *Regenbogen*, mit seiner Wärme, seinem Duft nach Gewürzen und dem Parfüm, das Fleur stets trug, erinnern. Josefine glaubte fast, eine Fürstenresidenz zu betreten, denn prächtiger konnte es auch dort nicht sein. Fasziniert folgte sie Fleur durchs Haus, betrachtete die zahllosen verzierten Truhen, auf denen bunte Kissen lagen, die bemalten Schränke und prunkvollen Leuchter.

Vor einem Ofen aus bläulich glänzenden Kacheln, der wohlige Wärme spendete, standen ein hellblaues Samtsofa und ein zierlicher runder Tisch. An den Wänden hingen Bilder, die Männer zeigten, die vor ihrer Liebsten knieten oder ihnen Blumensträuße darbrachten, Mädchen, die Kränze banden und Kinder, die am Strand nach Muscheln suchten.

Fleurs Vater hatte als berühmter Parfümeur die halbe Welt

bereist und wundersame Dinge mitgebracht, die dem Haus etwas Exotisches verliehen. Farbenfrohe Stoffe waren über Stühle und Bänke drapiert, auf dem Boden lagen weiche Teppiche, worin Libellen und bunte Schmetterlinge eingewebt waren. Es gab Spielbretter mit Figuren aus Horn oder Elfenbein und Duftstäbe aus dem Morgenland. Vor den Fenstern reihten sich bunte Kugeln aus Holz, deren Oberfläche warm und glatt war.

Fast andächtig schritt Josefine über die Schwelle der Schlafkammer, die mit mannshohen Truhen und einem großen Eichenschrank eingerichtet war, der von einer reichen Auswahl an Kleidung sprach. Auf einem Regal neben einem großen Spiegel lagen Kämme, Bürsten, Spangen und Tücher. Gläserne Tiegel, Flaschen und Tontöpfchen standen auf einem kleinen Tisch, und es duftete nach Lavendel und Nelken. Das Bett, dessen hölzerner Rahmen bunt bemalt war, stand mitten im Raum und war überwölbt von einem Baldachin, der dem Himmel mit Mond und Sternen nachempfunden war. Josefine, die nur Butzenbetten kannte, staunte.

Zu Josefines Verwunderung besaß Fleur eine Badestube, in der ein großer Zuber stand. Die Haut mit Wasser in Berührung zu bringen, war verpönt, und diese Tatsache führte dazu, dass Bertram Unmengen seiner parfümierten Tücher, mit denen die Reichen sich abrieben, verkaufte. Dietlinde hielt nichts von dieser Art der Reinigung. Sie hatte seit Josefines Kindheit darauf bestanden, dass diese sich regelmäßig wusch und einmal in der Woche in der Küche ein Bad nahm.

»Mein Vater scheuchte uns Kinder in den Sommermonaten täglich in den Weiher, und es hat uns nicht geschadet. Im Gegenteil – es hält die Flöhe und Wanzen fern. Da können die hohen Herren noch so sehr dagegen wettern. Wie sollten sich die Bauern denn sonst sauber halten? Sie können sich die teuren Dufttücher aus der Apotheke doch gar nicht leisten. Und schadet es ihnen? Kein bisschen. Du bist keinen Deut besser als sie, mein liebes Kind, und wirst jetzt ohne Mucken ins Wasser steigen!«

Fleur lachte, als Josefine Dietlindes Stimme gekonnt imitierte. »Meine Mutter hat mich, seit ich ein Baby war, ins Wasser getaucht, und ich habe es ohne Schaden überstanden. Ich möchte mein Bad nicht mehr missen, obwohl mir klar ist, dass diese Angewohnheit das Misstrauen der anderen nur noch mehr schüren würde. Daher halte ich meine persönliche Vorliebe für das nasse Element lieber geheim.«

Alle Räume des *Regenbogens* wirkten warm und anheimelnd. Und dann Fleur selbst! Ihre Gewänder waren genauso erlesen und farbig wie die Einrichtung ihres Hauses.

»Am besten, wir setzen uns ans Feuer. Dort kann Lotte uns Kuchen servieren und Kakao.« Aus ihrem Blick sprach ebenso viel Wärme wie aus ihren Worten.

Auch Lotte lächelte, als sie das Getränk brachte. Der Kakao roch nach Vanille, Nelken und Kardamom.

An der Wand neben dem Ofen hing ein Porträt, das Fleurs Mutter zeigte, eine wunderschöne Frau mit edlen Gesichtszügen und einem schön geschnittenen Mund. Ihre braunen Augen schienen einem bis auf den Grund der Seele zu sehen. Sie schaute den Betrachter voller Liebe an, und doch ging von ihr eine Traurigkeit aus, die Josefine den Hals zuschnürte.

Als Josefine gegen Abend das Haus in der Gasse *Zwischen den Pütten* verließ, ging ihr zum ersten Mal auf, wie unterschiedlich ihr Zuhause und das von Fleur waren. Die weibliche Hand fehlte unverkennbar. Daran änderte auch Dietlinde nichts, die sich hütete, etwas an der altehrwürdigen Ordnung der Brüder Meinen zu verändern.

»Sie mäkelt höchstens an mir herum«, dachte Josefine, wobei ihr aufging, dass die Wut auf Dietlinde, die sie in Kindertagen so oft verspürt hatte, verschwunden war. Immer noch ärgerte es sie, wenn die Haushälterin selbst ihre winzigsten Unarten bei

Meinhardus vorbrachte, sie bei den spannendsten Arbeiten im Laboratorium störte oder in ihrer unnachahmlichen Direktheit ihre Meinung äußerte, doch irgendwann war Josefine aufgegangen, dass Dietlinde sie nicht weniger liebte als ein eigenes Kind. Dennoch, ein so unbeschwertes Verhältnis wie zwischen ihr und Fleur gab es zwischen ihnen nicht. Dazu waren sie sich zu fremd geblieben und in ihren Ansichten zu verschieden.

Bald vergingen die Tage nach einer festgelegten Ordnung, die Josefine am späten Nachmittag in den *Regenbogen* führte. Nach dem nachmittäglichen Kakao begab sie sich mit Fleur in den Gewölbekeller neben dem riesigen Speicher des Hauses. Hier hingen Düfte wie Nebelschwaden in der Luft, teils lieblich, teils herb. Manche waren auch würzig oder holzig. Josefine hatte sich anfangs kaum sattriechen können. In Kisten, Körben und Säcken lagerten die unterschiedlichsten Kräuter, Gewürze und Duftmittel. Nelken von den Gewürzinseln, Lavendel aus Italien, Zitronen und Orangen, auch Fässer mit Weingeist, der die Basis von Fleurs Düften bildete.

»Viele Essenzen kaufe ich bereits fertig und mische sie nur noch zusammen. Aber einige der Pflanzen und Blüten, der Harze und Wurzeln, von denen ich weiß, dass sie die lange Reise bis hierher in den Hafen halbwegs unbeschadet überstehen, extrahiere ich hier im *Regenbogen.* Nimm als Beispiel die Zitrusfrüchte. Sie kommen im Hafen unbeschädigt an, und ich übernehme das Herausziehen der ätherischen Öle gerne selbst. Bei Rosen ist das etwas anderes. Ihre Blüten würden die lange Fahrt nicht überdauern, und so kaufe ich die fertigen Essenzen von Händlern, die sie dort erwerben, wo die Pflanzen auch wachsen und blühen. Viele der Blumen werden in der südfranzösischen Stadt Grasse verarbeitet. Jasmin, Hyazinthen, Mimosen, Bergnarzissen, Neroli, Lavendel und andere. Vater hat mich einmal mit dorthin genommen. Es war ein Traum, Josefine! Wir waren im August dort, während meines fünfzehnten Jahrs. Auf den

Blumenfeldern blühte der Jasmin und hüllte Grasse in eine Wolke aus süßlichem Wohlgeruch. Die Stadt stand Kopf, denn der Duft der weißen Sterne ist fast so begehrt wie der der Rosen. Jeden Morgen sind Papa und ich durch die duftenden Felder spaziert. Die Pflückerinnen waren in aller Frühe schon bei der Arbeit und zupften die zarten Blüten von den Sträuchern.«

»Es muss schlimm für dich gewesen sein, als dein Vater so plötzlich starb.«

»Das war es. Ich vermisse ihn bis heute. Doch an die Einsamkeit brauchte ich mich nicht groß zu gewöhnen. Vater war häufig auf Reisen und ich oft allein. Als Kind habe ich dafür gebetet, dass Gott mir andere Mädchen zum Spielen schickt. Ich wäre gläubig geworden, wenn sich nur eine einzige Freundin gefunden hätte, doch da war niemand. Nur meine Eltern, Lotte und die Düfte.«

Josefine sah sie mit großen Augen an und nickte langsam. »Vielleicht ist Gott auch nicht unfehlbar. Vielleicht versucht er sein Bestes, und es gelingt ihm nicht immer. So sage ich es mir jedenfalls vor, wenn mich das schlechte Gewissen überkommt, weil meine Mutter mich verlassen hat. Als ich jünger war, dachte ich, es wäre meine Schuld gewesen. Dietlinde sagt, ich war weder niedlich noch besonders ruhig, doch dann denke ich wieder, dass Gott sicherlich nicht gewollt hätte, dass ein kleines Mädchen ohne Mutter aufwächst.«

Fleur sah ihr eindringlich in die Augen. »Wir Menschen sind keine Marionetten, bei denen Gott die Fäden ziehen kann. Deshalb ist es auch sinnlos, darauf zu warten, dass er sein Füllhorn über uns ausschüttet. Was wir im Leben wollen, Josefine, dafür müssen wir kämpfen. Wir müssen unseren eigenen Weg gehen und können nicht darauf hoffen, dass ein goldgelockter Engel all unsere Wünsche wahr werden lässt. Als Vater starb und ich die Geschäfte von ihm übernahm, da habe ich den früheren Kontaktmännern, den Fuhrleuten und Käufern blind vertraut. Das ist mir schlecht bekommen. Die Männer haben mich nach Strich und Faden betrogen. So bin ich schließlich selbst auf Reisen gegangen, um meine Parfüms zu verkaufen. Von Vater hatte ich genug italienische Brocken aufgeschnappt, um mit venezianischen Händlern Geschäfte zu tätigen. Meine Düfte sprachen für sich. Venedig ist eine weltoffene Stadt, in der eine Kauffrau – noch dazu eine schwarze – nichts Ungewöhnliches darstellt. Ich reiste auch nach Frankreich, Holland und Spanien, knüpfte Kontakte, sicherte mir Handelsverbindungen und beschäftigte Informanten, die mich bis heute über die Vorlieben der Reichen und Mächtigen auf dem Laufenden halten. Als die Männer merkten, dass ich eine Nase für Düfte, aber auch fürs Geschäftliche besitze, ging es nur noch bergauf.«

»Reist du immer noch viel, Fleur?«

»Mittlerweile gibt es Menschen, denen ich vertrauen kann und die für mich unterwegs sind, um meine Waren zu verkaufen. Nicht nur Parfüm, sondern auch duftende Seidentücher, edle Spitze, mit Düften getränkte Lederpeitschen, Handschuhe und Tücher. Alle drei Monate fahre ich nach Amsterdam, um Essenzen für die Duftherstellung zu erwerben. Dort kann man die besten Düfte aus dem Orient erstehen.«

Josefine nickte begeistert. »Der ganze Hafen riecht nach Lilien, Damaszenerrosen und Orchideen.«

»Die Händler versorgen mich auch mit Harzen, Gewürzen und tierischen Duftstoffen, wie etwa mit kostbarer Ambra, nach der ganz Amsterdam verrückt ist. Auch Moschus, Castoreum, Zibet und andere Düfte finden ihren Weg über das Wasser bis nach Holland. Ach, Josefine, ich liebe es, mit Düften zu arbeiten, diesen unsichtbaren Boten, die das Herz berühren.«

Im Gewölbekeller des *Regenbogens* befanden sich riesige Apparaturen, die denen im Laboratorium der Apotheke glichen. Fleur unterwies ihren Lehrling in der Kunst des Destillierens und Extrahierens. Mit Begeisterung brachte Josefine in den kupfernen Apparaten Wasser zum Kochen, worin sich Blüten, Kräuter oder Pflanzenteile befanden. Fasziniert beobachtete sie, wie der Dampf den Pflanzen die Duftnoten entriss und sie in das enge Kupferrohr jagte. In der von kaltem Wasser gekühlten Spirale aus Metall verwandelten sich die Gase wieder in Flüssigkeit und sammelten sich schließlich in dem Auffangbehälter. Wolkengleich schwammen die wertvollen Duftöle auf dem Blütenwasser, bis sie sich zu einer Himmelsdecke vereinigten, die Fleur sorgfältig abschöpfte.

»Die Essenzen, die reinen Düfte, sind unsere Utensilien, Josefine. Mit den Seelen der Pflanzen kreieren wir Parfüms, die ihre Trägerinnen wie wärmende Tücher umhüllen. Sie glätten stürmische Gefühlswellen, beflügeln Verzagte und beschwören Heldentaten herauf. Dies alles jedoch nur, wenn das Parfüm auch zur Trägerin passt! Es ist unsere Aufgabe, Josefine, den Frauen die Essenzen auf den Leib zu schneidern.«

Die Düfte vieler Blumen konnten durch Destillation gewonnen werden, doch gab es einige wenige, deren duftende Öle so empfindlich waren, dass es einer aufwendigeren Methode bedurfte. Fleur war in ihrem Element, wenn sie davon erzählte.

»In Grasse wird beispielsweise dem Jasmin sein Duft mittels der Enfleurage entlockt. Dabei werden Blüten zwischen mit Schweineschmalz bestrichene Glasscheiben gebettet. Die zarten, empfindlichen Pflanzen geben ihren Duft in das Fett hinein, bis sie selbst nur mehr welke Blätter sind. Sie werden entfernt und durch neue ersetzt. Diesen Vorgang wiederholen die Arbeiter so lange, bis das Schmalz gesättigt ist. Man kann förmlich riechen, wie das Fett jeden Tag gehaltvoller wird und stärker duftet. Mittels Branntwein werden den aromatisierten Fetten die duftenden Stoffe wieder entzogen, der dann bei sehr geringen Temperaturen verdampft. Zurück bleibt eine wachsartige, stark duftende Masse: das Concrète.«

Josefine sog Fleurs Erklärungen wie ein Schwamm in sich auf. »Und der Branntwein lockt die ätherischen Geister der Blumen dann wieder heraus und erweckt sie zu neuem Leben?«

»So ist es. Den Blüten ihren Duft zu entlocken, ist eine Kunst. Ich habe es in jüngeren Jahren mit einem Garten voller Narzissen versucht. Körbeweise Blüten gab ich in eine Schmalzmischung und erneuerte täglich die verwelkten Blätter. Schließlich entzog ich dem Fett den Duft der Blumen mit einem reinen Weingeist. Es war ein besonderer Moment, die Essenz der Narzissen in den Händen zu halten und diesen wunderbaren Duft eingefangen zu haben. Als ob ich die Seelen der Blumen gebunden hätte.«

»Fleur, du hast dich dein Leben lang mit Düften umgeben. Stumpft eigentlich irgendwann der Geruchssinn ab?«

»Im Gegenteil! Die Nase wird immer besser, je mehr man sie schult. Vieles, was anderen verborgen bleibt, offenbart sich einem, und man geht ganz anders durch die Welt. Ich nehme bei einem Spaziergang am Hafen nicht nur die salzige Luft wahr, sondern rieche eine raffinierte Komposition aus Algen, Fisch und Brackwasser. Und im Wald kenne ich jeden Blütenduft und alle Kräuter genau.«

»Wie ist das mit den üblen Gerüchen? Früher fiel es mir schwer, auch nur für wenige Minuten in den Behausungen der Ärmsten auszuharren, doch den Bewohnern scheinen die Ausdünstungen der Tiere ebenso wenig etwas auszumachen wie ihr eigener übler Körpergeruch.«

»Für die Armen gehören ihr Leben und die Gerüche, denen sie ausgesetzt sind, zusammen. Sie kennen es nicht anders und würden die Ausdünstungen um sie her nicht als Gestank bezeichnen. Vielleicht verbinden die Menschen, die so leben, den Geruch mit ganz angenehmen Dingen, mit der Geborgenheit einer großen Familie, der Sicherheit, die die Tiere bieten. Nimm Lotte: Sie liebt den Geruch von Kühen und verdreht sogar beim

Anblick eines Kuhfladens genießerisch die Augen. Als Kind war sie oft bei ihrer Großmutter zu Besuch, und an jedem Morgen hat die alte Frau sie in den winzigen Kuhstall mitgenommen, zwei Becher Milch gemolken und sich zu Lotte gesetzt, um ihr eine lange Geschichte zu erzählen. Die Tiere haben währenddessen vor sich hin gedünstet, gemuht und manchmal auch etwas fallen lassen. All dies verbindet Lotte mit der Geborgenheit, die sie in ihrer Kindheit erlebt hat.«

Aufgeregt nickte Josefine. »Wenn ich im Winter als kleines Mädchen mit Meinhardus nach Amsterdam fuhr, um Cornelis Zander und seine Frau zu besuchen, dann hielt Ansje stets einen Aufguss aus Rosmarin und Salbei für mich bereit, der mich aufwärmen sollte. Der Duft von Rosmarin und Salbei vermittelt mir stets das Gefühl, ich wäre im Hause der Zanders und könnte mich in Ansjes Arme werfen, ihre streichelnden Hände auf meinem Haar spüren. Ich liebe den Duft von Rosmarin und Salbei!«

Fleur lächelte. »So ist das, mit den gerochenen Erinnerungen. Für mich riecht der Winter nach den heißen, mit Holundersirup beträufelten Äpfeln, die Lotte mir als Kind servierte. Düfte sind etwas Faszinierendes und können Wellen von Gedanken und Sehnsüchten wachrufen. Sie steigen uns in die Nase und führen uns – wie mit Zauberhand – in längst vergangene Zeiten zurück. Sie erinnern uns an Menschen, Gefühle und Befindlichkeiten. Vergangenes kann so gegenwärtig erscheinen, als hätten wir es gerade eben erlebt und als gäbe es keinen Augenblick zwischen damals und heute.«

Sogar noch jetzt, so viele Jahre später, kamen Josefine bei der Erinnerung an diese Worte die Tränen. Sie würde sich nie damit abfinden können, dass Fleur, dieser liebenswerte Mensch, diese begabte Parfümeurin, so gestorben war. Vor vier Jahren, in einer Unwetternacht, hatte ein Blitzschlag den *Regenbogen* in Flammen gesetzt. Fleur und Lotte mussten im Schlaf überrascht worden sein. Als die Brandwehr mit Wasserfässern und Lederschläuchen kam, war es schon zu spät gewesen.

Josefine wischte sich über das Gesicht und merkte, dass sie weinte. Beschäftigt mit den Bildern und Erinnerungen längst vergangener Tage, war es ihr kaum bewusst geworden, dass die Nacht hereinbrach. Erst der Schrei einer Eule schreckte sie auf.

Josefine stöhnte leise, als sie an den morgigen Tag dachte. Sie würde tatsächlich mit ihrem Vater nach Amsterdam reisen! Meinhardus und Bertram waren in den zurückliegenden Stunden bienenfleißig gewesen. Alle ausstehenden Aufträge waren erledigt, und Bertram hatte selbst ihre parfümierte Pomade abgefüllt und etikettiert.

Dietlinde hatte mit glänzenden Augen Josefines Garderobe und den Korb mit dem Reiseproviant zusammengestellt. Sie war zum Handelshaus der Fissers gelaufen und hatte Geschenke für Cornelis und Ansje besorgt, bei denen Josefine und Meinhardus unterzukommen hofften.

Es gab keinen Grund mehr, die Einladung auszuschlagen, und das ärgerte Josefine besonders. Sie hatte nicht die Spur von Lust, dem Zaren zu begegnen, sich in affektierter Gesellschaft zu bewegen und hochtrabende Gespräche zu führen!

Und dann noch dieser freche Kerl, der sie und Meinhardus womöglich begleiten würde! Das Bild des Fremden schob sich vor ihr inneres Auge. Wie er sie angesehen hatte! Unverschämt! Ein Prickeln lief Josefine über den Rücken, als sie an die tiefe, spöttische Stimme des Fremden dachte, den provokanten Blick. Er hatte sich über sie lustig gemacht! Zugegeben, er hatte sie verunsichert und aus dem Gleichgewicht gebracht, doch das sollte ihm nicht noch einmal gelingen! Seine Begleitung nach Amsterdam musste sie sich gefallen lassen, das war natürlich schon ein Triumph für ihn, doch es würde der einzige bleiben.

Die Begegnung mit dem Fremden war eine neue Erfahrung

für Josefine. Im Lauf ihrer dreiundzwanzig Lebensjahre war sie gemieden, beschimpft und belehrt worden, doch verspottet hatte man sie nie. Vielleicht hatte sie deshalb so gereizt auf seine Feststellung reagiert, sie *müsste* dem Zaren dienlich sein. Dieser Kerl irrte sich! Auf keinen Fall würde sie dem Herrscher Düfte für Frauen mitgeben, die sie nicht kannte. Das widersprach ihren Prinzipien, widersprach allem, was Fleur sie gelehrt hatte.

Josefine straffte die Schultern und tat einen tiefen Atemzug. Es blieben ihr bis zum Aufbruch noch genau sieben Stunden. Sie würde jetzt nicht länger hier sitzen, nachdenken und die Flügel hängen lassen. Es galt, Kräfte zu sammeln für den Kampf mit dem russischen Herrscher und seinem *Laufburschen*.

Das Beste war, sich nicht länger zu ärgern, sondern aus der Not eine Tugend zu machen. Sie würde auf den Amsterdamer Märkten neue Duftessenzen kaufen, mit Ansje plaudern und bei Mijnheer Potter vorbeischauen. Ja, das würde sie! Josefine dachte an den wunderbaren Laden in der *Prinsengracht*, der mit Schwämmen, Korallen, afrikanischen Kalebassen, ausgestopften Paradiesvögeln und zartem Porzellan bestückt war.

Josefine schloss die Augen und träumte sich nach Amsterdam, in diese unglaubliche Stadt, die Menschen aus aller Herren Länder beherbergte und wie in einem Schmelztiegel miteinander vermischte. Da es weder eine dominierende Religion noch ein einheitliches Staatswesen gab, fühlten sich Juden aus Portugal und Spanien in den Niederlanden genauso wohl wie Hugenotten aus Frankreich und reiche Kaufleute aus Flandern. Dazu bevölkerten unzählige Seeleute aus aller Welt die Schiffe Amsterdams, dessen Handelsreichtum die Flotten mächtiger Staaten in den Schatten stellte.

Die Zeit, in der die *Hollanders* das Monopol auf den Fischfang in der Nordsee und den Walfang in der Arktis besaßen und als Einzige die Welt bis in den hintersten Winkel bereisten, war zwar vorbei, doch sie hatte die Menschen in Amsterdam geprägt, den Grundstock für Reichtum und Wohlstand gelegt und das Wissen in den Köpfen verankert, dass eine Gesellschaft besser funktionierte, wenn ihre Bürger viele Freiheiten besaßen. Davon profitierten die Amsterdamer Frauen. Sie hatten etwas zu sagen und ergriffen laut das Wort. Eine Sache, die anderswo undenkbar wäre. Die Amsterdamerinnen trieben Handel, leiteten Unternehmen und suchten sich ihre Ehemänner selber aus oder blieben allein, ganz wie es ihnen gefiel.

»Dort würde sich kein Menschen das Maul über mich zerreißen«, dachte Josefine.

Im Geist sah sie den Hafen vor sich, Dutzende Boote, die tief im Wasser lagen, sie hörte Schiffstrompeten und Salutschüsse eine ankommende Flotte begrüßen. Tagelöhner löschten in langen Reihen die Fracht und trugen sie zur Waage, gleich neben dem Rathaus. Josefine glaubte den Duft des Pfeffers zu riechen, den von Nelken, Sappanholz und gewürztem Ingwer. Vor ihrem inneren Auge wurden die Kisten mit Ming-Porzellan aus China, feinen japanischen Lackwaren und Perlen geöffnet und wechselten den Besitzer, genauso wie Ballen persischer Seide und ceylonischer Süßwaren. Josefine spürte die Vorfreude auf all dies bis in die Haarspitzen.

Sie würde dem Zaren nicht viel seiner kostbaren Zeit stehlen! Mochte geschehen, was wollte, sie würde sich gelassen das Ansinnen des Monarchen anhören und keinen Fingerbreit von ihrer Meinung abweichen. Josefine nickte, wie um ihre Überlegungen zu bestärken. In zehn Tagen könnte sie wieder in Leer sein und die Begegnung mit dem Fremden für immer aus ihren Gedanken verbannen.

Sie sah wieder sein Gesicht vor sich, aus dem Bewunderung für sie sprach. Ein Schauer überlief Josefine, und heiße Röte schoss ihr in die Wangen. Hastig schob sie den Flakon für die Schneiderin in die Tasche ihres Kleides, löschte eine der Laternen und machte sich mit der anderen auf den Weg, um in dieser Nacht zumindest noch eine kleine Mütze Schlaf zu erhaschen.

3

Henk setzte sich an den Tisch beim Fenster und spähte hinaus. Die Häuser lagen noch in dichtem Nebel. Man konnte kaum die Hand vor Augen sehen, geschweige denn die Schiffe im Hafen.

Ein Mädchen trat an seinen Tisch und schürzte kokett den Rock.

»Kann ich das Morgenmahl aufdecken?«

Er lächelte sie an. »Ich bitte darum!«

Die Wirtsmaid strahlte. »Bringe ich sofort.«

Kurze Zeit später blickte Henk stirnrunzelnd auf das Frühstück vor sich auf dem Tisch. Es bestand aus getrocknetem Fisch in einer unappetitlichen Sauce und gebratenen Eiern. Nach einem vorsichtigen Schnuppern ließ Henk den Fisch liegen, griff nach einem Kanten Brot und nahm sich von den Eiern. Er seufzte leise. Das karge Mahl würde bis zum Mittag reichen müssen.

Henk blickte erneut aus dem Fenster und verengte die Augen, als er Josefine Meinen raschen Schritts vorbeilaufen sah. Wohin mochte sie um diese Zeit schon unterwegs sein? Henks Mundwinkel verzogen sich zu einem spöttischen Lächeln. Josefine. Das passte zu ihr. Es klang wie der Name einer uneinsichtigen, streitlustigen Großmutter. Sie hatte zwar nicht das Aussehen, doch das Steife und Zänkische ließ sich jetzt schon erahnen.

Was hatte ihn nur gestern dazu getrieben, sich mit ihr anzulegen? Er war ein zurückhaltender Mann – eine Gewohnheit, die ihm mit den Jahren zur Notwendigkeit geworden war –, und er war niemand, der sich einer altjüngferlichen Mamsell aufdrängte. Natürlich war dieser *Wunderheiler* auch ihm ein Dorn im Auge gewesen, doch bevor er den Mann mit Fragen hätte in die Enge treiben können, war sie schon zur Stelle gewesen. Henk lächelte in sich hinein, als er an Josefines Auftritt dachte. Er hatte ihren Mut bewundert und sie in ihrem Zorn wunderschön gefunden. Diese aufrechte Haltung, ihre erhitzten Wangen, die grünen Katzenaugen, aus denen Feuer zu sprühen schien, weckten in ihm immer noch den Wunsch, das Mädchen zu küssen!

Henk schüttelte über sich selbst den Kopf. Was fand er bloß an dieser grauen Maus mit dem nachlässig aufgesteckten Haarknoten und dem unmöglichen Kleid? Es blieb zu hoffen, dass sie noch ein anderes Gewand besaß, mit dem sie dem Zaren unter die Augen treten konnte.

Henk hob den Arm und bestellte sich einen Krug Bier. Er widmete sich seinem Brot, und wieder schweiften seine Gedanken zu der Tochter des Apothekers. Ihre Augen wirkten viel jünger, als ihre ganze Aufmachung es vermuten ließ. Wie viele Lenze mochte sie zählen? Nicht, dass es ihn wirklich interessierte. Warum verschwendete er überhaupt seine Gedanken an sie? Henk verzog ärgerlich den Mund. Wahrscheinlich, weil er die nächsten Tage mit ihr unterwegs sein würde und sie sich so ungewöhnlich benahm.

Er dachte an seine Mutter, Deborah de Jonge, die eine feine, warmherzige Frau gewesen und auch in der Armut eine Dame geblieben war. Sie hätte das Verhalten der Apothekerstochter verurteilt. In ihren Augen hatten weibliche Wesen in Verhalten und Redeweise stets sittsam und zurückhaltend zu sein. Sie war eine Träumerin gewesen und der festen Überzeugung, er, Henk, würde eines Tages die Frau treffen, die für ihn bestimmt war.

»Du wirst spüren, dass ihr seelenverwandt seid – gleich im ersten Augenblick – und die Augen nicht mehr von ihr wenden können.«

Henk seufzte leise. Er hatte sich stets über ihre romantischen Vorstellungen amüsiert. Ein Schauer lief ihm über den Rücken. Henk biss sich auf die Lippen. Er wollte nicht an seine Mutter denken, nicht daran, wie sie gestorben war. Da war es schon besser, sich mit dem Wildfang zu beschäftigten, der gestern den Scharlatan in seine Schranken gewiesen hatte. Wie bissig sie auf ihn und seine Äußerungen reagiert hatte!

»Euer Bier, werter Herr.«

Das Schankmädchen schenkte ihm erneut ein Lächeln. Sie war nicht hübsch, und ihr fehlten zwei Zähne, doch ihr Gesicht war warm und freundlich. Henk neigte den Kopf und dachte, dass die unterkühlte Apothekerstochter von der Wirtsmaid noch eine Lektion in natürlicher Herzlichkeit lernen konnte.

Andrej Wolkonski erschien in der Tür und hob kaum sichtbar die Hand zum Gruß. Henk nickte dem Boten des Zaren zu. Der Mann ließ sich ihm gegenüber nieder, winkte mit gebieterischer Miene das Mädchen heran und gab seine Bestellung auf.

Andrej besaß ein kantiges Gesicht und lodernde dunkle Augen. Schwarzes Haar umrahmte eine hohe Stirn. Er war größer als die meisten Russen, sehr wortkarg und ewig missmutig. Der Russe hatte gute Gründe für seine Verdrießlichkeit: Er war der zweitgeborene Sohn eines Bojaren, eines Vertreters des alten Adels in Russland. Seit der Zar bestimmt hatte, dass nur die ältesten Söhne erben konnten, mussten sich die jüngeren Arbeit suchen. Gut für den Zaren, der so gebildete und einflussreiche Männer für seine Staatsaufgaben gewann. Einige Bojarensöhne, die sich besonders um seine Gunst bemühten, begleiteten den Zaren als Leibwächter auf seiner Reise und mussten es sich gefallen lassen, für besondere Dienste ausgewählt zu werden. So jemand war Andrej. Während er in Russland für die Sicherheit in St. Petersburg mitverantwortlich war, bekleidete er hier und heute die Aufgabe eines Gesandten des Monarchen, der Meinhardus Meinen eine Einladung zu überbringen hatte. Andrejs

Kleidung trug dem Rechnung. Sie bestand aus einer hellen Weste, gelben Beinkleidern und knappen Stiefeln mit braunen Stulpen. Dazu eine Jagdkappe mit Schnüren und Quästchen. Die Livree war in grellen Tönen gehalten, damit der Bote schon von Weitem gesehen wurde.

Henk würde dafür sorgen, dass der Apotheker mit seiner Tochter in einem angemessenen Gefährt nach Amsterdam befördert wurde. Er zeichnete für die Sicherheit verantwortlich. Die Wahl war auf ihn gefallen, weil er des Niederländischen mächtig war – der Amts- und Kirchensprache in Ostfriesland – und sich gut auf Waffen verstand. Letzteres hatte ihm schon mehr als einmal den Kopf gerettet. Außerdem schätzte ihn der Zar als Freund und hatte seine Begleitung ausdrücklich gewünscht.

Schweigend saßen die beiden Männer einander gegenüber, so wie sie fast auf der gesamten Reise von Amsterdam nach Leer geschwiegen hatten. Henk kannte den Russen seit dreizehn Jahren, und seit dreizehn Jahren betrachtete Andrej ihn als seinen Feind. Seit jenem Tag, als Henk auf Geheiß des Zaren zum ersten Mal dem Unterricht der russischen Adelssöhne beigewohnt hatte. Henk beobachtete den Bojarensohn Andrej Wolkonski mit gesenkten Lidern. Dann richtete er seinen Blick starr in die prasselnden Flammen des Kaminfeuers, die zu einem Meer aus rotgoldenen Fackeln zusammenflossen, und seine Gedanken schweiften in die Vergangenheit zurück, zu den alten Gespenstern, und ließen Bilder in seinem Kopf erstehen, als wäre es gestern gewesen.

Als er zwölf Jahre alt war, hatte der russische Mob zum ersten Mal nach seinem Blut geschrien. Damals wohnte er mit seinen Eltern in der Ausländervorstadt nahe Moskau.

Er sah, wie die Hände seiner Mutter Deborah de Jonge das Buch mit den holländischen Sagen vor Angst so fest umklammerten, dass ihre Knöchel weiß hervortraten. Er sah, wie sie nach seinem Arm griff, als er zum Fenster treten wollte, um ihn zurückzuhalten, doch er war schneller. Mit klopfendem Herzen blickte er auf die vom Zaren geschickten Soldaten und die sich drängende rasende Menge. Die Fackeln tauchten die hassverzerrten Gesichter in Licht und Schatten und gaben ihnen etwas Diabolisches. Er hörte ihre wütenden Schreie.

»Gebt uns die Flachsköpfe heraus!« Die Aufgebrachten hielten Seile in den Händen. Ihre Worte waren keine leeren Drohungen. »Wir werden uns von den Ketzern nichts mehr diktieren lassen. Wir wollen unser altes Russland zurück. Keine abgeschnittenen Bärte mehr, keine Kleiderordnung! Wir werden uns nicht mehr von unseren Gewohnheiten trennen, sondern von den Fremden, die der Zar ins Land gebracht hat und von denen alles Übel kommt!«

Das laute Treiben in der Schankstube holte Henk an den Tisch zurück. Er biss die Zähne zusammen. Warum nur machte es ihm nach so langer Zeit immer noch etwas aus, dass Andrej und so viele andere Russen ihn ebenso sehr hassten wie vor dreizehn Jahren? An die eisigen Winter, an das Heulen der Wölfe in den Wäldern, an die Stechmückenplagen der Sommer und die langen weißen Nächte hatte er sich doch auch gewöhnt. Warum konnte er sich nicht an die Feindseligkeit und die Ächtungen gewöhnen und sie ignorieren?

Henk stand auf und wandte Andrej den Rücken zu, um seine Emotionen zu verbergen, und fühlte den Schmerz, als sich seine Nägel ins Fleisch seiner Hände bohrten. Er atmete tief durch und versuchte, die Schrecken der Erinnerung in ihre Schranken zu weisen. Er war nicht in Moskau, nicht in Petersburg, nicht einmal in Russland. Er war in einem kleinen Hafenort namens Leer und hatte eine Aufgabe zu erfüllen. Andrej bekleidete hier nur das Amt eines Gesandten, und allein würde er wohl kaum einen Angriff wagen. Er starrte aus dem Fenster ohne etwas wahrzunehmen. Es war nicht nötig, ständig auf der Hut sein. Hier war er sicher, genau wie in Amsterdam, seiner alten Heimat. Fast wünschte Henk, einfach hierbleiben zu können.

Holland! Wie sehr es sich in den letzten achtzehn Jahren verändert hatte! Als er nach Russland ging, florierten die sieben vereinigten Provinzen der nördlichen Niederlande wie kaum ein anderes Land in Europa. Heute war der Zenit des Goldenen Zeitalters, in dem die Ostindische Kompanie unermesslichen Reichtum ins Land gebracht hatte, überschritten, doch seine Auswirkungen hielten noch an. Dafür sorgte ein weltumspannendes See- und Handelsnetz. Vierhundert Segelschiffe liefen jedes Jahr vom Stapel. Kluge Köpfe und technische Erfindungen hatten das Land berühmt gemacht. Unmögliches schien hier selbstverständlich.

Amsterdam war die reichste holländische Stadt. Sie hatte sich auf einem Fundament aus Hunderttausenden von Pfählen aus dem Wasser erhoben und lag an der sumpfigen Mündung des Flusses Amstel im Süden des Ijsselmeeres. Das Wasser wurde in großen Kanalringen, den Grachten, abgeleitet. Amsterdam – das waren siebzig Inseln und fünfhundert Brücken, unter denen Schiffe passieren konnten. Die Stadtmauern mit kräftigen runden Wachtürmen befanden sich innerhalb des äußersten Kanalrings, der als Stadtgraben diente. Auf den Türmen waren Windmühlen montiert, die Pumpen antrieben und fortwährend das Wasser aus den Kanälen innerhalb der Stadt ableiteten.

Holland galt als Zentrum des Wissens, und das hatte den russischen Herrscher und seine Große Gesandtschaft dazu gebracht, hier Quartier zu nehmen. Im August 1697, vor neunzehn Jahren, war Henk dem Zaren zum ersten Mal begegnet. Er war damals neun Jahre alt gewesen und hatte seinen Vater begleitet, einen großgewachsenen, früh ergrauten Mann mit strengen Zügen, die seine Duldsamkeit nicht vermuten ließen. Henk erinnerte sich noch genau an die Aufregung, als die Reisegesellschaft mit mehr als zweihundert Mann, zehn Frachtwagen und mindestens dreißig mehrspännigen Kutschen in Amsterdam Einzug hielt.

Hornbläser ritten dem Tross voran, und Salutschüsse kündeten von dem ungewöhnlichen Aufzug. Mit offenem Mund hatte er auf die bunt gekleideten Menschen gestarrt, die trotz des warmen Frühlingstags Filzkappen oder Fellmützen trugen. Die Reiter auf den geschmückten Pferden schienen von Adel zu sein, denn ihre Kleidung und die breiten Schärpen waren mit Gold verziert. Ihnen folgten Soldaten, Geistliche und das Fußvolk aus Trossweibern und Köchen, die man an ihren Hauben erkannte. Den Abschluss des Aufmarschs bildeten mehrere offene Karossen, auf denen Musikanten aufspielten und Zwerge winkten und lange Nasen machten. Henk war voller Schrecken zurückgewichen, als er einen Wahnsinnigen in Ketten ausmachen konnte, der von einem riesenhaften grobschlächtigen Mann im Zaum gehalten wurde, und Käfige, in denen merkwürdige Kreaturen noch merkwürdigere Geräusche von sich gaben. Der Zar selbst ritt der Gesellschaft nicht voran, sondern befand sich inkognito unter den Reitern.

»Siehst du den Mann auf dem schwarzen Pferd, der alle anderen überragt?« Henks Vater hatte neben ihm gekniet. »Das ist der Monarch. Er gibt sich als Peter Michailowitsch aus. Was für eine Ehre, dass er unser Land bereist! Er ist schon einige Zeit in Zaandam gewesen und erst heute wieder mit dem Tross zusammengetroffen.«

Staunend hatte Henk auf den riesigen Reiter geblickt, der einen kleinen Schnurrbart, aber keine Perücke trug. Unter dem Dreispitz lugte braunes Haar hervor, das im Nacken zusammengebunden war. Der Mann wirkte kräftig, aber nicht massig. Er trug einen braunen Mantel und ebensolche Stiefel, die ihm bis über die Knie reichten. Die Spitze eines hellen Rüschenhemds lugte aus den Ärmelaufschlägen. Der Zar besaß auffallend lange Arme und Beine. Als der Zug ins Stocken kam, erhaschte Henk einen Blick auf kräftige, schwielige Hände, die auf harte körperliche Arbeit schließen ließen. Unruhig flackerten die Augen des Reiters hin und her, als schmeckte ihm die ungewollte Unterbrechung nicht.

»Was wollte Zar Peter denn in Zaandam?«, fragte Henk leise.

»In Russland hat man ihm erzählt, dass dort die besten Schiffe Hollands vom Stapel gelassen würden. Zar Peter beschloss, Erfahrungen im Schiffsbau zu sammeln und inkognito – also ohne sich zu erkennen zu geben – bei einem Schiffsbauer als Zimmermann zu arbeiten.«

»Mit diesem ganzen Hofstaat im Schlepptau?«

Sein Vater schüttelte den Kopf. »Die Teilnehmer der Gesandtschaft ließ der Zar in Emmerich zurück und fuhr mit wenigen Männern und einem gemieteten Schiff direkt bis nach Zaandam. Stell dir nur vor, auf der Fahrt sah der Zar plötzlich eine bekannte Gestalt in einem Ruderboot sitzen und Aale stechen. Es war Gerrit Kist, ein holländischer Schmied, der schon in Moskau für Peter gearbeitet hatte. Ein unglaublicher Zufall, nicht?«

»Der wird sich aber erschrocken haben, als der Zar plötzlich auftauchte!«

»Hat er. Auch darüber, dass Peter bei ihm einziehen wollte. Gerrit überredete eine verwitwete Nachbarin, dem Zaren und seinen Begleitern für sieben Gulden ihr Haus zu überlassen. Und so geschah es, dass der russische Herrscher in Zaandam in einem winzigen Holzhaus mit zwei kleinen Zimmern untergebracht wurde. Seinen Begleitern war es verboten, über den Monarchen zu sprechen, der sich als *Desjatnik,* als Obmann der Zweiten Zehnerschaft, ausgab.«

»Und wie flog das Versteckspiel auf?«

»Ein Zaandamer Schiffsbauer, der in Russland arbeitete, schrieb seinem Vater, dass eine große russische Gesandtschaft unterwegs sei. Er beschrieb den Zaren genau: seine Größe, wie er manchmal so merkwürdig mit dem Kopf zuckt und die kleine

Warze auf seiner rechten Wange. Diesen Brief hat dann der Vater für jedermann vernehmlich in Pomps Barbierladen vorgelesen, als ein Riese mit den eben erwähnten Kennzeichen hereinkam.«

»Oh! Ich hätte zu gern die Gesichter der Männer gesehen – und das des Zaren!«

»Die Nachricht verbreitete sich natürlich in rasender Eile. Viele wollten es nicht glauben und schlossen Wetten ab. Als der Monarch am vierten Tag nach seiner Ankunft mit einem Boot auf dem Ijsselmeer segelte, fuhren so viele Schiffe von Zaandam aus in seine Richtung, dass er an Land flüchtete. Die neugierige Menge umringte ihn, sie drängten sich vor und starrten ihn an wie ein seltsames Tier. Der Zar wurde wütend und gab einem Neugierigen einen leichten Schlag auf den Kopf. ›Bravo! Marsje, jetzt bist du geadelt worden!‹, rief die Menge.«

Henk lachte. »Sie haben es ihm nicht übel genommen!«

»Die Leute waren nicht zu bändigen. Zar Peter schloss sich in einem Gasthaus ein und kehrte erst in der Dunkelheit nach Zaandam zurück. Scharen von Menschen kamen am nächsten Tag zur Werft, trampelten Zäune nieder und stiegen sogar auf Dächer, um ihn zu sehen. Da wusste sich der russische Herrscher keinen anderen Ausweg, als an Bord eines Schiffs zu klettern und die Stadt zu verlassen. Trotz heftigen Winds und der Warnungen erfahrener Seeleute fuhr er davon und kam drei Stunden später in Amsterdam an. Völlig erschöpft erreichte er das für die Große Gesandtschaft reservierte Gasthaus.«

»Jetzt sah er aber wieder ganz erholt aus.«

»Das macht die Erleichterung. Bürgermeister Witsen hat ihm versprochen, dass er seine Ausbildung im Schiffsbau am Ostende des Hafens, auf einer Werft der Holländischen Ostindien-Kompanie, fortsetzen darf. Sie ist von hohen Mauern umgeben. Außerdem will er dem Zaren ganz Amsterdam zeigen.«

»Der scharwenzelt aber ordentlich um ihn herum.«

»Es ist das erste Mal, dass ein russischer Herrscher in Friedenszeiten sein Land verlässt. Und es ist *die* Gelegenheit für Amsterdam, Handelsbeziehungen mit Russland zu knüpfen.«

»Warum reist der Zar durch Europa? Nur, weil er lernen will, Schiffe zu bauen?«

»Sicherlich nicht. Man sagt, er will sein Land erneuern und sich auf der Reise dazu anregen lassen, handwerkliche und technische Kenntnisse erwerben und neue Erfindungen begutachten. Zar Peter möchte so viel wie möglich in Erfahrung bringen, und was ihm gefällt, wird er in sein Land hineintragen.«

»Leben denn die Russen anders als wir?«

»Das muss wohl so sein. Ich habe den Bürgermeister sagen hören, dass Zar Peter von seinem Volk und dessen altertümlicher Lebensweise die Nase voll habe.«

»Snert, der Sohn vom Schmied, sagt, die Russen sind wie wilde Tiere. Sie tragen Felle, trinken den ganzen Tag nur Schnaps und essen mit den Fingern. Und sie sagen nicht ›Danke‹, sondern grunzen nur.«

»Siehst du, das ist auch einer der Gründe, warum Peter durch die Lande zieht. Er will den Menschen zeigen, dass diese Vorstellung falsch ist und die Russen keine Tyrannen und Barbaren sind. Denn mit solchen verbündet man sich nicht – und auf Verbündete gegen die Türken hofft der Zar. Er braucht Schiffe und Soldaten am Schwarzen Meer.«

»Und werden wir sie ihm geben?«

»Ich glaube nicht, mein Sohn. Wenn Holland die Russen im Kampf gegen das Osmanische Reich unterstützt, dann würden wir Frankreich verstimmen, und das könnte unseren Frieden gefährden.«

Der russische Herrscher liebte Amsterdam. Die Tulpen, die Mühlen, die Schiffe und die überbordende Geschäftigkeit der Menschen hatten es ihm angetan. Schon im Morgengrauen fand man ihn täglich auf der Werft, wo er unter dem Schiffsbaumeister Gerrit Claes Pool als Zimmermann arbeitete. Peter ließ nicht zu, dass ihn jemand mit seinem Titel ansprach oder er bevorzugt behandelt wurde. Er freundete sich mit den Schiffern und Schiffsbauern an, die ihn *Baas Peter* nannten.

Die Neugier des Monarchen war unerschöpflich. Er interessierte sich für alles, außer für das Austauschen von Höflichkeiten und den Besuch von Banketten in festlicher Gewandung. Lieber ließ er sich in seiner Freizeit zeigen, wie man Eisen kochte oder eine Papiermühle zum Arbeiten brachte, wie man Uhren fertigte, Zähne zog und Seide spann. Besonders faszinierend fand er die Kuriositätenkabinette der Reichen, in denen Wunderdinge, die über ferne Meere den Weg nach Holland gefunden hatten, gezeigt wurden. Begeistert betrachtete der Zar Muscheln und Fossilien, Herbarien mit Pflanzen von unbekannten Inseln, ausgestopfte Tiere, merkwürdige Masken und missgestaltete Föten in Weingeist.

»So etwas muss es auch in Russland geben! Eine große Wunderkammer, die jedem Untertan die Möglichkeit bietet, die unendliche Vielfalt des Lebens zu bestaunen. Das wird den Glauben an die schwarzen Künste vertreiben und beweisen, dass Missgeburten nicht durch Zauberei hervorgebracht werden, sondern allein durch den Willen Gottes.«

Viele Kisten und Kästen mit Schätzen aus aller Herren Länder wurden nach Russland verschifft. Der Zar wollte nicht nur Bildung für sein Volk, sondern nutzte den Aufenthalt in Holland, um selbst möglichst viel zu lernen. Alles schien diesen Mann zu interessieren. Er freundete sich mit Ärzten und Apothekern an, nahm an wissenschaftlichen Vorlesungen teil und saugte ihm Unbekanntes auf wie ein Schwamm. Peter von Russland besuchte Waisenhäuser, Feuerwachen, Fabriken, Museen, botanische Gärten und Laboratorien. Und eines Tages fand er sich bei Henks Vater ein. Bürgermeister Witsen hatte von Artjong de Jonge erzählt, von seinen Erfindungen wie der Feuerspritze und der Straßenbeleuchtung – einer teuren Angelegenheit, bei der die Stadtherren Amsterdams noch zauderten. Zar Peter zauderte nicht, sondern verbrachte einen ganzen Nachmittag in Artjongs Werkstatt in der *Haarlemmerstraat.*

»Das ist ein Mann nach meinem Geschmack! Keinen Moment hat er meine Erfindungen belächelt wie die Dummköpfe, die unsere Stadtväter sonst schicken. Zar Peter will das Beste für sein Volk. Er träumt von einem helleren Russland und davon, die Holzhäuser, in denen seine Untertanen leben, besser schützen zu können!«

Der Werber, den der russische Herrscher aussandte, um Artjong de Jonge zu überreden, dem Zaren in seine Heimat zu folgen, hatte leichtes Spiel. Man versprach ihm Dutzende von Aufträgen für Feuerwehrschläuche aus Segeltuch, Wasserpumpen, Straßenlampen und viele andere Dinge, die von Artjong erst noch erfunden werden müssten.

Mit Henks Vater wurden auch Schiffsbaumeister, Zimmermänner, Segelmacher und Seiler, Ärzte und Hebammen, Zeichner und Graveure vom Zaren in den Dienst genommen. Nach der großen Reise folgten über sechshundert Männer aus Schiffsbau, Verwaltung und Handwerk dem Zaren nach Russland.

Voller Vorfreude packten die de Jonges ihre Koffer.

»Endlich ein Land, in dem dein Vater die Bewunderung bekommen wird, die er verdient«, sagte Henks Mutter. »Und du, mein Sohn, wirst zu einem gelehrten Mann heranwachsen und an der Erschaffung einer wunderbaren neuen Welt mitwirken dürfen. Was für eine Zukunft!«

Henk erinnerte sich noch daran, wie sehr er sich auf das Leben im Zarenreich gefreut hatte, auf das große Abenteuer!

Er fand mit seiner Familie eine neue Heimat in der *Sloboda,* der Deutschen Vorstadt am Ufer des Flusses Jausa, nicht weit vom Zentrum Moskaus entfernt. Hier wurde deutsch gekocht, gesprochen, und es gab sogar deutsche Lehrer, Ärzte und Apotheker. Wer es nicht besser wusste, hätte sich vorstellen können, in der Heimat zu sein. Die Bewohner der Ausländervorstadt hielten ungestört ihre Gottesdienste ab und lebten nach den altbekannten Sitten und Gebräuchen.

An den breiten baumgesäumten Alleen standen zwei- oder dreistöckige Backsteinhäuser mit großen Fenstern, deren Fronten mit Säulen und Gesimsen verziert waren. In den Gärten, die denen in Holland oder Deutschland ähnelten, fanden sich Springbrunnen, Pavillons und Teiche. Auf den Straßen rollten Kutschen, wie man sie aus Paris und London kannte. Nur die von Weitem sichtbaren Zwiebeltürme der Moskauer Kirchen erinnerten daran, dass man in Russland lebte.

Offiziell galten die Ausländer als gerne gesehene Gäste und sollten auch so behandelt werden, doch inoffiziell vermieden die Orthodoxen den Kontakt mit den Nicht-Rechtgläubigen. Kein Russe – außer den vom Zaren geschickten – setzte jemals einen Fuß in die Werkstatt, die Artjong de Jonge aufbaute. Der Monarch hielt sein Versprechen und überschüttete Henks Vater mit Aufträgen, und so liefen die Geschäfte gut.

Artjong de Jonge bestand darauf, dass Henk Russisch lernen müsste. »Nur wenn du ihre Sprache sprichst, wenn du weißt, wie die Russen denken und leben, kannst du dir einen Platz in ihrer Welt sichern. Andernfalls wirst du auf immer in der Deutschen Vorstadt gefangen sein.«

Der Sprachunterricht brachte Henk die Ablehnung der deutschen Kinder ein. Sie hielten alle Russen für Barbaren und sich für etwas Besseres. Henk hatte nie leicht Freundschaften geschlossen, und die wenigen Jungen, die sich überhaupt mit ihm abgaben, empfanden es geradezu als Verrat, dass er sich mit dem als *einbeiniger Teufel* verschrienen Lehrermeister einließ, den seine Eltern nach langer Suche engagiert hatten. Die russische Sprache ging Henk bald leicht von den Lippen. Das lag vielleicht daran, dass er den alten Iltsch so sehr mochte.

Iltsch war ein bärbeißiger Mann, klein von Gestalt und mit einem Wust grauer Haare. Er fand sein Auskommen in der Ausländervorstadt, wo er fein gearbeitete Körbe anbot und geknüpfte Matten, die die Frauen gerne kauften. Er bewohnte eine Hütte am Rand der Vorstadt. In Moskau hatte er eine Gaststube besessen und zufrieden gelebt, bis ein Unglück ihn traf.

»Ich habe die Frechheit besessen, dem Tod von der Schippe zu springen. Ein umstürzender Baum hat mich unter sich begraben und mein rechtes Bein zerquetscht. Mein Bruder schickte nach Hilfe, und ein Pfuscher kam und griff nach der Säge. Ich war tagelang ohne Sinne, und schließlich weissagte die alte Kathrein, eine Heilerin, dass ich sterben würde. Mein Bruder hatte schon Wodka in mein frisch geschaufeltes Grab geschüttet und sich mein Weib angeeignet, da fiel es mir ein, doch weiterleben zu wollen.« Der Alte lachte bitter. »Auf der anderen Seite der Jausa wollen sie mich nicht mehr. Jetzt ist mein Platz hier, bei euch *Stummen,* so nennen die Russen alle, die nicht ihre Sprache sprechen. Stumm ist ja fast so wie tot, nicht wahr?«

»Warum hassen uns die Russen so sehr, Iltsch?«

»Sie fühlen sich vom Zaren betrogen, der ihr Leben radikal ändern will, und diese Wut lassen sie an euch aus. Die Russen sind felsenfest davon überzeugt, dass der Zar den Einflüsterungen von Leuten aus der westlichen Welt erlegen ist. Weißt du, die Russen lebten bislang in einer abgeschiedenen Welt, misstrauten allem Neuen und interessierten sich nicht für andere Völker. Himmel und Hölle waren ihnen näher als benachbarte Länder, und neue Erkenntnisse werteten die meisten als schwarze Magie. Fremden misstrauen sie auf immer.«

»Wie ist es möglich, dass der Zar so anders ist? Du hättest ihn in Holland erleben sollen! Er war so neugierig und begeistert!«

»Das hat er von seinem Vater geerbt, der bereits von Naturwissenschaften und Technik fasziniert war. Doch während Zar Alexej zurückhaltend und vorsichtig vorging, besitzt sein Sohn ein Temperament, dem sich kaum einer entziehen kann. Seine Ideen sind zündend, seine Tatkraft ist unwiderstehlich – zumindest für diejenigen, die sich von seiner Begeisterung anstecken lassen. Unterstützung aus dem eigenen Volk kann Peter jedoch kaum erwarten, und das weiß er ganz genau. Du musst wissen, dass der Monarch von klein auf westliche Freunde und Berater hatte. Als er zehn Jahre alt war, starb sein älterer Bruder, und Sofia, Peters Schwester, übernahm die Regentschaft für ihn und seinen Bruder Iwan. Peter zog mit seiner Mutter auf ein Schlösschen außerhalb Moskaus und genoss ein freies, ungebundenes Leben, das im Kreml undenkbar gewesen wäre. Besonders gern hielt sich der Junge in der Ausländervorstadt bei den ›heidnischen‹ Fremden auf, wo er die Werkstätten der Handwerker unsicher machte und sich Freunde unter den Ausländern suchte. Als Peter siebzehn Jahre alt war, eroberte er sich seinen Thron, den Sofia immer noch für sich beanspruchte, zurück und verbannte die ungeliebte Schwester hinter Klostermauern.

Als laut wurde, dass er mit einer Großen Gesandtschaft durch Europa ziehen wollte, waren seine ausländischen Freunde begeistert und die Moskauer aufgebracht. Sie empfanden diese Reise als etwas Unerhörtes. Es war noch nie geschehen, dass ein russischer Herrscher das Land verließ, und das nicht etwa, um auf Kriegszug zu gehen, sondern um sich zu Neuerungen anregen zu lassen! ›Er hat seine Gottesfurcht und Rechtschaffenheit verloren‹, schrien die Alten. ›Er verrät die Traditionen und verstößt gegen unseren Glauben und die altväterlichen Sitten‹. Und so war es ja auch. Dieser junge Spund von Zar, gerademal fünfundzwanzig Lenze zählend, lehnte sich gegen alles auf, was die Altväter geschaffen hatten. Zudem verschlang die Reise Unsummen, und auch das wurde mit Missmut aufgenommen.«

»Wenn alle wütend auf ihn sind – macht das dem Zaren nichts aus?«

»Er sieht uns, seine Untertanen, als Kinder an, die auf die

rechte Bahn geleitet werden müssen – notfalls mit Schlägen! Seine Reise hat die Gemüter über alle Maßen erhitzt, doch ich glaube, das ist erst der Anfang. Hast du schon von den neuen Gesetzen gehört?«

»Zar Peter hat die Männer gezwungen, ihre Bärte abzunehmen.«

»Ja. Eine Ungeheuerlichkeit! Für uns Orthodoxe ist der Bart ein Symbol des Glaubens und der Selbstachtung, eine Zierde, die uns Gott verliehen hat. Die Rasur gilt als Todsünde! Und jetzt hat er auch noch die weiten Hosen, die roten Stiefel, den bodenlangen Kaftan und die Pelzhüte verboten! Er verachtet die Tracht seines eigenen Volkes. Man munkelt, der Zar sei dem Bösen anheimgefallen.«

»Mein Vater sagt, Zar Peter will die Russen in westlicher Kleidung sehen, weil sich damit besser arbeiten lässt. Die langen Gewänder behindern beim Gehen, und mit den weiten Ärmeln der Kaftane bleibt man überall hängen. An den Stadttoren und auf den öffentlichen Plätzen hat der Zar Modelle der angeordneten Kleidung ausstellen lassen. Alle Reisenden, mit Ausnahme der Bauern, müssen eine Geldstrafe zahlen, wenn sie anders gekleidet in die Stadt wollen.«

»Der Zar hofft, mit der neuen Mode werde sich auch etwas in den Köpfen der Menschen verändern, doch ich glaube, er irrt sich.«

Henk krauste die Stirn. »Ich finde es schrecklich, was der Zar tut. Es kann doch nicht richtig sein, den Menschen all das zu rauben, woran sie zeit ihres Lebens gehangen haben. Was sie und ihre Vorfahren für richtig hielten, soll jetzt auf einmal falsch sein.«

Iltsch nickte. »Ich hoffe, dass der Zar das einsieht.«

Doch die Hoffnung war vergebens. Das Abschneiden der Bärte und die neue Kleiderordnung waren nur der Anfang. Schlag auf Schlag folgten die Dekrete. Nichts blieb davon unberührt. Der Handel, Geldgeschäfte, das Regierungswesen, Heer und Flotte – überall gab es Veränderungen.

Es dauerte keine zwei Jahre, da trugen alle Regierungsbeamten und begüterten Leute zwangsweise Weste, Kniehosen, Gamaschen, Stiefel und einen Hut im französischen oder deutschen Stil. Die Frauen ließen sich Hauben und Unterröcke anfertigen, Handschuhe und Hüte kamen aus dem Westen. Zar Peter schaffte die Kopeke ab und ließ neue Münzen prägen, er verbot das Tragen der langen russischen Messer und unterwies seine Soldaten in der richtigen Körperhaltung.

Selbst der Kalender war nicht sicher vor ihm. Für die Russen begann die Jahreszählung mit der Erschaffung der Welt, die nach ihrem Glauben im Herbst stattgefunden hatte, wo das Korn und die Früchte reif waren. Nach ihrer Rechnung schrieb man das Jahr 7206, und sie feierten den Jahresbeginn mit einem rauschenden Fest am 1. September. Im Dezember ordnete der Monarch an, dass am 1. Januar Neujahrsgottesdienste zelebriert werden sollten. Die Septemberfeier wurde gestrichen und der 1. Januar als Beginn des Jahres 1700 eingeführt. Der Herrscher befahl den Moskauern, ihre Häuser zu schmücken und sieben Tage lang festlich zu beleuchten. Die Menschen mussten einander in dieser Zeit gegenseitig Neujahrsglückwünsche aussprechen.

Den russischen Blutadel verpflichtete Peter I. dazu, lesen und schreiben zu lernen – bei Ungehorsam drohte Heiratsverbot. Es gab keinen Lebensbereich, den der Zar mit seinem eisernen Willen nicht veränderte. Angeregt durch all das, was er in Europa gesehen hatte, ließ der Herrscher Fabriken und Werke errichten, baute neue Straßen und einen Botendienst auf. Erste Gazetten erschienen.

Nach außen fügte sich das Volk, doch im Untergrund rumorte es gewaltig.

»Daran sind all die Fremden schuld, die er mit ins Reich gebracht hat. Sie haben dem Zaren diese Flausen in den Kopf gesetzt!«, zischelte es um Henk herum.

Der Zar versuchte, der Auflehnung und der Anschläge auf Deutsche, Niederländer und Franzosen mit Gewalt Herr zu werden. Die Kerker des Reiches konnten die Angeklagten kaum mehr aufnehmen. Gnadenlos wurden Todesurteile vollstreckt, doch all das schürte den Hass der Russen nur noch mehr.

Es lag kein Segen auf dieser zwangsweisen Reformierung, genauso wenig wie auf der Entscheidung der de Jonges, dem Zaren nach Russland zu folgen. Das Unheil nahm seinen Lauf an einem der Sonntage, an dem sich wieder einmal unerwartet die Tür öffnete und der Monarch eintrat. Seufzend hatte der Zar sich die Stiefel von den Füßen gezerrt, um sich bei *seinem guten Freund de Jonge* von dem steifen Hofgebaren zu erholen.

»Ich hasse die dunklen Gemächer und finsteren Gänge der Kremlpaläste, den Singsang der Priester und die altrussischen Sitten und Gebräuche!«, hörte Henk ihn in seinem leidlich guten Holländisch sagen.

Henks Mutter kochte eilig eine Suppe, während sich die Männer mit einer Flasche Wodka zurückzogen. Die Stimme des Monarchen war so laut, dass sie durch die Wände hallte. Vertrauensvoll sprach er mit Henks Vater über sein Vorhaben, Russland zu verändern. All das, was der Zar in Europa gesehen hatte, sollte es bald auch hier geben.

»Ich werde eine neue Stadt bauen, mein Freund: Sankt Petersburg soll sie heißen, nach dem heiligen Petrus. Meine Schöpfung wird ein neues Russland begründen, ein Russland, das zu fernen Meeren vordringen kann, dessen Volk die Fesseln der Tradition abschüttelt, um am Wissen und der Lebensweise der Europäer teilzuhaben.«

»Wo genau soll die Stadt stehen, Majestät?«

»Mitten im sumpfigen Ufergebiet der Newamündung.«

»Doch nicht etwa auf dem den Schweden abgetrotzten Terrain! Bei allem Respekt, Majestät, wir befinden uns immer noch mitten im Krieg!«

Ein Geräusch ertönte, als habe der Zar auf den Tisch geschlagen. »Wir werden unsere Eroberung sichern und hüten müssen, wie unseren Augapfel. Versteht doch, Holländer, dieses Territorium öffnet den Weg zur Ostsee. Wir sind nicht länger abgeschnitten von der Welt. Ungeahnte Möglichkeiten erschließen sich! Unter meiner Herrschaft wird Russland zu einer großen Handelsmacht aufsteigen!«

»Dann braucht Ihr nicht nur eine Stadt, sondern auch einen Hafen.«

»Richtig. Ich habe mir die Inseln im Mündungsdelta angesehen. Bei der Sajatschi-Insel, der Haseninsel, teilt sich der Fluss in zwei Arme. Dort werde ich mit dem Bau beginnen. Der Inselboden muss aufgeschüttet, Pfähle hineingerammt und Erdbastionen errichtet werden.«

»Ein russisches Amsterdam also!«

»Mit einer mächtigen Festung. Natürlich auch mit einer Werft – zunächst für den Bau von Kriegsschiffen.« Die Stimme des Zaren wurde schwärmerisch. »Häuser und Prachtbauten aus Stein, Grachten wie in Holland und Venedig, Lustgärten und gepflasterte Straßen. Einen Dom werde ich bauen lassen, in dem alle Gläubigen willkommen sind, die sich mir zum Dienst verpflichten.«

»Das wird Euren Priestern nicht schmecken, Majestät.«

»Ich pfeife auf die alten Säcke und ihren Weihrauch.«

»Wer soll all das errichten, was Ihr plant?«

»Haben wir nicht genug schwedische Kriegsgefangene? Und sind die Zuchthäuser nicht voll von russischen Meuterern und Ausländerhassern? Sie alle werden letztendlich doch noch von Nutzen sein und meiner Sache dienen. Ich glaube, der Bau eines neuen Russland ist nicht viel anders als der eines Schiffs: Man berechnet, prüft und wirft alles Unmögliche über Bord. Natürlich brauche ich kluge Köpfe an meiner Seite. Männer wie Euch. Handwerker und Architekten, Wasserbauer und Zimmerleute. Ich werde sie aus Europa, aber auch aus der Deutschen Vorstadt anwerben. Ihr, lieber de Jonge, werdet Tag und Nacht zu tun haben. Ich plane, den Bau der Stadt selbst zu überwachen und möchte vor Ort sein. Dazu brauche ich eine Bleibe in der Nähe der Festung, ein kleines Haus mit wenigen Zimmern. Es muss so rasch als möglich gebaut werden und mir ein sicheres Heim bieten. Und hell muss es sein, damit ich all meine Karten und Pläne studieren kann. Ich hasse die Dunkelheit! Es wird das erste Haus auf dem Boden des neuen Russland sein, etwas ganz Besonderes. Überlegt Euch etwas!«

Je mehr Wodka sie tranken, desto lebhafter wurde der Zar. Artjong de Jonge war etwas blass um die Nase, als endlich das Essen aufgetischt wurde, und hatte Mühe, den Löffel ruhig zu halten.

Dem Monarchen schien das Zechen nichts auszumachen. Niemals hörte Henk ihn mit schwerer Zunge sprechen oder sah ihn beim Abschied über seine eigenen Füße stolpern. An ihn richtete der Zar stets ein besonderes Wort, ganz so, als sei Henk ihm wichtig wie ein Sohn. Der Zar besaß die Gabe, Menschen für sich zu gewinnen. Artjong de Jonge wäre für Peter durchs Feuer gegangen, und Henk teilte seine Begeisterung.

Als der Zar an jenem Sonntag die Tür hinter sich schloss, kam ein langer Seufzer über Deborah de Jonges Lippen.

»Du wirst uns also bald verlassen, nicht wahr, Artjong?« Sie stützte sich schwer auf den Tisch.

»Ich muss dort sein, wo der Zar ist, denn Moskau hat keine Zukunft. Schon bald wird die Stadt in Vergessenheit geraten und ein neuer Stern aufgehen: Sankt Petersburg. Wie Versailles wird das Juwel Russlands aus dem Nichts aufsteigen und mit ihm alle, die Peters Sache unterstützen. Deborah, wer ihm treu dient, kann sogar einen Adelstitel erringen! Stell dir das nur vor!«

Henks Mutter weinte leise. Sie war nicht glücklich in Russland, war es nie gewesen. Und sie fürchtete sich davor, mit Henk allein zurückzubleiben.

»Sei nicht traurig, mein Herz. Sobald es möglich ist, werde ich euch aus Moskau nachholen.«

Doch dazu kam es nicht mehr.

Nach einem schweren Fieber starb Artjong de Jonge im fünften Jahr nach der Einwanderung.

Während der fünfzehnjährige Henk mit seiner Mutter weinend am Grab stand, sang eine Gruppe von Russen auf ihrem Zug durch die Ausländervorstadt Spottlieder, die von der Dankbarkeit erzählten, mit der man einen Ungeliebten ziehen ließ.

Henk und seine Mutter bekamen die Ablehnung von nun an jeden Tag zu spüren. Um alles in der Welt wollte Deborah de Jonge fort aus diesem kalten Land, doch ihr fehlten die finanziellen Mittel, kaum dass sie über die Runden kamen.

»Artjong verstand sich sehr gut mit dem Zaren. Du weißt, wie oft er zu uns kam, um mit deinem Vater zu debattieren und zu zechen. Wir sind keine Unbekannten für ihn. Außerdem ist dein Vater diesem Mann in den Sumpf gefolgt. Seinen Ideen verdankt es der Zar, dass seine Holzhütte in der Nähe der Zitadelle wie ein Steinhaus wirkt und bleigerahmte Glimmerfenster besitzt, denen auch Erschütterungen nichts anhaben können. Ich werde ihn um eine Audienz bitten. Dem Monarchen kann doch nach dem Tod deines Vaters nichts mehr daran liegen, dass wir hier in diesem Land ausharren, wo wir jeden Tag um unser Leben fürchten. Er muss uns einfach helfen!«

Doch der Zar musste gar nichts. Immer noch vertrat er die Ansicht, dass seine Untertanen sich an die Fremden gewöhnen und erkennen würden, dass der neue Weg gut und richtig war.

»Ihr werdet hierbleiben und die Kinder der Familie Artomonowitsch sowie etliche Bojarensöhne in der niederländischen

Sprache unterrichten. Ich plane, Andreas Artomonowitsch zum Ordentlichen Gesandten zu ernennen und nach Holland zu schicken. Er soll sich dort einige Jahre aufhalten und mein Reich vertreten. Die Adelssöhne werden seine Familie begleiten, um Seekunde und Segelkunst zu erlernen«, ließ er Henks Mutter durch einen Boten mitteilen.

Ihr blieb nichts anderes übrig, als sich zu fügen. Der Zar schien sich daran zu erinnern, dass Artjong de Jonge einen Sohn besaß, und Henk musste fortan in Moskau am Unterricht der Zöglinge des Adels teilnehmen, wobei die Kinder ihre Feindseligkeit bei Weitem nicht so gut verbargen wie ihre Eltern.

»Wir wollen keine Ketzer und Teufel in unserer Mitte!«, riefen die Jungen aus seiner Klasse ihm zu, am lautesten Andrej.

»Was hab' ich euch getan?«

»Deine Anwesenheit genügt! Verschwinde!«

»Das kann ich nicht. Außerdem habt ihr mir nichts zu befehlen!«

»Dann werden wir es dir einprügeln!«

»Legt euch nicht mit mir an!«

»Willst du uns drohen? Wird deine Mutter zum Zaren kriechen und winseln: ›*Die bösen Russen haben meinen Sohn geschlagen!*‹?«

Das Auftauchen des Lehrers, der ihn genauso wenig mochte wie die anderen Schüler, setzte der Konfrontation ein Ende.

»Seid ihr verrückt geworden? Dieser Junge«, er zeigte auf Henk, »ist mir vom Zaren persönlich anbefohlen worden. Wenn euch euer Leben lieb ist, werdet ihr ihm kein Härchen krümmen, verstanden?«

Mit geballten Fäusten und glühenden Augen zogen sich die Jungen wie ein Rudel Wölfe vor dem Feuer zurück. Der Zorn des Zaren war gefürchtet. Äußerlich unversehrt überstand Henk zwei Jahre seines Lebens, in denen nie ein Wort an ihn gerichtet und er keines Blickes gewürdigt wurde.

Trotz der vielen Anfeindungen ging es Henk und seiner Mutter zwei Jahre lang recht gut, doch dann wurde Deborah de Jonge ihre Hilfsbereitschaft zum Verhängnis. Es geschah während eines Besuchs des alten Iltsch, zu dem sie immer noch Kontakt hielten. Deborah de Jonge begleitete den alten Mann bis zu seinem Holzhaus am Rand der Stadt, als eine Horde angetrunkener Russen ihn als Verräter beschimpfte und ihm die Gehstöcke aus den Händen schlug. Henks Mutter half Iltsch auf, der vor den Augen seiner johlenden Angreifer in den Dreck gefallen war.

»So habe ich deine Mutter noch nie erlebt, Henk. Sie war außer sich, hat die Männer als Feiglinge beschimpft und Dinge gesagt, von denen ich nie geglaubt hätte, dass sie ihr je über die Lippen kommen würden.«

Iltsch hatte geweint bei seinen Worten und Henk in die Arme genommen. Die Russen waren mit Knüppeln auf seine Mutter losgegangen. Zwei Tage später erlag sie ihren Verletzungen.

Henk war damals siebzehn Jahre alt, ein schlaksiger blonder Junge, dem nach dem Verlust der Mutter nichts geblieben war, nicht einmal das Zuhause, das er in Russland gekannt hatte. Das Haus in der Ausländervorstadt, das ihnen der Zar zugestanden hatte, wurde schon wenige Tage nach ihrem Tod von einer anderen Familie bezogen. Sie billigten Henk vier Wochen zu, um sich eine neue Bleibe zu suchen.

Der Lehrer wies ihm sofort die Tür. Henks Name war von der Liste seiner zu unterrichtenden Schüler gestrichen worden, ganz so, als wäre er mit seiner Mutter verstorben. Iltschs Angebot, ihn bei sich aufzunehmen, konnte Henk nur ablehnen. Die Kate des Alten war zu klein, und der Russe fand selbst kaum sein Auskommen.

»Ich werde mir Arbeit suchen.«

»Wenn du nicht bei mir leben willst, mein Junge, dann rate ich dir, dich Humbertus Drachenkopf anzudienen.«

Henk hatte erschrocken die Augen aufgerissen. Humbertus

Drachenkopf war der Leibapotheker des Zaren und Hüter seiner Kuriositäten. Neben der Verwaltung der Naturaliensammlung galt sein Hauptaugenmerk einem kleinen Garten, in dem er – so wurde gemunkelt – *Teufelskraut* zog, das den Zaren unverletzlich machte. Humbertus Drachenkopf sah aus wie ein halber Riese, und seine Hände ähnelten großen Schaufeln. Der aus Friesland stammende Mann, dem Haare wie Kraut aus den Ohren wuchsen und der mit seiner dicken Knollennase, den buschigen Augenbrauen und seinem vernarbten Gesicht fast so schaurig aussah, wie die in Weingeist eingelegten missgebildeten Kreaturen, die er verwahrte und mit denen er zuweilen sprach wie mit Kindern, war mehr als wunderlich.

»Lass dich von seinem Anblick nicht abschrecken, mein Freund, und von seiner Ruppigkeit auch nicht. Dieser Koloss hat ein weiches Herz.«

»Ich weiß nicht …«

»Humbertus kann immer Hilfe gebrauchen.«

»Weil sich keiner findet, der ihm helfen will.«

»Weil sich jedermann vor ihm fürchtet. Grundlos! Humbertus ist eine Seele von Mensch.«

Henk wusste damals nur, dass es ein böses Ende nehmen würde mit ihm, wenn er nicht endlich eine Arbeit fand, und so nahm er all seinen Mut zusammen und sprach zwei Wochen nach dem Schulverweis bei Humbertus Drachenkopf vor. Er versuchte, den Hünen mit seiner Gewandtheit im Umgang mit Buchstaben und Zahlen zu beeindrucken, und versprach, jedwede Arbeit zu übernehmen. Er erzählte von Amsterdam, von ihren gemeinsamen Wurzeln, vom Erfindungsgeist seines Vaters, der auch ihm innewohnte, und von seinem Traum, durch all die Kuriositäten des Zaren die Welt kennenzulernen, ohne jemals selbst Segel setzen zu müssen.

»Schwätzer!«, war der einzige Kommentar des Schatzhüters, dessen Blick Henk bis in seine Träume verfolgt hatte. »Da jedoch mein Freund Iltsch dich geschickt hat, werde ich es mit dir versuchen.«

Und so begann für Henk wieder einmal ein neues, ein anderes Leben.

Der grauhaarige Riese bewohnte ein winziges Holzhaus in Kitajgorod, dem innersten Teil der Stadt, der nur durch Mauern vom Kremlpalast getrennt war. Gesichert hinter Stein blühte hier im Kern Moskaus der Handel. Neben den zahlreichen Häusern von Kaufleuten und Handwerksmeistern fanden sich in Kitajgorod viele Läden, Kontore, Gasthäuser, Kirchen und vier Klöster. Humbertus' Haus stand in der Nähe des Englischen Hofes. Bald fühlte sich Henk wie zuhause in dem winzigen Zimmer, das ihm der Riese zuwies. Jeden Morgen vor Tau und Tag machten sich die beiden auf den Weg zum Raritätenkabinett, zu dem eine kleine Werkstatt und der Apothekergarten gehörten, und jeden Abend kehrten sie nicht heim, ohne vorher im Stadtteil Zargorod Zutaten für ein gutes Mahl einzukaufen. Kochen war die zweite Leidenschaft des Hünen.

Als sie sich ein bisschen besser kannten, erzählte Humbertus Henk davon, wie ihn der Zar für seinen Traum gewonnen hatte. Zar Peter hatte Humbertus Drachenkopf während seiner Reise durch Europa angeworben, um sein Vorhaben, eine Wunderkammer einzurichten, in die Tat umzusetzen. Der bullige Friese, den viele für einfältig hielten, war dem Monarchen auf einem Markt in Amsterdam beim Kauf von Kuriositäten begegnet. Zar Peter, selbst ein Hüne, zeigte sich beeindruckt vom Aussehen und der Beharrlichkeit Humbertus' beim Feilschen um die Preise für Absonderlichkeiten. Er setzte einen seiner Leibwächter auf den Lockenkopf an und erfuhr, dass Humbertus Apotheker war und an der *Prinsengracht* eine beachtliche Wunderkammer betrieb. Humbertus lebte für sein Kabinett und von den Eintrittsgeldern seiner Besucher.

Der Zar bot ihm eine hohe Summe für seine Kuriositäten und

die Möglichkeit, ihn nach Russland zu begleiten und beim Aufbau eines naturkundlichen Kabinetts mitzuwirken, das seinesgleichen auf der Welt suchen würde.

»Ich will eine große Wunderkammer zur Belehrung meines Volkes aufbauen. Mein Kunstkabinett, lieber Humbertus, soll alles umfassen, vom Niedrigsten bis zum Höchsten, und die verborgene Ordnung der Welt sichtbar machen, in der alles, was um uns ist, seinen Platz hat. Der Besucher wird durch das Kabinett wandern und Schritt für Schritt die Zusammenhänge erkennen. Wie Perlen an einer Schnur aufgereiht, müssen sich die Sammlungsstücke ordnen und ergänzen, wie alles auf der Erde, bis sich aus den Teilen ein Ganzes fügt.«

»Vollständigkeit werdet Ihr nicht erreichen können, Majestät.«

»Lücken muss ich dulden, ja. Die Welt in ihrer Vielfalt kann ich nicht fassen, aber was ich habe, lässt sich miteinander in Verbindung bringen. Ihr wisst so gut wie ich, dass Sammeln bedeutet, Fehlendes zu erkennen, und da liegt die Stärke.«

»Ihr meint, wir nehmen den Fötus eines Mohren und ergänzen diesen durch den eines Weißen.«

»Richtig. Wir haben einen Springbock aus dem Gebirge und ergänzen eine Kuh aus Friesland. Wir haben einen gelben Vogel von den Sommerinseln des Südens und ergänzen einen Spatz aus Amsterdam. Wir haben Masken und Kleidung des wilden Buschvolks und ergänzen die Trachten der russischen Mütterchen.«

»Und habt Ihr Räume genug für all das Sammeln und Ergänzen?«

»Ich werde sie für Euch schaffen, und später, irgendwann, wird es einen Palast voller Wunder geben, unter Euren Fittichen wohlgemerkt. Das verspreche ich!«

Humbertus Drachenkopf hatte sich bereitwillig überreden lassen und noch in Amsterdam damit begonnen, den Zaren bei der endgültigen Auswahl unter den angebotenen Kuriositäten zu beraten und den Transport vorzubereiten. Er war damals so besorgt um die Sicherheit der zerbrechlichen Glasgefäße und präparierten Tiere gewesen, dass er alle Exponate selbst eingepackt und sich beim Zaren über die Arbeiter, die die Kostbarkeiten ohne jede Rücksicht verluden, umgehend beschwerte. Sein Schimpfen und Lamentieren führten dazu, dass der Monarch eigenhändig eine überaus feste Holzkiste für das wertvollste Stück der Sammlung tischlerte, einen Glasbehälter mit zwei zusammengewachsenen Föten.

Die Erwerbungen, die der Zar auf seiner Reise gemacht hatte, bildeten den Grundstock der Sammlung. Naturalien wie Vögel, Fische und Insekten gehörten dazu, Mineralien- und Steinesammlungen, aber auch Tabakdosen in Schiffsform, Säbel, Augengläser und Schalen aus Elfenbein. Weitere Schätze waren im Lauf der Jahre in Russland dazugekommen. Ausländischen Gästen war es schon fast eine Pflicht, dem Zaren Kleinode aus aller Welt mitzubringen.

All diese Wunder fanden ihren Platz im Kaiserlichen Kabinett im Kremlpalast. Die Bestände waren schon derart umfangreich, dass ihnen ein eigener Saal zugeordnet werden musste.

Humbertus Drachenkopf liebte seine Aufgabe, doch niemand liebte ihn! Die Dienstboten blickten zu Boden und sprachen ein Gebet, wenn der riesenhafte Mann vorbeischlurfte. Ihnen waren weder er noch die Toten in der Wunderkammer geheuer. Die gläsernen Behältnisse schienen die Augen der Kreaturen noch zu vergrößern und die Anklage in ihren Blicken zu verstärken.

»Sie liegen nicht in geweihter Erde. Es wird ein böses Ende nehmen mit all jenen, die diesen Frevel unterstützen!«, war die einhellige Meinung.

Doch der Hüter der Wunder war ein schlauer Kopf. Er wusste um all die Ränke, die am russischen Hof geschmiedet wurden, und um die Notwendigkeit, innerhalb des Kremlpalastes auf jedes ausgesprochene Wort achtzugeben. Es galt, sich vorzusehen. Überall gab es Ohren, die lauschten, und Augen, die schauten, und Leute, die Fallstricke drehten.

»Ich rede nicht viel, mein Junge, doch wenn ich es tu, dann am liebsten so, wie mir der Schnabel gewachsen ist. Und wenn mir das Wort *Scheißkerl* über die Lippen kommt und ich den Zaren damit meine, dann möchte ich mich nicht am nächsten Baum aufgeknüpft sehen, nur weil irgendein Spitzel mich gehört und verpfiffen hat. Deshalb werden wir uns an den Abenden in meiner bescheidenen Hütte im *Friesischen* üben, der Sprache meiner Heimat. Ich bin in einem winzigen Ort an der Ems aufgewachsen, musst du wissen. Außerdem werde ich dich lehren, eine Waffe gut zu führen. Das ist wichtig in einem Land, wo man kaum Freunde hat. Du musst dich auch im Peitschenkampf üben. Die Bojaren hassen uns Ausländer, und irgendwann wird dich einer aus ihren Reihen mit einem nichtigen Grund zum Duell fordern. Das könnte dein Ende bedeuten.«

Henk war gewandt im Erlernen von Sprachen, und bald konnten die beiden sich im Palast frei auf Friesisch miteinander unterhalten. Nicht lange, und er stand dem Alten auch was die Waffen anging, in nichts nach. Nur der Peitschenkampf stellte eine besondere Herausforderung dar. Er war in Russland die Möglichkeit, sich für eine tatsächliche oder vermeintliche Beleidigung Genugtuung zu verschaffen. Nicht selten fand der Verlierer dabei den Tod. Die Zweikämpfe wurden mit einer geflochtenen Peitsche ausgetragen. Die Regeln waren einfach: Beide Gegner hielten jeweils die linke Hand des anderen fest. Wer als Erster fiel oder die Hand losließ, hatte verloren.

Anfangs hatte Henk geglaubt, es sei leicht, den Bären zu besiegen – der doch so schwer und plump schien –, doch das sollte ein Trugschluss sein. Die Kunst beim Peitschenduell bestand darin, die Linke des Gegners hochzureißen, ihn näher an sich heranzuziehen und damit seine Schläge kraftloser werden zu lassen. Humbertus hatte immense Armmuskeln, und er schaffte es mit Leichtigkeit, sich gegen Henk durchzusetzen. Bei ihren Übungen verwendeten sie Peitschengriffe, an denen dünne Schnüre befestigt waren.

Dass Humbertus eine raue Schale und einen weichen Kern besaß, fand Henk schnell heraus. Schon nach kurzer Zeit konnte er sich ein Leben ohne den *Brummbären*, wie er ihn heimlich nannte, nicht mehr vorstellen und fühlte sich in dem großen Saal mit den Regalen, Schubläden, Kästen und Vitrinen ebenso zu Hause wie in dem kleinen Haus in Kitajgorod. Er passte seine Kleidung dem Handwerk an, das er nun betrieb: Jacke und Hose aus ungefärbtem Tuch, Holzpantoffeln und ein schlichtes graues Hemd. Sein helles Haar trug er straff zurückgebunden.

In der Werkstatt hatte Humbertus eine große gemalte Spirale aufgehängt, die die Welt in der einfachsten Form darstellte. Ganz außen der Mensch, zur Mitte die Tiere, die höheren, dann die niedereren. Und noch weiter innen die Pflanzen und Mineralien. Nach dieser Reihung klassifizierten sie die Objekte der Sammlung.

Blasensteine unterschiedlichster Farben und Formen, Hörner verschiedener Tiere, Eier verschiedener Vögel, das Skelett einer Wasserratte neben dem eines kleinen Kindes. Ein konservierter Fötus mit drei Armen, ein Bärenschädel, Klauen von Raubtieren, Trinkgefäße aus den Füßen riesiger Tiere, Fossilien, Haarzöpfe in allen Farbschattierungen.

Humbertus war ein leidenschaftlicher Sammler und versuchte, Henk mit seiner Begeisterung anzustecken.

»Nichts zeigt uns die edlen Absichten der Natur so deutlich wie das Erfassen eines Fehlers. Sieh dir diese Missgeburt an.« Humbertus wies auf einen eingelegten Fötus mit verkrüppelten Händen, neben dem ein Glas mit einem vollkommenen kleinen Kind stand. »Sieh sie dir an, vergleiche und begreife, wie dankbar du für die Vollkommenheit deiner Gliedmaßen sein kannst.«

»Ich bin dankbar, auch ohne diese armen Kreaturen vor Augen zu haben.«

»Du vielleicht, doch bei anderen ist der Anblick für diese Erkenntnis recht wirksam. Er lehrt den Betrachter, dass nicht der Teufel hinter einer Missbildung steckt, sondern eine Laune der Natur.«

»Ich bin mir nicht sicher, ob die Russen das wirklich wissen wollen.«

»So jung und schon ein Zyniker.« Der Hüne schnalzte mit der Zunge. »Und jetzt los, es sind neue Exponate angekommen, die wir aufnehmen müssen!«

Henk arbeitete in seinem zweiten Jahr bei Humbertus, als der Zar sich an ihn erinnerte und zu sich rufen ließ.

»Wie konnte ich Euch nur vergessen? Seid Ihr auch ein Erfinder, so wie Euer Vater?«

»Nein. Ich arbeite für Humbertus Drachenkopf.«

»Oh, für den Bären! Recht so. Künftig werdet Ihr aber auch noch für mich arbeiten. Mit mir zusammen, um genau zu sein. Ich plane im Geiste eine weitere Reise nach Amsterdam. Mein Holländisch, es ist doch noch recht holprig, und das werden wir beide ändern.«

Und so wurde Henk zum Lehrmeister des Zaren – eine Aufgabe, die nicht immer einfach war, denn der Monarch war jähzornig und nie mit sich zufrieden. Henk bewahrte Ruhe und fand einen so leichten Umgang mit dem Herrscher Russlands, dass es ihn selbst verblüffte. Es war fast so, als seien sie Verwandte, Vettern oder manchmal sogar Brüder.

Im Lauf der Zeit wurde Henk ungewollt zum Vertrauten eines Menschen, der ihn bis heute in seiner Widersprüchlichkeit verwirrte. Peters Launen und Stimmungen waren unberechenbar.

In einem Moment war er fröhlich und wohlgesonnen, um urplötzlich umzuschwenken, trübsinnig oder wütend zu werden. Manchmal ereiferte er sich über Kleinigkeiten, wie ein nicht glatt genug rasiertes Gesicht oder eine Bemerkung über einen Fleck auf der Kleidung. Wer dem Zaren widersprach, musste mit einem Wutanfall rechnen. Einmal erschlug er um ein Haar einen seiner engsten Vertrauten, nur weil dieser Zweifel an der Kriegsstrategie des Herrschers äußerte.

Der Zar war in allem maßlos. Das fing bei den Speisen an und hörte bei den Frauen auf. Es geschah nicht selten, dass Gastgeber ihre Töchter und Gattinnen verbannten, wenn der Zar seinen Besuch ankündigte. Es war Tradition, die Töchter verborgen zu halten, bis sie verheiratet waren, doch der Monarch scherte sich nicht darum und bestand darauf, von ihnen bedient zu werden. Oft genug hatte ein schönes Kind ungewollt seine Aufmerksamkeit errungen und war auserkoren worden, für einige Nächte das Bett des Monarchen zu wärmen.

Man schlug dem Herrscher nichts aus. Wer nicht mit Peter zechen wollte, dem konnte es geschehen, dass ihm der Zar eigenhändig ein großes Glas gepfefferten Branntwein in den Schlund goss. Wehrte sich der Trinkfaule, dann pfiff der Zar nach einem seiner Zwerge, der ihn unter zotigen Sprüchen nach und nach entkleidete.

Hatte der Monarch den Eindruck, er sei von einem Gastgeber nicht fürstlich genug bewirtet worden, so konnte es geschehen, dass er dem Knauser hundert Hungerleider auf den Hals schickte, die dieser für Tage durchzufüttern hatte.

Für die einen war der Zar ein strahlender Held in glänzender Rüstung, für die anderen der Teufel in Menschengestalt. Verbrecher wurden aufs Übelste misshandelt, Geständnisse unter Folter erzwungen und die Köpfe von Verrätern einen ganzen Winter lang aufgespießt.

Peter von Russland konnte hart sein, aber auch so weich, dass es an Dummheit grenzte. In einem Atemzug ließ er einer schönen Bettlerin ein goldenes Armband bringen und im nächsten einen Dieb für das Stehlen eines Stückes Brot hängen.

Beim Gedanken an Brot erinnerte sich Henk wieder daran, wo er war. Viel zu lange hatte er sich heute schon zum zweiten Mal in seinen Tagträumen verloren, also zwang er seine Gedanken vom Zaren fort und kehrte mit Mühe in die Realität zurück: Er war nicht in Russland, sondern saß in einer Gaststube an der Leda. Und er würde heute Abend nicht mit seinem Freund Humbertus essen und zechen, sondern im besten Fall in einem Wirtshaus ein hoffentlich besseres Mahl zu sich nehmen, als es das Frühstück gewesen war.

Er wandte sich an Andrej, der noch immer am Tisch saß und gerade seinen Teller zurückschob. »Wenn wir es heute bis Zuidbroek schaffen wollen, sollten wir aufbrechen.«

Der Gesandte schob den Stuhl nach hinten und wandte sich ohne ein weiteres Wort zur Tür.

4

Der Morgennebel begann sich schon aufzulösen, als Josefine und Meinhardus Meinen bei der Kutsche eintrafen.

»Einen guten Morgen«, wünschte Henk.

Josefine maß ihn mit einem vernichtenden Blick.

»Wir beide hatten ja gestern schon das Vergnügen«, er nickte ihr zu und konnte einen triumphierenden Unterton nicht unterdrücken.

Die Dufthändlerin war wütend. Kein Wunder, denn schließlich hatte er recht behalten: Sie würde mit ihm nach Amsterdam reisen und dem Zaren ihre Düfte verkaufen. Das schmeckte ihr natürlich nicht.

Henks Mundwinkel zuckten. Er wandte sich Josefines Vater zu und neigte leicht den Kopf. »Mein Name ist Henk de Jonge. Der Zar hat mir die Aufgabe übertragen, Euch sicher nach Amsterdam zu geleiten.«

Umständlich lüftete Meinhardus Meinen seine Kopfbedeckung. »Eine Ehre. Eine große Ehre! Könnt Ihr mir verraten …«

»Ich glaube nicht, Vater, dass dir dieser Mann irgendetwas verraten kann. Er ist schließlich kein Vertrauter des Zaren, sondern nur ein Bediensteter«, unterbrach ihn seine Tochter barsch.

Henk musste an sich halten, um nicht laut herauszulachen. Es gab kaum ein Vorhaben, das Zar Peter nicht mit ihm besprach, doch es war nicht seine Aufgabe, dem Apotheker dessen Beweggründe für die Einladung darzulegen.

»Ihr werdet alles früh genug erfahren.«

Josefine drängte ihren Vater in die Kutsche, als könnte sie seiner Gesellschaft nicht schnell genug entfliehen. Sie hatte wenig Gepäck und schien sich mehr um eine Holzkiste und die Reiseapotheke zu sorgen als um den Koffer mit ihren Habseligkeiten, den Andrej hinten auflud. Meinhardus Meinen bedankte sich wortreich bei dem Russen und bedachte ihn mit einer höflichen Frage, auf die er nur ein abweisendes Grunzen als Antwort erhielt.

»Die beiden sind so redselig wie zwei Fische in der Ems! Die vier Tage bis Amsterdam können uns noch lang werden«, hörte Henk den Apotheker missbilligend zu seiner Tochter sagen.

Grinsend schwang er sich auf den Kutschbock, schnalzte mit der Zunge, und rumpelnd setzte sich der Zweispänner in Bewegung.

Henk zog es vor, das Gefährt selbst zu lenken – sehr zum Ärger von Andrej, der mit missbilligender Miene neben ihm saß. Geschickt dirigierte er den Wagen durch die engen Gassen des Marktfleckens. Auf Steinbänken unter Bäumen saßen schon einige Alte, genossen die Morgenluft und unterhielten sich mit ihren Nachbarn. Die Menschen hier erschienen ihm wie unbedarfte Kinder, die nie um ihre Sicherheit fürchteten. Leer besaß weder Mauern noch Tore. Verließ man den Ort durch die erstbeste Gasse, fand man sich auf dem Ems-Damm wieder. Ein Eroberer hätte leichtes Spiel gehabt.

Auf dem *Hohen Weg*, der zur Fähre führte, kamen ihnen schon Händler und Besucher vom jenseitigen Ufer entgegen. Sie überquerten die recht breite Ems bei der Festung *Leerort* und nahmen den Postweg von Groningen nach Bremen, der eher einem Feldpfad glich. Nach einigen Meilen verschlechterte sich sein Zustand noch.

An diesem Tag traf wirklich alles zusammen: düstere schwere Luft mit kaltem Nordwind und Wege mit so tiefen Löchern, dass man das Stoßen und Rütteln des Wagens kaum aushielt. An manchen Stellen war der Boden so hart, dass die Räder zu bersten drohten, an anderen wiederum sanken sie so tief in den Kleiboden ein, dass die Pferde ihre Beine kaum wieder herausbekamen. Henk gab ein flottes Tempo vor, das er nur verlangsamte, wenn sie in extrem holperige Gegenden kamen. Er konzentrierte sich auf die Pfade und versuchte, Schlaglöchern und Steinbrocken auszuweichen. Seine Achtsamkeit galt weniger den Fahrgästen als den Pferden und der Kutsche, mit der sie auch noch die nächsten Tage unterwegs sein würden.

In Neuschanz, einer Grenzfestung mit wenigen Häusern, zog er die Zügel an und hielt. Ein eisiger Wind wehte und trieb altes Laub vor sich her. Ein Spatz ließ sich auf dem Dach der Kutsche nieder und tschilpte unmelodisch.

Henk öffnete die Tür der Droschke und musterte den Apotheker, der japsend in einer Ecke saß und in seinem dunklen Umhang mit Pelzbesatz aussah wie ein alter, müder Tanzbär.

»Ihr seid ein bisschen blass um die Nase.«

»Ist das denn ein Wunder? Es fehlte nicht viel, und mein Magen hätte Beine bekommen. Wo habt Ihr kutschieren gelernt? Mit besoffenem Kopf auf dem Rummel?«

Henk zog eine Braue hoch. »Glaubt Ihr nicht, dass die Schuld eher bei den Wegverhältnissen zu suchen ist? Und jetzt hört auf zu meckern. Ihr seid immer noch am Leben, und Euer Mundwerk hat anscheinend nicht gelitten.«

»Ihr seid ein gefühlloser, ungehobelter Klotz.«

Henk hörte nicht auf ihn und wandte sich Josefine zu. »Und wie steht es mit Euch? Könnt Ihr gehen, oder …«

»Natürlich kann ich gehen. Oder wollt Ihr mich etwa tragen?«

Mit einem Satz stand sie neben ihm, während Meinhardus Meinen ächzend aus dem Gefährt kletterte. »In meinem Kopf hämmert eine ganze Horde von Steinmetzen. Warum, in des

Herrn Namen, konnten wir nicht auf dem Seeweg nach Amsterdam reisen?«

»Der Zar erwartet uns baldmöglichst. Mit der Kutsche brauchen wir uns weder an Fährzeiten noch an Pläne zu halten.«

»Wenn der Weg weiterhin so miserabel ist, dann werde ich verkrüppelt sein, bevor wir ankommen. Jeder Knochen im Leib tut mir weh!«

»Gönnt Euch einen guten Tropfen in der Hafenschänke, und Ihr werdet den Rest der Reise kaum spüren.«

Meinhardus Meinen schnaubte nur.

Henk spannte gemeinsam mit Andrej die Pferde aus und führte sie zu einem Wasserbottich in der Nähe des Fährhauses. Josefine lief neben ihm her und sprach kein Wort. In ihrem verschlissenen nussbraunen Mantel und mit der hellen Haube sah sie aus wie eine Bettlerin. Henk schenkte ihr ein freundliches Lächeln, das sie mit einem Blick erwiderte, der ihn fürchten ließ, sie würde ihm gleich den Kopf abreißen.

»Wenn Ihr weiterhin so missmutig dreinschaut, dann wird es morgen Regen geben!«, neckte er sie.

»Was für eine Stellung bekleidet Ihr beim Zaren? Die eines Wetterfroschs?«

Henk lachte, was Josefine zu ärgern schien. Sie drückte ihre Schultern nach hinten, hob das Kinn und starrte nach vorne.

»Wenn Ihr so stocksteif dahergeht, dann könnte es passieren, dass Ihr über einen Strohhalm stolpert.«

»Würdet Ihr die Güte haben, Euch auf die Pferdeäpfel am Boden, das Rauschen des Winds oder das Tschilpen der Spatzen zu konzentrieren und mich in Ruhe zu lassen?«

Er schlug gespielt ernst die Hacken zusammen und legte eine Hand an seine Stirn. »Zu Befehl!«

Sie wandte sich von ihm ab, sodass er nur noch ihren Rücken sah. Henk grinste. Er hatte gewusst, dass es mit ihr nicht einfach sein würde. Er hatte es von dem Moment an gewusst, als sie auf den Quacksalber zugestiefelt war, aber er hatte nicht gewusst, dass ihm das Zusammensein mit dieser Frau so viel Spaß machen würde.

Nach der Rast im Fährhaus mit einer leichten Mahlzeit schifften sie sich nach Winschoten ein und fuhren entlang eines Kanals zwischen zwei kleinen Deichen. Erleichterung durchströmte Henk, als er wieder auf dem Kutschbock saß und das Gespann aus dem Ort auf freies Feld lenkte. Er hielt die Zügel lose um das Handgelenk geschlungen, denn der Weg verlief gerade, und die schmale Gasse führte durch ebenes Gelände. Henk blickte auf die nickenden Pferdeköpfe und genoss den friedvollen Anblick. Zehn Meilen noch, dann waren sie am Ziel.

Die Sonne stand schon tief, als sie Zuidbroek erreichten. In dem Marktflecken herrschte Aufruhr. Überall standen Menschen zusammen, die schimpften und wild gestikulierten. Mit donnerndem Getöse rollte die Kutsche über die groben Pflastersteine bis zum Wachhaus, das eher einem Schuppen ähnelte. Henk zog die Zügel an und blickte dem näher kommenden Wachposten, einem kräftigen Mann mittlerer Größe mit wettergebräuntem Gesicht, entgegen.

»Guten Abend. Wo finden wir einen Gasthof für die Nacht?«

»Ich kann den *Grünen Fasan* am Ende des Dorfs empfehlen. Aber erst einmal heißt es, zahlen und die Papiere zeigen!«

Henk zog seine Referenzen hervor. Der Mann studierte die Unterlagen sorgfältig.

»Alles in Ordnung.«

»Was ist hier los?«

Henk nickte in Richtung des Menschenauflaufs in den Gassen. Mägde und Knechte mit neugierigen Gesichtern, Frauen mit Körben, Handwerker in Zunftkleidung und Kaufleute, deren teure Gewänder sich aus der Menge hervorhoben. Sie alle strebten, wie auf ein geheimes Zeichen hin, der entfernter gelegenen Kirche zu.

»Heute ist ein neues Dekret erlassen worden. Jeder Bürger soll für das Armenhaus seine Geldbörse öffnen müssen. Die Menschen sind aufgebracht, denn viele kommen selbst kaum über die Runden. Mir scheint, ein Großmaul namens Hendrik Dettmersen setzt gerade zu einer Predigt an, bei der unser Herrgott die Hände über dem Kopf zusammenschlagen würde. Er hat die Liebenswürdigkeit einer Pestbeule! Seht zu, dass ihr hier wegkommt. Wenn kein Schuldiger gefunden wird, könnte das Spektakel in einer großen Schlägerei enden.«

Henk entbot ihm einen Gruß und lenkte die Kutsche rasch, aber umsichtig, durch die engen Gassen, vorbei an den Steinhäusern und Hütten, den Brunnen und Läden. Vor der Kirche hatte sich jetzt eine große Menschentraube gebildet. Als sich die Kutsche dem Vorplatz näherte, hörte Henk wütende Schreie, Schimpfen und lästerliche Flüche. Der grobschlächtige Mann, um den sich die Menge versammelt hatte, stieß die geballte Faust in die Luft.

»Wir werden ihnen unser sauer verdientes Geld nicht in den Rachen werfen! Sollen die Reichen doch ihre Geldsäcke für das Lumpenpack öffnen. Eine Perücke weniger im Jahr, und die Sache wäre erledigt!«

Die Menschen jubelten ihm zu. Sie drängten und stießen, um näher an den Redner heranzukommen und redeten wild durcheinander.

»Aufknüpfen sollte man sie, alle miteinander!«, keifte eine rotwangige Frau.

»Das reiche und das arme Pack in einen Sack und dann den Knüppel drauf!«

Johlen setzte ein und ein Sprechgesang.

»Das Pack steckt in den Sack!«

Aus den Augenwinkeln sah Henk eine kleine zerlumpte Gestalt, die sich eng an die Kirchenmauern drängte und versuchte, unauffällig an dem Mob vorbeizukommen. Das Kind hatte schon fast die gegenüberliegende Gasse erreicht, da wurde einer aus der Menge aufmerksam. Arme streckten sich nach dem Kleinen aus, und er wurde nach vorne gezerrt. Und dann ging alles ganz schnell.

Während Henk noch zu begreifen versuchte, was er gesehen hatte, stürzte sich die Meute grölend auf das Kind. Die Kutsche war mit dem Gotteshaus auf einer Höhe, als sich plötzlich ein kleiner Körper aus der Menschenmenge löste, wie ein verletzter Vogel durch die Luft trudelte und direkt vor die Pferdhufe fiel.

Henk riss die Tiere zurück, doch es war zu spät. Mit einem Fluch warf er Andrej das Zaumzeug zu, sprang vom Kutschbock und hechtete zu dem Kind, einem Jungen, der wie leblos auf dem Kopfsteinpflaster lag. Henk fiel neben ihm auf die Knie, tastete die ausgemergelte Brust nach einem Herzschlag ab und stellte mit Erleichterung fest, dass der Kleine noch atmete. Er drehte stöhnend und wimmernd den Kopf von einer Seite auf die andere, doch die Augen öffnete er nicht.

»Ist der Kleine verletzt?« Josefine war an Henks Seite getreten.

»Ich sehe Blut an seiner Schläfe. Er scheint von einem der Hufe erwischt worden zu sein.«

Der Junge mochte sechs oder sieben Jahre alt sein. Er trug eine schmutzige graue Jacke und eine ebensolche Hose, aus der seine nackten dünnen Beine und Füße, die mit Lumpen umwickelt waren, wie Stöcke herausstaken. Das pechschwarze Haar war verfilzt, und das Gesicht starrte vor Dreck.

Henk zögerte keinen Augenblick, sondern hob das Bündel vom Boden auf und trug seine Last zu der Menschentraube, die das Geschehen lauernd beobachteten.

»Zu wem gehört das Kind?«

Niemand sprach ein Wort.

»Ist er tot?«, fragte ein junger Bursche, der nicht minder zerlumpt aussah als der Junge in Henks Armen. Er klang eher neugierig als besorgt.

»Nein.«

Im flackernden Licht einer Straßenlaterne erkannte Henk mit Schrecken, wie ausgemergelt das unglückselige Bündel war, wie wenig es wog und wie die Knochen vorstachen. Es rührte ihn, wie jung und gleichzeitig erschreckend alt der kleine Bursche aussah.

»Der macht's eh nicht mehr lange«, rief eine dicke Frau. »War auch nicht Eure Schuld, dass dieser Tölpel unter die Pferde geraten ist. Ist einer der Bengel aus dem Armenhaus. Kein Mensch fragt nach ihm.«

Ihre Worte bohrten sich wie Pfeilspitzen in Henks Herz. Gefühle, die er längst tot geglaubt hatte, erwachten. *Kein Mensch fragt nach ihm.* Genauso hatte er es erlebt. Während all der Jahre in Russland war er sich heimatlos und ungeliebt vorgekommen. Ein Kind in einer fremden Welt, die ihn nicht willkommen hieß. Nie würde er die schrecklichen Jahre vergessen, in denen die russischen Jungen ihn nur geduldet hatten. Missachtung konnte schlimmer sein als Hunger und harsche Worte. Der Höhepunkt seiner Verzweiflung war mit dem Tod seiner Mutter erreicht und dem Wissen, dass kein Mensch außer Iltsch mit ihm um sie trauerte. So wie es niemanden interessierte, was aus ihm wurde. Und genau dieses Gefühl würde er dem Jungen ersparen!

»Ich frage nach ihm! Das Kind ist doch nicht von alleine durch die Luft geflogen. Wer von euch war der Schuft, der es geworfen hat?«

Die Menge murrte aufgebracht und trat geschlossen einen Schritt vor.

»Wollt Ihr Euch etwa mit uns anlegen?« Ein feister junger Mann trat vor und drohte Henk mit einer Axt.

Henk hörte, wie Josefine neben ihm hörbar die Luft einsog. Sie zupfte ihn am Arm, und er erkannte die Angst in ihren Augen. »Wir müssen weg von hier.«

»Schafft den Balg zurück ins Armenhaus und geht Eurer

Wege«, befahl eine ältere Frau und hob die Faust. »Er ist ein Stück Dreck, genau wie es sein Vater war.«

Henk spürte, wie er vor Wut innerlich kochte, während er äußerlich immer ruhiger wurde. »Werdet ihr nach und nach alle Armenhäusler umbringen, damit sie euch nichts kosten?«

»Was weiß denn ein feiner Herr wie Ihr«, keifte eine junge Frau mit strähnigem Haar und einem verbissenen Zug um den Mund. »Ich schufte zwölf Stunden am Tag, um sechs Mäuler zu stopfen. Wenn ich mein schwer verdientes Geld mit den Habenichtsen teilen muss, dann werden meine cigenen Kinder hungern.« Sie trat näher und wies auf den kleinen Jungen in Henks Armen. »Seht euch den Burschen doch an, Herr. Er ist nur Haut und Knochen und wird im Leben kein guter Arbeiter werden. Jedes Stück Brot an ihn ist verschwendet!«

Henk blickte auf das Kind in seinen Armen, dessen Lider flatterten wie die Flügel eines kleinen Vogels. Der Junge hatte braune Augen, deren Farbe der dunkler Kastanien glich. Die Lider schlossen sich wieder, und ein leiser Seufzer kam über die Lippen des Kindes.

Andrej war unbemerkt näher getreten und wies auf ein heruntergekommenes Gebäude.

»Das Armenhaus ist gleich dort drüben.« Er betrachtete das Bündel mit Abscheu. »Wir sollten uns seiner rasch entledigen. Bald sinkt die Sonne, und die Heime schließen ihre Tore.«

Henk zögerte keinen Moment. Dieses ungeliebte, ungeachtete Geschöpf in seinen Armen erinnerte ihn zu sehr an den kleinen Jungen, der er selbst einmal gewesen war. Ihn ins Armenhaus zurückzubringen, kam einem Todesurteil gleich.

»Ihr werdet ihn nicht seinem Schicksal überlassen, oder?«, fragte Josefine leise, die Andrejs russische Worte richtig gedeutet hatte.

Henks Augen trafen sich mit den ihren.

»Wir nehmen ihn mit!«, sagte er zu Andrej.

»Das ist verrückt! Dieser Abschaum kann jeden Augenblick sterben, und dann gibt es Ärger. Wenn nicht ins Armenhaus, dann bringt ihn in einer Gaststube unter, zahlt dem Wirt das nötige Geld für die Pflege …«

»Damit er es einstreicht und den Jungen sich selbst überlässt? Nein!«

Voller Wut trat Andrej so nah an Henk heran, dass ihre Gesichter keine Handbreit voneinander entfernt waren. »Dann bleibt doch mit dem Krüppel hier, in diesem Dreckskaff, wo Ihr hingehört.«

»Wollt Ihr etwa andeuten, dass es mir am nötigen Schliff für die erlauchte Gesellschaft Euresgleichen fehlt?«

»Bleibt bei dem Bastard oder zumindest in Amsterdam, damit wäre allen geholfen. In Russland ist kein Platz für Euch.«

Henks Gesicht wurde leichenblass.

»Haltet den Mund und öffnet die Tür der Droschke für den Jungen und mich.«

»Einen Dreck werde ich!«

Die beiden Männer maßen sich mit hasserfüllten Blicken.

»Im Namen des Zaren befehle ich Euch, die Tür zu öffnen!«

»Irgendwann …«

Andrej ballte die Hände zu Fäusten, brachte jedoch seinen Satz nicht zu Ende. Er atmete tief ein und aus, und schließlich wich die Wut auf seinem Gesicht einer gespielten Gleichgültigkeit.

Er zuckte die Schultern, ging mit steifen Schritten auf den Wagen zu und öffnete den Verschlag. Meinhardus Meinen ließ einen aufgeregten Redeschwall los, doch Henk schnitt ihm das Wort ab. Dafür war jetzt keine Zeit!

Josefine sank in die weichen Polster und streckte ihre Arme nach dem Kind aus, doch Henk schüttelte den Kopf. Er stieg ein, setzte sich neben sie und drückte das schmutzige Häufchen Mensch an sich. Der Kleine fühlte sich kalt an, eiskalt. Das Blut war geronnen, doch das Kind öffnete weder die Augen, noch gab es einen Laut von sich. Henk wickelte den Kleinen in eine Decke und wärmte dessen eiskalte Füße mit seinen Händen.

Die Kutsche setzte sich mit einem Ruck in Bewegung. Henk blickte aus dem Fenster, an dem die Kirche vorbeizog. Plötzlich wusste er: Er würde alles tun, was in seiner Macht stand, um dieses Kind zu retten.

»Ich werde den Kleinen gleich aufs Feinste verarzten«, polterte Meinhardus Meinen, als hätte er Henks Gedanken gelesen.

»Sei leiser, sonst erschreckst du das Kind noch«, wies Josefine ihn zurecht. Sie blickte Henk an, und er sah sie zum ersten Mal lächeln. Ungläubig betrachtete er ihr Gesicht, in dem die Sonne aufzugehen schien. Josefines Lächeln brachte eine Frau zum Vorschein, die er noch nicht kannte.

»Das war sehr großherzig.«

Henk verzog den Mund. »Es war wohl eher dumm von mir.«

Josefines Lächeln wurde breiter. »Die Geschichte wird sich herumsprechen, und morgen stehen zehn Bettler vor der Tür unserer Herberge und warten auf Euch.«

»Was hätte ich denn tun sollen? Den Kleinen seinem Schicksal überlassen?«

»Die meisten hätten es getan.«

»Ich bin nicht wie die meisten«, murmelte er kaum hörbar und ärgerte sich, dass Josefine ihn dazu gebracht hatte, sich zu rechtfertigen.

»Das ist mir klar.« Ein Lachen lag in ihrer Stimme. »Und ich danke Euch dafür!«

Die Kutsche erwischte ein Schlagloch, und Josefines Körper wurde gegen seinen gedrückt. Henk spürte ihre Wärme, ihre Hände, die sich für einen Moment haltsuchend an ihn klammerten.

Ein Schauer durchrann ihn, und voller Staunen erkannte er, dass Josefines Nähe, ihre Worte und das warme Lachen ihm in einem Maße guttaten, wie er es nicht für möglich gehalten hätte.

Die Herberge war einfach, aber gemütlich eingerichtet. Ein Feuer knisterte und verbreitete behagliche Wärme. Bram Hövel, der Wirt des *Grünen Fasan* machte seiner Zunft alle Ehre. Er trug einen kugelrunden Bauch vor sich her, war rotgesichtig und schob sich mehr durch die Räume, als dass er ging.

»Dorthin könnt Ihr das Kind betten.« Missmutig wies Bram auf eine Bank neben dem Kamin und kehrte kurz darauf mit einem Bottich voll Wasser zurück. Er hatte sich geweigert, das Lumpenbündel in sein Haus zu lassen, war jedoch von Henk kurzerhand beiseitegeschoben worden.

Josefine setzte sich neben den Jungen auf die Bank und begann, die Wunde mit einem Lappen vorsichtig auszuwaschen. Dabei ging sie so behutsam vor, dass der Kleine nicht einmal erwachte. Meinhardus Meinen wühlte in der Reiseapotheke herum. Für einen Moment schien er seine Kopfschmerzen und die Übelkeit, über die er seit ihrer Ankunft lauthals klagte, vergessen zu haben.

»Fertig!« Josefine reichte dem Wirt den Bottich. Ihr Vater strich Salbe auf die Wunde des Jungen und umwickelte seinen Kopf mit einem sauberen Tuch.

»Mehr können wir im Augenblick nicht tun.«

»Ich danke Euch«, setzte Henk an, doch Meinhardus unterbrach ihn.

»Eine Selbstverständlichkeit.«

Der donnernde Bass des Hünen schien das Kind aus seiner Ohnmacht zu holen. Seine großen dunklen Augen blickten in die Runde, und ein leichtes Lächeln legte sich auf seine Lippen. »Petre«, sagte er leise. »Ich heiße Petre!«

Sein Kopf neigte sich zur Seite, und er verlor erneut das Bewusstsein.

Henk trug den Jungen in das Zimmer, das Bram ihm zugewiesen hatte und legte Petre in sein Bett. Der Raum war geräumig und besaß sogar einen eigenen Kamin. Das Bett, eine

Kommode, ein Stuhl samt Tisch, auf dem eine Öllampe und ein Krug Wasser standen, vervollständigten die Einrichtung.

»Wo werdet Ihr schlafen?«, fragte Josefine.

Henk wies auf eine Bank. »Dort. Es wird gut sein, heute Nacht kein zu bequemes Lager zu haben. Dann bin ich gleich wach, wenn der Junge mich braucht.«

»Ich besorge Euch Decken und ein zweites Kissen.«

Andrej, der sich bislang zurückgehalten hatte, erschien im Türrahmen. Ihm war anzusehen, dass er Henks Tun zutiefst missbilligte. Im Gegensatz zu seinem hochroten Gesicht war seine Stimme eiskalt.

»Ich muss Euch ernstlich warnen. Ihr bringt uns in größte Schwierigkeiten. Diese unglückselige Kreatur gehört in ein Siechhaus und nicht in eine Kutsche.«

»Dieses verletzte Kind gehört in Hände, die es am Leben erhalten wollen. Wir brauchen Holz für den Kamin und einen warmen Stein für die Füße des Kleinen. Wenn Ihr so gut sein wollt …«

»Den Teufel werde ich!«, fluchte Andrej und verschwand.

Henk schälte sich aus seiner Jacke und warf sie achtlos auf die Bank.

Der Wirt erschien händeringend. »Werter Herr, es ist nicht üblich, dass solches Volk in meinen Betten schläft. Es bringt mir nur Flöhe und Läuse ins Haus und schadet meinem Ruf. Ihr könnt den Jungen meinethalben ins Stroh zu den Pferden bringen.«

Henk verlor die Geduld mit all diesen Leuten, die ihm querkamen. »Ich werde Euch meinethalben gleich das Hirn aus dem Kopf pusten, wenn Ihr nicht sofort in die Küche geht und das Abendessen für uns richtet.«

»Für ihn auch?« Bram Hövel nickte zu Petre herüber. »Ich bin gerne bereit, Euch zu bedienen, aber für Waisenhäusler und ähnliches Lumpenpack rühre ich keinen Finger.«

»Dann werdet Ihr heute eine Ausnahme machen«, brachte Henk zwischen zusammengebissenen Zähnen hervor. »Und jetzt verschwindet auf der Stelle in die Küche. Ich erwarte Euch innerhalb kürzester Zeit mit einer Milchsuppe für das Kind, unserem Nachtmahl und einem Krug Els zurück!«

Henk entzündete die Öllampe. Kurze Zeit später erschien ein junger Bursche und brachte Holz für das Kaminfeuer. Er warf einen mitleidigen Blick auf den kleinen Körper und schob einen warmen Stein zwischen die Laken.

»Ich kenne den Jungen, Herr. Sein Vater war Kesselflicker und ist im letzten Winter gestorben. Seitdem wird er im Armenhaus hin und her geschubst.«

»Kannst du einen zweiten angewärmten Ziegelstein bringen?«

Der Bursche nickte.

Ein Stöhnen lenkte die Aufmerksamkeit auf den Kranken. Petres kleines Gesicht hatte Farbe angenommen, doch es war eine ungesunde Röte. Er klapperte mit den Zähnen. Ihm schien trotz der schweren Wolldecke eiskalt zu sein.

»Schüttelfrost«, sagte Josefine leise. Sie legte eine Hand auf Petres feuchte Stirn. »Er hat Fieber. Könnt Ihr ihm die Waden kühl wickeln, während ich einen Kräutersud ansetze?«

Sie schob Henk den Bottich mit kaltem Wasser zu, griff nach dem Licht und stellte es auf den Tisch neben ihrer Reiseapotheke. Josefine nahm ein kleines Buch heraus und schlug es auf.

»Thymian, Lindenblüten und Kamille«, hörte Henk sie wispern. »Und Weidenrinde, natürlich.« Sie griff nach verschiedenen Säckchen.

»Ihr könnt lesen?«

Henk presste das kalte Wasser aus dem Wadenwickel.

»Sieht ganz so aus, nicht?« Josefine warf ihm einen spöttischen Blick zu.

Sie mischte die Kräuter, gab sie in einen Becher und goss heißes Wasser darüber.

»Wo ist Euer Vater geblieben?«

»Ihm ist speiübel, dank Eurer Kutschierkunst. Der Wirt hat schon eine Schüssel vor sein Bett gestellt. Aber keine Angst – ich bin in der Apothekerkunst ebenso bewandert wie Meinhardus. Von Kind an habe ich meinem Vater auf die Finger geschaut …«

»… und viel gelernt, wie es scheint. Werdet Ihr später in seine Fußstapfen treten?«

Josefine schnaubte missmutig. »Frauen und Medizin, das passt nicht zusammen – zumindest ist das die Meinung der meisten. Kein Mensch würde einen Fuß in meinen Laden setzen.«

»Ich könnte es mir überlegen.«

Josefine maß ihn von unten bis oben. »Ihr strotzt doch vor Gesundheit. An Euch ist nicht viel zu verdienen.«

Der kranke Junge versuchte stöhnend, sich aufzurichten. Mit viel Geduld und beruhigenden Worten flößte ihm Josefine von dem Kräutersud ein. Schließlich ließ sich der Kleine erschöpft zurücksinken und glitt in einen unruhigen Schlaf.

Josefine holte eine kleine Schale hervor und gab, neben einigen Tropfen aus verschiedenen Flakons, getrocknete Blüten und Moose hinein. Sie begann, die Mischung mit einem Stößel zu bearbeiten, und ein ganz spezieller Duft erfüllte den Raum. Es lag Sonne darin, die von einem kühlen See zurückstrahlt, und auch ein Hauch von der Feuchtigkeit, die nach einem schweren Sommergewitter dem nassen Boden entsteigt. Henk lehnte sich zurück und schloss die Augen. Es war der Duft eines wunderschönen Sommertags, der die Vorfreude auf den nächsten Morgen weckte. Verzückt nahm Henk den Geruch in sich auf. Er fühlte, wie ihn neue Kraft und Gelassenheit durchströmten.

Mühsam öffnete er die Lider. »Wie macht Ihr das?«

»Ich mische einfach verschiedene Pflanzen und Duftessenzen miteinander. Vielleicht hilft es Petre, seine schlimmen Erlebnisse besser zu verarbeiten.«

Der Wirt kam, entzündete eine Kerze und deckte missmutig auf. Henk griff nach dem Krug mit dem wermutlastigen Kräuterbitter und schenkte sich und Josefine ein, dabei berührte sein Ärmel ihren Arm. Der Stoff ihres Kleides war warm von der Wärme ihres Körpers, und darunter spürte Henk ihre weiche Haut. Ein Prickeln lief von seiner Schulter bis zu den Fingerspitzen. Er zuckte zurück und warf einen schnellen Blick in Josefines Gesicht. Was war nur mit ihm los?

Schnell griff er nach dem Brot. Es war noch warm und schmeckte köstlich. Henk lehnte sich seufzend zurück, und sein Blick begegnete dem von Josefine, in deren Augen sich die Flamme der Kerze spiegelte. Wie schön sie waren, diese Augen! Und wie stark diese Frau war! Welche Ruhe Josefine ausgestrahlt hatte beim Umsorgen des kleinen Jungen.

Josefine lachte Henk gedankenverloren an, und ihre Gegenwart erschien ihm plötzlich überwältigend. Nie hatte er jemanden getroffen, der so war wie sie. Er schluckte schwer und griff mit zitternden Fingern nach dem Wermutbitter. Die Dämpfe des Alkohols stiegen auf und reizten seine Nase, und dann verbreitete das Feuer einen Stoß lebensspendende Energie auf seinem Weg durch seine Kehle bis in den Magen. Henks Gedanken lösten sich, seine Muskeln gaben nach, und der Duft des warmen Sommertags ließ ihn zufrieden seufzen. Er trank noch einen Schluck und beobachtete Josefine, ihr erschöpftes Gesicht, die von dichten Wimpern überschatteten Augen.

»Der Schnaps ist gut, nicht wahr?« Josefine nippte und schloss genießerisch die Augen.

»Exzellent, ja. Aber das war mir schon klar, als ich an den Fässern sah, aus welcher Region er stammt. Allerdings täuscht die äußere Hülle ja manchmal. Was nach einem guten Wermut aussieht, könnte auch ganz fürchterlich schmecken.«

»Versucht Ihr etwa, Euch ein Urteil über mich zu bilden?«

»Wie kommt Ihr darauf?«

Sie hob leicht die Schultern. »Ihr habt so ein Funkeln in Euren Augen. Etwas Wachsames, wie ein kreisender Raubvogel, der nur darauf wartet, sich auf seine Beute stürzen zu können.«

»Und Ihr glaubt, die Maus zu sein, die ich im Visier habe?« Er musste lachen, so sehr amüsierte ihn die Vorstellung. »Eine streitbare Maus, die ihre Zähne zeigt. Da wird sich der Adler noch wünschen, lieber ein anderes Opfer gewählt zu haben.«

»Aber jetzt ist die Maus müde und hat keine Kraft mehr zum Streiten.« Josefine sah auf und prostete ihm zu. Nachdenklich betrachtete sie Henk. »Ich muss mich bei Euch für mein unhöfliches Benehmen heute Morgen entschuldigen. Keinen Gruß, keine Dankbarkeit für das achtsame Lenken der Kutsche, nur bissige Worte!«

Er neigte leicht den Kopf. »Keine Ursache. Es freut mich, dass Ihr bereit seid, Eure Feindseligkeit abzulegen. Und unsere kleinen Dispute – ich habe sie genossen.«

Josefine griff erneut nach ihrem Glas. »Ich habe Euch falsch eingeschätzt. Das passiert mir selten. Ihr seid ein schwer zu durchschauender Mann.«

»Das hat mir in Russland geholfen zu überleben.«

»Ihr arbeitet für den Zaren, seid aber kein Russe.«

»Nicht einmal ein angenommener. Ich bin Niederländer, und das ist auch der Grund, weshalb mich Zar Peter mit auf die Reise genommen hat. Russe ist nur, wer in Russland geboren wurde – so sehen es zumindest die Einheimischen. Ich bin Gast in einem Land, das alles andere als gastfreundlich ist.«

»Das klingt bitter. Wärt Ihr gerne ein Russe?«

Henk zögerte einen Moment. »Nein. Obwohl ich trotz allem Erlebten das Land liebe. Doch die Menschen … Sie müssten sich schon sehr ändern. Mich reizt weder das Russland, das sich am Zarenhof amüsiert und das Volk mit Brosamen in Schach hält, noch jenes, das nach Befreiung vom Joch des Modernen schreit und die Gräben von St. Petersburg am liebsten mit dem

Blut europäischer Einwanderer füllen würde. Nein, ich lechze nicht danach, als Russe zu gelten. Ich diene einzig und allein dem Zaren, der mein Freund ist. Das hoffe ich zumindest. Und ich hoffe, dass der Monarch eines Tages die Falschheit bei Hof erkennt und so viel Abscheu dagegen empfinden wird, dass er den Geldadel Russlands vor die Tür setzt und den Bettlern in den Gassen seine Schatzkammern öffnet. Und dann hoffe ich, dass das Volk erkennt, wie heilsam es sein kann, sich Neuem zu öffnen. Dass es Fremde wie mich nicht von vorneherein als Feinde betrachtet. Doch all das wird wahrscheinlich nie geschehen!« Er seufzte tief.

»Warum bleibt Ihr dann in diesem kalten Land, das Eurem Herzen fern ist? Aus Loyalität dem Zaren gegenüber?«

»Nicht nur. Ich habe mir selbst eine Aufgabe gestellt, die ich erfüllen will.«

»Eine Aufgabe? Welche ...?«

Er unterbrach sie, um nicht antworten zu müssen. »Außerdem wüsste ich nicht, wohin ich sonst gehen sollte.«

»Ihr seid Niederländer. Habt Ihr keine Verwandten, Freunde ...?«

»Nein.«

Betroffenes Schweigen breitete sich für einen Augenblick zwischen ihnen aus.

»Wie alt seid Ihr?«, fragte Henk schließlich.

»Wie bitte?«

»Euer Alter. Ich habe darüber nachgedacht. Ihr seid angezogen wie eine graue Maus und klingt manchmal wie ein Großmütterchen, aber Euer Lächeln sieht nach einem fünfzehnjährigen Mädchen aus.«

Josefine versuchte, eine strenge Miene aufzusetzen, doch die Erlebnisse der letzten Stunden hatten ihren Vorrat an Energie aufgebraucht.

»Mein Alter geht Euch nun wirklich nichts an!«

Er blickte sie weiterhin fragend an.

»Also gut. Ich bin dreiundzwanzig. Zufrieden?«

»Aha. Wie Ihr so stocksteif durch die Gassen gestiefelt seid, hätte ich gedacht, Ihr geht auf die sechzig zu.«

Sie verzog ihre Mundwinkel und funkelte ihn herausfordernd an. »Und wenn ich Euch so daherreden höre, dann denke ich, Ihr geht auf das Wickelalter zu.«

»Die streitbare Maus kommt wieder zum Vorschein. Ihr habt ein loses Mundwerk und seid sehr kratzbürstig.«

»Ich weiß, und ich bin es gerne. Vor allem Männern wie Euch gegenüber.«

»Ist das der Grund, warum Euch niemand gefreit hat?«

Josefine schnappte nach Luft. »Ihr unverschämter Lümmel! Als ob mir der Sinn danach stünde, mich mit irgendeinem Kerl zu verheiraten.«

»Nicht?« Henk lachte.

»Nein! Ich brauche niemanden, der mir den Mund verbietet und mich herumkommandiert.«

»Und was ist, wenn Ihr Euch Hals über Kopf verliebt?«

Sie maß ihn mit einem langen, zynischen Blick. »Ich denke, die Liebe ist nichts als eine Legende. Frauen heiraten nach meiner Erfahrung nur, um abgesichert zu sein, und Männer … Na ja, Ihr wisst schon.«

Er bemerkte schmunzelnd, wie sie errötete.

»Es mag in einigen Fällen so sein, wo es nur um die körperliche Liebe geht. Glaubt Ihr nicht, dass es noch eine andere Art von Liebe gibt? Eine, die höchste Erfüllung im gemeinsamen Erleben von Trauer und Glück findet, darin, zusammen alt zu werden und vorher Töchter und Söhne aufzuziehen.« Während er die Worte sprach, dachte Henk, dass ihm der Wermutbitter mehr zu Kopf stieg, als gut für ihn war.

»Ich glaube nicht.«

Er zog eine Augenbraue hoch. »Vielleicht seid Ihr deshalb

noch allein. Man muss natürlich den Mut haben, sich einem Menschen zu öffnen, ihn an sich heran zu lassen …«

»… um ihm die Möglichkeit zu bieten, einem wehzutun?«

»Habt Ihr das erlebt?«

»Nein. Aber mein Vater krankt noch heute dran, dass ihn die Frau, die er liebte, mit der alt werden und seine Tochter aufziehen wollte, verlassen hat. Ich werde nicht zulassen, dass mir so etwas passiert.« Josefines Gesicht hatte einen abweisenden Ausdruck angenommen, und sie erhob sich ächzend. »Und jetzt entschuldigt mich. Ich muss nach meinem Vater sehen.«

Die Stunden zogen sich unendlich hin. Die Zeit bemaß sich an Petres unruhigen Atemzügen, seinem Stöhnen und Ausstoßen gequälter Wortfetzen. Anfangs war es, als ließe sich das Fieber unter Kontrolle bringen, doch der Schein trog. Nach Mitternacht warf sich der Junge im Delirium rastlos auf dem Bett herum. Henk saß stundenlang bei ihm, kühlte seine Stirn und die Waden, strich ihm das verschwitzte Haar aus dem Gesicht. Es schien, als wirke seine Gegenwart, die leisen tröstenden Worte, beruhigend auf Petre. Immer wieder nickte Henk ein und fuhr bei jedem Stöhnen erschrocken hoch. In dem leichten Schlaf zwischen Wachen und Träumen zogen Bilder an seinem inneren Auge vorbei und gaukelten ihm vor, wieder ein kleiner Junge und mit seinen Eltern vereint zu sein. Er erinnerte sich an bitterkalte Winter in Russland und Figuren aus Schnee, an geisterhaftes Heulen aus den Bergen und seines Vaters beruhigende Stimme, die ihm sagte, dies sei nur das Lied der dort oben lebenden Wölfe. Henk durchlebte die Stunden am warmen Kaminofen, wo seine Mutter ihm aus Büchern vorlas und sie *Olikoek* aßen, einen Kuchen, der nach Zimt und Nelken roch.

Wenn Petre stöhnend wach wurde, schreckte Henk aus seinem Halbschlaf auf. Er flößte dem Jungen von dem Sud ein, den Josefine angesetzt hatte. Sie selbst verbrachte einen Großteil der Nacht an seiner Seite. Gemeinsam wechselten sie Petres Verband und legten frische Salbe auf. Josefine kümmerte sich so selbstverständlich und mit so viel Geschick um den Kleinen, dass Henk nur staunen konnte. Schließlich fiel Petre völlig geschwächt in einen ruhigeren Schlaf.

»Gott sei Dank, das Fieber ist endlich gesunken!« Josefines Stimme klang erschöpft. Ihr Gesicht war bleich, und die Schultern wirkten eingefallen. Sie rieb sich die Hände, als sei ihr erbärmlich kalt.

»Setzt Euch, bevor Ihr mir umfallt.«

Josefine ließ sich auf einen der Stühle sinken und lehnte sich zurück. Die Kerze vor ihr auf dem Tisch flackerte und verbreitete eine wohltuende Heimeligkeit. Henk betrachtete das flackernde Licht und dachte verwundert darüber nach, dass es all die Farben in sich trug, die er liebte: warmes Rot und tiefes Orange, der Docht war schwarz, das Wachs der Kerze weiß, und wo sich die Flamme in Rauch verwandelte, glitten graue Schatten über die Feuerfarben. Schatten, die sich wie huschende Gestalten auf Josefines erschöpftes Gesicht legten.

»Sie sieht aus wie eine Gouvernante und kann schimpfen wie ein Rohrspatz, doch diese Frau hat wirklich Mumm in den Knochen«, dachte Henk.

Ein Mondstrahl fiel durchs Fenster, tauchte den kleinen Jungen in helles Licht und ließ sein kleines Gesicht leuchten.

Josefine nickte mit einem müden Lächeln zum Bett. »Hoffentlich schläft er sich jetzt gesund!«

»Ihr solltet auch schlafen gehen«, sagte Henk.

»Ich brauche einen Schluck zu trinken. Was haltet Ihr von einem Krug Bier?«

Ihr Gesicht verriet Erschöpfung, aber ihre Augen strahlten immer noch den warmen Glanz aus, mit dem sie Petre betrachtet hatten. Henk sah sie wie verzaubert an, und es schien ihm, als habe der Kampf um das Leben des Kindes sie untrennbar miteinander verbunden. Nur widerstrebend löste er sich von ihrem Blick und stand auf.

Als Henk mit dem Getränk zurückkehrte, erkannte er an Josefines Haltung mit den zusammengesunkenen Schultern und dem auf die Brust geneigten Kopf, dass sie schlief.

Henk lächelte. Diese Frau war also doch nicht so zäh, wie sie alle Welt glauben machen wollte. Er trug Josefine behutsam zu der Bank, legte sie nieder und breitete vorsichtig eine Decke über sie aus. Im Schlaf wirkte sie sehr jung und sah nicht so streng aus. Ohne die Haube und mit den zerzausten Locken, die sich aus der Hochsteckfrisur gelöst hatten und ihr Gesicht umrahmten, konnte man fast glauben, ein Kind vor sich zu haben. Ihre dunklen Wimpern lagen wie Halbmonde auf den bleichen Wangen, und die Erschöpfung in ihren Zügen ließ Josefine verletzlich wirken.

Henk durchströmte eine Welle der Zuneigung und Dankbarkeit. Am liebsten hätte er sie in die Arme genommen und fest an sich gedrückt.

Doch er riss sich zusammen, taumelte zum Tisch, streckte seinen Arm aus und löschte die Flamme mit den Fingern. Dunkelheit senkte sich herab. Schwer ließ er sich auf den Stuhl beim Fenster fallen. Nicht eine Minute länger würde er wach bleiben können. Unter halb geschlossenen Lidern blickte er noch einmal zu dem Bett, in dem der kleine Junge schlief, und zu der Bank, auf dem die Frau lag. Er glaubte, im Mondlicht ein Lächeln auf ihrem Gesicht wahrnehmen zu können, und dachte daran, wie dies ihre Züge veränderte. Sie besaß den Stolz und die Anmut der Amazonen, von denen in Sagen erzählt wurde, und den Kampfesmut einer Löwin! Wie hatte er diese Frau nur jemals mit einer grauen Maus vergleichen können?!

II

Amsterdam

April / Mai 1716

I

Die Mühlen von Amsterdam begrüßten die Kutsche schon von Weitem, als sie sich am späten Nachmittag des 14. April endlich der Stadt näherte. Fünf Tage waren vergangen, seit der Bote des Zaren die Einladung gebracht hatte. Die Reise von Zuidbroek über Hoogezand, Groningen und Zwolle bis Amsterdam mit dem kranken Petre in der Kutsche war beschwerlich gewesen.

Josefine, Henk und Meinhardus hatten sich beim Umsorgen des Jungen abgelöst. Er fieberte immer noch, die Wunde an der Stirn schmerzte, und nachts ließen ihn böse Träume kaum zur Ruhe kommen. In seiner Nähe löste sich die Spannung, die sonst zwischen Josefine und Henk herrschte, in Luft auf. Die Sorge um den kleinen Jungen verband sie.

Vom ersten Tag an waren Josefine und Petre einander zugetan gewesen, ein Gefühl, das sich nicht in Worten äußerte, sondern in Gesten, Blicken und der tröstlichen Wärme haltender Hände. Josefine hatte diesen kleinen Jungen in den langen Stunden in der schwankenden Kutsche lieben gelernt. Still lag er in ihren Armen, und sie musste ihn nur ansehen, und schon spürte sie, wie zerbrechlich der kleine Körper und seine Seele waren. Ab und zu öffnete er die Augen, und sie bemerkte seinen sorgenvollen Blick, den sie vertreiben wollte. Und so erzählte sie ihm in den lichten Momenten von ihrer Kindheit, während Meinhardus, der ihr in der Kutsche gegenüber saß, brummelnd Kommentare zum Besten gab.

Nach und nach verloren Petres Augen die Sorge. Er erholte sich zusehends, was auch daran lag, dass er alles aß, was Josefine ihm vorsetzte. Der Junge sprach anfangs nur höchst selten und klagte nie. Still lag er in Josefines Armen oder auf seinem Lager in einer der Herbergen. Immer wieder glitten seine Hände über die weichen Decken, die Josefine über ihn breitete, als müsse er sich versichern, dass er nicht träumte. Meinhardus hatte dem kleinen Burschen Kühe und Schafe aus Holz geschnitzt, doch Petre schien nicht zu wissen, was er mit den Figuren tun sollte. Er berührte die Tiere neugierig, fast ehrfürchtig, stellte sie jedoch weder auf, noch sprach er mit ihnen, wie Josefine es in ihren Kindertagen getan hatte. Er schien nicht begreifen zu können, dass Meinhardus diese Tiere eigens für ihn gefertigt hatte.

»Das ist, weil dieser arme kleine Kerl nie zuvor ein Spielzeug besessen hat«, sagte Josefines Vater kopfschüttelnd. »Das kann ich nicht hinnehmen!«

Also besuchte er den Jungen abends, und tags darauf leuchteten Petres Augen fröhlich, als Meinhardus seinen mächtigen Kopf ins Zimmer steckte und anfing zu blöken. Petre griff nach dem Schaf und ließ es über die Bettdecke springen.

Was sich nicht änderte, war der verachtungsvolle Blick, mit dem Andrej den Jungen nach wie vor maß. Ihm war anzusehen, dass er die Umstände und Verzögerungen, die durch Petre entstanden, zutiefst missbilligte.

»Ein wildes Geschöpf, das noch seine wahre Natur zeigen wird«, hatte er zu Henk gesagt. »Dieses Gossenkind kann weder vernünftig essen, noch weiß es mit ordentlicher Kleidung etwas anzufangen.«

»Er wird es lernen!«

Andrej hatte nur geschnaubt. Er ignorierte Petre, während dieser instinktiv alles tat, um die Aufmerksamkeit des Russen nicht auf sich zu lenken.

Am Wohlsten fühlte sich Petre, wenn Henk und Josefine um ihn waren. An den Abenden servierte Josefine ihnen die verschiedensten Düfte, sie tranken heiße Kräuteraufgüsse, und der Junge erzählte ihnen mit leiser Stimme aus seinem Leben und der Zeit im Armenhaus.

»Mein Vater war ein Kesselflicker – der beste, den es gab! Er zog mit seinem Handwerkszeug und altem Kupfer über Land, um schadhaft gewordenes Kochgeschirr zu reparieren, abgenutzte Böden aufzudoppeln und die Innenwände neu zu verzinnen. Manchmal war das Geschirr so löchrig, dass ich meine Hand hindurchstecken konnte, doch Vater bekam es wieder hin. Mit einem Karren sind wir sommers von Ort zu Ort gefahren. Unser Pferd hieß Lady Mary. Ihre Mähne war so hell und dicht wie ein Schleier, darum hatte meine Mutter ihr diesen Namen gegeben. Aber Lady Mary war nicht wirklich eine Lady. Sie hatte überhaupt kein Benehmen. Leute mit Hüten machten sie so wütend, dass sie nach ihnen trat, und wenn ihr jemand zu laut wurde, dann biss Mary ihn. Unsere Lady war verrückt nach Äpfeln und fraß sie, wo sie welche kriegen konnte. Anschließend tat ihr dann der Bauch weh, und sie pupste in einem fort.«

Josefine lachte und schenkte dem Jungen heißen Kamillentee nach. »Habt ihr außerhalb der Städte und Dörfer gelagert, wie die Zigeuner es tun?«

Petre nickte und sagte mit träumerischer Stimme: »Während mein Vater das Zelt richtete, hat meine Mutter uns Essen über dem offenen Feuer gekocht. Sie konnte wunderbar singen und kannte viele Lieder aus ihrer Heimat.«

»Aus ihrer Heimat?«, Henk hob fragend eine Augenbraue.

»Mutter war keine Vogelfreie wie all die anderen um uns her. Ihre Eltern haben einen Hof besessen in einem Fürstentum.« Petre runzelte die Stirn und dachte angestrengt nach. Dann erhellte sich sein Gesicht. »›Moldau‹, so hieß es. An einem Frühlingstag im Mai hat mein Vater an die Tür ihres Elternhauses geklopft und um die Kessel gebeten. Zum Flicken. Vater sagte, Mutter habe die Tür aufgemacht und so schön ausgesehen, dass er drei Anläufe brauchte, um das Wort ›Kessel‹ über die Lippen zu bringen.«

Josefine lachte. »Sie haben sich ineinander verliebt, stimmt's.«

»Ja. Als Mutter noch lebte, da war mein Vater alle Tage glücklich und zufrieden. Doch dann …«

»Singst du auch gerne?«, fragte Josefine rasch.

Petre nickte. »Mutter hat mir alle Lieder beigebracht, die sie kannte, und wenn wir in die Dörfer gingen und nach Geschirr fragten, dann schmetterten wir unsere Weisen, bis die Menschen die Türen öffneten. ›Singen lässt das Herz aufgehen und manchmal auch die Börse‹, sagte meine Mutter. Wir sammelten Kessel und Töpfe ein, brachten sie zum Lagerplatz und nach dem Flicken wieder zu ihren Besitzern zurück. Die Leute bezahlten selten in Münzen. Oft erhielten wir Brot, Eier, Käse oder Schmalz und manchmal auch ein Stück Fleisch oder Kuchen.« Petre seufzte. Er malte mit dem Finger Kringel auf den Holztisch. »Das Leben war schön, damals. Wir hatten selten Geld, doch das machte nichts. ›Wir haben uns, und das ist genug‹, sagte Mutter. Einmal hat sie von einer reichen Dame einen Pelzumhang geschenkt bekommen und ihn gegen drei Handpuppen getauscht. Ein alter Zigeuner namens Caruso hat sie geschnitzt. Die eine Puppe hatte langes dunkles Haar, und ihre Brüste waren so groß, dass sie aus dem roten Kleid herausguckten. Wir nannten sie Leonora. Die andere Puppe war ein Mann mit hellem Haar und einem festlichen Gewand. Er war Leonoras Liebster. Dann gab es noch Großmutter Detty mit grauem Haar und schwarzem Kleid. Vater baute uns eine Bühne, und Mutter dachte sich Geschichten aus, die wir mit den Figuren nachstellten. Wenn es der Marktmeister erlaubte, dann spielten wir auch vor Publikum. Am Ende jeder Geschichte küssten sich Leonora und ihr Liebster unter einem Rosenkranz.

Doch eines Tages hörte die Geschichte nicht an dieser Stelle auf, sondern Leonora zog einen kleinen Korb unter dem Bühnentisch hervor und kleidete ihn mit weißer Spitze aus. Bald darauf wiegte sie ein winziges Holzpüppchen in ihren Armen. An diesem Abend erfuhr ich, dass meine Mutter ein Kind bekommen würde. Ich habe mich so sehr auf den Bruder oder die Schwester gefreut und konnte es kaum erwarten! Jeden Abend legten Vater und ich unsere Hände auf den Leib meiner Mutter und sangen zu dritt für das Kind.«

Petre verstummte und blickte zum Kamin, in dem ein Feuer flackerte.

»Was ist geschehen?«, fragte Henk leise und griff nach der Hand des Kleinen.

»Es war im vorigen Jahr. Das Kleine sollte im Herbst kommen, doch an einem der letzten heißen Tage des Sommers bekam Mutter furchtbare Schmerzen. Wir sollten es nicht merken, Vater und ich, doch schließlich tat ihr der Bauch so weh, dass sie nur noch weinen und stöhnen konnte. Vater wurde furchtbar aufgeregt, und sein Gesicht wurde so weiß wie die Wolken am Himmel. Wir waren unterwegs, und weit und breit gab es weder Herberge noch Haus, niemanden, der uns helfen konnte. Das nächste Dorf war Meilen entfernt. Vater bettete Mutter im Gras auf eine Decke und schickte mich zu einem Bach, um Wasser zu holen. Als ich wiederkam, schrie Mutter nur noch vor Schmerzen.« Die Fingernägel des Jungen gruben sich in Henks Hand. Ohne ein Wort zog er Petre an sich.

»Sie ist gestorben und das Kind auch.« Die Worte kamen fast unhörbar. »Und Vater … Irgendwie ist er auch gestorben, damals, im Gras. Auch wenn er nicht wirklich tot war. Doch er war auch nie wieder so wie vorher.«

Henk drückte den Jungen fest an sich und eine Weile saßen sie stumm beieinander. »Was habt ihr danach getan?«

»Wir begruben sie unter Bäumen, und Vater schnitzte zwei

Tage lang an einem Engel, der segnend die Hände über die beiden hielt. Am nächsten Tag brachen wir auf, doch Vater drehte nach einigen Meilen wieder um und kehrte zum Grab zurück. Wir weinten und weinten, bis keine Tränen mehr kamen. Schließlich holte ich die Puppen aus dem Wagen und setzte sie auf das Grab, und dann nahm ich meinen Vater bei der Hand und zog ihn zum Wagen zurück. Wir fuhren gen Norden, doch es hätte auch Süden oder Westen sein können. Wie die Städte und Dörfer hießen, durch wir kamen, weiß ich nicht mehr. Es war uns egal. Alles war egal.

Als uns das Brot ausging und der Hunger mich schmerzte, bin ich wie früher singend durch die Gassen gezogen und habe um Aufträge geworben. Doch es waren nicht die fröhlichen Lieder meiner Mutter, sondern die traurigen, die von weinenden Mädchen erzählten und von Männern, die fortzogen und nie mehr heimkehrten. Den Leuten gefiel es trotzdem.« »Und dein Vater?«, fragte Josefine vorsichtig.

»Manchmal starrte er stundenlang vor sich hin, dann wieder arbeitete er wie ein Verrückter. Nachts hörte ich ihn weinen, und sobald er mich schlafend glaubte, stand er auf und verschwand, um sich in einem Krug zu betrinken. Gegen Morgen kehrte er schwankend zurück. Als der Winter mit Schnee und Eis kam, erreichten wir Zuidbroek, und Vater fand nach langem Suchen ein Quartier in der Nähe des Siechenhauses. Eines Morgens bin ich aufgewacht, und Vater lag nicht neben mir auf dem Stroh. Draußen war es bitterkalt, Schnee fiel, und ich hörte die Zweige der kahlen Bäume im Frost knacken. Ich zog mich schnell an und machte mich auf die Suche.« Der Junge tat einen tiefen Atemzug. Tränen sammelten sich in seinen Augen und rannen ihm langsam die Wangen hinunter.

»Du musst uns das nicht erzählen, wenn es dir zu schwer fällt«, sagte Josefine und streichelte das Gesicht des Jungen.

Petre schluchzte leise auf und sagte mit bebender Stimme:

»Ich fand ihn erfroren vor dem Haus, unter einer Decke aus Schnee. Es waren nur noch so wenige Schritte bis zur Tür … Ich glaube, Vater wollte das Haus gar nicht mehr erreichen, er wollte nur noch fort aus dieser Welt … Er wollte zu Mutter, und ich …« Er schluchzte leise. »Ich wollte auch so gerne zu ihr … Doch es war so kalt dort im Schnee, und Vater … Er sah so fremd aus und war so kalt …«

Henk zog den Jungen enger an sich und wiegte ihn sanft. Petre schniefte, griff dankbar nach dem Tuch, das Josefine ihm reichte, und löste sich aus Henks Umarmung. »Unser Wohnkarren wurde verkauft, um die Beerdigung bezahlen zu können, und ich kam in das Waisenhaus, doch da war ja kaum Platz für die Kinder, die dort schon hausten. Sie mochten mich nicht und hätten mich am liebsten sofort wieder aus dem Haus geschubst. Es war schrecklich dort!«

Josefine runzelte die Stirn. »Gab es denn keinen Herbergsvater, der sich um euch kümmerte?«

»Doch, einen verdrießlichen alten Bock, der die meiste Zeit in seiner Kammer hockte. Mit uns Kindern gab er sich nur ab, wenn es galt, Prügel zu verteilen. Und dann waren da noch die Nonnen des nahe gelegenen Klosters. Jeden Morgen holten sie uns in aller Frühe zur Messe ab. Wir mussten stundenlang auf dem kalten Klosterboden knien, für ein gottgefälliges Leben beten und unsere Sünden bereuen. Bis zu dem Tag, an dem ich die Nonnen kennenlernte, wusste ich nicht einmal, was Sünden sind.«

»Sünden!« Henk schüttelte den Kopf. »Ich frage mich, was Kinder von sechs oder sieben Jahren für Taten begangen haben können, die auf hartem Stein bereut werden müssen.«

»Stellt euch nur vor, sie sagten, mein ganzes Leben sei Sünde gewesen. Dass meine Eltern sich lieb hatten, dass es mich gab und auch die Puppen. Die Geschichten … Alles Sünde. Und sie sagten, dass ich viele Jahre brauchen würde, um all das zu bereuen.«

»Schlag dir diesen Unsinn nur schnell wieder aus dem Kopf, mein Junge. Die glücklichen Zeiten deiner Kindheit, das waren Seligkeiten und keine Sünden. Sag mal, gab es nach dem Bereuen wenigstens ein anständiges Frühstück?«

»Wir bekamen Brei als Morgenmahlzeit, die bis zum Abend reichen musste. Freitags gab es Fisch und mittwochs eine Suppe. Einmal habe ich sogar einen Fleischbrocken darin gefunden.«

Henk schnaubte verächtlich und schüttelte wieder den Kopf.

»Nach dem Essen mussten wir entweder im Kloster oder im Waisenhaus arbeiten. Die älteren Kinder versorgten die ganz Kleinen, während wir anderen Wäsche wuschen oder Böden schrubbten, Unkraut jäteten oder Bohnen in dem großen Gemüsegarten des Klosters pflanzten. Wisst ihr, das Arbeiten und das Bereuen auf den kalten Steinen war nicht das Schlimmste am Waisenhaus.«

»Was war es dann?«, fragte Josefine.

»Dass ich gefangen war wie ein Fliege im Spinnennetz. Ich konnte die Wände nicht ertragen! Anfangs bin ich nachts nach draußen gerannt, um den Sternenhimmel zu sehen. Doch dann hat es der Herbergsvater gemerkt und gedroht, mir die Arme zu brechen, wenn ich sie jemals wieder in den Nachthimmel hebe. Wie habe ich mir gewünscht, mit einem Karren unter blauem Himmel unterwegs zu sein, mein Lager aufzuschlagen, wo es mir gefällt, und an den Abenden dem Zwitschern der Schwalben zu lauschen, dem Rauschen der Bäche und dem Gesang meiner Mutter, bis ich einschlief. Ich habe mich so sehr danach gesehnt, dass es weh tat und bin oft weinend aufgewacht.«

»Was war mit den anderen Kindern? Hat dich keines getröstet?«, fragte Josefine mitleidig.

Eine Weile blieb es still. Dann schälte sich Petre aus Henks Umarmung und griff seufzend nach dem Becher mit dem Kamillensud. Er nahm einen langen Schluck.

»Sie mochten mich nicht. Vielleicht lag es daran, dass ich so anders aussah.« Er griff sich in das pechschwarze Haar, und seine Kohlenaugen blitzten fiebrig. »Das ist wie bei den Schwalben. Manche werden weiß geboren, und die anderen hacken sie tot. Außerdem hat der Herbergsvater ihnen erzählt, ich wäre der Sohn eines räudigen Zigeuners, eines Säufers, und dass der Platz im Waisenhaus zu schade sei, um ihn an einen verdammten *Schwarzburschen* zu verschwenden.«

»Er hat die anderen gegen dich aufgehetzt!«, rief Henk ungläubig. »Was für ein verdammter …«

»Henk!«, fuhr Josefine dazwischen. Sie zog Petre an sich, der leicht zitterte und wie ein Häuflein Elend auf den Boden starrte. Eine Welle aus Mitleid und Zuneigung brandete in ihr auf. Dieses Kind hatte innerhalb weniger Jahre seine Mutter und seinen Vater verloren, das fahrende Zuhause und alles, was ihm lieb und teuer war. Seine Geschichte rührte sie, und es war dieser Moment, in dem Josefine beschloss, dass Petre genug gelitten hatte. Dieses Kind brauchte nicht nur Hilfe, um wieder völlig gesund zu werden, sondern ein Zuhause. Und sie, Josefine, würde es ihm geben!

An diesen Entschluss und dessen Umsetzung dachte Josefine, als sie wieder einmal durch eines der vielen Schlaglöcher fuhren, und sie aus ihren Gedanken gerissen wurde. Keinen Moment später lenkte Henk den Wagen auf zwei Rädern um eine Kurve. Josefine befürchtete schon, sie würden vom Sitz fallen oder in hohem Bogen über das Trittbrett der Kutsche hinwegfliegen, und drückte Petre fest an sich. Als die Wegverhältnisse sich kurz vor der Stadt besserten, tauschte Henk den Platz auf dem Kutschbock mit Josefines Vater, und der Junge fiel in Henks Armen in einen erschöpften Schlaf.

Meinhardus Meinen dankte dem Herrgott lautstark, als er seinen Fuß von dem Gefährt setzte. Er hatte darauf bestanden, zum Haus seines Freundes Cornelis Zander am Kloveniersburgwal – in der Nähe der Stadtwaage und des Nieuwmarkt – gebracht zu werden. Die Fassade des prächtigen Bürgerhauses war mit steinernen Blumengirlanden verziert, die sich von Fenster zu Fenster hangelten. In der Mitte kündeten Olivenzweige vom Frieden, den sich die Bewohner erhofften. Nicht nur die beiden Fenster, in denen Gewichte, eine Waage und verschiedene Gefäße standen, auch die Eckschornsteine, die Mörsern nachempfunden waren, und der *Gaffer* über dem Eingang wiesen das Gebäude als Apotheke aus. Hinter der prunkvollen breiten Fassade verbargen sich die Drogenwerkstatt, die Wohnräume und eine umfangreiche Naturaliensammlung.

Eine kühle Brise zog durch die Gassen und wirbelte vergessenes Herbstlaub auf. Die Abenddämmerung tauchte die Giebel der Häuser am Kanal in rötliches Licht. Es roch süßlich nach verbranntem Torf, in den sich ein leichter Modergeruch vom Wasser her mischte. Wenn Josefine die Augen schloss und nur noch roch, verstärkte sich ihr Eindruck, angekommen zu sein.

Vertraute Geräusche drangen an Josefines Ohr: das Klappern von Pferdehufen, das Rattern der Kutschenräder und die dumpfen Schläge der Holzkisten, wenn sie beim Beladen der Kanalboote auf die Planken donnerten.

Diener und Hausmädchen hasteten auf beiden Seiten der Kanäle von den Märkten heim. Kaufmänner und Geschäftsleute in gediegener Kleidung wünschten einander einen guten Abend, die Älteren unter ihnen in schwarzen Gehröcken und dunklen Kniestrümpfen, die jüngeren mit weiten Hosen, kurzen Jacken und bunten Halstüchern.

Josefine schloss die Augen und nahm erneut einen tiefen Atemzug. Amsterdam! Sie liebte die Düfte der Stadt, die Kanäle und Brücken, die Schiffe im Hafen und die Klänge der Turmglocken, die aus allen Winkeln erschollen und miteinander zu wetteifern schienen. Die Glocken läuteten nicht nur, um die Zeit anzuzeigen und zur Ehre Gottes, sondern sie begrüßten die

Heimkehrenden und hießen Gäste aus aller Welt willkommen. Mit einem Lächeln öffnete Josefine die Lider.

Die Türglocke ging, und Ansje steckte neugierig den Kopf nach draußen. »Josefine!« Sie klatschte in die Hände. »Oh, welch freudige Überraschung.«

Josefine flog in ihre ausgebreiteten Arme.

»Und wer begrüßt mich?«, beschwerte sich Meinhardus.

»Mein Lieber, komm und lass dich umarmen.« Ansje drückte Meinhardus, stellte sich dann auf die Zehenspitzen und gab ihm einen Kuss auf die Wange. Sie stemmte die Arme in die Seiten, schnalzte mit der Zunge und schüttelte den Kopf. »Warum hast du uns euren Besuch nicht angekündigt? Ich hätte Kuchen gebacken, und die Betten wären schon bezogen gewesen und …«

»Wir wussten vor fünf Tagen noch nicht einmal, dass wir heute einen Fuß in diese Stadt setzen würden. Ich erzähl' dir alles später. Jetzt müssen wir uns erst einmal um einen jungen Freund kümmern«, polterte Meinhardus und wandte sich der Kutsche zu, doch Henk erschien bereits wie auf einen Ruf hin mit Petre auf den Armen. Er gab Andrej, der ihr Gepäck ausgeladen hatte, ein Zeichen, und dieser fuhr ohne Gruß davon.

Ansje eilte sofort auf den Kleinen zu. Die Wangen des Jungen waren fiebrig gerötet, und als er jetzt die Augen öffnete, trugen sie den verängstigten Ausdruck eines Rehkitzes.

»Oh, mein Junge, was ist mit dir?« Ansjes rundes Gesicht umwölkte sich.

»Wenn der kleine Bursche in die richtigen Hände kommt, wird er wieder«, versprach Henk und nickte Richtung Eingang. »Gibt es ein Bett, wo ich dieses Bündel ablegen kann?«

»Nur hinein in die gute Stube.« Cornelis, dessen Haar so struwwelig wirkte, als habe die Ankunft der Kutsche ihn aus dem Schlaf gerissen, öffnete die Tür weit und blickte ihnen neugierig entgegen.

Josefine folgte Henk, der durch die prächtigen Räume mit

den vertäfelten Wänden und Decken aus glänzendem Holz schritt, vorbei an wuchtigen lederbespannten Stühlen, verzierten Tischen und Bücherschränken. In den Ecken hingen Schnitzereien, an den Wänden Gemälde und von den Decken silberne Leuchter. Sie stiegen die Treppe hinauf in das zweite Stockwerk. Cornelis öffnete die Tür einer großen Schlafkammer, und Henk ließ seine Last seufzend in die weichen Kissen gleiten. Abendsonne ergoss sich durch ein hohes Fenster in den Raum und fiel auf den Tisch mit der Öllampe und eine Waschschüssel mit Wasserkrug. Die roten Lichtbündel zeichneten wirbelnde Schatten auf den Dielenboden.

Josefine trat zum Fenster und zog die schweren Vorhänge zu. Sie breitete eine Decke über den kleinen Jungen, setzte sich dann ans Bett und strich Petre über die Wange.

»Hab keine Angst. Hier kann dir nichts geschehen.«

Mit einem erleichterten Seufzer schloss der Kleine erneut die Lider.

»Was fehlt ihm?«, fragte Ansje leise, ohne die Augen von dem kranken Kind zu nehmen.

Meinhardus, der ihnen keuchend die Treppen hinauf gefolgt war, schilderte in bunten Farben die Abenteuer ihrer Reise und das Geschehen in Zuidbroek.

»Ich werde nach Lukas Bloempott schicken. Er soll sich den Jungen ansehen«, befand Ansje. Sie war sichtlich erschüttert. »Was für ein Glück, dass er euch über den Weg gelaufen ist.«

»Gefallen ist!«, verbesserte Henk spöttisch.

Erst jetzt widmete ihm Ansje ihre Aufmerksamkeit. »Ich danke Euch für Eure Herzensgüte.«

Henk machte eine übertriebene Verbeugung. »Ich werde für die Arztkosten und auch für Kost und Logis des Kindes aufkommen. Betrachtet ihn als mein Mündel.«

Ansje schüttelte den Kopf. »Es wird mir eine Freude sein, den Kleinen wieder aufzupäppeln.«

»Ich bestehe trotzdem darauf, meinen Anteil beizusteuern, und erbitte mir dafür die Erlaubnis, ihn besuchen zu dürfen.«

»Jederzeit. Ihr seid ein Mann des Zaren, nicht wahr?« Sie wartete seine Antwort nicht ab, sondern maß Henk mit zusammengekniffenen Augen. »Warum will er Josefine und Meinhardus sehen?«

Henk neigte leicht den Kopf. »Ich bin nicht der Beichtvater seiner Majestät.«

»Ihr wisst ganz genau, was der Zar für Gründe hat. Cornelis hat von Euch gehört, einem Vertrauten des Zaren, einem Niederländer mit hellem Haar. Ihr könnt Euren Zögling jederzeit besuchen, wenn Ihr mir zumindest verratet, was der Zar von Josefine will.«

Henk hielt ihrem Blick stand. Seine Mundwinkel zuckten. »Auch wenn dem russischen Herrscher der Ruf vorauseilt, sich jedes Weib, das er wünscht, in sein Bett zu bestellen, braucht Ihr Euch nicht um die Tugend Eurer Freundin zu sorgen. Es ist nicht der Zar, es ist die Zarin, die sie zu sehen wünscht.«

»Die Zarin will mich sehen?« Josefine blickte Henk stirnrunzelnd an.

»Ja. Euer Vater wurde vom Monarchen eingeladen, doch Ihr seid auf Katharinas Geheiß hier.«

»Und was genau erhofft sich diese Frau von unserem Zusammentreffen?«

»Ihr werdet es erfahren.«

»Wenn die Zarin mich wegen irgendeiner Belanglosigkeit zu sich bestellt hat und glaubt, ich würde ihr freudig die Hand küssen aus Dankbarkeit, sie kennenlernen zu dürfen, dann hat sie sich getäuscht.«

»Die Zarin glaubt überhaupt nichts.« Henk kam näher, und sein Gesicht nahm einen verschlossenen Ausdruck an. »Seit dem Tod ihres Sohnes vor vier Monaten hat sie jegliche Zuversicht und allen Glauben verloren. Ich bitte Euch um eines: Haltet

Euer loses Mundwerk im Zaum.« Sein Blick hielt den ihren für einen Moment fest, dann trat er einen Schritt zurück und verneigte sich leicht. »In zwei Stunden werde ich wieder hier sein und Euch zu Ihrer Majestät bringen.« Dann wandte er sich Meinhardus zu. »Euch wünscht der Zar morgen früh zu sehen.«

»Mich braucht Ihr nicht zu geleiten. Die wenigen Schritte zur Residenz kann ich am helllichten Tag schon noch alleine gehen.«

Henk nickte, drehte sich um und verschwand.

Später, nachdem der Arzt Petre untersucht und befunden hatte, dass er auf dem Weg der Besserung sei, und sie an dem langen, mit Linnen gedeckten Tisch saßen, von dem die Schüsseln mit den Speiseresten schon abgetragen waren, fasste Cornelis alles noch einmal zusammen.

»Die Einladung wurde für euch beide ausgesprochen, doch der Zar möchte nur dich sehen, Meinhardus. Ich kann mir schon denken, worum es geht. Zar Peter richtet in St. Petersburg eine Kunstkammer ein, die erste in Russland, eine Besonderheit, die in der ganzen Welt ihresgleichen suchen wird. Vor wenigen Tagen erst hat er Frederik Ruysch aufgesucht und ihm dreißigtausend Gulden für seine Sammlung geboten.«

»Dreißigtausend Gulden!« Meinhardus riss die Augen auf.

Cornelis nickte. »Der Zar ist verrückt nach Kuriositäten. Ich habe ihm dummerweise von dir und deiner Wunderkammer vorgeschwärmt und denke, dies ist der Grund für die Einladung. Dabei ging es mir nur darum, den Monarchen abzulenken. Euer Begleiter hat ja schon vom Tod seines Sohnes erzählt. Die Zarin Katharina, die ihm nach Amsterdam folgen wollte, ist am 2. Januar in Wesel, nahe der Grenze, niedergekommen. Der kleine Junge ist gleich nach seiner Geburt verstorben. Der Zar war damals schon hier in der Stadt und litt an einem Fieberanfall. Sein Zustand verschlechterte sich so rapide, dass um sein Leben gebangt wurde und er vier Wochen im Bett verbringen musste.«

»Mit meinem Gemahl an seiner Seite«, Ansje warf Cornelis einen liebevollen Blick zu, dieser zog eine Grimasse.

»Ja. Unerklärlicherweise mag mich der Zar. Ich habe ihn fast täglich besucht, und wir vertrieben uns die Zeit mit lustigen Anekdoten, dem gedanklichen Ausschmücken der Wunderkammer in St. Petersburg und mit Geschichten über einen Meinhardus Meinen, über wunderbare Jahre, in denen wir beide zusammen ausgebildet wurden, und dein Kuriositätenkabinett, mein lieber Freund. Der Zar kam auf gewisse Gedanken, doch ich sagte ihm, dass du sicherlich nicht bereit wärst, deine Schätze zu verkaufen.«

Meinhardus stellte seinen Weinbecher zurück und unterdrückte mühsam einen Rülpser. Einen Augenblick lang starrte er vor sich hin. »Nachdem ich gehört habe, was er dem Klugscheißer Ruysch gezahlt hat, würde ich es in Betracht ziehen.«

Ein entsetzter Laut entfuhr Josefine. »Meinhardus, du kannst doch nicht allen Ernstes daran denken, deine Schätze aus den Händen zu geben.«

»Oh doch, das kann ich!« Er stand auf, trat zum Fenster und blickte in die Dunkelheit. Er wirkte groß und stark und sehr weit weg. Dann wandte er sich wieder um und sah Josefine fest an. »Ich trage mein Herz auf der Zunge, das weißt du, mein liebes Kind, doch es gibt eine Sache, einen Traum, von dem ich weder dir noch Bertram je erzählt habe. In meiner Vorstellung existiert ein Haus, das von oben bis unten mit Kuriositäten gefüllt ist. Stell dir das nur einmal vor. Meine Sammlung würde nicht mehr eingepfercht in einem Raum ausharren müssen. Wir hätten Zimmer für präparierte Tiere und Pflanzen, für von Menschenhand Geschaffenes, für wissenschaftliche Instrumente, für Bücher und Gesammeltes aus fernen Ländern!« Seine Hände fuhren wie Ruderblätter durch die Luft. »Alles wohlgeordnet und sortiert, versteht sich. Dafür könntest du verantwortlich zeichnen, und ich würde auf meine alten Tage den Führer für die Besucher spielen.«

»Aber wenn du all deine Schätze verkaufst, dann wird das Haus leer sein!«

»Du weißt, dass wir viele Präparate doppelt besitzen. Ich habe Beziehungen zu Ost- und West-Indischen Handelsgesellschaften, zu holländischen Sammlern wie Huygens und Vincent, ich werde mit neuem Eifer Kostbarkeiten anhäufen und dabei deine Zukunft im Auge haben. Apothekerin wirst du niemals sein können – aber wo steht, dass eine Frau keine Wunderkammer betreiben darf? Die Besucher werden dir die Türen einrennen, Josefine.«

»Aber an so vielen der Schätze hängt dein Herz. Denk doch an das Korallenschloss, die geschnitzten Bilder aus Sandelholz und die Eier des Straußenvogels!«

Tränen schossen Josefine in die Augen. Sie konnte sich nicht vorstellen, ohne all das zu sein. Als sie noch ein Kind war, hatte ihr Meinhardus zu jeder neu erworbenen Kuriosität eine Geschichte zu erzählen gewusst. In den Nächten hatte sich Josefine auf die Gewürzinseln geträumt, in die Wildnis, in den Wald des ewigen Regens, nach Amerika oder wo auch immer die Schätze ihre Heimat hatten. Mit dem Verkauf der Raritäten würde auch ein Teil ihrer Kindheit verloren gehen.

Meinhardus trat zu ihr und strich Josefine über das Haar. »Wir werden neue Herzensschätze erwerben, und wenn die Sehnsucht nach den alten zu groß wird, vielleicht nach Russland reisen, um die Kunstkammer des Zaren zu besuchen. Meine Raritäten gehen ja nicht verloren. Weißt du noch, wie zauberhaft es im *Regenbogen* war? Josefine, mit den nötigen finanziellen Mitteln könnten wir ein Haus bauen, das dem von Fleur gleicht. Du hast sie geliebt, und ich habe sie verehrt, doch wer außer uns denkt noch an Fleur? Wer weiß etwas von ihr? Niemand. Die *Wunderkammer im Regenbogen* könnte ein Haus der Erinnerung werden. Darin würde sich nicht nur die Welt spiegeln, sondern die Menschen könnten auch Fleur Laval kennenlernen.

Wir werden Räume mit ihren Duftträgern füllen, Rosenräume, Nelkenräume, und ihr Wissen auf Schautafeln präsentieren. Du könntest Fleurs Parfüms herstellen und verkaufen und um Kundinnen für deine eigenen werben.«

»Nun mal ruhig mit den wilden Pferden!«, dämpfte Cornelis die Begeisterung seines Freundes. »Wir müssen doch zunächst einmal abwarten, was der Zar tatsächlich von dir will. Wer weiß, vielleicht nur Magentropfen. Er isst unmäßig, säuft wie ein Pferd – von seinen anderen Lastern will ich gar nicht erst reden.«

»Warum ist der Zar eigentlich in Amsterdam?«, fragte Josefine.

»Nicht, um Kuriosa einzusammeln. Auch nicht als *Zimmermann Peter* auf der Suche nach Meistern, die ihn in der Kunst des Schiffsbaus unterrichten. Der Zar hat sich mittlerweile zu einem mächtigen und erfolgreichen Monarchen gemausert. Er kommt als Führer des europäischen Bündnisses gegen Schweden und hofft, Frankreich überzeugen zu können, sich Russland anzunähern. In Amsterdam wollte er nur Station machen, doch das Fieber zwang ihn in die Knie.«

»Wird seine Mission Erfolg haben?«

Cornelis zuckte die Achseln. »Wie die vereinigten Niederlande so trauen auch die Franzosen dem Zaren nicht über den Weg. Kein Mensch durchschaut sein Wesen. Er trägt Keime von Tugend in sich, doch auf eine höchst unkultivierte Weise. Peter kann in einem Moment die Liebenswürdigkeit in Person sein und einen Augenblick später ein rasender Wüstling. Manchmal sorgt er sich um seine Kammerdiener mehr als um seine Verwandten, und dann wieder lässt er einen Dienstboten ohne Gelegenheit, sich zu erklären, zum Krüppel schlagen, nur weil dieser seine Stiefel nicht geputzt hat. Der Zar ist durch und durch unberechenbar, und das macht ihn so gefährlich. Die Stadtherren wissen nicht, was sie von ihm und seinem Besuch halten sollen.«

»Und doch bedenkt man den Monarchen mit allen Ehren.«

»Natürlich. Der Rat macht gute Miene und hütet sich, ihn zu verärgern. Man weiß nie, welchen Trumpf der Herrscher Russlands aus dem Ärmel zieht. Insgeheim werden die Stadtherren froh sein, wenn seine Majestät endlich nach Frankreich aufbricht. Seine Anwesenheit kostet Amsterdam eine ganze Menge. Er hat mit seiner Eskorte in eineinhalb Tagen zweihundertneunundsechzig Flaschen Wein getrunken und mehrere Vorratskammern leer geräumt. Ich selbst war dabei, als er sich nach einer Bootsfahrt durch die Grachten derart mit Essen vollstopfte, dass ihm die Augen aus dem Kopf quollen. Wir stiegen gemeinsam in eine Kutsche, um zu seinem Quartier zurückzufahren, doch die Stöße bekamen seinen Eingeweiden schlecht. Er hat den ganzen Wagen vollgespien. Was dieser Mann bei zwei normalen Mahlzeiten isst und trinkt, ist unfassbar! Das hält der widerstandsfähigste Organismus nicht aus. Lukas Bloempott ist hier in Amsterdam sein Leibarzt. Er hat dem Zaren eine Wasserkur empfohlen, um der verheerenden Wirkung der Völlerei Einhalt zu gebieten. Peter ist willig und wird nach den Verhandlungen in Paris zum Kuren nach Spa fahren. Er plant, die traurige Zarin und einen Teil seiner Gefolgschaft hier in Amsterdam zu lassen.«

»Die traurige Zarin?«, fragte Josefine.

»Man sagt, sie habe nach dem Tod ihres Sohnes das Lachen verloren. Tragisch, denn ihre Lebensfreude war auch die des Monarchen, und ohne ihren guten Einfluss ist er noch unmäßiger in allem. Zumindest behauptet das der Bürgermeister.«

»Was mag sie nur von mir wollen?«

»Darüber zerbreche ich mir auch schon die ganze Zeit den Kopf.«

»Was für ein Mensch ist sie, Cornelis?«

»Ein armer Mensch«, antwortete Ansje an seiner statt.

»Das würde ich so nicht über eine litauische Magd sagen, die zur Zarin von Russland aufgestiegen ist«, entgegnete Cornelis trocken.

»Sie ist Peters Zarin, ja, doch für die ganze übrige Welt nur ein Emporkömmling, eine Dirne, die sich in die Federbetten des Palastes geschlafen hat. Ich wette mit dir, dass diese Frau unter dem gesamten Adel in Russland keine Freunde hat. Man wird auf sie herabschauen.«

»Das mag sein. Boshafte Zungen sagen, sie habe den Zaren verhext.«

Ansje schüttelte leicht den Kopf. »Ich glaube, der Monarch hat sie gewählt, weil sie das Herz auf dem rechten Fleck hat. Seine Soldaten schätzen sie und erzählen, dass Katharina den Zaren überallhin begleitet und mit ihm sogar das Lagerleben teilt. Sie bekocht die Männer, plaudert mit ihnen und versorgt die Verwundeten. Manchmal ist es das Handeln, was einen adelt, nicht die Herkunft.«

»Diese edlen Züge nützen nur nichts, wenn der russische Adel sie für ein dummes Bauerntrampel hält und es ihr nicht gelingt, dem Zaren einen Sohn zu schenken, der den nächsten Tag überlebt.«

2

Henk hob die Laterne und beleuchtete den Weg. Der helle Mond hatte sich hinter dunklen Wolken versteckt. Kalter Wind war aufgekommen, der Josefine das offene Haar ins Gesicht wehte. Energisch strich sie die Strähnen zur Seite. Josefine hatte ihr altes braunes Reisekleid gegen eine helle Bluse und einen tiefgrünen Samtrock getauscht – ihre einzige elegantere Garderobe – und zog fröstelnd ein dunkles Tuch enger um sich. Auf den Brücken über der *Herengracht* brannten Fackeln, deren Schein sich im Wasser spiegelte. Ein Kutscher entzündete zwei bis zum Rand mit Öl gefüllte Laternen und bot ihnen seine Dienste an, doch Henk winkte ab und schritt zügig aus.

Auf der gegenüberliegenden Seite der Gracht standen Kirschbäume, und manchmal trug der Wind den Geruch der ersten Blüten über den Kanal. Als Josefine den betörend sanften Duft roch, musste sie an Tage in ihrer Kindheit denken, an denen sie Stunden mit Ansje und Meinhardus durch die Stadt spaziert und abends, müde und voll von diesem Wohlgeruch, langsam in den Schlaf geglitten war.

»Wie geht es Petre?«

»Das Fieber ist zurückgegangen, und Lukas Bloempott hat uns versichert, dass er nur ein wenig Ruhe und warmes Essen braucht, um wieder auf die Beine zu kommen.«

»Das ist gut!« Josefine hörte ihn erleichtert aufatmen. »Der Monarch wird in zehn Tagen nach Frankreich aufbrechen. Ich werde ihn nicht begleiten, sondern noch eine Weile der Zarin zu

Diensten sein und dann wieder nach Russland zurückkehren. Ich hoffe, dass Petre bis dahin reisefähig sein wird.«

»Reisefähig?« Josefine blieb abrupt stehen. »Ihr wollt ihn doch nicht etwa nach St. Petersburg mitnehmen!«

Sie hörte selbst, wie scharf ihre Worte klangen. Der Gedanke, sich von Petre zu trennen, war ihr unerträglich.

»Doch, das werde ich.« Henk hob die Laterne, um ihr ins Gesicht sehen zu können. »Ich fühle mich für dieses Kind verantwortlich.«

»Aber in Russland gibt es nichts, was ihm vertraut wäre. Niemanden …«

»Wie sieht es mit mir aus? Ich werde dort sein.«

Das flackernde Licht der Laterne ließ Schatten über Henks Gesicht laufen.

Josefine sah ihm verzweifelt in die Augen. »Ich habe Petre ins Herz geschlossen. Dieser Junge braucht ein Zuhause, jemanden, der für ihn sorgt.«

»Ich werde für ihn sorgen.«

»Es werden Kosten auf Euch zukommen, die …«

»Aha, daher weht also der Wind. Ihr fürchtet, es könnte mir als einem Diener des Zaren nicht gelingen, für Petre aufzukommen.« Henks Stimme klang spöttisch. »Wenn ich es wünschte, dann hätte Peter mir schon längst Ländereien, Reichtümer und Titel verliehen, doch mir liegt nichts an Geschenken. Sie fördern nur den Verdacht, man sei bestechlich. Ich verdiene mir meinen Unterhalt lieber mit den eigenen Händen und hatte bislang immer genug zum Leben. Es wird auch für Petre reichen.«

»Die Sorge um ein Kind besteht aus mehr als finanzieller Sicherheit. Wer wird sich um den Jungen kümmern, wenn Ihr in Angelegenheiten des Zaren unterwegs seid?«

»Ich werde eine gute Schule aussuchen und Petre besuchen, so oft es mir möglich ist. Glaubt Ihr nicht, dass er es bei mir immer noch besser haben wird als im Waisenhaus?«

Josefine errötete und verschlang ihre Hände ineinander. »Ihr würdet bestmöglich für ihn sorgen, das weiß ich, doch ein Kind braucht tägliche Zuwendung, regelmäßige Mahlzeiten und einen Platz, an dem es zu Hause ist. Wenn Ihr erlaubt, dann würde ich ihn gerne mit in meine Heimat nehmen und Petre all das schenken. Gestern Abend schon habe ich mit Meinhardus gesprochen, und wir sind uns einig darin …«

»Ich erlaube es nicht!« Henks Stimme klang fest. »Ihr mögt es nicht verstehen, doch für mich gab es nie einen Menschen, der ganz zu mir gehörte. Meine Eltern liebten einander sehr, und sie liebten auch mich, doch ich kam immer nur an zweiter Stelle. Petre wird der Sohn sein, den ich vielleicht nie haben werde. Während meiner Zeit in Russland stand ich immer mit einem Bein im Grab, doch es war mir egal, denn es gab niemanden, für den ich hätte überleben müssen. Das wird sich jetzt ändern.«

»Ist es nicht ein wenig eigennützig, so zu denken? Ich stelle es mir schrecklich für Petre vor, Tag für Tag in einer Lehranstalt untergebracht zu sein, den Schlafraum mit anderen zu teilen und keinen Bereich zu haben, in den er sich zurückziehen kann. Was wäre meine Kindheit ohne die Gartenlaube gewesen, in der ich heimlich gelesen habe, und ohne meine Kammer, in der ich in verschließbaren kleinen Truhen Schätze horten konnte? Wann immer es mich danach verlangte, konnte ich meinen Vater in der Offizin aufsuchen oder Bertram im Laboratorium. In unserer Apotheke ist Raum genug für ein Kind und all das, was es braucht, um glücklich zu sein. Bitte, Henk, überlegt es Euch noch einmal!« Unwillkürlich nannte Josefine ihn bei seinem Vornamen. »Ich liebe diesen Jungen und möchte mich nicht von ihm trennen!« Ihre letzten Worte klangen verzweifelt, und so fühlte sich Josefine auch.

»Die Sorge um Petre ehrt Euch, doch hier und jetzt ist nicht der richtige Ort, um zu streiten. Ich habe die Verantwortung für das Kind nicht nur mit dem Geldbeutel übernommen, sondern auch tief im Herzen. Von meiner Entscheidung, sein Schicksal mit meinem zu verknüpfen, werde ich mich nicht so leicht abbringen lassen. Und jetzt kommt, wir müssen weitergehen.«

Ihr Schweigen wurde vom Knarren der Schiffe und Kähne unterbrochen, die an den Kais vertäut lagen. Auch jetzt, zu dieser späten Stunde, schlief Amsterdam nicht. Menschen kamen ihnen entgegen, plaudernd und lachend, vielleicht auf dem Weg zu eine der vielen Gaststuben. Ein Glockenläuten ertönte als Zeichen dafür, dass die Stadtmauern bald geschlossen würden und dann niemand mehr hinein oder hinaus käme. Das Geläut klang in der Dunkelheit unheimlich, und plötzlich war Josefine froh, nicht alleine durch das nächtliche Amsterdam mit seinem Wirrwarr von Gässchen und Plätzen laufen zu müssen. Die Häuser wirkten in der Dunkelheit wie bedrohliche Tiere mit riesigen Fensteraugen, und die mächtigen Türen schienen wie klaffende Münder, die ab und an dunkle Schatten ausspien.

»Ich danke Euch für die Begleitung«, rang Josefine sich ab.

Henk neigte leicht den Kopf. »Die Zarin hat es so angeordnet.«

»Ihr steht also nicht ausschließlich im Dienst des Monarchen?«

»Er hat mir die Aufgabe übertragen, seiner Gemahlin jeden Wunsch von den Augen abzulesen.«

»Und einer der Wünsche war, mich zu sehen?«

»Richtig.«

»Warum?«

»Das wird sie Euch selbst erklären.« Seine Stimme war sehr ernst geworden.

»Wie soll das gehen? Ich verstehe die russische Sprache nicht. Werdet Ihr den Dolmetscher spielen?«

»Das ist nicht nötig. Katharina hat lange Jahre ihres Lebens in der Obhut eines deutschen Propstes verbracht. Sie wird sich mit Euch besser verständigen können als mit den meisten ihrer Untertanen.«

»Oh! Das habe ich nicht gewusst. Cornelis hat erzählt, dass sie aus Litauen stammt und während des Krieges eine russische Gefangene war.«

»Hat Euer Freund auch erzählt, wie es Katharina gelungen ist, zur Zarin aufzusteigen?«

Josefine spürte, wie sie errötete, doch das konnte Henk in der Dunkelheit zum Glück nicht sehen. »Er hat angedeutet, dass …«

»Was? Dass Katharina eine Hure war, die zuerst das Bett eines Generalfeldmarschalls wärmte, dann dem Fürsten Alexander Menschikow anempfohlen und schließlich an den Zaren weitergereicht wurde?«

»Nein. Er hat nur angedeutet, dass sie eine einfache Magd war und es ihn verwundert, diese Frau heute auf dem Zarenthron zu sehen.«

»Erzählt mir nichts! Er hat sie eine Hure genannt. Jeder tut das!« Henk griff nach Josefines Arm und zwang sie zum Stehenbleiben. Er hob die Laterne. »Und es ist die Wahrheit. Doch, was hättet Ihr getan, wenn Euer Leben von Eurer Bereitschaft abhinge, den Männern des Zaren zu Diensten zu sein?«

»Ich weiß es nicht.«

Sie starrten einander an, und das Licht der Laterne ließ die Anspannung in Henks Gesicht noch deutlicher hervortreten. Er presste die Lippen zusammen, und Josefine merkte, dass er sich nur mühsam beherrschte.

Sie schüttelte leicht den Kopf. »Was auch immer die Zarin getan hat, mir liegt es fern, sie zu verurteilen. Doch sagt, warum schert es Euch, was andere von ihr denken?«

»Weil sie ein liebenswerter Mensch ist und ich mich ihr verbunden fühle. Unsere Schicksale ähneln sich. Ich weiß genau, wie es ist, abgelehnt und angefeindet zu werden.«

»Aber sie ist die Zarin. Die Russen mögen sie ablehnen, doch Katharina kann das gleich sein. Sie ist die Herrscherin, und das Reich hat nach ihrer Pfeife zu tanzen.«

»Katharina will die Menschen nicht als Tanzbären an der Kette. Sie wünscht sich Untertanen, die sie mögen und respektieren, denen sie vertrauen kann. Und sie ist respektabel! Diese Frau mag weder lesen noch schreiben können und das Russische nur dürftig beherrschen, doch sie folgt Peter auf die Schlachtfelder und unterhält sich mit den einfachsten Soldaten. Sie versorgt die Verwundeten, harrt nächtelang an Krankenlagern aus und singt sterbende Männer in den ewigen Schlaf. Ich habe es selbst erlebt! Wenn der Zar saufen will, dann säuft sie mit ihm, und wenn er einen seiner schrecklichen Anfälle hat, dann gelingt es einzig und allein ihr, ihn wieder halbwegs zu Verstand zu bringen. Sie pflegt die Wäsche des Monarchen, stopft seine Strümpfe und putzt seine Stiefel. Ihre Herzlichkeit und Lebensfreude sind eine Quelle der Kraft für Peter. Und glaubt nur ja nicht, dass es der Traum dieser Frau war, Zarin zu werden. Ich kenne sie gut. Katharina liebt Peter, und sie hätte sich gewünscht, er wäre nur ein Zimmermann und sie beide hätten irgendwo zusammen glücklich sein können. Sie hat alles für ihn aufgegeben: ihren Glauben, ihre Sprache, ihre Heimat. Und was bekommt sie dafür? Ein Volk, das sie verachtet, ein Land, das ihr fremd bleibt, und einen Mann, der ihr nie alleine gehören wird, auch wenn er nach jeder Liebschaft reumütig zu ihr zurückkehrt.«

»Und all das habt Ihr auch in Russland erlebt?«

»Abgesehen davon, dass es keine Frau gibt, die mich betrügt – ja.«

»Habt Ihr keine Freunde in St. Petersburg?«

»Wenige. Genauer gesagt: zwei. Es gibt da einen fußlahmen Russen nahe Moskau und einen bärigen Friesen. Euer Vater kennt ihn vielleicht, denn er hat hier in Amsterdam lange Zeit eine Wunderkammer betrieben. Sein Name ist Humbertus Drachenkopf.«

Josefine machte große Augen. »*Er* ist Euer Freund? Das ist ja unglaublich. Meinhardus und Humbertus Drachenkopf haben gemeinsam das Apothekerhandwerk erlernt. Mein Vater zaubert immer wieder alte Geschichten hervor, in denen Humbertus eine Rolle spielt, und er schwärmt noch heute von den Kostbarkeiten der *Bärenkammer*. So hat Euer Freund sein Raritätenkabinett damals genannt. Ich habe Humbertus Drachenkopf nie kennengelernt, aber er muss ein beeindruckender Mensch sein.«

»Das ist er – körperlich, aber auch durch seine Fähigkeiten. Als junger Mann habe ich einige Jahre in seinem Haus in Kitajgorod, nahe dem Kremlpalast, gelebt. Damals hortete der Zar seine Schätze noch in Moskau. Unsere Aufgabe war es, sie zu hegen und pflegen, doch seit der Monarch es sich in den Kopf gesetzt hat, eine Akademie der Wissenschaften mit Bibliothek und Kunstkammer in einem eigens dafür errichteten Gebäude in St. Petersburg aufzubauen, arbeiten Humbertus und ich in der Sommerresidenz nahe der Newa. Noch müssen die Kuriositäten auf beengtem Raum ausharren, doch es ist die Rede davon, dass der Zar schon ein größeres Gebäude im Blick hat.«

Josefine machte wieder große Augen. »Oh. Ich hätte nie geglaubt, dass Ihr ein Mann für die Kunstkammer seid, sondern Euch eher in der Rolle eines Leibwächters des Zaren gesehen.« Sie deutete auf die Waffe an seinem Gurt.

»Manchmal hält Peter spezielle Aufträge für mich bereit. Auf dieser Reise beispielsweise bin ich sein Dolmetscher und trage Sorge für die Zarin. Zum Leibwächter tauge ich auf Dauer nicht. Ich finde eher Vergnügen daran, Schmetterlinge und Nachtfalter aufzuspießen als die Gegenspieler seiner Majestät, doch den größten Teil meiner Zeit bringe ich als Buchbinder, Conservator, Wachsbildner und Tapissier zu.«

Einen Augenblick begegnete er ihrem Blick, und sie hätte schwören können, einen Funken Humor in seinen Augen zu entdecken. Die Anspannung war verschwunden.

»Und wenn Ihr genug Insekten aufgespießt habt, wohin bettet Ihr Euer Haupt am Ende eines Arbeitstages? Sicherlich nicht in der Wunderkammer in den Schoß eines ausgestopften Bären.«

»Nicht ganz. Ich bewohne ein kleines Haus an der Newa, unweit des Palastes.«

»Allein?«, die Frage war heraus, bevor Josefine darüber hatte nachdenken können.

»Manchmal.« Er verzog spöttisch den Mund. »Es gibt allerdings auch Nächte …«

»Ich will es gar nicht so genau wissen«, sagte Josefine hastig und ihre Hände fuhren zu den erhitzten Wangen.

»Nicht? Das wundert mich. Ihr mischt Euch doch sonst nur zu gerne in anderer Leute Angelegenheiten.«

»Ihr etwa nicht? Ich erinnere nur an Petre.«

»Das ist etwas anderes. Kommt, es ist nicht mehr weit.«

Josefine setzte sich wieder in Bewegung, doch Henks Worte hallten noch in ihr nach. Wenn der Holländer sich entschließen könnte, in Amsterdam zu leben, dann gäbe es vielleicht auch die Möglichkeit, ihn zu überreden, Petre in ihre Obhut zu geben. Er könnte den Jungen jederzeit besuchen und, sofern es sein Wunsch war, auch finanziell für ihn aufkommen.

»Warum bleibt Ihr nicht in Amsterdam, Henk? Die Holländer sind ein offenes Völkchen. Ihr könntet hier mit Leichtigkeit Arbeit und neue Freunde finden. Ansje und Cornelis wären ein guter Anfang. Russland ist Euch doch fremd geblieben, und der Zar … Seid Ihr sicher, mehr für ihn zu sein als ein Bediensteter?«

»Sehr sicher, und doch habe ich überlegt zu bleiben. Wahrhaftig, das habe ich. Aber dann hätte ich das Gefühl, meine Eltern zu verraten. Mein Vater ist ins Zarenreich gekommen, um das Land mit seinen Erfindungen zu verändern. Er wollte den Russen deutlich machen, dass sie sich auf eine neue Welt einlassen müssen, um den alten Fesseln entfliehen zu können, und dass der Zar es gut mit ihnen meint. Mein Vater hat etwas begonnen, aber nicht zu Ende bringen können. Die Sümpfe waren sein Tod, so wie der Hass der Russen der Tod meiner Mutter war.«

Josefine runzelte die Stirn und wollte etwas fragen, doch Henk kam ihr zuvor.

»Mein Ziel ist es, die Aufgabe meines Vaters zu vollenden. Vaters Erfindungsgeist habe ich nicht geerbt, wohl aber seinen Starrsinn. Ich werde die Kunstkammer mit aufbauen und dafür sorgen, dass sie den Russen die Welt hinter ihren Mauern zeigt. Sie sollen endlich erwachen und erkennen, dass all der Hass auf die Fremden in ihrem Land falsch ist.«

»Seid Ihr sicher, dass die Russen das erkennen wollen?«

»Nein, wahrscheinlich nicht. Ich werde es zumindest nicht mehr erleben. Doch wenn die Kunstkammer, wenn all das, was Peter plant, nur ein Traum bleibt, dann werden sich die Russen nie ändern. Und den Gedanken könnte ich nicht ertragen. Er würde für mich bedeuten, versagt zu haben.«

Josefine runzelte die Stirn, und Henk schüttelte den Kopf. »Ihr könnt das nicht verstehen. Ihr seid nicht in Russland aufgewachsen, mit all dem grundlosen Groll gegen Fremde, gegen Menschen wie mich.«

Schweigend setzten sie ihren Gang fort. Als Josefine schließlich im Licht einer Lampe einen Elefanten als Wahrzeichen eines Überseehändlers über dem Eingang eines der prachtvollen Häuser erkannte, wusste sie, dass ihr Ziel bald erreicht war. Hinter einer Säulenfront erhob sich der villenartige Palast, in dem der Zar residierte.

Henk stieg die steinernen Stufen hinauf und betätigte den gewaltigen Klopfer aus Kupfer. Das Echo tönte ins Innere des Hauses und lockte einen Diener herbei, der öffnete und sie einließ.

»Die Zarin erwartet uns«, sagte Henk. Mit einem Nicken bedeutete der Lakai ihnen, ihm zu folgen. Ihre Schritte hallten auf dem Marmorboden wider. Sie gelangten in einen großen Raum, dessen hohe Fenster mit Samt verdeckt waren. Das Mobiliar des Raums bestand aus zwei mit Intarsien verzierten Eichenschränken, einem langen Tisch und hohen Stühlen. In einem offenen Kamin prasselte ein Feuer. Vielarmige Kronleuchter hingen von der Decke und erhellten das Zimmer. In einer Ecke erkannte Josefine die geschnitzte Figur eines venezianischen Mohren, der zwei Öllichter hielt. Auch an den mit glänzendem Holz vertäfelten Wänden warfen brennende Kerzen flackernde bunte Schattenspiele auf zahllose Gemälde, die Amsterdams Häuser, Kanäle und Mühlen zeigten. Katharina schien das Licht zu lieben.

»Seid willkommen!«

Josefine drehte sich erschrocken um und sah sich einer kleinen, stämmigen Frau mit ausgeprägten weiblichen Formen gegenüber. Die Zarin war keine klassische Schönheit, wie Josefine es erwartet hatte. Mit ihrem runden Gesicht, der Stupsnase und den großen Augen sah sie eher gewöhnlich aus. Sie hatte sich weiß und rot geschminkt und trug schwarzes Haar, dessen Ansatz eine helle Naturfarbe erkennen ließ. Ohne das auffällige grellrote Kleid, überreich mit Spitzen und Silber verziert, hätte man sie für eine Bäuerin halten können, dafür geschaffen, auf dem Feld zu arbeiten oder auf dem Markt Rüben zu verkaufen.

Henk verneigte sich tief, und zu Josefines großem Erstaunen küsste er die Hand der Zarin. »Euer treuer Diener.«

»Ja, das seid Ihr wahrhaftig. Vielen Dank, Henk, dass Ihr meinen Gast wohlbehalten hierhergebracht habt.«

»Es war mir ein Vergnügen. Ich stehe bereit, um Euren Besuch auch wieder nach Hause zu bringen.«

3

»Es freut mich, Euch kennenzulernen, Majestät.«

Die Lüge ging Josefine leicht über ihre Lippen, so erstaunt war sie vom unkomplizierten Auftreten der Zarin, die sie ohne langes Warten willkommen hieß. Katharina geleitete sie persönlich zu den Stühlen, auf denen weiche Kissen lagen. Ein Dienstmädchen erschien und servierte eine Karaffe Wein und Gebäck. Der Duft von Trauben und Zimt überlagerte den herben Feuergeruch, in den der Raum gehüllt gewesen war.

Die Zarin erkundigte sich nach der Reise, äußerte sich zum Wetter und lobte Cornelis und seine Art, das Gemüt ihres Mannes aufzuheitern, über den grünen Klee. Sie hörte aufmerksam zu und war so freundlich und zurückhaltend, dass ein Gefühl der Zuneigung Josefines Körper durchströmte. Diese Frau hatte nichts Arrogantes an sich, keinerlei Züge von Hochmut oder Dünkelhaftigkeit. Zeitweilig musste Josefine sich vor Augen führen, dass es die Herrscherin Russlands war, mit der sie sprach und nicht eine Bekannte, eine Kundin oder Verwandte.

Alle Bemühungen der Zarin um einen leichten Ton konnten jedoch die tiefe Niedergeschlagenheit, die von ihr ausging, nicht überdecken. Schließlich stellte Katharina ihren Kelch ab und beugte sich zu Josefine vor.

»Ich habe Euch nicht hierher bestellt, um Höflichkeiten auszutauschen.« Sie schwieg einen Moment und schien um Worte zu ringen. »Es mag Euch ungewöhnlich erscheinen, doch mich verbindet eine tiefe Freundschaft mit meiner Kammerzofe, einer

Holländerin namens Marsje. Sie dient seit vielen Jahren am russischen Hof, hat jedoch Verwandte hier in Amsterdam. Deshalb war es ihr auch eine besondere Freude, mich in die Niederlande begleiten zu dürfen. Marsjes Schwester ist bei der Frau des Bürgermeisters Witsen in Stellung, und sie war es, die uns von Euch erzählt hat. Ihr wisst ja, den Dienstboten bleibt kaum etwas verborgen.« Die Zarin breitete mit einer hilflosen Geste die Hände aus. »Ihr habt der Bürgermeisterin vor einem Jahr einen Duft verkauft, der ihr half, die Angst vor gesellschaftlichen Verpflichtungen zu überwinden. Ich war erstaunt, als ich davon hörte, denn ich habe Catarina Witsen als kluge und durchaus selbstbewusste Frau kennengelernt.«

Josefine nickte. »Das ist sie auch. Das war sie im Innersten schon immer. Mein Duft hat ihr lediglich geholfen, die eigene Zurückhaltung abzulegen. Ich habe damals mein Hauptaugenmerk auf einen Extrakt aus den Blüten der weißen Narzisse gelegt. Sie lässt uns nicht nur den Winter vergessen, sondern ihr Duft streichelt die Seele, vertreibt Ängste und beflügelt die Fantasie. Unterstützt habe ich den Narzissenduft mit dem pudrigen Veilchenton der Iris, der den Kopf befreit, und einem Hauch Honig, der eine erdende Wirkung hat. Das war alles!«

Die Zarin hatte Josefine fasziniert gelauscht. »Es klingt einfach und bedarf doch einer Künstlerin wie Euch.«

»Es bedarf des Vertrauens der Trägerin in mich und in die Duftstoffe, die ich aussuche. In solch einem speziellen Fall muss ich meine Kundin sehr genau kennen, um bei den Duftstoffen die richtige Wahl zu treffen. Catarina Witsen ist eine Freundin von Ansje, bei der wiederum ich seit vielen Jahren ein- und ausgehe. Als ich von den Nöten der Bürgermeistersgattin hörte, war mir schnell klar, welche Duftstoffe sie brauchen würde.«

Katharina beugte sich gespannt vor: »Könntet Ihr auch einen Duft für mich kreieren? Ein Parfüm, das mir meinen Lebensmut zurückgibt? Das die Kälte aus meinem Herzen vertreibt und mich endlich um meinen Sohn trauern lässt? Einen Duft, der mir den Mut und die Kraft spendet, um der Welt wieder entgegentreten zu können?« Die Stimme der Zarin zitterte.

Josefine spürte, wie Mitleid in ihr aufstieg. Sie griff nach dem Weinkelch und nahm einen Schluck, um Zeit zu gewinnen.

»Das ist eine schwere Aufgabe, die vielleicht gelingen könnte, doch leider kenne ich Euch nicht gut genug, um die Duftstoffe zu finden, die es dazu braucht.«

»Dann müsst Ihr mich kennenlernen.«

Josefine schüttelte den Kopf. »Die Zeit habe ich nicht, Majestät. In spätestens fünf Tagen will ich wieder in Leer sein. Dort wartet Arbeit auf mich.«

»Sie kann nicht wichtiger sein als die Aufgabe, die ich Euch genannt habe. Nennt mir Euren Preis, und ich zahle ihn!«

»Meine Zeit ist nicht käuflich.«

Das Gesicht der Zarin verfinsterte sich. »Ihr müsst bleiben! Ich verlange es von Euch! Versteht doch, dass ...«

Josefine erhob sich abrupt. »Ich muss nichts und denke, es ist besser, wenn ich jetzt gehe.«

»Ich könnte einen Grund finden, damit mein Gatte Euch hier festhält.«

Josefine blieb stehen und drehte sich langsam um. »Ihr könnt mich einsperren, ja, doch Ihr könnt mich nicht zwingen, einen Duft für Euch zu kreieren.« Sie sprach die Worte mit tödlichem Ernst aus und wandte sich wieder zur Tür.

»Bitte wartet!« Die Zarin rang verzweifelt die Hände. »Verzeiht mir, dass ich versucht habe, Euch zu erpressen. Es war der falsche Weg, das erkenne ich jetzt. Ich habe den Platz an Peters Seite jedoch nicht errungen, weil ich eine Närrin bin. Ihr seid aus dem gleichen Holz geschnitzt wie Henk de Jonge. Auch er lässt sich weder von Einfluss noch von Macht einschüchtern. Nichts bestimmt oder berührt sein Leben. Er lässt sich nicht befehlen, so wie auch Ihr Euch nicht zwingen lasst.« Die Zarin blickte Josefine direkt in die Augen. »Dann bleibt mir nur, Euch zu bitten, mir Eure Zeit zu schenken. Wenn Ihr es wünscht, flehe ich Euch auch an!«

Josefine biss die Zähne so fest zusammen, dass die Muskeln in ihren Wangen zu zucken begannen. Sie würde sich nicht erweichen lassen von einer Frau, die es wohl gewohnt war, ihren Willen durchzusetzen.

»Versteht doch, dass ich nicht einfach für Wochen oder Monate meinem alten Leben den Rücken kehren kann. Ihr habt sicherlich davon gehört, dass ich meinem Vater in der Apotheke assistiere. Er braucht mich. Meinhardus ist nicht mehr der Jüngste, und seine Apothekergeschäfte sind umfangreich und bedeutsam. Wir stellen Medikamente her, die oft genug lebensrettend sind. Meine Gedanken kreisen schon jetzt ständig um die junge Frau eines Tonnenträgers, die krank im Wochenbett lag, als wir abreisten, und um den alten Dirkohm mit seinem kranken Herzen. Es treibt mich nach Hause, um diesen Menschen zu helfen.«

Die Zarin stand auf und lief zu ihr. »Mein Grund, Euch hierzubehalten, ist nicht weniger lebenswichtig. Es geht nicht nur um mich. Ich liebe Peter, doch wenn mich die Leichtigkeit und Freude am Leben verlassen, dann wird auch er mich verlassen. Der Zar bespricht sich in allem mit mir. Wehe, wenn mein guter Rat ihm fehlen sollte! Es könnte viele Menschen das Leben kosten! Peters Jähzorn und die Raserei, in die er ab und an verfällt, können fürchterliche Folgen haben. Mein Gemahl ist manchmal wie ein großes Kind, und wenn es nicht nach seinem Kopf geht, dann kann er sehr grausam sein.«

Josefine hob in einer resignierten Geste die Hände. »Ich kann ja nicht einmal dafür garantieren, dass mein Duft die gewünschte Wirkung bei Euch zeigen wird. Es liegt nicht nur an den Duftstoffen, Ihr müsstet auch im Herzen bereit sein, der Dunkelheit, die Euch umfangen hält, zu entfliehen. Der tiefe Wille, sich wirklich und wahrhaftig wieder dem Leben zuzuwenden, ist unumgänglich. Meine Düfte können nicht zaubern!«

»Ich möchte es um alles in der Welt versuchen!« Katharina seufzte tief und wies auf ein Gemälde, auf dem das Meer abgebildet war und Wolken, die von einem unsichtbaren Wind getrieben am blauen Himmel entlangzogen. Vögel flogen in geordneten Reihen darunter.

»Manchmal denke ich, es wäre besser, ein Vogel zu sein. Als Kind habe ich in die Hände geklatscht und mir gewünscht, die aus Leibern aufgereihte Schnur würde auseinanderstieben und in alle Richtungen fliegen, doch das ist nie geschehen. Was meint Ihr, ob auch Vögel jemals Trauer empfinden, Zorn oder Liebe?«

»Vielleicht. Doch nichts bringt sie von ihrer Flugbahn ab.«

»Das unterscheidet die Tiere von uns Menschen. Der Tod meines Sohnes hat mich all meiner Kräfte beraubt und mich leer wie eine Hülle zurückgelassen. Wenn ich nur schreien könnte, weinen oder um mich treten, aber das habe ich nie gekonnt, nicht einmal als Kind. Alles, was nicht so war, wie ich es mir wünschte, habe ich einfach aus der Ferne betrachtet, wie eine Fremde, während eisige Kälte jegliche Gefühlsregung in mir erstarren und mich bewegungslos zurückließ. Es war so, als meine Mutter starb und als ich meine Heimat verlor.« Sie holte zittrig Atem. »Und auch während der Zeit als Leibsklavin. Ich hadere nie mit dem Schicksal, ich stehe nur neben dem Kummer und betrachte ihn.«

Sie blickte Josefine verzweifelt an und rang die Hände. »Peter möchte, dass ich hier auf ihn warte, während er nach Frankreich reist. Ich bin froh darüber, mich noch eine Weile verkriechen zu können. Es wäre mir jetzt nicht möglich, meine Füße auf den Rückweg nach Russland zu zwingen. Noch bin ich zu schwach, um die triumphierenden Blicke der Neider zu ertragen, die mir den Tod wünschen.« Sie warf Josefine einen verzweifelten Blick zu. »Es muss mir gelingen, um meinen verlorenen Sohn weinen zu können. Erst danach werde ich mich wieder hoch erhobenen Hauptes der Menschheit mit all ihrer Missgunst stellen können. Bitte helft mir dabei, meinen Platz an Peters Seite zu behaupten. Kaum ein Russe gönnt ihn mir. Nicht ein einziger Bojar war bei unserer Trauung dabei, nur unsere Töchter.«

»Man hat mir erzählt, sie seien wunderschön.«

»Das ist wahr. Doch es sind Töchter!« Katharinas Stimme klang bitter. »Wisst Ihr, welchen Stellenwert sie in Russland haben? Sind ihre Väter Bauern oder Handwerker, dann verfluchen sie ihre Töchter, denn ohne Mitgift sind diese nicht zu verheiraten, und bis dahin muss ihre Tugend bewacht werden. Eine gefallene Frau ist nicht mehr wert als ein Fuder Mist. Für die Reichen und Mächtigen dagegen sind Töchter nur Ware, um das Vermögen zu mehren, um Bündnisse zu bekräftigen und Feinde in Schach zu halten.«

»Und Ihr, Majestät, denkt ihr genauso wie das alte Russland?«

»Nein. Vielleicht, weil ich anders aufgewachsen bin. Ich war nie die Tochter eines reichen Mannes. Mein Vater war ein einfacher Bauer aus dem schwedischen Livland. Er starb an der Pest, als ich ein Jahr alt war. Meine Mutter folgte ihm zwei Jahre später. Einige Zeit lebte ich bei einer Tante, später dann in Ringen bei einem Küster, meinem Paten. All diese Menschen haben ihre Zuneigung zu mir nicht davon abhängig gemacht, ob ich ein Junge oder ein Mädchen war. Und ich halte es mit meinen Töchtern genauso. Ich liebe sie und vermisse die beiden jeden Tag. Ihr habt keine Kinder, oder?«

»Nein.«

»Josefine – ich darf Euch doch so nennen? Gut. Ich möchte Euch von mir erzählen, nicht von der Zarin Katharina, sondern von dem Mädchen, das ich einmal war, von Martha Elena Skawronski. Wenn Ihr schon nicht bleiben wollt, um mich kennenzulernen, werdet Ihr mir dann zumindest heute Abend noch ein wenig von Eurer Zeit schenken?«

Josefine nickte zögerlich und ließ sich wieder gegenüber der Zarin nieder. Für einen Augenblick hörte man nur das Prasseln des Feuers. Dann seufzte Katharina und begann: »Obwohl ich meine geringe Herkunft nie verheimlicht habe, kursieren Lügen über mich und meine Vergangenheit wie Sand am Meer. Ihr werdet die Wahrheit zu hören bekommen. Ich wurde am 15. April 1684 als Tochter von Samuil Skawronski geboren.«

»Dann habt Ihr ja am morgigen Tag Geburtstag, Majestät.«

Die Zarin lächelte traurig. »Ja. Und zum ersten Mal, seit ich Peter kenne, empfinde ich diesen Tag als eine Bürde. Es ist mir fast unerträglich, der Feier beizuwohnen, die mein Gemahl sicherlich für mich arrangiert hat. Am liebsten würde ich den ganzen Tag in meinem Bett bleiben …« Sie seufzte schwer. »Aber es geht heute Abend nicht um meinen Geburtstag. Ich möchte Euch von meiner Kindheit erzählen. Von der Zeit bis zu meinem sechsten Lebensjahr ist mir nur in Erinnerung, dass alle Menschen, die ich zu lieben begann, starben. Zuerst meine Eltern, dann meine ältliche Tante und schließlich auch mein Pate, der mich aufgenommen hatte. Damals machte ›der schwarze Tod‹ reiche Beute, und ich begann zu glauben, das Schicksal habe für mich etwas Besonderes ersonnen, da die Pest mich verschonte. Den Menschen um mich her war diese Gnade nicht geheuer. Man mied mich und gab mir den Namen *Hexenkind.* Ich war ein kräftiges Mädchen und hätte auf den Feldern arbeiten oder im Armenhaus Dienst tun können, doch alle Türen blieben mir verschlossen.« Die Zarin verzog das Gesicht. »Vielleicht wäre ich verhungert oder erschlagen worden, doch an jenem Tag, als ich von einer Meute grölender Jungen über die Felder gejagt wurde, rannte ich tränenüberströmt und blindlings dem deutschen Geistlichen Ernst Glück vor die Füße. Wir stolperten übereinander und fielen beide in den Staub. Der Kirchenmann flößte den Jungen Respekt ein, und als er erkannte, dass ich im Dorf nicht sicher war, nahm er mich mit zu seiner Familie nach

Marienburg. Von da an wurde mein Leben leichter. Ernst Glück zog mich mit seinen beiden Töchtern auf, die mir lieb sind wie Schwestern. Mein Ziehvater hing den Lehren Luthers an. Er war sehr sprachbegabt und hatte sich in den Kopf gesetzt, eine Schule für die Bauern zu gründen und die Bibel ins Lettische zu übersetzen. Ich bin in seinem Haushalt sehr behütet aufgewachsen.«

»Dieser Propst muss ein großes Herz besessen haben.«

Katharina lächelte. »Er hat es bis heute. Wenn Ihr mich nach Russland begleiten würdet, könntet Ihr ihn kennenlernen. Wenn ich klug gewesen wäre, dann hätte ich schon als achtzehnjähriges Mädchen auf ihn gehört und die Finger von dem Dragoner gelassen, der sich in mich verliebt hatte. Er gehörte der schwedischen Garnison an, die in Marienburg lagerte. Die Soldaten wohnten den Gottesdiensten meines Ziehvaters bei, und ich hatte schon seit Längerem bemerkt, dass ein schlanker Mann mit blonden Locken seine Aufmerksamkeit eher auf mich als auf das Kreuz des Altars richtete.

»Wart Ihr in ihn verliebt?«

Die Zarin zuckte die Schultern. »Ich glaubte damals es zu sein, obwohl ich ihn kaum kannte. Johan Cruse, so hieß der Dragoner, sah gut aus, und seine Bewunderung schmeichelte mir. Als ich davon sprach, ihn heiraten zu wollen, zog der Propst Erkundigungen ein. Er hoffte Gründe zu finden, um mich umzustimmen. Ernst Glück hielt die Vermählung für überstürzt und riet mir, den jungen Burschen erst einmal näher kennenzulernen, doch Johan, den ich nur zweimal geküsst hatte, überschlug sich fast bei der Brautwerbung. Und so sprach mein Ziehvater beim Kommandanten der schwedischen Garnison vor und gab schließlich schweren Herzens seine Erlaubnis zu unserer Vermählung. Da ein Angriff der Russen zu befürchten stand, heirateten wir Hals über Kopf kurz nach der Verlobung an einem heißen Tag im August 1702.« Sie hielt kurz inne und nahm einen Schluck Wein.

»Wie schrecklich muss es für Euch gewesen sein, den Krieg vor Augen zu haben, die Trennung von Eurem Liebsten.«

Katharina presste die Lippen zusammen. »Ihr werdet es nicht glauben, doch ich war froh, als Johan eingezogen wurde. Das klingt schlimm, ich weiß, doch er war nicht der Mann, den ich in ihm zu sehen geglaubt habe. Er war ungeduldig und grob. Meine romantischen Vorstellungen von unserem Leben zu zweit zerstoben schon in der Hochzeitsnacht. Es gibt Männer, die kämpfen wie Bären darum, eine Sache zu besitzen, nur um sie nach dem Sieg einfach in den Staub zu werfen. So ein Mann war Johan. Er verlor schnell das Interesse an mir und verbrachte schon nach drei Tagen die meiste Zeit mit seinen Zechkumpanen und dem Kartenspiel.«

»Das ist ja kaum zu glauben«, rief Josefine bestürzt.

»Aber es ist die Wahrheit! Eine Woche nach unserer Hochzeit wurde er abberufen, und keinen Tag später eröffneten die Russen die Belagerung Marienburgs. Sie forderten die Stadt auf, sich ohne Widerstand zu ergeben. Ich flüchtete mit den Bewohnern des Dorfs auf das Schloss, wo auch die Schweden lagerten. Die Garnison bestand aus 200 Dragonern und zwei Fußkompanien, zu wenig, um gegen die Russen gewinnen zu können. Als der Propst hörte, dass der Kommandant plante, das Schloss samt der Garnison in die Luft zu sprengen, flehte er den Befehlshaber an, den Zivilisten zu ermöglichen, sich den Russen zu ergeben. Und so geschah es, dass mein Ziehvater mit einer slawonischen Bibel in der Hand den Marienburgern durch das geöffnete Tor in das Lager des Generalfeldmarschalls Scheremetew voranschritt.«

»Und Ihr wart an seiner Seite?«

»Ja. Die zweite in der Prozession. Eine junge Frau, die nichts besaß als langes blondes Haar und eine üppige Figur. Ernst Glück beherrschte mehrere Sprachen, unter anderem auch russisch, und bot sich den Belagerern als Dolmetscher an. Man entschied, Verwendung für meinen Ziehvater zu haben und schickte ihn samt seiner Familie nach Moskau. Er bedrängte den Generalfeldmarschall, auch mich gehen zu lassen, doch Scheremetew hatte anderes im Sinn. Er sah mich an und beschloss, ich sollte der Unterhaltung seiner Offiziere dienen. Daran konnten auch alle Bitten meines Ziehvaters nichts ändern.«

»Wie furchtbar!«

»Ja. Ich fühlte mich so ausgeliefert! Fast wünschte ich, im Schloss geblieben zu sein. Meine Gedanken kreisten nur noch darum, was mir die russischen Soldaten antun würden. Bebend vor Angst fand ich mich am Abend inmitten der leichten Mädchen auf dem Tanzboden wieder. Ich ließ es geschehen, dass Männerhände über meinen Körper glitten und dass darum gefeilscht wurde, wer die Nacht mit mir verbringen dürfte. Doch gerade, als es entschieden war und mich ein besonders widerwärtiger Offizier durch den Saal schwang, erschütterte eine gewaltige Explosion das Gebäude. Der schwedische Kommandant hatte Wort gehalten und das Schloss in die Luft gesprengt!«

»Wurdet Ihr verletzt?«

»Nein. Ich blieb unversehrt – zumindest äußerlich. Doch die Explosion ließ mich begreifen, dass nichts mehr so war wie zuvor. Marienburg gab es nicht mehr. Für mich würde ein neues Leben beginnen, ob ich es wollte oder nicht, und es lag bei mir, wie dieses Leben aussehen würde. Die Russen verachten nichts so sehr wie Furcht und Unterwürfigkeit, das hatte ich schnell begriffen, und so beschloss ich in dieser Nacht, während Rauch und Donner mir um die Ohren zogen, stolz und stark zu sein. Mein Körper war mein einziges Kapital! Ich konnte weder lesen noch schreiben. Beim Propst war ich Dienstmagd, Kindermädchen und Adoptivtochter gewesen. Ich hatte in seinem Haushalt viele nützliche Dinge gelernt und kannte den Katechismus. Ich hätte Predigten halten können, denn der Propst erprobte seine Worte an mir, doch all das nützte mir nichts.«

»War Euch die russische Sprache vertraut?«

»Meine Eltern hatten mich Lettisch gelehrt, im Haushalt des Propstes wurde Deutsch gesprochen – eine Sprache, die mir immer noch am leichtesten über die Lippen geht –, doch, ja, ich konnte auch ein wenig Russisch. Ernst Glück war fasziniert von Sprachen und hatte seine Familie und auch mich damit angesteckt. Das kam mir in der Gefangenschaft zugute. Ich beschloss in jener Nacht, mich zu verkaufen, aber nicht an jedermann und nicht an irgendwen.« Die Zarin lächelte bitter bei der Erinnerung. »Zuerst wurde ich die Geliebte eines Unteroffiziers. Er war zärtlich und brachte mir in Liebesdingen mindestens so viel bei wie der Propst durch das Bibelstudium. Dann nahm mich Scheremetew selbst in sein Bett. Er schätzte meine häuslichen Fähigkeiten ebenso wie meine Liebeskünste. Als er meiner überdrüssig wurde, verschenkte er mich als Leibsklavin an Alexander Menschikow, den besten Freund des Zaren. Ein guter Tausch für mich: Menschikow war jünger und weniger ernsthaft als Scheremetew.

Eines Abends wurde Peter auf mich aufmerksam, weil ich nicht wie die anderen Dienerinnen kuschte, als Menschikow uns scheuchte. Er begann ein Gespräch mit mir, fragte, wo ich aufgewachsen und wessen Kind ich sei. Nach der großen Tragödie in Marienburg, die mein Leben so radikal verändert hatte, war er der Erste, der mich als Menschen wahrnahm und nicht als Wäscherin oder Dirne. Ich war so froh darüber, endlich einmal wieder ich selbst sein zu dürfen, dass ich ganz vergaß, wer vor mir saß. Ich habe mich auf der Stelle in diesen großen, polternden Kerl verliebt.« Die Zarin lächelte selbstvergessen. »Wir redeten und lachten, bis Menschikow verdrießlich wurde und mich wegschicken wollte, doch Peter ließ es nicht zu. Er flüsterte mit seinem Freund und sagte mir schließlich, ich müsse ihm die Kerze in sein Zimmer bringen, wenn er zu Bett gehe. Und so verbrachte ich – mit Einwilligung Menschikows – die erste Nacht mit ihm.

Von da an war ich eine andere, eine liebende Frau. Ich konnte kaum noch essen, trinken oder schlafen – immer war da die Sehnsucht nach Peter. Es war demütigend, sich nach einem Mann zu verzehren und mit einem anderen das Lager teilen zu müssen. Ich war wütend auf mich und meine Gefühle und auf den Zaren, der sie geweckt hatte. Mein jetziges Leben widersprach in allem der Erziehung im Hause des Propstes, und ich ertrug es nur, indem ich alle meine Gefühle fest verschlossen hielt, doch bei Peter gelang mir das nicht.

Es dauerte nicht lange, und er kam erneut zu Besuch. Ich versteckte mich und vermied ein Zusammentreffen, bis er selbst nach mir fragte. Verlegen erschien ich vor ihm und befürchtete, wieder auf eine Kerze eingeladen zu werden, doch ein Verhältnis mit zwei Männern zu pflegen – das war mehr, als ich ertragen konnte. Mit offenen Worten beschrieb ich dem Zaren, wie es mir damit ging, und er war betroffen. Ich wusste von seiner Kraft, er konnte an einem Tag mit fünf Frauen Umgang haben, ohne dass ihn sein Gewissen plagte, daher verstand er mich nicht; gleichwohl respektierte er meine Empfindungen. Peter versuchte, mich mit Scherzen aufzumuntern und zu überreden, ihm das Bett zu wärmen, doch als ich auf seine Äußerungen nicht einging, schien er pikiert, hörte auf zu sprechen und war während des ganzen Soupers hindurch nachdenklich und schweigsam. Als ich ihm zum Schluss den üblichen Likör reichte, sah er mich lange an. ›Meine Liebe, ich konnte Euch nicht vergessen, und nur deshalb bin ich heute hier. Doch mir scheint, wir beide sind nicht mehr auf so gutem Fuß wie bei meinem letzten Besuch, aber ich verspreche Euch, dass wir in dieser Nacht unseren Frieden machen werden.‹ Worauf er mir seinen Arm um die Schultern legte und mich in seine Räumlichkeiten führte.

Von da an verlangte Menschikow nicht mehr nach mir. Er sagte, der Zar sei wie verzaubert und habe angekündigt, mich nach Moskau zu entführen. Ein junger Gardehauptmann brachte mich bei einer *Dame aus gutem Hause* unter, die mein Russisch verbesserte und mich in der Hofetikette unterrichtete.«

Betroffen, aber auch fasziniert, hatte Josefine dem Bericht der Zarin gelauscht. »Wie aufregend das alles gewesen sein muss! Wart Ihr glücklich, dass der Zar sich für Euch entschieden hat?«

»Schon, doch anfangs hegte ich die Befürchtung, seine Liebe könnte nur ein Strohfeuer sein. Es gab so viele Frauen, denen er seine Aufmerksamkeit nur für kurze Zeit gewidmet hatte, doch meine Sorge war unbegründet. Ich wurde seine Vertraute, seine Geliebte und seine Freundin. Zartgefühl brauchte ich allerdings von meinem neuen Geliebten nicht zu erwarten. Nachdem ich drei Tage lang in derselben Robe zum Abendessen erschienen war und mich beklagte, keine Kleidung zum Wechseln zu haben, forderte er Menschikow ohne mein Wissen auf, mir meine Garderobe und Toilettensachen bringen zu lassen und mich für meine Liebesdienste fürstlich zu entlohnen.

Als die Leibeigenen mit Kisten und Körben kamen und mir bewusst wurde, was Peter veranlasst hatte, ließ ich voller Wut nach ihm schicken und warf ihm die glitzernden Roben vor die Füße. ›Schau dir meine Schätze genau an! Hier!‹ Ich warf ihm ein burgunderfarbenes obszön geschnittenes Kleid ins Gesicht. ›Das war für eine französische Liebesnacht, und dies hier‹, ich hielt ein freizügiges blaues Kleid hoch, das meine Brüste mehr zeigte als verbarg, ›dies hier musste ich bei einem Bankett tragen. Drei Männer haben während des Abends ihre Hände in den Ausschnitt des Kleides geschoben, und Menschikow hat dazu nur gelacht. Und das hier‹, ich traf ihn mit einem Zobelumhang, ›in diesem Aufzug habe ich ihm aufgewartet, wenn wir uns mehr als zehn Tage nicht gesehen hatten. Pelz auf nackter Haut scheint Männer zu erregen.‹ Ich trampelte auf den Kleidern herum. ›Glaubst du wirklich, dass ich diese *Schätze der Sklavin des Alexander Menschikow* jemals in deiner Gegenwart tragen könnte?‹ Dann griff ich nach der Schatulle, die ein Hauptmann von der Preobraschensker Garde mir in Menschikows Namen übergeben hatte. Auf dunklem Samt schimmerte Diamantschmuck, der mindestens 20 000 Rubel wert war. Ich zerrte die Kette aus der Schatulle und warf sie wie Dreck zu den Kleidern am Boden. ›Hurenlohn‹, schrie ich, außer mir vor Zorn. ›Du behauptest, mich zu lieben, und lässt zu, dass Menschikow mich auszahlt wie eine Dirne?‹

Peter war verstört. ›Katharina‹, er umfing mich, doch ich trommelte mit meinen Fäusten auf seine Brust und fing schließlich an zu weinen. ›Ich bin keine Hure!‹, schluchzte ich. Und dann: ›Ich liebe dich.‹ Er strich mir übers Haar und versprach, alles verbrennen und den Schmuck zurückschicken zu lassen. Ich hörte seine Stimme, sah in Peters Gesicht und wusste, dass er sich bei seinem Tun nichts gedacht hatte. Mein Gatte ist kein sinnreicher Mensch. Er hatte nur gesehen, dass es mir an Kleidung mangelte, und das getan, was er für das Einfachste hielt, um Abhilfe zu schaffen.

›Meine liebe Katharina. Mein Augenstern! Ich verspreche, nie die Roben für dich auszusuchen. Ich werde dir ein Budget einrichten, über das du frei verfügen kannst, und wenn du mich nach zehntägiger Abwesenheit in Lumpen empfangen willst, dann werde ich keinen Ton dazu sagen! Und ich werde dir kein Geschmeide schenken, außer du bittest mich darum.‹

Und so verbrannten wir die Kleider meines alten Gönners, und ich ließ eine Schneiderin kommen.

Peters Erstaunen über mein Wesen schien mit jedem Tag zu wachsen. Ich unterschied mich wohl in allem von den Frauen, mit denen er sich sonst umgeben hatte. Sie hatten ständig nach Geschenken verlangt und Vorteile für die eigene Person erbeten. Ihre Sorge galt nie Peter, seinem leiblichen Wohl, seiner Gesundheit.«

Katharina schwieg versonnen, und Josefine lächelte ihr zu. »Ihr liebt den Zaren um seiner selbst willen. Eine Erfahrung, die er sicherlich zum ersten Mal machte.«

»So muss es wohl gewesen sein, und dies ist auch der Grund für das besondere Band zwischen uns. Peter sprach davon, wie tief es ihn bewegte, in mir ein denkendes Wesen mit Zartgefühl, Takt, Uneigennützigkeit und dem Streben nach seiner Liebe zu entdecken. Er war aufmerksamer und zärtlicher, und ich wurde ihm die geliebteste der Frauen, die Freundin seiner Seele, der einzige Mensch, dem er rückhaltlos sein Herz ausschüttete, seine aus Klugheit und Kühnheit gemischten Entwürfe mitteilte, in der steten Gewissheit, einen gut gemeinten, unbefangenen und nach meinem Verstand klugen Rat zu finden. Meine Fürsorge um seine Person genoss er wie ein Kind, das lange die Mutter entbehrt hatte.«

Katharina starrte in die Flammen des Kaminfeuers, dessen Prasseln den Raum erfüllte. »Ich war und bin Peter alles, was ich sein kann. Reichtum ist mir egal. Ich will den Mann hinter der aufwendigen Robe.«

»Wie lange hielt der Zar Euch in der kleinen Wohnung versteckt?«

»Zwei Jahre lebte ich in dem stillen und der Welt entrückten Stadtteil Moskaus, und in der Erinnerung ist diese Zeit für mich die schönste. Der Zar ließ nicht leicht eine Nacht verstreichen, ohne mich zu besuchen. Erst in der Dunkelheit, wenn die Straßen verlassen waren, und nur von einem Grenadier begleitet, eilte er zu mir.

Doch bald konnte und wollte Peter auch tagsüber nicht mehr ohne mich sein. Und so legte ich meinen alten Namen – Martha – ab, ließ mich 1703 in die griechisch-orthodoxe Kirche aufnehmen und wurde zu Katharina Alexejewna. Der Zar machte unsere Liaison offiziell und begann, seine Minister in meine bescheidene Bleibe zu bestellen, um mich um Rat zu bitten, wenn er mit den Männern nicht einig war. Den Beratern war das nicht recht, doch sie konnten nichts tun. Man spielte ihm andere Frauen zu, schöne und intelligente Wesen. Er nahm sie, wie ein

Kind ein Stück Zuckerwerk nascht, und kehrte immer wieder zu mir zurück. Gelassen beobachtete ich die körperlichen Abschweifungen des Zaren, denn ich wusste, er würde wieder mein sein.«

»Das muss hart sein«, sinnierte Josefine.

»Ihr meint, den Geliebten mit anderen Frauen zu teilen?«

Zögernd nickte Josefine.

»Ich teile nur seinen Körper, nicht aber seine Seele mit den anderen Frauen. Sein Innerstes offenbart er nur mir, und ich offenbare mich ihm. Vielleicht führte dieses Einssein mit Peter dazu, dass sich die Einstellung seiner Berater mir gegenüber allmählich änderte. Vielleicht lag es auch an meiner Ruhe, an der nur zu oft richtigen Beurteilung einer Lage oder daran, dass ich Takt und Sicherheit bei der Ergründung von Peters Charakter, seiner Launen und Neigungen bewies. Irgendwann waren es die Minister selbst, die Peter baten, mich zu den Besprechungen hinzuzuziehen. Oft fiel mir dann die Aufgabe zu, der Hitzigkeit des Zaren geschickt zu begegnen und – wenn das Feuer in ihm zu verrauchen begann und er wieder einem vernünftigen Wort zugänglich war – seine Gedanken mit sanften und umsichtigen Vorschlägen zu lenken oder vernichtende Urteile zu mildern.«

»Das klingt, als sei der Zar ein wütiger Geist.«

»Die Reizbarkeit liegt meinem Gatten im Blut. Wenn ihn einen seiner rasenden Wutanfälle überkam, die Peters Denken verwirrten und sein Gesicht zucken ließen, dann schickte man mir eine Kutsche, da nur ich es vermochte, ihn zu beruhigen.«

»Wie habt Ihr das geschafft?«

»In solchen Momenten war er nicht mehr als ein verwirrtes Kind. Ich zog ihn an mich, strich mit den Fingern durch sein Haar und sprach leise mit ihm oder sang eine einfache Weise. Er vergrub sein Gesicht an meiner Brust und schlief schließlich ein, als läge er auf einem warmen weichen Kissen. Zwei bis drei Stunden ruhte ich so mit ihm, wie eine Mutter mit ihrem Kind, dann erwachte Peter frisch und ausgeruht und erinnerte sich kaum mehr an seinen Wutanfall. Um die Heilung zu vollenden, überredete ich ihn, mit mir zu tanzen oder erzählte schlüpfrige Geschichten, über die er dröhnend lachen musste.

Mein Gleichmut in allen Wechselfällen des Lebens schien Peter die Sicherheit zu geben, Zar von Russland sein zu können mit allem, was diese Position von ihm forderte. 1707 wurden wir einander förmlich angetraut, und als er vor sechs Jahren, am 15. März 1711, zum Türkenkrieg nach Polen aufbrach, erklärte er mich vor aller Welt zu seiner wahren und rechtmäßigen Gemahlin.«

»Was müsst Ihr für Ängste ausgestanden haben, als der Zar fort war«, sagte Josefine mitfühlend.

»Ich hätte es nicht ertragen, ihn gehen zu lassen, und habe Peter auf diesem Feldzug begleitet. Und es war die richtige Entscheidung, denn schon in Stuzk wurde er von einer skorbutischen Krankheit überfallen und hatte meine Pflege bitter nötig. Dieser Feldzug brachte das russische Heer am Pruth in eine fast unausweichbare Gefahr der gänzlichen Vernichtung. Im Juli standen kaum mehr 24 000 Russen gegen 200 000 Türken und Tartaren. Man plante, uns mit einem Graben einzuschließen und zu vernichten. Ich gewann Peter für die Idee, dem türkischen Großwesir eine Nachricht zukommen zu lassen. Gegen ein Geschenk von mehr als 200 000 Rubeln erbat mein Gatte ein Friedensangebot. Nie hätte ich geglaubt, dass der Großwesir auf einen schnellen Sieg verzichten würde. Wie hätte ich ahnen sollen, dass sich die vom Sultan selbst erteilten Instruktionen mit meinem Vorschlag deckten. Und so kam es, dass 200 000 Rubel die Rettung Russlands waren. Fortan unternahm Peter nicht leicht eine Reise, hielt keine Musterung der Truppen ab, gab kein Fest oder wohnte keiner Feierlichkeit bei, ohne mich an seiner Seite zu wissen.«

»Ihr seid eine kluge und intuitive Frau, Katharina.«

»Das ist einer der Gründe, warum Peter mich gegen alle Widerstände zu seiner Zarin machte, doch einen lebenden Sohn konnte ich ihm bis heute nicht schenken. Er könnte mich dafür hassen.«

»Es ist doch nicht Eure Schuld! Nach allem, was ich jetzt gehört habe, liebt der Zar Euch wirklich und wahrhaftig, sonst wäret Ihr nicht seine Gemahlin.«

»Sicher liebt er mich und unsere Töchter, und so viele Liebschaften er auch haben mag, bislang ist Peter immer wieder zu mir zurückgekehrt, doch mit jedem Sohn, den ich verliere, wächst meine Angst, auch meinen Mann zu verlieren. Die Trauer bringt uns um. Manchmal hält Peter nächtelang nur meine Hand und rührt mich nicht an, um einem neuerlichen Albtraum zu entgehen. Wie lange kann er solch eine Ehe aushalten?«

»Ich bin sicher, der Zar liebt Euch um Eurer selbst willen und nicht, weil Ihr seine Kinder gebärt.«

»Peter ist ein nüchterner Mensch. Er braucht einen Sohn und wird mich verstoßen, auch wenn es ihm das Herz bricht. Es ist sein Opfer für das Volk, für Russland.« Die Zarin neigte sich vor und blickte Josefine ernst in die Augen. »Wir brauchen um alles in der Welt einen Sohn, damit Alexei nicht an die Macht kommt.«

»Alexei?«

»Peters Kind aus der Verbindung mit Jewdokija, diesem verdammten Weib, das man ihm aufgezwungen hat. Sie hat ihn fast umgebracht mit ihrer Verachtung und Kälte. Ihr Sohn … Alexei … Er ist ein schrecklicher Mensch … Wenn ich Peter nur einen Erben schenken könnte, einen Jungen! Seine Berater sind sich mit ihm einig … Sie würden Alexei dazu bringen, auf den Thron zu verzichten.«

Josefine runzelte die Stirn. »Wie alt ist er? Ich meine, Alexei?«

»Fünfundzwanzig Lenze. Peter und auch Menschikow, der für seine Erziehung verantwortlich zeichnete, haben sich bemüht, doch es war alles umsonst. Dieser verweichlichte Bursche passt weder ins Feld noch in eine Amtsstube. Seiner Mutter, bei der er in Preobraschenskoje die ersten Jahre verbracht hat, ist es gelungen, ihn zu verderben und gegen Peter aufzuwiegeln. Alexei … Er ist ein Quäler, ein menschenverachtender Tyrann, der es liebt, Ränke zu schmieden. Der Bursche ist geldgierig, verwöhnt und versteckt sich vor Peter hinter den Popen oder Weiberröcken, ein Dummbart obendrein, der nur eines gut kann: saufen und huren. Stellt Euch vor, dieser Hundsfott würde Russland regieren! Eine Tragödie! Allein der Gedanke lässt Peter nachts schweißüberströmt hochschrecken. Wir müssen das Volk vor ihm schützen.«

»Liegt Alexei denn etwas am Thron, an Russland?«

»Ihm liegt nur etwas an sich selbst. Er war nicht einmal bereit, zur Besserung der Beziehung Russlands zum Westen Charlotte-Sophie von Wolfenbüttel zu ehelichen. Ihr Großvater und Peter hatten längst alles ausgehandelt, da wehrte sich Alexei immer noch mit Händen und Füßen. Der Zar musste ihn betrunken nach Torgau schleifen, wo Alexei seiner Braut erst nach reichlich Protest und einem Schlag auf den Schädel das Jawort gab. Da hört Ihr, wie wichtig ihm Russland ist. Das Volk ist Alexei egal, Hauptsache, ihm geht es gut. Er nannte seine Braut eine ›lutherische Hexe, eine Ketzerin‹, mit der er sich auf keinen Fall vereinen würde. Sie sei ihm außerdem zu hässlich. Peter musste nachhelfen, damit die Ehe vollzogen wurde.« Katharina seufzte leise. »Charlotte-Sophie … Sie war nicht hübsch, hatte aber ein so liebes Wesen, dass wir glaubten, Alexei würde ein Einsehen haben und sich ihr zuwenden, sich ändern. Zuerst schien es auch so. Das Mädchen … Sie liebte Alexei tatsächlich und war ihm in allen Dingen gefällig, doch bald erkannte sie sein wahres Wesen und zog sich mehr und mehr in ihr Schneckenhaus zurück.« Die Zarin schwieg und blickte ins Feuer, als wären dort Bilder aus der Vergangenheit zu sehen. »Sie flehte mich an, nach Hause zurückkehren zu dürfen. Hätte ich sie nur gelassen … Das arme Täubchen … Die beiden residierten im Winterpalast, sicherlich eine Vorsichtsmaßnahme Alexeis, um uns aus dem Weg zu gehen. Er machte sich schon in die Hosen, wenn er seinen Vater nur sah. Peter und ich lieben die freundliche, schlichte Umgebung des Sommerpalastes und ließen die beiden allein. Wenn ich nur gewusst hätte … Doch die Bediensteten schwiegen aus Furcht, und Charlotte-Sophie … Sie hat wohl an ihre Familie geschrieben, doch ihre Briefe kamen nie an. Alexei machte es sich zur Gewohnheit, seine Wut, seinen Ärger, vielleicht auch seine Langeweile an ihr auszulassen, und misshandelte und drangsalierte sie immer wieder. Warum hat sich das Kind mir nur nicht anvertraut? Vielleicht drohte Alexei ihr, wer weiß das schon? Mir fiel lediglich auf, dass das Mädchen oft krank war, wenn es etwas zu feiern gab, ja, und auch, dass sie ungeschickt sein musste bei all den blauen Flecken, doch ich dachte mir nichts dabei. Mir gingen die Augen erst auf, als sie fast ihr Kind verloren hätte. Am 12. Oktober letzten Jahres verprügelte Alexei sie derart heftig, dass ihre Wehen verfrüht einsetzten. Dieser verdammte Hurensohn! Die Furcht muss ihn jedoch ernüchtert haben. Er ließ ganze vier Ärzte kommen, unter anderem unseren Leibmedicus, der Peter einen Boten sandte. Ich kam gerade zur rechten Zeit, um das Neugeborene, einen Jungen, in meine Arme zu schließen. Das Kind blieb am Leben, doch die arme Charlotte-Sophie starb kurz darauf.«

»Wie furchtbar!«

Die Zarin legte eine Hand über die Augen, seufzte schwer und nickte. »Eine Tragödie! Der Kleine … er heißt Peter, nach seinem Großvater. Gott segne ihn und die stämmige Amme, die wir besorgen ließen!«

»Wo ist das Kind jetzt?«

Katharina blickte auf. »An einem geheimen Ort.«

»Und Alexei?«

»Er schien am Boden zerstört und winselte um Gnade. Dieser

Schinder! Er warf sich Peter zu Füßen und versprach bei allen Heiligen, sich zu ändern. Keine Saufgelage, keine Hurerei, keine Misshandlungen. Er beschwor Peter, ihm ein letztes Mal zu vertrauen, ihn zu verschonen ...«

»Und der Zar willigte ein?«

»Später, ja. In seinem Zorn sperrte er den Nichtsnutz zunächst wochenlang in den finstersten Kerker und weinte in meinen Armen über die Geißel Gottes namens Alexei. Schließlich ließ er sich von Alexander Danilowitsch Menschikow erweichen, seinen Sohn wieder ans Licht zu holen. Das war kurz vor unserer Abreise. Peter möchte Alexei nur zu gern glauben, doch ich weiß, dass ihn dieser Taugenichts wieder bitter enttäuschen wird. Seine Seele ist schwarz, und ich ahne Schlimmes. Was, wenn er sich während unserer Abwesenheit mit Peters Feinden verbündet? Es gibt genug davon. Was, wenn er den Sturz seines Vaters plant? Er ist der Zarewitsch und hat einen Sohn. Peter hat nur Töchter und mich, eine Kriegsbraut, die ihm nicht einmal einen Erben schenken kann.«

Die Monarchin kniff die Lippen zusammen. »Das muss sich ändern! Ich muss meine Trauer ablegen und wieder ein Kind empfangen, einen Sohn für den Zaren – und für Russland. Wenn es mir nicht gelingt, wird Peter mich verlassen.«

»So etwas dürft Ihr nicht einmal denken.«

Katharina wandte sich zum Fenster, und Josefine erkannte Tränen in ihren Augen. »Es ist die Wahrheit. Dieses Wissen quält mich seit Langem. Als das Kind noch in meinem Leibe strampelte, konnte Peter meine Ängste mit seinem Lachen vertreiben, doch jetzt, da der Frost unsere beiden Herzen umschlossen hält und Eiswasser durch meine Adern fließt, bin ich wie gelähmt vor Furcht, ihn zu verlieren.« Sie blickte wieder zu den Wolken auf dem Gemälde, und die Leere in ihren Augen ließ Josefine erschauern. »Als mein Sohn geboren wurde, lag Schnee. Er glitzerte in der goldenen Abendsonne, und mir war, als seien die abertausenden Kristalle ein Geschenk des Himmels. Warum müssen Kinder sterben?«

Josefine gab keine Antwort, doch es wurde auch keine von ihr erwartet. Es fröstelte sie. Die Trauer der Zarin brannte sich in ihr Herz.

»Diesmal werde ich es aus eigener Kraft nicht schaffen, meiner Trauer zu entkommen. Josefine, es mag in Euren Ohren selbstgefällig klingen, doch Peter braucht mich wirklich! Das russische Volk braucht mich! Ich muss meine Kraft und Lebensfreude zurückgewinnen, deshalb setze ich meine Hoffnung auf einen Duft, der den Winter vertreibt.«

»Das vermag kein Parfüm der Welt.«

»Vielleicht doch!« Die Zarin holte bebend Atem. »Ihr sorgt Euch um Euren Vater, um die Arbeit in der Apotheke. Euer Freund Cornelis Zander beschäftigt einige sehr fähige Mitarbeiter – zumindest hat er Peter davon erzählt. Wenn Ihr an meiner Seite bleibt, dann werde ich dafür sorgen, dass einer dieser Männer Euren Vater nach Leer begleitet und ihn in der Apotheke unterstützt.«

In Josefines Kopf kreisten die Gedanken. Sie empfand tiefes Mitleid mit der Zarin – und den Wunsch zu helfen. Für einen Moment regte sich der Gedanke in ihr, dass ein Bleiben den Moment des Abschieds von Petre hinauszögern würde. Vielleicht gelang es ihr doch noch, Henk zu überreden, den Jungen in ihre Obhut zu geben. Aber konnte sie wirklich alles stehen und liegen lassen, um für Wochen in Amsterdam zu bleiben?

Die Zarin schien Josefines widersprüchliche Gefühle von ihrem Gesicht ablesen zu können. Sie beugte sich vor, ergriff Josefines Hände und drückte sie fest. »Schlaft eine Nacht über alles, was ich Euch erzählt habe, und dann, morgen, denkt noch einmal über meine Bitte nach. Werdet Ihr das tun?«

Als Josefine kaum sichtbar den Kopf neigte, seufzte die Zarin erleichtert auf.

»Um eines bitte ich Euch: Erzählt niemandem etwas über unser Gespräch. Wenn gefragt wird, warum ich nach Euch schicken ließ, dann schiebt meinen Wunsch vor, zur Erinnerung an die Zeit in Amsterdam für mich und alle meine Hofdamen leichte Parfüms mit nach Russland zu nehmen. Der wahre Grund Eures Hierseins darf nicht bekannt werden, Josefine!«

»Warum nicht? Es ist nichts Unrechtes an dem, was ich tue.«

Erschrocken schüttelte die Zarin den Kopf. »Peter darf es nicht erfahren! Er weiß, dass Ihr eine Dufthändlerin seid und hat auch von Eurer Arbeit in der Apotheke und der Wunderkammer Eures Vaters gehört. Er will Parfüm von Euch mitnehmen nach Russland. Ich habe ihm einiges über Euch erzählt, doch Eure Gabe … Das ist etwas anderes. Peter würde einen Duft, der Wirkung auf das Wesen eines Menschen hat, für Teufelswerk halten, für etwas, das mit Aberglauben und Zauberei zu tun hat. Dinge, die er verabscheut. Und er würde gegen den Menschen vorgehen, der sich anmaßt, solch einen Duft zu kreieren. Deshalb müssen wir beide Stillschweigen darüber bewahren.«

Josefine runzelte die Stirn und wollte etwas sagen, doch die Zarin schüttelte den Kopf. »Es muss sein! Blasphemie, versteht Ihr? Euer Können würde als Gotteslästerung ausgelegt werden, und dafür wäre das Auspeitschen nur ein kleiner Tadel. Einer meiner Hofknaben hat vor Kurzem mit der bloßen Hand eine Fliege fangen wollen. Er ist geschickt in solchen Dingen. Leider saß das Tier auf dem Kreuz eines Reliquienkästchens, und durch die Bewegung geriet der Behälter für einen Moment in Bewegung und drohte zu fallen. Man hat den Burschen verprügelt, ihm das Nasenbein gebrochen und den Armen drei Wochen in das dunkelste Verlies gesteckt.«

Josefine hatte der Zarin mit ungläubigem Blick zugehört. »Das kann ich nicht glauben! Er hat doch nur Gutes gewollt!«

»Er hat seine Kräfte überschätzt und die Erhabenheit des Glaubens ins Wanken gebracht. Gott steht über allem, und jeder, der sich erdreistet, seine Erhabenheit zu gefährden oder mit dem Teufel im Bund zu sein scheint, lebt gefährlich.«

»Was für ein Unsinn!«

Die Zarin zuckte die Achseln. »Ein Unsinn, der gelebt wird. Ich habe meinem Gatten vieles abgewöhnen können, doch sein Hass auf Teufelswerk entspringt seiner Angst vor Verrat. Wer ihn hintergeht, der muss es mit dem Leben bezahlen, und wer Hexerei betreibt, ebenfalls. Die Regel in Russland lautet: ›Du kannst nur einmal in deinem Leben Gott lästern oder dich gegen den Zaren auflehnen‹. Deshalb dürfen wir nicht zu viel preisgeben, Josefine.«

»Es scheint schwierig zu sein, in Russland zu leben. So viele Regeln, die man beachten muss! Ich habe gehört, dass selbst das Rauchen von Tabak und das Baden in Flüssen schwer bestraft werden.«

Die Zarin nickte. »An öffentlichen Orten ist das Rauchen verboten. Dort darf man nur kauen oder schnupfen, und wie bei allem ist mein Gatte auch hier bei den Strafen unmäßig. Dem Raucher droht das Aufreißen der Nasenlöcher oder die Verbannung nach Sibirien. Und was das Baden angeht: Während eines Gewitters gilt es als Hexerei und könnte am Wippgalgen enden.«

»Das darf doch nicht wahr sein!«

Die Zarin zuckte die Schultern. »Ist es aber. Harte Strafen sind nötig, um die Untertanen gefügig zu halten. Die Russen sind anders als die Menschen hier im Westen. Aber, Josefine, wer sich untadelig verhält, hat nichts zu befürchten. Das Gute an Regeln ist, dass man sie befolgen kann.«

»Selbst wenn man dafür eine Lüge in Kauf nehmen muss?«

»Ihr meint im Hinblick auf Eure Duftkunst? In diesem Fall: ja! Es ist ja nur für eine kurze Weile. Außerdem sind wir in Amsterdam und nicht in Russland. Hier brauchen wir nur meinen Gatten zu überlisten und nicht ein ganzes Heer von Spionen.«

Die Zarin ergriff Josefines Hände und drückte sie noch einmal ganz fest.

»Ich danke Euch«, sagte sie, als stünde Josefines Entscheidung schon fest. Dann ergriff Katharina ein Glöckchen und läutete nach Henk de Jonge.

4

Schweigend machten sich Josefine und Henk de Jonge unter kaltem Mondlicht auf den Rückweg. Die dunklen Wolken hatten sich verzogen, und es war so hell, dass Henk die Laterne nicht zu entzünden brauchte. Eine der vielen Turmuhren schlug Mitternacht. Zwölfmal. Hohl hallte der Klang durch die verlassenen Straßen und ließ Josefine erschaudern. Der Wind hatte noch zugenommen und schlug ihr den Samtrock um die Beine, doch sie merkte es kaum. Ihre Gedanken kreisten um die Geschichte der Zarin.

Wenn Katharina die Wahrheit gesagt hatte, dann gab es keine Wahl, dann musste sie in Amsterdam bleiben! Josefine seufzte. Ihre mitgebrachte Garderobe war mehr als dürftig, doch Ansje würde ihr sicherlich aushelfen. Und sie konnte darauf zählen, bei den Zanders ihr Unterkommen zu finden. Das meiste an Wissen über die verschiedenen Duftstoffe und ihre Verwendung hatte sie im Kopf, und was ihr fehlte, ließ sich in Cornelis' Bibliothek nachlesen, denn sie war noch umfangreicher als die von Meinhardus.

Doch was würde aus ihrer Arbeit in der Apotheke? Josefine biss sich auf die Lippen. Sie hatte einige Kunden auf die nächste Woche vertröstet. Sie würde darauf bestehen, dass der fähigste von Cornelis' Gesellen ihrem Vater an ihrer Stelle assistierte. Welchen Grund sollte sie Meinhardus für ihr Bleiben in Amsterdam nennen? Was sollte sie ihm erzählen? Die Wahrheit? Nein, lieber nicht! Er hatte ein so loses Mundwerk! Dann eher die

Flunkergeschichte der Zarin. Auch den Zanders würde diese Halbwahrheit genügen müssen. Cornelis verbrachte nach wie vor viel Zeit mit dem Zaren und könnte sich leicht verplappern. Josefine presste die Lippen zusammen. Auf was ließ sie sich da nur ein! All diese Schwindeleien! Und die Umstände! Ein Seufzer entfuhr ihr.

»Ihr stöhnt wie ein altes Maultier, das eine zu schwere Last trägt. Was hat die Zarin von Euch gewollt?«, fragte Henk.

»Ihr seid zu neugierig!«

»Oh, wie freundlich Eure Ladyschaft heute wieder sind.«

»Warum interessiert Ihr Euch überhaupt für mich?

»Ich bringe gern etwas über Menschen in Erfahrung, derentwegen ich zehn Tage durch friesische Lande gereist bin, die zu sehen die Zarin für unabdingbar hält und mit denen ich zu mitternächtlicher Stunde durch eine stille Stadt laufe.«

»Ich war freundlich zu Katharina, wenn es das ist, was Euch ängstigt. Ich habe meine spitze Zunge gehütet, wie Ihr es mir befohlen habt.«

Sie überquerten eine Brücke, und der eisige Wind ließ Josefine innehalten. Sie knotete ihr Tuch enger und blickte gedankenverloren auf das sich im Mondlicht kräuselnde Wasser.

»Man kann nur freundlich zu ihr sein. Zu der Zarin, meine ich. Sie hat mir von sich erzählt, von ihrer Kindheit, und mit Worten Bilder gemalt, die mir nicht wieder aus dem Sinn gehen.« Josefine wandte sich Henk zu. »Kennt Ihr eigentlich den Sohn des Zaren, Alexei?«

Henk verzog das Gesicht. »Sicher. Ein unliebsamer Zeitgenosse, zumindest für alle, die ihm nicht nach dem Mund schwätzen. Mir hat er ein bleibendes Andenken verpasst.« Henk blieb in der Nähe einer erleuchteten Brücke stehen, schob den Ärmel seines Hemdes hoch und zeigte Josefine eine vernarbte Brandwunde, die sie erschrocken aufschreien ließ. »Alexei ist zwei Jahre jünger als ich und wurde nicht mit den Bojarensöhnen, sondern von

Hauslehrern unterrichtet. Gerüchte erzählten davon, dass sie so häufig wechselten wie die Vertrauten des jungen Prinzen. Irgendwann kam der Zar auf die glorreiche Idee, ich könnte Alexei etwas beibringen, so von Freund zu Freund, dabei kannten wir uns kaum, und der Zarewitsch verachtete mich, einen Fremdling. Alexei verzog keine Miene, als Peter mich ihm ganz offiziell als seinen neuen Lehrer vorstellte. Kaum, dass wir alleine waren und uns gesetzt hatten, wies der Bursche mich an, die Ärmel meines Gewands hochzuschieben und die Augen zu schließen. Ich dachte an ein Ritual, ein Gebet, das er sprechen wollte … Man witzelte bei Hof über seine Frömmigkeit und seine merkwürdigen Marotten. Doch während ich still verharrte, holte Alexei glühende Kohlen aus dem brennenden Kaminfeuer und ließ mich spüren, was er von dem Einfall seines Vaters hielt.«

Josefine keuchte. »Das ist ja grausam! Hat er Euch noch mehr angetan?«

»Nein. Mir war sofort klar, dass ich mich wehren musste, um nicht zum Prügelknaben dieses Fieslings zu werden. Ich habe ihn mir geschnappt und Alexei gezwungen, die heißen Kohlen eigenhändig zum Kamin zurückzutragen, und dann habe ich ihm gedroht. Es gibt bis heute nichts, was dieser Tropf mehr fürchtet als die Mumifizierungen, die Schädel und Knochen, die Missbildungen in Weingeist und all die unaussprechlichen Kuriosa, die sein Vater seit Jahren sammelt. Ich versprach ihm eine Nacht eingeschlossen in der Wunderkammer seines Vaters, sollte er sich noch einmal an mir vergreifen. Die Drohung hat geholfen, doch Alexei hasst mich auf ewig. Fast so sehr, wie er seinen Vater hasst.«

Tief in Gedanken versunken, folgte Josefine Henk durch die nächtlichen Straßen Amsterdams. Weder die Eulenrufe noch das Plätschern des Wassers drangen zu ihr durch.

»Dieser Junge … Alexei … Warum ist er so bösartig geworden?«, fragte sie Henk. »Katharina sprach von der Schuld seiner Mutter, von schlechten Einflüssen.«

»Bevor ich mit ihm aneinandergeraten bin, hat mir Alexei immer leidgetan. Er wuchs die ersten sieben Jahre bei seiner Mutter auf, der frommen und abergläubischen Jewdokija. Sie hängt mit Leib und Seele dem alten Russland an. In ihrem Schatten lernte Alexei, die Kirche und die alte Ordnung zu lieben und seinen Vater zu fürchten, der gegen all das rebellierte. Als Peter das herausfand, stand er kurz davor, mit der Großen Gesandtschaft nach Europa zu reisen. Das war 1697, und Alexei zählte damals sieben Lenze. Alexeis Mutter hatte seine Angst vor dem Zaren so geschürt, dass der Junge in Anwesenheit seines Vaters nicht einmal seinen Namen schreiben konnte, ohne zu zittern, geschweige denn ein Wort herausbrachte. Peter tobte, als ihm das Ausmaß von Jewdokijas Erziehung bewusst wurde. Er verbannte sie von heute auf morgen in ein Kloster und wies seinen Freund Alexander Menschikow an, einen brauchbaren Zarewitsch aus seinem Sohn zu machen, doch der Gouverneur war und ist kein Mann für eine solche Aufgabe. Er ließ seinem Zögling alles durchgehen und förderte seine schlechten Eigenschaften noch, weil es ihm Freude bereitete, die Ansicht des Zaren, sein Sohn sei ein Schwächling, ein Einfaltspinsel, ganz der Sohn seiner Mutter und des Throns nicht würdig, zu untermauern.« Henk verzog das Gesicht, als hätte er Zahnschmerzen.

»Mögt Ihr diesen Menschikow nicht?«

»Ich bin mir bis heute nicht sicher, ob dem Burschen zu trauen ist. Aber das ist eine andere Geschichte.«

»Alexei hat also innerhalb kürzester Zeit seine Mutter, seine vertraute Umgebung und all das verloren, was für ihn zeitlebens richtig und gut war, um in die Hände eines Mannes zu geraten, der es nicht ehrlich mit ihm meinte?«, nahm Josefine den Faden wieder auf.

»So ist es. Als der Zar fast zwei Jahre später von seiner Reise zurückkehrte, war Alexeis Erziehung ins Chaos geraten. Gerüchte drangen bis zu uns in die Ausländervorstadt. Man erzählte sich, der Zarewitsch habe unsägliche Angst vor seinem Vater und verstecke sich hinter den Rockschößen herrischer Kirchenmänner, die ihn umschwirrten wie Motten das Licht. Zudem war Alexei unter den Einfluss von Alexander Kikin geraten, einem früheren Vertrauten des Zaren, der sich abgewandt hatte. Dieser unlautere Mensch und auch die Kirchenmänner hatten darauf gehofft, dass Peter in Europa zu Tode kommen würde und ihre Karten auf seinen Erben gesetzt.«

»Wie schrecklich! Dieses Gerangel um den jungen Zarewitsch, all die Einflüsterungen! Wie soll ein Kind wissen, was richtig oder falsch ist?«

»Zudem war Alexei so weich und verletzlich, wie der Zar hart und unnachgiebig ist. Der Zar versuchte auf seine Art, einen brauchbaren Mann aus Alexei zu machen. Als er dreizehn war, ließ er ihn als Kanonier in der Armee dienen, und im folgenden Jahr, 1704, nahm er ihn mit auf einen Feldzug. Er zeigte seinem Sohn, dass ein Herrscher weder Arbeit noch Gefahr scheuen darf und sein Land mehr lieben muss als alles andere, doch Alexei schlotterte vor Angst und zitterte bei jedem Schritt im Feld. Er hasste Kampf und Krieg. Es muss ein Trauerspiel gewesen sein, also schickte Peter ihn schließlich zurück zum Hof. Auch in den kommenden Jahren fand sich nichts, womit Alexei seinen Vater hätte überzeugen können. Alexei liebte die Kirche, gegen die Peter sich auflehnte. Er sah die Welt mit den Augen der Popen, während sein Vater wissenschaftliche Bücher verschlang. Der Zar wollte und will Russland aus dem Dornröschenschlaf reißen, während Alexei sich an die alten russischen Sitten und Bräuche klammert. Bei den wenigen Malen, die ich dem Prinzen als Kind begegnet bin, schlich er stets umher wie ein geprügelter Hund.« Henk blieb stehen und sah Josefine an. »Was, glaubt Ihr, wird aus einem geprügelten Hund?«

»Ein Mann, der um sich beißt, und zwar mit Vorliebe in die Waden Schwächerer!«

»Richtig! Der Zar gab es schließlich auf, sich um seinen ungeliebten Sohn zu kümmern. Diese Aufgabe blieb weiterhin an Menschikow hängen. Das Einzige, was der Zarewitsch im Lauf der Jahre von ihm lernte, war saufen und huren. Darin überflügelte er seinen Vater noch. In den Freudenhäusern versteckten sich die Dirnen, wenn er kam. Es hieß, Alexei trage stets eine Knute bei sich und wisse sie überall einzusetzen. Der lasterhafte Lebenswandel des Zarewitsch vertrieb die Kirchenmänner, und bald traf man den Prinzen öfter betrunken als nüchtern an.«

Josefine blieb stehen, lehnte sich nachdenklich gegen eine Hauswand und blickte über das sich leicht kräuselnde Wasser der Gracht. Ein Schiff knarrte in der Stille der Nacht. Was für eine schreckliche Kindheit. Alexei musste sich wie eine Waise gefühlt haben. Josefine dachte an Petre, der auch seine Eltern verloren hatte. Ihm war es danach schlecht ergangen, und doch war er trotz aller Nackenschläge ein liebenswerter Bursche geblieben.

»Was glaubt Ihr?«, sprach sie ihre Überlegungen laut aus. »Hätte aus Alexei ein guter Mensch werden können? Ich meine, mit einem Vater, der seinen Sohn so annimmt, wie er ist, und in einer freundlichen Umgebung?«

»Vielleicht. Doch die Frage ist müßig. Alexei ist kein solcher Mensch geworden. Hat Katharina Euch von Charlotte-Sophie erzählt?«

Josefine nickte. »Auch von dem Ultimatum, das der Zar seinem Sohn gestellt hat. Glaubt Ihr, dass Alexei sich ändern wird?«

»Ich weiß es nicht. Mag sein, dass er es versucht, doch Alexei ist schwach. Es kann viel geschehen, bis der Zar wieder in St. Petersburg eintrifft.«

Schweigend liefen sie durch die Nacht. Josefines Gedanken kehrten zur Zarin zurück. *Peter braucht mich … Ich muss meine Kraft und Lebensfreude zurückgewinnen!*

Sie waren im Begriff, eine Brücke zu überqueren, doch Josefine griff nach Henks Arm und zwang ihn zum Stehenbleiben.

»Ihr kennt die Zarin schon lange. Ist es wahr, dass Katharina den russischen Herrscher zum Guten beeinflussen kann?«

»Sie und niemand sonst«, sagte Henk ernst. »Warum?«

Josefine ließ seinen Arm los und lehnte sich nachdenklich gegen das Holz des Geländers.

»Katharina hat einen besonderen Wunsch geäußert, und deshalb werde ich wohl für eine Weile in Amsterdam bleiben müssen.«

»In Eurer Funktion als Parfümeurin oder als Gehilfin Eures Vaters?« Henks Stimme klang misstrauisch.

»Die Gründe … ich darf nichts darüber sagen.«

»Seid Ihr deshalb so beschwert? Verlangt die Zarin etwas von Euch, dass Ihr nicht tun könnt oder wollt? Hat es mit Alexei zu tun? Oder mit Peter?« Henks Stimme war jetzt ebenso finster wie sein Gesicht, und Josefine wusste nicht, ob er mit der Zarin haderte oder mit ihr.

»Wie ich schon sagte: Es geht Euch nichts an.«

Henk legte seine Hände auf Josefines Schultern und sah ihr ins Gesicht. »Ich merke doch, wie Katharinas Wunsch Euch quält. Josefine, ich mag die Zarin, doch wenn es um ihren geliebten Gatten geht, dann verliert diese Frau das Maß. Ich kann Euch nur warnen: Lasst Euch nicht für irgendwelche Täuschungen und Intrigen missbrauchen.«

Josefine entzog sich ihm. »Ich kann meine eigenen Entscheidungen treffen.«

»Ihr kennt die Russen nicht. Ihr wisst nicht, wie sie sind, wer mit wem paktiert und wo man seine Zunge hüten muss.«

»Das klingt, als ob ich zwischen kriegerische Fronten geraten könnte.«

»Genauso ist es. Und wer nicht aufpasst, kann dabei den Tod finden«, Henks Stimme klang ernst.

Josefine maß ihn mit finsterer Miene. »Wenn es Euch beruhigt: Ich lasse mich für eine gute Sache einspannen, an der nichts Unehrenhaftes ist. Eine Sache, die Zeit kostet, Zeit, die ich eigentlich nicht habe. Das ist es, was mich quält. Außerdem mache ich mir Sorgen um meinen Vater und um Bertram. Ich werde sie für Wochen alleine lassen müssen. Und dann sind da noch unsere Kunden! Sie zählen auf mich. Außerdem weiß ich nicht, ob ich der Zarin genügen kann … Ob es mir gelingt …« Josefine brach ab. Sie hatte schon viel zu viel gesagt. »Ich bin müde und möchte nach Hause.«

Entschlossen stieß sich Josefine vom Geländer der Brücke ab und marschierte los.

»So wartet doch.«

Doch sie war bereits über die Brücke.

»Eigensinniges Weib!«

Josefine kniff die Lippen zusammen. Dass sich dieser Kerl ständig in ihre Angelegenheiten mischen musste! Erst bei dem Quacksalber auf dem Markt in Leer, dann bei Petre, und hier und heute würde es damit wohl auch kein Ende nehmen. Energisch schritt sie aus, rannte fast und beruhigte sich nur langsam wieder.

Sie musste Henk aus ihrem Kopf werfen und ihn einfach ignorieren! Viel wichtiger war es von nun an, sich in Gedanken mit dem Parfüm zu beschäftigen. Damit, welche Duftstoffe sie brauchte und was Amsterdam zu bieten hatte. Gleich morgen könnte sie am Damrak-Kanal entlanggehen und sich Düfte um die Nase wehen lassen. Fast glaubte Josefine, die ostindischen Gewürze, Nelken, Muskat und Ingwer, riechen zu können, Rosen, Nelken und Maiglöckchen. Später, am Hafen, ließ sich vielleicht in Erfahrung bringen, welche Duftstoffe in den nächsten Wochen erwartet wurden. Nahezu täglich kamen Schiffe von den Gewürzinseln, den südlichen Küsten und mit Glück sogar aus dem fernen Asien im Hafen an und würden nicht nur Waren, sondern auch Düfte in die Stadt bringen.

Josefine war so in Gedanken versunken, dass sie kaum noch auf die Straße achtete und deshalb die auf dem Kopfsteinpflaster klappernden Hufe erst wahrnahm, als die Pferde schon ganz dicht hinter ihr waren. Jemand schrie. Josefine wandte den Kopf und runzelte die Stirn, doch noch bevor sie sich der Gefahr bewusst wurde, riss Henk sie mit einem Fluch von der Straße und presste sich mit ihr gegen das Mauerwerk eines Hauses. Keine Sekunde später preschte eine Droschke donnernd haarscharf an ihnen vorbei. Der Kutscher brüllte panisch, zog an den Zügeln und versuchte, die Gewalt über die Pferde zurückzugewinnen. Die Tiere wieherten gellend.

Wie gelähmt vor Schreck verharrte Josefine reglos, eingekeilt zwischen Henks warmem Körper und dem kalten Stein, und starrte dem Gespann ungläubig hinterher, bis es verschwunden war. Einige Herzschläge lang hallten noch Hufschläge durch die Nacht, wurden immer leiser und verstummten schließlich. Tiefe Stille breitete sich aus, die Josefine glauben machte, alles sei nur ein Spuk gewesen. Selbst in einer Leichenkammer hätte es nicht stiller sein können als gerade hier in den nächtlichen Straßen von Amsterdam. Josefine hielt unwillkürlich den Atem an. Ihr Herz pochte zum Zerbersten, und das Blut rauschte ihr in den Ohren.

»Verdammt! Das ist gerade noch einmal gut gegangen. Warum konntet Ihr nicht warten?«

Henk starrte sie wütend an, und sie bemühte sich, seinem Blick standzuhalten. Sie spürte seinen raschen Herzschlag und merkte erst jetzt, dass ihre Hände zitternd an seiner Brust ruhten. Sie schluckte krampfhaft, als sei ihr der Schreck im Hals stecken geblieben.

»Ist alles in Ordnung, Josefine?« Jetzt klang Henks Stimme besorgt.

»Es ist nur der Schreck.« Sie hörte selbst, wie kläglich ihre Worte klangen.

»Josefine, Ihr müsst vorsichtig sein! Amsterdam ist ein gefährlicher Ort.«

»Mein Gott, das Fuhrwerk hätte mich überfahren können. Wie gut, dass Ihr mich von der Straße gerissen habt!«

»Keine Ursache!«

Henk musterte sie aufmerksam, und Josefine merkte, wie Röte in ihre Wangen schoss. Das Haar trieb wie eine Wolke um ihr Gesicht, der Umhang war zu Boden geglitten, und Henks fester Griff hatte ihrer Bluse einen Riss eingebracht. Sie musste zerzaust wie eine Bäuerin aussehen.

Henk lächelte. »Das Mondlicht lässt Euch zu einer der Waldelfen werden, von denen meine Mutter mir in den langen Wintern erzählt hat.« Seine Stimme klang verträumt.

»Waldelfen?«

»Ihr wisst schon: Sie leben in Wäldern und können zaubern.«

»Zaubern?«, fragte Josefine und erkannte verärgert, dass sie Henks Worte einfach nachplapperte. Sie musste sich eingestehen, dass seine Nähe sie verwirrte. Immer noch lagen ihre Hände über seinem Herzen, und sie spürte die Wärme seiner Haut unter ihren Fingern.

»Waldelfen besitzen kugelrunde grüne Augen und haben helles Haar.« Er löste eine Hand von der Mauer, nahm eine der Locken, die sich aus Josefines Hochsteckfrisur gelöst hatten, zwischen seine Finger und hielt sie gegen das Mondlicht.

»Seid Ihr das, Josefine? Eine Waldelfe, ausgeschickt, um andere zu verzaubern?«

Für einen Moment war es, als legte sich ein unsichtbares Band um sie beide. Das Heulen des Winds, das Plätschern der Wellen in den Grachten – all das drang nicht mehr zu Josefine durch. Es gab nur noch Henks Augen, die Wärme seines Körpers und seiner Stimme. Fast wünschte Josefine, sie sei eine Waldelfe und es könnte ihr gelingen, Henk zu verzaubern, ihn dazu zu bringen … Wozu? Sie zu küssen? Ihr über das Haar zu streichen, über die Haut?

Erschrocken über ihre eigenen Sehnsüchte zuckte Josefine zusammen. Was war sie nur für eine dumme Gans, zu glauben, dieser Mann hätte seine Worte ernst gemeint. Waldelfe! An ihr war nun wahrlich nichts Elfenhaftes. Henk machte sich wieder einmal über sie lustig! Das war's! Was hatte er behauptet? Sie sei ausgeschickt worden, um andere zu verzaubern? Ärger stieg in Josefine hoch.

Entschlossen löste sie ihre Hände von seiner Brust und ruckte leicht mit dem Kopf, um die Strähne aus seinen Fingern zu befreien.

»Welche anderen, meint Ihr, hätte ich verzaubert? Den Scharlatan, der *Maliks Stärkungssaft* verkaufen wollte? Oder Andrej, Euren schweigsamen Reisegefährten, der mich am liebsten aus der Kutsche geworfen hätte? Oder vielleicht Bram Hövel, den kugelbäuchigen Wirt, der mehr als froh war, als wir beide sein Gasthaus wieder verließen?«

»Eure spitze Zunge hat ja doch nicht gelitten«, neckte er sie.

Sein Blick hielt Josefine gefangen, genauso wie seine Hände, die immer noch gegen das Mauerwerk gestemmt waren.

»Wir sollten weitergehen.«

»Ja«, sagte er, ohne sich zu regen.

Josefine stemmte erneut ihre Hände gegen seine Brust, um ihn von sich zu stoßen – tat es jedoch nicht. Es gelang ihr nicht. Es war, als hätte ihr Körper einen eigenen Willen, als würden ihr die Gliedmaßen nicht mehr gehorchen. Sie blickte in Henks verträumtes Gesicht, und plötzlich gab es nur noch seine Nähe, auf die ihr Körper reagierte, und seine Augen, die sie fragend musterten.

Josefine schloss die Lider, und das schien Henk Antwort genug zu sein. Er beugte sich vor und strich mit seinen Lippen sanft über die ihren. Einmal. Zweimal. Josefine rührte sich nicht. Vielleicht hätte es nur einer abwehrenden Haltung bedurft, und Henk hätte seine Küsse unterbrochen, doch in Wahrheit wollte sie nicht, dass er aufhörte. Sein Mund war so warm, so zärtlich, und die Gefühle, die über sie hinwegrollten, überwältigten sie vollkommen. Für einen Moment glaubte Josefine, ihre Beine könnten sie nicht mehr tragen, doch Henk hielt sie fest.

Ohne dass es ihr bewusst wurde, glitten Josefines Hände zu seinem Kopf, und ihre Finger liebkosten sein Haar, seine Haut. Sie verhielt sich nicht scheu oder schüchtern, sondern erwiderte seinen Kuss voller Hingabe.

Schließlich ergriff Henk ihre Hände und hielt sie fest. Schwer atmend trat er einen Schritt zurück. »Ihr seid also doch eine Waldelfe. Ist das vielleicht der geheime Auftrag der Zarin? Ihr sollt mich verzaubern und seid dem Wunsch pflichtschuldig stehenden Fußes nachgekommen.«

Josefine kam langsam wieder zu sich, nur ihr Herz schlug in einem wilden Rhythmus. Als ihr bewusst wurde, dass Henk ihre Hände umklammerte und sie auf Abstand hielt, stieg Beschämung in ihr auf. Zu ihrem Entsetzen spürte Josefine, wie sich Tränen hinter ihren Augen sammelten. Zitternd holte sie tief Atem. Verdammt! Wie hatte sie die Küsse dieses Kerls nur so leidenschaftlich erwidern können? Er musste denken, sie wäre ausgehungert nach einem Mann. Mit einem Ruck und dem letzten Rest Selbstbeherrschung, den sie aufbringen konnte, entzog sie Henk ihre Hände.

Henk legte eine Hand an ihre Wange. »Warum seid Ihr jetzt wütend?«

Sie wollte seine Finger fortschieben, gab jedoch auf, als er beide Hände um ihr Gesicht legte. Henk suchte ihren ausweichenden Blick.

»Ich lasse Euch nicht gehen, bevor Ihr mir nicht gesagt habt, was Euch so zornig macht.«

»Ihr habt mir einen Kuss aufgezwungen.«

Seine Mundwinkel zuckten. »Das würde ich so nicht sagen. Ihr habt Euch nicht gewehrt, im Gegenteil ...«

»Ich war zu überrumpelt. Der Schreck ... die Droschke ... Und das habt Ihr ausgenutzt.«

»Würdet Ihr mir glauben, wenn ich sage, dass ich dieses kleine Zwischenspiel nicht geplant habe? Aber ich bereue es nicht, Euch geküsst zu haben.«

Grimmig riss sie ihren Kopf aus der Umklammerung. »Ach ja? Es war dunkel genug, damit Ihr Euch vorgaukeln konntet, keine graue Maus zu küssen, sondern eine andere Frau, eine Waldelfe, eine Schönheit!«

»Es war taghell, und ich habe genau gewusst, wen ich in den Armen hielt. In jedem Moment, das könnt Ihr mir glauben. Und wenn ich mich nicht gezügelt hätte, dann ... Ihr wart ja keine große Hilfe bei der Beendigung dieser Kussszene.«

Josefine hätte ihm am liebsten einen Tritt versetzt. »Ihr seid unverschämt und besitzt nicht die Spur von Taktgefühl.«

»Na, das habt Ihr auch nicht gerade mit Löffeln gefressen.«

»Unverschämter Kerl!«

»Ich sage nur die Wahrheit. Ich habe den Kuss genossen, Josefine, und Ihr auch. Ihr seid überhaupt nicht der kalte Fisch, für den ich Euch hielt.«

»Schluss jetzt! Ich will nichts mehr davon hören!« Josefine stieß sich von der Mauer ab und trat auf die Straße. »Und lasst Euch ja nicht einfallen, diese unleidige Geschichte irgendjemandem zu erzählen.«

»Seid vorsichtig? Es ist dunkel, und wenn man wütend ist ...«

Josefine drehte sich um und machte ihm eine lange Nase. »Dort drüben kommt schon die nächste beleuchtete Brücke, und gleich dahinter liegt Cornelis' Haus. Ich glaube, die Dunkelheit ist weniger gefährlich als ein gewisser Kerl.«

Henks leises Lachen in den Ohren stapfte Josefine entschlossen ihrem Ziel entgegen.

5

Josefine liebte es, durch die Gassen Amsterdams zu schlendern, Kanäle auf Brücken zu überqueren und sich einfach treiben zu lassen. Sie ließ die *Keizergracht* und dann die *Prinsengracht* hinter sich und erreichte die engen kleinen Straßen von Jordaan. Gemächlich schlenderte sie über die Trödelmärkte, auf denen zerschlissene Vorhänge, altes Geschmeide, Armbrüste und zerknautschte Federbetten angeboten wurden. In diesem Teil der Stadt lebte die ärmere Bevölkerung Amsterdams, die nicht weniger an der *Koopzucht* zu leiden schien als die Reichen, sich jedoch mit Waren aus zweiter Hand begnügen musste.

Entschlossen wandte sich Josefine in Richtung des Markts und der Docks, die sich dahinter befanden. Pferdehufe dröhnten aufs Kopfsteinpflaster, eine der Brücken wurde mit einem hölzernen Kran hochgezogen, und mehrere Schiffe mit jubelnden Menschen passierten. Lustfahrten, die dem 1. Mai geschuldet waren. Die Gäste auf den Decks riefen und sangen, dann senkte die Brücke sich wieder, und Josefine setzte ihren Weg fort.

Sie folgte dem Klappern einer Handkarre zum Marktplatz und konnte schon von Weitem den Maibaum erkennen, der gestern unter viel Lachen und Lärmen aufgestellt worden war. Das Wiedererwachen der Natur, den Frühling und die Fruchtbarkeit zu feiern, gehörte zu den beliebtesten Bräuchen in Amsterdam. Später, am Abend, hatten die Amsterdamer um den Maibaum getanzt.

Der Lärm wurde noch lauter, und schließlich fand sich Josefine mitten im Trubel des Hafens wieder, umgeben von den hohen Masten der Schiffe. Trotz des Feiertags wetteiferten die *Nieuwpostwijven* gegen eine kleine Gabe darum, die neuesten Nachrichten aus nah und fern schreiend bekanntzugeben, andere Frauen streiften umher und versuchten, Lose für eine Glückslotterie zu verkaufen. Maler saßen am Hafen und hielten das Ankommen der Schiffe oder die Gesichter eines jeden, der es wünschte, mit dem Zeichenstift fest. Viele Schiffe schienen mit der Morgenflut angekommen zu sein. Josefine sah Männer in den Masten herumklettern, andere die Segel zusammenreffen und eine neugierige Zuschauermenge am Kai. Matrosen strömten in die Stadt; einige schienen von einer langen Reise zurückgekehrt zu sein und wurden überschwänglich empfangen.

Das pulsierende Leben überflutete Josefine wie eine große Woge, brandete zurück und zog sie mit sich in die Menge. Händler mit Bauchläden versuchten, ihre Waren an den Mann zu bringen, ein junger Mann bot Papageien in hölzernen Käfigen an, und leichte Mädchen schauten unter den Matrosen nach Freiern aus. Mit leuchtenden Augen schob Josefine die Vorhänge beiseite, die bei den Tuchhändlern die Türen ersetzten, und bewunderte feine Stoffe und Kleider aus aller Herren Länder. Vor den Läden vertrieb sie sich die Zeit mit dem Lesen der vielen Werbetafeln, die die Waren der Händler anpriesen.

Das Herz ging ihr auf, als sie den Laden eines Dufthändlers betrat und den Geruch von Amber, Orange, Neroli, Tuberose und Jasmin wahrnahm. Ihre Augen glitten über Handschuhe, Kopfputz, Locken, Perücken, Kämme und alle Sorten von Duftwässern. Beschwingt trat Josefine wieder auf die Straße. Lachen, Rufe und das Schreien der Seevögel schallten durch die salzige Luft. Um sie herum summte es vor Sprachen, denn die Stadt war nicht nur reich an Waren, sondern auch an Menschen aus aller Welt.

An diesem 1. Mai 1716 schien ganz Amsterdam auf den Beinen zu sein. Josefine war jetzt seit zweieinhalb Wochen in der Stadt, doch einen solchen Aufruhr hatte sie noch nicht erlebt. Nach dem Frühstück hatte sie sich mit Ansje, Cornelis und Petre in die Menge der Spalierstehenden eingereiht, die den Umzug der Musikanten begrüßten. Petres kleines Gesicht glühte vor Begeisterung, und er war an ihrer Hand aufgeregt auf und ab gehüpft, bis Cornelis ihn auf seine Schultern gehoben hatte, damit dem kleinen Burschen auch ja nichts entging. Trompeten wurden geschmettert, Trommeln geschlagen, quirlige Kobolde in Grün und Gelb begleiteten den Tross. Sie galten als Vertreiber des Winters, dessen Abschied an diesem Tag gefeiert wurde.

Der Zug hatte angehalten, und nach einem Trommelwirbel hatte ein großer dunkelhäutiger Krieger angefangen, Feuer zu spucken, während ein anderer sich ein langes Messer in den Rachen schob. Ausgelassen hatten die Schaulustigen das Spektakel verfolgt, bis sich der Zug wieder in Bewegung setzte.

Jetzt, am späten Freitagnachmittag, war Josefine allein unterwegs. Die Zarin verbrachte den Feiertag mit ihrem Gatten, der bald nach Frankreich abreisen würde. Er hatte seinen Aufbruch hinausgeschoben, um am jährlichen Maifest teilzunehmen, und würde mit Katharina in einem geschmückten offenen Zwölfspänner durch die Stadt fahren.

Josefine ließ sich an einem Brunnen inmitten der Menge nieder, und ihre Gedanken schweiften wie so oft, wenn sie sich ausruhte, ab zur Zarin. Sie dachte daran, wie fröhlich ihr Katharina am Vorabend von der Kutschfahrt erzählt hatte.

»Noch vor einer Woche wäre es mir zuwider gewesen, inmitten all der feiernden Menschen zu sitzen, und ich hätte es nur Peter zu Gefallen ertragen, doch seit Euer Duft mich begleitet … Es ist wirklich ein Wunder, Josefine.«

»Ihr seid das Wunder, Majestät. Euer Vertrauen in die Wirkung des Parfüms hat die Wandlung vollbracht. Wobei – ich bin noch nicht ganz zufrieden mit dem Duft. Er belebt Euch, ja, und Ihr habt den Mut gefunden, zu trauern und Euch danach wieder ins Leben zu stürzen, doch es braucht noch den einen oder anderen unterstützenden Duftstoff, damit sich Eure Lebensfreude nicht wie ein Strohfeuer verzehrt.«

Die Zarin hatte in die Tasche ihres Kleides gegriffen und den kleinen jadegrünen Flakon herausgeholt, den Korken mit einer kräftigen Drehung gelöst, und der Duft von Rosen, Eisenkraut und Bergamotte zog durch die Luft, zusammen mit anderen zarten Düften, die Josefine beigemischt hatte.

»Was für ein Parfüm!« Genussvoll sog die Zarin den Duft ein. »Reizvoll in seiner Mischung aus Blüten- und Holznoten, sowohl zart als auch von exotischer Fülle, intensiv, aber frisch.«

»So wie Ihr, Majestät.«

Katharina lachte, betupfte sich, schnupperte und runzelte leicht die Stirn. »Was ist es nur? Über den erkennbaren Essenzen gibt es noch die Spur eines Geheimnisses. Es durchdringt die Luft und die Gedanken mit unglaublicher Intensität, mit einer warmen, belebenden Gegenwärtigkeit.«

»Es ist das Echo Eurer Haut auf die Düfte. Das lässt den Duft beim Tragen genau diese geheimnisvolle Spitze entwickeln.«

»Ihr seid wahrlich eine Künstlerin!« Sie hatte Josefine umarmt. »Es ist so schön, dass ich wieder heiter sein kann!«

»Ich bin auch froh, dass es Euch um so vieles besser geht, Majestät. Wenn ich bedenke, dass Ihr vor zwei Wochen nicht einmal bereit wart, Euren Geburtstag zu feiern! Und jetzt werdet Ihr mit dem Zaren ein Bad in der Menge nehmen …«

»… und es auch noch genießen! Zumindest, solange mein Gatte keinen Streit vom Zaun bricht. Wisst Ihr, er liebt es, mit den einfachsten Bauern und Handwerkern zusammenzusein. Am liebsten geht mein holder Gatte aufs Geratewohl in die Stadt und mischt sich unter die Menge. Natürlich wird er überall rasch erkannt. Allein seine Körpergröße und sein herrisches

Auftreten lockt Gaffer an, was ihm dann zuweilen wieder lästig ist. Ich habe oft genug erlebt, dass er sich mit den Schaulustigen anlegt.« Katharina seufzte. »Vor allem, wenn er getrunken hat. Ich hoffe, die anderen Gäste in der Kutsche werden ihn in Ruhe lassen.«

»Ihr werdet Ihn so betören, Euer Majestät, dass der Zar den Menschen um sich herum kaum einen Blick schenken wird.«

»Versuchen werde ich es auf jeden Fall!« Katharina zwinkerte ihr zu. »Schon gestern hat Peter fast den Besuch der Bürgerwehr verpasst, weil er sich nicht entschließen konnte, das Bett zu verlassen.« Ihre Augen strahlten.

Die Erinnerung an das Strahlen der Zarin ließ Josefine zufrieden nicken, während sie dem Treiben auf dem Markt zusah. Sie hatte die Tuberose, die *Fürstin der Nacht*, als Herznote gewählt. Ihr Duft unterstrich Katharinas natürliche Sinnlichkeit und gab ihr Kraft. Die Tuberose würde der Zarin auch helfen, die lange Reise zurück nach Russland und die Begegnungen mit den Menschen am Zarenhof durchzustehen. Der Geruch war honigartig süß und sehr blumig, von verschwenderischer Fülle, wie die Liebe der Zarin zu ihrem Gatten, wie ihr ganzes Wesen. Die Tuberose besaß eine stark aphrodisierende Wirkung, und Josefines Hoffnung, der Duft würde den Monarchen erregen und das Gefühl, von ihrem Mann begehrt zu werden, die eisigen Fesseln, die Katharina umklammert hielten, lockern, hatte sich erfüllt. Sie erkannte es an den leuchtenden Augen, mit denen Katharina von ihrem Gatten sprach und dem Summen, das am Morgen über die Lippen der Zarin kam. Lange hatte Josefine überlegt, was sie als Basis für das Parfüm verwenden sollte. Da gab es die lang haftende Zistrose. Sie wirkte erwärmend und löste Anspannungen bis in die tiefsten Schichten der Seele. Fleur hatte ihr erzählt, dass die Frau eines Fürsten durch diesen Duft ihre Angst vor tiefen Gefühlen verloren und sich ihrem Gatten zum ersten Mal hinzugeben vermocht hatte.

»Die Zistrose vermag Schranken zu durchbrechen, hinter denen die Menschen ihre Leidenschaft gefangen halten«, hatte sie während der Mischphase Fleur in ihrem Inneren sagen hören. Und sie hatte lange mit sich gerungen und abgewogen. War die Zistrose geeignet, den Mantel der Trauer zu durchdringen, der die Zarin umfangen hielt, oder war sie die falsche Wahl und würde Katharinas natürliche Leidenschaft ins Unermessliche steigern? Schlussendlich hatte Josefine dann doch dem feinen zitronenartigen Eisenkraut den Vorzug gegeben. Sein Duft war wie ein frischer Frühlingsmorgen mit strahlend blauem Himmel. Gewitter und Wolken vertrieb er und regte die Trägerin an, in allem das Gute wahrzunehmen. Er würde der Leidenschaft der Tuberose einen frischen Hauch verleihen. Eisenkraut konnte Menschen dazu bringen, sich von schweren Erinnerungen zu lösen und sich Neuem zuzuwenden.

Josefine dachte voll Genuss an den spritzigen, lebhaften und dabei warmen Duft der Bergamotte, die in den heißen, trockenen Hainen Kalabriens wuchs und den sie als Kopfnote gewählt hatte. Er hatte immer eine aufmunternde Wirkung und war Josefine als die richtige Wahl gegen die Anspannung und Trauer erschienen, die die Zarin umgaben. Vielleicht würde sie noch ein zweites Parfüm für die kalten, dunklen Tage in Russland herstellen und als Kopfnote Zitrone oder Orange wählen, deren Duft heiter wie ein Lachen war, so lebendig und fruchtig, wie ein wärmendes Bad in der Sonne.

Josefine seufzte. Die Zarin war über ihre Entscheidung zu bleiben sehr glücklich gewesen. Jeden Tag war Josefine in aller Frühe zur Residenz geeilt und hatte die Monarchin auf Schritt und Tritt begleitet. Die Abende verbrachte sie damit, in Gedanken den Tag, jedes Wort und jede Handlung der Zarin Revue passieren zu lassen und über Düfte zu sinnieren, die den Lebensmut Katharinas neu entfachen könnten. Vor drei Tagen, in der Nacht vom Dienstag auf den Mittwoch, hatte sie sich schließlich in Cornelis' Laboratorium zurückgezogen, ein erstes Parfüm erstellt und es der Zarin am nächsten Morgen entgegengestreckt. Innerlich lächelnd dachte Josefine an den verzückten Ausdruck, der sich auf das Gesicht der Monarchin gelegt hatte, als sich diese den Flakon unter die Nase gehalten und den Wohlgeruch in sich aufgenommen hatte.

»Wunderbar! Es ist, als klare sich mein Kopf auf, als verzögen sich die Wolken dunkler Gedanken! Alles wird hell! Ach, Josefine, ich liebe diesen Duft schon jetzt.«

Mit bebenden Fingern hatte sie sich mit dem Parfüm, das Josefine in Gedanken *Katharina* getauft hatte, betupft. Dann war sie aufgesprungen und hatte Josefine umarmt.

Seit diesem Tag erlebte Josefine eine andere Zarin als die, die sie bislang gekannt hatte. Mit jeder Stunde schien sich das Gemüt Katharinas mehr und mehr aufzuheitern, ihr Lachen durchdrang die Hallen der Residenz, und die Stirnfalten der Bediensteten glätteten sich. Es war, als habe die Sonne Einzug gehalten.

Josefine hätte zu gerne gewusst, wie der Zar die Veränderung empfinden mochte. Sie musste ihm doch auch auffallen! Sie hatte Peter bislang noch nicht zu Gesicht bekommen. Er verbrachte viel Zeit mit dem Bürgermeister und anderen Würdenträgern der Stadt. Gemeinsam empfingen sie Gäste, die Amsterdam zu Peters Ehren aufsuchten, und der Zar ließ sich neue Errungenschaften zeigen und warb um Verbündete gegen die Schweden.

Josefine war dankbar gewesen, dass sie Katharinas Aufmerksamkeit so selten teilen musste. Sie hatte die Zarin in den letzten Wochen auf Schritt und Tritt begleitet: beim Besuch der Siechenhäuser, des Begijnhofs und zum *Koninklijk Paleis* am Dam, dessen Hauptfassade ein gewaltiger Fries mit Seeungeheuern zierte. Aufschlussreicher jedoch waren für Josefine die Zeiten gewesen, in denen sie keinerlei Verpflichtungen unterworfen waren und die Zarin sich unverstellt geben konnte.

Die beiden Frauen hatten lange Stunden im Garten der Residenz verbracht, von Gegenwärtigem und der Vergangenheit erzählt, Meinungen und Vorlieben ausgetauscht und gemeinsam geschwiegen. Innerhalb dieser wenigen Tage entwickelte sich eine tiefe Freundschaft zwischen ihnen, die Josefine von Herzen wünschen ließ, den einzig wahren Duft für die Zarin finden zu können. Auch über den Monarchen wusste sie durch Katharinas Erzählungen mittlerweile mehr als mancher seiner engsten Vertrauten.

»Er hat sich schon gewundert, dass ich so viel Zeit mit Euch verbringe, Josefine. Ich habe ihm erzählt, dass ich Eure Parfüms liebe und Ihr uns alle, mich und meine Bediensteten, mit Düften versorgen wollt. Aber das erklärt natürlich nicht, warum Ihr so viel Zeit mit mir verbringt. Ich habe mir eine Geschichte überlegt, die wir Peter erzählen könnten.«

»Eine Geschichte?«

Während Josefine noch die Stirn runzelte, sprach die Zarin schnell weiter. »Seid Ihr eigentlich in jemanden verliebt, Josefine?«

»Nein, aber ich wüsste nicht, warum das von Belang …«

»Ihr könntet vorgeben, in Henk verliebt zu sein.«

»Was? Ihr beliebt zu scherzen, Majestät.«

»Es ist mir sehr ernst. Wir könnten behaupten, Ihr hättet Euch auf der Reise von Leer nach Amsterdam in ihn verliebt und sucht deshalb nach Gründen, um in seiner Nähe zu sein. In mir habt Ihr eine Verbündete gefunden. Henk hat sich natürlich auch in Euch verliebt. Aus diesem Grund besucht er auch Petre so häufig.« Josefine tat den Mund auf, doch Katharina sprach weiter, als sei ihr Vorschlag der natürlichste der Welt: »Mein Gemahl hat von der Geschichte der Rettung des Jungen gehört und fand sie sehr unterhaltsam. Ich könnte Peter gegenüber behaupten, Henk habe sich Euch noch nicht erklärt, aber ich würde alles versuchen, um Euch beide zusammenzubringen. Das wird meinem Gatten gefallen. Er liebt romantische Geschichten, und er liebt Henk de Jonge wie einen Bruder. Was haltet Ihr von meinem Einfall?«

»Ich halte überhaupt nichts von dieser Geschichte. Wie könnt Ihr nur so etwas vorschlagen? Es ist verrückt, absolut unsinnig!«

»Aber nein! Ich finde es genial.«

»Es ist eine Täuschung, und ich … Mir würde es nicht gelingen, die Verliebte zu spielen. Ich habe keine Erfahrung darin.«

»Ich bin eine gute Lehrerin. Es ist nicht schwer, Gefühle und Empfindungen vorzuspielen, ich weiß es.«

Josefine konnte immer noch nicht glauben, dass Katharina es ernst meinte. »Henk de Jonge wäre der letzte Mann, in den ich mich verlieben würde.«

»Ihr müsst ihn ja auch nicht lieben. Es ist alles nur ein Spiel.« Die Zarin legte Josefine eine Hand auf die Schulter. »Bitte seht mich nicht so an, als wollte ich Euch an einen Löwen verfüttern. Wir verletzen doch niemanden mit diesem kleinen Theaterstück. Bitte! Geht darauf ein und helft mir. Es ist doch nur für kurze Zeit.«

»Ich weiß nicht. Vielleicht hätte ich nie …«

»Ich zahle Euch einen zusätzlichen Lohn dafür. Mein Gatte hat mir von Eurem Vater erzählt, davon, dass er ein Haus kaufen möchte und dort eine neue Wunderkammer einrichten will. Ihr könntet Euren Teil dazu beitragen, damit sein Traum in Erfüllung geht.«

»Henk hält mich für eine unansehnliche alte Jungfer, für eine graue Maus, und würde diesem *Spiel* nie zustimmen.«

»Er wird zustimmen, glaubt mir.« Die Zarin sah ihr voller Ernst ins Gesicht. »Henk kennt den Zaren genau und weiß, wie wichtig es ist, dass mein Plan gelingt. Ich muss wieder die werden, die ich war, und Henk de Jonge wird alles tun, um mir die Möglichkeit dazu zu geben. Josefine, mein Vorschlag entspringt nicht dem Wunsch, mich auf Eure Kosten zu amüsieren oder meinen Gatten zu hintergehen. Derlei liegt mir fern. Ich befinde mich in einer Notlage, und Ihr allein vermögt mir zu helfen.«

Josefine bemerkte mit Schrecken, dass ihre Entrüstung nachließ. »Und Ihr glaubt tatsächlich, dass Henk diese Komödie unterstützen wird?«

Die Zarin nickte. »Bitte, Josefine, macht nicht so ein ernstes Gesicht.«

Josefine zog eine Grimasse. »Wisst Ihr, es passiert nicht jeden Tag, dass ich gebeten werde, die Rolle einer Verliebten zu spielen und das bei einem Mann, den ich liebend gerne zum Teufel jagen würde. Wir geraten ständig aneinander.«

»Seht es als Herausforderung. Es ist ein Akt der Verzweiflung, möchte ich fast sagen. Doch es wird alles gut werden. Werdet Ihr mir helfen?«

»Ich muss verrückt sein, aber ich tue es!«

»Ihr seid gar nicht verrückt, sondern ein ganz besonderer Mensch!«

Die Zarin hatte Recht behalten. Nur ein leichtes Heben der Augenbrauen hatte Henks Verwunderung dokumentiert.

Er verneigte sich leicht vor Katharina. »Wenn Ihr es wünscht und für notwendig erachtet, dann werde ich diese Rolle für kurze Zeit spielen.« Dann hatte er Josefine mit einem langen Blick bedacht. »Mich verwundert nur, dass Ihr zu einem solchen Handel bereit seid.«

»In der Not frisst der Teufel Fliegen«, erwiderte sie spröde.

Sie konnte nicht anders, als ihm gegenüber abweisend zu sein. Dieser Mann war für sie eine ständige Herausforderung. Ihm schien es Vergnügen zu bereiten, sie anzustacheln. Josefine konnte sich des Eindrucks nicht erwehren, dass Henk das von der Zarin inszenierte Schauspiel genoss.

Bislang hatten sie zum Glück noch nicht vor dem Zaren die Verliebten spielen müssen. Katharinas Bedienstete waren leicht zu täuschen. Da genügten ein liebevoller Blick in Henks Richtung, seine Hand auf ihrem Arm und die Tatsache, dass sie die Förmlichkeiten abgelegt hatten.

Es gab kaum einen Abend, an dem er sie zum Haus der Zanders zurückgeleitete und es nicht zu dem einen oder anderen kleinen Disput kam. Es schien Henk besondere Freude zu bereiten, in der Öffentlichkeit seine Rolle als Verliebten zu spielen. Immer wieder griff er fürsorglich nach ihrem Arm, strahlte sie dümmlich an oder legte ihr eine Hand auf den Rücken.

»Du brauchst das Schauspiel nicht zu übertreiben«, hatte sie erst gestern gezischelt, als er auf offener Straße nach ihrer Hand griff.

»Ich soll doch deinen künftigen Bräutigam spielen, und dazu muss ich mir einreden, dass ich in dich verliebt bin, sonst kann es nicht glaubwürdig erscheinen«, hatte er mit ernster Miene gesagt. »Das fällt mir nicht leicht, und deshalb muss ich jeden Tag üben.«

»Ich kann mir denken, dass dir die Vorstellung nicht leichtfällt.«

»Du bist nicht gerade die Liebenswürdigkeit in Person – zumindest nicht mir gegenüber.«

»Diese Unterhaltung ist wieder einmal lächerlich.«

Fast wäre Josefine ihm davongelaufen, wie an ihrem ersten Abend in Amsterdam. Sie hatte versucht, das Geschehene zu vergessen und sich Henk gegenüber so zu verhalten, als hätte es den langen Kuss nie gegeben. Sie wollte sich glauben machen, sie hätte sich jene Momente der Leidenschaft nur eingebildet, wäre da nicht Henks tiefer Blick, der oft genug auf ihr ruhte. In ihrem Innersten gestand Josefine sich ein, dass sie sich nach Henk verzehrte, nach einem weiteren Kuss, dass sie seine Berührungen, sein Lächeln, seine Zuwendung genoss, auch wenn all das nur gespielt war.

Ohne es zu wollen, hatte sie sich in den Holländer verliebt.

Eine Unmöglichkeit, gegen die Josefine sich mit aller Kraft sträubte. Henk würde wieder nach Russland zurückkehren und sie an ihren angestammten Platz im Flecken Leer. Es wäre ganz und gar unsinnig, sich dieser Verliebtheit zu ergeben. Eine gemeinsame Zukunft gab es nicht, und überdies stritten sie sich unentwegt miteinander. Zuletzt sogar über Petre.

Josefines leise Hoffnung, Henk überreden zu können, Petre nicht nach Russland mitzunehmen, hatte sich zerschlagen. Der kleine Junge hing so sehr an Henk, dass es grausam gewesen wäre, die beiden wieder zu trennen. Petre hatte sich prächtig entwickelt. Sein freundliches, lebhaftes Wesen beglückte alle in seiner näheren Umgebung, und es schien, als habe er die schwere Zeit im Waisenhaus und die Verluste der letzten Jahre mit dem Fieber abgelegt.

»Es ist, als hätte ich einen schlimmen Traum gehabt, aus dem ich hier, in Ansjes Bett, wieder aufgewacht bin«, hatte er erst gestern verkündet.

Manchmal, wenn sich Petre unbeobachtet glaubte, sah Josefine, wie die kleinen Finger des Jungen sanft und zärtlich über die Möbel im Haus, über das Treppengeländer, das Porzellan und Geschirr strichen, als müsste er sich vergewissern, dass all dies real war und kein Traum. Einmal sah sie den Jungen in Ansjes kleinem Gemüsebeet stehen und die Arme ausbreiten, als wollte er das Haus, den Garten, die Kanäle und am liebsten ganz Amsterdam umarmen. Tränen rannen ihm über die Wangen, doch sein Mund lachte.

Petre genoss das Zusammensein mit Josefine, Ansje und Cornelis, doch am meisten liebte er Henk und neigte sich ihm entgegen wie eine Blume der Sonne. Wenn der Holländer Josefine von der Zarin nach Hause begleitet hatte, blieb er stets noch eine Weile und verbrachte Zeit mit Petre. Dieser saugte jedes seiner Worte auf, als verkündete Henk die Wahrheit über die Welt. Sie lachten gemeinsam und sangen Lieder oder saßen über

Märchenbüchern. Manchmal gesellte sich Josefine dazu, wenn Henk von Seeungeheuern und Mondmännern vorlas oder Petre versuchte, Worte zu entziffern. So stumm wie der Junge zu Anfang gewesen war, so gesprächig war er jetzt. Sein Mund stand kaum still.

Einmal hatte die Zarin den Kleinen eingeladen, und an Henks Hand hatte Petre sich auf den Weg zur Residenz gemacht.

»Die Zarin hat mir das ganze Haus gezeigt. Überall gibt es Bilder mit Männern, die jagen oder in den Krieg ziehen. In den Ecken stehen Engel, die segnend die Hände heben, und wunderschöne Frauen, die nicht einmal ein Hemd anhaben. Ich habe gesagt, mir wäre das zu kalt, und die Zarin hat gelacht.«

Josefine hatte nur die Augenbrauen gehoben.

»Und der Garten, Josefine! Es gibt einen Springbrunnen und ein Wasserspiel mit Drachen. Kannst du dir das vorstellen: ein Drache, der kein Feuer spuckt, sondern eine Fontäne?«

Josefine bestätigte ihm, dass sie sich das sehr wohl vorstellen konnte, doch Petre ließ sie kaum ausreden.

»Und dann, als ich schon etwas müde war, hat mir die Zarin heiße Schokolade bringen lassen und von Russland erzählt. Sie vermisst ihre Töchter und die vielen Katzen, die im Zarenpalast zu Hause sind. Denk dir nur, eine kann mit ihren Pfoten die Schlafzimmertür öffnen und kriecht mitten in der Nacht zur Zarin ins Bett.«

»Wie macht die Katze das denn?«

»Sie springt von einem hohen Schrank auf die Klinke, und dann geht die Tür auf.«

Ein anderes Mal waren Henk und Petre im *Hortus Botanicus,* dem medizinischen Kräutergarten der Stadt gewesen. Seltene und exotische Pflanzen, die niederländische Forscher von ihren Erkundungsfahrten in die Heimat geschickt hatten, waren hier zu finden, aber auch heimische Kräuter und Blumen. Der Junge wurde nicht müde, von der riesigen Seerose zu schwärmen, den

Palmen und dem unvergleichlichen Duft der der über allem lag und einen glauben ließ, in einem anderen Land zu sein.

Petre würde ohne Zweifel jubeln, wenn er davon erfuhr, dass Russland seine neue Heimat werden und er in Henks Nähe aufwachsen sollte. Josefine dagegen ertrug den Gedanken kaum, den Jungen so weit fort zu wissen. Sie versuchte sich einzureden, dass es das Beste für ihn sei und sie Petre zwar eine Heimat, jedoch nie einen Vater hätte bieten können.

Diese Erinnerung machte ihr unweigerlich bewusst, wie sehr ihr ihr eigener Vater fehlte, und wieder entschlüpfte ihr ein tiefer Seufzer. »Wie merkwürdig«, schoss es ihr durch den Kopf, vermutlich war sie an diesem schönen Nachmittag des Maifeiertags die einzige Person weit und breit, die zwischen lauter fröhlichen Menschen ihren traurigen Gedanken nachhing.

Meinhardus war zwei Tage nach dem Treffen mit dem Zaren, mit dem er handelseinig geworden war, wieder nach Leer aufgebrochen. Tatsächlich hatte der Monarch ihn nach Amsterdam bestellt, um Meinhardus' Wunderkammer zu kaufen. Für 15000 Gulden würden Kabinette, gefertigt aus wertvollstem ostindischem Zypressenholz, die Behälter mit Muscheln, Insekten und Versteinerungen enthielten, ihren Besitzer wechseln. Außerdem Gefäße mit in Weingeist eingelegten seltsamen Tieren und Absonderlichkeiten, Krokodile, riesige Spinnen, Gaviansteufel, Flugfische und Meerkatzen. Der Zar hatte Schildkröten, Skorpione, Paradiesvögel und seltsame Meerwesen erworben, Masken aus Sandelholz, Gläser aus Bergkristall, filigrane Gebilde aus den Stoßzähnen eines riesigen Säugetiers und vieles mehr.

Der Preis für die Kuriositäten reichte zwar nicht aus, um Meinhardus' Traum zu erfüllen, brachten Josefines Vater aber der *Wunderkammer im Regenbogen* ein gutes Stück näher. Er war fröhlich mit Stijn Dijkstra, einem redelustigen, rotwangigen Apothekergesellen, von dannen gezogen und hatte Josefine zugeredet, nur ja lange genug in Amsterdam zu bleiben und sich eine schöne Zeit zu machen. Bertram und er würden wunderbar alleine zurechtkommen, sie bräuchte sich keine Sorgen zu machen und sollte lieber das Zusammensein mit all den jungen Frauen und der Zarin genießen.

Nicht nur Stijn Dijkstra hatte Meinhardus zurück nach Leer begleitet, sondern auch etliche Männer des Monarchen, die für den Transport der Kuriositäten nach St. Petersburg Sorge tragen würden. Wann immer Josefine daran dachte, dass sie all die Schätze nie mehr wiedersehen würde, blutete ihr das Herz.

Ein lautes Geräusch riss Josefine plötzlich aus ihren Gedanken und brachte sie endgültig zurück auf den Marktplatz, zu den Maifeierlichkeiten und den jubelnden Menschen. Ein Tröten übertönte alle anderen Geräusche und ließ die Menge eine Gasse bilden, an deren Ende Josefine einen riesigen Bären erkennen konnte. Er hatte sich hoch auf die Hinterbeine aufgerichtet und brüllte. Neben ihm stand sein Herr, ein Gnom, der eine Tröte blies und dann ein schlüpfriges Lied über den Frühling sang, über die Lust, die er in den Männern weckte, und den Huren, die Abhilfe wussten. Ein Raunen setzte ein, als der kleinwüchsige Mann mit dem riesigen Tier näher kam.

»Lasst ihn tanzen!«, klang es aus der Menge.

Der Gnom fing wieder an zu singen und zerrte an der Kette, die dem Bären mit einem Ring durch die Nase gezogen worden war. Das Tier brüllte vor Schmerz und verdrehte die Augen, doch als der Dompteur den Stock in seiner linken Hand hob, begann er mit tapsigen Schritten zu tanzen. Die Menge johlte begeistert. Applaus brandete auf. Josefine presste die Lippen zusammen, drehte sich um und ging. Sie hatte noch nie Gefallen daran gefunden, wenn Tiere gequält wurden und würde sich das Ganze nicht anschauen.

Während der grässliche Gesang langsam leiser wurde, begriff Josefine, dass sie und der Bär eines gemeinsam hatten: Beide trugen sie Ketten, nur war ihre aus Tagen statt aus Eisen gefertigt. Zehn Tage blieben ihr noch, um sich über die Duftessenzen klarzuwerden, die das Parfüm der Zarin endgültig vervollkommnen würden. Zehn Tage, dann würde sie sich von Petre verabschieden müssen und von der Zarin. *Und von Henk,* sagte eine leise Stimme in ihrem Inneren, die Josefine schnell zum Schweigen brachte.

Zehn Tage noch, dann würde sie wieder nach Hause zurückkehren. Ein schmerzliches Lächeln umspielte ihre Lippen. Wie sehr sie Meinhardus vermisste, und natürlich Bertram. Gestern erst hatte sie einen Brief auf den Weg gebracht. Von der Flunkergeschichte mit ihrer Liebe zu Henk war darin natürlich nicht die Rede gewesen. Eine solche Lächerlichkeit war es nicht wert, zu Papier gebracht zu werden. ›Es gibt noch einige Verrücktheiten, die sich hier zutragen‹, hatte sie geschrieben. ›Aber davon werde ich erzählen, wenn ich wieder zu Hause bin.‹

Tief in Gedanken versunken, schlenderte Josefine fast blicklos durch den Irrgarten enger Gassen, bog hierhin ein und lief dorthin, überquerte Brücken über stille Kanäle, trat durch Torbögen und unter Blumengirlanden hindurch. Der Weg endete schließlich an einem breiten Kanal in der Nähe einer Brücke. Die Häuserreihen reichten hier fast bis ans Wasser.

Es herrschte reges Treiben. Menschen kamen und gingen, sprachen miteinander und winkten den Maiausflüglern zu, die in blumengeschmückten Booten unter der Brücke hindurchfuhren. Josefine ließ sich ins Gras der Uferböschung sinken und blickte auf die Betriebsamkeit um sich her. In der Wärme des Tages entstieg dem Kanal ein brackiger Geruch, doch sie bemerkte ihn kaum.

Die Nachmittagssonne verschwand langsam, und Josefines langes offenes Haar wehte im kälter werdenden Wind. Es fröstelte sie in ihrem neuen jadegrünen Kleid, einem Geschenk der Zarin. Es war aus schwerem Stoff und spiegelte den Farbton ihrer Augen wider. Katharina hatte aufgeregt wie ein Kind in die Hände geklatscht, als Josefine das Gewand anprobierte.

»Wunderbar! Wie für Euch gemacht. Ihr könnt schön sein, Josefine, wenn Ihr nur wollt.«

»Für wen soll ich dieses Kleid tragen?«

»Für mich! Für Euch! Für jeden, dem Ihr begegnet!«

Lachen und Grölen zogen Josefines Aufmerksamkeit auf sich. Ein Boot, beladen mit ausgelassen feiernden Gästen, glitt heran. Gesang schallte zu ihr herüber, in den einige der Schaulustigen auf der Brücke einstimmten, andere hoben die Hände zum Gruß oder riefen den Ausflüglern zotige Sprüche zu.

Josefines Blick fiel auf ein kleines Mädchen mit hellem Haar. Es lehnte sich gegen das Brückengeländer und hielt eine Katze, deren rosige Zunge über ihre Finger leckte, fest an die Brust gedrückt. Das Fell des winzigen Wesens war tiefschwarz, nur die Füße und die Schwanzspitze blitzten weiß. Das Kätzchen war recht lebhaft, hieb spielerisch mit den Pfoten, maunzte und versuchte, sich aus der festen Umklammerung der Kleinen zu befreien. Als der Blondschopf sich vorbeugte, um einem vorbeifahrenden Boot zu winken, entglitt ihr die Katze.

»Oh nein! Molli, meine Molli! O Gott …«

Die gellenden Schreie des Kindes durchdrangen das Stimmengewirr. Alle Gesichter wandten sich der Kleinen zu, fragend und verständnislos, bis das Mädchen mit dem Finger auf das Wasser deutete. Ein Junge, vielleicht der Bruder der Kleinen, wollte über das Gelände klettern, doch starke Arme hielten ihn zurück.

Als verlangsamte sich die Zeit für einen Moment, sah Josefine, was weiter geschah. Ein Betrunkener im Kahn hatte das Tier aufgefangen und warf es jetzt unter übermütigem Gejohle hoch in die Luft. Josefine konnte das flehende Schreien des Mädchens hören. Ihre Augen blickten wie gebannt zum Boot. Der junge Bursche an Bord fing das Kätzchen wieder auf und warf es erneut hoch. Zorn überkam Josefine und dann Entsetzen, als das sich windende Tierbündel mit einem klatschenden Geräusch im Kanal landete.

Ohne zu überlegen, sprang Josefine auf, streifte im Laufen die Schuhe von den Füßen und rannte ins Wasser. Es war nicht Mut, der sie antrieb, sondern die entsetzten Schreie des kleinen Mädchens. In der Mitte des Kanals hüpfte der Kopf des Kätzchens jetzt auf und ab.

Das Wasser war eisig und schien innerhalb eines einzigen Herzschlags Josefines Kleidung zu durchdringen und sich wie eine kalte Rüstung um ihren Körper zu legen. Sie schnappte nach Luft, blieb jedoch nicht stehen. Der Kanal war sehr breit. Er wirkte tief, dunkel und unergründlich. Irgendwann verlor sie den Boden unter den Füßen und tauchte für einen Moment unter. Josefine vermochte nicht zu atmen, sich nicht zu regen, nicht zu denken, doch dann bewegte sie ihre Arme und Beine, wie Bertram es ihr beigebracht hatte und tauchte wieder auf. Als Kind war Josefine in den Sommermonaten in der Ems geschwommen, Bertram an ihrer Seite, während Meinhardus lachend am Ufer stand und sie einen Flusskobold hieß.

Schimmelig schmeckendes Wasser drang Josefine in Mund und Augen. Sie würgte und glaubte, ersticken zu müssen, doch dann sah sie das zappelnde Kätzchen vor sich. Wenn sie nur das Kleid nicht so sehr behindern würde! Josefine machte ein paar Schwimmstöße, streckte einen Arm aus und griff nach dem Tierchen, das auf sie zutrieb. Ihre vor Kälte steifen Finger umschlossen den kleinen Körper.

Es waren nur wenige Schwimmstöße zum Ufer, doch die eisige Kälte des Wassers lähmte Josefine, und ihre nasse Kleidung zog sie nach unten. Sie holte keuchend Luft und musste von dem brackigen Wasser würgen.

Angst überkam sie, schlimmer als die eisige Kälte. Was, wenn sie es nicht zum Ufer schaffte? Sie würde in diesem gottverdammten Kanal gemeinsam mit der Katze ertrinken. Josefine verharrte für einen Herzschlag und spürte, wie eisige Finger aus der Tiefe nach ihr griffen. In ihrer Vorstellung schlug das Wasser schon über ihrem Kopf zusammen, als völlig unerwartet eine Hand neben ihr auftauchte und ein fester Arm sie zog.

»Halte dich fest!«

Ihr Kopf fuhr herum.

»Henk!«

Abgrundtiefe Erleichterung durchströmte sie, und mit einem erstickten Laut klammerte sie sich mit ihrer freien Hand an ihm fest. Den Arm um sie geschlungen, brachte er sie mit kraftvollen Stößen ans Ufer zurück.

»Hast du dich verletzt?« Henks Atem ging keuchend, und er hielt einen Moment inne.

»Mir fehlt nichts«, bekam Josefine gerade noch heraus, bevor sie husten musste. »Ich glaube, ich habe den halben Kanal geschluckt.«

Henks Arm glitt zu ihrer Taille, wo er sie umfasste und die Böschung hinaufzerrte. Sie konnte sich kaum auf den Beinen halten. Wasser lief aus ihrem Rock und aus den Haaren. Zitternd ließ sie sich ins Gras fallen und wehrte sich nicht, als Henk einen Arm um ihre Schultern legte. Verzweifelt schaute sie auf das winzige Geschöpf, dessentwillen sie in die Gracht gesprungen war. Die junge Katze regte sich nicht. Josefine holte tief Atem, und ein Schluchzer drang aus ihrer Kehle. Ihre Augen füllten sich mit Tränen, und sie kniff sie fest zusammen. Sie hatte sich so beeilt, und doch war es vergebens gewesen. Sacht fuhr sie mit dem Finger über den winzigen Katzenkörper.

»Du hast dein Möglichstes getan«, hörte sie Henks sanfte Stimme.

Tränen rollten Josefine über die Wangen, als sie das kleine Mädchen näher kommen sah. Es drängte sich zu ihnen durch und sank schließlich keuchend neben ihr ins Gras. Und dann, als hätte das winzige Geschöpf nur darauf gewartet, fing es an jämmerlich zu maunzen.

Josefine spürte, wie sie ein tiefes Glücksgefühl durchströmte. Sie strich mit der Hand vorsichtig über den Kopf des Tieres, das die Lider aufschlug und sie mit großen grünen Augen ansah, und streckte es dann seiner Besitzerin entgegen. Die Kleine griff nach dem Kätzchen und wickelte es in ein weiches Tuch.

»Oh, danke! Ich danke Euch so sehr! Wenn Ihr nicht gewesen wärt …«

Josefine nickte nur und griff dankbar nach einer Decke, die man ihr entgegenhielt. Sie zitterte vor Kälte und fühlte sich völlig erschöpft. Stützende Arme halfen ihr auf. Henk zog sie hoch.

Um sie herum Getuschel.

»Wie kann man nur wegen einer Katze sein Leben aufs Spiel setzen?«

»In einer der breitesten Grachten der Stadt, was für eine Dummheit! Und das auch noch vor Kindern.«

»Seht nur ihr Kleid. Es muss teuer und sehr schön gewesen sein, und nun ist es ist völlig ruiniert.«

Josefine seufzte und kam sich plötzlich sehr dumm vor. Als sie stand und den Kopf hob, blickten ihr die blauen Augen von Henk de Jonge entgegen. Für einen Augenblick dachte sie, er wäre erzürnt oder würde über sie lachen, doch sein Gesicht war ernst, und seine Augen drückten etwas aus, das Achtung sehr nahekam. Er hielt sie immer noch umfangen, als wollte er sie schützen und ihr Wärme geben.

»Ich konnte es nicht ertragen, das Kätzchen ertrinken zu lassen.«

Henk lächelte ihr zu. »Ich weiß. Wärst du auch für mich ins Wasser gegangen?«

Josefine tat einen langen Atemzug, und langsam fiel die Anspannung von ihr ab. Sie tat, als müsste sie lange überlegen. »Wohl kaum! Dich im Kanal ertrinken zu lassen, würde die verrückte Geschichte, die sich die Zarin für uns ausgedacht hat, endlich zu einem Ende bringen.«

Henk lachte, dann zog er sie urplötzlich an sich. »Ich bin vor Angst fast gestorben«, sagte er leise, wie zu sich selbst.

»Woher kamst du so plötzlich?«

»Die Kutsche des Zaren … Sie fuhr gerade in dem Moment an der Gracht entlang, da du dich aufmachtest, ins Wasser zu waten. Ich wusste nicht, was du da bewirken wolltest, doch mir war klar, wie breit und tief der Kanal ist. Hätte ich geahnt, dass du schwimmen kannst …« Er schüttelte den Kopf. »Du überraschst mich immer wieder. Eine Frau, die freiwillig ins Wasser geht …«

»Na, so ganz freiwillig ja nun auch nicht.« Josefine seufzte und spürte, wie erschöpft sie war. Die Beine drohten unter ihr nachzugeben. Sie hielt sich an Henk fest, ließ den Kopf an seine Schulter sinken und fragte sich dabei, warum sie sich in den Armen dieses Mannes nur so wohl fühlte. Von Anfang an hatten sie wie Hund und Katze aufeinander reagiert, doch seine Hand auf ihrem Rücken war warm, und sie verspürte eine Sicherheit wie nie zuvor. Sie schloss die Augen und spürte seine Finger, die sanft liebkosend über ihr Haar glitten. Sein Kinn berührte ihren Kopf, und sein Arm hielt sie ganz fest.

»Josefine?«

Sie öffnete die Lider, blickte zu ihm auf und wunderte sich über den seltsam eindringlichen Ausdruck seiner Augen.

Einige Minuten lang standen sie so, und Josefine wünschte sich fort an einen friedlichen Ort, ohne die vielen Menschen um sie herum und ohne die nasse Kleidung, deren Kälte ihre Zähne klappern ließ. Sie zitterte in Henks Armen und spürte, wie er beruhigend über ihren Arm strich. Immer noch tuschelte die Menge um sie herum.

»Stör dich nicht an dem, was andere sagen. Du hast das Kätzchen gerettet und das Kind glücklich gemacht«, sagte Henk.

»Da ist sie also, die Glücklichmacherin!«, dröhnte eine Stimme. »Endlich lerne ich sie persönlich kennen!«

Josefine hob erschrocken den Kopf. In ihrem Blickfeld tauchte mit lebhaften Gebärden ein außergewöhnlich großer Mann auf, gut gebaut, wenn auch ziemlich mager. Der lachende Fremde hatte ein rundliches Gesicht, eine hohe Stirn und dunkle, lebhafte Augen, die Josefine neugierig musterten. Sein braunes Jackett war völlig aufgeknöpft, und das Hemd darunter zeigte Flecken. Die Perücke saß leidlich schief auf seinem Kopf, und einer der Strümpfe hatte sich nach unten gerollt. Trotzdem strahlte der Riese eine unübersehbare Würde aus. Es musste der Zar sein, der sie so eindringlich musterte.

»Ist es nicht ein wenig kalt für ein Bad?«

»Ich habe versucht, ein Kätzchen zu retten, Majestät«, sagte sie matt.

»Und ich habe versucht, Josefine zu retten«, ergänzte Henk trocken.

Der Blick des Zaren glitt von Josefines Gesicht zu Henk, dessen Arm immer noch um ihre Schultern lag. Die Nähe des Zaren hatte ihn nicht veranlasst, auf Distanz zu gehen. Welchen Eindruck musste der Monarch gewinnen? Sie, pudelnass, in den Armen seines Vertrauten! Josefine unterdrückte ein hysterisches Lachen. Konnte es etwas geben, das Katharinas Lügengeschichte besser untermalt hätte, als das Bild, das sich seinen Augen hier bot: ein liebender Mann, der seine verrückte Angebetete vor dem Ertrinken gerettet hatte? Wie um ihre Gedanken zu bestätigen, nahm das Gesicht des Zaren einen huldvollen Ausdruck an.

»Ihr braucht alle beide dringend trockene Sachen«, stellte er fest und wies auf das Rinnsal, das aus Josefines Rocksaum ins Gras lief.

Josefine strich sich das triefende Haar aus dem Gesicht. Sie sah an sich herunter und stellte zu ihrem Entsetzen fest, dass der nasse Stoff an ihrem Körper klebte und die Konturen ihrer Brüste und Hüften noch hervorhob.

Der Zar trat näher und hob mit einem Finger ihr Kinn an. Ein wissender Ausdruck lag auf seinem Gesicht. »Ihr seid also der Augenstern meines getreuen Henk.«

Josefine wollte protestieren, doch ein warnender Blick traf sie. Henk schüttelte fast unmerklich den Kopf. Josefine biss die Zähne zusammen und schwieg.

»Ich wusste immer, dass er noch auf die Richtige wartet. Eine Friesin, wie passend!« Er schwieg einen Moment und betrachtete sie ausgiebig. »Was habt Ihr an Euch, dass sich mein Gefährte nicht mehr auf seine Aufgaben konzentrieren kann und einfach von der fahrenden Droschke springt, den Herrscher von Russland sich selbst überlässt und einer jungen Frau ins Wasser nachsteigt? Jung seid Ihr nicht mehr. Hübsch?« Er legte den Kopf auf die Seite. »Nein. Und doch ist an Euch etwas Strahlendes. Ja, Ihr vermögt mehr zu fesseln als manche aufgeputzte Dirne, die man mir bringt. Klein und zierlich wie ein Kind, doch mutig wie ein Krieger. Ihr seid eine Frau nach meinem Geschmack!«

Josefine spürte, wie sich Henk an ihrer Seite versteifte. Bevor er jedoch etwas sagen konnte, sprach der Zar weiter.

»Ihr werdet den russischen Frauen ein Beispiel sein können. Ich werde Euch ihnen als Heldin vorstellen …«

»Was?« Josefine starrte ihn an. Sie musste sich verhört haben. »Ich kenne keine russischen Frauen außer Eurer Gattin und ihrem Gefolge.«

»Aber bald werdet Ihr viele meiner Landsmänninnen kennenlernen. Ich habe gute Neuigkeiten!« Er ließ ihr Kinn los und klatschte in die Hände. »Euer Vater hat eingewilligt und erlaubt mir, Euch für einige Zeit in meine Heimat einzuladen. Ihr tut Katharina gut, und ich wünsche, dass Ihr sie in Russland erwartet, wenn wir von unserer Reise heimkehren. Und, wer weiß, vielleicht gefällt es Euch so gut, dass Ihr für immer bleiben wollt!« Er zwinkerte Josefine zu.

Die letzten Worte des Zaren drangen nicht zu Josefine durch. »Mein Vater hat was?«

»Ich habe ihm einen Boten gesandt mit weiteren 15 000 Gulden und mir dafür seine Erlaubnis erbeten, Euch nach St. Petersburg einladen zu dürfen. Er schickt Euch die besten Wünsche und freut sich, dass Ihr meiner geliebten Katharina eine Herzensfreundin geworden seid.«

»Wie kommt Ihr dazu!«

»Außerdem habe ich durchblicken lassen«, fuhr der Zar unbeirrt fort, »dass es auch noch andere Gründe gibt, die Euch nach Russland ziehen.« Wieder zwinkerte ihr der Zar zu.

Josefine fehlten die Worte. Sie spürte, wie ihre Zähne vor Kälte aufeinanderklapperten. Doch mehr noch als die Kälte bereitete ihr die Selbstverständlichkeit Unbehagen, womit der Zar seinen Willen durchzusetzen pflegte. Entsetzt blickte sie zu Henk, in dessen Augen sich Überraschung spiegelte. Auch ihm schienen die Worte zu fehlen.

»Josefine!« rief eine atemlose Stimme.

Katharina tauchte in ihrem Blickfeld auf. Sie schien die letzten Worte ihres Gatten verstanden zu haben und breitete in einer nur für Josefine ersichtlichen hilflosen Geste die Hände aus.

Keuchend ergriff die Zarin den Arm ihres Gatten, um seine Aufmerksamkeit zu erheischen. »Was auch immer du dir wieder für Verrücktheiten ausgedacht hast, die beiden brauchen zunächst ein heißes Bad und warme Kleidung.«

6

Keine drei Stunden später, nach einem Bad, befand sich Josefine frisch angekleidet und gestärkt erneut in der Gesellschaft des Zaren. Er hatte darauf bestanden, den heutigen Abend allein in ihrer Gesellschaft zu verbringen.

Henks erboster Blick ließ ihn schmunzeln. Der Zar hatte sich vorgebeugt und so laut geflüstert, dass Josefine jedes Wort verstehen konnte: »Sie ist ein mageres Hühnchen und ganz und gar nichts für einen Fuchs wie mich, wenn Ihr versteht!«

Das heiße Bad hatte Josefines Lebensgeister wieder geweckt. Jetzt saß sie in dem lichtdurchfluteten Blumenzimmer der Residenz und trank mit Peter Tee.

Der Zar schien am Abend noch eine offizielle Einladung zu haben, denn er trug einen farbenprächtigen Putz: rote Kniehosen mit passenden Strümpfen, glänzende Lackschuhe mit verzierten Silberschnallen und über dem üppig gerüschten Hemd eine in Brokat gefasst Weste in pudrigem Grün. Die weiße Perücke saß diesmal gerade auf seinem Haupt. Sein Odeur kam bei Josefine an, ein rauchiger Duft, in dem der Geruch fremder Gewürze, bitterer Schokolade und Branntwein schwang.

Der Zar musterte amüsiert ihren schlichten Aufzug. Josefine hatte sich bewusst für das braune Reisekleid entschieden und ihr Haar zu einem Knoten aufgesteckt.

»Majestät, um es ein für alle Mal klarzustellen: Ich kann Euch nicht nach Russland begleiten!« Josefine hörte selbst, dass sie wie eine Gouvernante klang.

»Natürlich werdet Ihr mitkommen. Ihr könnt gar nicht anders, als Ja zu sagen. Meine liebe Gattin, Eure Freundin, wird Euch umstimmen und natürlich das Wissen, dass Ihr es Eurem Vater ermöglicht, sich seinen Herzenswunsch zu erfüllen. Welche Tochter kann das von sich behaupten?«

»Aber, es geht wirklich nicht! Ich würde ja Monate fort sein.«

»Gewiss. Es wird Euch gefallen in meinem Reich.«

Josefine atmete tief ein und aus, um sich zu beruhigen, straffte die Schultern und sah dem Zaren in die Augen. »Euer Majestät, es war nie mein Wunsch, mit nach Russland zu kommen.«

»Ihr müsst!« Der Zar sah sie ernst an. »Ich kann es nicht zulassen, dass Ihr meinem Freund das Herz brecht, oder schlimmer noch, ihn vielleicht sogar dazu bewegt, hier bei Euch zu bleiben. Und ich kann es nicht zulassen, dass der Abschied von Euch die Fröhlichkeit aus dem Herzen meiner Katharina vertreibt.« Ein warmer Ausdruck trat in seine Augen. »Allein dafür werde ich Euch St. Petersburg zu Füßen legen, und wenn Ihr später wieder nach Friesland zurückkehrt, dann werdet Ihr Euren glücklichen Vater und die *Wunderkammer im Regenbogen* vorfinden.« Er sah Josefine fest in die Augen. »Und dann gibt es da noch einen speziellen Grund, Euch mit in mein Reich zu nehmen. Wisst Ihr, ich habe meinen Thron nicht errungen, um mich auf ihm auszuruhen. Eine meiner Aufgaben sehe ich darin, mein Volk aus der Dunkelheit der Unwissenheit zu führen. Ein schwieriges Unterfangen, denn die Russen verschmähen alles Neue, als wäre es verdorbene Ware. Daher bitte ich Euch, mir bei dieser ehrenvollen Aufgabe zu helfen. Meinhardus' Meinens Sammlung wird ein wesentlicher Grundstein für meine Akademie der Wissenschaften sein. Ihr kennt jedes Kuriosum genau und habt schon als Kind den Geschichten gelauscht, die Euer Vater darüber erzählt hat, habt die Exponate mit Bildern und Worten beschrieben und in Büchern festgehalten. Josefine, ich habe Beschreibungen des berühmten Jan Jonston über wilde

Tiere erworben und farbig illustrierte Werke von Georg Rumpf über Muscheln, Reptilien und andere Absonderlichkeiten. Die Worte dieser Männer müssen in meine Sprache übersetzt werden, genauso wie die Geschichten Eures Vaters. Ihr müsst mein Volk dazu bringen, Euch und somit der Welt ihr Ohr zu schenken. Sie sind wie Kinder und werden Euren Geschichten und Übersetzungen eher lauschen als meinen Befehlen. Ihr habt es vermocht, meiner Gattin den Lebensmut zurückzugeben, also wird es Euch sicherlich gelingen, den Russen die Augen für die Wunderwerke der Welt zu öffnen. Ich bitte Euch, helft mir!«

Josefine schloss die Augen. Vor siebzehn Tagen hatte Katharina genau denselben Satz gesprochen. Was hatte sie nur an sich, dass sich das Zarenpaar um ihre Hilfe riss? Josefine biss die Zähne so fest zusammen, dass sie spüren konnte, wie ein Muskel in ihrer Wange zu zucken begann. Die Mauer der Abwehr in ihrem Inneren bröckelte langsam.

»Was spricht denn dagegen?«, fragte der Zar sanft. »Ihr seid noch jung und habt alle Zeit der Welt. Cornelis' Geselle wird weiterhin Eurem Vater assistieren, dafür werde ich sorgen. Ihr könnt ganz beruhigt sein.«

»Ich bin keine Russin. Und ich spreche Eure Sprache nicht!«

»Humbertus Drachenkopf kommt aus Friesland. Mit ihm werdet ihr Euch vorzüglich verstehen und verständigen können, ebenso wie mit Henk de Jonge, und mehr braucht es nicht. Ihr werdet jedem der Schätze ein fantasievolles Abenteuer an die Seite stellen, und Humbertus wird sie ins Russische übersetzen.«

»Dazu muss ich nicht mit nach Russland kommen!«

»Oh, doch! Denn bevor Ihr die Geschichten ersinnt, müsst Ihr mein Volk kennenlernen und ergründen, welche für sie die richtigen sind. Meine geliebte Katharina sagt, Ihr könnt wunderbare Düfte erstellen, Düfte, die einen in Russland glauben lassen, immer noch in Amsterdam zu sein. Meine Akademie der Wissenschaften wird in St. Petersburg stehen, doch meine Kuriositäten, Eure Düfte und Geschichten, sollen den Besucher an jeden erdenklichen Ort der Welt entführen. Ich werde bunte Zeichnungen anfertigen und den riesigen Globus aufstellen lassen, den mir der Dänenkönig geschenkt hat. Auf der Innenseite ist ein Firmament eingraviert, und man kann die Sternbilder betrachten und …«

»Ihr wollt Euer Volk mit Kuriositäten, mit Geschichten, Sternen und Bildern fangen?«

»Und mit Düften! Mit *Euren* Düften. Ich wünsche mir, dass Ihr den Zauber ferner Länder nach Russland tragt und die Kammern, in denen ich verschiedene Regionen der Erde zeige, mit dem Duft der Blumen tränkt, die dort wachsen und gedeihen.«

Josefine runzelte die Stirn und tat den Mund auf, doch der Zar brachte sie mit einer Handbewegung zum Schweigen.

»Lasst es mich erklären: Wenn der Besucher den Raum betritt, der mit Kuriositäten aus der Neuen Welt bestückt ist, dann soll es dort auch so duften wie in Amerika. Wer mit geschlossenen Augen die Kammer der Gewürzinseln betritt, soll sich in einer Wolke aus Muskatnuss und Nelken wiederfinden. Mir ist jedes Mittel recht, wenn es nur hilft, meinem Volk die Augen zu öffnen. Ihr kennt Euch aus. Ihr wisst genau, wo welche Blumen ihren Ursprung haben und wo die Heimat der Gewürze liegt. Wollt Ihr das für mich tun?«

Josefine seufzte. »Ich kenne mich mit Düften und Gewürzen aus und vielleicht noch mit der Apothekerkunst. In diesen Bereichen bin ich zu Hause. Von Eurem Volk weiß ich nichts und bin mir auch nicht sicher, ob ich etwas erfahren möchte.«

»Was habt Ihr zu verlieren? Vielleicht zwei oder drei Jahre Eures Lebens. Ich verspreche, Euch reichlich zu belohnen, und Euer Vater … er hat mir von seinem Traum erzählt. Mit dem kleinen Vermögen, das ich ihm habe zukommen lassen, und den 15 000 Gulden für sein Kabinett wird er sich ein geeignetes Haus kaufen können. Und dann ist da noch dieser kleine Junge, den Ihr gerettet habt und der bei Henk leben wird. Ich werde die Patenschaft für ihn übernehmen, denn es soll dem Burschen an nichts fehlen.«

»Ich bin nicht käuflich, Euer Majestät.«

»Ich kaufe Euch nicht, ich überrede Euch nur.« Der Zar legte die Hände aneinander und hob sie in einer bittenden Geste vor das Gesicht. Er schwieg einen Moment, und als Peter wieder das Wort ergriff, klang seine Stimme belegt. »Mein Land braucht Frauen wie Euch. Ich erinnere mich noch gut an die Zeit, als ich ein Junge war, unbeschwert und frei. Damals konnte ich tun und lassen, was ich wollte. Es stand noch in den Sternen, dass ich das Herrscheramt einst übernehmen würde. Nicht die russischen Kinder waren meine Freunde. Es zog mich zu den Familien der Ausländer, die nahe Moskau wohnten. Ich habe es genossen, mit Holländern um einen Tisch zu sitzen, mit Franzosen Scherze zu treiben und mich von Deutschen belehren zu lassen. Nicht nur von den Männern! Ich bewundere die westlichen Frauen, die eine eigene Meinung haben und ihre Männer und Söhne nicht nur bekochen und umhegen, sondern ihnen gute Ratgeberinnen sind. Freundinnen und Gefährtinnen, so wie meine Katharina eine ist.« Er bedachte sein Gegenüber mit einem flehenden Blick.

Josefine verzog schmerzvoll das Gesicht. »Ihr könnt doch nicht alle Welt zwingen, nach Eurer Pfeife zu tanzen. Ich möchte nicht nach Russland reisen!«

»Doch! Im Grund Eures Herzens wünscht Ihr Euch nichts anderes. Es kann nicht anders sein bei einer Frau, die ihr Herz an einen kleinen Jungen verloren hat und den Mann, der das Kind nach Russland mitnehmen will, inniglich liebt. Und das tut Ihr doch. Meine Gemahlin hat es mir selbst erzählt. Ihr werdet Henks Herz gewinnen, das weiß ich!«

Josefine blickte starr auf den Boden. Jetzt war es so weit, dass die Lüge sie einholte! Röte färbte ihre Wangen. Unbehagen stieg in ihr auf, das dem schlechten Gewissen geschuldet war.

Der Zar schien ihre Verlegenheit nicht zu bemerken. In Gedanken versunken hielt er mit seiner Hand, die eine der winzigen Porzellantassen mit Tee zum Mund führen wollte, inne.

»Wusstet Ihr, dass Katharina eine Sklavin war, eine Kriegsbeute, bevor ich sie gefreit habe?«

»Ich habe davon gehört, Majestät«, sagte Josefine leise.

»Die Liebe kann einen dazu bringen, Hürden zu nehmen, die unüberwindbar scheinen. Katharina war nicht meine erste Braut. Noch vor meinem Machtantritt, im Jahr 1689, suchte meine Mutter ein Mädchen für mich aus, ein zugeknöpftes, strenggläubiges Weib namens Jewdokija. Sie missbilligte alles, was ich tat. In ihren Augen war ich ein Grobian, ein Wüstling und nicht mehr wert als Dreck unter den Fingernägeln. Selbst meinen Sohn, Alexei, musste ich mir erzwingen. Jewdokijas Nähe wurde mir schnell unerträglich, und ich habe sie dazu bewogen, ins Kloster zu gehen. Die vielleicht klügste Tat meines Lebens, denn dadurch wurde ich frei für meine große Liebe. Nie habe ich mit einer Frau mehr gelacht, geweint und geliebt als mit Katharina. Sie ist meine Seelenfreundin, mein Clown, mein Arzt und mein Gewissen. Vor fünf Jahren habe ich sie offiziell zur Zarin von Russland gemacht, und ich habe diesen Schritt nie bereut. Ein Mann braucht mehr als einen willigen Körper im Bett und Hände, die ihm sein Mahl bereiten. Ich weiß es, doch mein Volk ist unwissend und hält seine Frauen immer noch hinter Mauern eingeschlossen. Und das will ich ändern. Katharina und Ihr, Josefine, könntet leuchtende Beispiele für ein neues Frauenbild sein.«

Josefine schüttelte leicht den Kopf. »Majestät, Ihr könnt nicht von einem Tag auf den nächsten ändern, was seit Generationen Bestand hat. Katharina hat mir ein Lied über die russischen Mädchen gesungen, in dem es heißt, dass sie ›hinter dreißig versperrten Türen sitzen, sodass weder der Wind durch ihr Haar wehen, noch die Sonne ihre Wangen bräunen, noch ein netter junger Mann sie verführen kann‹.«

»Es ist tatsächlich so. Die wohlhabenden Russen halten ihre Frauen in einem *Terem,* einem abgeschlossenen Teil des Hauses, verborgen. Die Frauen meines Reiches warten unwissend, unaufgeklärt und unberührt, bis der Tag da ist, an dem sie mit einem Mann verheiratet werden.«

»Sie kennen es nicht anders, Eure Majestät, und würden vielleicht gar nicht den Willen haben, so frei zu sein wie Eure Gattin und ich.«

»Im Inneren schon, denn niemand ist gern ein Sklave. Die Tradition gebietet es, dass eine Russin keinerlei Rechte hat. Ihre Aufgaben bestehen lediglich darin, sich um das Haus zu kümmern, Kinder zu gebären und ihren Mann in allen Dingen zu unterstützen, ohne Widerworte, ohne eigene Meinung. Ihr Gatte ist ihr Herr und sie seine Leibeigene. Er hat das Recht, sein Weib zu züchtigen, es im besten Fall zu schlagen und im schlimmsten zu peitschen, so schreibt es der *Domostroi*, der Kodex für die Haushaltsführung, vor. Fausthiebe ins Gesicht sind zu vermeiden, wegen der auffälligen blauen Flecke. Das sei leicht zu umgehen, sagte mir einer aus meiner Dienerschaft. Er hängte seine Frau an den Haaren auf und peitschte sie ganz nackt. Überall, nur nicht ins Gesicht.«

Entsetzt hatte Josefine ihm gelauscht. »Ihr müsst diese alten Regeln verbieten!«

»Das könnte ich, doch es würde sich nichts ändern. Eine Veränderung ist nur möglich, wenn die Menschen sie wollen, und dazu möchte ich sie bringen. Das Kabinett der Seltenheiten und Menschen wie Ihr sind ein Schritt in diese Richtung. Ihr seid streitbar und aufgeweckt. Steckt die Russinnen an mit Eurer Selbstsicherheit. Werdet Ihr mir helfen, Josefine?«

»Habe ich denn eine Wahl?« Jetzt klang ihre Stimme resigniert.

Der Zar lachte. »Ich wünsche mir, dass Ihr freiwillig mitkommt. Es soll Euch eine Herzensangelegenheit sein, den Russen die Augen zu öffnen.«

Josefine wusste darauf nichts zu sagen, und so schwiegen sie beide. Schließlich schob der Zar seine Teetasse zur Seite, griff nach einer Karaffe mit Wodka und schenkte sich großzügig ein. Er bot auch Josefine von dem Getränk an, doch sie schüttelte den Kopf.

Peter hob das Glas und prostete ihr zu. »Es gibt Dinge im Leben, die muss man tun, auch wenn sie einem anfangs nicht behagen. Ich wollte nie Zar von Russland werden. Als kleiner Junge liebte ich mein freies Leben und wuchs in dem Glauben auf, dass mein ältester Bruder Fjodor das Zarenamt übernehmen würde. Das tat er auch, doch nach seinem Tod, ich war damals zehn Jahre alt, zwang man mir die Krone auf. ›Im Namen des ganzen Volkes bitte ich Euch, unser Zar zu sein‹. Das waren damals die Worte des Patriarchen. Ich wehrte mich und wandte ein, zu jung zu sein für diese Verantwortung, doch es blieb mir keine Wahl. Mein älterer Bruder Ivan würde nicht herrschen können, das wusste ich. Er hatte eine Sprach- und Gehbehinderung, und so wurde ich zum Regenten ernannt, wenn auch nur für kurze Zeit.«

Josefine runzelte die Stirn. »Für kurze Zeit?«

»Ja.« Der Zar lachte freudlos auf. »Die Strelizen, das sind Fußsoldaten, Pikoniere und Musketiere, die durch Eid verpflichtet werden, die Regierung zu beschützen, ließen sich von meiner Halbschwester Sofia anstacheln, meine Wahl mittels einer brutalen Revolte wieder außer Kraft zu setzen. Vor meinen Augen verwandelte sich die Wache des Kremls in einen Haufen rasender disziplinloser Soldaten, die mich und meine Mutter mit dem Blut unserer eigenen Familie bespritzten. Das war 1682. Sie zwangen meinem Bruder Ivan die Krone auf und setzten mich an seine Seite. Gemeinsam sollten wir den Thron innehaben, in Wahrheit aber war meine Schwester Sofia die Regentin und wir Brüder nicht mehr als ihre Marionetten. Der arme Ivan! Er wollte zeit seines Lebens nichts lieber, als ein stilles und friedliches Dasein führen. Ihr glaubt gar nicht, wie sehr es mein Bruder gehasst hat, in seinem langen, perlenbestickten Gewand humpelnd zur Krönung zu schreiten. Ich war damals schon größer als er. Und wie schwer es ihm fiel, Gefolgsleute in höhere Ränge zu erheben. Kaum, dass ihm die Worte über die Lippen wollten. Immer die Angst und das Wissen, verlacht zu werden. Dieser Junge, den die Blicke anderer in Schweiß ausbrechen ließen, und der am liebsten in einer Ecke saß und mit seinen Schachfiguren spielte, fand sich, ohne es zu wollen, auf einem Thron wieder, dem Blick Tausender Menschen ausgesetzt und die reich verzierte Monomachsmütze auf dem Kopf. Ich blieb an seiner Seite, stur, fest, unerschütterlich.

Nie in meinem Leben habe ich vergessen, wie die Strelizen Staatsmänner und Bojaren massakrierten, wie Moskau, der Kreml, meine Familie und ich selbst der Willkür aufrührerischer Soldaten ausgesetzt waren. In manchen Nächten erwache ich aus bösen Träumen und sehe wieder, wie sie mehr und mehr Leichen zum Roten Platz hinausbringen, erblicke wieder die verstümmelten Glieder, in denen oft noch Schwerter und Lanzen stecken. Ich höre die höhnischen Rufe: ›Hier kommt der Bojar Boris Matikow‹ oder ›Hier kommt ein geheimer Staatsrat. Gebt ihm die Ehre!‹. Der grauenvolle Berg der Toten vor der Basilius-Kathedrale wächst vor meinem inneren Auge erneut in die Höhe und mit ihm der Geruch nach Blut und Tod. Es ist jedes Mal die Hölle.«

Der Zar verstummte und schloss gequält die Augen. Sein Gesicht erzählte von den Schrecken, die er als Kind hatte mitansehen müssen. Unwillkürlich legte Josefine dem Zaren eine Hand auf den Arm. Er öffnete die Lider und schenkte ihr ein müdes Lächeln.

»Das alles ist lange vorbei, doch ich kann es nicht vergessen, und ich kann den Strelizen nicht verzeihen und vertraue ihnen nicht. Sie haben mir Gehorsam geschworen und werden ihr Versprechen halten, solange ich ihre eigene privilegierte Stellung nicht gefährde. Die meisten der Männer sind einfache Russen, die wie ihre Vorfahren hausen. Sie verehren die alten Zeiten und ihre russischen Herrscher und widersetzen sich allen Neuerungen und Reformen. Von Politik verstehen sie nichts, doch wehe, wenn einer es wagt, vom traditionellen Weg abzuweichen!«

»Aber Ihr tut nichts anderes, Euer Majestät.«

»So ist es. Ich brauche das Regiment, aber ich fürchte es auch. Noch beschützen sie mich, doch was wird sein, wenn ich vom Pfad meiner Vorfahren abweiche? Und das werde ich! Sie sind ungebildeter Abschaum, und mein Hass gilt ihnen ebenso wie den Kirchenvätern. Ihr Traditionalismus, ihr Hang zum Pompösen und das Zeremoniell des alten Russland haben es nicht vermocht, mich und meine Mutter zu beschützen. Josefine, gegen diesen Moder im Reich kämpfe ich mit allen Mitteln. Und Ihr seid eines davon. Es braucht Mut und ist nicht ungefährlich. Wollt Ihr mir helfen?«

Josefine blickte auf ihre Hände. Wenn der Zar ihr befohlen hätte oder unverschämt geworden wäre, hätte sie vielleicht widerstanden. Doch so? Er hatte sie bei ihrem Gewissen gepackt und an ihren Mut appelliert. Ein tiefer Seufzer entfuhr ihr.

Der Zar griff nach ihren Händen. Seine Augen glühten. »St. Petersburg ist mein Symbol der Freiheit, des Aufbruchs Russlands in eine neue, bessere Zeit. Keiner meiner Untertanen, die dort leben, haust mehr in Hütten oder feuchten, verwinkelten Löchern. Alles ist wohlgeordnet, sauber und hell. Moskau ist ein Wirrwarr, St. Petersburg dagegen klar strukturiert. Und so, wie ich alles neu ordne, betrachte ich auch den Menschen ganz neu. Für mich gilt weder seine Herkunft etwas noch seine Hautfarbe. Ich beurteile ihn nur nach seiner Leistung, Loyalität und Hingabe an den Staatsdienst, sprich an mich. Bojar oder Schmied, Russe, Schotte oder Holländer, Orthodoxer, Katholik oder Jude – all das zählt für mich wenig. Ich erwähle und unterstütze Menschen, die fähig und bereit sind, mir zu dienen.

Nehmt meinen Freund Anton Devier, einen portugiesischen Juden, den ich als Kammerdiener in Stellung nahm. Ich habe ihn in jungen Jahren aus Holland mitgebracht, und heute ist er General-Polizeimeister von St. Petersburg. Oder Abraham Hannibal, einen dunkelhäutigen Prinzen aus Abessinien. Er wurde als Sklave nach Konstantinopel gebracht und schließlich mir als Geschenk überreicht. Ich fand es widerwärtig, wie mit menschlichem Leben umgegangen wurde, machte aber gute Miene zum bösen Spiel. Keinen Tag nach der Schenkung war Abraham wieder ein freier Mann. Ich erhob ihn zu meinem Patensohn, schickte den Prinzen zur Ausbildung nach Paris und ernannte ihn schließlich zum General der Artillerie. Eine beachtliche Laufbahn für einen Sklaven, findet Ihr nicht?«

Josefine nickte langsam. Wider ihren Willen beeindruckte der Zar sie.

»Unzählige meiner Männer begannen mit nichts und sind heute Fürsten, Grafen und Barone, weil ich keinen Unterschied mache.« Der Zar drückte noch einmal Josefines Hände. »Kommt mit mir nach Russland, Josefine, und nehmt den Kampf gegen dem Gestern Verhafteten auf!«

Zehn Tage, nachdem sie ihre Zustimmung gegeben hatte, stand Josefine neben den Zanders und blickte auf die ankommende Kalesche, in der sie ihre lange Reise beginnen würde. Es war Montag, der 11. Mai, und die Gracht vor ihren Augen lag in warmem Frühlingslicht. Am hellblauen Himmel war kein einziges Wölkchen zu entdecken.

Die schwarze Reisedroschke rollte an dem von Bäumen gesäumten Kanal entlang und kam schließlich vor dem Haus der Zanders zum Stehen. Neugierige Blicke streiften das Gefährt mit dem Signum des Zaren.

Henk stieg vom Kutschbock. Er trug eine rotbraune Mohair-Hose, deren Schnallen an den Knien silbern glänzten. Aus dem schwarzen Mantel darüber lugte der Spitzenkragen seines Hemds hervor. Sein Haar lag wie helle Seide auf dem dunklen

Stoff, und ein Hauch des frisch-herben Geruchs, der von ihm ausging, erreichte Josefines Nase.

Wie gegensätzlich dieser Mann ist, ging es ihr durch den Kopf. In einem Augenblick vornehm und gebildet, im nächsten so ruppig wie ein Straßenräuber. Und wie passt der hochmütige Zug um seinen Mund zu den Lachfältchen um seine Augen? »Ich werde einfach nicht schlau aus ihm«, murmelte sie.

Sein Blick, der jetzt auf ihr ruhte, schnürte Josefine die Luft ab. Ihre Reaktion auf seine Nähe beunruhigte sie. Josefine biss die Zähne zusammen und schüttelte innerlich den Kopf über sich selbst. Warum nur benahm sie, die immer so stolz auf ihre zurückhaltende, kühle Art gewesen war, sich in Henks Nähe wie ein junges Ding?

Henk schien ihre Gedanken zu erahnen, und ein Grinsen erschien auf seinem Gesicht. Bevor er Josefine und die Zanders erreicht hatte, öffnete sich schon die Tür des Wohnhauses und Petre stürmte auf ihn zu.

»Endlich geht es los!«

Überschwänglich begrüßte er Henk, der ihn hochhob und auf seine Schultern setzte.

»Nicht, dass du glaubst, ich trage dich jetzt von hier bis nach Russland, mein kleiner Freund.«

»Das weiß ich doch. Wir fahren mit der Kutsche über Gouda nach Dordrecht. Dann auf dem Wasser bis nach Schloss Loevestein«, ratterte Petre die Namen herunter und zählte die Stationen der Reise an den Fingern auf. »Und dann sind wir schon bald in Danzig und müssen über das Frische Haff nach Königsberg. Dann fahren wir nach Memel, sind irgendwann in Narva und schwuppdiwupp geht's von dort mit dem Schiff nach Kronstadt und dann landen wir schließlich in St. Petersburg.«

»So schnell geht es dann doch nicht«, bremste Henk ihn lachend und ließ den kleinen Jungen nach unten gleiten, damit er sich artig von Ansje und Cornelis verabschieden konnte.

»Wie lange werdet ihr brauchen?« Cornelis schüttelte die Hand des blonden Holländers.

»Die Reise dauert etwa sechs Wochen. Wir werden St. Petersburg Ende Juni erreichen, zu den weißen Nächten. In dieser Zeit ist Russland am schönsten, geheimnisvoll und faszinierend.« Er begrüßte zunächst Ansje und dann Josefine, griff anschließend nach dem Gepäck auf dem Boden und verstaute sorgsam die Kisten und Koffer.

Josefine sah ihm zu und schluckte krampfhaft, um die Tränen zurückzuhalten. Sie musste ständig an ihren Vater denken, an Bertram und Dietlinde, von denen sie sich nicht einmal hatte verabschieden können. Nein! Sie würde nicht weinen, nicht vor Henk, der jetzt wartend neben der Kutsche stand. Und nicht vor Petre. Seine leuchtenden Augen, die Vorfreude auf die Reise, nahmen dem Abschied die Schärfe.

Josefine drückte Ansje fest an sich und umarmte dann Cornelis. »Lebt wohl ihr beiden. Wir sehen uns alle bald wieder.«

»Sei vorsichtig, mein Liebes.« Cornelis strich ihr über das Haar.

»Ich habe doch zwei starke Männer, die auf mich aufpassen.« Josefine wies zuerst auf Petre, der von der Kutsche aus winkte, und nickte dann in Henks Richtung.

Ein letztes Mal ergriff Ansje ihre Hände. »Genieße dieses große Abenteuer und mach dir nicht zu viele Sorgen, Josefine. Ich werde von ferne ein Auge auf Meinhardus und Bertram haben.«

»Wir müssen los!«, rief Henk, doch es klang mitfühlend und nicht ungeduldig. Er ging mit raschen Schritten zur Droschke und öffnete die Tür. Josefines Augen glitten über das festgezurrte Gepäck. Die Kiste mit ihren kostbaren Duftstoffen und die Reiseapotheke waren gut zu erkennen. Sie atmete ein wenig leichter. Es war immer gut, vertraute Dinge um sich zu haben.

Josefine trat an die geöffnete Tür und wandte sich ein letztes

Mal um. Ihr Blick glitt zur Gracht, deren Wellen sich sanft kräuselten, dann weiter zur Apotheke der Zanders, über die gerade ein Schwarm Spatzen hinwegflog und blieb an den beiden Menschen hängen, die sie liebte.

»Nun steig endlich ein!«, rief Petre aufgeregt und zerrte an ihrem Ärmel.

Henk legte eine Hand auf Josefines Rücken und schob sie sacht in die Kutsche. Mit wackeligen Knien ließ sie sich auf die lederbespannten Sitze fallen und dachte an den Brief von Meinhardus, der gestern angekommen war.

Meine liebste Josefine,
wir sind so stolz auf dich! Dietlinde hat schon allen Frauen im Umkreis erzählt, dass ihr Zögling mit dem Zaren nach St. Petersburg reist, um den Hofdamen dort spezielle Düfte auf den Leib zu schneidern. Bertram dagegen hat ordentlich gepoltert. Wie ich es zulassen könne, dass der Zar dich entführt. Und überhaupt! Wir bräuchten dich hier in der Apotheke, und er könne keine Woche ohne dich überleben. Alles sei meine Schuld, weil ich so selbstsüchtig sei. Wie ich dich für einen Judaslohn von 15000 Gulden hätte verkaufen können … Du kennst ihn ja. Dietlinde hat ihn ordentlich zurechtgestaucht. So eine Gelegenheit bekämst du im Leben nicht wieder, und wir dürften sie dir nicht aus lauter Eigennutz verwehren. Sie sieht dich schon an der Seite der Zarin huldvoll lächelnd neben einem reichen Bojaren stehen.

Ich denke, so wird es nicht sein. Mein liebes Kind, ich weiß wenig vom Zarenreich und mache mir natürlich Sorgen um dich und dein Wohlergehen. Im Brief des Zaren steht, dass er dich höchstpersönlich unter seine Fittiche nehmen wird und du für Humbertus Drachenkopf arbeiten sollst. Erst als ich seinen Namen las, habe ich meine Zustimmung gegeben. Humbertus ist eine Seele von Mensch und wird dich sicherlich gut beschützen. Grüß den Bären aufs Herzlichste von mir!

Der Zar hat veranlasst, dass alle Utensilien und Essenzen deiner Duftwerkstatt zusammen mit meinen Kuriositäten nach St. Petersburg überführt werden. Dietlinde hat Körbe und Kisten mit Kleidung gepackt, und ich habe Bücher dazugelegt, die dir sicherlich nützlich sein werden. Bertram, dieser Einfaltspinsel, ließ sich nicht davon abbringen, zum Zweck der ›Heimwehbewältigung‹ eine Kiste mit Likören und anderen Leckereien für dich zusammenzustellen.

Wenn ich dem Brief des Zaren Glauben schenken kann, dann werden deine Habseligkeiten zusammen mit dir in Russland eintreffen. Ach ja, zwischen den Zeilen seiner Majestät konnte ich lesen, dass du eine besondere Zuneigung zu seinem Vertrauten, Henk de Jonge, entwickelt hast. Es hat mich erstaunt, denn eine solche ließ sich während unserer Reise nach Amsterdam nicht erahnen. Es würde mein Vaterherz erwärmen, Josefine, wenn du in ihm den Mann fürs Leben gefunden hättest – auch wenn seine Kutschier-Kunst zu wünschen übrig lässt.

Meinen ›Judaslohn‹ hat mir der Zar schon aushändigen lassen und versprochen, dich selbst auch fürstlich zu bedenken. So werde ich mich guten Gewissens auf die Suche nach einem passenden Gemäuer für die ›Wunderkammer im Regenbogen‹ machen und die Zeit deiner Abwesenheit nutzen, um viele schöne Kuriosa zu erwerben. Ich werde mir die Geschichten dazu säuberlich notieren und sie dir bei deiner Heimkehr vortragen.

Es ist mir ein Trost, dass du in St. Petersburg nicht auf die Schätze aus unserer Wunderkammer zu verzichten brauchst. Du musst mir ganz genau berichten, welche Plätze unsere Kostbarkeiten gefunden haben.

Mein liebes Kind, pass gut auf dich auf und schreibe mir, sobald und oft es dir möglich ist. Lass dich fest umarmen, auch von Bertram und Dietlinde.

Mit einem lachenden und einem weinenden Auge verabschiedet dich dein alter Vater,

Meinhardus Meinen

Josefine merkte, wie erneut Tränen in ihr aufstiegen. Petre schien ihre Bewegtheit zu spüren. Er griff nach Josefines Hand. »Du brauchst keine Angst zu haben. Henk passt auf uns auf.«

»Ich weiß«, sie rang sich ein Lächeln ab.

»Was wir alles erleben und sehen werden!« Begeistert fuchtelte er mit den Händen. »Ich will immer bei Henk sein und habe mir doch manchmal gewünscht, wieder in einem fahrenden Wagen durch die Lande zu ziehen, so wie früher. Und jetzt gehen beide Wünsche in Erfüllung!« Er strahlte. »Und du bist dabei! Herrlich!« Petre beugte sich vor und drückte ihr einen nassen Kuss auf die Wange.

Josefine strich ihm über das Haar. »Das ist überhaupt am Schönsten, dass wir beide uns nicht zu trennen brauchen.«

»Nicht wahr! Wir werden zusammen in das fremde Land reisen.«

»Ja.«

Josefine spürte einen unangenehmen Schauer über ihren Rücken laufen. *Das fremde Land.* Wo würde sie sich nach sechs langen Wochen wiederfinden? Auf jeden Fall viele Meilen fort von zu Hause, hinter Mauern, die nicht so schnell zu überwinden waren. Für einen Augenblick überkam Josefine Furcht, die jedoch zu ihrem Erstaunen von einem neuen, bislang unbekannten Gefühl überdeckt wurde: Vorfreude. Vorfreude auf die Reise, auf das große Abenteuer, darauf, fremde Menschen kennenzulernen, ein anderes Land, eine andere Kultur.

Josefine dachte daran, dass sie sich als Kind gewünscht hatte, ferne Gefilde zu besuchen, Abenteuer zu erleben, frei zu sein und eine Welt voller neuer Gerüche zu entdecken. Es war, als ginge dieser sehnlichste Wunsch jetzt in Erfüllung.

Die Abendsonne fiel durch das Fenster ins Innere der Droschke und warf Lichterbögen auf Petres strahlendes Gesicht, den Korb mit den Köstlichkeiten, die ihnen die Reise versüßen sollten, und das dunkle Leder der Sitze. Die Strahlen ließen alles vielfarbig und lebendig werden. Josefines Sorgen schmolzen dahin. Durch die Vorfreude schien eine große Last von ihr abzufallen.

Die Droschke setzte sich in Bewegung, und lachend hob Josefine den Arm und winkte Ansje und Cornelis ein letztes Mal zu. Ihr Traum aus Kindertagen würde in Erfüllung gehen! War es das nicht wert, die lange Reise und die Ungewissheit dessen, was in der Fremde auf sie wartete, auf sich zu nehmen?

III

Reise und Ankunft in St. Petersburg

Mai/Juni 1716

I

26. 05. 1716

Mein lieber Meinhardus,
es ist nun acht Tage her, dass ich Amsterdam verlassen habe. Wir sind über Gouda nach Dordrecht gereist und von dort auf dem Wasserweg nach Schloss Loevestein, einer fünfeckigen Festung, die schon arg verfallen ist. Auf der Maas fuhren wir dann weiter bis nach Nijmegen.

In Schermbeck haben wir einen Tag gerastet. Leider war der Aufenthalt nicht sehr erquicklich, da die Schermbecker anscheinend Tag und Nacht damit beschäftigt sind, die Mauern und Türme der alten Stadtbefestigung abzutragen. Ein ohrenbetäubender Lärm, kann ich dir sagen. Ich war froh, als wir uns wieder auf die Reise machten. In einer Woche werden wir in Berlin ankommen und dort einige Tage bleiben. Ich freue mich schon darauf, denn es ist unglaublich anstrengend, Tag für Tag in einem kaum gefederten, schwankenden Gefährt unterwegs zu sein.

Petre scheint diese Art zu reisen glücklich zu machen. Der kleine Bursche erheitert uns das Gemüt mit fröhlichen Weisen. Manchmal sitzt er bei Henk auf dem Kutschbock und pfeift, mit den Zügeln in der Hand, vor sich hin wie ein Alter.

Du glaubst nicht, wie viel wir zu sehen bekommen! Petre und ich verrenken uns in der Droschke die Köpfe am Fenster und werden nicht müde, die vorbeiziehende Landschaft zu betrachten. Stunde um Stunde holpern wir an Feldern vorbei, auf denen Bauern ar-

beiten, an endlosen dunklen Wäldern und grünen Weiden. Wir passieren Flusstäler, in denen Vieh grast, und staunen über den Wechsel von sanften Hügeln und fernen Bergen, von Heidekraut und glitzernden Seen. Die Tage fließen ineinander wie die Namen der Orte und Wirtshäuser, und du glaubst nicht, was für Menschen wir treffen! Fahrende Händler, Bauern, Spielleute, Geistliche und Handwerker auf der Walz.

Langsam kommt es mir vor, als ob ich das Bewusstsein für Zeit und Entfernung verliere und mein Leben nur mehr einer nie endenden Reise gleicht.

Henk hat sich angewöhnt, mir und Petre an den Abenden einige Brocken Russisch beizubringen. Er hat einen Geleitbrief des Zaren dabei, des Inhalts, dass wir in St. Petersburg dringend erwartet werden. Dieser Sicherheitsbrief hat uns bislang Schutz vor Übergriffen und Behinderungen geboten und wird uns hoffentlich auch die Einreise erleichtern. Sie ist durchaus nicht jedermann möglich. Kommt ein Fremder nicht in diplomatischem Auftrag, muss er Kaufmann sein oder in zarische Dienste treten wollen, um die Grenze passieren zu dürfen.

In den Herbergen und Poststationen, in denen wir übernachten, bewirkt der Reisebrief des Zaren zumeist, dass man uns mit den schönsten Zimmern bedenkt, wobei es sich dabei manchmal nur um die schmutzige Kammer des Wirts oder eine Besucherstube handelt, in die Schlafbänke geschoben werden.

Wenn du sehen könntest, wie ich nach den langen Holperstunden mit steifen Gliedern das Gefährt verlasse und zum Gasthaus stakse! Wie eine alte Frau. Mit Glück erwarten mich dort ein Bad und gutes Essen. Danach falle ich hundemüde in die Kissen und glaube selbst in meinen Träumen noch das Rattern der Räder zu spüren.

Falls sich keine Herberge für uns findet – und das ist zwei Male geschehen –, dann verbringen wir die Nächte auf Strohmatten unter einem Überstand, den Henk am Wagen anbringt. Unser Feuer taucht dann die Lagerstätte in warmes Licht. Bäume und Tiere werden zu grauen Schemen, und der Klang von Henks Stimme, der uns Geschichten erzählt, umgibt mich nach der langen Fahrt wie eine warme Decke.

Hast du jemals unter freiem Himmel geschlafen und erlebt, wie die Nacht ihre Schwingen ausbreitet, Meinhardus?

Petre hatte mir davon vorgeschwärmt, und ich muss sagen, ich finde es herrlich, die Sterne zu zählen, bis mir die Augen zufallen! Ihr Blinken hat etwas Tröstendes. Und dann die Gerüche! Hast du jemals Düfte erlebt, deren Träger du nicht siehst, die dich aber umwabern wie Nebelschwaden? Die Nächte im Freien sind ein Fest für meine Nase!

Am Morgen dann durch Vogelgeschrei geweckt zu werden und verschlafen zu beobachten, wie zwei Krähen sich um ihr Morgenmahl streiten oder ein Eichhörnchen über deinem Kopf einen Baum hinaufhuschen zu sehen, ist auch etwas Besonderes.

»Beim Schlaf auf freiem Feld gelten weder Herkunft noch Anstand«, hat gestern ein Kaufmann gesagt, und es ist die Wahrheit. Der Wald behütet jeden Reisenden, egal, ob reich oder arm, doch einen Nachttopf bietet er weder dem Kaufmann noch dem Knecht.

Morgens macht Henk ein kleines Feuer, und wir kochen Milchbrei oder essen Dörrfleisch und Zwieback und trinken aus zinnernen Bechern Kräuteraufgüsse. Wann immer wir an einem Fluss oder See halten, nutze ich die Gelegenheit, Wäsche zu waschen und bringe die Stücke zum Trocknen hinten an der Droschke an. Auf der Fahrt flattern die Kleider wie Fahnen hinter uns her.

Hast du dir jemals vorgestellt, dass deine Tochter ein solches Leben führen würde? Trotz der staubigen Straßen, dem unsanften Hin- und Hergeschüttel, der Anspannung in den Muskeln, mit denen Petre und ich die derben Stöße abfangen, versuche ich, die Reise zu genießen.

Zu gerne wüsste ich, ob es dir und auch Bertram und Dietlinde gut geht, ob du schon ein Haus für deine Kuriositäten ins Auge ge-

fasst hast und weiterhin mit dem Gehilfen zufrieden bist, den Cornelis für dich ausgesucht hat.

Die Antworten auf all diese Fragen werden warten müssen, doch in Gedanken bin ich bei euch. Seid aus der Ferne gegrüßt von

Josefine

Sie waren jetzt zwei Wochen unterwegs, doch die Meilen und Tage zerflossen in Josefines Bewusstsein zu einem Kaleidoskop von Bildern und Eindrücken. Sie dachte an den Brief, den sie Meinhardus geschrieben und vor einer Woche einem berittenen Boten anvertraut hatte. Josefine hatte sich zu Beginn der Reise ganz fest vorgenommen, Tagebuch zu führen und ihre Erlebnisse niederzuschreiben, doch bislang hatte sie außer dem Brief noch keinen Buchstaben zu Papier gebracht.

Aber wann auch? Während sie sich auf der unruhigen Fahrt krampfhaft festhielt oder in einer der Herbergen? In den meisten fand sich nirgends ein Winkelchen, wo sie mit Feder und Tinte hätte hantieren können.

Regen trommelte auf das Dach der Droschke, und Josefine seufzte erleichtert, als ein Gasthaus in Sicht kam. *Zum Goldenen Löwen* verkündete ein farbenfrohes Schild, das Josefine in der beginnenden Dämmerung gerade noch lesen konnte. Das Gefährt kam zum Stehen, und kurze Zeit später riss Henk die Tür auf. Wasser lief ihm aus den Rockschößen.

»Schnell zum Eingang!«

Josefine schob Petre vor und rannte dann mit wehendem Rock hinter ihnen her, doch die Eile war umsonst. Sie klopften an die Tür und riefen sich die Kehlen wund nach dem Wirt, während es in der Ferne donnerte und der Regen unablässig auf sie herniederrauschte. Nicht lange, und alle drei waren bis auf die Knochen nass. Erst als Henk mit der Faust gegen die Scheiben donnerte, streckte der Gastherr seinen Kopf zum Fenster heraus und wies mit einer Handbewegung zum Stall.

»Die Pferde müsst Ihr selbst versorgen.«

Kein Knecht, der die Hand rührte! Kein Gruß des Willkommens! Verschwitzt wie sie waren, bepackt und müde betraten Josefine, Henk und Petre schließlich die große Gaststube, in der schon viele Reisenden beisammensaßen. Inmitten der Menschen wechselten sie die triefenden Kleider und das Schuhwerk und hängten die regennassen Sachen an den leicht geheizten Ofen. Josefine stellte sich selbst davor, um zu trocknen.

Es mochten wohl fünfzig Gäste in der Wirtsstube sein. Frauen, Männer und Kinder wimmelten durcheinander, derbe Witze wurden gerissen und jeder ausgiebig begafft, der dazukam. Eine große dunkelhaarige Frau kämmte mit trägen Bewegungen ihr Haar, ein rotnasiger Mann wischte sich den Schweiß von der Stirn, ein Handwerker flickte an seinem Ranzen, ein anderer seine Stiefel. Es roch nach Zwiebeln, Tabak und den Ausdünstungen dreckiger Menschen und nach Tieren. Unter dem Tisch saßen zwei Hunde und drei Katzen, die bettelnd zu Josefine aufblickten.

Sie ließ das Tischtuch fallen und blickte zu Henk hinüber, der wütend auf den Wirt einredete und auf das Schreiben des Zaren wies. Der Mann mit dem feisten Gesicht und der gut gepolsterten Mitte zuckte nur die Achseln.

»Wenn es Euch hier nicht passt, dann könnt Ihr ja gehen«, hörte Josefine ihn sagen.

Sie schloss für einen Moment die Augen und versuchte, der schlechten Gerüche Herr zu werden, die ihr den Atem raubten, rief sich Maiglöckchen und frischen Apfelduft in Erinnerung. Erleichterung durchströmte sie, als sich die Wohlgerüche in ihrem Inneren ausbreiteten.

Hölzerne Teller und Löffel wurden verteilt und Brot aufgetragen. Der Wein war leicht und sauer. In Schüsseln kamen Brühe und Gemüse, dazu gekochtes Fleisch auf einer Holzplatte. Wie die anderen Gäste zerbröckelte auch Josefine das Brot und goss sich die Brühe darüber. Während viele Hände nach der Platte langten, konnte sie sich nicht überwinden, von dem übel riechenden Fleisch zu nehmen.

Petre schlief an ihrer Seite, und Josefine weckte ihn sanft.

»Es gibt Futter!«

Der Junge gähnte herzhaft, streckte sich und ließ den Blick schweifen.

»Viel besser sah der Hafer auch nicht aus, der im Stall für die Pferde bereitstand.«

Er grinste und langte nach einer Scheibe Brot und dem Tiegel mit Schmalz. Petre schien die Qual der Wirtshäuser nichts auszumachen, und Josefine dachte bei sich, dass er während der Fahrenszeit mit seinen Eltern sicherlich Schlimmeres erlebt hatte. Dankbar griff sie nach dem Käse, den die Wirtin zum Schluss der Mahlzeit reichte.

In der Schlafkammer, die sie sich mit fünf anderen Frauen teilen musste, standen Lagerstätten, sonst nichts, was nach den vielen Meilen in der Droschke zum Wohlbehagen nötig gewesen wäre. Mit einem Seufzer ließ Josefine sich auf das Stroh sinken und sehnte das Ende der Nacht herbei. Irgendwann fiel sie in einen leichten Schlaf, schreckte jedoch wieder hoch, als eine Katze von ihrem Bett sprang.

Mit klopfendem Herzen wartete Josefine erneut auf den Schlaf, der jedoch nicht kam. Das Unwetter hatte sich verzogen, und es dämmerte schon fast, als sie sich schließlich leise erhob und nach ihrem Umhang und der schwarzen Tasche tastete, die am Ende des Betts lagen. Sie würde sich jetzt ein Eckchen suchen und endlich einen zweiten Brief an Meinhardus schreiben.

Josefine schnappte sich die Nachtlaterne und schlich zur Tür. Die Treppenstufen knarrten, und Josefine fluchte leise. Irgendwo im Haus winselte ein Hund. Sie hastete an der großen Kammer, in der die Männer nächtigten, vorbei und betrat schließlich die leere Wirtsstube.

Geschafft, ohne Aufsehen zu erregen! Erleichtert stellte Josefine die Laterne auf einen der Holztische, schlang den warmen Umhang fester um sich und ließ sich auf einem der Stühle nieder. Sie versuchte einen Moment lang, ihr wirres Haar, das sich aus dem Geflochtenen gelöst hatte, zu ordnen, gab dann jedoch seufzend auf. Stattdessen begann sie, im Licht der Laterne in ihrer Tasche nach Schreibzeug und Papier zu suchen.

»Ah, hier ist die Feder! Wie lange sind wir jetzt schon unterwegs?« Sie runzelte die Stirn. »Vierzehn Tage …«

»Sprichst du mit dir selbst?«

Henks Stimme war ganz nah an ihrem Ohr. Josefine erschrak so sehr, dass sie mit einem kleinen Schrei hochfuhr und beinahe den Stuhl umgeworfen hätte.

»Willst du mich umbringen?« Wütend funkelte sie Henk an. Es juckte sie in den Fingern, ihn zu ohrfeigen. »Weißt du eigentlich, dass man sich auf diese Weise leicht einen Fußtritt einfangen kann?«

»Habe ich dich etwa erschreckt?« Er schmunzelte vor sich hin.

»Überhaupt nicht! Ich springe immer entsetzt auf, wenn mich jemand anspricht.« Sie schüttelte den Kopf. »Warum musstest du dich von hinten anschleichen?«

»Ich habe mich nicht angeschlichen, ich bin nur hereingekommen, um …«

»Lautlos wie eine Katze.«

»Wer ist hier die Katze, fährt die Krallen aus und faucht? Ich war nur besorgt und wollte mich erkundigen, warum du mitten in der Nacht durchs Haus wanderst.« Jetzt erst bemerkte er Tintenfass und Feder. Seine Augenbrauen fuhren nach oben. »Aha! Ein heimlicher Brief an den Geliebten? Mir muss da etwas entgangen sein.«

»Unsinn. Ich konnte nicht schlafen und wollte die Gelegenheit nutzen, um meinem Vater zu schreiben.«

»Von den Unbillen der Reise?«

»Darüber, dass ich noch lebe, trotz der Tatsache, dass du die Droschke lenkst.«

»Der Schreck hat dir die Bissigkeit nicht ausgetrieben. Ich dachte in den letzten friedlichen Tagen schon, ich hätte sie mir nur eingebildet.«

Am Anfang der Reise hatte sich Josefine gefragt, wie es werden sollte mit Henk und ihr. »Gehen Hund und Katze zusammen aus, kehren sie doch getrennt nach Haus'«, pflegte Dietlinde zu sagen, doch in den langen gemeinsamen Stunden gab es keine Möglichkeit, voreinander zu fliehen. In den ersten Tagen waren sie ständig aneinandergeraten, bis Henk schließlich klare Regeln aufgestellt hatte: keinen Streit in der Droschke, keine Rechthabereien und Frotzeleien, jeder nahm den anderen so, wie er war, und würde nicht versuchen, ihn zu ändern oder Dinge für ihn zu entscheiden.

»Josefine, ich weiß, dass du gegen deinen Willen mit mir unterwegs nach Russland bist. Wir beide werden für lange Wochen in einer kleinen Gemeinschaft zusammenleben, und da ist kein Platz für Unstimmigkeiten. Wenn dir etwas nicht passt, dann sag es jetzt, und danach sollten wir versuchen, wie Freunde miteinander umzugehen, wie ein kleine Familie.«

Eine kleine Familie. In den letzten zwei Wochen hatte sie fast glauben können, der Gedanke sei wahr geworden. Ehrlicherweise musste sich Josefine eingestehen, dass ihr die Vorstellung gefiel. In der Gemeinschaft mit Henk und Petre fühlte sie sich so wohl wie noch nie in ihrem Leben. Josefine suchte nach einer Spur von Nachsicht in Henks Gesicht. »Du hast mich zu Tode erschreckt, wie soll ich da nicht aus der Haut fahren?«

»Ich überlege gerade, wie ich den Schreck wiedergutmachen kann.« Henk griff nach einer Strähne, die sich aus Josefines Flechten gelöst hatte. »Dein Haar ist genauso widerspenstig wie du. Die Töchter des Zaren behaupten, ich sei der weltbeste Zopfflechter unter der Sonne. Ich könnte dir …«

»Nicht nötig! Die Nacht ist eh fast zu Ende. Ich werde mir das Haar gleich aufstecken.«

Henk ließ seine Finger in den hellen Strähnen spielen und fragte gedankenverloren: »Willst du es heute nicht offen tragen?«

»Du kennst doch die Spielregeln: Nur junge Mädchen, die nach einem Freier suchen, lösen ihr Haar. Und ich bin weder jung, noch suche ich ...«

»Du könntest es für mich lösen.«

Josefine starrte ihn an. Im Licht der Laterne erkannte sie die Lachfältchen um Henks Augen. Seine Lippen waren leicht geöffnet und brachten eine Reihe weißer Zähne zum Vorschein. Josefine betrachtete den Schwung seines Mundes, den weichen Zug in Henks Gesicht. Seine glänzenden Augen, die über ihr Gesicht glitten, waren wie streichelnde Finger. Sie spürte die Berührungen bis ins Mark und merkte, wie sich ihre Wangen röteten.

»Wie schön du bist, Josefine!«

Sie wollte etwas Bissiges entgegnen, vermochte es jedoch nicht. *Wie schön du bist!* Sie suchte in Henks Gesicht nach einem Zeichen dafür, dass seine Worte Hohn und Spott waren, doch aller Übermut war verschwunden. In ihrem Kopf drehten sich widersprüchliche Gedanken. Josefine wünschte, Henk würde auf der Stelle gehen und sie alleine lassen, aber auch, dass er seinem streichelnden Blick Taten folgen ließe.

»Was willst du, Henk?«, fragte sie atemlos.

»Von dir?« Er strich ihr sanft über die Wange.

»Nein«, sie zuckte zurück und versuchte, sich zu fassen. »Was willst du um diese Zeit hier?«

»Ich wollte nach den Pferden sehen, und der Weg nach draußen führt durch die Schankstube.«

Josefine trat einen Schritt zur Seite, um den Abstand zwischen ihnen zu vergrößern und nickte Richtung Tür.

»Gleich.« Henks Augen hafteten immer noch auf ihr. »Ich

mache mir Sorgen um dich, Josefine. Es ist nicht ungefährlich, alleine in der Wirtsstube zu sein. Willst du nicht doch lieber wieder nach oben zu den anderen Frauen gehen?«

Josefine griff in ihre Tasche, kramte und förderte schließlich ein Messer zutage. Sie zog es aus der Scheide und legte die Waffe, deren scharfe Klinge im Licht der Laterne glitzerte, vor sich auf den Tisch.

»Beruhigt?«

Er nickte anerkennend. »Das hatte ich nicht vermutet. Woher hast du sie?«

»Von Dietlinde. Sie fürchtet um meine Tugend.«

»Sehr klug.« Henk kam ihr wieder näher. Immer noch war da dieser merkwürdige Glanz in seinen Augen. »Du könntest einen Mann dazu bringen …«

Er beendete den Satz nicht. Sein Blick ruhte auf ihrem Mund und weckte Erinnerungen in Josefine, die ihre Wangen rot werden ließen.

»Weißt du noch, wie wir uns in Amsterdam geküsst haben?«

Er schien ihre Gedanken lesen zu können! Josefine spürte die Wärme in ihrem Gesicht. Sie glühte! Und ob sie sich erinnerte! In wie vielen Nächten hatte sie vergeblich versucht, die Gedanken an seine Lippen, seine Nähe, den Duft, der von ihm ausging, auszublenden! Wenn Henk wüsste, wie sehr sie sich nach ihm verzehrte! Er durfte es nicht erfahren! Sie würde sich nur der Lächerlichkeit preisgeben.

»Ich … Ja. Ich erinnere mich dunkel. Da waren durchgehende Pferde und dann diese Droschke … Der Schreck muss mich damals durcheinandergebracht haben. Ich hatte es schon fast vergessen.«

»Ich aber nicht!«

Immer noch starrte Henk sie an. Josefines Herz schlug ihr bis zum Hals.

»Josefine, lass es uns noch einmal tun.«

Seine Worte übertönten den hämmernden Pulsschlag in ihren Ohren. Sie war so verblüfft, dass sie ihn nur ungläubig anstarren konnte. Die Art, wie er ihren Blick erwiderte, raubte Josefine den letzten zusammenhängenden Gedanken. Ihre Lippen öffneten sich erstaunt, als er seine Arme um sie legte. Josefine sah, wie sich sein Mund auf sie zubewegte, und presste instinktiv die Hände gegen seine Brust. Er legte seine Lippen sanft auf die ihren. Josefine konnte seine Wimpern auf der Wange spüren. Ihr Mund öffnete sich wie von selbst unter seinem forschenden Druck. Unter ihren Fingern fühlte sie sein schnell schlagendes Herz. Henks Hände griffen in ihr Haar, und wohlige Schauer durchliefen Josefines Körper. Ihre Finger glitten wie von selbst unter seinen Armen hindurch zu seinem Rücken, und unbewusst zog sie Henk enger an sich heran.

Ihr Drängen schien ihn noch mehr anzustacheln. Er küsste sie leidenschaftlich, und Josefine spürte, wie seine Hitze auf sie übersprang. Als er seinen Kuss verstärkte, genoss sie es, seine Zähne zu fühlen, seine Zunge, das raue Kratzen seiner Bartstoppeln. Und so wie die Tage in einem wilden Crescendo aus neuen Eindrücken in ihrem Kopf herumwirbelten, so überrollte sie jetzt ein Sturm neuer Gefühle. Henks Zärtlichkeiten raubten ihr jegliches Gespür für Zeit.

Nach einer gefühlten Ewigkeit hob er den Kopf und sah sie mit funkelnden Augen an. Sie spürte seinen Atem auf ihren Lippen und die Wärme seines Körpers. Josefine lehnte sich gegen ihn und wünschte sich von ganzem Herzen, die Zeit anhalten und für immer mit Henk hier stehenbleiben zu können.

»Das war noch viel besser als in Amsterdam.« Sein Mund berührte zärtlich ihre Wange, dann schob er sie sacht von sich. »Und bitte, Josefine, sag jetzt nichts. Kein bissiges Wort!«

Er sprach so leise, dass Josefine glaubte, sich verhört zu haben. Ihr war schwindelig, und sie hielt sich immer noch an ihm fest. Wenn er sie doch nur wieder in die Arme schlösse! Blind für alles andere, schaute Josefine ihn nur an. Sie liebte die Art, wie er den Kopf zur Seite neigte und sich seinem Gegenüber zuwandte. Sie hatte es gern, wie er mit den Menschen umging, wie er Petre umsorgte und Ärgernissen mit einem Scherz die Härte nahm. Sie mochte seine leuchtenden Augen, den weichen Mund – einfach alles an ihm. Wenn er jetzt doch nur von Liebe spräche… Sie sehnte sich so sehr danach.

Josefine öffnete den Mund und hätte um ein Haar ihre eigenen Gefühle preisgegeben, die ihr erst jetzt in aller Deutlichkeit bewusst wurden. Die Wahrheit traf sie bis ins Herz. *Sie liebte Henk!* Wann war das nur geschehen? Josefine versuchte zu schlucken, doch ihr Hals war wie zugeschnürt. Sie biss sich auf die Lippen, und Tränen stiegen in ihr hoch.

»Was verstört dich so?« Henks Lächeln war besorgt.

»Ich … Ich kann es dir nicht sagen.«

»Warum nicht?«

»Du würdest denken, ich hätte den Verstand verloren, und wahrscheinlich habe ich das auch.«

Seine Augen lächelten sie an. Sie waren so glänzend, dass Josefine ihr Spiegelbild darin sehen konnte. Für einen Moment waren sie beide wie in einer Traumwelt verloren, eingesponnen in einen Kokon aus verwirrenden Gefühlen. Josefine versuchte, diesen Augenblick auszukosten wie eine süße Frucht und in ihrem Gedächtnis zu bewahren, damit sie sich später daran erinnern könnte. Eine halbe Ewigkeit lang sahen sie einander nur an, dann nahm Henk die Hände von Josefines Schultern. Mit der Rechten strich er ihr über die Wange. Sein Gesicht war so sanft, dass sie eine wohlige Wärme durchströmte.

»Wenn es immer so ist, dann wünsche ich mir, du würdest täglich den Verstand verlieren!«

Als sie die Stufen der Treppe knarren hörten, fuhren ihre Köpfe herum. Josefine löste sich abrupt von Henk. Mit einer bedauernden Geste ging er zur Tür.

»Wollen wir fahren, sobald es hell ist?«

Unfähig etwas zu antworten, nickte Josefine nur und ließ sich auf den Stuhl sinken.

Das Frühstück ließen sie sich einpacken und aßen es später, ausgestreckt auf einer Decke auf grünem Gras im Sonnenschein. Der Himmel war durchscheinend blau, und helles Licht vergoldete die Straße so verschwenderisch, als hätte es den gestrigen Regentag nie gegeben.

Josefine bemerkte Henks verstohlene Blicke. Sie versuchte immer noch, ihrer Gefühle Herr zu werden und ihm gegenüber einen unbefangenen, heiteren Ton anzuschlagen, der zumindest Petre zu überzeugen schien.

»Das Wirtshaus hätte nicht *Zum goldenen Löwen,* sondern *Zum dreckigen Löffel* heißen müssen«, sagte Josefine trocken, als die Rede auf ihre Herberge kam.

»An jedem Straßenrand ist es besser als in dieser öden Kaschemme!«, pflichtete Henk ihr bei. Er schnitt sich eine Scheibe Brot ab und strich großzügig Butter darauf. »Bei mir haben sich sechs betrunkene Bauern in zwei Betten zum Gruppenschlaf versammelt und so laut geschnarcht, dass die Balken wackelten.«

Petre nickte. »Und wenn es mal einen Moment still war, dann konnte man das trauliches Gepiepe uns umtanzender Mäuse hören!«

Zu Josefines Überraschung lachte Henk laut auf. Es war ein herrlicher Ton, der tief aus seinem Inneren kam. Josefine beobachtete gebannt, wie sich sein Gesicht verwandelte, die Züge weicher wurden. Wenn Henk lachte, dann sah er dem Erzengel Gabriel, der voller froher Inbrunst die Ankunft des Heilands verkündete, besonders ähnlich. Himmel, war dieser Mann schön! Wenn sie nur sein Gesicht berühren und sein Lachen für immer festhalten könnte!

Josefine seufzte innerlich und wünschte sich, Henk würde sie erneut in die Arme nehmen und küssen. Sie wollte seine Lippen spüren, erleben, wie sich sein Atem mit dem ihren mischte, wie sie atemlos wurde … Sie wünschte sich, ihn für den Rest ihres Lebens …

»Josefine!«

Sie zuckte zusammen und blickte in Petres fragende Augen.

»Was?«

»Wie war deine Nacht? Du hast noch nichts erzählt.«

»Auch nicht besser als eure.« Josefine hatte Mühe, sich aus ihrem Tagtraum zu lösen. »Na, das *Goldene* hat diese Herberge wirklich gut versteckt! Ich habe versucht, das stinkende Bettzeug und das Schnarchen und Röcheln meiner Zimmergenossinnen zu ignorieren, wollte mir Maiglöckchenduft ins Gedächtnis rufen und von reinweißen Laken, einem hübschen Teppich und bunten Vorhängen träumen, doch dann kam die Wirtin im Nachthemd, um uns mit einem misstönenden Nachtlied zu erfreuen, und die ganze Herrlichkeit verschwand vor meinen Augen. Irgendwann muss ich eingeschlafen sein und bin mitten in der Nacht schreiend aufgewacht, weil eine Katze mit ihren Kindern über mich hinwegspaziert ist! Es hätte nur gefehlt, dass die Enten und Gänse auch noch ins Haus gekommen wären.«

»Und die Kühe und Schweine!« Petre gähnte herzhaft und griff nach dem Laib Brot, um sich ein weiteres Stück abzuschneiden.

»Was für ein Geschenk ist die Stille«, befand Henk inbrünstig und lehnte sich mit geschlossenen Augen gegen den Stamm einer Eiche.

»Erzählst du uns von Russland!«, bettelte Petre. Henk öffnete träge ein Augenlid und wollte anscheinend den Kopf schütteln, doch der Junge griff nach seinem Arm und zerrte daran. »Och bitte, Henk!«

Josefine nickte ihm aufmunternd zu, also ließ er sich nicht länger bitten.

Henk erzählte von den Tagen seiner Kindheit, der Reise nach

Moskau, dem fremden Land, der anderen Welt. Er schickte Bilder in ihre Köpfe, von bunt bemalten und mit Holzarbeiten verzierten Droschken und Troikas, die von drei Pferden gezogen wurden, von Umzügen zur Jahreswende, bei denen sich die Kinder verkleideten und vor den Fenstern der Nachbarn sangen. Josefine und Petre erlebten die russischen Winter, Schlittenfahrten und die dick vermummten Gestalten auf den Märkten. Sie hörten von dort gekauften Waren, die Zuhause erst wieder auftauen mussten und von den langen Sommernächten, in denen die Sonne nicht unterging und ein seltsamer Zauber Einzug hielt.

»Ihr werdet es erleben. Wir kommen zu den Weißen Nächten in St. Petersburg an. Die Menschen sind dann wie im Fieber, viele feiern und tanzen die ganze Nacht hindurch. Der Himmel ist nachts blau, die Wolken strahlen weiß wie Schnee, und die Luft schmeckt süß wie Wein.«

»Du liebst Russland, nicht wahr?«, fragte Josefine später, als sie alleine waren.

»Ich weiß es nicht. Wenn, dann eher das Land als die Menschen – mit Ausnahme des Zarenpaars vielleicht. Nur die Treue ihnen gegenüber lässt mich in St. Petersburg bleiben.«

Sie blickte ihn fragend an, doch er blieb stumm. Eine Weile schwiegen sie.

»Henk … Heute Morgen … Der Kuss … Was wird nun aus uns? Sind wir immer noch Freunde?«

Er sah sie fest an. »Ich habe nachgedacht, Josefine. Was hältst du davon, wenn wir uns zu einem Paar mausern?«

»Was?« Josefine starrte ihn sprachlos an. Ihr dummes Herz schlug so heftig, als wäre sie Meilen gerannt.

»Ich habe dem Zaren versprochen, dich unversehrt bis nach St. Petersburg zu geleiten, doch es will mir nicht gelingen, in dir nur eine Freundin zu sehen. Ich meine, es fällt mir schwer, dich täglich um mich zu haben, ohne dich berühren zu können, ohne …« Er pflückte gedankenverloren einen Grashalm und drehte ihn zwischen seinen Fingern. »Warum nehmen wir uns nicht die Freiheit und tun, was wir uns wünschen? Diesen Kuss haben wir beide genossen, doch er reicht mir nicht. Ich würde dich am liebsten …«

»Was fällt dir ein? Zu glauben, ich könnte mich damit einverstanden erklären, dir Freiheiten zu gewähren?« Josefine spürte die Röte auf ihrem Gesicht bis in die Haarspitzen. »Wofür hältst du mich eigentlich? Für eine … Hure?«

»Das würde mir im Traum nicht einfallen!« Henk umfing ihre Schultern. »Josefine, du bist einsam und ich … ich hatte noch nie einen Menschen, der sich um mich kümmert. Und Petre! Er liebt dich und mich. Wir könnten uns zusammentun, eine Familie werden, ein richtige Familie! Für die Freiheit, alles zu tun, was wir wollen, biete ich dir meinen Namen.« Sein Tonfall war fest und entschlossen.

Die Spannung zwischen ihnen war wie ein gespanntes Seil, das jederzeit reißen konnte. Josefine schluckte und wartete, doch kein Wort von Liebe kam über Henks Lippen. Sie sehnte sich so sehr danach, dass es ihr die Kehle zuschnürte.

Schließlich tat sie einen tiefen Atemzug und riss ihren Blick von seinem Gesicht. »Ich … ich finde dein Angebot sehr großzügig, muss es jedoch ausschlagen. Deinen Namen anzunehmen, nur weil es nützlich und praktisch scheint … nur, weil es uns Freiheiten erlaubt …« Sie schüttelte den Kopf. »Nein! Sobald wir St. Petersburg erreicht haben, ist deine Pflicht mir und dem Zaren gegenüber hinreichend erfüllt, und du kannst gerne wieder deiner Wege gehen.«

Henk sah sie ungläubig an. »Du weist mich zurück? Warum? Hat es einen anderen Mann gegeben, der seine Versprechungen dir gegenüber nicht gehalten hat? Ich würde nie …«

»Es gab keinen anderen Mann.«

»Hmm …«

Josefine spürte, wie nach der Verzweiflung nun Wut nach ihr

griff. Was glaubte er eigentlich? Dass eine Geste, ein Wort von ihm, genügte, um sie in seine Arme sinken zu lassen?

»Weißt du, Henk, so verzweifelt ist mein Hunger nach Zuneigung nicht, dass ich mich für ein trautes Heim und die Mutterrolle verkaufe.«

»So habe ich es nicht gemeint!« Sein Ton war barsch, fast zornig.

»Aber du hast es so gesagt!«

Josefine spürte, wie der dicke Panzer, den sie schon bei anderen Gelegenheiten um sich gezogen hatte, sie vor seinem glühenden Blicken schützte.

Es war eine Weile still zwischen ihnen. Die Luft wurde wärmer, und in einiger Entfernung sah Josefine Petre, der hinter bunten Faltern herjagte. In Gedanken ging sie noch einmal die Ereignisse des frühen Morgens durch, bis hin zu den Worten, die sie gerade mit dem Mann neben sich gewechselt hatte.

»Henk, lass uns diesen törichten Wortwechsel einfach vergessen und den Kuss auch. Ich möchte, dass wir Freunde bleiben, einfach nur Freunde.«

Henk zuckte die Achseln. Sein Gesicht war ausdruckslos, und nur an der Röte erkannte Josefine, wie aufgebracht er war. »Wenn es das ist, was du dir wirklich wünschst, dann soll es so sein. Und jetzt ... Lass uns weiterfahren.«

Josefine rappelte sich auf, klopfte mit einer raschen Bewegung das Laub von ihrem Kleid und eilte zur Droschke. Sie spürte Henks glühenden Blick in ihrem Rücken, und in ihr schwelte das Gefühl, einen schweren Verlust erlitten zu haben.

Während Henk und Petre auf dem Kutschbock saßen, verbrachte Josefine die Zeit grübelnd im Wagen. War sie eine Närrin gewesen? Sie hätte Henk heiraten, sie hätte seine Frau werden können, die Mutter seiner Kinder, die Mutter von Petre. Sie wäre ihm Tag und Nacht nahe gewesen.

»Wie töricht, all das auszuschlagen«, raunte eine Stimme in ihr. Josefine rang zittrig nach Atem und schlang die Finger ineinander.

Sie hätte so vieles haben können, doch das, wonach es sie verlangte, war nicht darunter: Henks Liebe. Eine Verbindung ohne Liebe, das war wie eine Rose, die nach Nelke duftete, wie ein falsches Parfüm.

Unglücklich beschattete Josefine ihre Augen mit der Hand. Wenn sie doch nur nie auf die Bitte des Zaren eingegangen wäre! Noch vor kurzer Zeit war ihr Leben in geordneten Bahnen verlaufen, und alles war so einfach gewesen, so überschaubar.

Unwillkürlich dachte Josefine an ihre Kindheit, an die schönen Stunden mit Bertram und Meinhardus. Sie schloss die Augen und glaubte, Dietlindes Apfelkuchen zu riechen und Bertrams Honigwein.

Wenn sie doch nur wieder zu Hause wäre! Wenn sie sich doch in Meinhardus' Arme stürzen könnte! Sie fühlte sich jämmerlich bei dem Gedanken, dass jede Meile sie weiter von den Menschen entfernte, die sie liebte. Und es würden noch viel mehr dazukommen. Russland war so fern. Und Henk … Er war ihr fremd, trotz all der Nähe … Und jetzt … Es hatten verletzter Stolz und Kälte in seinen Augen gestanden …

Josefine nahm die Hände vom Gesicht und seufzte tief. Wie sollten sie zu einem unbeschwerten Umgang zurückfinden?

Josefine lehnte den Kopf erschöpft gegen die Wand der Droschke. Sie spürte, wie eine große Erschöpfung sie überfiel, und dann ließ das Rattern der Droschke sie in einen leichten Schlaf fallen. Sie erwachte erst wieder, als die Sonne schon hoch am Himmel stand. Die Kutsche hatte angehalten.

Josefine gähnte und spähte aus dem Fenster. Henk sprang vom Kutschbock und hob Petre hoch in die Luft. Er lachte mit dem Jungen, und Josefine spürte Erleichterung in sich aufsteigen. Er schien nicht mehr zornig zu sein.

»Komm, mein junger Freund, lass uns Pferdewein holen gehen«, rief Henk. Er setzte Petre ab, der ihr zuwinkte und sich, genau wie Henk, einen Holzbottich schnappte.

Josefine spürte eine seltsame Bewegtheit, als sie den großen hellhaarigen Mann und das Kind mit dem dunklen Schopf einträchtig nebeneinander zum Fluss laufen sah. Henk würde einen guten Vater abgeben. Erneut verspürte sie einen Stich in ihrem Herzen.

Josefine war noch dabei, die Pferde trocken zu reiben, als Henk und Petre zurückkehrten. Der Junge nestelte an seiner Hose, die er falsch zugeknöpft hatte.

»Petre hat sich derart lange erleichtert, dass ich schon dachte, der Fluss würde über die Ufer treten«, witzelte Henk und zwinkerte Josefine zu. Erleichtert zwinkerte sie zurück.

Während Petre die Pferde tränkte, maß Henk Josefine mit einem ernsten Blick. »Wollen wir versuchen, wieder Freunde zu sein, Gefährten auf einer langen Reise, die sich gegenseitig helfen?«

»Ja«, sagte Josefine erleichtert und streckte ihm die Hand entgegen. »Sehr gerne!«

»Habt ihr euch etwa gezankt?« fragte Petre.

»So ungefähr.«

»Weswegen?«

»Eine Kinderei, aber jetzt ist alles wieder gut«, erwiderte Henk und ließ Josefine nicht aus den Augen.

2

6. Juni 1716

Mein lieber Meinhardus!

In meinem letzten Brief habe ich von Berlin gesprochen, und du kannst mir glauben, dass die königliche Residenz wirklich ein Höhepunkt auf unserer Reise war. Der Schutzbrief des Zaren sicherte uns ein Unterkommen im Stadtschloss – da staunst du, was! Der König bewohnt von den siebenhundert Zimmern nur fünf und sorgt dafür, dass aus der Nutzung der anderen Räumlichkeiten noch Geld geschlagen wird. Du musst wissen, dass die Sparsamkeit eine seiner Leidenschaften ist.

Vor drei Jahren hat Friedrich Wilhelm den Thron übernommen, und seitdem räumte er mit dem Pomp bei Hofe gründlich auf. Den Luxus, von dem so viele Besucher unserer Wunderkammer berichteten, gibt es nicht mehr. Stell dir nur vor, den Lustgarten, auf den ich mich schon so sehr gefreut hatte, ließ Friedrich Wilhelm in einen Exerzierplatz umwandeln. Die steinernen Säulen wurden als Baumaterial verwendet und die bronzenen Figuren zu Kanonen umgegossen. Seine Soldaten mussten von einem Tag auf den nächsten auf aufwendigen Kopfputz und luxuriöse Uniformen verzichten. Man sagt, etliche Perückenmacher seien daraufhin vor lauter Verzweiflung ins Wasser gegangen.

Die zweite Leidenschaft des Preußenkönigs ist das Regiment, und hier gilt sein besonderes Augenmerk der Anwerbung von hoch ge-

wachsenen jungen Männern, den Langen Kerls, *wie sie genannt werden. Im ganzen Land, aber auch in Ungarn, Kroatien und der Ukraine werden sie von Werbern angeheuert. Einen inländischen Sechsfüßler lässt sich der König 600 Taler kosten, für Riesen aus dem Ausland zahlt er bis zu 3000 Taler. Unglaublich, nicht wahr!*

Henk hat mir verraten, dass der Zar dem König auf seiner Rückreise einen Besuch abstatten wird und ein Dutzend großer Russen als Geschenk in seinem Gefolge hat. Natürlich mit dem Hintergedanken, Preußen als Verbündeten zu gewinnen. Ich könnte mir vorstellen, dass die Männer sich mögen werden. Der König kann mit Gelehrten und Geisteswissenschaften ebenso wenig anfangen wie Zar Peter, und er hegt die gleiche Abneigung gegen höfische Etikette. Sein Herz schlägt für die Bauern und das einfache Volk.

Er hat uns begrüßt wie alte Freunde. Ja, du hast richtig gelesen! Ich durfte vor dem König knicksen und habe mit ihm gesprochen. Da hat Dietlinde was für die Lästermäuler! Eines unserer Themen waren Krankheiten und deren Ausbreitung. Zu meinem Staunen ist Friedrich Wilhelm ein großer Verfechter von Sauberkeit und Körperpflege. Sehr vernünftig, der Mann!

So einfach wie der König selbst ist auch das Essen bei Hof. Uns wurde Hausmannskost serviert, Weißkohl mit Schweinebauch und grüne Erbsen mit Huhn.

Ich war richtig traurig, als wir uns nach drei Tagen wieder auf den Weg machen mussten. In Freienwalde fanden wir ein Unterkommen bei einem Apotheker, den Cornelis empfohlen hat. Wir überquerten die Oder und reisten weiter nach Königsberg, einer Stadt mit alten Toren und Kirchen. Am 2. Juni 1716 sichteten wir Danzig und verbrachten einen wunderschönen Tag dort. Mit Petre war ich am Junkerhof, wo sich Kaufleute treffen und Stadtmusiker unsere Ohren unterhielten.

Dann ging es Richtung Stuffhof und über das Frische Haff nach Braunsberg. Du glaubst nicht, wie schön die Landschaft hier ist, Meinhardus! Herrliche Alleen, dichte Wälder, und dazwischen blitzt immer wieder das türkisfarbene Haff tief unten zwischen den Bäumen hindurch.

Je näher wir Russland kommen, desto schlechter werden die Wegverhältnisse, die Unterkünfte primitiver und das Essen ungewohnt. Es will mir kaum mehr gelingen, die Namen der Orte auszusprechen, die wir passieren oder in denen wir nächtigen, geschweige denn, sie zu Papier zu bringen. Oft genug sind es nur Dörfer mit armseligen, schmutzigen Häusern. Hühner und Schweine laufen über die Straßen und sind genauso verdreckt wie die Kinder. Ich schnuppere immer wieder unauffällig. Nicht nur die Gegend, auch viele Gerüche, die wie Fahnen durch die Dörfer ziehen, sind mir fremd. Selbst die Rösser, die Henk in der letzten Poststation gewechselt hat, sehen anders aus: dunkle Hengste mit langen Mähnen und schweren Hufen, die salzig-scharf riechen.

Heute, am 6. Juni, sind wir in Grodno am Fluss Njemen angekommen, und bis St. Petersburg sind es noch gut 500 Meilen.

Meinhardus, wir sind jetzt schon länger als drei Wochen unterwegs, und wenn ich mir vorstelle, dass wir noch weitere 14 Tage reisen müssen, dann kann ich nur seufzen. Mittlerweile bin ich es leid, zum fahrenden Volk zu gehören! Petre mag noch so sehr schwärmen – für mich ist ein Leben als Vagabundin nicht erstrebenswert.

Oh, es klopft an der Tür. Ich glaube, die Wirtstochter bringt mir eine heiße Milch und will mich zum Schlafengehen überreden. Müde genug bin ich allemal. Grüße alle ganz herzlich von Deiner Josefine.

22. 6. 1716

Lieber Meinhardus,

und hier kommt nun mein letzter Brief mit Reiseschilderungen. Gestern sind wir in St. Petersburg angekommen! Endlich!

Nachdem wir Anfang Juni zwei Tage in Njemen verbracht ha-

ben, reisten wir über Polangen nach Mitau und weiter Richtung Riga. Du glaubst nicht, wie viele verschiedene Landsleute die Stadt beherbergt: Männer aus Polen mit Kniehosen, Strümpfen und schmalen Jacken, groß gewachsene Soldaten mit hellem Haar, Russen mit langen, verfilzten Bärten und schleppenden Gewändern, und Tartaren, die mit ihren schräg stehenden Augen, den hohen Wangenknochen und gegerbten Fellen Petre das Fürchten lehrten.

Die Bewohner von Riga spucken aus, wenn sie den Namen des Zaren hören und behaupten, es sei seine Schuld, dass nichts mehr übrig ist von den freien baltischen Ländern, dem schönen alten Riga, und dass diese Stadt nur mehr ein Kessel russischen Drecks sei.

Ich empfinde das nicht so. Obwohl sich Riga vor sechs Jahren im Großen Nordischen Krieg nach längerer Belagerung den Russen ergeben musste und viele der alten herrschaftlichen Häuser zerstört wurden, hat sich die Stadt immer noch ihren eigenen Reiz bewahrt. Man merkt an den Bauten und der Sprache, dass sie sehr stark von deutschen Kaufleuten geprägt ist. Hier sprechen mehr Leute Deutsch als in Berlin, wo jeder Vierte ein Hugenotte ist.

Was vielleicht dann doch sehr russisch anmutet, sind die Kabak-Schenken, in denen es ausschließlich Wodka zu trinken gibt. Die Männer kippen ihn in rascher Folge in sich hinein, um so schnell wie möglich betrunken zu werden. Oft genug kommen die Väter nicht heim, um den Verdienst der Woche mit ihren Lieben zu teilen, sondern bleiben tagelang in einer Kabak hängen. Das nenne ich wahrlich einen russischen Dreck!

Wir übernachteten bei einem Händler namens Stolzfuß, den Henk von früheren Reisen kannte. Er fütterte uns mit warmem Grießkuchen und süßem Kakao. Petre war natürlich begeistert!

Stolzfuß handelt mit allem, was Geld bringt: Leinen, Seidenstoffe, Zobel- und Nerzpelze, Wachs, Honig, gegerbte Lederhäute, Ballen von Flachs und Meerschaum in Schachteln und Fässer mit Wodka. Selbst Kreidepulver zum Putzen der Zähne, Perücken und handliche Flohfallen, die schräg unter den Achseln getragen werden, kann man bei ihm kaufen. In seinem Lager riecht es so intensiv wie auf dem Markt in Amsterdam. Ein Fest für die Sinne, Meinhardus.

Als wir in aller Frühe von Riga aufbrachen, herrschte vor dem Stadttor schon geschäftiges Treiben. Schwere Rösser schnaubten in ihrem Geschirr, bissen auf ihre Trensen und scharrten ungeduldig mit den Hufen. Das alles bot ein unheimliches Bild in der von Pechfackeln erhellten Dämmerung. Männer hievten Ballen und Bündel auf Fuhrwerke, und Kutscher trieben Zollbeamte an, die misstrauisch um die Fahrzeuge ihre Runden drehten und Planen und Decken anhoben.

Es dauerte fast eine Stunde, bis wir uns nach Estland aufmachen konnten, ebenfalls eine Stadt, die im Nordischen Krieg erobert wurde und zum russischen Reich gehört. Genau wie Reval, das wir schließlich am dritten Tag erreichten.

Die Oberschicht besteht aus niederdeutschen Händlern, die der Vereinigung der Deutschen Hanse angehörten. Reval hat mir sehr gefallen, Meinhardus. Schon die Befestigung ist eine Sehenswürdigkeit. Ich habe noch nie eine so lange, hohe und dicke Stadtmauer gesehen. Und dann die Türme! Es mögen wohl 40 an der Zahl sein. Es gibt mehrere Tore, die alle Namen tragen. Die große Strandpforte heißt Dicke Margrethe *und stand, als sie vor langer Zeit gebaut wurde, so nah am Ufer, dass bei Sturm die Wellen ans Tor schwappten.*

Ob du es glaubst oder nicht, in dieser Stadt kommt es mir so vor, als sei ich in eine andere, eine urtümliche Zeit gereist. Alles hier scheint alt und wehrhaft zu sein, auch das beeindruckende Rathaus, von dem aus man einen wunderbaren Blick über die Stadt, den Hafen und den Meerbusen hat.

Henk hat uns erzählt, dass nur die Vorstädte von Riga im Nordischen Krieg zerstört wurden. Die Bevölkerung flüchtete in die Festung, deren Mauern allen Angriffen standhielten. Die Bürger begannen, die Verteidigung zu organisieren, doch dann brach die Pest über sie herein, und der Zar hatte leichtes Spiel. Tragisch, nicht wahr?

Wir sind gegenüber dem Rathaus bei Johann Burchard, einem Apotheker, untergekommen – wieder einmal eine Empfehlung von Cornelis. Es war herrlich, in einer Offizin zu stehen, die Gerüche wahrzunehmen und sich mit einem fachkundigen Menschen über Heilpflanzen und Kräuter auszutauschen.

Am 15. Juni sind wir von Reval aufgebrochen, und je länger wir durch Russland fuhren, desto mehr verstärkte sich der Eindruck riesiger Weite. Die Horizonte sind kaum zu erfassen, und das Land dehnt sich endlos in der Ferne. Es ist flach und wird von kleinen Flüssen unterbrochen. Immer wieder säumten Birken- und Fichtenwälder unseren Weg.

Es ist ein großes Land, Meinhardus, und wir bekamen manchmal stundenlang keinen Menschen zu Gesicht. Henk sagt, man kann sich in die Weite Russlands verlieben. Ich empfinde es eher so, dass man sich darin verlieren kann.

Irgendwann war es vorbei mit der Endlosigkeit. Wir erreichten Narva und reisten von da aus mit dem Schiff bis nach Kronstadt, auf die Insel Kotlin vor St. Petersburg.

Eigentlich gehörte die Insel zu Schweden, aber das hat Peter 1703 wohl nicht gestört. Er nahm Kotlin in Besitz und ließ dort eine Festung anlegen. Henk hat mir erzählt, dass das Baumaterial im Winter, als die Kronstädter Bucht völlig zugefroren war, mit Tausenden mit Steinen beladenen Schlitten von Pferden über das Eis gezogen wurde. Arbeiter schlugen Löcher in die Eisdecke und versenkten die ganzen Fuhren, sodass über vierzig kleine Inseln entstanden – Fundamente für die Bastionen, die die Seezufahrt nach St. Petersburg abriegelten. Nur zwei schmale schiffbare Kanäle blieben frei, die von mächtigen Bollwerken bewacht werden. Über einen dieser Kanäle verließen wir am 27. Juni die Insel und erreichten schließlich St. Petersburg.

Bei unserer Ankunft schien gerade die Welt untergehen zu wollen. Es regnete in Strömen. Die armen Pferde kamen nur mühsam und mit gesenkten Köpfen voran, und Henk fluchte auf dem Kutschbock wie ein Bauer. Der Wagen stand noch nicht, als er schon auf den

Boden sprang und unseren Verschlag aufriss. Wir standen vor einer Schranke, hinter der uns ein missmutiger Zollbeamter erwartete. Woher wir kämen? Wohin wir wollten? Und ob wir Baumaterial dabeihätten!

Baumaterial? Ich war mehr als verwundert, doch Henk hatte schon davon gehört, dass nur der in die Stadt kommt, der mit einer bestimmten Menge Steine aufwarten kann. Der Zar scheint den Bau St. Petersburgs wirklich mit allen Mitteln voranzutreiben. Nur Geistliche und Nonnen bleiben von der Steineinfuhrpflicht verschont.

Wir durften erst passieren, als Henk wieder einmal den Reisebrief des Zaren aus der Tasche zog. Der Zollbeamte buckelte erschrocken und öffnete für uns die Schranke.

Trübes Wetter, Nebel und Regen gehören zu St. Petersburg wie die Ratten zu einer Kornkammer, doch manchmal verzieht sich das Grau so schnell, wie es gekommen ist. So war es auch am Tag unserer Ankunft. Als wir die Schranke passierten, brach die schon tief stehende Sonne durch die Wolken.

Auf der Reise hat Henk uns Geschichten über St. Petersburg erzählt, dieser Stadt, die nach Vorbildern aus aller Welt entstanden ist. Vor dreizehn Jahren gab es hier nichts außer Mücken, Himmel, Sumpfboden und einem sich verzweigenden Fluss. Du solltest es heute sehen, Meinhardus!

Es gibt Straßen, Gärten, Kanäle und Brücken, so herrlich wie in Amsterdam, dazu viele neuartige Bauten, die schon fertig sind, und mindestens ebenso viele, an denen noch gearbeitet wird. Von Weitem sieht es aus, als seien Ameisen am Werk. Für jedes Bauwerk müssen Pfeiler viele Meter tief in die Erde getrieben werden. Ich habe noch niemals zuvor so viele Menschen gemeinsam so hart arbeiten sehen. Ich hoffe, der Zar entlohnt sie gut.

Es ranken sich viele Legenden um diese Stadt. Es heißt, Peter sei eines Tages im Wald auf der Jagd gewesen und habe gerastet, um an einem Bach sein Pferd zu tränken. Ein Adler mit goldenen Federn umkreiste ihn. Der Zar streckte seinen Arm aus, und der Vogel ließ sich gleich einem abgerichteten Greif darauf nieder. Der Adler plusterte sich auf, und eine seiner goldenen Federn fiel zu Boden. Das war die Stelle, an der Peter seine Stadt gründete.

Henk ist im letzten Licht des Tages mit uns zum Newaufer gefahren. Als ich den Blick über den Fluss schweifen ließ, musste ich immer wieder über die Haseninsel staunen, den Urkern von St. Petersburg. Wie eine Perle, die von glänzendem Silber eingefasst wird, liegt sie dort, wo sich die Newa in drei mächtige Mündungsarme aufspaltet. Sie scheint geradezu von der großen Petersburger Insel, die dahinter liegt, umarmt zu werden. Der Domik des Zaren liegt zur Rechten der Haseninsel. Er hat ihn in drei Tagen eigenhändig gezimmert, um von dort aus den Bau der Stadt zu überwachen, eine einfache Blockhütte aus Kiefernholz mit nur zwei Zimmern und einem Boot vor der Tür. Natürlich bewohnt der Zar mittlerweile ein prunkvolleres Gebäude, doch immer noch liebt er das Blockhaus, und es zieht ihn hin und wieder dorthin zurück.

Auf der vorgelagerten Haseninsel selbst erhebt sich auf einem Fundament aus Eichenpfählen die beeindruckende Peter-Paul-Festung, ein Bollwerk, das Zar Peter nach seinem Namenspatron, dem heiligen Petrus, benannt hat. Der sechseckige Bau, dessen Bastionen darauf ausgerichtet sind, jedem Gegner – ob zu Wasser oder zu Land – zu trotzen, hat der neuen Stadt ihren Namen gegeben. Ich bin mir sicher, die Schweden würden weder von der Seeseite her noch vom Land aus eine Möglichkeit zum Angriff finden. Außerdem gewährt die Festung Kronstadt zusätzlichen Schutz.

Links von der Haseninsel liegt das Zentrum der Stadt, die Wassiljewski-Insel, die – nach dem besten Freund des Zaren – auch Menschikow-Insel genannt wird. Alexander Danilowitsch Menschikow ist Gouverneur von St. Petersburg, und Henk hat mir erzählt, dass er aus den einfachsten Verhältnissen stammt. Sein Vater soll Bauer gewesen sein, und er selbst hat in jungen Jahren Pasteten verkauft. Menschikow diente als Page im Haushalt eines Offiziers in der Aus-

ländervorstadt nahe Moskau. Dort lernte er den Zaren kennen, der in seinem Alter ist. Die beiden wurden Freunde und sind es bis heute geblieben.

Menschikow bekleidete zunächst das Amt eines Burschen. Er begleitete den jungen Zaren auf seinen Feldzügen und den Reisen nach Holland und England. Dieser Mann hat den Zaren mit seiner geliebten Katharina zusammengebracht und nimmt schon deshalb eine besondere Stellung im Herzen des Herrschers ein.

Meinhardus, diese Geschichte erzählt dir auch gleich etwas über das Wesen des Zaren. Vielleicht verstehst du jetzt, warum dieser Mann deine Tochter überreden konnte, in sein Reich zu reisen.

In der Sommerresidenz des Zaren, am Ufer des Flusses Fontanka, sind Petre und ich vorerst untergekommen. Hier, in dieser kleinen, zweistöckigen Residenz leben Peter und Katharina. Die Schlichtheit des Steinbaus liegt in der Persönlichkeit des Zaren begründet. Er hat es lieber behaglich und warm, und es ist ihm egal, ob dieser Hort eines Herrschers unwürdig scheint. An drei Seiten ist die Residenz von Wasser umgeben. An der Südseite befindet sich ein kleiner, direkt am Hauseingang gelegener Hafen mit Vorplatz.

Meinhardus, in diesem Haus könnte ich fast glauben, in Amsterdam zu sein. Die Wände um mich her sind mit holländischen Fliesen oder rotem Samt ausgekleidet und die Decken mit herrlichen Fresken bemalt. Holzschnitzereien finden sich an Türen und Möbeln, Marmor auf dem Boden und chinesisches Porzellan in den Schränken.

Die Sommerresidenz hat ein Tanz- und auch ein Drechselzimmer, aber keinen Festsaal. Feierlichkeiten lässt der Zar im Palast seines besten Freundes, des Fürsten Menschikow, ausrichten. Und stell dir vor, mit einer Feier beginnt meine Ankunft in St. Petersburg! Heute Abend schon sind Petre und ich zu einem Empfang auf die Wassiljewski-Insel eingeladen, und dort werden wir nicht nur den Fürsten Menschikow kennenlernen, sondern auch deinen Freund, den Bären. Ich bin schon sehr gespannt!

Ich habe gehört, deine Kuriosa seien schon vor einigen Tagen angekommen. Wie freue ich mich auf die altbekannten Schätzchen! Sie werden zusammen mit den Kuriosa des Zaren und den auf der Reise erworbenen Herrlichkeiten in einem geräumigen Steinhaus im Osten der Stadt ihre Bleibe finden. Dort ist ab morgen mein Arbeitsplatz.

So, lieber Vater, jetzt muss ich mich eilen. Mir bleibt noch eine Stunde, um mich vom Reisestaub zu befreien.

Es grüßt dich herzlich aus St. Petersburg

Josefine

3

Es waren noch vier Stunden bis Mitternacht, doch die Stadt mit ihren Bauten lag da wie unter einem Schleier aus Licht, als ließe ein Zauber den Himmel leuchten. In den Weißen Nächten ging die Sonne in St. Petersburg nur für kurze Zeit unter, sodass es auch nachts dämmrig oder hell war.

Josefine und Petre saßen in einem Boot, das zum Palast des Fürsten fuhr, und blickten voller Staunen auf die Newa. Das Flusswasser trug goldene Glanzlichter und schien im trägen Dahinfließen die Inseln zu umschlingen. Wie kristallgrüne Zungen leckten die Wellen murmelnd an den Wänden des Bootes. Das Geräusch wirkte einschläfernd, und Josefine dachte, dass Petre eigentlich nach dem langen Tag sowieso ins Bett gehört hätte, doch die Einladung des Gouverneurs von St. Petersburg hatte er sich um keinen Preis der Welt entgehen lassen wollen.

Bei gleichmäßigem Ruderschlag glitt das Boot dahin, während eine Schar Gänse gellend über sie hinwegzog und Mücken ihre Köpfe umschwirrten. Petre schlug schimpfend nach den blutsaugenden Biestern, während sich Josefine tiefer unter den Windschutz des Achterdecks zurückzog.

Trotz der abendlichen Stunde herrschte noch reger Betrieb am Fluss. Menschen eilten hin und her, Seeleute, leichte Mädchen und edel gekleidete Männer. Überall schaukelten Boote, und es roch nach Salz, Moder, nach Fisch und nassem Segeltuch. Die Luft war erfüllt vom Knarren der Schiffe, von den Schreien der Möwen und Menschen und dem Knirschen schwerer Fässer über nassen Sand. Zwischen den hohen Steinhäusern mit ihren ebenen Fassaden sah Josefine Pferdegespanne und Kolonnen von Arbeitern, die sich am Flussufer bewegten. Obwohl der Zar noch im Ausland weilte, liefen die Arbeiten am Aufbau der Stadt weiter wie ein Uhrwerk. Im Vergleich mit Amsterdam wirkte St. Petersburg moderner und um einiges prächtiger. Herrschaftliche Paläste und Residenzen schossen wie Pilze aus dem Boden. Woher mochten wohl all die Menschen kommen, die hier für Peter schufteten?

Josefine kniff die Augen zusammen. Gut behandelt wurden die Arbeiter nicht gerade! Mit Schlägen und scharfen Anweisungen hielten Aufseher die schweißüberströmten Männer dazu an, Holz und Steine in Frachtboote zu wuchten, die – gut gefüllt – wie Bienenschwärme zur anderen Seite des Ufers glitten. Trommelschläge drangen zu ihnen herüber, in deren Takt gebückte Gestalten Eichenpflöcke in den sumpfigen Boden trieben. Jetzt erst nahm Josefine neben dem Geruch des Flusswassers eine beißende, scharfe Note wahr, die sie erschauern ließ: Es roch nach Angst, Schweiß und Erbrochenem.

Josefine zuckte zusammen, als einer der Aufseher einem mageren Mann die Peitsche um die Ohren schlug, sodass er auf die Knie sank. Am liebsten hätte sie ihm geholfen, doch schnell war der Kahn vorbei. Sie sah gerade noch, wie sich die ausgemergelte Gestalt schwankend wieder erhob.

Was für eine schreckliche Quälerei! Wie viele Menschen mochten beim Aufbau der Stadt schon ihr Leben oder doch zumindest ihre Gesundheit gelassen haben, und wie viele würde St. Petersburg noch in den Tod treiben? Josefine erschauderte. Davon hatte der Zar nicht gesprochen, als er sie für seine Stadt begeisterte.

»Wann schlafen denn all diese Männer?«, fragte Petre.

»Sie arbeiten sicher in Schichten«, beeilte sich Josefine zu erklären und hoffte, dass es wirklich so war.

Sie zwang ihren Blick von den elenden Gestalten wieder dem glänzenden Band der Newa zu. Wie konnte der Zar, der sein Volk zu lieben schien und es den alten Fesseln entreißen wollte, zulassen, dass in dieser Stadt so barbarisch mit Menschen umgesprungen wurde?

»Sieh nur, Josefine, die meisten Arbeiter haben helles Haar«, rief Petre, und da dämmerte es ihr. Helles Haar! Der Zar ließ seine Stadt nicht von Russen erbauen, sondern von Kriegsgefangenen, Menschen, die in seinen Augen Verbrecher waren und den Tod verdient hatten. Sie dachte an die Poststraße von Nowgorod nach St. Petersburg, an den endlosen Zug von Karren, mit denen Lebensmittel, Holz für die Gerüste, Steine für die Mauern, Glas und edle Stoffe in die Stadt gebracht wurden.

»... und Menschen«, dachte Josefine und holte zittrig Atem.

Wie sollte sie mitten in all dem Elend leben und arbeiten können? Wie sollte sie den Anblick der Geschundenen in ihrer zerlumpten Kleidung und die düsteren Mienen der Peitschen schwingenden Aufseher ertragen? Wie sollte sie Tag für Tag den Angstgeruch aushalten können?

»Es ist nicht für immer. Du kannst Meinhardus einen Traum erfüllen und den Russen und vielleicht auch dem Zaren die Augen für eine Welt öffnen, in der jeder Mensch wertvoll und von Gott gewollt ist«, raunte eine leise Stimme in ihr. Josefine biss die Zähne zusammen, bis ihre Kiefer schmerzten. Sie würde dieser Menschenquälerei nicht tatenlos zusehen. Es brauchte Arbeiter, damit die Stadt des Zaren gebaut wurde, aber vielleicht könnte es ihr gelingen, die Arbeitsbedingungen dieser armen Teufel zu verbessern. Sie würde versuchen, Einfluss auf Katharina zu nehmen. Im Augenblick allerdings konnte sie nichts tun!

Mit einem tiefen Seufzer riss Josefine ihre Aufmerksamkeit von den gequälten Gesichtern los. Sie konzentrierte sich auf das perlende Wasser, auf den Geruch des Flusses, der jetzt alle anderen Gerüche überlagerte, und wandte sich dem Menschikow-Palast zu. Das prachtvolle Bauwerk stand direkt an der Newa und besaß einen eigenen Kai, an dem große Aufregung herrschte. Boote kamen und gingen, von irgendwoher ertönten die Klänge eines Orchesters.

Gäste in festlicher Aufmachung begrüßten einander oder schimpften mit Dienstboten, die nicht schnell genug waren. Die Roben der Frauen bauschten sich im Wind, und Josefine erkannte voller Staunen, dass die meisten Gäste nach europäischer Mode gekleidet waren. Über ihren Kleidern trugen sie Manteaus aus Goldbrokat, die sich im Rücken bauschten und schleppenartig herabfielen. Das Haar war ausnahmslos aufgesteckt, manchmal zu wahren, mit Federn oder Bändern geschmückten Türmen, und gab den Blick auf gewagte Dekolletés frei. In Ergänzung zu den Fontangen der Frauen trugen die Männer mächtige Perücken. Bis zu den Kniehosen reichten ihre in der Taille eng geschnittenen Überröcke mit den breiten Ärmelaufschlägen. Sie waren mit Stickereien, Tressen und Borten in Gold und Silber verziert und von der Taille aufwärts geknöpft. Halstücher, federbesetzte Hüte, deren Krempen an drei Seiten hochgeschlagen waren, sowie Schnallenschuhe vervollständigten die Aufmachungen.

Josefine lehnte sich zurück und atmete tief durch. Neben diesem Prunk und dieser Pracht wirkten sie und Petre in ihrer einfachen Kleidung wie Bettler. Nervös strich Josefine das zu Ringellocken aufgedrehte Haar zurück, rückte Petres Jacke und ihren Umhang zurecht, unter dem sie ein Gewand aus dunkelblauem Samt trug. Es war das einzige Festkleid, das sie auf die Reise mitgenommen hatte. Um ihren Hals hing ein blauer Stein an einer silbernen Kette, den Bertram ihr als Kind geschenkt hatte. Das Auffälligste an Josefine war sicherlich ihr Parfüm. Sie hatte sich für ein Duftkonzert aus Jasmin, Maiglöckchen, Rose und einer Spur von Flieder entschieden, um ihr Selbstbewusstsein zu unterstützen.

Petre roch ausschließlich nach der herben Seife, die eines der Dienstmädchen des Zaren ihm mit der Waschschüssel in die Hand gedrückt hatte. Seine schwarze Mähne glänzte wie Adlerfedern. Er trug eine Kniebundhose und eine farblich passende Jacke – Kleidung, die ein Bote mit besten Grüßen von Henk am späten Nachmittag gebracht hatte.

Jetzt betrachtete der kleine Bursche mit großen Augen das Treiben am Kai und den Menschikow-Palast mit seinen Seitenflügeln, die offenbar einen kleinen Hof umgaben. Im Licht der Goldenen Nacht glaubte Josefine, einen Garten mit Skulpturen und einem Springbrunnen ausmachen zu können.

Der mehrgeschossige, pompöse Palast war hell erleuchtet, die Fassade durch Pilaster und Gesimse gegliedert und mit goldenen Statuen geschmückt. Der Haupteingang war über eine Treppe erreichbar und wurde von einem von vier Stützen getragenen gusseiseren Balkon überdacht, der sich über das gesamte erste Stockwerk erstreckte.

»Himmel, Josefine! Gegen dieses Schloss wirkt der Sommerpalast des Zaren ja wie ein Armenhaus!«

»Fürst Menschikow scheint es prunkvoll zu mögen, während der Zar lieber gemütlich residiert.«

»Der olle Menschikow trinkt sicher auch gerne einen. Sieh mal, da oben, das ist Bacchus, der Gott des Weins. Meine Mutter hat von ihm gesungen. Auf dem Notenblatt war eine Zeichnung, da hatte Dionysos nur ein Fell an, während die Frauen um ihn herum gar nichts trugen – außer Weinkelchen.«

Josefine schmunzelte. »Man sagt, Dionysos entfesselt die Menschen und befreit sie von ihren Sorgen. Vielleicht hat der Fürst beides nötig. Der Weingott dort oben ist übrigens in guter Gesellschaft: Ich erkenne Neptun und Ceres, die Göttin der Fruchtbarkeit.«

»Und sieh nur, Josefine, auf dem Giebel, die Vasen und Fürstenkronen!«

»Ja. Was für eine Pracht! Selbst die prunkvollsten Bauten in Amsterdam sind nicht schöner geschmückt!«

»Ich habe noch nie ein so wunderbares Haus gesehen. Es ist wie im Märchen, nicht wahr? Ich fühle mich, als wäre ich Aschenpetre!«

»Und wer ist die gute Fee, die deine Wünsche erfüllt?«

»Der Zar natürlich und Henk!« Petre zupfte bezeichnend an seiner Jacke. »Vielleicht ist das Boot, in dem wir sitzen, in Wahrheit ein Apfel, und die Lakaien und Dienstmädchen sind Mäuse und Eidechsen.« Er verdrehte träumerisch die Augen. »Und du, Josefine, bist bestimmt die Schönste auf dem Ball! Henk wird dich überhaupt nicht wiedererkennen, mit Haaren wie Schweineschwänzchen und einem Kleid, so samtig wie der Bauch eines Hundewelpen. Er tanzt bestimmt den ganzen Abend mit dir, doch kurz vor dem zwölften Glockenschlag eilst du zurück in den Sommerpalast und verlierst dabei deinen Schuh. Und dann wird Henk dich suchen lassen …«

»… und die böse Stiefschwester finden, die mir den Schuh gestohlen hat. Wem willst du denn diese Rolle zuschieben?«

»Och, da finde ich schon noch jemanden. Ganz bestimmt!«

Das Boot legte an, Rufe ertönten, und ein Schwall von Stimmen und Gelächter schlug ihnen entgegen. Ein großer grauhaariger Riese reichte Josefine die Hand, um ihr an Land zu helfen. Halb benommen nahm sie den brandigen Pechgeruch der entzündeten Fackeln wahr, der sich mit dem des brackigen Wassers mischte. Der Riese löste sich von ihr, und seine Hände griffen nach Petre, hoben ihn hoch und setzten den Kleinen neben Josefine vorsichtig wieder ab.

»Ein kleiner Bursche und ein schönes Mädchen. Du bist Josefine, nicht wahr?«, polterte er los, und sein dröhnender Bass übertönte alle anderen Stimmen. »Da hat Meinhardus, dieser alte Schwerenöter, es doch tatsächlich geschafft, etwas mit Hand und Fuß in die Welt zu setzen!« Sein Lachen wirkte ansteckend.

Josefine war erleichtert darüber, endlich wieder jemanden in der ihr vertrauten Sprache reden zu hören, und reichte ihm die Hand.

»Ihr müsst der Apotheker Humbertus Drachenkopf sein.«

»Das will ich meinen, mein Kind – und nenn mich Humbertus! Meinhardus hat mir geschrieben und viel über dich erzählt! Und ich habe ihm versprochen, hier in der Fremde Vaterstelle an dir zu vertreten.« Er warf sich in die Brust und zog sie ungestüm an sich. Dann hielt er Josefine auf Abstand und sah ihr ins Gesicht. »Ja, Augen wie die von meinem alten Zechkumpanen, und dann dieser schöne Mund … Damit hat Meinhardus in jungen Jahren schon so manche Frau weichgeklopft. Wenn er dann allerdings statt mit Süßholzraspeln mit seinem Gelehrtengeschwafel anfing, war es mit der Herrlichkeit vorbei, und sie wandten sich doch lieber mir zu. Wenig Worte und mehr Taten, wenn du verstehst, was ich meine!«

Humbertus Drachenkopf hatte eine Narbe auf der Stirn, eine Unmenge wüster grauer Haare, blaue Augen und war von Kopf bis Fuß in Braun gekleidet. Von Weitem hätte man ihn tatsächlich für einen Bären halten können. Sein langer samtiger Überwurf ging ihm bis über die Knie und war mit einer nachtblauen Kordel geschnürt, die den gewaltigen Leib des Mannes erkennen ließ. Das runde Gesicht mit dem strengen Ausdruck trug kaum Falten.

Petre versteckte sich etwas ängstlich hinter Josefine. Der grauhaarige Koloss zog die Augenbrauen hoch, griff in die tiefen Taschen seines Mantels und brachte ein blaugesprenkeltes Etwas zum Vorschein. Er bückte sich und bedeutete Petre näher zu kommen.

»Weißt du, was ich hier habe?«

Petre schüttelte den Kopf.

»Ein Drachen-Ei aus der Mongolei! Das staunst du, was?«

Petre klopfte gegen die Schale. »Die Schale ist ja steinhart.«

»Ja. Das Ei liegt ja auch schon Tausende von Jahren. Wer weiß, vielleicht schafft es der kleine Drache im Inneren deshalb auch nicht, ans Tageslicht zu kommen.«

Und dann lauschte Josefine erstaunt einer wilden Geschichte, die Petre so faszinierte, dass er seine Angst vergaß und vertrauensvoll Humbertus' Hand ergriff, als dieser ihn aufforderte, ihm zu folgen.

»Wie war die Reise?«, fragte der Riese neugierig, und Josefine berichtete in aller Kürze.

»Und Josefine und Henk haben sich gestritten und wieder versöhnt!«, ergänzte Petre, der an Humbertus' Hand auf und ab hüpfte.

»Mit Henk gestritten?«, fragte Humbertus erstaunt.

Josefine machte eine wegwerfende Handbewegung und versuchte, ihr Erröten zu verbergen. »Ach, das war nichts. Wir geraten manchmal über Kleinigkeiten aneinander.«

»Das wundert mich. Henk ist sonst kaum jemals aus der Ruhe zu bringen.« Er wies auf ein kleines Häuschen weit abseits des Menschikow-Palastes. »Dort hinten, das ist meine bescheidene Hütte. Ich muss das Drachen-Ei noch wegbringen und mir einen festlichen Überwurf anziehen. Es ist noch reichlich Zeit … Habt ihr Lust auf einen heißen Tee, oder seid ihr keine *Wassersäufer?*«

»*Wassersäufer?*«, Petre riss die Augen auf.

»Die Teetrinker werden in Russland so genannt. Also, ich habe von heute Nachmittag noch eine Kanne mit *Sawarka* stehen, einem kräftig angebrühten Sud. Man übergießt ihn mit heißem Wasser aus dem *Samowar,* und fertig ist die Gemütlichkeit!«

Atemlos versuchte Josefine, mit den langen Beinen des Riesen Schritt zu halten. »Auf der Reise erhielten wir in den Gasthöfen oft Zuckerstücke dazu und haben sie gekaut, wie es die Bauern tun. Also, ich würde gerne mit dir Tee trinken.«

»Ich auch«, echote Petre. »Humbertus, hast du eigentlich nur solche Steineier in deinem Haus oder auch richtige? Ich meine solche, wo Drachen ausschlüpfen?«

»In meiner Hütte werkelt nur ein Drache. Der kommt zweimal die Woche, kocht und putzt für mich und bringt meine Ordnung durcheinander.« Humbertus lachte brüllend und schüttelte den Kopf. »Drachen! Es reicht schon, dass ich ein halber Riese bin!«

Er zog einen Schlüssel hervor und öffnete die Tür des unscheinbaren Steinhauses. Sie folgten ihm durch einen kurzen Flur in ein geräumiges Zimmer. Der Boden war aus Holz, braun gestrichen und mit Schaffell ausgelegt, die Wände waren einfach weiß getüncht. Ein hoher dunkler Schrank und ein runder Tisch mit vier Stühlen bevölkerten den Raum, und an der Wand hing ein schwerer Gobelin, auf dem Fabelwesen zu sehen waren.

Humbertus wies darauf. »Da hast du deine Drachen, Petre!«

Das Licht der Weißen Nacht fiel durch die hohen Fenster des Raums und warf helle Streifen auf die Holzdielen. Auf Humbertus' Wink ließen sich Josefine und Petre an dem runden Tisch nieder. Der Bär huschte geschäftig umher, und es dauerte nicht lange, da standen Tassen vor ihrer Nase, und Humbertus schenkte ein.

»Auf den kleinen Tellern … Das sind *Prjaniki*, eine Süßspeise aus Früchten, die pur gegessen oder im Tee aufgelöst wird. Und hier ist ein Topf mit Honig.«

Josefine schüttelte den Kopf, doch Petre schaufelte sich gleich zwei Löffel in seine Tasse. Er schien sich in dem kleinen Haus an der Newa wohlzufühlen.

»Und das kann man auch«, dachte Josefine. Sie maß die gemütliche Einrichtung, das warme Holz, die rustikalen Leuchter.

»Gefällt dir meine bescheidene Hütte, Josefine?« Humbertus' Augen strahlten voller Stolz.

»Sehr.«

»Nicht wahr! Du musst gleich unbedingt noch meine Küche sehen!« Er küsste seine Fingerspitzen. »Ich habe das Kochen schon immer geliebt, aber hier kann ich es feierlich begehen! Tagsüber, da arbeite ich für den Zaren und mache all das, was der Herrscher aller Reussen will. Doch abends bin ich mein eigener Herr, und dies hier ist meine Freistatt, mein Zufluchtsort vor der Welt. Alles ist so, wie ich es liebe.«

»Hast du keine Frau oder Kinder?« fragte Petre mit vollem Mund.

»Nie gehabt, und daher vermisse ich auch nichts. Weißt du, mein Kleiner, ich bin abends so von meiner Einsamkeit in Anspruch genommen, dass für andere Menschen und Dinge kein Platz bleibt.«

»Bist du denn nicht traurig, dass du keinen zum Reden hast?«

»Ich habe damit zu tun, mit mir selbst Zwiesprache zu halten. Manchmal streite ich auch mit mir oder mach' mich über mich lustig. Ich leiste mir selbst Gesellschaft, und wenn mir das wirklich einmal nicht reicht, dann lade ich mir Henk de Jonge ein.«

»War er heute schon bei dir?«, fragte Josefine rasch.

»Nein. Der Bursche wird sich nach der langen Reise sicherlich im Badehaus verwöhnen und für das Fest des Fürsten zurechtmachen lassen. Heute haben wir es noch gut, doch morgen beginnt wieder der Ernst des Lebens.« Er stieß Josefine in die Seite. »Weißt du schon, dass der Zar beim alten Teer-Hof das Haus des in Ungnade gefallenen Fürsten Kikin für seine Kuriosa hat räumen lassen?«

Josefine stellte die Tasse wieder ab, die sie gerade zum Mund führen wollte und starrte Humbertus an. Der Name ... Henk hatte von Alexander Kikin gesprochen. Es war in Amsterdam gewesen ...

»Fürst Kikin ... War er ein Vertrauter des Zaren?«

»Jeb! Bis dieser Trottel dem Zarewitsch Alexei Flausen in den Kopf gesetzt hat. Aufgewiegelt hat er den verdrehten Burschen! Als der Zar von alledem hörte ... Wusch! Ab nach Sibirien! Und nun steht sein schöner Palast leer und ist wie geschaffen für unsere Kuriosa! Die Exponate, die der Zar im Sommerpalast gehortet hatte, sind schon alle dort, genau wie die Fische und Reptilien in Glasgefäßen, die bislang noch in der Apotheke standen. Gestern ist noch das Mineralienkabinett aus Danzig dazugekommen und vor einigen Tagen die Sammlung von Frederik Ruysch aus Amsterdam.« Er rieb sich freudestrahlend die Hände. »Josefine, ich kann es kaum erwarten, all das zu einer Wunderkammer zusammenzustellen, wie sie die Welt noch nicht gesehen hat, einer Wunderkammer, die des Herrschers aller Reussen würdig ist. Jeder Raum soll andere Bilder heraufbeschwören, ein Universum aus Kostbarkeiten, Farben, Formen und Düften. Die Besucher werden nicht nur Kuriositäten entdecken, sondern die Objekte in den Umgebungen eingebettet sehen, aus denen sie stammen.«

Josefine nickte. »Genauso hat es sich der Zar gewünscht. Ich dachte, die Ideen seien ihm erst in Amsterdam gekommen.«

»Sind sie auch. Aber er hat mir geschrieben, genau wie Meinhardus.« Er wandte sich Petre zu. »Wenn du wüsstest, wie viele Seiten ich in den letzten Tagen lesen musste und wie mein Gehirn gearbeitet hat! Und da fragst du noch, ob ich Zeit für Weib und Kinder habe!«

»Der Zar scheint gerne Briefe zu schreiben!«

»Jau. Er ist schon sein ganzes Leben von Büchern und vom geschriebenen Wort begeistert. Einen der Räume unserer Kunstkammer sollen wir vollständig mit Büchern füllen, von oben bis unten! Der Zar hat in jungen Jahren alle wichtigen Klöster des Reiches nach alten Manuskripten, Chroniken und Thesauren durchsuchen lassen und diese Schätze bislang im Sommerhaus aufbewahrt. Doch nun …« Er breitete die Arme aus. »Es wird herrlich werden, mit all diesen Kostbarkeiten zu arbeiten. Und für Grünschnäbel wie dich, Petre, hat sich der Zar noch etwas ganz Besonderes überlegt.«

»Was denn?«

»Eine Menagerie, die seine Majestät in Paris bewundert hat, lässt ihm keine Ruhe. Die Tiere haben es ihm angetan, und stellt euch nur vor, er will in der Nähe der Kunstkammer einen Zoo errichten lassen. Affen, Löwen und Leoparden, sogar einen Elefanten aus Indien wird er herbeischaffen. Für das graue Tier soll eigens ein spezielles Haus gebaut werden, in dem Tag und Nacht ein Feuer brennt.«

»Was ist mit Meinhardus' Kostbarkeiten?«

»Sie sind auch schon im Haus beim *Smolny dvor* und warten in Kisten und Körben auf uns. Andrej Wolkonski hat sie zusammen mit der Ruysch'schen Sammlung hergebracht – kennst du ihn?«

Josefine verzog das Gesicht und nickte. »Er hat Meinhardus und mich von Leer nach Amsterdam begleitet. Man kann nicht sagen, dass wir uns angefreundet hätten.«

»Das glaube ich. Er hasst alle Fremden so sehr, wie der Zar sie liebt. Früher hatte seine Familie reichlich Besitz, doch seit Peter die Ausländer fördert und beschenkt, hat sich das geändert. Das gefällt Andrej und vielen anderen Russen kein bisschen.«

»Hat sich denn der Zar an Land vergriffen, das den Wolkonskis gehört?«

»In Russland gehört außer dem Zaren keinem Menschen irgendetwas. Jeder Baum, jeder Strauch, jeder Mann, jede Frau – alles sein Eigentum. Selbst die Reichsten besitzen ihre Anwesen nur mit seiner Duldung. Er kann nehmen und geben, wie es ihm gefällt. Wenn er zu Andrej sagt, ›Du bist jetzt nur noch ein Schweinehirt und dir gehört nicht mehr als der Trog, in dem sich dein Fraß befindet‹, dann ist es so!«

»Dann sind ja alle dem Zaren auf Gedeih und Verderb ausgeliefert! Warum wehren sich die Russen nicht gegen dieses System?«

Humbertus lächelte grimmig. »Sie kennen nichts anderes, als

dass alle Macht vom Thron ausgeht. Es wird ihnen mit der Muttermilch eingetrichtert. Da müsste schon das Zarentum abgeschafft werden, um das zu ändern, und niemand hätte genug Soldaten, um einen Aufstand zu gewinnen.«

»Wie können die Menschen nur so leben? Jeder sehnt sich doch in seinem Innersten nach Land, das ihm gehört, nach einem Zuhause, über das er bestimmen und das er an seine Kinder weitergeben kann. Familienbesitz bedeutet Sicherheit!«

»Es gibt keine Sicherheit in Russland. Heute bist du ein reicher Mann und morgen vielleicht schon ein Bettler. Das bindet den Adel mit aller Gewalt an den Zaren. Sie tun, was immer er wünscht. Selbst Andrej begibt sich unter seine Knute und lässt sich als Sohn eines reichen Bojaren zur Arbeit zwingen. Freiwillig hätte dieser Bursche dich nie eskortiert, und freiwillig hätte er auch Meinhardus' Kuriositäten nicht bis nach St. Petersburg befördert.«

»Das glaube ich.«

»Es wird Ärger geben!« Das Gesicht des Riesen umwölkte sich. »Andrej Wolkonski hatte seine Männer wohl nicht so gut im Griff, wie er dachte. Stell dir nur vor, einige der Exponate sind unbrauchbar geworden, weil Wolkonskis Männer während der Reise gerne einen heben wollten und den Alkohol, in den sie eingelegt waren, weggetrunken haben!«

»Igitt!«, schrie Petre und schüttelte sich. »Sie haben den Schnaps weggesoffen, in dem die toten Monster dümpelten?«

»Monster?« Humbertus sah ihn rügend an. »Es gibt keine Monster, sondern nur Missbildungen, und die kommen immer wieder vor. Die Menschen glauben, dass der Teufel seine Hand im Spiel hat und durch Zauberei die Schuld am Unglück der armen Wesen trägt, doch es ist jeweils nur eine Laune der Natur.«

»Aber wenn die Natur öfter ihre Launen hat, dann macht es doch nichts, wenn einige jetzt hin sind.«

»Jede Laune der Natur ist einmalig, und somit sind die Missbildungen unwiederbringlich verloren. Es gibt nicht viele solcher Exponate. Abnormitäten werden zumeist geheim gehalten, und deshalb waren die eingelegten Föten und Tiere wirkliche Schätze.«

»Wie wird der Ärger aussehen, den Andrej sich eingehandelt hat?«, fragte Josefine.

»Es kommt auf Peters Verfassung an. Er ist ein sehr wütiger Mensch, kann aber manchmal auch verdammt großzügig sein. Vielleicht gelingt es Andrej, Ersatz zu beschaffen. Das hat natürlich seinen Preis, und ihm als Zweitgeborenem fehlen dazu die Mittel – außer sein Vater greift ihm unter die Arme. Damit sind wir wieder bei den Besitzverhältnissen.«

»In Amsterdam fand ich es noch großartig, dass es allein der Gnade des Zaren obliegt, einen Pferdekutscher zum Fürsten zu machen«, sinnierte Josefine.

»Für manchen ist es eine einmalige Gelegenheit, doch es hat auch Schattenseiten. Niemand in Russland kann sich einfach Land kaufen oder verkaufen. Die Bauern im Frondienst haben nicht den Hauch einer Möglichkeit, jemals eigenen Boden zu besitzen, und so behandeln sie die Erde, die sie bewirtschaften, denkbar schlecht. Sie säen und ernten, bis der Boden ausgedörrt ist und ihre Herren den Zaren um neues Land angehen müssen. Man sagt, die Russen hätten Feuer unter den Füßen, weil sie immer weiterziehen. Land gibt es hier ja mehr als genug. Russland ist groß, und wenn es nicht mehr reicht, dann wird neues Land erobert.«

»Und Andrejs Familie?«

»Sie sind reich und mächtig – noch! Mir scheint, im Augenblick verspielen sie sich jedoch die Gunst des Zaren, da sie sich nicht mit den neuen Gepflogenheiten, mit dem westlichen Denken abfinden können. Stolz, verstehst du? Und sie hassen alle Fremden. Immer schon!«

»Deshalb waren Henk und er wie Feinde.«

»Richtig. Von Kind an wie Feuer und Wasser! Irgendwann wird es zum Kampf kommen, Josefine, glaub mir. Bislang war Henk der Klügere und hat stets nachgegeben, doch der Krug geht zum Brunnen, bis er bricht. Menschen wie Andrej haben Henk das Leben von Anfang an schwer gemacht, sie haben seine Familie auf dem Gewissen. Das hat er nie vergessen.«

»Es scheint viele zu geben, die gegen Fremde und gegen die Neuerungen in Russland sind.«

»Ja. Das hat sich, seit der Zar fort ist, so richtig herausgestellt. Vor allem, als Alexei es gewagt hat, das Maul aufzureißen.«

»Henk hat von ihm erzählt.«

»Die Töchter des Zaren auch«, rief Petre. »Anna und Elisabeth haben schreckliche Angst vor Alexei. Wenn er Zar von Russland wird, dann müssen sie ihn Tag und Nacht bedienen. Kein Bett werden sie haben, sondern draußen bei den Schweinen schlafen. Und wenn der junge Zarewitsch genug von ihnen hat, dann wird er sie in den tiefsten Brunnen der Stadt werfen lassen. Dort wimmelt es nur so vor Schlangen und Skorpionen.«

Humbertus seufzte. »Er ist wahrhaftig ein Kinderschreck!«

Josefine griff nach der Kanne und schenkte sich Tee nach. »Henk hat mir erzählt, wie er aufgewachsen ist.«

Humbertus verzog den Mund. »Henk hat Mitleid gezeigt, stimmt's? Dabei ist an diesen Burschen wirklich jegliches Mitleid verschwendet. Nichts entschuldigt einen so schlimmen Charakter!« Er schaute von Josefine zu Petre und kniff den Mund zusammen. »Glaubt ihr, meine Kindheit war rosig? Meine Mutter war eine Küchenmagd und stahl den Schnaps ihrer Herrschaft. Flog sie auf, dann mussten wir schnell wie der Teufel unsere sieben Sachen packen und verschwinden. Manchmal hat sie wochenlang nur gesoffen. Gott weiß, womit sie das Teufelszeug bezahlte. Ich habe Kühe gemolken, Heu geerntet, Rüben gesetzt, Pferde beschlagen und im Winter Holztiere geschnitzt, damit wir was zu beißen hatten. Sie soff sich zu Tode, und als es endlich vorbei war, da habe ich mein Ränzel gepackt und gesehen, dass ich fort kam. Drei Jahre bin ich zur See gefahren, dann hatte ich endlich genug verdient, um mich dem alten Klaas Buntekuh als Lehrling anzubieten. Und dort habe ich dann deinen Vater kennengelernt, Josefine.« Der bärige Mann fuhr sich mit seiner prankengroßen Hand durch das Haar. »So, da habt ihr nun auch gleich meine Lebensgeschichte gehört.«

»Humbertus«, Petre verschlang mit leuchtenden Augen ein Quarkküchlein »das ist fast wie bei mir. Weißt du, was Ansje gesagt hat? ›Petre, dein Leben war bislang nicht auf Rosen gebettet, aber du kannst das ändern, du hast das Zeug zum Rosenzüchter!‹ Und das mache ich! Ein Rosenbett will ich haben, wenn ich groß bin. Und dein Rosenbett ist dieses Haus mit allem drin und drum und deine Arbeit, stimmt's?«

Humbertus lachte. »Welch kluge Worte aus dem Mund eines so kleinen Burschen. Darauf trinken wir einen«, er hob seine Tasse und prostete den beiden zu. Dann wurde Humbertus wieder ernst. »Was ich mit meiner Geschichte eigentlich nur sagen wollte und was Petre richtig erkannt hat: Jeder ist seines Glückes Schmied. Der Zarewitsch auch, und ich bemitleide ihn nicht. Dieser verlogene Bursche! Da hatte er doch dem Zaren vor dessen Abreise versprochen, sich in allen Belangen zu bessern. Ein würdiger Nachfolger Peters wollte er werden.« Humbertus machte eine wirkungsvolle Pause.

»Ja, und?« Josefine neigte sich gespannt zu ihm vor.

»Er hat sich geändert, ja, aber nicht so, wie es von ihm erwartet wurde. Jahrelang hatte er vor seinem Vater gekuscht, doch während Peter und Katharina nach Holland reisten, hat Alexei die Gelegenheit genutzt und Verbündete gegen den Zaren um sich geschart. Seine Mutter hat ihm geholfen. Er hat sie mehrfach im Kloster besucht, etwas, das sein Vater streng untersagt hatte. Jewdokija scheint noch viele Verbindungen zu haben. Plötzlich gab es, wie schon früher, wieder einflussreiche Kirchenmänner an Alexeis Seite, und Angehörige alter aristokratischer Familien rissen sich um seine Gunst. Viele aus dem einfachen Volk unterstützen ihn – immer noch. Öffentlich versprach er, die Köpfe der Anhänger seines Vaters auf Pfähle aufzuspießen und *das ganze verdammte St. Petersburg* dem Erdboden gleichzumachen. Ich habe noch nicht herausgefunden, wer es war, aber irgendjemand muss den Dummkopf gut auf seine Rolle vorbereitet haben. Seine Reden … Seine Ansichten … Er redete so überzeugend, als ob es Geld dafür gäbe. Und er lebte so sorglos, als würde der Zar nie zurückkehren.«

»Der Zar … Er erfuhr doch sicherlich davon. Henk sagt, der Monarch hat seine Spitzel überall.«

»Natürlich. Getobt soll er haben wie ein Berserker. Er wollte seinen Sohn auf der Stelle tot sehen, doch Katharina beschwor ihn, sich zurückzuhalten. Alexei zu töten, hieße, ihn zum Märtyrer zu machen, und das könnte zu einer Revolution führen.«

»Klug eingefädelt.«

Humbertus zog die Augenbrauen hoch. »Nicht wahr?! Ich frag' mich nur, von wem. Auf jeden Fall hat Alexei dann doch noch sein eigenes Süppchen gekocht und den Fädenziehern einen Strich durch die Rechnung gemacht, Dummkopf, der er ist.« Humbertus setzte ein breites Lächeln auf. »Tja, die Liebe! Unser Freund hat sich in eine Spülmagd verguckt und ihr auch gleich ein Kind gemacht. Die Dame heißt Afrosinia.«

»Sie hat ihn sicher mit ihrer Schönheit verzaubert«, schlussfolgerte Petre altklug.

»Afrosinia ist hässlich, klein, rothaarig und rund wie ein Mond. Sie sieht aus wie ein Bauerntrampel und benimmt sich auch so. Gott weiß, was Alexei an ihr findet. Vielleicht liebt sie ihn tatsächlich. Vor zwei Monaten überkam Alexei anscheinend das große Entsetzen. Nicht lange, und sein Vater würde heimkehren, würde ihn bestrafen und Afrosinia … Er fürchtete um das Kind in ihrem Leib. Also suchte er Menschikow auf und versprach diesem, seinem Vater entgegenzureisen, sich mit ihm zu versöhnen und der Himmel weiß, was sonst noch alles. Der Gouverneur gab ihm tausend Dukaten, der Senat zweitausend Rubel, und dann ließen sie den Lügenbaron ziehen. Tja, und seitdem fehlt jede Spur von dem Kerl. Beim Zaren ist er jedenfalls nicht angekommen.«

»Was für eine Geschichte! Da versteckt sich der Sohn vor dem eigenen Vater, und ganz Europa hält den Atem an.«

»Ein Gespött für Russland. Der Zar hat nach zweien seiner engsten Berater schicken lassen, um das weitere Vorgehen zu besprechen. Pjotr Tolstoi und ein Gardehauptmann namens Rumjanzew. Sie werden den Zarewitsch suchen und finden, und dann Gnade ihm Gott! Der Zar kann grausam sein!«

»Wenn ich sehe, mit welcher Selbstverständlichkeit er in St. Petersburg einigen Menschen das Leben zur Hölle macht, glaube ich das unbesehen. Ich habe sofort die armen Teufel vor Augen, die sich an der Newa die Seele aus dem Leib schuften. Als wir mit dem Boot vom Sommerpalast hierher gefahren sind ... Es ist nicht auszuhalten! Die Verletzungen, die Wunden ... Du bist Apotheker! Meinhardus hätte schon längst sein Köfferchen gepackt und stünde vor den Hütten der Männer ...«

Humbertus starrte sie an und schien etwas sagen zu wollen. Doch im letzten Augenblick presste er die Lippen wieder fest zusammen. Er atmete einige Male tief durch.

»Er würde diesen armen Menschen nur einmal helfen und dann ihr Schicksal teilen. Das Leid der Kriegsgefangenen ... Es ist gewollt! Sie sollen büßen und ihre Taten schmerzhaft bereuen. Der Zar sieht es als eine milde Tat an, dass er es ihnen ermöglicht, sich mit dem Aufbau der Stadt einen Platz im Himmelreich zu erwerben. Er glaubt, es ist Gottes Wille, diese Stadt zu erschaffen. Diese Gefangenen sind Gottes Geschenk an ihn.« Humbertus griff nach seiner Tasse, die in den Pranken des Bären fast verschwand. »Ich kann nicht viel ändern, Josefine. Ab und zu … Im Verborgenen … Doch damit werde ich dich nicht belasten. Diese Stadt hier … Man kann sie lieben und hassen zugleich. So wie es einem auch mit dem Zaren ergeht. Manchmal packt mich die Wehmut, und ich wünsche mich nach Moskau zurück. Bist du jemals dort gewesen?«

Josefine schüttelte den Kopf.

»Es ist ruhiger dort als in St. Petersburg. Die Grenzer am Stadttor zur Vorstadt empfangen dich noch in den alten roten Kaftanen und versuchen, um den Zoll zu feilschen. Sie nennen das *bellen* und rasseln mit den Säbeln, wenn du ihre Sprache nicht verstehst. Mit diesem Brüllen einigt man sich über den Preis. Ein trockener Graben trennt die Stadt vom übrigen Russland, und über dem hölzernen Zaun schimmern dir – wie Wunderwerke – goldene und hölzerne Kuppeln entgegen. Zuerst begrüßt dich die Stadt mit Feldern, Gemüsegärten und einfachen Gutshöfen, doch dann rücken die Häuser dichter aneinander, und die Dächer wachsen in die Höhe. Außer ein paar Kirchen aus weichem Kalkstein sind alle Gebäude aus Holz, und ich wette mit dir, du hast noch nie eine so große hölzerne Stadt gesehen. Es wird sogar auf Balken gefahren und geritten. Und dann das Essen!« Humbertus verdrehte genießerisch die Augen. »Hast du jemals *Schtschi* gegessen? Eine säuerliche Kohlsuppe mit viel Fleisch?«

Josefine schüttelte den Kopf.

»Sie wird überall auf den Handelsplätzen angeboten. Das Einkaufen in Moskau hat mich immer begeistert. Es gibt viele Märkte, und die Luft ist erfüllt vom Duft der Waren und den Worten der Händler. Einfache Leute und hochgestellte Herren treffen dort zusammen. Heute ist es verboten, aber zu meiner Zeit trugen die Bojaren selbst im Sommer goldbestickte Pelze und pelzverbrämte Kopfbedeckungen, die wie Ofenrohre in den Himmel ragten. Am Sattel hingen Trommeln, und wenn ein solcher Herr eine Ware kaufen wollte, dann bediente er sich ihrer. Die einfachen Leute stoben zur Seite und zogen ihre Mützen, und die Händler eilten herbei, um ihn zu bedienen. Ein Bojar steigt in den Moskauer Straßen niemals vom Pferd. Das geziemt sich nicht. Und dann die Narren, die die sprichwörtliche Narrenfreiheit genossen. Triffst du einen solchen, dann ist Vorsicht geboten.« Er sah Josefines Stirnrunzeln. »Ich meine, einen Verrückten, dem vielleicht die Zunge aus dem Mund hängt oder der vor sich hin brabbelt wie ein Säugling. Begegne ihm mit Achtung, denn Narren werden von den Russen fast wie Heilige verehrt. Wer sie schlägt oder beschimpft, der läuft Gefahr, in Stücke gerissen zu werden. Ist das nicht herrlich? All das vermisse ich hier in St. Petersburg. Ich habe mich in Moskau zu Hause gefühlt, auch wenn die Menschen mich nicht mehr mochten als hier. Wenn ich mich unter das Volk gemischt habe, dann befand ich mich inmitten von Kaufleuten und Handwerkern aus aller Herren Länder, darunter viele Frauen und Kinder. Menschen, die für guten Lohn in Russland arbeiteten, oder Kriegsvertriebene, die dort eine neue Heimat fanden. Sie lebten in Häusern, die denen in ihrer alten Heimat ähnelten.

Wie anders ist es dagegen hier in St. Petersburg, wo ich täglich geschundene Leibeigene und Arbeiter erlebe. Wo Soldaten ihre Peitschen auf den Rücken der Kriegsgefangenen tanzen lassen und die russischen Bauern uns Ausländer nicht nur verachten, sondern hassen. Natürlich wimmelt es auch hier von Bauherren, Handwerkern und Künstlern aus aller Welt, doch ich vermisse den Zusammenhalt. Ein Befehl des Zaren, und jedermann verrichtet stur seine Arbeit. Selbst die Bojaren haben nur leise gejammert und sich dem Diktat unterworfen, Zweithäuser in St. Petersburg zu bauen, Steinhäuser, versteht sich.«

»Ich habe gehört, entsprechend dem Vermögen und der Stellung der Bojaren sind diese sogar verpflichtet, sie mehrstöckig zu errichten.«

Humbertus nickte. »Und die Plätze, an denen die Paläste stehen sollen, werden ihnen zugeteilt, genauso wie der Baustil. Es gibt Uferbereiche, wo ausschließlich Häuser im niederländischen Stil stehen sollen und an anderen wiederum nur Häuser im englischen Stil. Wenn St. Petersburg fertig ist, dann wird kein Mensch mehr ein Krümelchen Russisches hier finden. Stattdessen Kanäle und Parkgärten wie in Amsterdam, Häuser europäischen Baustils und französische Kirchen.«

Josefine nickte. »Doch bis dahin …«

»… werden Tausende am Sumpffieber verrecken oder an Entkräftung, Hunger oder Krankheit sterben. Du solltest die Baracken der Leibeigenen sehen.« Humbertus legte für einen Moment eine Hand über die Augen. »Eine Zumutung, in diesen Löchern zu hausen. Man muss dem glänzenden Band der Newa schon über viele Meilen folgen, um den Fronarbeitern und ihrem harten Leben entfliehen zu können.«

Hätte Humbertus beim Sprechen nicht vor Kummer die Lider geschlossen, so wäre ihm wohl das energische Glitzern in Josefines Augen aufgefallen. Sie hatte den Kopf schräg gelegt und schien in Gedanken ganz woanders zu sein.

4

Im ganzen Palast summte es wie in einem Bienenkorb, als Josefine kurze Zeit später an Humbertus' Seite die Eingangshalle betrat. In seinem dunkelroten, golddurchwirkten Samtumhang ähnelte der Bär ein wenig dem Heiligen Nikolaus, der in Friesland verehrt wurde.

Staunend blickte sich Josefine in der dreischiffigen Säulenhalle um, in deren Nischen Statuen aufgestellt waren. Der Fußboden und der Kachelofen erinnerten sie an Amsterdam. Unbeirrt der neugierigen Blicke führte Humbertus sie einen der beiden Treppenaufgänge hinauf bis zur Galerie mit der schmiedeeisernen Balustrade. Breite Korridore lagen dahinter, und durch eine Tür betraten sie einen großen Saal. Auf dem vorgebauten Balkon spielten die Musiker, die Josefine draußen bereits vernommen hatte.

»Das Orchester des Gouverneurs«, erklärte Humbertus. »Die Saitenquäler kommen aus ganz Europa, und den Hornbläser hat er in England angeheuert.« Er küsste seine Fingerspitzen. »Bei Menschikow ist alles nur vom Feinsten!«

Die Einrichtung war in Gold und Marmor gehalten. Wertvolle Holz- und Stuckarbeiten, Gemälde in kräftigen Farben und Skulpturen sowie große Spiegel und Kristallkronleuchter zierten den Raum. Französische Gobelins bedeckten die Wände neben seidigem Gewebe, und beides weckte in Josefine eine schmerzliche Erinnerung an Fleur und die Einrichtung des *Regenbogens*. Es hätte ihr hier gefallen, und wie schön wäre es jetzt,

Fleur an ihrer Seite zu wissen. Josefine seufzte leise. Fleur hätte verstanden, wie unwirklich ihr nach der Fahrt auf der Newa der Glanz und die Pracht hier im Palast erschienen. Wie verwirrend es war, nach den Trommelschlägen, mit denen die Arbeiter angetrieben wurden, den Gesprächen über Badehäuser und Orangerien, teure Hengste und wertvolle Stoffe zu lauschen. Als gäbe es in St. Petersburg zwei Welten: Eine, in der das Licht der Weißen Nacht auf schweißüberströmte Gesichter fiel, und eine andere, in der weiß gepuderte und geschminkte Menschen das Leben feierten, und der Glanz der Sommernacht einen tausendfachen Widerhall im Strahlen der Kerzen, dem Gold der Spiegelrahmen, den Lüstern und Brillanten fand.

»Sieh nur Josefine, die Tische haben goldene Beine, und alle Stühle und Sofas tragen das Fürstenwappen!«, riss Petre sie aus ihren Gedanken.

»Ja, mein Junge, Fürst Menschikow kleckert nicht, sondern klotzt!«, polterte Humbertus.

»Wer viel hat, kann viel zeigen«, bestätigte eine belustigte Stimme hinter ihm. Josefine sah sich unversehens einem Mann mit Schnauzbart gegenüber, der vielleicht vierzig Jahre alt war. Er sprach Deutsch und rollte das *R,* als fände er besonderes Vergnügen daran. Der Mann wirkte jung, war sehr gut gebaut und sah blendend aus. Unter einem eng anliegenden bläulich schillernden Überrock trug er eine goldbestickte Seidenweste und eine weinrote Kniebundhose. Die dunklen Schnallenschuhe glänzten im Licht der vielen Kerzen. Auf dem Haupt des Mannes saß – wie angegossen – eine gepuderte Perücke.

Er stellte sich ihr vor: »Alexander Danilowitsch Menschikow«, und betrachtete Josefine dabei ausgesprochen neugierig.

Sie verbarg ihr Erstaunen. Insgeheim hatte Josefine sich den Fürsten anders vorgestellt, kleiner und rundlich – einen Pastetenverkäufer eben –, doch Menschikow war ein attraktiver Mann, und er war sich dessen bewusst.

Der Fürst verneigte sich leicht, griff nach Josefines Hand und führte sie an die Lippen. »Die Duftkönigin aus Amsterdam! Ihr riecht gut, meine Teuerste!«

»Josefine Meinen«, sie versank in einen Knicks. »Ihr sprecht sehr gut Deutsch, Fürst Menschikow!«

»Es ist die Unterrichtssprache an den höheren Schulen und hier in St. Petersburg Ausdruck von Kultur, Bildung und Wissenschaft. Wer etwas auf sich hält, spricht Eure Muttersprache!«

Er zog sie hoch. »Ihr müsst mir erlauben, Euer Diener zu sein, bis mein Freund Peter von seiner Reise wieder zurück ist. Er hat mir von Euren Künsten geschrieben! Wer meiner verehrten Katharina den Frohsinn zurückgeben kann, dem muss ich einfach jeden Wunsch von den Augen ablesen!«

Josefine spürte, wie Röte sie übergoss. »Nicht doch ...«

»Erfüllt Ihr meine Wünsche auch?«, fragte Petre.

Der Fürst beugte sich zu ihm nieder und strich dem Jungen über das Haar. »Affen, Adler, Altertümer«, er schnipste mit zwei Fingern. »Was auch immer du willst – Alexander Danilowitsch kann es besorgen! Ein Wort an meinen Haushofmeister reicht.«

Er winkte einem jungen Mann in Livree zu, und kurz darauf wurden ihnen Kristallgläser gereicht, in denen eine helle Flüssigkeit sprudelte.

»Sa Starowje, zum Wohl! Herzlich willkommen in St. Petersburg!«

Sie prosteten erst einander und dann den umstehenden Gästen zu.

Die Frauen nippten lediglich, während Menschikow darauf bestand, dass die Männer ihre Kelche in einem Zug lehrten.

Er wandte sich wieder an Josefine. »Vielleicht könnt Ihr auch meiner Gemahlin ein Parfüm kreieren, etwas, das ihren üppigen Liebreiz unterstreicht und mich die Nächte noch mehr genießen lässt.«

»Meine Parfüms sind für die Frauen und ihre Bedürfnisse gedacht, und nicht …«

»… um die Lüste der Männer zu befriedigen?« Er zog die Augenbrauen hoch. »Die Duftkönigin zeigt die Zähne. Dann erbitte ich mir für Darja das, was sie nötig hat. Ich hoffe, es wird kein Weihwasser sein und sie dazu bewegen, ihre Tage in Gotteshäusern zu verbringen.«

Immer mehr Bojaren und Europäer drängten sich um Menschikow, um mit ihm anzustoßen. Der ganze Saal war erfüllt von dem Gezwitscher fröhlicher Stimmen.

Petre nippte an seinem Glas und verzog das Gesicht. Menschikow sah es, lachte, winkte erneut und wies auf den Jungen. Kurz darauf wurde Petre eine Schale mit heißer Schokolade serviert.

»Ich habe gehört, dass Ihr den Zaren seit seiner Kindheit kennt.« Josefine blickte den Fürsten über das funkelnde Kristallglas hinweg an.

»Ja, wir wuchsen zusammen in den Straßen von Moskau auf – er in goldenem Glanz und ich mit heißen Pasteten. Seitdem habe ich Peter auf allen seinen Wegen begleitet, kämpfte mit ihm vor Asow, der als uneinnehmbar geltenden türkischen Festung am Schwarzen Meer. Gemeinsam bezwangen wir sie. Ich war auch an der Seite des Zaren, als er zum ersten Mal nach Holland reiste.«

»Habt Ihr dort Eure Vorliebe für bemalte Fliesen entdeckt?«

Der Fürst nickte. »Ich würde sogar mein Bett kacheln lassen, so es denn ginge. Vor drei Jahren habe ich zwölftausend handbemalte Fliesen für diesen Palast in den Niederlanden bestellt. Ich liebe das Delfter Blau! Es erinnert mich an glückliche Zeiten, an die Tage meiner Jugend, in denen ich mit meinem Freund, dem Zaren, wie ein großer Junge durch die Welt zog.«

Josefine lächelte versonnen. »Ja, es sind die glücklichen Momente, denen ein Zauber innewohnt.«

»Fangt Ihr diese Momente in Euren Parfüms ein?«

»Gut erkannt! Ich versuche es zumindest, auch wenn der Duft der Erinnerung nur einen Teil des Ganzen ist. Es fällt mir oft schwer herauszufinden, wann meine Kundin tatsächlich glücklich war.«

»Ich weiß genau, wann ich glücklich bin. Es sind stets Momente, in denen ich mit meinem Zaren zusammensein und ihm seine Wünsche erfüllen kann. Vor zehn Jahren habe ich für Peter die Schweden bei Kalisz geschlagen und drei Jahre später ihre ganze Armee in die Knie gezwungen. Sie waren die härtesten Gegner, die ich für den Zaren je bekämpft habe. Ich nahm Riga ein, rückte nach Pommern und Holstein vor und eroberte Stettin. Ihr könnt Euch mein Glück nicht vorstellen, als es vollbracht war und Peter mich zum Fürsten und Herzog von Ingermanland ernannte. Für ihn hätte ich selbst tausend Teufel von dieser Küste vertrieben. Als wir Jungen waren, auf dem Land in Preobraschenskoje, haben wir uns schon spielerisch im Aufstellen von Bataillonen erprobt und mit Bauernkindern und Knechten, die unsere Freunde waren, Manöver abgehalten. Ein alter Soldat hat uns das Regelwerk beigebracht, und natürlich wurde Peter auch in all den Büchern fündig, die er beständig las. Der Zar und ich … wir haben das Kriegshandwerk wahrlich von der Pike auf gelernt, und manchmal hat sogar einer unserer Freunde im Überschwang den Tod gefunden. Doch all das hat sich gelohnt.«

»Einen Freund wie Euch findet man selten.«

»Es ist umgekehrt: Einen Freund wie den Zaren werde ich nie wieder finden. Sein Glück ist das meine, und deshalb bin ich gerade dabei, die prächtigste Stadt der Welt aus dem Boden zu stampfen. Für ihn!« Er warf sich in die Brust: »Ohne mich hätte der Zar sie niemals begründen können. Meine Eroberung der Festung Schlüsselburg hat dies erst möglich gemacht. Da ist es doch wohl mehr als gerechtfertigt, dass mein Freund und Bruder mir diesen Palast errichtet hat. Was sein ist, soll mein sein, und mein wird auf immerdar sein. Das fängt beim Wein an, geht bei den Frauen weiter und hört auch bei den Palästen nicht auf. Unsere Freundschaft ist unverbrüchlich und wird alles in der Welt überstehen.«

Petre zupfte Menschikow am Ärmel. »Würdet Ihr für den Zaren auch bis ans Ende der Welt gehen, um von dort einen Kessel mit Unsterblichkeit zu holen, wenn er es verlangte?«

»Selbstverständlich. Wenn er es wollte, würde ich ihm den Kopf des Neptun auf seinem Dreizack präsentieren.«

»Stattdessen treibt Ihr den Aufbau von St. Petersburg voran«, holte ihn Josefine auf den Boden der Tatsachen zurück.

»Ich versuche mein Möglichstes, doch zaubern kann ich leider nicht.« Er zuckte die Achseln. »Die Sommer hier in Russland sind kurz und nass. Dazu der morastige Boden, das knappe Baumaterial ...«

»Was ist mit den Steinen, die jeder Mann und jede Frau, jedes Schiff und Fuhrwerk mitzubringen haben?«, fragte Humbertus.

»Es hilft, gewiss! Eine glorreiche Idee meines Freundes. Genau wie die, Arbeiter an die Newa zu zwingen. Jeder, der im Gefängnis schmachtet, jeder Kriegsgefangene, jeder aufmüpfige Bauer wird nach St. Petersburg gebracht. Die Bojaren ... Peter hat einen neuen Ukas erlassen, nach dem jede Familie Männer für den Aufbau der Stadt abstellen muss. Leibeigene, die ihnen schon lange ein Dorn im Auge sind, Diener, die sich etwas haben zuschulden kommen lassen ... was weiß ich. Sie werden sterben wie die Fliegen, doch ...«

»Wie könnt Ihr den Tod all dieser Menschen mit Eurem Gewissen vereinbaren?«, brach es aus Josefine heraus, die den Ausführungen mit wachsendem Unbehagen gelauscht hatte.

Es wurde totenstill um sie her. Humbertus schien die Luft anzuhalten, und Josefine spürte, wie sie bis in die Haarspitzen errötete.

Menschikows Augen verengten sich. »Manchmal, meine Liebe, müssen wir Opfer bringen, auch wenn es uns nicht behagt. Es ist wie mit den Schlachten – sie müssen geschlagen werden, und ohne Kanonenfutter gibt es keine Siege.«

»Verzeiht meine Direktheit. Ich bin die Tochter eines Apothekers und habe mich stets an den Eid des Hippokrates gehalten, immer und überall den Menschen zunutze zu sein und ihnen kein Unrecht anzutun. Was denkt Ihr, wie kann ich in St. Petersburg arbeiten, wenn mir täglich vor Augen steht, wie hier mit Menschen umgegangen wird?«

»Menschen? Das da draußen ist nur Abschaum: Kriegsgefangene, Mörder, Verbrecher und Aufständische, die dem Zaren und ganz Russland Böses wollen. Durch seine Gnade ist es ihnen erlaubt, noch eine gute Tat zu vollbringen, bevor ihr Ende naht.«

»Der Eid des Hippokrates gilt für alle. Ich kann nicht mitansehen, wie ...«

»Schluss jetzt! Senkt Euren Kopf über die Arbeit, tut das, womit Euch der Zar beauftragt hat, und hütet Eure Zunge. Es sind schon Frauen für weniger deutliche Worte an Orte verschwunden, gegen die das sumpfige Newa-Ufer das Paradies auf Erden ist.«

Sie und Menschikow starrten einander an, und die gegenseitige Feindseligkeit in ihren Blicken war nicht zu übersehen.

»Josefine, ich muss dir unbedingt etwas zeigen«, drang Humbertus' panikerfüllte Stimme an ihr Ohr. Er versuchte, sie der Aufmerksamkeit des Fürsten zu entreißen, doch es gelang ihm nicht.

Josefine spürte zu ihrem Entsetzen Tränen in sich aufsteigen. So hatte sie sich den Abend nicht vorgestellt. So hatte sie sich St. Petersburg nicht vorgestellt! Am liebsten wäre sie auf dem Absatz umgekehrt und gegangen.

Der Fürst spürte ihre Verzweiflung und schien sie für Reue zu halten. Sein Gesichtsausdruck wurde milder.

»Ich verstehe! Ihr wusstet nichts von dem Abschaum dort draußen. Ihr seid neu hier in dieser Stadt, und die Gepflogenheiten sind Euch nicht vertraut.«

»Welchen Gepflogenheiten?«, dachte Josefine. »Die, um alles in der Welt den Mund zu halten? Die, gutzuheißen, was auch immer der Zar und Menschikow taten oder sich wünschten?«

Sie seufzte und schloss gequält die Augen.

»Grämt Euch nicht länger über Eure Worte«, fuhr Menschikow fort. »Ich werde sie vergessen und nicht nachtragend sein.«

Josefine öffnete die Lider und sah aus dem Augenwinkel, wie Humbertus erleichtert in sich zusammensackte.

»Wisst Ihr was, meine Liebe, wir beide werden morgen Nachmittag in meinem Garten flanieren. Er ist im Kleinen das, was St. Petersburg einmal werden soll. Und dann werdet Ihr verstehen, warum diese Stadt jedes Opfer wert ist. Die besten Handwerker, Wasserbauer, Künstler und Gärtner arbeiten für mich und haben etwas Großartiges geschaffen.« Der Fürst griff nach Josefines Hand und schien jetzt ganz versöhnt. »Euch werden die Augen übergehen, wenn Ihr die Orangerie seht! Sie wurde erst vor Kurzem fertiggestellt und ist ein Traum!«

Josefine biss die Zähne zusammen und neigte zustimmend den Kopf. Sie durfte es sich nicht mit Menschikow verderben! Die Augen des Fürsten ruhten milde lächelnd auf ihr. Wie leicht konnte man seinem Charme verfallen und dabei vergessen, wie selbstverständlich dieser Mann für die Erfüllung seiner Träume über Leichen ging.

»Ich muss mich jetzt um meine anderen Gäste kümmern und werde Euch der Gesellschaft meiner Gemahlin Darja überlassen.«

Er winkte eine blasse Schönheit mit rundem Gesicht und mandelförmigen Augen heran. Ein schwüles Parfüm kleidete sie, in dem Josefine Spuren des wilden Majorans erkannte, aber auch zarte Nelke und Nachtviole.

Die Fürstin ergriff mit beiden Händen Josefines Rechte. »Willkommen in St. Petersburg. Ich habe gehört, Ihr habt Euch in Amsterdam mit Katharina angefreundet. Die Zarin und ich …« Sie krauste die Stirn. »Wie sagt man auf Deutsch? Ach ja: Sie ist mir die Liebste!«

Die Fürstin stellte sich auch Petre mit aller Höflichkeit vor, und der kleine Bursche machte einen so tiefen Diener, dass sein Kopf fast den Boden berührte.

»Hast du schon meine Seetiere in deine Bewunderung genommen?«

Petre grinste. »Nur die Walfische auf den Fliesen.«

»Dann komm!«

Sie führte ihre Gäste die Treppe hinunter und wies auf einen Raum, in dem zwei riesige gläserne Kugeln standen, in denen bunte Fische schwammen.

»Geh nur, Petre, und staune sie an, und Ihr, Humbertus, seid bitte sein Geleit.«

Der Riese neigte den Kopf, warf einen besorgten Blick auf Josefine und fügte sich dann der Anweisung der Fürstin. Darja Menschikow bedeutete Josefine, ihr zu folgen. Sie grüßte beständig nach rechts und links, und ab und zu stellte sie Josefine dem einen oder anderen Gast vor. Die Bewegungen der Fächer der Damen waren so schnell wie ihre Münder. Die Frauen zwitscherten unbeschwert, Vögeln gleich, miteinander und redeten auf Josefine ein. Anfangs versuchte sie noch, sich die Namen zu merken, gab es schließlich jedoch auf. Menschikows Gattin führte sie zielstrebig in einen Raum und schloss die Tür hinter ihnen.

Die Wände des Raums schmückten Gobelins. Der Kamin war aus Marmor, und dicke Teppiche lagen auf dem mit Intarsien verzierten Fußboden. In der Mitte des Zimmers stand ein riesiges Bett, umgeben von vier mächtigen Säulen, die einen Baldachin aus dunkelrotem Samt trugen. Zum Schutz vor Insekten wurde das Bett von einem Nichts aus Tüll umweht wie eine weiße Puderwolke.

»Meine Schlafkammer – niemand kommt hierher, um uns zu suchen.«

Darja wies auf einen Sessel und ließ sich gegenüber von Josefine in einen anderen sinken.

»Josefine – ich darf Euch doch so nennen? Ich muss Euch warnen! Ihr müsst achten auf …«, sie tippte an ihre Lippen, »auf das, was aus Eurem Mund kommt. Der Zar und auch mein Gatte … Ihnen ist ein großes Herz gegeben für die Menschen, die auf ihrer Seite sind. Doch immer und immer fürchten diese beiden Männer nur eines: Verrat! Wenn Ihr etwas sagt, was Alexander Danilowitsch nicht hören will, ist dies für ihn schon Verrat. Darum: Hütet Euch vor dem Zorn des Zaren! Wenn ein anderer Mensch etwas über Euch sagt, auch wenn es eine Lüge ist, könnte Peter es glauben und denken, Ihr … verschwört Euch gegen ihn. Verschwörung – darum kreist Tag für Tag alles in seinem Kopf. Wenn sich sein gutes Herz für Euch mit Misstrauen füllt, dann kann es Euch das Leben kosten! Unter Folter … Man gibt Dinge zu, die nicht wahr sind. Seid dessen gewiss …«

Josefine runzelte die Stirn. Sie war blass geworden. »Ich habe nur Kritik geäußert, ein Verhalten, das in meiner Heimat gang und gäbe ist. Wenn die Mächtigen Russlands ihr Reich im Sinn des Westens führen wollen, dann müssen sie mit Widerworten umgehen lernen. Ich bin hier, weil der Zar es gewünscht hat. Ganz sicher habe ich die Reise nicht auf mich genommen, um eine Verschwörung zu inszenieren. Das ist doch völlig abwegig.«

»Es reicht schon ein Scherz oder Worte von Zweifel wie vorhin die Eurigen. Oder ein Lied mit Spott über den Zaren, und Ihr lacht darüber. Der Hofstaat ist nichts als Klatsch und Tratsch …« Sie rang um die richtigen Worte. »Eure Zunge … Sie darf nicht das sagen, was in Eurem Herzen ist. Und Euer Verstand … Manchmal ist es besser, ihn wegzuwerfen. Was Alexander Danilowitsch Euch sagte, ist keine Narretei. St. Petersburg kann schnell zu einem Gefängnis werden, nicht nur für die Männer, die dort draußen am Fluss so lange arbeiten, bis kein Stück Seele mehr in ihrem Körper ist!« Sie legte eine Hand auf ihr Herz. »Es tut nicht nur Euch weh, das mitanzusehen. Mein Herz ist voll Gutem für Euch. Ich wollte nur, dass Ihr wisst … Eine Warnung!«

»Warum sagt Ihr mir das alles?«

»Weil Ihr Katharinas Freundin seid. Wenn sie heimkehrt, sollt Ihr noch da sein und nicht irgendwo, wo es finster ist. Katharina … hat mir viel geholfen … sehr viel. Nie wieder kann ich das gutmachen. Nur weil sie es forderte, hat Alexander Danilowitsch mich zu seiner Braut genommen, gegen seinen Willen. Ohne sie wären meine Kinder Bastarde und ich … eine Hure … Doch jetzt bin ich die Gattin des ehrenwerten Gouverneurs.«

»Wie hat sie das geschafft?«

Darja errötete wie ein junges Mädchen und wisperte: »Der Zar … Es verlangt ihn immer nach Katharina. Sie weiß das und hat ihm die Nachtkerze so lange nicht gebracht, bis er Alexander Danilowitsch zwang, mich zu heiraten.«

Josefine runzelte die Stirn. »Sie hat sich ihm verweigert, bis …«

Darja nickte.

»Oh!«

»Und nun kommt! Unser Verschwinden … Unser Gespräch darf nicht auffallen.«

Josefine griff nach Darjas Arm. »Ich danke Euch!«

In der Eingangshalle begegneten Ihnen Humbertus und Petre wieder. Der Riese machte ein besorgtes Gesicht, doch Josefine lächelte ihm beruhigend zu.

»Hier bringe ich Euch Euren Schützling wieder, Humbertus«, sagte Darja auf Russisch, und Josefine wunderte sich, wie leicht es ihr fiel, die Worte zu verstehen. Sie hatte nicht geglaubt, dass der Unterricht bei Henk solch eine Wirkung zeigen würde. Wo er wohl blieb? Josefine seufzte. Sie gestand sich ein, dass sie Henk herbeisehnte. Dieser Palast und die Menschen … Sie waren ihr alle so fremd.

Darja legte ihr eine Hand auf den Arm. »Humbertus kann Euch schnell noch das Haus zeigen. Ich muss nach oben in den Saal. Gleich werden die Tänze beginnen.«

»Du wirst es nicht glauben, Josefine, aber überall ist was zu essen aufgebaut«, krähte Petre. »Man kann sich durch den ganzen Palast futtern, und die Gäste … Alle fragen nach der *Parfümeurin aus Amsterdam.*«

Humbertus nickte. »Die ganzen Weiber wollen dich kennenlernen. Die Zarin muss mächtig geschwärmt haben in ihren Briefen …«

»Ach du liebe Güte …«, raunte Josefine.

Humbertus nickte mit verkniffener Miene. »Sie werden sich Duftwässerchen herstellen lassen wollen, doch das muss warten. Die Wunderkammer des Zaren ist wichtiger!«

Josefine wollte etwas hinzufügen, kam jedoch nicht mehr dazu. Gäste sprachen Humbertus an und wurden ihr vorgestellt. Dabei führte der Bär sie geschickter, als Josefine es für möglich gehalten hatte, durch das Gewühl. Sie durchquerten hell erleuchtete Räume, in denen Kristalllüster von den Decken hingen und große dunkle Gemälde in vergoldeten Rahmen die Wände zierten, aber auch gemütliche Zimmer, in denen Fliesen mit Schäferszenen die Wände schmückten und selbst die Decken in Delfter Blau gehalten waren. Eichenholz und Stuckarbeiten unterbrachen geschickt die Monotonie der Fliesenbilder.

Humbertus beugte sich zu Josefine und raunte: »Menschikows Palast ist das größte und prachtvollste Gebäude in St. Petersburg. Es übertrifft die Zarengemächer bei Weitem, selbst den Winterpalast!«

Während Humbertus und Petre immer wieder innehielten, um sich an Köstlichkeiten zu laben, konnte Josefine nur schauen und staunen. Es war unvorstellbar, dass dieser Luxus Realität sein sollte!

Um sie her zogen Duftschwaden, die von in großen chinesischen Vasen arrangierten Blumen herrührten: Zweige von blühenden Johannisbeersträuchern, Lilien und Päonien, verziert mit Efeuranken und großen fächerartigen Blättern. Bedienstete eilten geschäftig zwischen Eingangshalle, Küche und den Räumen hin und her, trugen Speisen auf und boten Getränke an. Auf langen Tischen an den Wänden standen vergoldete Präsentierteller mit süßem Kuchen, gezuckerten Früchten und Kristallkelche mit perlenden Getränken.

»Man sagt, Alexander Danilowitsch habe ganz Polen ausgeplündert. Alles, was schön und wertvoll ist, sei nun hier zu finden«, flüsterte Humbertus. »Doch Polen allein reichte ihm nicht! Kacheln aus Holland, Skulpturen aus Italien, Holzschnitzarbeiten aus Deutschland …« Der Bär fuhr sich mit der Hand durch den Bart. »Und weißt du was, das Sammeln erstreckt sich nicht nur auf die Einrichtung. Man munkelt, der Fürst halte sich Gespielinnen aus aller Herren Länder.«

»Was spielen die denn mit ihm?«, fragte Petre gespannt.

Humbertus, dem erst jetzt bewusst zu werden schien, dass auch kleine Köpfe Ohren hatten, hüstelte verlegen. »Sie bringen ihm die neuesten Tänze bei und führen ihm vor, was Frauen in anderen Ländern für Kleider tragen … oder auch nicht tragen …«

»Och, wie langweilig!«

»Ja. Ich hätte dafür auch nichts über«, beeilte sich Humbertus ihm beizupflichten. Eilig zog er sie weiter. Neben den nach der neuesten Mode gekleideten Gästen erkannte Josefine vereinzelt auch Russen in altehrwürdiger Tracht, die mit Edelsteinen besetzte Brokatgewänder und Mützen aus Zobelpelz trugen.

»Dort drüben, das sind Andrejs Eltern«, wisperte Humbertus und wies auf ein strenges Paar. »Sie haben sich für einen hohen Preis das Recht erkauft, ihre traditionelle Kleidung weiterhin tragen zu dürfen. Der Zar würde die Aufmachung dieser Gäste nicht gerne sehen, aber Peter ist weit weg, und das wissen die Wolkonskis sehr genau. Wer weiß, womit sie den Fürsten Menschikow bestochen haben, um sich als die wahren Russen präsentieren zu dürfen. Wenn der Zar hier und in der richtigen Laune dafür wäre, dann würde er diesen Herrschaften eigenhändig die Kleidung vom Leib reißen und sie an die frische Luft setzen.«

Sie fanden sich erneut in der Eingangshalle wieder, als sich zwei Mohren in bunter Tracht und mit roten Turbanen näherten, die Kannen und Geschirr vor sich her trugen.

»Russischer Tee und *Prjaniki*«, erklärte Humbertus. Er wies glucksend auf Petre, der mit offenem Mund dastand und voller Staunen zu den pechschwarzen Männern blickte. Der kleine Bursche zupfte Humbertus am Umhang. »Wie haben die das gemacht?«

»Was gemacht?«

»All die Farbe ... Selbst die Hände und Füße sehen ganz anders aus!«

»Es sind Mohren. Dort, wo sie leben ist, es sehr heiß. Und weil dort den ganzen Tag die Sonne scheint, hat die Natur entschieden, dass die Haut der Menschen dunkel sein muss. Helle Haut verträgt nur wenig Sonne. Sie wird rot und wirft Blasen.«

»Wie klug von der Natur. Und ich dachte schon, die beiden seien auch *Launen* und du könntest es nicht erwarten, sie in Spiritus einzulegen.«

Petre trat zu einem der Mohren und rieb flüchtig mit der Hand über den Arm des Mannes, wie um sich zu vergewissern, dass Humbertus nicht geschwindelt hatte.

Der Hüne schüttelte den Kopf und gluckste. »Was glaubst du, Josefine, wie dem kleinen Burschen die Augen übergehen, wenn gleich die Zwerge des Fürsten die Hauptspeisen auftragen! Kalte Küche, hat man mir gesagt, doch was für eine kalte Küche! Es wird Huhn geben und Fisch, Schinken, Kuchen, Nüsse und getrocknete Feigen, Obst aus aller Herren Länder, dazu Wodka in rauen Mengen.« Der Riese leckte sich genüsslich die Lippen.

Josefine, die von all den neuen Eindrücken und dem Disput mit Menschikow wie erschlagen war, ließ sich dankbar eine Tasse des bernsteinfarbenen russischen Tees einschenken. Das heiße Getränk beruhigte sie ein wenig, und ihre Vernunft besiegte die Angst, die sich seit dem Gespräch mit dem Fürsten um ihr Herz gelegt hatte. Josefine biss in eine *Prjaniki*, die sie an Lebkuchen erinnerte. Sie würde künftig ihre Zunge im Zaum halten, ja. Sie hatte ihre Lektion gelernt, doch niemand, nicht einmal der Zar, konnte sie zwingen, gutzuheißen, was Tausende von Menschen hier erleiden mussten!

»Josefine! Petre! Hier finde ich euch also!«

Henks Stimme! Josefines Herz tat einen Sprung, als sie ihn entdeckte. Er trug über einer schmalen Hose eine dunkle Manteljacke mit großen, breiten Aufschlägen, unter denen gerüschte Spitze hervorblitzte. Sein Haar war noch feucht, wodurch es dunkler wirkte und sich ein wenig lockte. Das Kerzenlicht auf dem Tisch zauberte goldene Lichter in seine Augen. Josefine sah, wie sich ein bewunderndes Lächeln auf seinem Gesicht ausbreitete. Sie spürte, wie Wärme sie durchflutete, vor allem, als sich ihre Blicke fanden. Henk betrachtete sie von oben bis unten und strahlte.

»O Josefine, du siehst … ja, du siehst einfach bezaubernd aus. Ich wusste gar nicht, welche Schätze in deinem wenigen Gepäck verborgen sind! Und Petre! Wenn ich es nicht besser wüsste, würde ich denken, du seist ein Edelmann!«

»Süßholzraspler«, polterte Humbertus. »Du scheinst ja nur noch Augen für unsere Neuzugänge zu haben. Wie wäre es mit einer Begrüßung des alten Kumpanen?« Er breitete auffordernd die Arme aus. »Willkommen zurück an der Newa!«

»Humbertus, mein Freund!«

Die Männer lachten, redeten wild aufeinander ein und gestikulierten, bis ein spitzer Schrei alle zum Schweigen brachte. Josefine schaute erschrocken zur Freitreppe und zuckte zusammen, als sie Andrej entdeckte, dessen hasserfüllter Blick ihnen galt. An seiner Seite stand eine kleine, zarte Gestalt in einem langen weißen Kleid, die sich jetzt von ihm löste und die Stufen herabschwebte. Dunkles blumengeschmücktes Haar fiel ihr weit über den Rücken, und das schmale Gesicht mit den großen Augen leuchtete. Zuerst glaubte Josefine, eine der Töchter des Hauses vor sich zu haben, doch rasch erkannte sie ihren Irrtum. Es war eine erwachsene Frau, die auf sie zukam. Ihre Hände, die sich Henk entgegenstreckten, waren lang und feingliedrig. Die Fremde würdigte Josefine keines Blickes, sondern warf sich in Henks Arme.

»Du bist wieder da!«

In ihrer Stimme klang so viel Sehnsucht, dass Josefine zusammenzuckte. Henk drückte die schmale Gestalt an sich, rückte dann jedoch rasch wieder von ihr ab und sah lächelnd in das Gesicht der dunkelhaarigen Schönheit.

»Varvara!«

Die Wärme in seiner Stimme durchfuhr Josefine wie ein Stich.

Sie konnte ihre Augen nicht von der Frau lassen, die sich eng an Henks Seite drängte.

»Dass du endlich wieder da bist! Ich habe dich so vermisst!«

Ihre Bewegungen waren geschmeidig und lebhaft wie die eines Eichkätzchens, und ihre Stimme klang weich und leicht wie Daunenfedern.

Mittlerweile war auch Andrej die Stufen herabgestiegen und stellte sich besitzergreifend an die Seite der Schönheit. Seine Augen, dunkel wie die eines Zigeuners, bedachten Henk mit einem finsteren Blick. Besitzergreifend legte er einen Arm um Varvaras Schultern.

Josefine musterte Henk verstohlen. Jetzt hätte er vielleicht Eifersucht zeigen müssen. Nein, da war nicht die geringste Spur. Henk sah erschöpft aus … müde … Genaugenommen so, als hätte er erst vor kurzer Zeit das Bett verlassen. Doch Eifersucht? Nein!

Ein Gefühl der Erleichterung durchströmte Josefine, worüber sie sich im selben Moment bereits ärgerte. Henks Gleichmütigkeit einer anderen Frau gegenüber hatte keinerlei Bedeutung für sie. Warum auch immer er behauptete, sich von ihr angezogen zu fühlen – Liebe war bei ihm sicherlich nicht im Spiel. Niemals!

Gerade entwand sich die dunkelhaarige Schönheit mit einer energischen Geste Andrejs Griff und funkelte ihn mit einem Zorn im Blick an, der nicht zu ihrer zerbrechlichen Schönheit zu passen schien.

Josefine neigte sich zu Humbertus vor. »Wer ist sie?«

»Varvara Arsenayeva, Darjas Schwester. Sie ist sehr gebildet und ursprünglich nach St. Petersburg gekommen, um die Kinder der Menschikows zu unterrichten. Mittlerweile vertraut ihr der Fürst nicht nur seine Kinder, sondern auch alles andere an. Man sagt, er sei ihr ausgeliefert – auf welche Art auch immer. Die Minister des Zaren erbitten fast täglich ihren Rat, und sie kann sich die Männer aussuchen, die ihr Bett wärmen. Andrej wäre wohl gern derjenige welcher, aber im Augenblick hat sie, wenn mich nicht alles täuscht, Henk im Visier.«

»Liebt sie ihn?«

Josefine zwang die Frage über ihre Lippen. Sie hörte selbst, wie verzweifelt ihre Stimme klang, konnte es jedoch nicht verhindern.

»Liebe? Ich glaube, Varvara kann nicht lieben. Sie ist kalt wie ein Fisch, auch wenn sie dies gut zu verbergen weiß. Ich für meinen Teil halte sie für eine Russalka!«

»Für eine … was?«, fragte Petre, der seine Ohren gespitzt hatte.

»Russalken sind Wassernixen, dazu ausgesandt, Männer zu becircen, zu fangen und in ihr nasskaltes Reich zu verschleppen.«

»Oh, nein!«, schrie der Junge. »Wir müssen ihn retten.«

Bevor Humbertus reagieren konnte, stürzte Petre auf Henk zu und versuchte, mit aller Kraft ihn von Varvara fortzuziehen. Diese maß ihn mit einem bitterbösen Blick.

»Petre, es war nur ein Scherz!«, versuchte Josefine den Wildfang zu beruhigen, doch dieser gab erst auf, als sich Henk mit ihm zu Humbertus und Josefine gesellte.

Andrej wies auf Petre und sagte mit vor Genugtuung triefender Stimme: »Varvara, das ist dieser Junge, von dem ich dir erzählt habe.«

»Er muss noch erzogen werden. Du solltest vielleicht Ivan Arach bitten«, wandte sich die Dunkelhaarige an Henk. Sie sprach über Petre, als sei er gar nicht da.

»Ich werde diesen Wildfang selbst erziehen. Und Ivan Arach … Ich halte nichts davon, Kinder zu oft mit dem Rohrstock Bekanntschaft schließen zu lassen.« Er hob Petre hoch in die Luft, bis der Junge quiekte.

»Ich brauche nicht mehr erzogen zu werden«, rief Petre von oben. »Ich hatte doch nur Angst, dass du mit der Russalka ins Wasser gehst und nie mehr wiederkommst.«

»Russalka?«

»Ich habe dem Jungen allerhand Flausen in den Kopf gesetzt«, beeilte sich Humbertus mit hochrotem Kopf zu erklären. »Er hat sehr viel Fantasie, und es brauchte nur einen Funken, um sich Dinge auszumalen …«

»Darf ich euch die *Russalka* vorstellen?« Henk ließ Petre zu Boden gleiten. »Dies ist Varvara, die Schwägerin des Gouverneurs und zudem eine der klügsten Frauen auf Gottes Erde.« Er wandte sich der zarten Schönheit zu. »Humbertus kennst du ja. Und dies hier«, er legte eine Hand auf Josefines Schulter,

»ist Josefine Meinen, ihres Zeichens Parfümeurin und mit einer scharfen Zunge gesegnet. An ihrer Seite siehst du meinen jungen Freund Petre, der sich ja schon deiner Aufmerksamkeit erfreut hat.«

Varvara nickt Josefine huldvoll zu und wandte sich sogleich wieder an Henk. »Hör nur, die Musik! Komm mit nach oben und lass uns durch den Saal schweben!«

»Der erste Tanz gehört mir!« Andrej drängte sich erneut zwischen die beiden.

»Dir gehört schlichtweg gar nichts!«, sagte Varvara kalt und wandte sich ab.

Auf Andrejs Wangen leuchteten rote Flecken, als hätte ihn jemand geschlagen. Es war plötzlich erstickend warm im Raum. Die Weiße Nacht schien nicht nur das Licht, sondern auch die Wärme des Tages eingefangen zu haben.

»Varvara, komm sofort zurück!«

Die Russin blieb stehen und drehte sich ganz langsam um.

»Ich komme und gehe, wie es mir passt. Und wenn ich den ganzen Abend mit Henk tanzen will, dann tue ich es!«

»Nein! Das geht nicht!«, rief Petre aufgebracht. »Henk muss unbedingt mit Josefine tanzen, bevor die Glocke zwölf Mal schlägt!«

»Was ist das nun wieder für ein Unsinn?«, erboste sich Varvara. »Henk entscheidet selbst, mit wem er tanzt!« Sie wandte sich ihm wieder zu und lächelte.

»Wie eine Schlange, die sich ihrer Beute sicher ist«, dachte Josefine.

Eine kleine Menschenmenge hatte sich um das Schauspiel versammelt, zu denen sich jetzt auch Fürst Menschikow gesellte. Er schien sich bei Varvaras Anblick unversehens von einem erwachsenen Mann in einen töricht dreinblickenden Jungen zu verwandeln. Ihre Entschlossenheit, der energische Blick und die stolze Geste, mit der Varvara das prachtvolle Haar zurückwarf, ließen sie wie eine Königin erscheinen. Das weiße Kleid verlieh der Russin etwas Unwirkliches, Ätherisches. Sie war eine dunkle Herrscherin, eine unerreichbare Zauberin, ein Wesen aus einem Märchen.

Auffordernd griff Varvara jetzt nach Henks Hand, der ihr – mit einer entschuldigenden Geste in Josefines Richtung – die Treppe hinauf zum Ballsaal folgte.

»Dieses Teufelsweib ist wie der Zar: Sie bekommt immer, was und wen sie will«, murmelte Humbertus. »Stell dich ihr nicht in den Weg, Josefine. Es ist gefährlich!«

»Warum tanzt Henk nach ihrer Pfeife?«

Humbertus zuckte die Achseln. »Ich glaube, jeder Mann wäre ihr gefolgt – meinst du nicht? Ihre Schönheit liegt wie Tünche über dem Charakter dieses Weibes. Sie lässt die Männer auf sie hereinfallen, und Henk scheint da keine Ausnahme zu bilden. Vielleicht hat er auch nur die Gelegenheit ergriffen, über Andrej zu triumphieren. Glaub mir, das Weib hat genau dies beabsichtigt. Sie schürt den Hass zwischen den beiden schon lange. Frauen wie Varvara lieben es, andere gegeneinander auszuspielen und Männer wie Dummköpfe dastehen zu lassen.«

Petre stellte sich auf die Zehenspitzen, und Humbertus' letzte Worte erreichten seine Ohren. »Der olle Menschikow hat sie angeglotzt wie ein goldenes Kalb und dabei wirklich ganz dumm ausgesehen!«

»Bei Henk hatte ich ja bis vor Kurzem noch den Eindruck, dass er seinen Verstand, was Varvara angeht, beisammenhat«, sinnierte Humbertus. »Er hat sie mit Gleichgültigkeit gestraft. Ich schätze, gerade das war für diese Madame eine Herausforderung. Sie ist es nicht gewohnt, zurückgewiesen zu werden.«

Josefine spürte, wie sich die Anstrengungen des Abends bemerkbar machten. Auf einmal erschien ihr ihre Anwesenheit in St. Petersburg wie ein Tanz auf einem schwankenden Seil.

Petre gähnte. »Josefine, ich wäre jetzt am liebsten wieder im

Sommerpalast, bei den Töchter des Zaren. Dort gefällt es mir besser als hier.«

Josefine nickte. »Mir auch! Können wir gehen, Humbertus?«

»Sicher. Ich werde Euch entschuldigen. Die lange Reise ... die Aufregung ... Und jetzt schaffe ich ein Boot ran. Wartet im Garten, ich hole euch dann gleich dort ab.«

Mit Petre an der Hand trat Josefine nach draußen. Die Nacht war klar, und es roch nach Frühling. Bis auf die Schreie einiger Nachtvögel, den leisen Klang der Orchestermusik und das Rauschen der Bäume war es jetzt sehr still.

Im Zwielicht und Zauber der Weißen Nacht erlaubte sich Josefine Gedanken, die sie sonst verdrängt hätte: Wenn Henk doch nur nicht mit Varvara gegangen wäre! Wenn er doch nur ... Sie hätten miteinander tanzen sollen! Ihr war zum Heulen zumute. Henk! Sie hatten zusammen unter Bäumen geschlafen, hatten Suppe über dem Feuer gekocht und einander aus ihrem Leben erzählt. Sie hatten gemeinsam über Petre gelacht, fast so, als wären sie seine Eltern. Henk! Da war so viel gewesen. Gedanken. Lachen. Streichelnde Blicke. Vertrauen. Sie hatte geglaubt, ihn zu kennen!

Was für ein Trugschluss! Sie kannte Henk de Jonge so gut wie gar nicht! Sie kannte niemanden in St. Petersburg. Sie sollte nicht hier sein! Sie gehörte nicht hierher. Josefine schloss die Augen und biss sich auf die Lippen, um zu verhindern, dass ihr die Tränen in die Augen stiegen. Sie sehnte sich nach Meinhardus' Umarmung, nach Bertrams Verständnis und Dietlindes Fürsorge.

Als Petre seine Hand in ihre schob, öffnete sie beschämt die Lider. »Och, Josefine, jetzt bist du traurig, weil Henk nicht ein einziges Mal mit dir getanzt hat!«

Sie streichelte seine Finger. »Ein Gutes hat es, Petre: Ich komme nicht in die Verlegenheit, meinen Schuh zu verlieren.«

»Schade! Es hätte alles so gut gepasst, nun, wo wir auch noch eine gemeine Stiefschwester gefunden haben.«

Josefine zog fragend die Augenbrauen hoch.

»Varvara natürlich. Sie ist böse, nicht wahr?«

»Petre, sag so etwas nicht!«

»Doch! Sie ist schön und böse! Die Russalka will Henk ganz für sich alleine. Glaubst du, dass sie ihn verzaubert und er uns vergessen wird?«

Josefine ging in die Hocke und nahm den Jungen in ihre Arme. »Dich ganz bestimmt nicht!«

Petre schmiegte sich eng an sie. Josefine blickte über seine Schulter in die helle Nacht, die ihren Glanz verloren hatte.

IV

Die Wunderkammer des Zaren

September 1716 – Januar 1717

I

St. Petersburg, September 1716
Anordnung zur Abgabe von Missgeburten sowie ungewöhnlicher Funde

Alle Missbildungen von Menschen oder Tieren, tot oder lebend, sind gegen Belohnung zu den Kommandanten der Städte zu bringen. Die toten Missgeburten sind in Spiritus oder Alkohol zu legen. Die Kosten dafür werden erstattet. Wer gegen diesen Erlass handelt und Monster verheimlicht, der soll angezeigt und mit einer hohen Geldstrafe belegt werden. So jemand in der Erde oder im Wasser ungewöhnliche Steine, Knochen von Menschen, Tieren, Fischen oder Vögeln, wie sie bei uns heute nicht mehr vorkommen oder die viel kleiner oder größer sind als die heute bekannten, ebenso auch alte Inschriften auf Steinen, Eisen oder Kupfer oder alte Waffen oder Geschirr oder anderes Sonderbares findet, soll es abliefern. Dafür wird eine angemessene Belohnung gezahlt.

»Besucher«, dachte Henk, als er ächzend das Boot an Land zog und den Behälter mit dem Schwertfisch beiseiterückte. »Besucher brauchen wir nötiger als Gänse mit drei Flügeln und Schweine mit sieben Pfoten. Kein Mensch wird kommen, um sich diese Gruselkammer anzusehen!«

Er wuchtete ein missgebildetes Schäfchen, das seitlich zwei Mäuler mit Zungen hatte, aus Vyborg auf den Karren. Ihm folgte ein kleiner Hammel mit acht Beinen aus Ljuban.

Schäfchen und Hammel mussten zu dem Anatomen Nicolaus Bidloo, der in der *Aptekarsi Prikaz*, der Apotheker-Kanzlei, die Anfertigung von Präparaten vornahm und überwachte. Zehn Männer arbeiteten für ihn. Seit der Zar vor vier Wochen den *Monster-Erlass* in die Welt gesetzt hatte, wussten sie kaum noch, wo ihnen der Kopf stand.

Bidloo war ein Doktor der Medizin, kam aus den Niederlanden und hatte schon unter Ruysch gearbeitet. Er fertigte nicht nur Atlanten und Schautafeln für die Kunstkammer, sondern erstellte auch anatomische Ausstellungsstücke. Bidloos Reich war in einem separaten Teil der Hauptapotheke Petersburgs untergebracht.

Das große und prachtvolle Steingebäude befand sich auf einer der Inseln im Newa-Delta, die auch den Botanischen Garten des Zaren beherbergte. Flussarme trennten die kleinen Eilande voneinander, die nur über das Wasser erreichbar waren. Kaum hatte Henk das Boot mit einem langen Pfahl vom Ufer abgestoßen, da umhüllten ihn schon Nebelschleier, die die Inseln verbargen. Unangenehm krochen die Schwaden über ihn hinweg und ließen seine Kleidung nass werden. Tagsüber war es immer noch ungewöhnlich warm in St. Petersburg, doch der kühle Nebel sprach vom Nahen des Herbsts. Am Ufer der Apothekeninsel roch es nach Moder und Fisch.

Das Boot schwankte gefährlich, als Henk die Schildkröte mit den zwei Köpfen herauswuchtete und sie auf den Karren warf, den er kurz darauf in rumpelnde Bewegung setzte.

Henk dachte an seinen letzten Besuch bei den Anatomen des Zaren. Wie weit mochten die Männer wohl mit dem Riesen Bourgeois sein? Er war vor seinem Tod Hofheiduck des Zaren gewesen und sollte – nach allen Regeln der Kunst präpariert – als nackter Hüter im Kabinett der Seltenheiten über die Föten in Weingeist wachen.

Das würde Josefine bestimmt nicht schmecken, wie so einige

der Vorstellungen des Zaren. Auf der Reise hatte sie ihm von der *Wunderkammer im Regenbogen* erzählt, die ihr Vater plante. Mit dieser Sammlung, die das Herz der Menschen mit Düften, herrlichen Naturphänomenen und schönem Handwerk erfreuen würde, hatte das Kabinett des Zaren wenig gemein.

Ein Schlagloch brachte den Handwagen zum Stehen, und Henk dachte, während er den Karren wieder in Bewegung setzte, an die Kuriositäten, die er später zum Kikin-Palast bringen würde. Über den Schwertfisch, den ein umsichtiger Apotheker in Spiritus eingelegt hatte, würde sich Josefine sicherlich genauso freuen, wie sie sich über die Gläser entsetzt zeigen würde, in denen neben einem Säugling mit drei Beinen aus Johannstadt einer lag, bei dem sich die Augen unter der Nase und die Arme unter dem Hals befanden. Die *eingelegten Menschen,* wie Josefine sie nannte, missfielen ihr besonders, doch der Zar liebte gerade diese Raritäten und hatte ihnen einen großen Raum im Kunstkabinett gewidmet. Einen Raum, dem nun bald auch noch ein ausgestopfter Riese vorstehen würde!

»Weiß der Himmel, was Josefine sagen wird, wenn in einer Woche der lebende Zwerg aus Wien hier eintrifft«, dachte Henk. Er hieß Caspar, maß nur halb so viel wie der Zar und hatte rote Locken auf dem Kopf. Das Kerlchen sollte das Heizen der Öfen im Kabinett der Seltenheiten übernehmen und als lebendige Missgeburt die Aufmerksamkeit von jedermann erregen.

Seit Peter den *Monster-Erlass* in die Welt gesetzt hatte, reiste Henk von einer Stadt zur nächsten und schaffte die abstrusesten Raritäten zur Kunstkammer. Eine verdammte Plackerei! Und daran trug kein anderer die Schuld als dieser gerissene Gauner Andrej! Um seinen Hals aus der Schlinge zu ziehen, hatte er dem Zaren noch im Juni nach Spa geschrieben und ihm Flausen in den Kopf gesetzt. Statt sich vor dessen Zorn zu ducken, hatte er das *versehentliche* Missgeschick mit den Kuriosa aus Amsterdam nur gestreift und seinen Vorschlag angepriesen, sich nicht länger von fremden Abnormitäten abhängig zu machen, sondern im eigenen Land nach Wundersamem suchen zu lassen. Per Edikt!

Die Wasserkur in Spa schien Peter nicht ausgelastet zu haben, denn er nahm Andrejs Gedanken begeistert auf und bemühte sofort einen Schreiber, den Erlass im Worte zu fassen, sowie einen Boten, der diesen unverzüglich nach St. Petersburg gebracht hatte.

Ungeduldig strich sich Henk eine helle Strähne aus dem schweißnassen Gesicht. Was für eine liederliche Bescherung! Natürlich gab es in einem so großen Reich wie Russland Unmengen missgestalteter Wesen und ungewöhnlicher Funde! Bislang hatte jeder sie tunlichst verborgen gehalten, denn die Russen waren abergläubisch. Bei allem Abnormalen musste doch der Teufel seine Hand im Spiel haben! Doch die Angst vor dem Antichrist schien kleiner zu sein als die vor dem Zaren. Vielleicht lockten auch die Belohnungen.

Die Wunderkammer füllte sich schneller mit Absonderlichem als eine Zisterne nach einem Sturzregen mit Wasser. Aus dem ganzen Reich wurden Kuriositäten gebracht.

Das Geld dafür nahmen die Russen gerne, doch die Wunderkammer des Zaren war ihnen völlig egal. Kein Schaulustiger kam, um sich an den Raritäten zu erfreuen, und das wiederum erboste den Zaren.

Vor fünf Tagen, am 10. Oktober, waren er und Katharina gut erholt und tatendurstig wieder in St. Petersburg angekommen. Natürlich hatte Peter der Wunderkammer sogleich einen Besuch abgestattet und es sich seitdem zur Gewohnheit werden lassen, jeden Morgen im Kikin-Palast hereinzuschneien und Humbertus und Josefine von der Arbeit abzuhalten. Zumindest berichtete der Bär davon, und auch, dass der Zar irgendetwas ausbrütete, um die Beliebtheit der Wunderkammer zu steigern.

Henk seufzte. Da müsste er seinen Landsleuten schon Rubel zustecken, damit sie einen Fuß dort hineinsetzten. Für sie war die Kunstkammer ein grausiger Ort, eine Höhle, in der Humbertus der Bär und bald nun auch ein Zwerg und ein Riese hausten und dazu viele tote Kinder, denen man ihr Grab verweigert hatte. Ein Platz, der Angst verbreitete, weil er die Macht des Zaren verkörperte und den Zorn Gottes heraufbeschwor!

Am Vorabend, bei einem Besuch im Sommerpalast, hatte Henk versucht, mit dem Zaren darüber zu reden, als Peter ihn leutselig in seine Räumlichkeiten gebeten hatte. Sie waren von einer Schlichtheit, die zu der kleinen holländisch anmutenden Residenz an der Fontanka passten: Der Eingang war mit schwarzem Marmor verziert, und Reliefs erzählten von der maritimen Macht Russlands. Im Inneren erwarteten Henk, neben engen Gängen und einem kleinen Treppenhaus, mit Stoff bespannte Wände, gekachelte Öfen und mit Holz bedeckte Böden. Die Eichenmöbel ließen ihn fast glauben, wieder bei Ansje und Cornelis Zander in Amsterdam zu sein, einzig die Drechselarbeiten waren russischer Art.

Der Zar winkte ihn zum Kamin, und ein Diener legte neue Scheite auf. Die Feuerzungen flackerten schnell über das trockene Holz, und ein angenehmer Duft nach Wald durchzog den Raum.

Die Holzstühle knarrten, als sie sich niederließen. Der Zar neigte sich vor, entzündete eigenhändig vier Kerzen und zog sich den Teller mit Honigbroten heran. Zwischen den Bissen erzählte er von Frankreich, der murmelnden Seine, von Paris und dem Wasser, das er in Spa genossen hatte, und von seinem leeren Magen.

»Als ich die verdammte Kur endlich überstanden hatte, musste ich erst mal zwei Teller Suppe, einen ganzen Fasan, ein Rebhuhn und zwei große Scheiben vom Schinken essen, um wieder zu Verstand zu kommen. Von den harten Eiern danach ist mir dann ein wenig übel geworden, und ich habe die ganze Nacht gefurzt. Ich dachte schon, die Balken stürzen ein.«

Peter leerte seinen Humpen mit französischem Bier in einem Zug und wischte sich mit dem Ärmel über den Mund. In den Pumphosen aus grobem Tuch und mit dem einfachen Leinenhemd ähnelte er einem Bauern. »Was ist mit Euch?« Er wies auf den Gerstensaft. »Los doch, Mann. Trinkt! Ein Hoch auf meine Rückkehr. Wladimir, hol uns noch mehr Bier!«

Der Mundschenk mit dem runden Gesicht hastete davon.

»Wusstet Ihr, dass die französischen Kurtisanen besondere Liebestechniken kennen?« Die Augen des Zaren blitzten. Er küsste seine Fingerspitzen und flüsterte: »Der erste Kammerdiener bei Hof hat mir vier Schwestern ausgesucht, die mich gemeinsam verwöhnt haben. Sie hatten Euter wie Kühe und wussten ihre Hände und Zungen geschickter einzusetzen als eine Ziege am Salzfass. Während die eine meinen kleinen Zaren mit dem Mund verwöhnte …«

»Habt Ihr die Marquise de Maintenon kennengelernt?«, fragte Henk schnell.

»Die Mätresse des Königs? Sicher. Was der verstorbene Ludwig an ihr fand, ist mir allerdings unbegreiflich. Sie ist eine alte flachbrüstige Hutzel und zugeknöpft bis obenhin. Er soll sie vor seinem Tod sogar noch geheiratet haben.«

»Und? Glaubt Ihr das?«

Der Zar zuckte die Achseln. »Gut möglich. Bei Hof erzählt man sich, dass Ludwig im Alter so aus dem Mund gestunken hat, dass es eine Qual war, sich mit ihm zu unterhalten. Da kann ich es der alten Zott nicht verdenken, dass sie im Lauf der Jahre lieber fromm geworden ist, statt mit diesem Stinkbock das Bett zu teilen. Und Ludwig? Wenn man auf dem Siechbett liegt und die göttliche Abrechnung vor Augen hat, erscheint es einem vielleicht klüger, die religiöse Erbauung der fleischlichen Lust vorzuziehen. Die Maintenon hat in meinem Beisein angedroht, nach Saint-Cyr-l'École zu ziehen und dort ein Institut für Töchter verarmter Edelleute zu gründen. Der Hof war begeistert!«

»Und Ludwigs Erbe, sein kleiner Urenkel Louis?«

»Der bleibt natürlich in Paris. Ein nettes Kind. Der Kleine kann schon schreiben und interessierte sich sehr für meine Reise. Mit seiner grauen Perücke, der Schminke und dem Puder im Gesicht sah er ein bisschen aus wie meine Zwerge, wenn sie sich höfisch kleiden. Seine Gouvernante, die Herzogin von Ventadour, ist vom selben Kaliber wie die Maintenon. Die beiden sind befreundet und werden schon dafür sorgen, dass der Kleine die Kirche nicht aus den Augen verliert.«

»Ihr seid bei Hof also gut aufgenommen worden, Majestät. Und sonst? War Eure Reise erfolgreich?«

Peters Gesicht verdüsterte sich. »Nein! Die Berater des Königs, allen voran der heuchlerische Kardinal Dubois, waren mir nicht gewogen. Ich glaube, dieser Hundsfott würde sogar gegen mich paktieren, so es denn ginge.«

Zornesröte übergoss das Gesicht des Zaren. Schnell versuchte Henk, ihn abzulenken.

»Und wie war es in Berlin? Dorthin habt Ihr doch die Zarin mitgenommen, nicht wahr?«

»Wir sind Anfang September angekommen und haben mächtig Aufsehen erregt mit unseren Wagen und Kutschen. Mein Geschenk, die *Langen Kerls,* haben dem König gefallen, ansonsten war er eher erschrocken über den Tross, der uns begleitete, und die vielen zu stopfenden Mäuler. Ein Geizhals, dieser Friedrich Wilhelm, aber sonst ein ganz passabler Kerl. Stellt Euch vor, er beschäftigt für sich nur einen einzigen Kammerdiener! Unglaublich.«

»Und wie hat Euch die Stadt gefallen?«

»Berlin ist schön und jung, genau wie Petersburg. An der Straße, die zur Spree führt, stehen viele prachtvolle Adelshäuser, und auch das Schloss ist ganz ansehnlich. Was man vom Sohn des Königs nicht sagen kann. Er ist ein verweichlichter Flötenquäler und steht ganz unter der Fuchtel der Königin. Da hat Friedrich

Wilhelm noch einiges zu schleifen. Wir beide haben am Abend vier Flaschen guten deutschen Rheinweins geleert und Brüderschaft getrunken.« Peter beugte sich zu Henk vor und runzelte die Stirn. »Schmeckt Euch das Bier nicht, Henk? Wladimir, bring meinem jungen Freund Tschai mit Wodka.«

Henk versuchte zu protestieren, doch der Zar nötigte ihn, sofort einen großen Becher Wodka mit sehr wenig Tee zu sich zu nehmen.

»Trinken ist gut. Ich habe dem König im Suff sein Bernsteinzimmer abgeschwatzt. Erst wollte er es mir nicht überlassen, doch als ich vorsichtig drohte, wurde er gefügig.« Der Zar verdrehte genießerisch die Augen. »Nie zuvor habe ich etwas so Schönes gesehen wie diesen vollständig mit dem Gold des Meeres getäfelten Raum. Dieses Schimmern, wenn Licht darauf fällt! Dieses Brechen der Sonnenstrahlen, wie von vielen Tausend Spiegeln! Herrlich. Ihr werdet es erleben, Henk! Ich hätte den Baumeister in den Himmel gehoben und ihn mit einem Schloss nebst Titel belohnt.«

»Habt Ihr das Geschenk gleich mitgenommen?«

»Jawohl. Der preußische König hat den Bernstein sorgsam von den Wänden schälen und in vierzig Kisten verpacken lassen. Es brauchte sechs neue Wagen, um die schwere Fracht hierher zu transportieren.« Peter lachte. »Mein Besuch ist den König teuer zu stehen gekommen. Während Katharina und ich uns vom König seine Stadt und das Militär zeigen ließen, hat der Tross leider unsere Unterkunft, das Schloss *Monbijou,* in einen Trümmerhaufen verwandelt. Zu viel Wodka, wenn Ihr versteht, und der Ärger darüber, dass der König meine Leute so kurz gehalten hat.

Die Männer rissen alle Damastvorhänge herunter, schossen auf die Glasscheiben und zerbrachen im Suff die Kristalllüster und Spiegel. Sie bewarfen sich mit teurem Porzellan, schnitzten ihre Initialen in das Holz der Möbel und ließen Asche auf die Teppiche regnen. Einige verunstalteten sogar die Ahnen Friedrich Wilhelms in ihren goldenen Rahmen mit Messer und Rußfingern. Wobei ich sagen muss, dass etliche der alten Schnepfen in Öl dadurch gewonnen haben.«

Henk wusste nicht, ob er lachen oder weinen sollte. Die arme Königin. *Monbijou* war ihr Lieblingsschloss!

»Werdet Ihr das Bernsteinzimmer in der Kunstkammer aufbauen?«

»Gott bewahre! Damit die Bauern ihre schmierigen Hände darübergleiten lassen? Nein. Ich habe dem König versprochen, meinen schönsten Palast damit zu schmücken.« Peter hob seinen Becher. »Auf die preußisch-russische Freundschaft!«

Er schüttete das Bier in sich hinein, rülpste und begann mit dem Stopfen einer Pfeife.

Henk beschloss, die Rede vorsichtig auf den *Monster-Erlass* zu bringen. »Die Wunderkammer, Euer Majestät … Wir sollten sie nicht mit Missgeburten überfrachten. Die Säuglinge und Föten … Sie verschrecken das Volk. Ihr solltet lieber einen Raum mit schönen Muscheln, Schnitzarbeiten und den Aquarellen von Maria Sybilla Merian füllen, mit den lieblichen …«

»Den Teufel werde ich!« Peter hieb mit der Faust auf den Tisch. »Das Kabinett der Seltenheiten wird genauso so bestückt, wie es mir gefällt. Seit meiner Kindheit liebe ich Missgeburten und absonderliches Getier jeder Art, und Ihr wollt mich dazu verdonnern, ein Muschel- und Schmetterlingssammler zu werden? O nein! Auch ohne zu viel Lieblichkeit werde ich die Russen dazu bringen, sich an meiner Kunstkammer zu ergötzen – und wenn ich sie mit Wodka und Wurstbroten dazu verführen muss. Ich will, dass sie sehen, staunen und lernen!«

»Bislang staunen sie nur über die Rubel, die Ihr ihnen für ihre Missbildungen und Fundstücke zahlt. Ihr glaubt nicht, wie viel Schätze ich in den letzten Wochen zusammengetragen habe! In der Nähe von Woronesch fand ein Russe Elefantenzähne, von denen er glaubt, es seien Überreste vom Zug Alexanders des Großen. In Samarkand wurden auf der Suche nach Gold Messingfiguren in Form von Minotauren, Ochsen, deformierten Männern und jungen Frauen entdeckt. Die Münder der Götterstatuen haben Scharniere, sodass man sie bewegen kann. Vielleicht haben in alter Zeit die Priester diese Vorrichtungen benutzt, um vermeintlich durch den Mund der Götter zu ihrem Volk zu sprechen. Dann die ganzen Absonderlichkeiten und Monster anderer Art. Ich habe in den letzten Wochen so viel angeschleppt, dass der Kikin-Palast auseinanderzubrechen droht …«

»Was habt Ihr mit dem Zusammentragen zu schaffen?« Der Zar sog an seiner Pfeife und beugte sich dann mit gerunzelter Stirn zu Henk vor. »Das hätte doch jeder Kutschenknecht gekonnt! Es gibt doch nun wohl wahrlich wichtigere Aufgaben für Euch in meiner Kunstkammer?«

»Und ob es die gibt! Die Zimmerdecken habe ich zwar schon vor Wochen mit Leinwand überzogen, die Wände geweißt und mit Tapetenstoff bespannt, doch um einiges lieber als Monster zu verfrachten, hätte ich Stoffe drapiert, Fußteppiche ausgelegt und mich um die geeigneten Sitzmöbel für die Wunderkammer gekümmert. Ich wäre auch gerne dabei gewesen, als Humbertus und Josefine die Räume bestückt, die Bibliothek und das Laboratorium eingerichtet haben. Es war Alexander Menschikow, der mich beauftragt hat, die Städte abzufahren und mein Mütchen an den Kommandanten zu kühlen, die weder über die zusätzliche Arbeit noch über die Ausgaben, die mit den abgegebenen Wunderlichkeiten einhergehen, erfreut sind.«

»Das darf doch wohl nicht wahr sein! Warum habt Ihr Euch nicht gewehrt? Henk, die Kunstkammer und ihre Fertigstellung sind für mich von größter Wichtigkeit!«

»Ich weiß, doch wer bin ich, mich dem Wunsch und Willen Eures Freundes, des Gouverneurs von St. Petersburg, zu widersetzen? Freiwillig hätte ich diese Aufgabe nicht übernommen, das könnt Ihr mir glauben. Mittlerweile träume ich nachts schon von sprechenden Affen und fliegenden Kälbern!«

»Damit ist jetzt Schluss!« Die laute Stimme seines Herrn ließ den Mundschenk zusammenzucken. »Ich plane für die nächste Woche ein großes Fest zur Einweihung der Kunstkammer und zur Feier meiner Rückkehr. Das Kabinett muss bis dahin fertig sein und braucht alle Hände, die zur Verfügung stehen.«

»Einmal muss ich noch fort. Ich habe einigen Stadtherren mein Kommen versprochen.«

Der Zar schüttelte – immer noch aufgebracht – den Kopf. »Was ist Alexander Danilowitsch nur eingefallen, ausgerechnet Euch, meinen besten Buchbinder, Conservator, Wachsbildner und Tapissier für Wochen außer Gefecht zu setzen? Ich werde ein ernstes Wörtchen mit ihm reden müssen!« Er seufzte schwer, schickte einen Rauchring in die Luft und winkte Wladimir. »Lasst uns noch einen Humpen zusammen trinken.« Er seufzte. »Das beruhigt! Ruhe habe ich bitter nötig. Wisst Ihr, was mein missratener Sohn getrieben hat?«

»Humbertus hat mir erzählt, Alexei habe sich Geld geliehen, angeblich um zu Euch zu fahren und sich mit Euch zu versöhnen. Doch dann ist er nach Wien gereist …«

»… und hat den Erzherzog von Österreich, Kaiser Karl, darum gebeten, ihn zu verstecken! Dieser Bastard traut sich was! Erst prügelt er sein Weib halbtot, und dann kriecht er bei ihrer Verwandtschaft unter. Die Frau des Erzherzogs ist Charlotte-Sophies Schwester. Gewinselt soll er haben. Der Erzherzog müsse ihm Schutz gewähren und sich für seine Rechte auf den Thron einsetzen. Für seine und die seines Sohnes Peter, Karls Neffen. Wisst Ihr, was er gesagt hat?« Henk schüttelte den Kopf und schreckte vor der unsäglichen Wut in Peters Augen zurück. »Mein Vater ist eine Bestie! Ich kann es kaum erwarten, ihn und seine Wäscherhure auf dem Pfahl zu sehen!« Der Zar spie die Worte fast aus. »Das hat er gesagt, dieser Hundsfott!«

»Von Alexeis Verhalten gegenüber Charlotte-Sophie wussten die Habsburger nichts?«, versuchte Henk ihn abzulenken.

»Der Erzherzog hat nie von den Misshandlungen erfahren. Kein einziger angsterfüllter Brief fand jemals seinen Weg aus den Mauern des Winterpalasts.«

»Und jetzt? Was wollt Ihr tun?«

»Am liebsten würde ich den Bengel eigenhändig aus der Wiener Hofburg zurück nach Russland zerren«, knurrte der Zar. »Aber die Etikette … Ich musste es anders einfädeln. Als mich Menschikows Brief mit der Botschaft, Alexei sei samt seiner Hure und drei Vertrauten geflohen, in Paris erreichte, da wusste ich ja noch nicht einmal, wo sich dieser verdammte Kerl versteckt hielt. Umgehend habe ich nach meinen fähigsten Spürhunden geschickt. Tolstoi, Wjesselowski und Rumjanzew nahmen die Verfolgung auf und waren schnell auf Alexeis Reiseroute. Sie überprüften die Registrierungen in den Gasthöfen.« Peter trank gierig aus dem Humpen, den der Mundschenk vor ihm auf den Tisch gestellt hatte. »Mein lieber Sohn hat jeden Abend bis zum Umfallen gezecht und die Gastwirte auf ihren Rechnungen sitzen lassen. So etwas spricht sich herum, und die Geprellten gaben nur zu gerne Auskunft. Peters Liebchen hat in den Herbergen kein Blatt vor den Mund genommen und von Wien erzählt, von der Hofburg, wo sie in weichen Daunen liegen wolle. Ich habe einen Brief an den Erzherzog Karl gerichtet, ihm auf den Kopf zugesagt, dass er meinen Sohn versteckt hält, und ihn gebeten, Alexei nach Hause zu schicken. Sofort!«

»Und?«

»Vor zwei Wochen bekam ich eine Antwort. Der Österreicher behauptet, der Zarewitsch hätte nie einen Fuß in die Hofburg gesetzt.« Peter schrie die letzten Worte fast.

»Wie dreist!«

»Wohl wahr! Er denkt natürlich an Charlotte-Sophies Sohn, seinen Neffen, der einmal Zar werden könnte.«

»Eine solche Lüge werdet Ihr doch nicht einfach so hinnehmen!«

»Ihr sagt es. Ich habe Erkundigungen eingezogen, Bedienstete bestochen. Nach meinem Brief hat der Erzherzog es mit der Angst zu tun bekommen und Alexei nach Neapel bringen lassen, in die Festung von Sankt' Elmo.« Der Zar machte ein grimmiges Gesicht. »Aus den Augen, aus dem Sinn! Doch nicht mit mir! Ich habe einen zweiten Brief nach Wien geschickt. Kaiser Karl kann es sich überlegen: Entweder, mein Sohn findet seinen Weg zurück nach St. Petersburg, oder ich bereite einen russischen Angriff vor und mache ganz Österreich dem Erdboden gleich.«

Henk zog scharf den Atem ein. »Das kann nur eines bedeuten!«

Peter nickte, und seine Zähne waren so fest aufeinandergepresst, dass es knirschte. »Der Kaiser in Wien wird Alexeis Wohlergehen gegen das seines Volkes abwägen. Mein Sohn wird zurückkehren und mir für all das büßen. Diese Schmach! Der eigene Sohn versteckt sich vor mir! Nennt mich eine Bestie! Alexei hat mich in ganz Europa lächerlich gemacht! In Frankreich, in England und in Spanien! Wie sie sich das Maul zerreißen werden über mich, den Vater, der seinen Erben nicht im Zaum halten kann.« Peter schlug mit der flachen Hand auf den Tisch. »Aber all das wird bald ein Ende haben! Genug ist genug!« Er sog tief den Atem ein, und seine Augen blickten ins Leere. »Ich muss dem ein Ende machen! Wenn Katharina mir doch nur einen Sohn schenken würde, einen einzigen! Ich brauche nichts dringender als einen kleinen Prinzen. Mein armes Russland … Es soll nicht in die verkommenen Hände dieses verdammten Hurenbocks fallen!« Der Zar griff nach seinem Humpen, und seine Finger umfassten den Henkel so fest, dass sie weiß wurden. »Auf die Taten, die wir noch vollbringen müssen!«

Erst eine Stunde später war es Henk gelungen, sich zu verabschieden. Er hatte nur noch mit Mühe einen verständlichen

Gute-Nacht-Gruß über die Lippen gebracht. Und am nächsten Morgen hatte sein Schädel fürchterlich gebrummt, was kein Wunder war.

Ein Stein brachte den Holzkarren gefährlich ins Schwanken, und Henks Gedanken kehrten auf die Apothekeninsel und zu seiner wunderlichen Fracht zurück. Er schob die Sorgen, die die Wut des Zaren auf Alexei in ihm heraufbeschworen, seufzend von sich. Er wünschte nur, die Vernunft des Zaren behielte die Oberhand, denn den Mord am eigenen Sohn würden weder das Volk noch Alexeis einflussreiche Freunde hinnehmen. Noch war der Zarewitsch hoffentlich weit fort – in Neapel. Und seine Aufmerksamkeit durfte ausschließlich der Kunstkammer gelten.

Henks Blick glitt über den Inhalt des Karrens. Sie würde nicht an Lieblichkeit gewinnen! All diese hässlichen Kreaturen, die er hatte herschaffen müssen. Hoffentlich stutzte der Zar Menschikow ordentlich zurecht! Henk lachte grimmig. Jede Wette, dass Andrej Schuld an seiner Degradierung zum Kutscher trug. Ihm und seiner Familie war es gelungen, sich bei Menschikow einzuschmeicheln. Vielleicht hatten sie ihn bestochen. Alexander Danilowitsch war korrupt, vom Scheitel bis zur Sohle. Ein gefährlicher Mann. Ein Gedanke durchzuckte Henk, so unglaublich, dass er für einen Moment innehielt und den Karren abstellte. Menschikow! Was, wenn er dem Zaren gegenüber nicht so loyal war, wie er es zu sein schien? Was, wenn er … Nein! Der Gedanke war dann doch zu abwegig. Oder nicht? Wie auch immer, es galt achtsam zu sein, bei allem, was man sagte und tat.

Ein Schauder jagte ihm den Rücken hinunter, als er an Josefine dachte. Humbertus hatte ihm vom Abend ihrer Ankunft in St. Petersburg und ihrem gefährlichen Fauxpas erzählt. Menschikow schien ihr ihre Kritik verziehen zu haben, doch das bedeutete nicht, dass sie vergessen war! Er musste Josefine einbläuen, vorsichtig zu sein! Henk kniff die Lippen zusammen. Die Sache war nur die, dass sie sich von ihm nichts würde einbläuen lassen – schon gar nicht, nachdem er sie stehen gelassen hatte und Varvara zu Willen gewesen war.

Er verzog das Gesicht, als hätte er Zahnweh. Da hatte er einmal im Leben seinen Verstand ausgeschaltet, um sich am Honigtopf des Triumphs zu laben, und was war das Ergebnis? Andrej hasste ihn mehr denn je, und Josefine … Sie behandelte ihn seit diesem Tag mit der Kühle des Morgentaus. Die gemeinsame Reise, die Nähe, ihr besonderes Verhältnis – all das schien vergessen. Er wollte zu ihr durchdringen, wollte den Panzer ihrer Gleichgültigkeit zerstören. Denn ihr desinteressiertes Verhalten erschien ihm genauso unerträglich wie die Tatsache, dass sie sich willentlich mit ihrem wortreichen Kampf gegen Windmühlen in Gefahr brachte.

Warum nur konnte diese Frau ihre spitze Zunge nicht im Zaum halten? Die Verärgerung Menschikows hätte ihr doch eine Lehre sein müssen! Aber nein! Gestern hatte sie im Sommerpalast einen Streit vom Zaun gebrochen und auch noch den Zaren gegen sich aufgebracht. Die Spatzen pfiffen es schon von den Dächern!

Natürlich war es wieder um die vermaledeiten Arbeiter an der Newa gegangen, um bessere Lebensbedingungen für die Männer. Henk stieß entnervt die Luft aus. Bessere Lebensbedingungen! Bei Gott, die Burschen konnten froh sein, dass ihre Köpfe noch auf den Hälsen saßen! Und Josefine konnte froh sein, dass Katharinas Sanftmut alles wieder ins Lot gebracht hatte!

Sie war eine wirklich hervorragende Parfümeurin und behandelte die Kostbarkeiten des Zaren wie ihre eigenen Kinder, doch Peters Bewunderung für ihre Kunstfertigkeit und Fantasie war nicht gleichbedeutend mit Narrenfreiheit!

Henk seufzte schwer. Wenn Josefine nur begreifen würde, dass es in St. Petersburg Dinge gab, die sich nicht ändern ließen! Mit manchem musste man sich einfach abfinden! Schluss und aus! Er würde … Er musste mit ihr reden! Und diesmal würde er sich nicht mit fadenscheinigen Entschuldigungen abspeisen lassen wie in den letzten Tagen!

Er dachte daran, mit welcher Zärtlichkeit sie Petre behandelte und spürte einen wehmütigen Stich im Herzen. Auf der Reise … Er hatte sich lächerlich gemacht mit seinem Vorschlag und Josefine gekränkt! Doch damals … Es war Verlangen gewesen, das ihn angetrieben hatte und der Wunsch nach einer Familie, nach Geborgenheit und Wärme. Doch jetzt … Henk schüttelte den Kopf. Es zog ihn zu ihr, immer wieder. Wenn er mit Josefine zusammen war, dann erfüllte ihn eine große Zufriedenheit, auch wenn sie sich manchmal bis aufs Blut reizten. Er genoss es, sich in Wortgefechte mit ihr zu verstricken, mochte es, wie Josefines Augen dabei funkelten, wie sie manchmal die Nase rümpfte, die Schultern streckte und ihn strafend ansah. Dann wurde der Drang fast übermächtig, ihren erbosten Blick zu verscheuchen, indem er sie einfach in seine Arme riss, sie herumwirbelte, bis sich ihre Strenge in einem hellen Lachen verlor. Denn ihr Lachen, das gefiel ihm ganz besonders.

Henk holte tief Luft und versuchte, die Bilder zu verscheuchen. Er dachte in letzter Zeit viel zu viel an Josefine. Sie würde der Wunderkammer noch den letzten Schliff geben und St. Petersburg dann wieder verlassen. Es war auch besser so … Ungefährlicher … Er durfte sein Herz nicht an sie hängen. Es würde schon schwer genug werden, Petre zu trösten.

Die Apotheke kam in Sicht, und ächzend erreichte Henk die Tür, hinter der Nicolaus Bidloos Reich steckte. Er klopfte, und gleich darauf schaute der Anatom mit dem Wuschelkopf nach draußen.

Henk grüßte und wies auf den Karren. »Hammel und Schaf.«

»Immer rein mit den himmlischen Herden!«

Gemeinsam luden sie ab, und dann machte sich Henk winkend wieder auf den Weg. Er würde jetzt erst einmal in heißes

Fasswasser tauchen, dann der Wunderkammer einen Besuch abstatten und Josefine die Leviten lesen!

Der Anblick des zweistöckigen Kikin-Palastes war prächtig und freundlich zugleich. Eine geschwungene Freitreppe führte unter der weiß-gelben Fassade mit ihren Wandpfeilern, den glatten Mauerblenden und schneckenförmigen Giebeln zum Eingang hinauf. Gelächter schallte ihm entgegen.

Henk lehnte sich mit der Schulter gegen den Rahmen der offen stehenden Tür. Die Sonne hüllte die Eingangshalle, von der aus man in die anderen Räume gelangen konnte, in ein sanftes bernsteinfarbenes Licht.

Josefine stand mit Humbertus und Petre vor einem schwarz lackierten Tischchen und hob eine riesenhafte Muschel in die Höhe. Einzelne Haarsträhnen, die sie vergeblich zu bändigen versucht hatte, stoben um ihr Gesicht. Josefine lauschte verschmitzt Humbertus bei dessen Versuch, ein ernsthaftes Gespräch mit ihr zu führen. Petre, der kleine Schlingel, fuchtelte mit den Händen in der Luft herum, doch Henk konnte nicht erkennen, ob er etwas zum Gespräch beitrug oder nur Fliegen verscheuchen wollte.

An jedem Vormittag wurde Petre von einem Lehrer, den Henk angestellt hatte, unterrichtet, doch nachmittags hielt ihn nichts mehr in Henks Zuhause, einem kleinen Häuschen am Fluss.

Es war offensichtlich: Genau wie Josefine und Humbertus liebte er das Arbeiten in der Kunstkammer. Trotz der Berge von Kuriosa, trotz Hitze und Mücken, trotz all der Monster in Spiritus! Wie Josefine trug er einen verdreckten blauen Kittel und machte sich jetzt mit ihr an einer Kiste zu schaffen. Ächzend öffnete sich der Deckel, und eine Wolke von Grau stob heraus. Völlig eingestaubt, holte Josefine eine Figur ans Licht und betrachtete sie von allen Seiten. Sie schien sich mit den beiden Männern zu beraten, was das Gebilde darstellen sollte, und Humbertus'

Äußerungen ließen sie lachen, bis ihr die Tränen kamen. Da war es wieder, das Lachen!

Henk konnte den Blick nicht von ihr wenden. Wie Josefine so dastand mit diesem verwunschenen Gebilde in der Hand, fühlte sich Henk an das Seemannsgarn der Matrosen erinnert, denen er auf Schiffsreisen mit dem Zaren begegnet war. In einsamen Nächten auf der Wacht hatten sie verzauberte Geschichten von Waldelfen erzählt, die auf Einhörnern am Flussufer ritten, ihre Arme nach den Seeleuten ausstreckten und wundersam sangen. Henk selbst hatte diese Geschichten immer belächelt, doch jetzt, in diesem Augenblick, fühlte er sich von Josefine wie magisch angezogen. Es war ihr Lachen, das ihr Gesicht verzauberte! Wenn es doch ihm gälte! Henk seufzte. Der Gedanke, in welche Gefahr sie sich mit ihrem tollkühnen Handeln brachte, ließ ihn vor Angst erneut erschaudern.

Ein altes Mütterchen stellte sich neben ihn. Sie seufzte ebenfalls, schnäuzte sich und sagte missbilligend: »Das Weib da drüben … Sie ist hochmütig. Das wird ihr Verderben sein! Das und der Umgang mit diesem Humbertus. Ich hab' sie gewarnt. Keine anständige Frau …«

Henk brauchte einen Moment, um zu merken, dass er Josefine immer noch anstarrte. Er blinzelte, riss sich aus der Verzauberung und schob sich ohne ein Wort an der Alten vorbei. Noch jemand, den Josefine gegen sich aufgebracht hatte!

Henk durchquerte die Eingangshalle, rief einen Gruß und breitete die Arme aus.

»Henk!« Petre flog auf ihn zu. »Oh, wie schön, dass du da bist! Was hast du uns diesmal mitgebracht?«

»Keinen lebenden Drachen, mein Kleiner.«

Henk schwang den Jungen durch die Luft und ließ ihn schließlich wieder aus seinen Armen.

»Guten Tag, Josefine.«

Sie lächelte ihn unverbindlich an, erwiderte seinen Gruß

freundlich und widmete sich dann wieder ungerührt ihren Aufgaben. Ihre dumpfe Höflichkeit war undurchdringlich und kalt, wie eine Mauer aus Eis, und ließ Henk die Lippen zusammenpressen. Er musste mit ihr reden! Später!

Innerlich seufzend wandte Henk sich Humbertus zu und klopfte seinem Freund auf die Schulter. »Ein Vögelchen hat mir gesungen, dass ihr mit der Wunderkammer fast fertig seid.«

»Jeb! Wir haben gestern den letzten freien Raum mit Kostbarkeiten bestückt, mit Schmetterlingen, Käfern und schönen Muscheln. Josefine hat alles aufs Wunderbarste eingeduftet, ganz wie der Zar es sich wünscht.«

»Was ist mit der Bibliothek?«

»Alle Bücher aus dem Sommerpalast, dazu wertvolle alte Schriften und Drucke aus Amsterdam, aber auch illuminierte Klosterwerke sind untergebracht. Der Raum strahlt eine Ruhe aus, die dich begeistern wird. Du wirst es gleich erleben, Henk. Der Zar hat darauf bestanden, die besonders wertvollen Bücher anzuketten. Sicher ist sicher ...«

»Und das Laboratorium?« Henk wandte sich Josefine zu, doch statt ihrer reagierte Petre.

»Josefine ist fast jeden Tag drinnen und mischt für reiche Frauen Parfüms zusammen. Wenn sie kommen, dann sehen ihre Gesichter aus, als ob gleich regnen wird, und wenn sie gehen, dann strahlt die Sonne, und sie duften!«

»Tja, so ist es, Henk, wenn man eine Frau um sich hat, die etwas Besonderes kann.« Ein klagender Seufzer entrang sich Humbertus. »Dabei könnte ich sie an allen Ecken und Enden gebrauchen. Genau wie dich! Hat dich der Zar jetzt endlich von deinem Sammelauftrag befreit?«

»Glücklicherweise. Wenn es nach Menschikow ginge, dann würde ich im Himmelreich noch nach Monstern Ausschau halten. Und jetzt, mein Freund, möchte ich endlich die Wunderkammer sehen!«

»Dann komm!«

Henk folgte Humbertus in den ersten Raum, der einer gewaltigen Schatzkammer glich, und stieß einen anerkennenden Ruf aus. Kostbarkeiten schmückten alle Wände, standen auf dem Boden, und sogar von der Decke hingen ausgestopfte und präparierte Tiere. Seevögel schwebten vor dem von Henk mit weißer Seide bespannten Himmel. Etwas tiefer hing ein urtümliches kleines Holzboot mit wunderbarer Bemalung, um den Meereshunde dümpelten, und weiter unten, vor der vermeintlichen See aus tiefblauem Samt, Fische so bunt, dass Henk für einen Moment die Augen zusammenkniff, weil er an eine Täuschung glaubte. Auf dem sandfarbenen Boden lagen Muscheln und seltsame Meerestiere, und an den Wänden waren Gräser angebracht, Blumen und Malereien, die Hütten aus Stroh zeigten und Menschen, deren Kleidung ebenso bunt war wie die Farben der Meeresbewohner.

Henk schloss für einen Moment die Augen, um den Duft, der ihn umgab, in sich aufzunehmen. Es roch frisch, salzig und doch auch lieblich, als entstiegen den gemalten Blumen Schwaden, die sich mit dem kühlen Seewind mischten. Henk fühlte sich beschwingt und voller Tatendrang. Am liebsten wäre er sofort in dieses ferne Land gereist, das der Zar hier, in seiner Wunderkammer, darbot.

»Humbertus! Das ist unglaublich! Ganz anders als alle Kabinette mit ihren Seltenheiten und Raritäten, die ich in Europa gesehen habe. Sie erinnern an Läden, wo Gläser mit konservierten Gliedmaßen neben alten Münzen, ausgestopfte Vögel und Tierskelette ausgestellt sind. Aber das hier …«

»Nicht wahr! Und dort hinten auf den Schautafeln findest du alles Wissenswerte zu diesem malerischen Ort. Aber dafür haben wir jetzt keine Zeit. Komm weiter!« Der Riese winkte ihm, zu folgen. »In der nächsten Kammer, vor deinem Hintergrund aus grauem Leinen, haben wir die Exponate ausgestellt, die der Zar während seiner Reisen erworben hat. Die meisten stammten aus der Sammlung des Holländers Ruysch.«

Henk nickte. »Man sagt, er sei ein begnadeter Anatom, der es versteht, menschliche Embryonen kunstvoll zu präparieren, Leichen einzubalsamieren und ungewöhnlich zu arrangieren.«

Humbertus verzog den Mund. »Hübsch hässliche Sachen hat er dem Zaren angedreht.« Er stieß die Tür auf und nickte zu einem wunderlichen Gebilde, auf dem inmitten von verendenden Tieren und verblühenden Pflanzen vier menschliche Skelette zu sehen waren, die auf Instrumenten spielten. »Es heißt ›*Die Endlichkeit des Lebens*‹. Und diese Präparate gehören auch noch dazu.« Er wies auf eine Komposition, in der eine Schlange einen winzigen menschlichen Fötus zwischen ihren Zähnen hielt.

Schaudernd wandte Henk sich ab, und sein Blick fiel auf einen Sarg, in dem ein Säugling lag. Ein Blumenkranz umrahmte sein Gesicht, ein Rosengebilde, an dem das Kind zu schnuppern schien.

»Auf diese Art von Kunst könnte ich gut und gerne verzichten.« Henk wandte schnell den Blick ab und fand sich, erschrocken zusammenzuckend, einem kleinen Jungen gegenüber, der verblüffend lebendig aussah. Das Kind hielt ein Hündchen im Arm und lächelte weltvergessen.

»Der Zar küsst den Kleinen jeden Tag bei seinem Morgenbesuch«, berichtete Humbertus trocken.

»Um Gottes willen!«

Henk wandte sich den Schautafeln zu, die den menschlichen Körper beschrieben. Verschiedene Teile waren ausgestellt, wie das menschliche Herz, die Lunge und die Nieren.

»Und hier etwas ganz Besonderes«, tönte Humbertus und wies auf einen Glaskasten, in dem nebeneinander verschiedene Zähne lagen wie Perlen auf einer Schnur.

»Die hat der Zar alle eigenhändig gezogen!«

»Es ist seine Passion, ich weiß. Seit bekannt ist, wie ungeschickt er sich dabei anstellt, klagt bei Hof niemand mehr über Zahnschmerzen aus Angst, der Zar könnte mit seinem Ziegenfuß kommen.«

Überall standen gläserne Schalen mit Duftstoffen. Es roch nach Pfeffer, frischem Rosmarin und strengem Lavendel, vermischt mit einem Hauch von Branntwein. Ein Duft, der nichts Liebliches in sich trug, sondern den Geist zu schärfen schien. Und das war auch nötig, um die Schautafeln und die merkwürdige Kunst des Frederik Ruysch zu verstehen.

Henk folgte Humbertus in den nächsten Raum. Er beherbergte verschiedene Tiere und Vögel, dazu viele Schränke mit Herbarien und Kästen mit Schmetterlingen, Käfern und schönen Muscheln. An den Wänden hingen Aquarelle von Maria Sybilla Merian.

»Die meisten Insekten hat der Zar Nicolaas Witsen abgekauft. Tut mich wundern, denn mit Kleinvieh hatte Peter es bislang eher nicht.«

»Nicolaas Witsen? Ach ja! Er ist Bürgermeister von Amsterdam. Die beiden hingen während unseres Aufenthalts ständig zusammen. Witsen hat ihn, wenn ich mich nicht irre, auch auf die Aquarelle von Merian aufmerksam gemacht.«

»Und ihm einige zu einem horrenden Preis verkauft. Die Malerin hat wohl in Witsens Kabinett Insekten studiert und ihm einige Bilder als Zahlung überlassen.«

Henk breitete die Arme aus. »Was für ein Glück, dass der Regent von Amsterdam ihn derart beeinflussen konnte, Humbertus! Es ist wunderbar hier!«

Der Duft, der Henk umgab, ließ ihn vermuten, die Insekten könnten sich gleich in die Lüfte erheben und er sich mit ihnen. Er schloss die Augen und erkannte lächelnd den taufrischen Duft eines Waldes nach dem Regen: gesättigtes Farnkraut und ein süßer Rausch von Jasmin und Maiglöckchen. Henk glaubte, den warmen Wind auf der Haut zu spüren, auf dessen Flügeln die Insekten und Schmetterlinge von Blütenkelch zu Blütenkelch tanzten, immer dem Duft des süßen Nektars folgend.

Er musste an sich halten, um nicht trunken aufzustöhnen und öffnete nur widerwillig die Lider. »Hier würde ich mir gerne ein Nachtlager richten und Stunde um Stunde nur schnuppern! Wie macht Josefine das?«

Humbertus zuckte die Schultern. »Wenn ich es nicht besser wüsste, würde ich glauben, das Laboratorium sei ihre Hexenküche und all die Düfte Zauberei. Aber es bleibt nicht so lieblich! Komm mit, und schau dir den liebsten Raum des Zaren an.«

Henk trat durch die Tür in den Raum, den er in ein heimeliges Weinrot gekleidet hatte, und zog zischend den Atem ein, als er sich unversehens einer gigantisch großen Frau gegenübersah.

»Sie ist nicht echt!«, beruhigte ihn Humbertus. »Drei Männer haben die Riesin gestern von der Apothekeninsel gebracht. Sie soll dem Hofheiducken des Zaren, der noch in Arbeit ist, zur Seite gestellt werden.«

Ein dickes, ganz mit Haaren bewachsenes Kind stand an der Seite der Riesin. Der Raum war über und über mit Embryonen in Gläsern gefüllt, die die Entwicklung des menschlichen Fötus in verschiedenen Stadien zeigten.

Der Duft in diesem Raum war nicht unangenehm, wie Henk vermutet hatte, doch er machte ihn auf eine merkwürdige Weise beklommen. Die Schwaden, die die toten Kreaturen in Weingeist umwaberten, trugen kein Leben in sich, keine Bewegung, keine Tiefe. Der herbe Duft ließ ihn wie erstarrt auf die armen Kreaturen in den Gläsern blicken und sich wünschen, sie mögen Frieden finden und verwelken dürfen wie die Blumen, die für das Parfüm ihr Leben ausgehaucht hatten.

Wie betäubt folgte er Humbertus durch einen Raum, in dem sich ausgestopfte Tiger, riesige Echsen, verschiedene gelbe Vögel, Mäuse mit Flügeln und ein ausgestopfter Elefant befanden.

Josefine hatte eine scharfe Duftkomposition gewählt, die

einen glauben ließ, sich inmitten einer Herde von wilden Tieren zu befinden, in einem Land, wo es heiß war. Als Henk die Augen schloss, nahm er nicht nur den Geruch der sonnensatten Gräser, der fremden Kräuter und Blumen wahr, sondern auch die scharfen Ausdünstungen der Tiere, ihre Wachsamkeit, ihre Angst. Alles roch so real, dass Henk schwankte, rasch die Lider hob und tief durchatmete.

Nur widerwillig ließ er sich von Humbertus in die nächste kleinere Kammer ziehen, die in sonnenhellem Gelb geschmückt war. An den Wänden hingen Pfeile, Bögen und Speere sowie merkwürdige gebogene Hölzer.

»›Kehrzurück‹, nennen die Matrosen sie«, sagte Humbertus auf seinen fragenden Blick hin. »Die Hölzer kommen aus *Terra Australis,* dem neu entdeckten Teil der Erde, einem Südland, in dem es immer warm ist und das über reiche Bodenschätze verfügt. Wenn man das Holz gekonnt wirft, dann kommt es zu einem zurück. Die mächtigen Schildkrötenpanzer an der Wand sind auch von dort und der Kakadu, der helle Vogel mit der Federhaube. Er klopft mit Zweigen gegen die Borken toter Baumstämme und erzeugt so eine sonderbare Musik, die sein Weibchen anlockt. Unheimlich und doch faszinierend, nicht wahr?«

Henk nickte und wies auf einen mannshohen Vogel. »Und womit lockt er? Mit dem Helm auf seinem Haupt?«

»Ein Helmkasuar. Er kann nicht fliegen und rennt im Südland durch Wald und Feld. Ich denke, deshalb trägt er auch dieses mit Horn überzogene Gebilde. Es schützt seinen Geist, wenn er durch die Gehölze bricht.«

Fasziniert blickte Henk auf den riesigen Vogel, dessen Kopf und Hals leuchtend blau gefärbt waren, während der gefiederte Körper schwarz glänzte. Er durchschritt den Raum mit seinen Entenvögeln und schwarzen Schwänen, merkwürdigen kleinen Bären auf Bäumen und Affen. Ein wahres Paradies aus wundersamen Tieren und Pflanzen, um das Josefine einen blumig-süßen Duft gelegt hatte.

»Was für ein Erlebnis! Die Düfte … Die Welten, die Josefine mit ihnen schafft … Überwältigend!«

»Jau. Und ihre Geschichten erst! Sie hat sich mit verschiedenen russischen Frauen angefreundet. Eine von ihnen ist Menschikows Weib, du weißt schon, die schöne, üppige. Stunden haben die Frauen zusammengegluckt, und schließlich hat Josefine angefangen, Geschichten niederzuschreiben. Es ist wie mit den Düften, man kann nicht genug davon bekommen. Ich bin noch am Anfang, sie ins Russische zu übersetzen.«

»Und? Gefällt ihr Lockebrot auch dem Zaren?«

»Er ist ganz hin und weg. Josefine könnte sein Augenstern sein, wenn sie nicht immer ihre Stacheln zeigte und ihn nicht um Dinge anginge, die man lieber nicht fragen sollte.«

Henk nickte sorgenvoll. »Ich weiß, Humbertus.«

»Kannst du sie nicht zur Vernunft bringen, Henk? Auf mich hört sie nicht.«

»Wie kommst du darauf, dass es mir besser ergehen könnte? Im Augenblick meidet sie mich, als hätte ich die Krätze.«

Humbertus maß ihn von der Seite. »Das hast du dir selbst eingebrockt. Sie am ersten Abend einfach stehen zu lassen, noch dazu wegen Varvara, diesem vermaledeiten Frauenzimmer.« Er schüttelte den Kopf. »Josefine mag so tun, als wärst du ihr gleichgültig, doch in ihrem Herzen … Sie hält viel von dir, Henk. Ja, ich glaube, wenn diese Frau auf jemanden hört, dann auf dich, mein Freund!«

Henk legte Humbertus eine Hand auf die Schulter. »Ich werde mit ihr reden. Versprochen!«

»Danke, mein Freund!«

Humbertus geleitete Henk wieder in den Gang und riss eine weitere Tür auf. »So, hier haben wir nun noch den Himmelssaal mit dem Herzstück der Sammlung des Zaren.«

Sie betraten einen Raum, der von einem elfeinhalb Fuß hohen Globus dominiert wurde.

»Der Zar hat ihn sich vor drei Jahren bei einem Besuch in Holstein vom Dänenkönig schenken lassen. Du weißt ja, wie er die Leute zu allem Möglichen überreden kann.«

»Er wird Petrus an der Himmelspforte auch noch dazu bringen, ihn ohne eine Prüfung ins Himmelreich zu lassen«, nickte Henk trocken und ließ sich von einem Duft umwirbeln, der an die Kühle einer Nacht im Freien erinnerte, an das Zirpen von Grillen und den Ruf der Eulen.

»Wie ist das Gerät hierher geschafft worden?«, fragte er.

»Menschikow, der damals die russische Armee in Deutschland befehligte, erhielt den Auftrag, persönlich über die Verpackung und Verladung des Globus zu wachen. Es war Winter, über die Ostsee ging er nach Reval, dann wurde die gewaltige Kugel auf Schlitten und Rollen über den Schnee nach St. Petersburg gebracht. An vielen Stellen musste die Straße verbreitert, Zweige abgesägt und Bäume gefällt werden, damit der Transport passieren konnte. Als das Wunderwerk dann endlich hier eingetroffen war, betrachtete der Zar es jeden Tag viele Stunden.«

»Was für eine gigantische Kugel!«

»Nicht wahr! Bis zu zwölf Personen haben in ihrem Inneren Platz, können sich um den runden Tisch versammeln und die Himmelskarte betrachten. Mithilfe einer Winde dreht sich das Firmament rund um die Zuschauer. Und jetzt zeige ich dir den Teil der Wunderkammer, der mir der liebste ist.«

Henk pfiff, als sie den letzten Raum betraten und ihn eine herrliche Sammlung von Tieren, Vierfüßlern, Vögeln, Fischen und Muscheln empfing. Die Wände waren mit Schaukästen bestückt, worin sich Schnitzarbeiten aus Elfenbein und Korallen in den verschiedensten Formen, Farben und Größen befanden. Zu Trinkgefäßen umgearbeitete Muscheln, wundersam bemalte Masken und Holzskulpturen standen zwischen den Exponaten.

»Die Sammlung meines Freundes Meinhardus Meinen! Da geht einem das Herz auf, nicht wahr!« Humbertus war so stolz, als wäre es seine eigene Sammlung, die er hier präsentierte.

»Josefine hat alle Schätze genauestens beschrieben.« Er wies auf verschiedene große Tafeln. »Sie stammen noch aus dem Kabinett ihres Vaters.«

Henk trat näher heran und betrachtete die feinen Zeichnungen, die liebevoll beschriftet waren.

»Turmschnecken, Tritonshörner, Posthornschnecken …«

»Es gibt sogar Haarschneckenhäuser.« Humbertus zog den Schubteil eines Schrankes heraus, dessen Lade Schneckenhäuser enthielt, die dicht an dicht zu einem wunderbaren, in vielen Farben schillernden Bildnis zusammengestellt waren.

Humbertus breitete die Arme aus. »Die Wunderkammer des Zaren ist fertig! Nun bin ich gespannt auf die Besucher.«

2

Henk stieß verärgert die Luft aus, nachdem er sich rasch von Humbertus verabschiedet und Petre kurz zugewunken hatte, den er später noch sehen würde. Josefine hatte sich bereits mal wieder klammheimlich auf den Heimweg gemacht, wahrscheinlich, um ihm nicht erneut zu begegnen. Der Zar hatte ihr einige Räume in einem Holzhaus an der Newa zugewiesen, ganz in der Nähe des Sommerpalasts. Petre war schon oft dort gewesen, doch ihn hatte Josefine bislang nicht eingeladen.

Henk nahm zwei Stufen auf einmal und folgte eilig der Straße, die zur Zarenresidenz führte. Josefine war schon ganz in der Nähe des Palastgartens, als er sie einholte. Sie zuckte zusammen, als Henk sie antippte, setzte ihren Weg jedoch unbeirrt fort.

»Mein Gott, hast du mich erschreckt!«

»Ich muss mit dir reden!«

»Hätte das nicht Zeit gehabt bis morgen?«

»Wenn du dir weiterhin mit Worten dein eigenes Grab schaufelst, dann könntest du morgen leider schon tot sein.«

»Schickt dich der Zar, um seiner Verärgerung noch einmal Ausdruck zu verleihen?«

»Nein. Josefine«, er packte ihren Arm und zwang sie zum Stehenbleiben, »wir müssen reden! Wirklich!«

»Also gut. Bitte!« Sie sah ihn herausfordernd an.

»Nicht hier«, sagte Henk leise und nickte bezeichnend in die Richtung zweier Frauen, die stehen geblieben waren und neugierig zu ihnen herüberstarrten. »Lass uns in den Sommergarten gehen, zur Grotte, da sind wir vor fremden Augen und Ohren sicher.«

»Das klingt ja sehr geheimnisvoll. Was gibt es denn so Wichtiges zu besprechen?«

Henk zog Josefine mit sich, ohne ihr eine Antwort zu geben. Sie sträubte sich. »Ist ja schon gut, ich komme mit. Du brauchst mich nicht hinzuschleifen.«

Henk sagte nichts, und auch Josefine schwieg stur. Sie erreichten den Springbrunnen am Haupteingang, und er schob sie an den Wächtern vorbei, die die Hälse reckten. Sie hatten sie erkannt und ließen beide huldvoll durch.

Der Zar hatte den Park nach französischem Vorbild anlegen lassen. Er erstreckte sich bis zu der Poststraße, die nach Moskau führte. Im Sommer fanden hier häufig Tanzabende statt, oder der Zar flanierte mit Besuchern durch den Garten. Manchmal gab es Feuerwerke zur Feier siegreicher Schlachten und Festlichkeiten.

An derlei verschwendete Henk heute nicht einen Gedanken. Er hatte auch keinen Blick für die Blumenbeete, Pavillons und Springbrunnen, für die Figuren aus der griechischen Mythologie und die schelmischen Wasserspiele. Mit gekrauster Stirn zog er Josefine durch die Säulengänge mit ihren spalierartigen Bäumen tiefer in den Garten hinein.

Die Grotte – der Stolz des Sommergartens – hatte Zar Peter in ein eigens dafür errichtetes Haus einbetten lassen. Die drei Säle waren mit Tuffstein, Spiegeln, Glas und Muscheln verkleidet. Eine Wasserorgel zwitscherte in Vogelmanier, und Skulpturen aus Marmor umringten drei Fontänen.

Henk betrat die menschenleere Höhle, und Josefine folgte ihm zu dem plätschernden Wasser. »So, hier können wir unbeobachtet reden.«

Josefine verschränkte die Arme vor der Brust. »Also?«

»Du warst beim Zaren und hast dich für die Arbeiter an der Newa eingesetzt.«

»So ist es.«

»Und, hattest du Erfolg?«

Sie errötete. »Nein. Katharina hatte mir abgeraten. Sie meinte, ich sollte lieber den Mund halten, und sie hat recht behalten. Der Zar ist so uneinsichtig wie ein bockiges Kind.«

»Das hätte ich dir gleich sagen können.«

»Woher weißt du von unserem Gespräch?«

»Im Sommerpalast haben sogar die Wände Ohren, und das Gleiche gilt für Menschikows Palast. Josefine, es ist gefährlich, sich gegen diese Männer zu stellen, gegen ihre Ansichten und Weisungen, gefährlich und unsinnig! Du verbeißt dich da in etwas, das nicht zu ändern ist! Begreifst du das denn nicht?«

»Henk, ich käme mir schäbig vor, wenn ich nicht versuchen würde, etwas gegen die Missstände, die ich sehe, zu tun. Ich war mir sicher, dass der Zar sein Fehlverhalten einsehen würde. Die Kunstkammer … Sie macht deutlich, welchen Wert das menschliche Leben hat. Jedes Leben! Und Katharina war doch selbst eine Kriegsbeute, wieso sollte er dann nicht verstehen, dass die Männer, die sich für ihn, für seine Stadt, zu Tode schuften, nicht aus freien Stücken in den Krieg gezogen sind?«

»Und, hat er es begriffen?«

»Er hat mir nicht einmal zugehört. St. Petersburg, das sei ein göttlicher Plan, und die Stadt müsse gebaut werden … zum Wohl Russlands … und gegen die tote und mit Spinnweben behangene Vergangenheit. Gott in seiner Weisheit habe ihm die nötigen Mittel in die Hände gegeben – das ist seine Meinung dazu.«

»So, Josefine, jetzt weißt du es und lässt hoffentlich die Finger von diesen Dingen!«

Sie sagte nichts.

»Josefine, bring den Zaren nicht gegen dich auf! Er ist krank, seit die Strelizen zur Rebellion gegen seine Familie aufgerufen und jeden, der sich weigerte, umgebracht haben. Seit diesem

Tag frisst das Misstrauen Peter auf, und er findet in keiner Nacht mehr Ruhe. Der Zar hat den Strelizen bedingungslos vertraut und ist abgrundtief enttäuscht worden. Das hat er nie verwunden. Seit diesem Tag merzt er alles und jeden aus, bei dem er Verrat wittert.« Henk hob in einer machtlosen Geste die Hände. Er blickte Josefine fest in die Augen. »Verdirb es dir nicht mit ihm! Gib ihm keinen Grund, an dir zu zweifeln. Der Zar besitzt ein gutes Herz, aber er kann auch ein Quäler und Blutvergießer sein. Er kann wüten wie ein Berserker. Ich habe es erlebt! Gestern erst! Manchmal unterscheidet ihn nur der fehlende Schaum vor dem Mund von einem tollwütigen Hund. Ich war dabei, als ein Strom vermeintlicher Verräter unter dem Weinen und Schreien ihrer Familien zum Henkersplatz gejagt wurde. Ich habe gesehen, wie das Beil fiel, wie der Zar es eigenhändig schwang. Es war kein Richten, es war ein Schlachten. Wer Gnade vor den Augen des Zaren fand, dem ließ er die Ohren oder die Nase abschneiden oder er blendete ihn. Und …«

»Hör auf!«, schrie Josefine.

Henk hob mit einer entschuldigenden Geste die Hände.

»Ich erzähle dies nicht, um dich zu quälen, sondern um dich zu warnen. Sei vorsichtig, Josefine!« Er umfasste ihre Schultern. »Wir sind nicht in Amsterdam, wo Frauen ungestraft den Mund aufmachen dürfen. Wir sind hier in Russland, und es gelten nur zwei Regeln: Der Zar hat immer recht! Und sein Misstrauen kann den Tod bedeuten. Deinen Tod, Josefine!«

»Was kümmert dich das? Warum erfreust du dich nicht am Liebreiz Varvaras? Sie hätte sicherlich kein Wort für die armen Kerle draußen am Fluss übrig!«

Josefine riss sich von Henk los. Er sah Tränen in ihren Augen. Der Zorn, mit dem sie ihn am Anfang des Gesprächs überschüttet hatte, war verschwunden.

»Henk, wie hältst du das nur aus? Ich meine, das Leben hier, das Schweigen zu allem.« Sie rang hilflos die Hände. »Ich kann das nicht. Wenn ich mich freue, dann will ich fröhlich sein, und wenn mich Zorn überkommt, dann muss ich das sagen können, bevor die Wut mich auffrisst. Doch hier kann man nichts von alledem tun. Ihr nehmt das Wort des Zaren als Gesetz und verschließt vor allem anderen die Augen.« Sie sah ihm ins Gesicht, doch er schwieg. »Henk, das ist doch jämmerlich!«

»Manchmal ist es besser, jämmerlich zu sein als tot! Glaubst du, es ist mir gleichgültig, was hier geschieht? Denkst du, ich wäre so abgestumpft? So ist es nicht. Ich wäge die Möglichkeiten ab, jedes Wort und dessen Wirkung, und wenn ich nichts tun kann, wenn der Zustand unabänderlich ist, dann verhalte ich mich still, dann verbanne ich meine Empfindungen, mein Mitleid und manchmal auch die Wut auf den Zaren in den hintersten Winkel meines Herzens. Das ist eine vernünftige Einstellung, die Sicherheit bedeutet.«

»Ja. Aber sie verschafft keine Befriedigung, stimmt's?«

»Unser Gewissen lässt sich nie ganz befriedigen. Josefine, es gibt immer und überall Ungerechtigkeiten. In jedem Krieg leiden unschuldige Menschen, alle Verfolgten, alle …«

»In Leer und Amsterdam nicht.«

»Doch, auch dort, es ist nur nicht so offensichtlich. Der Zar erschafft so viel Schönes hier in St. Petersburg. Er vereint Gutes aus den europäischen Ländern, baut eine bunte junge Stadt mit Blick in die Zukunft. Du musst ihm und den Russen Zeit lassen.«

»Ich kann nicht über das Leid hinwegsehen«, sagte sie stur.

Er ignorierte ihre letzten Worte. »Josefine, dein Auftrag … Die Kunstkammer ist so gut wie fertig. Warum fährst du nicht zurück nach Hause?«

»Was?«

»Ich bezahle dir die Reise. Hilf deinem Vater in der Offizin, baut gemeinsam eine Wunderkammer auf oder stelle Düfte her, was immer du willst. Aber …«

Josefine stemmte die Hände in die Seiten. »So ist das also! Du willst mich loswerden! Ich lasse mich aber nicht so einfach abspeisen!«

»Ich will dich nicht loswerden. Ich will dich retten!« Henk strich sich müde über die Stirn. »Es ist gefährlich hier in St. Petersburg. Und es wird noch gefährlicher werden.«

»Warum verschwendest du überhaupt noch deine Zeit mit mir?«

Das Plätschern des Wassers klang in der Stille lauter als Kanonendonner.

»Josefine, du bist mir nicht gleichgültig. Die Feier im Menschikow-Palast ... Varvara ... Das hatte nichts zu bedeuten.«

»Ach ja? Das habe ich anders wahrgenommen. Varvara hat mich aufgesucht, wusstest du das? Sie hat mir viel erzählt.«

»Was?«

»Sie hat mir ganz deutlich zu verstehen gegeben, dass ihr beide ein Paar seid, dass sie berechtigte Hoffnung hat, deine Frau zu werden.«

Henk lachte, doch es war ein freundloses Lachen. »Das ist Unsinn! Mir liegt überhaupt nichts an ihr. Im Gegenteil. Es war doch nur wegen Andrej! Und es hat mir noch am selben Abend leidgetan.«

Josefine presste die Lippen zusammen. »Und die Nacht, als ihr gemeinsam in Menschikows Palast um das Leben seiner jüngsten Tochter gebangt habt?«

Henk runzelte die Stirn. »Asja war in den Schwanenteich beim Palast gefallen. Varvara hat nach Humbertus gesucht und stattdessen mich angetroffen. Humbertus war ...« Henk stockte kurz. »Er konnte nicht kommen, und so bin ich mit ihr gegangen und habe mein Bestes getan, um der Kleinen zu helfen.«

Josefine nickte. »Varvara hat mir davon erzählt ... Und von dem Morgen danach!«

Henk spürte, wie sich bei der Erinnerung Röte auf seinem Gesicht ausbreitete. Er hatte Mühe, seine Wut zu beherrschen.

»Was hat sie dir erzählt? Dass sie sich mir an den Hals geworfen hat? Dass sie sich ihr Kleid von den Schultern gezerrt hat und mich nicht gehen lassen wollte?«

»Bei Varvara klang das anders. Viel romantischer …«

»Es war aber nicht romantisch!«

»Kein Kuss?«

»Der Kuss … Das war, nachdem Asjas Fieber gesunken war. Ich war mehr als erleichtert! Weißt du, was geschehen wäre, wenn Menschikow hätte annehmen müssen, dass Humbertus seine Pflichten vernachlässigt? Wenn er gewusst hätte, dass unser gemeinsamer Freund sich um *deine* Arbeiter an der Newa kümmert? Wusstest du, dass Humbertus heimlich die Kranken pflegt? Wie hätte er seine Abwesenheit erklären sollen? Es hätte ihn seinen Kopf kosten können! Ich war so erleichtert, dass es mit der Kleinen bergauf ging, da habe ich Varvara durch die Luft gewirbelt und sie geküsst, ja, und …«

»… und ihr habt noch viel mehr getan. Sie hat es mir in leuchtenden Farben geschildert. Du schuldest dieser Frau etwas, Henk.«

»Ich schulde ihr eine Ohrfeige«, brachte Henk zwischen zusammengebissenen Zähnen hervor, doch Josefine hörte ihm nicht zu.

Sie starrte ins Leere.

»Mein Gott, die lange Reise, all die Augenblicke, in denen wir uns nahe waren … Deine Aufforderung, ich möge mein Leben mit dir teilen …« Josefines Stimme brach. »Dabei wartete Varvara auf dich! Es ist alles so verlogen. Ich habe dir vertraut, Henk, und …«

»Es gibt keine Liebe zwischen …«

»Ich weiß, dass du mich nicht liebst. Aber ich …«

»Varvara. Sie ist es, die ich nicht liebe!«

Josefine hörte seinen letzten Satz nicht, weil sie ihre Hände auf die Ohren presste.

»Sei still! Ich will nichts mehr hören. Die ganzen Lügen … Was habe ich dir nicht alles erzählt! Von den Plänen, Meinhardus' und meinen, von meiner Kindheit, meinen Ängsten und Hoffnungen … Ich vertraute dir und dachte, mit der Zeit … Egal! Es war sicher amüsant für dich.«

»Josefine!« Er griff nach ihren Händen und zog sie herunter. »Ich habe unsere langen Gespräche geliebt und kann nicht glauben, dass du das, was Varvara gesagt hat, für bare Münze nimmst.«

»Was soll ich sonst glauben?«

Er ließ sie los und hob seine Hände in einer Geste der Hilflosigkeit. »Du könntest *mir* glauben! All ihre Worte … Es sind Lügen und Übertreibungen. Ein brüderlicher Kuss, mehr gab es nicht. Sie möchte einen Keil zwischen uns treiben, merkst du das denn nicht?«

»Warum?«

»Weil ich nicht nach ihrer Pfeife tanze, und weil wir beide Freunde der Zarenfamilie sind. Varvara ist ein Machtmensch, Josefine. Sie sieht sich an der Seite Menschikows die Fäden ziehen. Du bist für sie eine Gefahr. Du und ich … Wenn wir den Zaren gegen Menschikow aufbringen … Es könnte ihrer beider Untergang sein.«

»Nichts und niemand könnte den Zaren gegen seinen Freund aufbringen.«

»Nichts und niemand – außer Verrat. Peter liebt Menschikow, er hat ihm nicht nur die Erziehung seines Sohnes, sondern auch St. Petersburg und Gott-weiß-was sonst noch alles anvertraut, doch der Gouverneur missbraucht das Vertrauen des Zaren. Ich glaube, er umgibt sich heimlich mit Peters Feinden, mit altrussisch eingestellten Bojarenfamilien, und mittlerweile vermute ich, dass es sein Werk war, Alexei gegen seinen Vater aufzuwiegeln. Seines und das von Varvara. Sie ist die treibende Kraft, und sie weiß ganz genau, wie korrupt Menschikow ist, wie sehr er nach Geld und Macht hungert. Immer schon nutzte er seine Ämter aus, um sich schamlos zu bereichern. Peter lässt ihm einiges durchgehen. Er hat einmal zu mir gesagt: ›Menschikow ist einer der größten Gauner Russlands, doch es gibt keinen besseren Verwalter. Wenn Alexander Danilowitsch sich mir gegenüber versündigt, macht er das tausendmal wieder wett. Wer sollte mir da raten, ihn an den Galgen zu bringen und gegen einen ehrlichen, aber unfähigen Gouverneur einzutauschen?‹ Josefine, Menschikow weiß, was er dem Zaren wert ist, doch es ist ein Unterschied, ob man korrupt oder einer Frau hörig ist. Varvara hat diesen Burschen in ihrer Hand!«

»Henk, das sind doch alles Hirngespinste. Menschikow … Ich habe mich lange mit ihm unterhalten. Peter ist für ihn mehr als ein Bruder.«

»Varvara kann süchtig machen, Josefine, glaub mir, und sie strebt nach Macht wie der Winter nach Schnee. Ich komme mehr und mehr zu der Erkenntnis, dass sie und Menschikow insgeheim den Sturz des Zaren planen und seinen Sohn Alexei an die Macht bringen wollen. In diesem Fall ist es ein guter Schachzug, alle gegeneinander aufzuwiegeln, die dem Monarchen anhängen.«

Josefine runzelte die Stirn. »Alexei an die Macht bringen«, echote sie. »Er ist doch gar nicht hier in Russland. Humbertus sagt, er sei geflohen … Nach Wien zu den Habsburgern auf die Hofburg.«

»Richtig. Vielleicht ist auch das eingefädelt, genau wie zuvor Alexeis Eintreten für das alte Russland, sein Sich-verbünden mit den alteingesessenen Familien, den Popen, den Unwissenden, die gegen den Westen sind. Seine Worte, sein Mut, sich dem Vater entgegenzustellen. Er hat versprochen, St. Petersburg ins Nichts verschwinden und die Arbeiter an der Newa freizulassen. Er hat versprochen, die Kerker zu öffnen und die Tore für alle Ausländer zu schließen. Wusstest du das?«

Josefine schüttelte den Kopf.

»Das Volk feiert Alexei heimlich als Helden. Er verlässt St. Petersburg aus Furcht, sein Vater könnte seiner schwangeren Geliebten etwas antun, könnte die beiden Liebenden auseinanderbringen. Ein einfaches Mädchen aus dem Volk, eine Russin und keine Ausländerin. Er hat sich verkleidet und ist mit ihr geflohen. Hat alle Pracht zurückgelassen für die Frau, die er liebt. Was für eine Geschichte! Wie romantisch! Welchem Bauern würde dabei nicht das Herz aufgehen. Und wer steht in schlechtem Licht da?«

»Der Zar, nicht der Zarewitsch.«

Henk nickte langsam. »Und dadurch, dass Peter seine Bluthunde hinter Alexei herjagt und Österreich mit Krieg droht, wird es nicht besser. Der Zar will an seinem Sohn ein Exempel statuieren, und ich glaube, auch das ist ganz im Sinn der Verräter. Der Herrscher Russlands wiegt sich in Sicherheit, doch ich frage mich, welchem Romanow schließlich die Krone auf das Haupt gesetzt wird.«

»Und du glaubst, Menschikow und Varvara stecken hinter all dem?«

»Ja. Ich wüsste zu gerne, wie viele Bewaffnete Menschikow schon unter Vertrag hat und was genau er plant.«

Ein müder Seufzer entrang sich Josefine. »Ich kann das alles nicht glauben. Es ist so verworren …«

»Es ist vor allen Dingen gefährlich! Sollten diese Menschen an die Macht kommen … Alexei macht es Freude, wehrlose und unschuldige Geschöpfe zu peinigen. Mich hasst er jedenfalls aus tiefstem Herzen … Und was Varvara angeht … Ich habe sie gekränkt mit meiner Ablehnung. Ich werde Russland verlassen müssen, bevor alles zu Ende ist.«

Josefine ergriff seinen Arm. »Warum gehen wir nicht beide zusammen? Warum schnappen wir uns nicht Petre, packen unsere Sachen und reisen ab?«

»Weil ich den Zaren nicht im Stich lassen kann.«

»Henk, du schuldest ihm nichts. Dein Vater … Er ist für den Zaren in den Tod gegangen. Und du hast ihm all die Jahre gut gedient. Was hält dich noch hier?«

Henk zuckte die Schultern. »Loyalität? Der Traum meines Vaters von einem offenen Russland, den ich nicht aufgeben will? Oder vielleicht doch die Freundschaft, die mich mit dem Zaren verbindet? Ich hoffe zumindest, dass es Freundschaft ist. Manchmal hört Peter ja sogar auf mich.« Er verzog das Gesicht. »Vielleicht könnte ich es mir auch einfach nicht verzeihen, wie eine Ratte das sinkende Schiff verlassen zu haben.«

»Ha! Und jetzt tust du genau das, was du bei mir verurteilst: Du setzt dich für eine Sache ein, die nicht deine Sache ist und die du nicht ändern kannst. Deine Loyalität wird die Russen nicht dazu bringen, ihr Fenster nach Westen auch nur einen Spalt breiter zu öffnen. Du bringst dich in Gefahr.«

Müde strich Henk sich durch das Haar. »Wir scheinen beide eine seltsame Begabung dafür zu haben.« Er schenkte Josefine ein schiefes Grinsen. »Lass uns nicht länger darüber streiten, wer das meisterlicher kann.«

Josefine seufzte leise. »Ich möchte überhaupt nicht mehr mit dir streiten müssen. Ach, Henk … Wie hat sich zwischen uns alles nur so verändern können?«

»Ich trage die Schuld daran«, sagte Henk mit reumütigem Gesicht. »Es tut mir leid, dass ich dich an jenem ersten Abend in St. Petersburg versetzt habe. Ich habe mich von meiner Genugtuung und Varvaras Tun blenden lassen – aber nicht für lange. Kannst du mir verzeihen?«

Josefine zögerte kurz. »Es gibt nichts zu verzeihen. Ich ärgere mich nur über mein kindisches Verhalten dir gegenüber.«

»Oh, da bin ich aber froh! Du kannst ganz schön nachtragend sein! Weißt du eigentlich, wie schrecklich es ist, so gleichgültig behandelt zu werden, als wäre ich eine der Wachsfiguren in der Kunstkammer?«

Josefine verzog das Gesicht. »Ich habe mich furchtbar dumm benommen.«

»Wirklich furchtbar ist es, wie du den Zaren gegen dich aufbringst.« Josefine wollte etwas erwidern, doch Henk schnitt ihr das Wort ab. »Ich bitte dich inständig, vorsichtig zu sein. Du bist hier in St. Petersburg ein Gast und auf sein Wohlwollen angewiesen!«

»Ich verspreche dir, mich zusammenzureißen. Dem Zaren geht es nicht gut. Auch Katharina hat schon darüber geklagt. Als ich ihn traf, trug er mein Parfüm aus Sandelholz und Osmanthus, doch es konnte weder den Alkoholgeruch noch seine Erschöpfung überdecken. Ich habe mich richtig erschrocken, Henk.«

»Die Sache mit Alexei geht ihm sehr nahe.«

Josefine nickte, kam näher und berührte Henks Arm. »Möchtest du wirklich, dass ich gehe?« Ihre Augen schienen die dunklen Schatten in den Nischen der Grotte in sich aufzunehmen.

»Mein Verstand möchte es, doch tief hier drinnen …« Er legte eine Hand auf seine Brust und schüttelte den Kopf.

Wie ein Lichtschein zog Freude über Josefines Gesicht und ließ sie wie ein junges Mädchen aussehen. Henk spürte, wie sein Herz schneller schlug. Wie hatte er sie anfangs nur für hochmütig und unnahbar halten können? Diese Frau wusste ihre Verletzlichkeit nur gut zu verbergen, und er fühlte sich jedes Mal wie ein Entdecker, wenn er die Weichheit hinter der rauen Schale spürte – und ihre Schönheit sah, die sich erst auf den zweiten Blick zeigte.

Er wusste nicht, wann er nach ihr gegriffen hatte, aber irgendwie hielten seine Hände plötzlichen ihren Kopf, und seine Fingerspitzen strichen über ihre Wangen, fuhren die Linien ihrer Lippen entlang und glitten zu den Augenbrauen. Langsam und so zärtlich, als befürchtete er, sie könnte sich verflüchtigen wie Rosenduft und Mondschein.

Josefine hielt ganz still, und so standen sie und spürten einander nur. Sie beide hier in der Grotte, das schien fern der Welt zu sein, und Henk wünschte sich nichts sehnlicher, als für immer in dieser Unwirklichkeit zu bleiben.

Schließlich ließ er sie los. Seine Arme sanken so langsam nach unten, als seien sie gewichtslos. Josefines Augen leuchteten im flackernden Licht der Laternen und schienen ihn zu umarmen. Unzählige Spiegelungen seiner selbst fand er darin. Aus ihrem Haarknoten hatten sich Strähnen gelöst und lagen wie Federn um Hals und Nacken. Henk ertappte sich bei dem Wunsch, erneut ihre Locken und die zarte Haut zu berühren, den Wirbeln und der Weichheit nachzuspüren. Er wollte ihr Haar lösen, sein Gesicht darin vergraben und Josefines Duft einatmen, sich ganz davon erfüllen lassen. Er wollte ihrer Stimme lauschen, die von Liebe erzählte. Er wollte den Klang inhalieren, die Worte tief in sein Herz aufnehmen und dann, wenn sie schwieg, ihre Lippen küssen.

Henk ballte eine Hand zur Faust und schloss seine andere darum. Er musste sich zwingen, die Finger nicht nach Josefine auszustrecken und legte die geballte Hand an sein schnell schlagendes Herz. Wie sehr sie ihn anzog! Ein solches Verlangen hatte er noch nie gekannt. Er liebte sie! Alles an ihr! Ihr Aussehen, ihren Gang, wie Josefines Augen glänzten, wenn sie Dinge betrachtete, die ihr wichtig waren. Er liebte ihre Kühnheit, auch wenn sie ihn damit zur Weißglut trieb, ihr Einstehen für andere, die Selbstvergessenheit, mit der sie Geschichten schrieb oder Parfüms ersann. Es zog ihn in ihre Nähe, und konnte er nicht dort sein, dann verlor er sich in Tagträumen und sehnte sich nach Josefine. Er grübelte über all die Nichtigkeiten nach, die er unbedingt mit ihr teilen wollte, und in seinem Inneren hörte er ihr Lachen, das ihn immer wieder in seinen Bann zog. Wirklich und wahrhaftig: Er hatte sich in Josefine verliebt!

Zittrig holte er Atem. Diesen Augenblick der Erkenntnis würde er nie im Leben vergessen, dieses Bild von Josefine: das helle Haar, das sich wie Federflaum um ihren Kopf wand, das Lächeln auf ihren Lippen und die Wärme in ihren Augen. Von jetzt an würde er überall ihr Gesicht sehen. In den Fluten der Newa, in den Weiten der Steppe Russlands, in den Fontänen des Sommergartens. Sie war Teil seines Herzens, so wie St. Petersburg.

Henk zwang sich, die Faust zu öffnen und atmete tief durch. Das brennende Gefühl in seiner Brust erschreckte ihn und machte ihn zugleich atemlos. Er sehnte sich danach, Josefine in die Arme zu schließen und ihr alles zu sagen, doch sie durfte nichts von seinen Gefühlen erfahren. Ihr einen Grund zu bieten, hier in St. Petersburg zu bleiben, war gefährlich. Zu gefährlich.

Henk nahm ihre Hand. »Willst du mir nicht wieder vertrauen?«

Sie nickte und schenkte ihm ein Lächeln, das Henk tiefer traf, als es ein Degen je vermocht hätte.

3

Zu Ehren seiner Heimkehr und der Eröffnung der Wunderkammer bot der Zar den Bewohnern der Stadt am 18. Oktober eine besondere Feierlichkeit, die seine Volksnähe unter Beweis stellen sollte. An diesem Tag, einem Freitag, brauchte niemand zu arbeiten, und man hatte keine Kosten und Mühen gescheut, um den Besuchern Vergnügen zu bereiten.

Das Fest fand auf einem freien Gelände in der Nähe der Sommerresidenz statt, in Sichtweite der Wächter des Zaren. Bunte Stände und Zelte zogen die Besucher an, Jongleure und Artisten. Münzen wanderten von Hand zu Hand und aus Geldbeuteln wieder auf Spieltische oder in die ausgestreckte Pranke eines *Dirnenwärters*, wie Humbertus sie nannte.

Die Attraktion war ein Jahrmarktstheater, etwas, das der Zar in Frankreich kennengelernt hatte. Artisten und Jongleure zeigten ihr Können, es gab einen Marionettenspieler für die Kleinen und einen Harlekin, der sich ohne Worte über Dinge lustig machte. Außerdem wurden kleine Komödien gespielt.

»Besucht die neue Kunstkammer des Zaren«, schrien die Schauspieler nach jeder Vorstellung. »Sie ist nach der gehörigen Ordnung eingerichtet und zeigt alle Wunder der Welt. Jeder Gegenstand wird euch verständlich gemacht. Kostenlos! Und nicht nur das! Der Zar lässt für euer leibliches Wohl sorgen. Die Männer dürfen sich an einem Becher Wodka laben, und die Frauen erhalten eine Tasse Tee. Außerdem gibt es Zuckerbrot für alle – auch für die Kleinen.« Der Ausrufer schwenkte eine Decke und hüllte sich theatralisch darin ein. »Es wird kalt, ihr Leute. Der Winter kommt bald. In der Kunstkammer des Zaren ist es mollig warm. Ein Zwerg sorgt dafür, dass Tag und Nacht der Ofen heizt. Ja, reißt nur die Augen auf! Ein echter Zwerg! Besucht die Kunstkammer des Zaren!«

Henk und Petre wanderten um die Mittagszeit über den Markt. Es war ungewöhnlich warm für einen Oktobertag, daher liefen sie beide barhäuptig und in Hemdsärmeln herum. Mit leuchtenden Augen verfolgte der Junge gebannt die Darbietungen in den Schaubuden, lauschte dem Lärm der Trommler, den grellen Flötentönen und dem Johlen der Menschen um sie her. Irgendjemand fluchte zum Gotterbarmen. Ein Kind weinte laut und schrill, und das Bellen eines Hundes ging im Aufschrei der Menge unter, als ein behäbiger Besucher bestohlen wurde und sich drei junge Burschen an die Verfolgung des Diebes machten. Ein Balladensänger bot zuckrige Verse über die Kriege dar, die der Zar gewonnen hatte.

Die Herbstsonne tauchte alles in goldenes Licht und erhellte die Fassaden der Stadt. Es regte sich kein Lüftchen, und auch die Mücken gaben heute einmal Ruhe.

Henk kaufte Süßigkeiten und eine Flöte für Petre, der damit Schlangen beschwören wollte, und eine Spange für Josefine. Vielleicht ergab sich irgendwann die Gelegenheit, sie ihr zu schenken. An einem Bogenstand traf Henk zweimal genau in die Mitte und errang eine vergoldete Feder.

Als sie dabei waren, den Markt ein zweites Mal zu umrunden, begegnete ihnen Josefine. Über ihrem hellen Kleid trug sie ein leichtes blaues Tuch. Der Korb an ihrem Arm war gefüllt mit verschiedenen Kräutern und Glasfläschchen. Sie schien die Vorräte ihrer Reiseapotheke aufgefüllt zu haben.

Josefine umarmte die Beiden. Sie hob den Korb. »Einer der fahrenden Händler verkauft Kräuter und Gewürze. Er hat auch Duftstoffe aus Italien dabei. Humbertus hat mir schon heute

Morgen davon erzählt, und ich konnte es kaum abwarten, an seinen Stand zu kommen. Ich bin sehr zufrieden mit der Ausbeute, auch wenn mein Geldbeutel gelitten hat. Und du, Henk? Lockt dich das Schauspiel, die Musik oder der heiße Kuchen?«

Sie schenkte Henk ein strahlendes Lächeln.

»Weder noch. Ich wollte Petre eine schöne Zeit schenken und mir vielleicht die Peitschenkämpfe ansehen. Es könnte sogar sein, dass ich mich zu einem Duell hinreißen lasse.« Er wies bezeichnend auf die Peitsche an seinem Gurt. »Als ich noch jung und gut beieinander war, da habe ich manches Mal aus drei Rubeln sechs gemacht.«

»Was bist du denn jetzt? Ein Tattergreis?«

»Zumindest zähle ich mehr als achtzehn Lenze und sollte vernünftig genug sein, um Wetten, die auf meinen Kopf abgeschlossen werden, aus dem Weg zu gehen.«

»Es werden Wetten abgeschlossen?«

»Ja. Wer auf mich setzt, der könnte heute ein Vermögen gewinnen. Im Peitschenduell habe ich mir bislang noch keinen Namen gemacht. Die Wetteinsätze sind recht hoch. Es ist ehrlich verdientes Geld.«

»Hast du überhaupt schon mal gewonnen?«

»Sicher. Dort drüben beim Bogenschießen habe ich mich nicht schlecht angestellt.«

»Er hat eine goldene Feder des Feuervogels gewonnen. Jetzt muss er nur noch den grausamen Herrscher besiegen. Dann wird ihm die Prinzessin um den Hals fallen, und sie leben glücklich bis ans Ende ihrer Tage«, verkündete Petre. Er liebte Märchen über alles und hatte in Humbertus eine unerschöpfliche Quelle für alte Geschichten gefunden.

Henk und Josefine sahen sich an und lachten.

»Der Feuervogel … Das war eine leichte Übung. Beim Peitschenkampf, da braucht es etwas mehr. Humbertus ist besser als ich, genau wie viele andere.«

»Humbertus?«

Josefine nestelte an ihrem seidenen Umschlagtuch, das wie ein blauer Wasserfall über dem hellen Kleid lag.

»Ja. Er ist mein Lehrer gewesen … Du kannst dir nicht vorstellen, wie wendig dieser Bursche sein kann!«

»Jetzt hast du mich aber wirklich neugierig gemacht. Wo finden denn die Wettkämpfe statt?«

»Siehst du die Umzäunung?«

Josefine nickte.

»Dort haben sich heute Morgen schon Schwert- und Ringkämpfer versucht.«

Josefine kramte in ihrer Tasche. »Kann ich auf dich setzen?« Sie hielt ihm eine ganz beachtliche Summe entgegen.

Henk zog die Augenbrauen hoch und griff nach dem Geld. »Oh, welch ein Vertrauen in mein ungesehenes Können! Dann muss ich ja wohl kämpfen und auch siegen.«

»Doch was ist, wenn sie einen Riesen auf dich ansetzen oder einen Troll mit vier Armen?«, fragte Petre aufgeregt.

»Nach meinem letzten Besuch in der Wunderkammer kann ich mir all dies vorstellen.« Henks Augen blitzten.

»Meinst du, ein Riese könnte mit der Peitsche besser umgehen, nur weil er größer ist?«, fragte Josefine.

Henk betrachtete sie nachdenklich. »Hast du jemals einen Peitschenkampf gesehen? Weißt du eigentlich, worum es geht?«

»Nein. Was schlagt ihr mit den Peitschen? Strohköpfe von Holzgestellen, so wie in alter Zeit beim Tjosten?«

Henk schüttelte den Kopf und lachte. Dann wurde er wieder ernst und blickte Josefine in die Augen. »Die Gegner bearbeiten einander mit Peitschenhieben, bis einer nicht mehr aufstehen kann.«

»Was?« Josefine starrte ihn mit offenem Mund an. Sie schüttelte den Kopf, wie um die Vorstellung daraus zu vertreiben. »Das … Das ist ja unmenschlich!«

»Das ist Russland! Die Peitschenduelle haben ganz einfache Regeln: Zuerst geben beide Kämpfer eine Kostprobe ihres Könnens. Danach werden die Wetten abgeschlossen. Beim Duell selbst halten beide Gegner jeweils die linke Hand des anderen fest. Wer als Erster fällt und liegen bleibt oder die Hand seines Konkurrenten loslässt, hat verloren.«

Der Boden hatte die Beschaffenheit einer von zu viel Vieh durchstampften Weide, und der junge Bursche namens Igor ließ Henk Staub schmecken. Er hörte Petres entsetzten Schrei, als sich sein Gegner rittlings auf ihn setzte. Immer noch hielt der Bursche sein Handgelenk umklammert. Die Zuschauer hatten einen so engen Kreis um sie gebildet, dass Henk die Narben im Leder der Schuhe erkennen konnte.

Es war sein zweiter Kampf an diesem Nachmittag, und er beschloss, dass es sein letzter sein würde. Es ließ sich wirklich auf angenehmere Art Geld verdienen. Dumpfer Trommelwirbel drang auffordernd zu ihm durch. Wenn die Schläge aufhörten, hatte er verloren!

Henk holte tief Atem, bündelte seine Kraft, sprang auf und schleuderte den Jungen von sich. Er versuchte, dessen krallende Finger abzuschütteln, doch es gelang ihm nicht. Henk schnellte, Igor hinter sich her zerrend, zur Seite, brachte Abstand zwischen sie beide und holte aus. Seine Peitsche fuhr sirrend dicht neben Igors Kopf nieder, wieder und immer wieder. Brüllend hieb Henk wie ein Berserker auf den Jungen ein, ohne ihn ein einziges Mal zu treffen. Das Knallen übertönte die Anfeuerungsrufe der Menge. Erbarmungslos umzuckten Peitschenschläge Henks Gegner. Dieser versuchte, dem Lederriemen auszuweichen, wandte sich hierhin und dorthin, geriet schließlich in Panik, ließ Henks Hand los, stürzte auf die Knie und schützte sein Haupt mit beiden Armen.

Wieder schlug der Trommler das Leder, und immer noch

tanzte die Peitsche, bis der Trommelwirbel mit einem Schlag abbrach. Einen Moment herrschte atemlose Stille, dann begann die Menge begeistert zu toben. Henk hatte gewonnen, kaum dass er seinem jungen Widersacher ein Haar gekrümmt hatte.

Petre stellte sich ihm zur Seite und hüpfte auf und ab wie ein junger Hund. Irgendjemand reichte Henk einen Krug Bier. Er trank in durstigen Zügen und spülte den Staub hinunter. Seine Armmuskeln zitterten vor Anstrengung. Blutige Striemen überzogen seinen Körper, doch er fühlte sich gut. Es hatte etwas Befreiendes, die Peitsche zu schwingen, einfach zu kämpfen und weniger zu denken. Man fühlte sich lebendig dabei.

»Was für eine lahme Vorstellung«, hörte er jemanden abfällig sagen. »Ich liebe Duelle, bei dem nur einer dem Tod entgeht. Keine Regeln, keine Trophäen, nur das Leben als Gewinn.«

Henk drehte sich um und musterte den grobschlächtigen Mann. »Es geht beim Peitschenkampf nicht darum, jemanden umzubringen, sondern darum, die Gewalt im Zaum zu halten.«

»Die Gewalt des Gegners im Zaum halten? Wie soll das gehen?«

Ein Lächeln überzuckte Henks Gesicht. »Nicht die des Gegners, es geht darum, die eigene Gewalt im Griff zu haben. Die Kosaken, die in ihren Schlachten mit der Peitsche kämpften, empfanden es als ehrenvoll, ihren Gegnern mit einem einzigen Hieb das Leben zu nehmen. Das kann nur gelingen, wenn man sich seiner Kraft sehr bewusst ist. Die Kosaken wollten ihre Feinde zerschlagen, nicht quälen.«

Am Himmel brannte immer noch die Sonne, und der warme Wind kühlte Henks erhitzten Körper kein bisschen. Er griff nach dem Beutel mit den Siegermünzen und zog sein Hemd über, doch als er gehen wollte, hielt ihn eine Stimme zurück.

»Der Kampf ist noch nicht vorbei!«

Langsam drehte Henk sich um und erkannte Andrej, der mit

einem boshaften Lächeln in den Ring trat. Er ließ seinen Umhang von den Schultern gleiten und nestelte an den Knöpfen seiner Weste.

Henk zwang sich zur Ruhe. Er war müde und hatte schon viel Kraft verbraucht. Zu viel Kraft! Doch Andrej einen Korb geben … Nein, das war unmöglich!

Henk schloss für einen Moment die Augen und atmete tief durch. Vor seinem inneren Auge zogen andere Kämpfe vorbei. Er sah sich selbst als Jungen, sah die Söhne der Bojaren, die einen Kreis um ihn und Andrej bildeten. Hörte ihre Anfeuerungsrufe, die nicht ihm galten, und das Knallen der Peitsche, spürte den Luftstrom, bevor das Leder seine Haut zerriss und der Schmerz kam. Er nahm wieder den Geruch seines geschundenen Körpers wahr, nach Eisen und Niederlage, spürte Sand unter den Händen und Dreck im Mund. Spürte, wie Andrej seinen Kopf wieder und wieder auf den Boden drückte, während seine Stiefel ihr Ziel fanden.

Ein kaum wahrnehmbares Stöhnen entrang sich Henk. Er ballte die Hände zu Fäusten und nickte dem Ausrichter zu, der fragend die Augenbrauen hob. Die Menge, die sich schon zu zerstreuen begonnen hatte, kehrte zurück. Die Spannung zwischen den Männern, die sich wie Todfeinde anstarrten, übertrug sich auf die Zuschauer.

Henk zog langsam sein Hemd wieder aus. Er griff nach der geflochtenen Peitsche und untersuchte sie sorgsam vom Griff bis zur Spitze. Die Lederriemen ließen sich leicht biegen und waren noch geschmeidig genug. Während eines Kampfes gab es keine Zeit, eine unbrauchbare Peitsche auszuwechseln.

Unwillkürlich fuhr Henks Hand zu seinem Handgelenk und der Narbe, die bis zum Ellenbogen reichte. Eine Erinnerung an den letzten Kampf mit Andrej. Der Russe hatte sich aufgeführt wie ein tollwütiger Hund, schlimmer als je zuvor, und nur Humbertus' Eingreifen hatte Henk vor dem Tod bewahrt.

Josefine saß in der Gesellschaft von Humbertus etwas abseits des Trubels unter einem Baum und lauschte dem schwermütigen Gesang eines dunkelhäutigen Zigeuners. Sie war müde und hatte genug von Feuerschluckern, Jongleuren und den ordinären Zoten der Schauspieler.

Von dem Platz, wo der Peitschenkampf ausgetragen wurde, drangen Anfeuerungsrufe zu ihr herüber. Das Duell schien spannend zu sein. Ob Henk siegen würde?

Für einen Moment wurde der Drang übermächtig, hinüberzuschlendern und sich das Schauspiel anzusehen. Josefine schüttelte über sich selbst den Kopf. Nein! Sie missbilligte diese Art von Kämpfen und würde sich nicht daran ergötzen, wie zwei Verrückte einander das Leder um die Ohren schlugen! Es war schon schlimm genug, zum Kampf in den Krieg ziehen zu müssen. Wie konnte es ein zivilisierter Mann wie Henk mit seinem Gewissen vereinbaren, sich darüber hinaus in Kämpfen zu üben, wobei es darum ging, einen Gegner mit der Peitsche in den Staub zu schicken. Es war unausweichlich, dass es zu Verletzungen kam, da konnte Henk noch so viel erzählen! Sich gegenseitig mit der Peitsche zu bearbeiten – das war ja noch barbarischer, als tote Kinder in Weingeist aufzubewahren. Was waren Männer doch für Dummköpfe! Das Kämpfen schien ihnen im Blut zu liegen, den Großen wie den Kleinen. Josefine hatte mit Engelszungen geredet, doch Petre hatte sich nicht abhalten lassen, beim Duell dabei zu sein. Josefine verzog ärgerlich den Mund. Und sie, Josefine, konnte später wieder mit dem Apothekenschränkchen parat stehen und die Wunden versorgen.

Das Johlen der Menge drang immer lauter zu ihr herüber, und Josefine beschlich ein ungutes Gefühl. Was, wenn Henk schwer verletzt wurde? Was, wenn er starb?! Sie merkte, wie ihr flau wurde, wie Angst in ihr hochkroch. Josefine krallte ihre Finger in die Erde und atmete tief durch. Unsinn! Es war ein Schauspiel, nicht mehr und nicht weniger.

Entschlossen wandte sie ihre Aufmerksamkeit wieder Humbertus zu, der neben ihr im Gras lag. Wärmende Sonnenstrahlen fielen durch die Blätter der großen Buche und tanzten auf den wirren Locken des Riesen. Er erging sich in einem Vortrag über die Wirkung von Schöllkraut auf Warzen und Hühneraugen. Josefine hörte ihm zu, merkte aber, wie ihre Lider schwer wurden. Irgendwann musste sie eingeschlafen sein und erwachte erst wieder, als jemand sie am Arm rüttelte.

»Wacht auf! Alle beide!«

Josefine öffnete die Augen und sah sich einem aufgeregten Petre gegenüber.

»Henk und Andrej! Sie wollen sich gleich duellieren!« Petres Stimme überschlug sich fast. »Ihr müsst mitkommen!«

Josefine stand auf und blinzelte, während sich Humbertus noch halb verschlafen durch die wirren Locken fuhr. Offensichtlich hatte der Schlaf auch ihn irgendwann übermannt.

»Andrej, sagst du? Ein Peitschenkampf?«

Petre nickte. »Henk hat heute Nachmittag schon zweimal gekämpft und ist bestimmt müde. Und Andrej ist so wütig! Ich habe Angst um Henk!«

»Verdammt!« Humbertus sprang auf.

Josefine merkte, wie sich ihr Magen zusammenzog. Andrej! Allein beim Klang seines Namens schnürte sich ihr Hals zusammen. Andrej! Wenn dieser Kerl die Gelegenheit dazu bekam, dann würde er Henk die Seele aus dem Leib peitschen.

Josefine sprang auf und versuchte, mit Humbertus Schritt zu halten, der es eilig hatte, zu dem eingezäunten Kampfplatz zu gelangen. Schon von Weitem hörte sie das Grölen der Menge, die begeisterten Rufe und Anfeuerungspfiffe. Humbertus drängte vorwärts, und Josefine folgte ihm, bis sie direkt vor der Abtrennung, einem geflochtenen Seil, angehalten wurden.

Andrej stand im Ring und gab eine Vorstellung seiner Kunst. Josefine konnte seine Aggression riechen, und er schnaubte wie ein gereizter Stier. Für einen Augenblick überkam Josefine angesichts seiner kehligen Knurrlaute die erschreckende Vorstellung, er könnte aus dem Ring ausbrechen und sich auf sie stürzen. Wie erstarrt beobachtete sie, wie der Russe das Leder um den Leib eines unsichtbaren Gegners schwang, bevor er die Peitsche hoch in die Luft warf. Sie drehte sich zweimal, und Andrej fing sie geschickt wieder auf. Ein letztes Knallen, dann verneigte sich der Russe stolz.

Trommelwirbel setzte ein, untermalt von den Begeisterungsrufen der Zuschauer. Josefine fing den triumphierenden Blick auf, den Andrej in Henks Richtung warf, bevor er aus der Umzäunung trat.

Erst jetzt widmete sie ihm ihre Aufmerksamkeit. Henk war barfüßig und trug eine dunkle enge Hose. Sein nackter Oberkörper glänzte feucht von Wasser und Blut, das aus mehreren Striemen rann.

Einen Augenblick war es still, dann setzte erneut ein Trommelwirbel ein, und Henk trat in die Mitte des Kampfplatzes. Für einen Herzschlag verharrte er reglos, wie um sich zu sammeln, dann schnellte Henk vorwärts und ließ seine Peitsche in einer Abfolge komplizierter Muster durch die Luft fahren. Das sich windende Leder beschrieb Linien und malte Figuren, die dem Auge nur einen Moment sichtbar wurden. Es wirkte wie ein Mechanismus, der von verborgenen Zahnrädern und Gewichten in Gang gehalten wurde. Zuerst langsam, dann schneller und immer schneller, zorniger, kraftvoller. Die Peitsche sirrte pfeifend durch die Luft und zerschnitt sie buchstäblich.

Henk griff einen imaginären Gegner an und bedrängte ihn mit der Waffe. Sein Atem ging rau und stoßweise, während er blitzschnelle Hiebe austeilte. Das Singen und Knallen der Peitsche umtönte den Kampfplatz. Henk sprang zur Seite, drehte sich um die eigene Achse und fing den Hieb eines unsichtbaren Gegners ab, sank auf die Knie, sprang wieder hoch und tänzelte hin und her. Er schlug hierhin, dorthin, steigerte das Tempo, wobei die Brutalität seiner Hiebe zunahm. Schweiß rann ihm über das Gesicht und den Körper und mischte sich mit dem Blut, das aus den Striemen rann.

Josefine beobachtete seinen Schattenkampf atemlos und wie gebannt. Während sich Henk im Tanz der Peitschenhiebe drehte, erkannte sie die Lust auf seinem Gesicht, sah, wie sich die Muskeln streckten und seine Flanken vor Anstrengung zitterten. Flach und schnell ging sein Atem, ein Rhythmus, der sie verrückt machte, ihre Haut erschauern ließ und Feuer durch Josefines Körper schickte. Ein Laut entwich ihr, der einem gurrenden Stöhnen glich. Henks Kampf war erregend! Sein Anblick zog Josefine auf eine Weise an, die sie wünschen ließ, sich mit ihm bewegen zu können. Sie wünschte sich, seine kontrollierte Kraft würde sich nicht auf den Gegner, sondern auf sie konzentrieren. Seine Hingabe, seine Lust würden ihr gelten!

Henks Anblick stieg Josefine zu Kopf, als hätte sie einen schweren Wein zu schnell getrunken. Wie gebannt beobachtete sie das Muskelspiel unter der glänzenden Haut. Wie geschmeidig er arbeitete, wie konzentriert! Wie mochte es wohl sein, von diesem Mann mit gleicher Kraft und Hingabe geliebt zu werden? Wie mochte es sein, wenn seine Bewegungen in den ihren eine Antwort fänden. Wunderliche Dinge kamen Josefine in den Sinn. Sie wollte für Henk schön sein, sie wollte nackt zu seinen Peitschenklängen tanzen, und dann sollte er das Leder aus der Hand werfen und seine Finger über ihren Leib gleiten lassen. Josefine zog geräuschvoll die Luft ein und zwang sich, den Blick abzuwenden.

Was war nur mit ihr los? Sie hätte sich voller Abscheu abwenden müssen, stattdessen träumte sie davon, mit Henk auf ein Lager zu sinken und sich von ihm lieben zu lassen! Verrückt!

Josefine fuhr zusammen, als ein Trommelwirbel einsetzte. Henk ließ das Leder einmal durch die Luft sirren und blieb mit dem letzten Peitschenschlag reglos stehen.

Die Menge tobte vor Begeisterung. Wetten wurden abgeschlossen, die den Ausrichter zufrieden grinsen ließen. Einsätze wurden notiert, und Geld wechselte den Besitzer. Das alles ging so schnell, dass Josefine kaum einen klaren Gedanken fassen konnte, bevor sich Andrej und Henk gegenüberstanden.

Atemlose Spannung legte sich über die Menge. Ein Trommelwirbel ertönte, schwoll an, und die Erwartung stieg. Der Trommler brach ab. Josefine merkte, wie Übelkeit sie überkam. Sie hatte Angst um Henk! Was, wenn er unterlag? Was, wenn er starb?

Sie könnte es nicht ertragen. In der Grotte … Sie waren wieder Freunde. Vertraute. Josefine hatte sich eingeredet, das würde ihr reichen, doch es war eine Lüge gewesen. Seitdem Henk sie zum ersten Mal geküsst hatte, verzehrte sie sich nach diesem Mann. Und es war mehr als das! Sie liebte ihn und könnte es nicht ertragen, wenn er verletzt würde oder, schlimmer noch, sein Leben in Gefahr geriete. Vielleicht half es, die Augen vor all dem zu verschließen. Josefine blickte zu Boden, fest entschlossen, den Blick nicht zu heben.

Mit dem Kampf begann auch das Geschrei der Zuschauer. Sie feuerten ihren jeweiligen Favoriten an. Josefine hörte das Sirren und Knallen der Peitschen, die harten Schläge, wenn die Lederriemen den Boden aufrissen und einen Staubregen bis zu den Zuschauern schickten. Wie ein Gewitter, das urplötzlich aufkam, sich über einem entlud und weiterzog. Erregung durchlief die Menge, blähte sie auf wie eine Windböe. Gejohle. Anfeuerungsrufe.

»Zieh ihn heran! Los doch! Dichter!«

»Schlag ihm das Leder um die Ohren!«

»Die Hand! Entwinde ihm deine Hand, verdammt!«

Die Menge schrie wild vor Begeisterung. Aus dem Augenwinkel sah Josefine Arme in die Höhe fliegen. Die Menschen drängten sich näher an den Kampfplatz heran und schoben Josefine noch weiter nach vorn.

Und dann waren da noch die Geräusche der Männer, die Schmerzensschreie, wenn das Leder traf. Josefine hörte ihren Atem, die angestrengten Stöße. Als Henk wütend aufschrie, konnte sie nicht anders und hob den Blick.

Andrej hatte ihn ganz nah zu sich herangezogen. Die Körperhaltung des Russen, vor allem aber sein triumphierender Gesichtsausdruck, ließ Josefine das Blut in den Adern gefrieren. Der Russe musste sich seiner Sache sehr sicher sein.

Die Männer waren in etwa gleich groß, wobei Andrej leichtfüßig und schnell agierte, während Henk die Peitsche mit Bedacht schwang. Die nackten Oberkörper der Männer waren jetzt vom Staub grau gefärbt, Schweiß rann über ihre Gesichter.

Im Glanz der untergehenden Sonne schien es, als ob zwei dunkle Schatten miteinander rangen. Henk stand breitbeinig, hielt Andrejs Linke mit festem Griff umklammert und versuchte, ihn auf Abstand zu halten. Seine Rechte mit der Peitsche glitt geschmeidig nach oben. Josefine musste an die Bewegungen eines Netzflickers denken. Henk schien jeden Muskel, jede Sehne seines Körpers unter Kontrolle zu haben und genau zu wissen, was er tat.

Er holte aus und schlug zu. Sein Hieb ließ Andrej stöhnen und die Menge heulte begeistert auf, wie eine vielköpfige Bestie.

Petre griff nach Josefines Hand. »Ich habe Angst um Henk! Er wird doch gewinnen, oder?«

»Ich weiß es nicht.«

»Er wird hoffentlich überleben«, knurrte Humbertus. »Dieser verdammte Andrej hat ihn schon einmal fast zuschanden gepeitscht. Wenn der Bursche in Rage gerät – und das geschieht immer, wenn die beiden aufeinandertreffen –, dann gibt es kein Halten mehr. Andrej ist einer der besten Peitschenkämpfer Russlands!«

»Ich kann es nicht mit ansehen«!

Josefine starrte erneut zu Boden. Die Luft roch nach Gras, dem herben Geruch der Fackeln, die die Trommler entzündet hatten, und dem des Blutes, das den Männern entströmte. Dieser Geruch verursachte ihr Übelkeit.

Die Menge um sie herum schrie wie ein einziges großes Tier. Josefine hob erneut den Kopf und blickte entsetzt auf das Bild vor ihren Augen. Henk war auf die Knie gefallen, hielt aber Andrejs Handgelenk eisern umklammert, der ihm voller Genugtuung die Peitsche über den Leib zog. Blut rann über Henks Gesicht, über seinen Rücken. Er versuchte, sich nach vorne zu werfen, nach Andrejs Beinen zu greifen und ihn zu Fall zu bringen, doch es misslang. Die Körperhaltung des Russen, vor allem aber sein hämischer Gesichtsausdruck, ließen Josefine das Blut in den Adern gefrieren. Er beugte sich vor und schrie seinem Kontrahenten etwas ins Gesicht, das Josefine nicht verstehen konnte. Für einen Moment schien Henk dem Zusammenbruch nah, doch dann verschwand die Erschöpfung aus seinem Gesicht und gab einer Wut Raum, die Josefine zurückzucken ließ. Andrej lachte immer noch und holte mit der Peitsche weit aus. Der Geruch nach nassem Gras, Erde und Blut wurde unerträglich. Er malte Bilder in Josefines Kopf, Bilder von Tod und Verderben. Henk auf ewig verloren! Unerträglich!

Jemand schrie gellend, und Josefine bemerkte zu ihrem Erstaunen, dass sie es war.

Henk verlor kaum jemals die Beherrschung. Er hatte schon als Kind gelernt, wie töricht es war, für einen Akt der Wut sein Leben aufs Spiel zu setzen, doch als Andrej sich zu ihm hinunterbeugte und schrie: »Jämmerlicher Versager! Du bist keinen Deut besser als dein Vater, der nach einem einzigen Tag im Sumpf wie eine Ratte verreckte«, musste sich Henk zwingen, die Hände nicht nach Andrejs Hals auszustrecken. Die Wut jagte neue Kraft durch seinen zu Tode erschöpften Körper. Henk biss die

Zähne zusammen, dass der Kiefer schmerzte. Er würde sich zu nichts hinreißen lassen, sondern auf den Moment warten, in dem die Aufmerksamkeit dieses Bastards abschweifte. Andrej würde einen Fehler machen, und dann … Er musste seine Kraft noch ein einziges Mal bündeln!

Staubwolken umgaben Henk, in seinen Ohren rauschte das Blut. Die Rufe der aufgepeitschten Menge umwaberten ihn wie Nebel, und dann hörte er einen Laut aus der Menge. Jemand rief seinen Namen … Josefine! Ihr Angstschrei drang an seine Ohren, in sein Herz.

Andrej schien sie ebenfalls gehört zu haben. Sein Kopf drehte sich für einen Wimpernschlag in Josefines Richtung, und dieser winzige Moment reichte Henk. Er kam auf die Füße und schwang die Peitsche. Ein Knallen, als das Leder Andrej an der richtigen Stelle traf. Der Russe gab einen erstaunten Laut von sich, brach zusammen und blieb am Boden liegen. Henk warf seine Peitsche in den Staub, kniete sich neben Andrej, holte aus und schlug ihm mit voller Wucht ins Gesicht.

»Das war für den ›jämmerlichen Versager‹!«

Andrej schloss stöhnend die Lider, und seine Finger krallten sich in den Boden.

Henk stand auf und fühlte sich urplötzlich so erschöpft, dass er glaubte, keinen einzigen Schritt mehr gehen zu können. Blut und Schweiß rannen ihm über Gesicht und Körper. Er spürte, wie seine Lider zuschwollen und blinzelte unter größter Anstrengung. Seine Augen brannten. Henk sog gierig die kühle Luft ein und presste die Fingernägel in seine Handballen, um nicht zusammenzubrechen.

Für einen Augenblick war es totenstill um ihn herum, dann brach ein Begeisterungsgeheul los. Die Menge rief seinen Namen, Umstehende schlugen ihm auf die Schulter, ein Bierkrug wurde ihm in die Hand gedrückt und ein Beutel mit Münzen.

»Wahrlich verdient, junger Held!«, rief der Trommler ihm zu.

»Pah«, schnaubte Humbertus, der sich durch die Menge bis nach vorn geschoben hatte und Henk von oben bis unten betrachtete. »Verdient hast du eine Tracht Prügel, mein Freund. Andrej ist besser als jeder andere, und du weißt das ganz genau! Wie konntest du nur so dumm sein und dein Leben aufs Spiel setzen?«

»Ich wollte siegen!«

»Diese Dummheit hätte dich um ein Haar den Kopf gekostet!« Humbertus seufzte tief auf, aber in seinen Augen stand etwas, das Verständnis sein konnte. »Gut gekämpft, muss ich sagen, dafür, dass du seit Monaten keine Peitsche mehr in der Hand gehabt hast!«

»Danke!« Henk blickte sich nach Josefine um, und als er endlich ihr kreideweißes Gesicht in der Menge entdeckte, glitt ein Lächeln über seine Züge.

Unbewusst streckte er die Arme nach ihr aus. Sie kam auf ihn zu und stützte ihn, als er zu schwanken begann. Henk neigte den Kopf und sog den Blütenduft ein, der ihren Haaren entstieg. Noch nie hatte er sich so bloß und verwundbar gefühlt. Josefine könnte ihm das Herz aus der Brust reißen und in den Dreck werfen.

»Deine Münzen … Du hast ein gutes Geschäft gemacht!« Seine Zunge fühlte sich so schwer an, als hätte er eine ganze Nacht lang gesoffen.

»Ich hätte sie im Beutel gelassen, wenn mir bewusst gewesen wäre, dass sich bei diesem Spektakel zwei Verrückte mit der Peitsche begegnen«, schimpfte Josefine so leise, dass nur er es hören konnte.

»Andrej und ich … Es ist sonst nicht so. Mit dem Leder zu kämpfen, ist eine Kunst, und den Gegner unversehrt zu lassen und trotzdem in die Knie zu zwingen, das Ziel«, brachte er heraus und hatte das Gefühl, ein Felsbrocken senkte sich auf ihn herab und presste ihm die Luft aus seinen Lungen.

Josefine seufzte. »Dafür hast du dir eine ganze Menge Wunden zugezogen. Komm, ich werde dich verarzten.«

»Gleich. Gib mir einen Moment Zeit.«

Er legte seinen Kopf auf ihrer Schulter ab und versuchte, der Schwärze, die vor seinen Augen aufzog, zu entgehen. Josefine schloss die Arme um ihn.

»Du dummer Kerl! Was, wenn du tot wärst?«, flüsterte sie mit zitternder Stimme.

»Dann würde dich keiner mehr herumkommandieren.«

»Tu das nie wieder, hörst du!« Sie drückte ihn so fest an sich, dass er ein Stöhnen kaum unterdrücken konnte. Henk erwiderte ihre Umarmung, erleichtert und glücklich über die Nähe zwischen ihnen. Er spürte, wie sich alle Schwäche für einen Augenblick verflüchtigte und sein Herz sich hob. Hier und jetzt, in Josefines Umarmung gehüllt, war er so glücklich, als hätte er sein ganzes Leben lang auf diesen Moment hingefiebert: sich nach dem Sieg über Andrej in Josefines Umarmung wiederzufinden. Wenn sie doch immer an seiner Seite bleiben könnte!

Der Abend senkte sich über den Jahrmarkt, und der bewölkte Himmel ließ die warme Herbstsonne des Nachmittags vergessen. Lange Schatten krochen über die Stände und Zelte und färbten Gras und Sand grau.

»Was ist jetzt, Henk? Tragen dich deine Füße noch, oder muss ich dich wie einen Sack Mehl auf den Nacken nehmen?«, polterte Humbertus.

Henk machte sich sanft von Josefine los und tat vorsichtig einen Schritt. Im Gehen drehte er sich noch einmal zu Andrej um. Irgendjemand hatte einen Krug mit Wasser über dessen Kopf ausgeschüttet. Der Russe war dabei, sich aufzurappeln, und schmutzige Rinnsale liefen ihm aus den Haaren. Andrej hob den Kopf, und Henk sah Mordlust in seinen Augen. Es war immer noch nicht vorbei!

4

Helles, freundliches Sonnenlicht fiel durch die Glasscheiben der Fenster auf die Rechnungsbücher, über denen Josefine stirnrunzelnd saß. Man hörte nichts außer dem Kratzen der Feder, bis Caspar mit dem Trällern einer fröhlichen französischen Weise anfing. Josefine schaute auf. Lächelnd betrachtete sie den Zwerg, der perfekt proportioniert war und dessen rote Locken unter seiner Kopfbedeckung hervorlugten wie vorwitzige Kinderfinger. Von der Haarfarbe und den unzähligen Sonnenflecken einmal abgesehen, war er ein attraktiver Mann, der so alt sein mochte wie sie selbst. Einzig seine hohe Stimme und natürlich die Kleinwüchsigkeit unterschieden ihn von anderen Männern. Caspar trug seinen roten Umhang und den Turban auf dem Kopf so formvollendet, als wäre er ein König.

»Du kannst Französisch?«

Der Zwerg verneigte sich. »Französisch, Italienisch, Spanisch – ganz wie es Euch beliebt, meine Dame.« Er legte eine Hand auf sein Herz und verneigte sich vor Josefine. »Ich spreche fünf Sprachen fließend, spiele zudem Laute und Flöte und bin bewandert in den schönen Künsten. Willst du mit mir tanzen, Josefine?« Er beschrieb mit der Hand einen schnörkeligen Kreis und trat ihr auffordernd entgegen. »Der fürstliche Tanzmeister Twardo hat im Auftrag Kaiser Karls von Österreich sein Bestes getan, und ich war ein gelehriger Schüler.«

Josefine schüttelte lächelnd den Kopf und wies auf den Tisch, der mit Rechnungen übersät war. »Es tut mir leid!«

»Schade!«

Caspar wandte sich ab und tollte flink wie ein Eichhörnchen hierhin und dorthin, stellte Becher und Schalen zusammen und goss Wodka ein. Summend bestrich er Brot und krümelte Zucker darauf.

Zu tun gab es reichlich, denn jetzt, Anfang November, hatte sich der erste Frost eingestellt und überzog die herunterfallenden Blätter mit Raureif. Es war kalt geworden in St. Petersburg, und die Kunstkammer lockte mehr Besucher an, als Josefine es sich je hätte vorstellen können.

Das lag natürlich an der behaglichen Wärme und den Gaben, die der Zwerg im Auftrag des Zaren verteilte. Die Ausstellungsstücke selbst wurden eher misstrauisch beäugt und Josefines Düfte ignoriert oder schlichtweg als merkwürdig empfunden. Viele Gäste hielten sich Taschentücher vor die Nasen und schienen sich in ihren eigenen, oft so gar nicht lieblichen Ausdünstungen wohler zu fühlen als mit den Düften, die sie in ferne Länder tragen sollten. Auch Josefines Geschichten fanden wenig Beachtung und wurden oft nur mit verschämten Blicken gestreift. Vielleicht lag es daran, dass viele der Besucher nicht lesen konnten und dies zu verbergen trachteten – zumindest versuchte Josefine, sich das einzureden.

Ständig hoffte sie, es möge sie endlich jemand ansprechen! Ihr Russisch war mittlerweile ganz passabel, und zu gerne hätte sie Erklärungen abgegeben oder vorgelesen, doch stattdessen unterhielt man sich lautstark über das Wetter, die Qualität des Wodkas, der ausgeschenkt wurde, und darüber, wer das ganze Zuckerbrot gebacken haben mochte. Kam die Rede dann doch auf die Kuriositäten, dann nur, weil sich die Gäste vor ihnen fürchteten und die Wunderkammer für einen Ort hielten, an dem Unheil lauerte.

Täglich sorgten die *anatomischen Kunstwerke* für Angstschreie. Kleine Mädchen versteckten sich in den Röcken ihrer

Mütter, und Jungen schlossen Wetten darüber ab, wer den Mut aufbrächte, die Skelette zu berühren.

Josefine dachte an die gestrige Führung und hörte wieder Humbertus' Bass durch den Raum dröhnen. »Was glaubt ihr, woran soll euch dieses Gebilde erinnern?« Der Bär wies auf ein Gerippe, das einen Geigenbogen führte. Um das Skelett herum tanzten weitere Tote.

»Daran, dass Musiker ständig am Hungertuch nagen?«, rief ein Junge frech und erntete eine Kopfnuss von seiner Mutter.

»Daran, dass das Leben kurz ist und ihr gut überlegen solltet, was ihr mit eurer Zeit anfangt. Irgendwann muss jeder für seine Taten geradestehen«, erklärte Humbertus.

»Ich habe genug damit zu tun, täglich was zu beißen auf den Tisch zu bringen! An das Himmelreich denke ich, wenn es so weit ist«, raunte ein von schwerer Arbeit gebeugter Mann und griff nach einem zweiten Zuckerbrot.

Über das Interesse einer jungen Frau wie Josefine an all diesen Kuriositäten konnten sich die Besucher nicht genug wundern.

»Was findet Ihr nur an Muscheln von fernen Stränden, an Werken von Künstlern, die keiner kennt, und an Schmetterlingen, die nicht mehr fliegen können?«

»All diese Dinge kommen aus fernen Ländern zu uns und erzählen von fremden Gefilden und Zeiten. Seht hier, die Versteinerungen … Es sind Überreste einstiger Lebewesen. Ein Gruß aus der Vergangenheit, aus einer Welt, die so war, wie wir es uns in unseren kühnsten Träumen wohl nicht vorstellen könnten. Ist das nicht ungemein spannend?«

Kopfschütteln war die Antwort. »Tote Körper aus Stein – wie ekelhaft!«, hörte Josefine es raunen.

Man wandte sich dann doch lieber dem Zwerg Caspar zu, der weniger ungewöhnlich schien und zumindest etwas Sinnvolles tat, indem er für Wärme sorgte und Leckereien verteilte.

Die Gattin des Anatomen Nicolaus Bidloo, die in eleganter

Aufmachung der Kunstkammer einen Besuch abstattete, tätschelte Josefine zwar nach einem von vielen »Ahs« und »Ohs« begleiteten Rundgang wohlwollend die Hand und sagte: »Was seid Ihr doch für eine kluge junge Frau«, schüttelte dabei jedoch den Kopf, als sei dies nicht als Kompliment gedacht.

»Ich verkörpere in ihren Augen all das, was eine vernünftige junge Frau niemals sein soll: unverheiratet und von Kuriositäten besessen«, dachte Josefine seufzend, während sie sich über die Rechnungsbücher beugte, deren Bearbeitung ihr der Zar übertragen hatte.

Es blieb noch ein wenig Zeit. Erst in einer halben Stunde würde die Kunstkammer ihre Tore öffnen und die *Fütterung der Raubtiere*, wie Caspar es nannte, beginnen. Der Zwerg hielt für jedermann nicht nur Essen und Trinken, sondern auch ein freundliches Wort bereit. Caspar war immer gut gelaunt, auch wenn es kaum einen Grund dafür gab.

Alle Bedenken, die Josefine anfangs gegen ihn hegte, hatten sich in Luft aufgelöst. Caspar war eine Seele von Mensch und eine Wohltat für jeden, der mit ihm zu tun hatte. Man konnte nicht anders, als den Zwerg zu mögen.

Das fanden auch Humbertus und Henk, mit denen er sich blendend verstand. Petre liebte den Kleinwüchsigen wie einen Bruder. Die beiden sangen zusammen, dass es eine Lust war, und Petre, der bislang in St. Petersburg wenige Freunde gefunden hatte, blühte auf.

»Wie schaffst du es nur, immer so fröhlich zu sein?«, fragte Josefine in Caspars Richtung und stöhnte über die undurchsichtigen Aufstellungen der Händler und Handwerker.

»Ich habe mir angewöhnt, meine Augen all dem Schönen auf der Welt zu öffnen. Heb den Blick von den Zahlen, Josefine, und sieh aus dem Fenster. Da! Das Rotkehlchen auf dem Zweig – ist es nicht herrlich gefärbt? Und wie schön es selbst im Winter tiriliert. Stell dir vor, das Vögelchen singt nur für dich. Muss dir da nicht das Herz aufgehen?« Er atmete tief ein und breitete begeistert die Arme aus. Sein Finger wies auf die violetten strahlenförmigen Astern neben der Eingangstür, die den Frost überstanden hatten. »Die letzten Blumen des Herbsts. Wunderbar, dass es sie gibt, und wie schön sie der Schöpfer gekleidet hat!«

»Das ist also dein Geheimnis: Du siehst nur das Schöne und sparst alles Hässliche aus.«

»So ist es nicht. Leider. Ich musste viel ertragen, das kannst du mir glauben, doch ich gräme mich nicht, sondern gehe furchtlos und unbefangen durch die Welt. Ausschau nach den schönen Dingen zu halten, hilft, das Leben zu ertragen, ohne gramvoll zu werden. Wenn du es nur willst, kannst du überall Wunder entdecken.«

Josefine hob zweifelnd die Augenbrauen, wies auf die Rechnungsbücher und zog eine Grimasse. »Überall?«

»Siehst du den Käfer, der sich von draußen ins Warme gerettet hat und dort drüben auf dem Blatt krabbelt? Ist dir schon aufgefallen, wie herrlich sein Panzer schimmert, oder wie samtig schön die Flügel der Schmetterlinge sind? Siehst du, was sich alles in einem Tropfen Morgentau spiegelt, oder dass jede Wolke eine andere Form hat? Wunder!« Caspar sang das Wort und drehte sich auf der Stelle wie ein Kreisel. »Überall gibt es sie, und auch ich selbst bin ein Wunder! Geschaffen von dem großen Wundermacher dort oben!« Er tänzelte zum Fenster und reckte einen Finger in Richtung des strahlend blauen Himmels. »Das sage ich mir immer wieder. Ich bin ein Wunder und keine Missgeburt. Da können die anderen noch so viel reden. Da kann noch so viel Hässliches meine Ohren erreichen. Der Schöpfer macht keine Fehler. Niemals! Und basta!«

Josefine lachte. »So ist es! Und du bist hier in der *Wunderkammer* goldrichtig! Macht es dir etwas aus, von den Besuchern angestarrt zu werden?«

»Ich genieße es!«, rief der Zwerg theatralisch. »Sollen doch alle glotzen und tuscheln! Es zeigt mir nur, dass ich besonders bin, so wie der Zar – nur etwas kleiner.«

Caspar sah sich unauffällig nach allen Seiten um und wisperte: »Außerdem bin ich einfach froh, hier in Sicherheit zu sein. Mich nicht mehr verstecken zu müssen … Oh, es war grausam! Nenn mir einen Ort, wo ein Gnom wie ich nicht auffällt. Ich war so dankbar, dass Wjesselowski mich aus Wien fortgebracht hat.«

Josefine legte die Feder aus der Hand und sah Caspar stirnrunzelnd an. »In Sicherheit? Warst du denn in Gefahr? Warst du nicht ein Teil der Wiedergutmachung des Kaisers von Österreich? Ein kleiner Ausgleich für all die Bären, die er dem Zaren aufgebunden hat. War es nicht so?«

Der Zwerg legte einen Finger an die Lippen. »Eigentlich ist es ein Geheimnis, aber ich muss es einfach jemandem erzählen. Der Kaiser … Er war froh, mich los zu sein und wünscht dem Zaren nicht weniger als die Pest an den Hals. Das zu bewerkstelligen, traut er mir nicht zu, aber ich soll dem Herrscher von Russland den Tod bringen. Das ist der Preis für mein Leben, denn eigentlich wollte der Habsburger mich aufknüpfen lassen!«

»Er wollte dich … Was?«

»Es ist wahr!« Jetzt lag ein Schatten über dem Gesicht des jungen Mannes. Er hüpfte auf den Stuhl neben Josefine, stützte die Arme auf das Holz und sah ihr ins Gesicht. »Ich kann es selbst kaum glauben. Der Kaiser von Österreich wollte mich umbringen! Mich, der ich so lange Jahre ein Teil der Familie war. Das habe ich zumindest immer geglaubt.«

Josefine schob die Rechnungsbücher zur Seite und widmete dem Zwerg ihre ganze Aufmerksamkeit. »Und jetzt noch einmal ganz langsam. Was hast du mit den Habsburgern zu schaffen, und warum wollte dich der Kaiser aufknüpfen lassen?«

»Rotes Haar und Sonnenflecken tut der Teufel nur erwecken«,

resümierte Caspar. »Sie hielten mich für einen Eidgenossen des Bösen. Doch das war später, nachdem Elisabeth-Christine das Kind geboren hatte.«

»Halt!« Rief Josefine. »Ich kann dir nicht folgen. Wie wäre es, wenn du mir alles von Anfang erzähltest?«

Capar nickte. Er schloss für einen Moment die Augen, dann schlug er sie wieder auf, und Josefine sah Tränen darin. Sie langte über den Tisch, nahm die Hände des kleinen Mannes in die ihren und nickte ihm auffordernd zu.

»Meine Eltern gehörten zum verarmten polnischen Adel. Mehr als ein paar Schweine und Kühe besaßen wir nicht, doch ich vermisste nichts. Auf einer Reise zu Verwandten – ich glaube, mein Vater wollte Geld erbitten – verunglückten meine Eltern tödlich. Ich war damals sieben Jahre alt, und der Fürst von Braunschweig-Wolfenbüttel nahm mich in seine Obhut. Vielleicht plagte ihn das schlechte Gewissen, denn er hatte auf keinen der Briefe meines Vater geantwortet, und meine Eltern waren zu ihm unterwegs gewesen.«

»Kannst du dich an sie erinnern?«

»Ja. Doch. An die weiche Stimme meiner Mutter. Sie hat mir immer Lieder vorgesungen. Und mein Vater ließ mich auf einem winzigen Pony reiten. Damals … Ich wusste nicht, dass ich ein Zwerg bin. Es gab keine anderen Kinder außer mir, und ich dachte … Nun, ich glaubte, ich würde noch wachsen, und Mutter beließ es dabei.«

»Wie erging es dir am Hof des Fürsten?«

»Er erwählte mich zum Spielgefährten seiner Tochter Elisabeth-Christine, und so wurde ich eines ihrer Geburtstagsgeschenke. Sie hatte mein Alter und dachte zunächst, ich wäre eine Puppe und ließe alles mit mir machen. Doch den Zahn habe ich ihr schnell gezogen! Man hatte mir meine Eltern genommen und mir dazu die Vorstellung geraubt, ich sei normal. Mehr zu ertragen war ich nicht bereit!«

»Wie hast du dich gewehrt?«, fragte Josefine, die fasziniert lauschte.

»Indem ich Gleiches mit Gleichem vergalt. Zog Elisabeth mich an den Haaren, dann tat ich es auch bei ihr. Schimpfte sie mich einen hässlichen Gnom, dann rieb ich ihr das eigene lange Gesicht und die Kuhaugen unter die Nase. Zuerst weinte sie, doch irgendwann fand sie Gefallen an meiner aufmüpfigen Art und vielleicht auch an meiner Klugheit. Sie war umgeben von furchtbar dummen Leuten. Wem immer nur nach dem Mund geredet wird, der weiß zuletzt nicht mehr, was und wem er glauben soll. Elisabeth und ich – wir wurden Verbündete, denn sie war genau wie ich nur eine Bauernfigur im großen Spiel der Herrscher. Mit ihr, der Prinzessin, wurde ich erzogen, und ich hätte ein ganz gewöhnlicher Edelmann werden können, wäre ich nicht um eine halbe Manneslänge zu klein geraten. Wir lernten verschiedene Sprachen und Latein, wurden im Glauben und in der Himmelskunde unterrichtet, sangen, tanzten und rechneten mit Zahlen. Später reiste ich mit Elisabeth und ihrer Schwester Charlotte-Sophie von Hof zu Hof. Ich wusste amüsant zu erzählen, ließ mir keinen Bären aufbinden und trug die schönste Kleidung en miniature. Die Herrschaften waren fasziniert. Man nannte mich ›Elisabeths Zauberknaben‹ und reichte mir beim Bankett die Speisen auf winzigen Tellern und den Wein in winzigen Bechern. Eigens für ›den Zwerg‹ gefertigt.«

»Und irgendwann seid ihr zur Wiener Hofburg gereist?«

»Es war anders. Die Schachfigur Elisabeth wurde über Spanien dorthin geschoben. Ihr Großvater steckte dahinter. Als meine Prinzessin dreizehn Jahre alt war, beschloss er, sie zu verheiraten. Nicht mit irgendwem, sondern mit Karl von Habsburg, einem Katholiken.« Caspar rümpfte die Nase.

»War das schlimm? Ich meine, dass er Katholik war?«

»Für Elisabeth schon. Sie war eine überzeugte Protestantin und hatte für die Katholiken nur Schimpf und Schande übrig.

Und nun sollte ihr Gatte Katholik sein, sollten ihre Kinder katholisch getauft und erzogen werden! Ungeheuerlich. Was haben wir für Pläne geschmiedet! Elisabeth könnte in Verkleidung heimlich aus dem Fürstentum fliehen, sich entführen lassen oder mich heiraten.« Er seufzte. »Natürlich waren das alles nur Träumereien. Am 1. Mai 1707 gab sie ihren protestantischen Glauben auf, und ein Jahr später reisten wir mit einem großen Tross nach Barcelona, wo ihr Bräutigam als Gegenkönig Karl III. von Spanien regierte. Es wurde Hochzeit gefeiert. Keine drei Jahre später starb der Bruder des Habsburgers, also wurde Karl zu seinem Nachfolger gekrönt. Wir verließen Spanien und residierten von da an in der Wiener Hofburg.«

»Warst du glücklich dort?«

»Solange Elisabeth mich liebte, ja. Sie tat es, als wäre ich ihr Bruder, während ich …« Er lächelte traurig. »Ich sang für sie und zeigte ihr die Schönheiten der Welt. Wir flanierten durch die Gärten, spielten Schach, besuchten Schauspiele und lasen uns durch Bücher und Gedichtbände.«

»Und ihr Gatte? War er nicht eifersüchtig?«

»Karl? Der nahm mich doch als Mann gar nicht wahr. Für ihn bin ich immer nur der ›Gnom‹ gewesen, ein Ding, das merkwürdigerweise Geist besaß, dem man aber lieber mit Misstrauen begegnete. Karl liebte die Jagd, der Elisabeth nichts abgewinnen konnte, und Frauen mit brünettem Haar und üppiger Figur. Seine ›weiße Liesl‹, wie er meine Prinzessin wegen ihres Teints nannte, besaß weder das eine noch das andere. Karl war kein schlechter Mensch, aber dennoch ein Pedant. Er bestand beharrlich auf der Hofetikette und wachte persönlich über die Einhaltung bestehender Regeln. Ihn konnte es schon erbosen, wenn an einem Sterbebett nicht die vorgeschriebene Anzahl von Kerzen glimmte. Wie sollte jemand, der ein Gänseblümchen schon nicht mehr als solches gelten lässt, nur weil ihm ein Blütenblatt fehlt, in mir einen vollwertigen Menschen erkennen?«

»Wie stand Elisabeth zu ihm? War sie traurig, dass er sein Vergnügen in fremden Betten suchte?«

»Nein. Karl war schwierig im Umgang, zudem sprach er so undeutlich, dass man stets dreimal nachfragen musste. Und auf jede Nachfrage hin wurde er fuchsiger. Unvorstellbar, dass ein solcher Mann mit ihr Gedichte rezitierte oder Lieder sang. Ihr reichte es, diesem Kerl ab und an das Bett zu wärmen. Sie war zufrieden!«

Caspar hob die Hände und ließ sie in einer resignierten Geste wieder fallen. »Es hätte immer so bleiben können. Ich hätte Elisabeth von fern angebetet und wäre ihr ein treuer Freund geblieben. Wenn nicht …«

»Was?«

»Aberglauben! Die größte Geißel der Menschheit! Elisabeth hat vor Kurzem einem Sohn das Leben geschenkt, Leopold Johann. Du glaubst nicht, wie klein dieses Kind ist! Kleiner als alle Kinder, die jemals am Wiener Hof geboren wurden. Winzig! Genauso winzig – wie wer?«

»Du!«

»Richtig. Es ist aber nicht mein Kind. Ein Muttermal des Vaters beweist es. Und welchen Schluss lässt das zu?«

»Sag es mir.«

»Dass ich, der Zwerg, die Missgeburt, der Gnom mit dem roten Haar und den Teufelsflecken im Gesicht, Kinder verhexen kann. Meine verehrte Freundin Elisabeth, meine Gönnerin, mein Leben …« Er schloss für einen Augenblick die Augen, und die Trauer auf seinem Gesicht traf Josefine mitten ins Herz. »Sie glaubte den Einflüsterungen ihres Gatten und denen der dummen Hofgänse. Sie war wie eine Furie! Schimpfte mich einen ›verdammten Unhold‹, schlug mich, kratzte mich, spuckte mir ins Gesicht. Elisabeth wandte sich voller Hass von mir ab.« Caspar bedeckte seine Augen mit den Händen und schwieg. Schließlich seufzte er tief und ließ die Arme wieder sinken. »Ich darf es Elisabeth nicht verübeln. Sie haben es ihr eingeredet. Es schien alles so offensichtlich ... Man sagte ihr, ich, der ›Zaubergnom‹, sei eifersüchtig auf den Kleinen gewesen. Ich sei wie ein Kater, der kratzte, wenn man ihm etwas fortnehmen wolle, und so hätte ich meine Krallen an dem Säugling gewetzt. Und Elisabeth ... Wem hätte sie die Schuld geben sollen, wenn nicht mir? Dem Blut der Habsburger? Sich selbst? Nein! Es war eine gute Lösung, den rothaarigen Zwerg zu verdammen. Und natürlich durfte diese Schuld nicht ungesühnt bleiben. Elisabeth trug ihrem Gatten auf, mich töten zu lassen.«

»Nein!«, rief Josefine. »Wie konnte sie nur! Eine gebildete Frau!«

»Ich war wie betäubt und ließ mich willenlos von den Wachen packen. Zum ersten Mal in meinem Leben kauerte ich hinter Kerkermauern. Ich, der zuvor neben Elisabeth auf Samtkissen gesessen und von goldenen Tellern gegessen hatte, der ihr quer durch Europa gefolgt war. Da hatte ich Zeit, über mein Leben nachzudenken. Bislang war ich einzig und allein ein Spielzeug Elisabeths gewesen. ›Vielleicht‹, so sagte ich mir, ›ist dies alles ein Plan des Schöpfers, damit ich frei sein und ein eigenes, ein anderes Leben führen kann‹. Ich schüttelte die Lethargie von mir ab und ersann einen Plan. Ich würde fliehen. Ich würde den Wächtern Schlafmohn verabreichen und mich den Vagabunden anschließen, die vor der Stadt lagerten.

Doch während ich noch darüber nachsann, wie an Schlafmohn heranzukommen war, ließ mich der Kaiser zu sich bringen. Er schickte alle Bediensteten fort und musterte mich lange und mit einem Gesicht, als wäre ich ein besonders hässlicher Käfer. ›Wenn ich mich nicht ganz in dir täusche, dann bereust du dein Handeln, ist es so?‹, giftete er mich an. Ich nickte reumütig und machte das zerknirschteste Gesicht, dessen ich fähig war, denn ich witterte die Chance, doch nicht am Galgen zu baumeln. ›Du kannst deine Untat sühnen‹, ließ der Kaiser mich wissen. ›Ich werde dich einem Vertrauten des Zaren von Russland als Geschenk übergeben. Er sammelt Abnormitäten. Der Zar … Er ist unser Feind. Du wirst ihn verhexen und zu Tode bringen!‹ Ich dachte erst, ich hätte mich verhört. Er nuschelte ja so. Doch dann kam der Kaiser ganz nah an mich heran. ›Egal wie, aber Peter von Russland muss sterben! Sollte dir dieses Meisterstück gelingen, dann werde ich dich in einer goldenen Kutsche nach Wien zurückbringen lassen, und es soll dir dein Leben lang an nichts mangeln.‹«

»Das ist ja …« Josefine verschlug es die Sprache.

»Das war kolossal gut! Noch am gleichen Tag ging die Reise los. Es war Wjesselowski, der mich als Geschenk mit nach St. Petersburg nahm. Auf der Jagd nach dem Zarewitsch hatte er Tag und Nacht auf dem Pferd gesessen, sich einen quälenden Furunkel zugezogen und musste jetzt die Segel streichen. Der arme Kerl kassierte vom Kaiser, der für solche ›Kinkerlitzchen‹ kein Verständnis hat, noch eine Ohrfeige und jaulte mir während der ganzen Reise die Ohren voll.«

»Und die beiden anderen Männer?«

»Tolstoi und Rumjanzow machten sich auf den Weg nach Neapel, um Alexei nach Hause zu holen. Der Zar von Russland hatte dem Kaiser mit Krieg gedroht, und da verriet Karl doch lieber das Versteck des Zarewitsch.«

Josefine rang die Hände. »Capar, du lebst gefährlich! Der Auftrag des Kaisers … Wenn das jemals dem Zaren zu Ohren kommt, ist dein Leben keinen Pfifferling mehr wert.«

Caspar wischte ihren Einwurf beiseite. »Wer soll ihm das erzählen? Außerdem … Der Zar wird doch nicht an Zauberei glauben.«

»Er hasst alles, was mit Aberglauben zu tun hat. Sollte er jemals vermuten, dass du dich der Hexerei für mächtig hältst, dann nimm die Beine in die Hand.«

Caspar lachte schallend. »Meine Schritte sind kurz, vergiss

das nicht. Niemand wird von dem verdammten Auftrag erfahren, Josefine. Die Vergangenheit liegt hinter mir, mit allem, was dazugehört. Ich mag Eigentum des Zaren sein, Heizer in einer Wunderkammer, doch hier, bei euch, fühle ich mich frei, freier, als ich es jemals war. Tief im Herzen. Endlich!«

»Was ist mit deinem Namen? Bist du tatsächlich Caspar oder …«

»Ein neues Land, ein neues Leben, ein neuer Name! *Joujou* wäre doch zu auffällig gewesen.«

»*Joujou?* Ein merkwürdiger Name.«

»Elisabeth gab ihn mir. Es ist Französisch und bedeutet ›Spielzeug‹.«

Josefine ergriff den kleinen Mann bei den Schultern und sah ihm ernst ins Gesicht. »Du bist kein Spielzeug, Caspar, sondern ein sehr wertvoller Mensch. Es gibt nur wenige, die mir in so kurzer Zeit so ans Herz gewachsen sind.«

»Danke!« Caspar neigte den Kopf und wollte etwas erwidern, doch im selben Augenblick klopfte es an der Tür.

»Ach, herrjeh. Wir haben die Zeit vergessen. Nun aber rasch!«, rief der kleine Mann. »Die Raubtiere warten schon!«

5

Am Abend des 20. Dezember, nach einem besonders unerfreulichen Tag, trat Josefine seufzend hinter Henk in die kühle Winterluft hinaus. Den ganzen Nachmittag hatten weiße Flocken getanzt, und jetzt lag der Schnee hoch in den Straßen und Gassen. Die Kutschen waren durch Schlitten ersetzt worden, die wie von selbst auf geschwungenen Kufen durch die weiße Pracht glitten.

Josefine zog den fellbesetzten Mantel enger um sich und blickte in den schon dunklen Himmel. Unter dem weiten Sternenmeer nahm sie die Leere, die die Gleichgültigkeit der Besucher in ihr hinterließ, noch intensiver wahr. Josefine blieb für einen Moment unter der Laterne stehen, die den Palast in ein warmes Licht tauchte. Sie wartete auf Henk, der gerade die Tür schloss.

Sie hatten es sich angewöhnt, gemeinsam nach Hause zu gehen, und in letzter Zeit waren die Heimwege lang und länger geworden. Es gab so viel, über das sie sich austauschen konnten, und dann war da noch Petre, dessen Wohlergehen ihnen beiden so sehr am Herzen lag. Zwei Abende in der Woche verbrachten sie gemeinsam mit Petre in der gemütlichen Wohnung des Bären, und wenn sie ehrlich zu sich war, dann musste Josefine sich eingestehen, dass sie in ihrem ganzen Leben noch keine so guten Freunde gefunden hatte wie hier in St. Petersburg. Auch Caspar gehörte dazu, der sein Quartier im Winterpalast hatte, aber auch bei Humbertus ein- und ausging. Wenn sie an den Kleinwüchsigen dachte, wurde ihr augenblicklich das Herz noch schwerer, als es eh schon war.

Henk nickte fragend in eine Richtung, und Josefine folgte ihm. Sie waren als Einzige zu Fuß in der Kälte unterwegs, doch dadurch wurde ihr Gefühl der Zweisamkeit noch verstärkt.

»Du siehst heute aber sehr unzufrieden aus, Josefine.«

Sie seufzte tief. »Wie man es auch dreht und wendet, Henk, ich finde keinen Weg in die Herzen der Russen. Sie wollen weder über die Fundstücke aus alten Zeiten und anderen Ländern noch darüber sprechen, ob Vergangenheit und Gegenwart auf irgendeine Weise miteinander verbunden sind.«

»Sie brauchen Zeit!«

»Ich habe keine Geduld mehr! Die hier zusammengetragenen Schätze bewegen nichts in den Herzen der Menschen. Kein Duft, keine Geschichte vermag die Russen zu rühren, geschweige denn, sie in ferne Gefilde zu entführen.« Josefine hieb die geballten Fäuste in die Luft. »Die Russen wollen nichts lernen und werden dumm sterben. Die Mühe des Zaren war umsonst, und die Gleichgültigkeit der Besucher tut mir weh. Die Gäste interessieren sich für nichts – außer für die Köstlichkeiten auf Caspars Tablett und einen warmen Ofen unter dem Hintern!«

»Lass dir das Herz darüber nicht schwer werden, Josefine. Wir beide wissen, dass die Wunderkammer Gutes bewirken wird. Irgendwann. Noch glauben die Menschen, dass jede Veränderung die russische Seele verrät. Sie wollen sich nicht nach europäischem Vorbild formen lassen, sondern bleiben, wer sie immer waren: Menschen mit einer eigenen Identität, mit eigenen Traditionen.«

»Eigene Traditionen! Die russische Seele! Was ist das überhaupt?« Josefine hob mit einer hilflosen Geste die Hände. »Was? Die Willkür, mit der die Bojaren über den einen Teil der Bevölkerung herrschen, oder die Leibeigenschaft, in der die anderen leben? Fern jeder Bildung? Wodka, mit dem sie sich täglich betäuben? Die Gleichgültigkeit, mit der Seen leer gefischt und Wälder kahl geschlagen werden, ohne an die Folgen zu denken? Die stoische Gelassenheit, mit der die Bauern in Holzhütten zusammengepfercht leben?« Josefine redete sich in Rage. »Du weißt besser als ich, was die Menschen hier nach alter Tradition erdulden müssen! Sie werden wie Sklaven gehalten, wie Pferde verkauft, den Preis mit Kohle auf die Stirn geschrieben! Sie müssen hart arbeiten, und wer das Glück hat, den Reichen zu dienen, der darf Sessel anwärmen, im Sommer als Vorhut die Wanzen in den Landhäusern an sich ziehen oder im Winter in eisiger Kälte Briefe überbringen, immer auf die Gefahr hin, auf dem Weg zu erfrieren. Ist es das, was die Russen unbedingt behalten wollen? Diese Art zu leben?«

»Josefine, sie kennen es nicht anders. ›*Die Seele gehört Gott, der Kopf dem Zaren und der Rücken dem Herrn*‹, sagt man hier. Um dieses System zu durchbrechen, braucht es mehr als eine Wunderkammer.«

»Aber das Lernen und Verstehen könnten ein Anfang sein. Und damit sind wir wieder bei meiner Klage. Die Russen wollen nichts lernen und verstehen. Drei Monate lang habe ich es mit einer Engelsgeduld versucht. Du weißt es. Sie ist jetzt zu Ende! Ich sehne mich nach meinem Vater zurück, nach Bertram, der Apotheke und Dietlinde, nach unserer Wunderkammer. Vaters Schätze haben die Besucher fasziniert, ihre Augen leuchten lassen und dazu geführt, dass wir mit Komplimenten überschüttet wurden. Hier dagegen höre ich nur Spott. Man macht sich lustig über mich, über Humbertus und nicht zuletzt auch über den Zaren. Es gibt nichts außer Geläster und Gelächter.«

»Du bist dem Zaren nach Russland gefolgt, du bist ihm zu Diensten gewesen und hast all deine Kraft in die Verwirklichung seines Traums gesetzt. Die Kunstkammer … Sie trägt deine Handschrift, Josefine, ist Teil deines Herzens. Sie ist auch Teil meines Herzens, und Humbertus sieht das sicherlich genauso. Wir alle haben unsere Kräfte gebündelt, getan, was wir konnten, und dieses Kind aus der Taufe gehoben. Was daraus wird?« Er zuckte die Achseln. »Unser Werk ist vollendet!«

Josefine blieb stehen und seufzte tief. »Das Werk ist vollendet, und ich sollte gehen, solange noch Zeit ist, nicht wahr?« Josefine merkte zu ihrem Entsetzen, dass Tränen in ihr aufstiegen. Sie schluckte. »Warum kommst du nicht mit? Ihr beide, du und Petre?« Josefine hörte selbst, wie flehend ihre Stimme klang. »Henk, du schuldest dem Zaren nichts. Tu es für Petre. Er ist nicht glücklich hier. Tu es …«

»… für mich«, hatte sie sagen wollen, hielt aber ihre Worte im letzten Augenblick zurück. »Henk, diese blendende Stadt … St. Petersburg … Du hast doch auch genug von ihr. Begleite mich nach Hause. Du könntest meinem Vater und mir beim Aufbau der Wunderkammer helfen, du könntest das Apothekerhandwerk erlernen. Und Petre sehe ich schon bei uns aufwachsen. Es wäre so wunderbar! Bitte, Henk!«

Er sah sie nicht an und starrte zu Boden. »Ich werde gehen – vielleicht bald schon –, aber erst muss ich herausfinden, was geschieht, wenn Alexei zurückkehrt.«

Alexei! Josefine tat einen zittrigen Atemzug. »Was glaubst du ausrichten zu können, wenn sich das Volk gegen den Zaren erhebt? Sag es mir! Willst du dich vor Peter stellen und ihn mit deinem Leib schützen? Willst du warten, bis man dich als einen der Ersten nach Sibirien schickt?«

»Josefine, versteh das doch! Ich kann jetzt nicht einfach gehen. Es wäre unehrenhaft.«

»Ha! Das sagt der Mann, der mich hindern wollte, für die Arbeiter an der Newa einzutreten. Unehrenhaft! Es ist Dummheit, zu bleiben!«

»Das mag sein. Doch in all den Jahren ist der Zar … ist Peter mir wie ein Bruder gewesen. Und Katharina hat mich immer wie einen Freund behandelt. Ich schulde dem Zarenpaar Loyalität und werde nicht mit den Ratten das sinkende Schiff verlassen!«

Josefine starrte ihn an. »Tun sie das? Wird es also wirklich und wahrhaftig zu einem Umsturz kommen?«

»Ich weiß es nicht.« Henk sah Josefine fest in die Augen. »Ich weiß nur, dass ich es mir nicht verzeihen könnte, den Schwanz eingekniffen zu haben und geflohen zu sein. Es tut mir leid.«

Er presste die Lippen zusammen und marschierte los, ohne auf Josefine zu warten. Sie folgte ihm keuchend. Henk schlug den Weg zur Newa ein und verlangsamte schließlich seinen Schritt. Lange Zeit liefen sie ohne ein Wort.

Der Frost hatte alle Arbeiten zum Erliegen gebracht. Jetzt, da keine Zwangsarbeiter mit zerschundenen Körpern im Marschwasser standen und darum kämpften, die Sümpfe trockenzulegen, den Fluss in Kanäle zu drängen und prächtige Paläste zu bauen, strahlte die Newa eine Ruhe aus, die Josefine merkwürdig unwirklich erschien. Sie blickte zur Festung mit ihren Bastionen und der Kirche, die wie eine Erscheinung im Wasser lag. Es gab keine Brücke über die Newa. Jeder, der auf die Haseninsel wollte, musste dies mit einem Boot tun. Im Sommer setzten Fährleute regelmäßig zur anderen Seite über, doch jetzt wurde die Peter-und-Paul-Festung nur zur Mittagszeit angesteuert.

Bäume und Sträucher auf beiden Seiten der Newa waren vom Frost umhüllt, der das Astwerk glänzen ließ wie Silber. Laternen, die Fürst Menschikow mit Kerzen bestücken ließ, erhellten die Bauten und Gassen. Das Weiß des Winters brachte die Steine der Häuser mit ihren bunten Fassaden zum Leuchten und ließ in Josefine die Ahnung eines Dufts aufsteigen. Sie berührte mit der Hand kalten Stein und atmete tief die Luft der abendlichen Stadt ein.

»Die Bauten träumen von der Zukunft«, dachte Josefine.

»Von der Zeit, in der St. Petersburg fertig sein wird. Sie wollen all das Blut … all die Tränen vergessen.«

Die Lautlosigkeit, in die der Schnee die Stadt gehüllt hatte, unterstrich noch die Stille. Nur das Wasser der Newa murmelte, und ein eisiger Wind heulte durch die Gassen und nahm die Botschaft von der bevorstehenden Heimkehr Alexeis mit sich. Er trug sie durch die Tore, vor die Stadt und über die Weiten Russlands hinweg, dorthin, wo der lange Arm des Zaren nicht sogleich jeden Widerstand brechen konnte. Man wisperte, dass die Menschen in den Dörfern nur auf die Ankunft des Zarewitschs warteten und ein ganzes Heer ihm nach St. Petersburg folgen würde. Und man erzählte davon, dass Alexei die alte Ordnung wiederherstellen und wie der Teufel über all jene richten würde, die seinem Vater anhingen.

Josefine seufzte. Wenn Henk nur vernünftig wäre!

»Henk, selbst wenn es nicht zum Umsturz kommt, wenn Peter die Oberhand behält, kann es gefährlich werden. Der Zarewitsch hasst dich. Du hast es mir selbst erzählt. Was, wenn Alexei dich denunziert?«

»Das soll er nur versuchen! Der Zar wird meine Treue nicht vergessen. Er kennt mich mein ganzes Leben lang. Mein Vater hat ihm vertraut. Wer bin ich, die Menschenkenntnis meines Vaters infrage zu stellen?«

»Das ist lange her. Der Zar hat sich verändert … Selbst Katharina sagt das. Denk doch nur an Baptist, der vor zehn Tagen gestorben ist. Wie schnell hat Peter dessen Treue vergessen.«

»Das ist etwas anderes.«

»Ist es nicht!«

Josefine verzog schmerzlich den Mund beim Gedanken an den Kammerdiener des Zaren. Jahrzehntelang hatte ihm Baptist zur Seite gestanden, einmal sogar sein Leben gerettet, doch dann hatte der Mann die Frechheit besessen, Katharina zu tief in die Augen zu sehen und ihr ein Kompliment zu machen. Es bedurfte nur des leisen Verdachts einer Liaison zwischen den beiden, da ließ Peter seinen Diener unter einem Vorwand auspeitschen und aufs Rad flechten. Katharina, die dies zu verhindern gesucht hatte, musste sich das Sterben des armen Baptist von Anfang bis Ende ansehen.

Tags darauf war sie zu Josefine gekommen und hatte bitterlich geweint. »Peter verliert die Gewalt über sich. Kaum mehr, dass er unterscheiden kann, was Recht und Unrecht ist. Es hat mit Alexei zu tun, mit seinem Verrat, der Verschwörung. Mein geliebter Mann … All das, was er während des Strelizenaufstands erdulden musste, holt ihn wie ein Albtraum wieder ein.«

»Er versucht zu verhindern, dass es erneut geschieht, stimmt's?«

»Ja. Dazu ist ihm jedes Mittel recht. Damals war er selbst machtlos, doch heute … Er wird gnadenlos sein, Josefine, und davor fürchte ich mich. Was, wenn er in Rage gerät und Alexei tötet? Das Volk würde es ihm nie verzeihen!«

»Könnt Ihr nichts tun, Majestät? Auf Euch hört er doch.«

Sie schüttelte den Kopf. »In diesem Fall nicht. Das Niederringen der Verräter hat schon angefangen, und Peters Jähzorn, seine Raserei … Das ist wie eine Droge, die ihn beherrscht. In den Stunden, die er mit den gefassten Aufwieglern verbringt, lässt er nicht nach mir schicken.« Tränen rannen aus den Augen der Zarin. »Er genießt die Qualen der Gefolterten wie einen guten Wein!«

»Gibt es etwas, das ich tun kann?«

»Vielleicht.« Entschlossen trocknete die Zarin ihre Tränen. »Euer Parfüm! Es hat mir geholfen und hilft mir immer noch. Es richtet mich auf und macht mich stark. Peter … Könnt Ihr nicht einen Duft für ihn fertigen? Ein Parfüm, das sein Gemüt beruhigt, das ihn dem Wahn entreißt? Ich bitte Euch!«

»Ich kann es versuchen, Euer Majestät.«

Die Zarin griff nach Josefines Arm. »Er darf keinen Verdacht schöpfen. Wenn ihn schon meine Widerworte erzürnen …« Sie presste die Lippen zusammen. »Es darf für ihn nur ein Duft sein. Irgendein Wässerchen, das ich ihm zum Christfest schenken könnte. Werdet Ihr es bis dahin schaffen?«

Josefine hatte den Duft schon nach fünf Tagen fertiggestellt. Stunden hatte sie gebraucht, um in ihrem Mörser die Mischung aus Lavendel, Ambra, Gewürzen, aus Harzen und Ölen zu vervollständigen. Die Eigenschaften des Zaren waren Josefine dabei beständig durch den Sinn gegangen, seine Stärken und Schwächen, und sie hatte so lange experimentiert, bis sie sicher war, die richtige Mischung erschaffen zu haben.

Abends hatte Caspar den Flakon zum Winterpalast mitgenommen und der Zarin persönlich ausgehändigt. Gestern war ein Brief gekommen.

Meine liebe Freundin!
Ich habe dem Zaren heute schon den Duft verehrt. Je eher, desto besser. Ihr fragt Euch nun sicherlich, wie ihm das Wässerchen gefällt. Nun, ja, er behauptete, es rieche nach alten Folianten, getragenen Hausschuhen und Wachskerzen, hat sich aber, da ich, seine Herzensdame, diesen Duft gewählt habe, klaglos damit einparfümiert. Ich habe ihm entgegengehalten, das Parfüm rieche nach seiner Bibliothek, nach wunderbar geruhsamen Stunden am Kaminfeuer. Und das stimmt wahrhaftig! Ich danke Euch von Herzen.
Seid gegrüßt von Katharina

Ob der Duft helfen würde? Wenn der Zar nur nicht so aufbrausend wäre, so unberechenbar wie ein wilder Stier! Josefine spürte Angst in sich aufsteigen. Wie gut kannte Henk den Zaren wirklich? Sie maß ihn mit einem Seitenblick.

Er schritt ruhig neben ihr aus und sah auf die Newa, die träge dahinzog und deren Strömung sich sacht kräuselte. Mit leichtem Glucksen schlug das Wasser gegen die wenigen Boote, die am Ufer lagen. Die Luft, die vom Fluss her kam, roch kühl und klar.

Das fahle Licht des Mondes ließ Silberglanz auf dem Wasser tanzen. Sie hatten die Prachtbauten längst hinter sich gelassen und waren der Biegung des Flusses gefolgt. Ihre Stiefel hinterließen Abdrücke im knöcheltiefen Schnee.

Josefine spürte, wie das gute Gefühl der Zweisamkeit zurückkehrte, die ihr Zusammensein in den letzten Wochen ausgemacht hatte. Wie liebte sie die Spaziergänge, das Reden und Lachen, aber auch das gemeinsame Schweigen.

Henk blieb stehen und sah zum Himmel auf. Sollte sie ihm von dem Parfüm erzählen? Nein, sie würde die Rede nicht erneut auf den Zaren bringen, nicht jetzt, da ein leises Lächeln sein Gesicht erhellte.

»Sieh nur den Silbermann dort oben!«

»Wunderschön! Und das Sternenmeer. Es ist nicht weniger überwältigend als die Wunderkammer, nicht wahr?«

Henk nickte. »Was bewunderst du eigentlich am meisten an den Schätzen, die wir zusammengetragen haben?«

Josefine überlegte einen Moment. »Die Würde, mit der sie unumstößlich von der Großartigkeit, der Vielschichtigkeit dieser Welt erzählen. Einer Welt, die nicht an den Toren Russlands endet.«

»Vielleicht ist es gerade das, wovor sich die Menschen hier fürchten. Ihre Welt – das ist Russland mit seinen bekannten Regeln, mit seinen Grenzen. Wenn dies nicht alles ist, dann gerät ihre Welt aus den Fugen, und wer will das schon?«

»Ihre Welt gerät nicht aus den Fugen, sie wird bereichert! So wie einen die Sterne bereichern, wenn sie am Nachthimmel stehen. Wenn wir nur den Mond hätten, wie langweilig wäre das!«

Henk legte seinen Kopf in den Nacken und wies auf einen

besonders hellen Himmelskörper. »Hat dir Petre die Geschichte vom Mondmann erzählt, dem Hüter allen Goldes?«

Josefine schüttelte den Kopf. »Petre erzählt viel, wenn der Tag lang ist, aber vom Mondmann … Nein!«

»Vor langer, langer Zeit lebte er in einer Höhle tief unter der Erde und wachte über das Gold der ganzen Welt wie ein Vater über seine Kinder. Eines Tages beschlossen die Könige, die wertvolle Pracht unter sich aufzuteilen. Sie seien schließlich die Herrscher der Welt, und nur ihnen stünde es zu, sich mit solchem Glanz zu schmücken! Die Majestäten paktierten miteinander und besiegelten den Tod des Wächters. Der Nachtwind aber, der alle Geheimnisse kennt, warnte den Hüter des Goldes. Geschwind trug dieser das ganze Geglitzer vor die Höhle und verwandelte mit einem Zauberwort alle Kostbarkeiten in einen funkelnden Strahl, der bis in den Himmel reichte. Auf ebendiesem Funkelstab glitt er rittlings nach oben und entkam seinen Häschern. Die Könige rauften sich die Haare und versuchten, sich ebenfalls emporzuschwingen, doch der Goldstrahl zerbrach unter ihren Händen, und nur wenige Klumpen fielen zurück auf die Erde. Die Könige schlugen sich ganz furchtbar unköniglich um das Gold. Der Wächter jedoch verfluchte die Räuber und bestrafte sie mit immerwährendem Unfrieden. Seit dieser Zeit gibt es Krieg unter den Herrschern. Das Gold jedoch, das der Hüter mit sich nahm, heftete er an den Himmel, damit sich alle Menschen daran erfreuen können. Er selbst nahm Quartier beim Mond und teilt seitdem dessen Einsamkeit. Manchmal sieht man eine feine Rauchsäule von der silbernen Scheibe aufsteigen. Das ist die Pfeife des Goldhüters, die mit Mondkraut gestopft ist.«

Josefine kniff die Augen zusammen. »Tatsächlich! Was für ein Glück, dass der Mondmann das Gold gerettet hat.«

»Nicht wahr! Vielleicht schaut dein Vater in diesem Moment auch zum Himmel, auf dieselben Sterne. Oder Ansje und Cornelis in Amsterdam.«

»Vielleicht. Ein schöner Gedanke. Wie klein wir Menschen angesichts der Größe und Weite des Nachthimmels sind.«

»Ganz genau.« Gemeinsam blickten sie über den Fluss, über das ganze weite Land.

»Bist du früher oft hier gewesen? So weit fort von der Stadt?«, fragte Josefine.

»Ja. Wenn ich verzweifelt war, unglücklich, dann bin ich am Fluss entlang bis dahin gegangen, wo es ruhig war. Der Blick in den Nachthimmel hat mir oft geholfen. Wir sind klein vor dem Großen, genau wie unsere Sorgen und Nöte. Hatte ich diese Erkenntnis wiedergewonnen, ging es mir besser. Der Nachthimmel rückt vieles ins richtige Licht.«

Josefine schwieg und überdachte Henks Worte. Die Dinge im richtigen Licht sehen. Sich unter dem Sternenhimmel den Sorgen stellen! Der Gleichgültigkeit, der Lieblosigkeit, der Ferne zu den Russen. Sich ihr stellen und bleiben oder eine Entscheidung treffen und gehen. Nur würde sie diese Entscheidung zu gehen, ja nicht nur von der Abneigung der Besucher erlösen, doch das konnte Henk natürlich nicht wissen. Eine Abreise würde sie von ihm fortbringen, und er würde nie erfahren, wie sie insgeheim fühlte. Aber er musste es wissen, das erkannte Josefine in diesem Augenblick ganz klar. Was brachte es ihr ein, noch länger zu schweigen? Was hatte sie schon zu verlieren?

Sie blieb stehen, nahm einen tiefen Atemzug und sah Henk in die Augen. »Ich wäre schon längst gegangen, wenn es dich nicht gäbe, wenn ich dich nicht liebte, wenn ich nicht bei dir sein wollte.« Sie spürte, wie sie rot anlief, und dankte dem Nachtwind, dass er ihre glühenden Wangen kühlte. »Bei Petre und bei dir!«, fügte sie noch schnell hinzu.

Jetzt sah Henk sie an, als würden ihm gleich die Tränen kommen. »Josefine!«

»Wenn ich es dir jetzt nicht sage, dann … Es ist besser, du

weißt es. Ach, verdammt!« Wieder wollten ihr die Tränen kommen. Er schloss sie so fest in seine Arme, dass es fast wehtat.

»Du sollst mich nicht lieben. Nicht jetzt!«, brach es aus ihm heraus. Seine Lippen küssten ihr Haar.

»Ich wollte es ja auch nicht. Nie hätte ich geglaubt, dass mir das einmal passieren würde, dass ich einem Mann solche Worte sagen würde. Ich wollte nie …« Sie entwand sich seiner Umarmung. »Ach, egal … Mach dir nichts daraus. Hab bloß kein Mitleid mit mir. Ich werde gehen, gleich nach Weihnachten. Ich habe Katharina versprochen, noch so lange zu bleiben.« Sie redete wie ein Wasserfall. »Und dann … später … Ich habe sowieso nie geglaubt, dass ich einmal heiraten oder Kinder haben würde. Ich werde immer ohne Gefährten bleiben, denn es gibt niemanden, mit dem ich mir ein gemeinsames Leben vorstellen kann. Außer mit dir.«

Jetzt weinte sie wirklich. Tränen liefen ihre Wangen hinunter, während sie darauf wartete, was Henk sagen würde. Darauf, dass er ihre Entscheidung gutheißen und sie vernünftig nennen würde. Aber er sagte nichts, schloss sie nur erneut in die Arme, diesmal ganz sanft, und küsste die Tränen von ihren Wangen.

Dann sagte er: »Tu es nicht! Geh nicht ohne mich fort. Bleib hier, bis Alexei zurückgekommen ist, und dann, an ebendiesem Tag, gehen wir drei gemeinsam. Ich verspreche es dir.« Er legte seine Hände um ihr Gesicht und blickte sie so lange an, bis ihre Tränen versiegten. »Die Vorstellung, du könntest weggehen, ist mir unerträglich! Ich will, dass du bei mir bleibst. Für immer!«

Sie klammerten sich aneinander, als würde die Newa sie gleich holen. Henk küsste Josefine wie ein Ertrinkender, und Josefine versank in seinen Armen.

Seufzend schob er sie ein Stück von sich und sah ihr erneut ins Gesicht. »Die Wahrheit ist, ich kann mir ein Leben ohne dich nicht mehr vorstellen. Nicht ohne dich und nicht ohne Petre. Wir gehören einfach zusammen!« Er vergrub sein Gesicht in ihrem Haar, und sie verharrten still in der Umarmung, während es zu schneien begann und die treibenden Flocken sie wie ein Mantel umhüllten.

Schließlich löste sich Josefine sanft von Henk. Sie klopfte die weiße Pracht vom Mantel und zog sich ihr Tuch bis über die Ohren. »Du hättest dir deine Pelzmütze mitnehmen sollen, Henk.«

Er grinste. »Oh, ja. Du mit deinem Tuch und ich mit der Ohrenklappenmütze. Mütterchen und Väterchen, Arm in Arm durch den Schnee – wie wunderbar romantisch!«

»Aber warm wäre es gewesen. Und jetzt lass uns gehen, bevor wir ganz zu Schneemännern werden.«

Henks Mundwinkel zuckten. »Wie vernünftig. Das ist die Josefine, die ich kenne. Praktisch denken und Anweisungen geben, Pläne machen und Aufgaben verteilen. Dass ich in all den Jahren ohne dich nicht vor Langeweile umgekommen bin! Niemand, der mich schulmeisterlich zurechtgewiesen, dessen vorlautes Mundwerk mich und sich in Schwierigkeiten gebracht hat, kein Mensch, der seine Arzneien und Parfüms an mir ausprobiert und mich mit seiner Ehrlichkeit zur Weißglut getrieben hat.«

Josefine drohte ihm spielerisch mit der Faust. »Also, wenn ich nur ein bisschen vernünftig wäre, dann würde ich nach Leer zurückkehren und mich nicht von einem Mann zum Bleiben überreden lassen, dem seine Loyalität mehr wert ist als sein Leben.«

»Wenn du nur ein bisschen vernünftig wärst, dann hättest du einem so dummen Menschen niemals deine Liebe gestanden!«

»Aber du musst meine Gefühle doch schon lange gespürt haben.«

»Ich weiß nur, dass meine Gedanken sich, seit wir in St. Petersburg angekommen sind, Tag und Nacht um dich drehten.«

»Ach, deshalb bist mit deiner Arbeit nicht vorangekommen«, sagte Josefine lachend, wurde gleich darauf aber wieder ernst.

»Wirst du wirklich mit mir nach Hause zurückkehren, wenn dies alles vorbei ist?«

»Ja. Ich werde mein Hab und Gut verkaufen, meine Schätze zusammentragen wie der Mondmann und mir dann mit dir und Petre ein neues Leben aufbauen – wo auch immer du willst.«

6

Selbst heute, am 7. Januar, dem russischen Weihnachtstag, war die Wunderkammer auf Anweisung des Zaren den ganzen Tag geöffnet geblieben. Ausnahmsweise hatte diesmal Humbertus für warme Stuben gesorgt, da Caspar schon am frühen Nachmittag zum Winterpalast bestellt worden war. Er hätte sich einzufinden, um an den Weihnachtsfeierlichkeiten teilzunehmen. Auch Josefine, Henk, Humbertus und Petre waren dazu eingeladen.

»Mir wäre wohler, wenn ich wüsste, was auf Caspar zukommt«, sagte Josefine seufzend und griff nach ihrem Mantel. Sie hatte sich ihr Festtagskleid am Morgen mitgebracht und war nach dem Ende der Öffnungszeit in die Robe geschlüpft.

Humbertus, der den Festtag mit nicht mehr als einer grünen Samtjacke über seinen Alltagskleidern würdigte, zuckte die Achseln. »Er soll Teil eines Schauspiels sein. Etwas merkwürdig ist es schon, dass Caspar dazu keine Sprechrolle proben musste. Na ja, wir werden sehen!«

Petre bekam ganz blanke Augen. »Oh … Hoffentlich dürfen wir Kinder bei der Aufführung dabei sein. Anna und Elisabeth haben gesagt, wir feiern nicht mit euch zusammen. Im letzten Jahr hat der Zar im Speisesaal der Kinder einen riesigen Holzbären aufstellen lassen, und alle haben auf dessen Rücken gesessen und gegessen. Die Diener mussten die Speisen im Maul des Bären abstellen, und er sah so echt aus, dass nur die größeren Jungs sich getraut haben, das Futter ranzuschleppen!«

Humbertus verdrehte die Augen. »Wer weiß, was der Zar sich für uns überlegt hat!«

Petre griff nach seiner dunklen Jacke und zog sich die Biberfellmütze über die Ohren. »Im letzten Jahr ist Matuschka – ihr wisst schon, die Zwergin mit dem langen schwarzen Haar – aus einer riesigen Torte gesprungen. Sie war ganz bunt eingepackt, wie Konfekt, und die Männer haben gelost, wer Matuschka auspacken durfte.«

Josefine verzog das Gesicht. »Ich hoffe, ein solches Spektakel bleibt Caspar erspart!«

»Wenn der Zar es wünscht, dann wird unser kleiner Freund mit nichts als einem Röckchen aus Stroh auf dem Tisch tanzen«, sagte Humbertus trocken. »Und, Josefine, ich kann dir nur raten, zu alledem keinen Ton zu sagen.«

»Ich werde den Mund halten. Aber wenn ich all das höre … Es ist unglaublich, wie unwürdig hier mit Menschen umgegangen wird.«

»Unwürdig hin oder her – eine Schmach ist bald vergessen, eine Weigerung kann Caspar den Kopf kosten. Und es wäre doch schade um einen so feinen Kerl, nicht wahr?«

Humbertus nahm den Schlüssel vom Haken und winkte Henk herbei, der noch einmal die Räume inspizierte. »Wir müssen los, mein Freund, sonst beginnt der Pope ohne uns.«

Gemeinsam traten sie in die kalte Winterluft hinaus und gingen auf den Schlitten zu, der sie zum Winterpalast bringen sollte. Zuerst würden sie einen Gottesdienst besuchen, der verfrüht und nur für die Gäste des Zaren auf der Haseninsel abgehalten wurde. Der Zar hatte eigens eine Brücke über die Newa errichten lassen. Dazu waren breite Holzplanken über fest vertäute Schiffe gelegt worden.

»Hab' ich's nicht gesagt?« Josefine hielt ihr Gesicht den dicken Flocken entgegen. Sie hatte den Schnee schon gerochen, bevor er zu fallen begann. Wie bestellt, läuteten die Flocken das Ende der Fastenzeit ein, in der die Russen auf Fleisch, Butter, Käse und Milch verzichtet hatten.

»Du hast, wie immer, recht behalten«, lächelte Henk und gab Josefine einen leichten Kuss auf die Wange. Seit jenem Abend am Fluss waren sie ein Paar und verbargen ihre Zuneigung nicht. Ihre Liebesgeschichte, das waren Spaziergänge und lange Gespräche, stumme Umarmungen und zärtliche Küsse. Hätten sie für jede gegangene Meile bezahlen müssen, dann wäre ein hübsches Sümmchen zusammengekommen. Sie schlenderten an den Ufern der Newa, der Fontanka und der Moika entlang, besuchten den verwaisten Garten des Sommerpalasts und erkundeten die Gassen mit den halb fertigen Palästen des Adels. Gemeinsam schmiedeten sie Pläne für die Heimreise und für eine wunderbare Zukunft.

Humbertus hatte Henk auf die Schulter geklopft und behauptet, dies sei die beste Nachricht seit Wochen. Doch man sah ihm an, wie traurig er darüber war, dass ihre Wege sich bald trennen würden. Petre dagegen konnte ihre Abreise kaum mehr erwarten. Ihm tat es nur leid wegen der Töchter des Zaren, mit denen er sich angefreundet hatte.

Jetzt hüpfte der kleine Bursche durch den Schnee und konnte sich nicht sattsehen an dem Schlitten, der die Form eines großen Kriegsschiffs mit Masten, Segeln und Tauwerk besaß. Schließlich hockte er dick eingemummt neben Humbertus in dem mit Samt und Pelzen ausgeschlagenen Gefährt, und sie glitten auf knirschenden Kufen durch den Schnee, durch enge Gassen und vorbei an Märkten voller Menschen. Uniformierte und Bürger hasteten hin und her, Bedienstete, Dirnen und Bettler. Das Treiben im Licht der Fackeln und Laternen wirkte, als hätte sich St. Petersburg in einen großen Rummelplatz verwandelt. Es lag eine Ausgelassenheit in der Luft, die fast mit Händen greifbar schien.

»Fleisch, Fleisch, Fleisch«, schallte es aus den überdachten Marktständen, wo selbst jetzt, am späten Nachmittag, noch

Gänse in unglaublichen Mengen sowie geschlachtete Schweine, Ochsen und Schafe angeboten wurden, dazu Käselaibe, Fässer voll Butter und Getränke.

»Warum durften die Russen vor dem Heiligen Fest nicht so viel essen?«, fragte Petre, während er versuchte, die Schneeflocken mit den Händen zu fangen.

Humbertus bemühte sich ächzend um eine gemütlichere Sitzhaltung. »Das hängt mit uralten Bräuchen zusammen. Das Fasten fiel früher in die Zeit nach der Ernte, und die Menschen bedankten sich damit bei den Gottheiten und der Sonne für die reichen Gaben. So übte man sich darin, achtsam mit der Nahrung umzugehen. Seit der Zar den althergebrachten Kalender geändert und die Monate der Zeit seit Christi Geburt folgen, hat sich auch das Fasten verschoben. Die alten Götter gelten nichts mehr. Die Priester haben sich die Bräuche zunutze gemacht und behaupten, nur wer fastet und dadurch Körper und Geist reinigt, sei würdig, Gottes Sohn einen gebührenden Empfang zu bereiten.«

»Glaubst du das auch, Humbertus?«

»Ich glaube, dass der Empfang des Jesuskindes mit dem Herzen zu tun hat und nicht mit dem Magen. Außerdem glaube ich, dass mir Gebratenes heute besonders gut schmecken wird. Es war in den letzten Wochen ja kaum ein Knibbelchen Fleisch zu bekommen. Man sehnt die Geburt des Heilands ja förmlich herbei, um nicht verschmachten zu müssen.«

Henk lachte. »Das lass nur ja keinen Priester hören, Humbertus. Heute Abend wird zumindest der Pope, der den Gottesdienst hält, mit uns an der Festtafel sitzen.«

Der Bär verzog das Gesicht. »Ich werde mich mit dem Essen vergnügen und die Gesellschaft weitestgehend ignorieren. Mir hat es schon gelangt, beim Neujahrsfest neben der alten Gräfin Mormontowna zu sitzen. Sie roch so muffig, dass mir der Appetit abhanden kam. Die hätte ich am liebsten zu dir geschickt,

Josefine. Mit deinen Düften wäre vielleicht noch was zu richten gewesen!«

»Mir scheint, sie hat ein Auge auf dich geworfen«, sinnierte Henk.

»Will die Gräfin dich etwa heiraten, Humbertus?« mischte sich Petre aufgeregt ein.

»Gott bewahre! Lieber werde ich Mönch und geh' ins Kloster.«

Henk grinste. »Sie bewohnt einen stattlichen Palast und ...«

»Hör sofort auf! Ich will weder die stinkende Gräfin noch einen stattlichen Palast. Ich will jetzt ein Stündchen im Gottesdienst schlafen, mir dann in aller Gemütlichkeit den Wanst vollschlagen, und danach freue ich mich auf die Ruhe meiner Wohnstatt.«

»Haben sich die Bräuche um das Neujahrsfest auch geändert, oder gab es schon immer Kanonenschüsse und Raketen?«

»Alles ist anders geworden!« Humbertus beugte sich zu Josefine vor, und das Gefährt begann, gefährlich zu schaukeln. »Vor fünfzehn Jahren, nach seiner ersten Reise, hat der Zar den Jahreswechsel auf den ersten Tag des Januars verlegt und das Erhellen des Himmels mit buntem Feuerwerk angeordnet.«

»Und vorher?«

»Da feierten die Russen das Koljada-Fest, die Wintersonnenwende. Sie wurde von den alten Slawen in der Zeit vom 25. Dezember bis zum 6. Januar begangen. Eine zwölf Tage dauernde Feier, die von zwölf Priestern geleitet wurde. Sie ließen aus zwölf Brunnen Wasser für die Wahrsagungen holen, und keiner bezweifelte, dass eintreten würde, was auch immer sie für das neue Jahr voraussahen. Doch all das ist heute verboten.«

Henk gab einen abfälligen Laut von sich. »Ich glaube, in den abgelegenen Dörfern wird diese Tradition immer noch in Ehren gehalten. Dort gibt es sicherlich noch Sternträger und verkleidete Gesellen, die von Haus zu Haus gehen und Segenswünsche für das neue Jahr bringen.«

Humbertus wiegte den Kopf. »Mag sein. Doch hier, in St. Petersburg, würde sich das niemand mehr trauen.«

»Warum hat der Zar all das verboten?«, fragte Petre.

»Er hasst die alten Bräuche und hält sie für verstaubt und hinderlich. Die Russen sollen in allem so sein wie die Menschen in Europa!«

Henk seufzte tief. »Die Priester sind erbost darüber, dass sie so in ihrer Macht beschnitten worden sind. Ich möchte nicht wissen, wie viele heimlich in den Wassern der Weissagung lesen und den Fall des Zaren ankündigen. Ihre Worte werden die Unruhe noch anfachen und die Aufständischen bestätigen und ermutigen.«

Petre runzelte die Stirn. »Ich verstehe nicht, warum sich der Zar und sein Sohn um ein so großes Reich streiten. Warum teilen die beiden sich Russland nicht? Wenn zwei regieren, ist es doch auch weniger Arbeit!«

»Eine großartige Idee«, sagte Humbertus trocken. »Nur leider haben die beiden Männer völlig verschiedene Ansichten darüber, was gut für das Volk ist. Alexei hängt allem Alten an, und Peter schaut nur nach vorn. Die beiden … Sie sind wie Feuer und Wasser. Es kann nur einen Herrscher geben, das musst du mir glauben, Petre.«

Josefine seufzte. »Seit Wochen wird von nichts anderem mehr geredet als von der Heimkehr des Zarewitschs. Ich bin froh, dass das Weihnachtsfest die Spannung unterbricht.«

Sie kuschelte sich in ihren Umhang, schob die Hände in den Muff aus Zobelfell und gähnte. Es war ein langer Arbeitstag gewesen.

»Woher hast du ihn?«, Petre wies auf den Handwärmer.

»Es ist ein Geschenk der Zarin. Sie behauptet, so ein Muff sei eine Notwendigkeit, um die Winter in St. Petersburg zu überstehen.«

»Hat sie wieder einen Duft bestellt?«, fragte Petre neugierig.

»Nein. Sie hat mir etwas erzählt, etwas Schönes. Aber das erfahrt ihr noch früh genug.«

Josefine lächelte und dachte an Katharina, die sie überraschend in der Parfümwerkstatt aufgesucht und berichtet hatte, dass sie wieder ein Kind erwartete.

»Das ist mein Weihnachtsgeschenk für Peter, und ich freue mich schon darauf, ihm beim Verkünden der frohen Botschaft zuzuhören!«, hatte sie Josefine ins Ohr geflüstert, damit sie niemand belauschen konnte. »Ihr und Henk müsst unbedingt zu den Feierlichkeiten kommen.«

Der Schlitten fuhr durch das Tor, das den Hof und den Garten um den Winterpalast begrenzte. Zum ersten Mal hatte Josefine Gelegenheit, den Winterpalast von Nahem zu bewundern. Der Zar hatte Baumeister aus Deutschland, Bildhauer und Maler aus Frankreich und Handwerker aus Holland nach St. Petersburg gelockt, die auf den Grundmauern des alten Schlosses ein neues nach seinen Wünschen formten. Der Winterpalast konnte sich nicht mit dem prächtigen Anwesen Menschikows messen, war aber um einiges eleganter als der schlichte Sommerpalast. Die Schönheit des Gartens mit seinen Wasserspielen und Pavillons ließ sich nur erahnen, jetzt, da alles in Frost gebettet lag.

Ein Tross von Schlitten in den unterschiedlichsten Formen und Farben glitt durch das Tor. Die meisten wurden von geschmückten Pferden gezogen, doch es waren auch Rentiere vorgespannt. Bunte Fähnchen und bestickte Banner erzählten, zu welcher Familie die Gäste gehörten, die mit Lichtern und Fackeln begrüßt wurden. Bediente sprangen hinzu und halfen den prachtvoll gekleideten Gästen beim Aussteigen.

Es war eine elegante Gesellschaft, die sich da lachend und singend auf den Weg über die Newa machte, den klingenden Glocken entgegen. Beidseitig der Beplankung befanden sich Handläufe, die nützlich waren, da die Brücke über dem Wasser oftmals bedenklich schwankte.

Der Gottesdienst in der von Hunderten Kerzen erleuchteten Kirche war besinnlich, und Josefine wunderte sich, mit wie viel Ernsthaftigkeit der Zar die Messe verfolgte und dem neugeborenen König der Christenheit seinen Respekt zollte.

»Ich habe gehört, dass er es mit seinem Glauben nicht sehr genau nimmt und in einer Art Mummenschanz kirchliche Rituale abhält, die sich in Trinkgelage verwandeln«, wisperte Josefine Henk zu.

Er nickte. »Ich habe mich zum Glück immer mit einer Ausrede um die Wodka-Umzüge bringen können.«

Nach dem Gottesdienst ging es in einer Lichterprozession denselben Weg zurück zum Winterpalast. Humbertus hatte Petre auf seinen Rücken gehoben, der voller Vorfreude auf Josefine einredete. Die drei liefen vorn, beim Zarenpaar. Henk schlenderte langsam hinter der Menschenmenge her, und sein Abstand zu den anderen vergrößerte sich zusehends. Immer wieder blieb er stehen, um auf die Lichter der Stadt zu schauen, auf die Sterne und das bewegte Wasser der Newa.

Sein letztes Weihnachtsfest in Russland! Er würde Abschied nehmen! Da war keine Traurigkeit in seinem Herzen, nur die Vorfreude auf ein Leben mit Josefine und Petre. Für sein Haus hatte sich schon ein Interessent gefunden, und was sein Vermögen anging, so hatten sich ihm in den letzten Jahren wenige Gelegenheiten geboten, Geld auszugeben. Josefine würde keinen armen Mann heiraten. Er konnte sich in Leer etwas aufbauen. Wenn der Tag ihrer Abreise nur schon da wäre!

Zu seinem eigenen Erstaunen spürte Henk einen Anflug von Angst in sich aufsteigen. Was, wenn doch Gefahr bestand? Er schüttelte den Kopf. Unsinn! Er sah wahrscheinlich nur Gespenster wegen der vielen Gerüchte um den Zarewitsch.

Nicht weit von ihm hatte sich ein Pärchen ebenfalls zurückfallen lassen, und Henk erkannte mit einigem Unbehagen Varvara und Andrej. Der Russe trug einen Nerzmantel nach alter

Bojarenart und hatte seine Fellmütze tief in die Stirn gezogen. Ihn hätte Henk von hinten nicht erkannt, doch Varvara in ihrer hellen Robe und mit dem unbedeckten Haar war nicht zu übersehen. Sie löste sich von Andrej, blieb stehen und wartete auf ihn.

Mit einer anmutigen Geste warf die Russin ihre wallende Mähne zurück. »Man munkelt, dass du St. Petersburg verlassen willst.«

»Ja. Das wird zumindest einen Menschen freuen.« Er nickte Andrej zu, der jetzt ebenfalls stehen geblieben war und missmutig zu ihnen herübersah.

Varvara blickte Henk abschätzig an und trat noch näher. »Wenn dir die Herrschaft des Zaren nicht mehr schmeckt ... Es könnte sich vieles ändern, schon bald!«

Sie legte eine Hand auf seinen Arm, und die Wärme an dieser Stelle fühlte sich an, als würde er sich an ihr verbrennen. Er sah Varvara in die Augen und schrak vor dem Verlangen zurück, der Gier, mit der sie ihn betrachtete.

Ihr Mund war so nah an seinem Ohr, dass er den Atemhauch spürte. »Bleib, und ich biete dir die Möglichkeit, das Land neu zu formen.«

»Nein! Ich habe herausgefunden, wo mein Platz im Leben ist. Nicht in irgendeinem Land oder einer Stadt an der Seite eines Herrschers, nicht in einem Palast. Mein Platz ist an Josefines Seite.«

Varvara verzog das Gesicht und gab einen verächtlichen Laut von sich. »Das klingt nach einem verliebten Dummkopf in einem schlechten Schauspiel. Liebe! Ein Gefühl, das schneller verfliegt als der Duft eines Parfüms.«

»Josefines Düfte habe die Eigenschaft, sehr lange zu haften.«

»Du machst einen Fehler! Wir beide zusammen könnten die russische Welt aus den Angeln heben. Meine Zeit wird kommen, Henk! Menschikow wird als Ratgeber des Zarewitsch regieren, und beide Männer sind Wachs in meinen Händen. Und der Zar … Peter wird bald nicht mehr sein.«

Henk musterte sie. Varvara war noch schlanker als sonst und sah blass aus. Ein harter Zug hatte sich um ihren Mund herum eingegraben. Vielleicht war sie nicht so jung, wie er immer gedacht hatte.

»Warum hebst du nicht mit Andrej die Welt aus den Angeln? Er würde viel darum geben.«

»Weil er ein Nichts ist!« Ihre Stimme klang kalt und unerbittlich. Varvara nahm Henks Kopf in ihre Hände und ihre Lippen streiften seinen Mund. »Weißt du nicht, dass ich vor Begierde fast von Sinnen bin? Du bist der Mann, den ich will. Wir beide, du und ich, wir sind füreinander bestimmt. Wir, die von den Russen nichts als Verachtung zu spüren bekamen! Ich, weil ich eine Frau bin, die zu viel weiß und kann, und weil ich mehr will, als das Weib eines Mannes zu sein. Und du, weil du ein Fremder bist, der es zu etwas gebracht hat. Wir haben viel durchlebt, Henk. Es hat uns stark gemacht. Zusammen wären wir unbesiegbar – ich weiß es! Es braucht nur ein wenig Zeit, und du könntest zu einem der mächtigsten Männer Russlands werden. Dein Ziehsohn könnte eine Adelige heiraten …«

»Und welche Rolle hast du Josefine zugedacht?«

»Wir schicken sie dahin zurück, wo sie hergekommen ist.«

Henk befreite sich aus ihren Händen. »Ich habe kein Verlangen nach all dem.«

Varvara krallte sich an seinem Arm fest, als hätte sie Angst, er würde gehen. »Verdammt, Henk, was willst du dann? Von morgens bis abends schuften für die Dinge, die das Leben lebenswert macht?«

»Josefine und Petre sind es, die mein Leben lebenswert machen.«

»Überlege es dir gut!« Jetzt krallten sich Varvaras Fingernägel in Henks Haut fest. »Glück ist zerbrechlich, und Hoffnungen, die man in den falschen Mann setzt, sind es auch. Noch ist Zeit, sich für Alexei zu entscheiden und für die richtige Frau!«

Henk biss die Zähne zusammen und spürte den kalten Wind wie Nadelstiche auf der Haut. »Willst du mir drohen, Varvara?«

»Wenn es sein muss!« Ihre Stimme klang so hart wie seine.

Andrej, dem die Unterbrechung wohl zu lange dauerte, kam auf sie zu.

Er musterte Henk kalt. »Schade, dass Ihr geht.«

»Ach, wirklich?«

»Würdet Ihr bleiben, dann könnte ich vielleicht viel Freude an Euch haben.«

»Weil der Mann, auf den Ihr Eure Hoffnung setzt, mich als Feind nach Sibirien schicken würde?«

Andrej lachte freudlos. »Nein. Weil sich mein Wunsch erfüllen könnte, Euch eigenhändig strafen zu dürfen. Sibirien, das wäre nun wirklich zu schade! Ihr werdet leiden, bevor Eure letzte Stunde schlägt, und ich werde der Folterung beiwohnen. Wisst Ihr, wie in den alten russischen Familien eine Schmach gerächt wird?«

»Von welcher Schmach sprecht Ihr?«

»Von der, die ich im Peitschenkampf erlitten habe, weil Euer Liebchen vor Angst um Euch geschrien hat.«

»Ihr hättet Eure Gedanken auf den Kampf ausrichten sollen.«

»Ich hätte Euch schon vor Jahren töten sollen, doch noch ist es nicht zu spät. Meine Vorfahren zogen ihren Feinden die Haut ab und begruben sie bei lebendigem Leib, doch ich bin weniger grausam. Der Zar wird das Foltern für mich übernehmen. Da bleibt mir mehr Muße, mich daran zu ergötzen.«

»Ihr macht mir Angst, mein Freund«, sagte Henk und lachte rau. »Doch noch sitzt Alexei nicht auf dem Thron. Und wenn es geschehen sollte … Glaubt Ihr tatsächlich, dass er einem Mann wie Euch, der seinem Vater jahrelang die Stiefel geleckt hat, auch nur einen Moment vertrauen wird?«

»All diese Zeit habe ich mein wahres Gesicht verstecken müssen, und der Zarewitsch weiß das. Doch jetzt … schon bald …«

»Wie dumm von Euch, mir all dies zu erzählen. Was, wenn ich Eure Worte vor dem Zaren wiederhole?«

Andrej schnaubte verächtlich. »Er würde Euch nicht glauben, denn Menschikow wird seine Hand für mich ins Feuer legen.«

»Und natürlich auch für mich«, mischte sich Varvara ein, die Henk so intensiv musterte, dass es ihm kalt über den Rücken lief. »Es war nicht schwer, ihn zu überreden, die Seiten zu wechseln. Immer hat dieser Bursche für den Zaren die Drecksarbeit erledigen müssen und mehr als einmal Prügel dafür kassiert. Seine Hochzeit ist ihm von der edlen Katharina aufgezwungen worden! Menschikow musste sein ganzes Leben nach den Wünschen des Zaren tanzen, doch damit ist es jetzt vorbei!«

»Noch nicht! Noch ist nichts vorbei!«

»Bald!«, wiederholte Andrej knapp.

Die beiden Männer blickten einander an wie Erzfeinde. Der Hass in ihren Augen loderte mit den Fackeln um die Wette.

Schließlich seufzte Henk tief auf. »Andrej, was habe ich Euch getan? Warum diese Unversöhnlichkeit? Das frage ich mich seit dem ersten Tag, an dem wir uns begegnet sind.«

»Es reicht schon, dass es Euch gibt! Euch und all die anderen Fremden, die uns nicht nur der Liebe des Zaren beraubt haben, sondern dafür sorgen, dass wir Russen uns selbst verlieren.«

Mit einer ruckartigen Bewegung drehte er sich um und folgte mit langen Schritten der Prozession.

»Noch ist Zeit«, sagte Varvara noch einmal und strich ihm gewinnend mit der Hand über die Wange. Dann ging auch sie davon.

Henk sah ihnen nach und wünschte sich mehr als alles andere, dass St. Petersburg schon hinter ihm läge.

Als Josefine und Petre den Winterpalast erreichten, hatte sich eine große Menge Menschen beim Rumpf des ersten Schiffs, das das Ufer mit der Brücke verband, versammelt. Die St. Petersburger bejubelten das Zarenpaar und wünschten ihnen und ihren Freunden ein frohes Fest.

Peter bedankte sich lauthals und rief nach seinen Lakaien. »Lasst Wein nach draußen tragen und Honigkuchen! Heute habe ich meinen freigiebigen Tag!«

Die Wachen salutierten, ließen das Zarenpaar und die Geladenen ein und schoben den eisernen Riegel vor, sobald alle im Hof waren. Josefine bewunderte die Fassade des zweigeschossigen Steinbaus aus der Nähe. Sie war fünfgeteilt und besaß drei mit Pilastern versehene Vorbauten. Eine prunkvolle Treppe geleitete die Besucher zum Eingang des Palasts, dessen hell erleuchtete Fenster sie willkommen hießen.

Josefine, die das erste Mal im Winterpalast war, wusste kaum, wohin sie zuerst schauen sollte. Staunend betrachtete sie die schönen hohen Räume mit ihren Gemälden, die golden schimmernden Mosaikböden aus Eiche, das Delfter Porzellan und die Tapeten aus chinesischer Seide. Ihre Schritte hallten auf der geschwungenen Freitreppe aus hellem Marmor wider, ihre Gestalt warf sich in den hohen, mit Gold verzierten Spiegeln zurück. Herrliche Düfte zogen durch die Luft und lockten Josefine zu einer kolossalen Tür, die in den Festsaal führte und mit grünen Zweigen geschmückt war. Die Tische waren prachtvoll gedeckt, und im großen Kamin prasselte ein munteres Feuer. Musikanten spielten fröhliche Weisen, während das Zarenpaar seine Gäste mit warmem Wein begrüßte.

Die Zarin hatte Josefine, Humbertus und Henk gleich zu Anfang zu sich an den Tisch gewunken und dankbar ihr Geschenk, einen Flakon mit Rosenduft, entgegengenommen. Für den Zaren hatte Henk ein Paar wunderschöne Hausschuhe aus gekochter Wolle erworben.

Wie es ihre Gewohnheit war, trug Katharina ein aufwendig verziertes Kleid aus rotem Samt, üppigen Schmuck und war stark geschminkt. Sie machte einen glücklichen Eindruck, ebenso wie ihr Gatte. Die lange rote Jacke des Zaren war eng geschnitten und mit goldenen Knöpfen verziert. Darunter trug er eine dunkle Weste mit aufwändigen Stickereien. Um seinen Hals lag ein gefälteltes Jabot. Der Herrscher Russlands sah so gut aus, wie es Henk selten erlebt hatte, und wirkte so ausgeglichen wie seit Langem nicht mehr.

Er zog Henk ungestüm an sich und klopfte seinem Freund auf den Rücken. »Hausschuhe!«, rief er und zeigte sein Geschenk den umstehenden Gästen. »Der Bursche traut sich was, jetzt da er geht und auf das Zarenreich pfeift.« Er wandte sich wieder Henk zu. »Ich soll also mit Wollschuhen und Hausmantel in meinem Palast sitzen, während Ihr die deutschen Lande unsicher macht.«

»Das würde niemand schaffen. Ich meine, Euch irgendwo festzuhalten, Euer Majestät.«

»Und Euch?« Der Zar wurde ernst. »Gibt es irgendetwas, das ich tun kann, damit Ihr bleibt?«

»Nein.«

Der Zar seufzte. »Jetzt habt Ihr also endlich die Katze aus dem Sack gelassen und meiner lieben Katharina verraten, was ich immer schon wusste: Mein gelassener Holländer hat seinen kühlen Kopf verloren! Dass ich das noch erleben darf! Was macht die Liebe nur aus uns Männern? Wir werden zu Marionetten!«

»Zu glücklichen Marionetten, Euer Majestät.«

Peter schüttelte betrübt den Kopf. »Dabei hatte ich so gehofft, dass Ihr Manns genug wärt, um die Dufthändlerin hier in meinem schönen St. Petersburg zu halten.«

»Sie hat Haare auf den Zähnen. Ich kann mich nur fügen!«

Der Zar hob die Augenbrauen. »Wenn Ihr Euer Weib jetzt schon fürchtet, wie soll das werden?«

Josefine trat hinzu. Sie verneigte sich vor dem Zaren. »Er schiebt mich nur vor, Majestät. In Wahrheit sehnt sich Henk schon seit Jahren nach den Weiten Frieslands zurück. Ich bin nur sein Mittel zum Zweck.«

»Ich glaube, er sehnt sich nach ganz anderen Dingen.« Der Zar prustete und stieß Henk bedeutungsvoll in die Seite. »Und für deren Erfüllung lassen wir Männer so manches mit uns machen!«

Petre, der von den Töchtern des Zaren mit Beschlag belegt worden war, kam angelaufen und zog Josefine am Arm. Sie ging in die Hocke.

»Josefine, wir gehen jetzt in den Festsaal für die Kinder. Dort soll es einen Drachen geben, der heiße Schokolade speit.« Er zappelte aufgeregt hin und her.

Josefine lächelte. »Geh ruhig. Wenn es dir nicht mehr gefällt oder du müde wirst, dann komm zu mir. Wir müssen nicht unbedingt bis zum Ende der Feier bleiben.«

Petre nickte, hauchte rasch einen Kuss auf Josefines Wange und stob davon. Sie sah ihm nach, und aus irgendeinem Grund stiegen ihr Tränen in die Augen. Was war dieser kleine Junge doch für ein Geschenk! Er machte ihr Leben so reich. Und nun würde sie sich nicht mehr von ihm trennen müssen, nicht von ihm und nicht von Henk. Josefines Augen suchten ihn in der Menge, und sie hörte sein Lachen und nahm seine blitzenden Augen wahr, als er dem Zaren etwas entgegnete. Sie würde sie beide nicht verlieren! Ein Gefühl, so mächtig, dass es kaum zu ertragen war, stieg in ihr auf und erfüllte sie wie ein Duft. Josefine wusste in diesem Augenblick, dass sie von nun an Glück immer mit diesem Gefühl verbinden würde.

Als wüsste er um ihre innere Bewegtheit, trat Henk auf sie zu und zog sie in eine Nische. Er küsste sie leicht auf den Mund und strich ihr übers Haar. Ein Mohr kam vorbei, und Henk griff beherzt zwei Gläser vom Tablett.

»Auf unsere Liebe!«

Sie prosteten einander zu.

»Fällt es dir schwer, all das zu verlassen?« Josefine nickte unbestimmt in den Raum.

»Kein bisschen. Und genauso ergeht es mir mit meinem Haus. Ich brauchte eine Bleibe, also beschaffte ich mir eine. Aber eine Wohnstatt ohne Menschen und Dinge, die man liebt, gleicht eher einem Zelt, das man irgendwo in der Steppe aufschlägt. Es ist nützlich, aber das Herz hängt nicht daran.« Sein Gesicht kam dem ihren ganz nah. »Es hängt an dir und Petre!«

Josefine umschlang seinen Arm, und gemeinsam blickten sie aus dem Fenster auf die Newa. Im Licht der Straßenlampen erkannte man Eisschollen, die auf dem Wasser trieben. Jetzt, da der Handel ruhte, lagen lediglich einige Boote von Petersburger Familien an den Anlegestellen. Immer noch tranken die in Pelze gehüllten Bewohner St. Petersburgs auf den Zaren.

»Sieh nur, auf den Stufen tummeln sich trotz der Kälte die Liebespaare«, sagte Josefine.

»Gut, dass wir nicht in der eisigen Kälte frieren müssen, sondern hier in der Wärme zusammensein können. Habe ich dir schon gesagt, dass du heute Abend wieder einmal die Schönste bist?«

»Schmeichler! Henk de Jonge, es ist Weihnachten, und Lügen sind an diesem Tag nicht erlaubt.«

»Es ist die Wahrheit. Deine Zartheit ... diese rosig angehauchten Wangen ... das lockige Haar. Du strahlst die Frische eines Frühlingsmorgens aus und bist erfrischend anders als all die anderen Frauen.«

»Anders, das ist wohl wahr«, nickte Josefine trocken. Sie strich ihr taubenblaues Kleid aus Seidentaft zurecht, dessen sanftes Schimmern das Stickmuster aus blauen und gelben Blüten betonte. Unauffällig musterte sie die anderen weiblichen Gäste, die sich ohne Ausnahme aufgeputzt hatten. In ihren kostbaren Roben, verziert mit Spitzen und Goldbändern, schienen sie miteinander um die aufwendigste Aufmachung wetteifern zu wollen. Perlen und Diamanten zierten Hälse und Ohren, und die hoch aufgetürmten Haartrachten zitterten bei jeder Bewegung. Tief ausgeschnittene Kleider gaben runde Schultern und volle Brüste frei, die mit Schönheitsflecken verziert waren. In den kalkweißen Gesichtern wirkten die roten geschminkten Lippen wie saftige Früchte. Die Männer standen ihnen in nichts nach mit ihren goldbestickten Seidenwesten, Spitzenhemden und schmalen Hosen.

Auf den ersten Blick schien unter den Gästen ein umsichtiges Miteinander zu herrschen, bei genauerer Betrachtung zeigte sich allerdings, dass dieser Eindruck trog. Es war ein Belauern, ein Abschätzen und Abwägen. Auch wenn alle sehr höflich waren, sich gewählt ausdrückten, vermisste Josefine Wärme und Leben. Daran änderte auch die Pracht der Räume, die hervorragend gepflegt und aufs Schönste möbliert waren, nichts. Die Gespräche im Festsaal klangen hohl und das Gelächter unecht. Vielleicht lag es daran, dass man nur das Echo dessen vernahm, was der Zar hören wollte.

Über all dem Treiben im Winterpalast, all der vermeintlichen Fröhlichkeit, lag eine Melancholie, die die Räume durchdrang, die Möbel, und die auch vor den Menschen nicht haltmachte. Sie schien so allgegenwärtig zu sein wie der Duft des Parfüms, das Josefine für Katharina kreiert hatte. Das einzig Lebhafte waren die Schneeflocken, die einen winterlichen Tanz vor dem Fenster aufführten.

Josefine fühlte sich zuweilen von der Atmosphäre wie gelähmt. Ob in diesen Räumen jemals unbeschwert gelacht worden war? Hatten sich hier Menschen umarmt, die einander wirklich nahe standen, oder war die Verlogenheit immer schon Teil des Zarenhofs gewesen?

Humbertus gesellte sich zu ihnen und riss Josefine aus ihren Überlegungen.

»Sieh nur, dein Freund ist auch da«, raunte er Henk zu und nickte zu Andrej, der mit Varvara am Arm den Festsaal betrat.

»Und ich hatte schon gehofft, dass dieser Kelch an uns vorüberginge.«

Als alle Gäste Platz genommen hatten, läutete der Zar eine goldene Glocke zum Zeichen, dass die Speisen aufgetragen werden konnten.

Diener brachten Platten mit Fleisch. Es war so scharf gewürzt, dass die Lakaien nicht schnell genug rennen konnten, um den Durst der Gäste mit Gerstensaft und schwerem Wein zu löschen. Gebratene Pfauen kamen auf den Tisch, Lamm und Geflügel, Wildschweine mit Früchten in den Mäulern, geräucherter Lachs, dazu Gemüse- und Käsepasteten, Suppen und gefüllte Kohlblätter. Wodka wurde in rauen Mengen ausgeschenkt und für die Frauen süßer Wein aus Frankreich.

Doch nach dem Essen war vor dem Essen, denn die Lakaien brachten zum Dessert Torten aus Zuckergebäck, Zimtschnecken und kandierte Früchte.

Als alle gesättigt und viele schon angetrunken waren, betraten zehn junge Russinnen den Festsaal. Sie trugen hochgeschlossene Kleider und Hauben über dem aufgesteckten Haar. Die Frauen stellten sich ganz in der Nähe des Zarenpaars auf und trugen mit ernsten Gesichtern Weihnachtslieder vor. Sie sangen so hoch, dass Josefine glaubte die Weingläser müssten zerspringen. Einer der Hofnarren, ein Mohr in morgenländischer Gewandung, stellte sich hinter die Sängerinnen und ahmte sie so gekonnt nach, dass sich der Zar vor Lachen ausschütten wollte. Er machte eine auffordernde Bewegung, und bald lachte der ganze Saal.

Josefine stimmte nicht in das Gelächter ein. Zorn stieg in ihr auf, als die Sängerinnen schließlich völlig verunsichert ihre Darbietung abbrachen und mit hochroten Gesichtern tränenüberströmt den Raum verließen. Der Zar rief ihnen zotige Sprüche nach und warf eine Hähnchenkeule hinter den Frauen her.

»Wodka«, schrie er und hielt eine unglaublich große Tasse hoch. »Mehr davon, dann wird der Abend besonders schön.«

Katharina stieß mit ihm an und trank ihren Becher in einem Zug aus. Josefine musste an sich halten, um nicht auf die Zarin zuzustürzen. Frauen, die guter Hoffnung waren, sollten sich beim Alkoholgenuss mäßigen, hatte Meinhardus stets gepredigt. »Wenn Säuferinnen Kinder bekommen, dann werden diese zumeist als Idioten geboren. Da braucht man nicht lange über die Zusammenhänge nachzudenken!«

Josefine seufzte. Wer war sie, der Zarin Vorhaltungen zu machen? Außerdem würde Katharina in diesem Fall nicht auf sie hören. Sie lebte alles mit Begeisterung aus, was sie mit dem Zaren gemein hatte, und hatte mehr als einmal damit geprahlt, dass keiner so gut mit Peter saufen konnte wie sie.

Während Josefine noch ihren unguten Gedanken nachhing, hatte eine Gruppe Gaukler die Bühne betreten. Sie boten allerhand Kunststücke dar und veranstalteten ein buntes Spektakel mit sprechenden Vögeln und zahmen Affen.

Als die Artisten abtraten, bahnte sich ein Bote in der Tracht des Zarenhofs einen Weg durch die Menge. Zielstrebig eilte er auf den Zaren zu und überreichte ihm unter vielen Bücklingen ein kleines versiegeltes Kuvert. Peter nahm es, betrachtete das Siegel und wurde blass.

»Tolstoi«, hörte Josefine, die ganz in seiner Nähe saß, ihn leise murmeln.

Mit einer raschen Bewegung erbrach er das Siegel, entnahm den Briefbogen und las. Alle Anwesenden hielten den Atem an, bis Erleichterung sich über Peters Gesicht legte. Seine Mundwinkel kräuselten sich, als amüsiere er sich innerlich.

Er rief: »Gute Nachrichten! Der Zarewitsch wird heimkehren. Tolstoi schreibt, dass er mit Alexei voraussichtlich Ende Januar die Stadt erreichen wird. Die Spülmagd … ich meine, die Geliebte meines Sohnes, wird später nachkommen. Sie ist guter

Hoffnung, und Alexei besteht darauf, das Kind nicht durch die anstrengende Reise zu gefährden.« Der Zar ließ den Bogen sinken. »Das ist gut! Das ist sogar sehr gut!«, sagte er wie zu sich selbst. Dann sprang er auf, ergriff Katharinas Hand und zog sie nach oben. »Musikanten, spielt einen Tusch!«

Hastig gingen die Paukisten und Trompeter ans Werk. Der Zar breitete die Arme aus. »Heute ist ein Abend der frohen Botschaften! Ich bin sogar zweimal beschenkt worden. Zum einen wird mein Sohn bald wieder in den Schoß der Familie zurückkehren, und zum anderen hat mir meine liebe Gemahlin eine wunderbare Mitteilung gemacht!« Aufmunternd sah er Katharina an.

Sie strahlte in die Runde und breitete ihre Arme aus. »Ich hoffe, dem Zarenreich im August endlich den ersehnten Sohn und Erben schenken zu dürfen!«

Der Herrscher strahlte. »Ist das was, meine Freunde?«

Applaus brandete auf. Gläser wurden erhoben und Segenssprüche ausgebracht.

Josefine blickte unauffällig zu Andrej hinüber, den sie bislang geflissentlich übersehen hatte. Er quittierte die frohe Botschaft mit dem Zähneblecken eines Raubtiers, das vorerst auf seine Beute verzichten muss. Der Bojarensohn wandte den Kopf zur Seite und flüsterte Varvara etwas ins Ohr.

Sie nickte mit blitzenden Augen und fuhr sich mit der Hand über die Kehle.

»Und nun kommt mit mir zur Krippe. Wir feiern schließlich Weihnachten!«, schallte die Stimme des Zaren an ihr Ohr und lenkte Josefine von Varvara und Andrej ab.

Humbertus erhob sich ächzend und murmelte: »Mal sehen, was das nun wieder gibt.«

Henk griff nach Josefines Hand und zog sie mit sich. Sie verließen den Festsaal und fanden sich unversehens in einem Raum mit einer großen Bühne wieder, deren rechter Teil eine Strohhütte darstellte, während im linken ein Lagerfeuer angedeutet war, um das herum verkleidete Hirten bei ihren Schafen wachten. Es waren tatsächlich echte Schafe, die der Zar in seinen Palast hatte schaffen lassen, und sie stanken fürchterlich.

Die Gäste ließen sich erwartungsfreudig auf Stühlen vor der Bühne nieder und klatschten begeistert in die Hände, als zwei Engel erschienen. Sie trugen Kleider aus hauchdünner weißer Seide, die mit jeder Bewegung ihre darunter nackten Körper betonten. Mit aufgesetzten Stimmen verkündeten sie die Geburt eines Königs und ließen sich von den Hirten küssen und kosen, dass Josefine die Röte ins Gesicht schoss. Der Zar schnappte sich eines der Engelsmädchen, als diese von der Bühne gingen, fuhr mit seinen Händen unter ihr seidiges Gewand und gab ihr einen Klaps auf den Po.

»Auf alle Engel der Nacht!«, rief er begeistert.

Die Hirten trieben ihre Schafe näher zur Hütte, über der Josefine jetzt einen goldenen Stern ausmachen konnte, der an einer Stange schwebte. Die Männer schlugen den großen Vorhang zurück und gaben den Blick auf das Innere frei.

Josefine reckte den Kopf und erkannte Wasilisa und Aljoscha. Wasilisa war eine Frau wie ein Berg, die in der Küche des Palasts arbeitete, und Aljoscha einer der Heiducken des Zaren, ein riesenhafter Mann. Beide waren sie ein Geschenk aus Vyborg an den Hof, da man überall im Land um des Zaren Vorliebe für Abnormitäten wusste. Im Schauspiel stellten sie Maria und Josef dar und hielten sich in der Nähe einer großen Krippe auf, in die man nicht hineinsehen konnte.

Aljoscha stand auf und molk vor aller Augen eine Kuh, die so laut muhte, dass die Zarin vor Lachen fast vom Stuhl fiel. Schließlich goss der Riese die Milch in einen großen Becher und reichte ihn Wasilisa. Sie trank und rülpste laut. Wieder hob Gelächter an und steigerte sich noch, als die beiden Schafe in das Konzert der Kuh einfielen und eines von ihnen sich auf der Bühne erleichterte.

Josefine ruckelte unruhig auf ihrem Stuhl hin und her. Dieses Schauspiel, diese Verunglimpfung der Weihnachtsgeschichte, gefiel ihr ganz und gar nicht!

»Es ist gleich vorbei, und dann gehen wir nach Hause«, raunte Henk ihr zu. Sein Gesicht war reglos, doch Josefine kannte ihn gut genug, um sein Missfallen wahrzunehmen.

»Gut, das Petre nicht hier ist«, grummelte Humbertus zu ihrer Rechten.

Sie nickte nur und wandte sich wieder dem Geschehen auf der Bühne zu. Vom Eingang hob Gemurmel an, und drei als Könige verkleidete Gestalten kamen ins Blickfeld. Bei dem Mohren handelte es sich um Abraham, den Tolstoi aus Konstantinopel mitgebracht hatte. Der Zar war Pate des Jungen, und man sagte, er liebe ihn wie ein eigenes Kind. Der Mohr machte ein verkniffenes Gesicht. Unter seinem hellen Turban quoll schwarzes lockiges Haar hervor, und um den muskulösen Leib trug er nichts weiter als ein Tigerfell. Einige der Frauen um Josefine herum stöhnten, denn der Dunkelhäutige war ein schöner Mann.

»Abraham, der liebe Kerl, muss auch herhalten«, brummte Humbertus. »Er schläft in der Drechslerwerkstatt, um sofort zur Stelle zu sein, wenn der Zar wieder eine seiner handwerklichen Eingebungen hat, und begleitete ihn auf allen seinen Feldzügen. Und das ist nun der Dank!«

»Und die anderen beiden?«

Der Bär zuckte die Schultern. »Der Große mit dem lohfarbenen Haar ist einer der Bediensteten und der Kleine mit den roten Locken einer der Stallknechte. Stiefellecker, alle beide.«

Die Könige erreichten die Hütte, wobei die beiden hellhäutigen Männer fortwährend über ihre eigenen Füße stolperten. Sie verspotteten Maria und Josef, labten sich an den Geschenken, bei denen es sich um Krüge mit Gebranntem handelte, und setzten sich schließlich rittlings auf die Schafe. Die Gäste wussten sich vor Vergnügen kaum zu halten, während Josefine das Ende dieser Farce herbeisehnte. Doch der Höhepunkt des Spektakels stand noch aus.

»Und nun, Ihr tumben Leute«, schrie der König mit den roten Locken, »nun wollen wir endlich das Kind sehen, um dessentwillen wir die lange Reise auf uns genommen haben.«

Mit einer dramatischen Geste zog der Heiduck des Zaren die Wiege heran, deren Inneres ein Tuch verborgen hatte. Auf Stroh gebettet, stramm gewickelt lag … Caspar! Sie hatten ihn geknebelt, und sein Gesicht war vor Wut und Empörung fast so rot wie sein Haar.

Für einen Moment glaubte Josefine, ihren Augen nicht trauen zu können. Sie wollte aufspringen, doch Henk hielt sie zurück. »Nicht! Es ist gleich vorbei!«

»Wenn keiner etwas tut, dann wird es nie vorbei sein!«, zischte sie in das Gelächter der Menge.

»Ein munteres Kerlchen«, rief jemand. »Dem muss wohl noch Benimm beigebracht werden. Gib ihm doch mal einen Klaps, Maria!«

»Das rote Haar … Josef, bei wem hat dein Weib gelegen?«, brüllte ein anderer. »Vielleicht bei dem rot gelockten König?«

Wasilisa ergriff Caspar und hob ihn in die Höhe. Seine Arme waren mit Bandagen fest an den Leib geschnürt, sodass er nur noch mit den Beinen strampeln konnte.

Der Zar schlug sich auf die Schenkel vor Vergnügen. Ihm liefen die Tränen über die Wangen. »Gib ihm die Brust, Maria!«, schrie er. »Und dann pack ihn aus und lass uns sehen, ob es tatsächlich ein Junge ist.«

Caspar gelang es, den Knebel auszuspucken, und er schrie der Riesin mit hoher, durchdringender Stimme ins Gesicht: »Das werdet ihr verdammt noch mal sein lassen, oder es ergeht euch schlecht! Ich warne euch, alle miteinander!«

»Was wird solch ein kleiner Kerl denn gegen uns ausrichten«, fragte der Zar prustend.

»Ich werde euch in Kürbisse verwandeln, in Pferdeäpfel«, fauchte Caspar und trat nach der Riesin, die ihn schlug.

Die Menge tobte vor Begeisterung. »Stillen und auspacken!«, befahl der Zar.

»Stillen und auspacken!«, schrien die Gäste.

Caspars Wut verschwand so schnell wie Schnee in der Sonne und verwandelte sich in Verzweiflung. Jetzt rannen ihm Tränen über die Wangen. Die Riesin legte den Zwerg in die Wiege zurück und begann, sich das Kleid aufzuknöpfen.

Josefine spürte, wie ihr die Farbe aus dem Gesicht wich.

»Tu es nicht!« Henk wollte sie erneut festhalten, doch Josefine entriss sich ihm.

»Ich kann nicht anders!«

Sie stürmte die wenigen Stufen zur Bühne hinauf, stellte sich schützend vor Caspar und blickte dem Zaren direkt ins Gesicht. »Majestät, wenn Ihr einen Freund hättet, der Euch lieb und teuer wäre, und ein anderer diesen Freund in Ketten legte, was tätet Ihr?«

Der Zar runzelte die Stirn. Die Unterbrechung schien ihm nicht zu gefallen, doch er war auch neugierig.

»Ich würde meinen Freund befreien und seine Gegner … Sie müssten um ihre Köpfe fürchten.«

»Dann, Majestät, bitte ich um die Erlaubnis, meinen gefesselten Freund aus der Krippe nehmen zu dürfen. An Eurem Kopf werde ich mich nicht vergreifen.«

Irgendwo lachte jemand auf, war aber schnell wieder still. Dies war kein Scherz, und das schienen jetzt alle zu begreifen.

Der Zar richtete sich in seinem Stuhl auf.

Er betrachtete Josefine stumm, dann schüttelte er seufzend den Kopf. »Ihr seid wahrlich eine Spielverderberin. Es ist doch nur ein Zwerg!«

»Er ist ein Mensch mit Gefühlen, genau wie Ihr.«

»Und er ist Euer Freund?«

Josefine nickte.

Der Zar seufzte tief. »Was soll ich dagegen sagen? Mein bester Freund war einen Pastetenbäcker. Also gut, ich erspare dem Jesuskind die Mahlzeit und das Auswickeln!«

Mit einer großzügigen Bewegung lud er Josefine ein, den Zwerg aus der Wiege zu nehmen, doch Henk war schneller.

»Ich danke Euch, Majestät«, sagte er.

Peter maß ihn abschätzend. »Was wäre gewesen, wenn ich anders entschieden hätte, Henk?«

»Dann, mein Zar, hätte ich die Waffe gezogen.«

»Ihr stellt Euch also gegen mich, wenn es hart auf hart kommt?«

»Nur in diesem Fall. Würdet Ihr Euch nicht auf die Seite Eurer Gemahlin stellen, wenn Ihr zwischen ihr und Eurem besten Freund Menschikow wählen müsstet?«

»Ach, verdammt!« Peter machte eine wegwerfende Handbewegung. »Das alles ist mir zu hoch. Ich brauche mehr Wodka, und dann … Lasst die Engel für uns tanzen. Nackt! Henk, ich bedaure Euch von ganzem Herzen. Meine Katharina, die teilt zumindest meinen Humor, und man kann mit ihr saufen, aber die Dufthändlerin … Trocken wie altes Brot! Und nun, nehmt den Zwerg und dieses Weib, und geht mir aus den Augen. Sofort!«

Henk wickelte Caspar in seine Jacke, schulterte ihn, und Josefine folgte den beiden hoch erhobenen Hauptes. Ihr Blick streifte Andrej, der in der letzten Reihe saß und mit zufriedenem Gesicht das Geschehen beobachtete. Seine Lippen kräuselten sich verächtlich, als er Caspar musterte.

»Wie dumm, für diesen Abschaum das Missfallen des Zaren zu riskieren«, zischte er ihr zu, als sie auf gleicher Höhe waren.

Josefine ignorierte seine Worte. Erleichterung stieg in ihr hoch, als sie Humbertus an der Tür warten sah.

Er klopfte ihr auf die Schulter. »Du bist wahrhaft mutig, mein Mädchen!«

»Ich würde es Leichtsinn nennen«, sagte Henk tonlos.

Der Mohr Abraham, der den Aufruhr dazu genutzt hatte, um sich von dem Schauspiel fortzustehlen, erschien und schob Petre vor sich her. Der Junge blickte verdutzt von einem zum anderen.

»Abraham sagt, wir müssen gehen. Mensch, Caspar! Bist du krank, dass Henk dich trägt? Tut dir was weh?«

»Das Herz«, schluchzte der Zwerg. »Sie hätten mir fast das Herz gebrochen, doch Josefine hat es verhindert!«

Der Mohr brachte die kleine Gruppe zum Ausgang. Josefine verabschiedete sich als Letzte von Abraham.

»In meiner Heimat kämpfen nur die mutigsten Krieger allein mit einem Löwen!«, sagte er und verneigte sich tief.

V

Heimkehr

Februar bis Juni 1717

I

Humbertus, Josefine und Henk hatten sich in der Wohnkammer des Bären versammelt. Nach den letzten gesprochenen Worten war es so still im Raum, dass das Lärmen an der Newa bis an ihre Ohren drang. Seit Tagen lag starker Frost über der Stadt, sodass sich jetzt, am 4. Februar, die St. Petersburger mit ihren Schlitten auf das Eis wagten und die Kinder vor Begeisterung nicht zu bändigen waren. Doch die drei Freunde hatten für das fröhliche Treiben weder Augen noch Ohren.

Josefine blickte Henk fassungslos an. »Was heißt das, du kannst nicht mit uns nach Hause zurückkehren? Es ist doch alles geplant! Die Kisten sind gepackt, die Kutsche ist bestellt.«

Henk fuhr sich müde mit der Hand durchs Haar. »Petre und du, ihr müsst alleine gehen, und ihr solltet es rasch tun. Es ist furchtbar, ich weiß! Alles ist so ganz anders gekommen, als ich dachte. Der Zar ist wie von Sinnen, und wer weiß, was ihm noch alles einfällt! Wo er überall Feinde wittert!«

Josefine schüttelte den Kopf. »Henk, wir wollen nicht ohne dich gehen. Lass uns einfach versuchen, gemeinsam zu verschwinden!«

»Kein Grenzwächter wird mich durchlassen. Ich bin hier gefangen. Josefine«, er umfasste ihre Schultern, »geh! Nimm Petre an die Hand und flieh. Der Zarewitsch wird viele mit ins Verderben reißen, und ich habe Angst um dich.«

»Komm mit uns, Henk. Wir finden einen Weg!«

Er schüttelte den Kopf. »Es ist zu spät. Jeder Versuch, die

Stadt zu verlassen, würde mir als Eingeständnis einer Mitschuld ausgelegt werden. Ich muss abwarten.«

Josefine schüttelte den Kopf. »Henk, das kann doch nicht sein! Ich werde zu Katharina gehen. Sie muss uns einfach helfen!«

»Es ist sinnlos. Die Zarin wird noch heute Abend die Stadt verlassen. Peter hat es so angeordnet. Er fürchtet, all die Aufregung könnte dem ungeborenen Kind schaden.«

»Dann werde ich am besten jetzt gleich zu ihr gehen!«

»Es wird dir nicht gelingen, zur Zarin vorzudringen. Eine Eskorte bewacht Katharina und die Mädchen.«

»Ich kann das nicht begreifen, Henk. Als der Zarewitsch vor fünf Tagen eingetroffen ist, da schien doch noch alles gut zu werden.«

»Der Schein trog. Den Aufstand hat Peter durch seine List verhindert, doch damit sind seine Gegner nicht vernichtet.«

»Und diese Gegner, die vermutet er unter seinen Freunden und Vertrauten? Glaubt er tatsächlich, du würdest ihm Böses wollen?«

»Peter weiß nicht mehr, wem er vertrauen kann. Er ist voller Misstrauen, und deshalb dürfen weder der Hofstaat noch seine Berater und Vertrauten St. Petersburg verlassen.«

»Das darf doch alles nicht wahr sein!« Josefine hörte selbst, wie hysterisch ihre Stimme klang. »Er muss einen Weg geben! Der Zar kennt dich ...«

»Es wird nichts nützen, Josefine. Seinem Sohn sind beim Verhör mehr als fünfzig Namen über die Lippen gesprudelt, und manch einer war dabei, für den Peter seine Hand ins Feuer gelegt hätte. Sie sagen, der Schmerz und die Enttäuschung hätten ihn fast umgebracht! Nur Katharina sei es zu verdanken, dass er nicht dem Wahnsinn verfallen ist.«

Humbertus, der bislang geschwiegen hatte, beugte sich zu Henk vor. »Glaubst du, dass alle von Alexei genannten tatsächlich Verräter sind?«

Henk schüttelte müde den Kopf. »Mir scheint, in seinem Bemühen, die eigene Haut zu retten, denunziert der Zarewitsch nicht nur diejenigen, die ihn dazu gebracht haben, sich aufzulehnen, sondern alle, die auch nur im Entferntesten mit ihm sympathisieren.«

Josefine ballte die Hände zu Fäusten. »Was, wenn er nicht nur seine Anhänger, sondern auch seine Feinde denunziert? Was, wenn dein Name fällt, Henk?« Sie sprang auf. »Ich gehe jetzt auf der Stelle zum Winterpalast und versuche, mit Katharina zu sprechen. Es muss mir gelingen, irgendwie!«

Humbertus nickte ernst. »Versuche es!«

Als die Tür hinter ihr ins Schloss fiel, ließ Henk den Kopf auf die Tischplatte sinken. »Hätte ich sie doch nur schon eher gehen lassen. Wie konnte ich nur so dumm sein, so eigennützig. Humbertus, ich würde es mir nie verzeihen, wenn Petre und Josefine etwas passierte.«

»Keine Angst. Ich werde dafür sorgen, dass die beiden spätestens am Nachmittag die Stadt verlassen. Der Zarewitsch ... Verhört Peter ihn alleine?«

»Am ersten Tag – ja. Da hat er Alexei in einen Nebenraum geführt und seine ganze Wut über den Burschen ausgeschüttet und verlangt, dass Alexei ihm die Namen all seiner Mitverschwörer nennt. Tja, und damit hat der Zarewitsch heute Morgen vor dem persönlichen Rat begonnen. Ich war auf Wunsch des Zaren dabei, gemeinsam mit Abraham, dem Mohren. Es war so grausam, Humbertus.« Henk schluckte und holte bebend Atem. »Ich konnte die Qualen des Jungen kaum ertragen. Peter ist der Einzige, der sich an der Angst seines Sohnes, an seiner Unterwürfigkeit, an den Schreien, wenn die Peitsche ihn trifft, ergötzt. Ich bin froh, dass er mich nach Hause geschickt hat. Nur Abraham, der arme Kerl, harrt noch bei ihnen aus.«

»Wie kam dir Alexei vor?«

»Er kann vor Furcht kaum klar denken. Wie er so vor dem

Thron seines Vater stand, von drei Bataillonen des Garderegiments mit geladenen Gewehren umringt, da sah er furchtbar aus, so blass und dünn. Peter hat sich sogleich wie ein tollwütiger Hund auf ihn gestürzt und seine Taten in der Luft zerrissen.«

»Aber er hatte doch Milde versprochen! Ein Leben ohne Thron, aber mit Afrosinia … Irgendwo ein kleines Anwesen …«

»Das war nur eine List, um Alexei zur Rückkehr zu bewegen. Denn solange der Zarewitsch lebt, besteht die Gefahr, dass er Peter den Thron streitig macht, und ihr kann der Zar sich nicht aussetzen.«

»Was geschah, als Alexei dies klar wurde?«

»Er ist auf die Knie gefallen und hat um Vergebung gebettelt, doch Peter war wie rasend.« Henk legte eine Hand über die Augen. »Begnadigung könne es nur geben, wenn der Zarewitsch die Namen aller Mitschuldigen nenne. Vergesse er auch nur einen, dann sei sein Leben verwirkt. Peter hat Gift und Galle gespuckt, und Wahnsinn glomm in seinen Augen.« Henk nickte, als müsste er seine letzten Worte bestätigen. »Ich glaube wahrhaftig, er wird wahnsinnig!«

»Weiß Alexei von Afrosinias doppeltem Spiel?«

Henks bleiches Gesicht zuckte. »Ja. Das hat ihm der Zar ins Gesicht geschleudert, nachdem er schon viele Namen von Aufwieglern preisgegeben hatte. Als Alexei hörte, dass sich Afrosinia von ihm abgewandt hat, wurde sein Gesicht so weiß wie der Schnee um den Winterpalast. Ich glaube, danach war ihm alles egal. Er hat zwar weiter um Gnade gefleht, doch es war nur mit halbem Herzen. Vielleicht, um der Folter zu entgehen. Seine Augen waren wie tot.«

»Er ist ein schlimmer Bursche, doch leidtun kann er mir auch«, Humbertus lehnte sich zurück. »Was hat er nicht alles für dieses Weibsbild getan? Die Auflehnung gegen seinen Vater, die Reden vor dem Volk. Ich glaube, ohne Afrosinia, ohne ihre

Bestärkung und Unterstützung hätte er das nie vermocht. Sogar heiraten wollte er sie.«

»Tolstoi erzählt, Alexei hätte auf jeder Poststation sehnsuchtsvolle Briefe geschrieben, und in seinem Auftrag ist Afrosinia täglich mit Geschenken und Leckereien überhäuft worden. Zwei Ärzte und die beste Hebamme, die zu finden war, betreuen in Neapel dieses verlogene Weib!«

»Man sagt, Alexei wolle nicht, dass die Reise dem Kind schade, und habe deshalb entschieden, dass sie ihm erst später folgen solle.«

»Ja. Und während Alexei glaubte, sie würde sich vor Sehnsucht nach ihm verzehren und von einem gemeinsamen Leben in Ruhe und Prächtigkeit träumen, hatte Afrosinia schon längst ihre Schäflein ins Trockene gebracht. Sie dachte gar nicht daran, an seine Seite zurückzukehren.«

»Ihre Gier soll maßlos sein. Was hat Tolstoi dem Weib alles versprochen?«

»Alles, was sie wollte. Natürlich auch, dass ihr kein Haar gekrümmt würde. Der Zar hat ihr eine vorteilhafte Heirat in Aussicht gestellt, einen Titel, Besitz und eine regelmäßige Apanage. Für diesen Judaslohn hat Afrosinia den Vater ihres ungeborenen Kindes in den Dreck gestoßen und ihren Landsleuten den Traum vom starken jungen Alexei genommen, der bereit war, sich für sein Volk und seine Geliebte gegen den Zaren zu stellen. All das, sagt sie, sei nur ein Spiel gewesen. Sie selbst sei weder in den Zarewitsch verliebt, noch sei er ein starker Held. Alles Theater. Ein Bühnenstück, erdacht von Rebellen, und Alexei nur ein Statist, der seine Rolle gut gelernt hat.«

»Ein Spiel! Eingefädelt!«, sinnierte Humbertus. »Doch von wem?«

»Das begehrte der Zar jetzt mehr als alles andere zu wissen, und dazu ist ihm jedes Mittel recht.«

»Unglaublich! Als der Zarewitsch am 29. Januar die russische Grenze überschritten hat, da wurde er noch gefeiert wie ein Held! Das einfache Volk warf sich ihm zu Füßen, und Tausende sollen dem Tross heimlich gefolgt sein, um sich für den Aufstand bereitzuhalten.«

»Genau das hatten die Aufwiegler sich erhofft. Sie vertrauten darauf, dass sich die Kirche und die alten Bojaren-Familien ebenfalls erheben würden. Doch jetzt, da die Wahrheit ans Licht gekommen ist, kriechen die Aufrührer zurück in den Schatten.«

»Und der Zar ist zum Schattenjäger geworden! Wie weit wird er gehen, Henk?«

»Peter wird erst Ruhe geben, wenn auch der letzte Feind vernichtet ist! Und Feinde sieht er jetzt überall!«

2

Mit dem Glockenschlag zwölf betrat Josefine den Winterpalast. Sie hatte es geschafft, die Torwächter von der Wichtigkeit ihres Auftrags zu überzeugen, einem Parfüm, das die Zarin vor ihrer Abreise erbeten hatte.

Eilig hastete sie die Treppenstufen hinauf. Immer noch lag klirrende Kälte in der Luft, und Josefine war froh, als einer der Diener öffnete und sie einließ. Bevor sie jedoch noch ihren Wunsch äußern konnte, kam eine Zofe und redete flüsternd auf den Diener ein. Er bedeutete Josefine zu warten und eilte davon. Ungeduldig trippelte Josefine auf der Stelle. Dienstboten huschten wispernd an ihr vorbei, und die Lakaien maßen sich mit nervösen Blicken. Es herrschte eine unruhige, fast schon angstvolle Stimmung. Wichtig aussehende Männer strömten in den Palast, und vor dem Eingang nahmen Bewaffnete in Zweierreihen Aufstellung, als fürchteten sie einen sofortigen Überfall.

Im Hof standen große Schlitten und Wagen. Reisetruhen und Koffer warteten darauf, aufgeladen zu werden. Stallburschen kümmerten sich um Pferde und waren mit dem Richten von Zuggeschirr beschäftigt.

Josefine biss sich auf die Lippen. Wo der Diener nur blieb! Es sah so aus, als wollte die Zarin jeden Moment abreisen. Verdammt! Ihr lief die Zeit davon. Was, wenn sie Katharina verpasste oder man sie nicht zu ihr ließ? Eiskalte Schauer liefen Josefine über den Rücken, und Angst breitete sich wie ein lähmendes Gift in ihr aus. Sie konnte nicht länger warten. Ihre Gedanken rasten. Wo mochte die Zarin sich aufhalten? Bestimmt nicht im Ballsaal und auch nicht im Dienstbotentrakt. Sie würde es selbst herausfinden müssen!

Josefine wartete noch einen Augenblick, und als kein Dienstbote zu sehen war, raffte sie ihre Röcke und eilte auf den rechten Flügel des Palasts zu. Hoffentlich war es die richtige Entscheidung. Einen Teil des Palasts nahm der Zar für sich in Anspruch, während in dem anderen Katharina und die Mädchen ihre Räume hatten. Besorgt schaute sie sich um und wäre fast in Abraham, den Mohren, hineingerannt. Er erschrak nicht weniger als sie, blieb stehen und starrte Josefine an wie einen Geist. Unter seiner dunklen Haut war er bleich wie der Tod und schien zum Umfallen müde.

»Ihr?«, wisperte er. Sein Blick flog hin und her. »Ist es wegen des Zwergs? Aber, nein, so rasch kann doch niemand nach ihm geschickt haben!« Seine Stimme war so leise, dass Josefine sich vorbeugen musste, um ihn zu verstehen.

Sie runzelte die Stirn. »Caspar? Nein! Ich muss zur Zarin. Wir reisen heute ab und …«

»Heute? Ihr verlasst St. Petersburg heute?«

Befremdet nickte Josefine.

»Das ist gut! Das ist sehr gut!«

Josefine wollte gehen, doch der Mohr verstellte ihr den Weg und schüttelte leicht den Kopf. »Bitte wartet.« Einen Herzschlag lang schien er zu überlegen, als suche er nach einer Lösung. Doch dann sah er Josefine fest in Augen, richtete sich kerzengerade auf und sagte laut und vernehmlich: »Wie gut, dass Ihr es einrichten konntet zu kommen. Die Lieblingszwergin der Zarin … Sie will noch heute zu ihrer Schwester nach Puschkin fahren, leidet aber an Unwohlsein. Ihre Majestät sprach von Eurer Kräuterheilkunst, und so ließ ich nach Euch schicken. Kommt, ich bringe Euch zu Konteppa.«

»Konteppa? Wer …«

»Pst. Hier haben die Wände Ohren!«, hauchte der Mohr und bedeutete Josefine, ihm zu folgen. »Wir müssen uns beeilen!«

Sie hasteten durch lange Gänge, vorbei an verschlossenen Türen, bis der Mohr schließlich stehen blieb und Josefine sich in der Tischlerwerkstatt des Zaren wiederfand. Die Kammer war mit Eichenbrettern verkleidet und roch wunderbar nach frisch geschlagenem Holz und Harz. Ein großer Kachelofen verbreitete wohlige Wärme. Auf Tischen und einer großen Werkbank stapelten sich Gerätschaften. Josefine erkannte ein Tintenfass samt Schreibfeder, dazu Papiere mit Zeichnungen. Am Fenster standen zwei alte Sessel, die mit weichen Fellen ausgeschlagen waren.

Der Dunkelhäutige blickte sich besorgt um und lauschte, dann trat er zu einem Gemälde mit zwei spielenden Hunden und ließ seine Hand unter den Rahmen gleiten. Mit einem surrenden Geräusch schob sich ein Teil der Vertäfelung zur Seite und legte einen Eingang frei, von dessen Existenz Josefine aufgrund der unruhigen Maserung des Holzes nichts bemerkt hatte.

Der Mohr nickte, und sie zwängten sich in einen winzigen Verschlag. Das Kabuff war so niedrig, dass Abraham den Kopf einziehen musste. Er betätigte einen Hebel, woraufhin sich die Tür mit leisem Surren hinter ihnen schloss. In der Dunkelheit, die sie umfing, schallte die Stimme des Zaren gedämpft zu ihnen herüber.

»So, Alexei, dein Wunsch war mir Befehl! Jetzt sind wir zwei alleine, und du wirst mir alles verraten, was es zu verraten gibt! Hast du mich verstanden?«

Einen Augenblick war es still. Dann sprach der Zar erneut.

»Warum sollte ich eigentlich den Mohren fortschicken? Hat seine schwarze Haut dir deine eigene schwarze Seele vor Augen geführt?«

»Seine Augen haben mich ganz verrückt gemacht.« Die Stimme des Zarewitsch, denn er musste es sein, klang angstvoll, fast panisch. »Als ich von dem Gnom anfing … Sag, kennt er ihn? Sind die beiden Freunde?«

»Wohl kaum. Der Zwerg dient nicht hier im Palast. Und jetzt mach verdammt noch mal das Maul auf! Du sagtest, der Habsburger will mich tot sehen, und der Gnom versprach, ihm zu helfen?«

»So ist es. Das hat er mir in einem Brief geschrieben. Der Zwerg, er soll dich verhexen!«

»Was soll er? Mich verhexen?« Der Zar gab ein freudloses Lachen von sich. »Das ist Unsinn! Es gibt keine Zauberei. Ich hätte mir denken können, dass du Dummkopf dir einen solchen Bären aufbinden lässt. Aber weiter. Dieser Hundsfott von Habsburger will mich also tot sehen. Was genau hat er gesagt? Wird er Soldaten schicken? Ich will es wissen! Jedes Wort!«

Wieder war es still.

»Wird's bald?«, brüllte der Zar schließlich. Dann ein Klatschen und Schmerzensschreie.

Josefine, die bei Caspars Erwähnung totenblass geworden war, zuckte zusammen. Sie berührte Abraham am Arm, doch er legte nur beruhigend eine Hand über die ihre.

»Es ging nicht um Soldaten oder einen Angriff, sondern nur um den Zwerg. So glaub mir doch. Der Kaiser hat ihn geschickt, um dich zu verhexen! Gott im Himmel, vielleicht hat er das auch schon getan. Vater! Du hast mir Milde versprochen, doch jetzt … Du bist nicht mehr du selbst, du bist …?«

»Was? Ein Monster?« Wieder ein Schlag, ein Schrei des Entsetzens. »Und nun noch mal ganz langsam: Der Zwerg, mein Heizer in der Kunstkammer, er soll mich töten?«

»Ja. Dieser Gnom ist ein großer Hexenmeister.« Alexei brachte nicht mehr als ein Flüstern zustande.

»Er paktiert also mit dem Dreckskerl in Wien und hält sich für einen Hexenmeister! Wenn ich mich recht erinnere, dann hat er beim Weihnachtsfest davon gesprochen, mich in einen

Pferdapfel zu verwandeln. Na, wir wollen doch mal sehen, ob dieser Hund sich die Schlinge vom Hals zaubern kann.«

Josefine unterdrückte einen Schreckenslaut. Sie glaubte, ihr Herz müsste aussetzen. Sie sprachen wirklich und wahrhaftig von Caspar! Ihr Mund war plötzlich wie mit Staub gefüllt. Mein Gott, sie musste Caspar warnen. Er musste fliehen!

Während sie wie angewurzelt stand und zu keiner Regung fähig war, hörte sie den Gequälten weitersprechen. Seine Stimme klang flehentlich, zittrig wie die eines alten Mannes.

»Siehst du Vater, ich helfe dir, deine Feinde aufzuspüren. Du wirst das doch honorieren, oder? Du wirst mich doch ...«

»Was hast du noch aus den Briefen erfahren?«

Einen Augenblick war es still, und der Zarewitsch schien verzweifelt zu überlegen.

»Nichts. Mehr stand nicht drin. Aber du sagtest, der Zwerg arbeitet in der Wunderkammer. Gibt es dort nicht auch eine Parfümeurin? Afrosinia hat Briefe vom Hof erhalten, von Freundinnen.«

»Ich hätte nicht geglaubt, dass deine Spülmagd Freundinnen hat, und auch nicht, dass sie des Lesens mächtig ist.«

»Ist sie auch nicht, Vater. Ich habe ihr vorgelesen und für sie geschrieben. Hör doch: In den Briefen stand, dass die Parfümeurin mit ihren Duftwässern ganz ungeheure Dinge vollbringen kann. Vielleicht stecken die beiden unter einer Decke.«

»Josefine Meinen und der Zwerg? Hm. Sie hat sich für diese Kreatur verwendet.«

»Sie kann Düfte herstellen, die etwas mit einem machen.«

»Nein ... Diese Frau ist ein wildes kleines Ding, aber dass sie meinen Tod plant, glaube ich nicht. Obwohl ... Katharina hat mir einen Duft geschenkt. Er stank erbärmlich, und als ich ihn verwendete, ließ er mich so ruhig und friedlich werden wie ein Schaf. Zu ruhig, wenn du mich fragst. Ich habe das Duftwasser weggeschüttet. Ein Zar muss ein Löwe sein und kein Schaf.«

»Siehst du, sie gehört auch zu deinen Gegnern, ganz bestimmt. Wie viele Namen hast du schon, Vater? Sind es jetzt genug? Kann ich jetzt gehen, mich ausruhen, etwas trinken? Nur einen Schluck? Oh, bitte, Vater, lass mich gehen. Ich verzichte auf alles. Ich will keinen Thron, kein Geld und Gold. Lass mich als Bettler gehen. Nur ich ganz alleine und ein Pferd. Du kannst sagen, ich wäre tot, und kein Mensch würde jemals wieder nach mir fragen. Bitte, Vater!«

Während die Schluchzer zu ihr durchdrangen, kam wieder Leben in Josefine. Sie musste fort, auf der Stelle. Und sie musste Caspar mitnehmen. Doch wie sollte sie das nur anstellen?

Die Tür in der Wand öffnete sich, und Abraham führte sie ins Helle zurück. Mit brennenden Augen sah Josefine den Dunkelhäutigen an und wollte etwas sagen, doch er schüttelte nur den Kopf und legte einen Finger auf die Lippen. Sie verließen die Tischlerwerkstatt, und Josefine folgte ihm durch lange, schmale Gänge und zugige Flure, bis sie schließlich am Dienstboteneingang angelangten. Von fern erklangen das Klappern von Töpfen, lautes Schimpfen und ein Aufschrei. Boten kamen mit Kisten voller Fleisch- und Backwaren, mit Wein und Honig.

Der Mohr grüßte die Boten, die Wächter an den Türen und schritt ruhig voran nach draußen, während Josefine ihm folgte wie betäubt. Abrahams dunkler Nerzmantel, das einzige Zeichen, dass er mehr war als nur ein Diener des Zaren, schleifte durch den Schnee. Sie kamen zu einer Reihe einfacher Holzbauten, und in einen davon führte der Mohr Josefine. Sie fand sich in einem großen Raum mit acht Bettstellen wieder, die alle leer waren. Der abgewetzte Fußboden knarrte unter Josefines Füßen, und kalter Wind pfiff durch die breiten Ritzen in den Wänden. Es roch nach Schweiß und den Ausdünstungen zu vieler Menschen. Sie sah sich um. Durch ein winziges Fenster fiel Licht in den Raum. An der Wand hing ein fast blinder Spiegel, und darunter stand ein Waschkübel. Es gab einen winzigen runden Tisch und drei abgeschabte Stühle. Auf einem davon, nah beim Fenster, saß eine uralte Zwergin. Sie trank einen Aufguss, der nach Ingwer roch, und schlenkerte mit ihren kurzen Beinen.

»Sieh an, sieh an! Der große schwarze Prinz beehrt mich!«, gackerte die alte Frau.

Der Mohr neigte den Kopf, und Josefine tat es ihm nach.

»Die Zarin hat ihr eine Kammer im Winterpalast angeboten, doch diese alte Närrin will lieber bei uns Dienern bleiben«, sagte er zu Josefine.

»Diener? Du bist von fürstlichem Blut, mein Junge, Sohn eines afrikanischen Herrschers. Vergiss das nie!«

»Hier bin ich nicht mehr als ein Eigentum des Zaren!«

»Dein Leib mag dem Zaren gehören, doch deine Seele, mein Sohn, die wird er dir nie rauben können. Und jetzt genug von all dem.« Sie wandte sich Josefine zu. »Seid Ihr die Parfümeurin, von der die Zarin andauernd erzählt?«

Josefine nickte. »Woher wisst Ihr das?«

»Ihr riecht so gut!«

Josefine zwang sich zu einem kleinen Lächeln.

»Was wollt Ihr? Mich in Rosenduft hüllen, dass ich wie benebelt bin und der Zarin nach Moskau folge?«

Abraham schnalzte mit der Zunge. »Sei nicht so unfreundlich, Konteppa. Die Zarin besteht nicht länger darauf, dass du mitkommst. Sie hat eingesehen, dass sich manche Menschen zu nichts zwingen lassen. Ich soll auf dich achtgeben.«

»Katharina weiß, dass ich dich mag, mein junger Prinz.«

»Wenn es so ist, Konteppa, dann wirst du mir sicherlich helfen.«

»Ah, jetzt wird es spannend.« Die alte Frau legte den Kopf auf die Seite. »Mir war doch so, als ob euch Sorgen quälen. Was kann ich tun?«

»Es geht um Leben und Tod. Wir brauchen deinen grünen Samtumhang und die rote Mütze.«

Die Zwergin machte den Mund auf, doch Abraham schüttelte seinen Kopf. »Stell bitte keine Fragen. Ich werde dir später alles erklären. Wenn Josefine gegangen ist … Konteppa, du wirst dich für ein, zwei Tage bei einem Freund verstecken müssen.«

»Oh, das klingt nach einem Abenteuer. Dafür bin ich immer zu haben.« Sie sprang vom Stuhl und huschte schneller, als Josefine es vermutet hätte, zu einer der Bettstellen, klappte die Truhe am Fußende auf und fing an zu wühlen.

»So, und jetzt zu Euch.« Abraham musterte Josefine beunruhigt und wies auf einen Stuhl. »Ihr seht aus, als könntet Ihr jeden Augenblick umfallen.«

Josefines Hände zitterten so sehr, dass es ihr kaum gelang, sich den Stuhl heranzuziehen. »Der Zarewitsch … Er hat meinen Namen genannt. Er hat auch Caspar denunziert. Was soll ich nur tun?«

»Ihr müsst fliehen, und das in aller Eile, bevor Peter seine Häscher ausschickt und Ihr Euch in einem dunklen Verlies auf der Haseninsel wiederfindet.«

»Aber ich muss Caspar retten!«

»Ja doch! Hört mir zu! Die Zarin wird noch heute St. Petersburg verlassen. Sie hat mir aufgetragen, Konteppa jeden Wunsch von den Augen ablesen.«

»Oh, was für Möglichkeiten tun sich einem alten Weib auf!«, krähte die Zwergin, die mit einem Korb voll Kleidung angelaufen kam.

Abraham beachtete sie nicht. »Und heute hat Konteppa den Wunsch, zu ihrer Schwester nach Puschkin zu fahren. Ich bin nur leider vom Zaren in Anspruch genommen und habe die Dufthändlerin Josefine Meinen, die den Palast aufgesucht hat, um Konteppas Unwohlsein zu behandeln, gebeten, sie aus der Stadt mitzunehmen. Denn die Parfümeurin verlässt heute St. Petersburg in Richtung Puschkin. Wie klingt das?«

»Glaubwürdig«, antwortete Josefine.

Die Hand des Mohren glitt in eine der tiefen Taschen seines Mantels, und er zog einen Briefbogen heraus. »Hier habe ich ein Schreiben der Zarin. Es wird Konteppa jedes Tor öffnen – nur dass nicht sie es sein wird, die heute St. Petersburg verlässt. Versteht Ihr?«

»Caspar muss sich verkleiden!«

»Richtig. Und er muss es rasch tun! Geht, bevor die Häscher des Zaren Euch zuvorkommen.« Er drückte ihr das Schreiben und den Korb in die Hände.

»Ich danke Euch«, stammelte Josefine.

»Fahrt, so rasch Ihr könnt, zur Wunderkammer und holt Caspar heraus. Und dann macht, dass Ihr aus der Stadt verschwindet.«

Josefine erhob sich zittrig. »Wenn Henk doch nur mit uns gehen könnte. Ihr wisst sicher von dem Edikt. Ich wollte die Zarin anflehen, uns zu helfen …«

»Dafür ist keine Zeit mehr. Aber ich werde versuchen, sie darauf anzusprechen.«

Josefine spürte, wie ihr die Kehle eng wurde. Sie stellte den Korb ab und ergriff die Hände der Zwergin. »Das werde ich Euch nie vergessen!«

»Denkt bloß nicht zu oft an diese unleidige Geschichte. Das verdirbt die Fröhlichkeit.« Konteppa griff nach einem Messer und schnitt sich mit einer raschen Bewegung ein Büschel Haare ab. »Hier. Das soll der junge Bursche unter dem Hut hervorlugen lassen. Und grüßt ihn von mir. Wir Zwerge müssen zusammenhalten!«

»Danke.« Josefine ließ die Strähnen in ihre Manteltasche gleiten.

Der Mohr schob sie entschlossen zur Tür.

»Warum tut Ihr das alles für mich?«, fragte Josefine.

»Weil Ihr ein großes Herz habt und zu schade seid für den Kerker. Grüßt mir Caspar. Er ist ein guter Kerl!«

Josefine trat auf den Dunkelhäutigen zu, zögerte einen winzigen Moment und umarmte ihn dann ganz fest. »Danke! Ihr mögt Eigentum des Zaren sein, Abraham, doch Eure Seele und Euer Herz sind frei!«

Von ihrer Flucht blieb Josefine ein Kaleidoskop an Szenen und Eindrücken im Gedächtnis: Caspar, der vor Furcht wie erstarrt war und aus schreckgeweiteten Augen unter der Kopfbedeckung der alten Zwergin hervorlugte; Humbertus, der in aller Eile Kisten und Koffer auf den großen Schlitten lud, dem Kutscher einbläute, sich zu kümmern und ihnen ein vernünftiges Quartier zu suchen, bis er zum Abschied in Tränen ausbrach; das Geräusch von knirschendem Schnee unter den Kufen; der Geruch nach Angst und Schweiß, nach Kälte und den Ausdünstungen der Pferde; Petre, der nicht verstand, warum sie so überstürzt aufbrechen mussten und ängstlich die goldene Feder umklammert hielt, die Henk für ihn gewonnen hatte.

Henk! Sie hatten sich nicht voneinander verabschieden können. Was, wenn sie ihn nie wiedersah? Die Angst ließ ihr das Blut in den Adern gefrieren.

»Sag Henk, dass ich auf ihn warten werde. In Königsberg, in der Gaststube *Zum Hirschen*«, hatte sie Humbertus gebeten auszurichten.

Jetzt plagten Josefine schlimme Vorahnungen, die wie eiskaltes Brunnenwasser in ihrem Magen lagen. Was, wenn es Henk nicht gelingen würde, die Stadt zu verlassen? Was, wenn der Zar ihn auch verdächtigte? Sie waren ein Paar!

Mit jeder Meile, die sie sich von Henk entfernte, wuchs ihre Verzweiflung, doch sie durfte dem Drang zu weinen nicht nachgeben. Nicht hier im Schlitten, zwischen Caspar und Petre, die wie versteinert neben ihr saßen. Sie musste ihre Tränen und ihre Ängste verdrängen, bläute Josefine sich energisch ein. Später! Später würde Zeit sein, an Henk zu denken. Jetzt galt es, aus der

Stadt zu kommen. Sie musste die Wächter davon überzeugen, dass sie alle im Auftrag der Zarin unterwegs waren. Sie musste einen unbeschwerten Eindruck erwecken, sonst würden die Hüter Verdacht schöpfen.

Es war kalt, und die Wintersonne zog sich bereits aus den engen Gassen zurück, als sie sich dem Tor näherten. Der Schlittenführer, ein knorriger alter Bursche mit Fellmütze und langem Mantel, sprang vom Bock und sprach mit den Wächtern, die sie neugierig musterten. Petre klammerte sich an Josefine, und Caspar zog Konteppas Hut noch tiefer in die Stirn. Entschlossen löste sich Josefine aus Petres Umklammerung, wickelte sich in ein dickes Wolltuch, stieg aus und trat zu den Männern.

Ein Wächter umrundete den Schlitten, beleuchtete mit seiner Lampe die Gesichter von Petre und Caspar und kehrte zu Josefine zurück.

»Wer ist die alte Frau, die vor Kälte schlottert?«

»Konteppa, eine der Zwerginnen der Zarin«, sagte Josefine und wunderte sich, wie ruhig ihre Stimme klang. »Ich geleite sie zu Verwandten nach Puschkin. Die Zarin hat mich darum gebeten.«

Sie reichte dem Wächter das Schreiben, und das Gesicht des Mannes hellte sich auf. Josefine scherzte und lachte mit den Männern, plauderte über den verrückten Wunsch einer alte Frau, mitten im Winter ihre Verwandten besuchen zu wollen, und über die Menschlichkeit der Zarin, die ihre Dienstboten mochte.

»Ihr seid die Dufthändlerin, nicht wahr? Fedor sagt, Ihr reist wieder zurück in Euer Land.«

»Ja. Die Wunderkammer ist fertig und meine Aufgabe hier in Russland erfüllt.«

»Die Weiber reden über Euch«, sagte der andere Mann. »Mit Euren Düften würde es gelingen, jedem Mann den Kopf zu verdrehen.«

Josefine lachte, griff in ihre Manteltasche und zog zwei winzige Flakons hervor. Es waren die Düfte, die sie als Vorwand eingesteckt hatte, um zur Zarin vorgelassen zu werden.

»Hier.« Sie reichte jedem der Männer ein Gefäß. »Schenkt es den Frauen, denen Euer Herz gehört, und lasst Euch betören.«

Fedor, der Schlittenführer, schnaubte ungeduldig. »Wenn Ihr uns jetzt freundlicherweise passieren lassen würdet? Die Nacht bricht bald herein, und es sind noch fast zwanzig Meilen bis zu unserem Quartier.«

Die Männer schüttelten Josefine die Hand, winkten freundlich und öffneten die Schranke. Der Schlittenführer trieb die Pferde an, und Josefine lehnte sich mit einem Ächzen zurück. Eine große Müdigkeit überkam sie, als liege eine übermenschliche Anstrengung hinter ihr. Die Kufen glitten Meile um Meile durch das Weiß, und Josefine blickte nicht zurück auf die entschwindende Stadt.

»Ich habe nicht gewusst, was für eine brillante Schauspielerin du bist!«, sagte Caspar und zog sich den lächerlichen Hut vom Kopf. Er strahlte über das ganze Gesicht.

»Wir haben es wahrhaftig geschafft, Josefine!« Sorgsam legte er den Mantel der alten Zwergin zusammen und strich sanft mit der Hand über den Stoff. »Ich werde diese Kleidung sorgsam verwahren und Konteppa in meine Nachtgebete einschließen, genau wie euch beide.« Er verbeugte sich vor Josefine. »Von nun an bin ich dein Diener.«

»Unsinn, Caspar! Du bist dein eigener Herr und kannst gehen und stehen, wo immer du willst. Wobei … Mein Vater würde dich mit Handkuss in seiner Wunderkammer beschäftigen. Wer spricht schon fünf Sprachen fließend, spielt Laute und Flöte und ist bewandert in den schönen Künsten? Im Kuriositätenkabinett des Zaren lagen doch all deine Talente brach. Meinhardus wird sie zu schätzen wissen und seine Gäste auch. Ich kenne niemanden, der Besucher so gut unterhalten kann wie du.«

»Du bleibst doch bei uns, Caspar?« Petre blickte ihn so ängstlich an, als könnte der Zwerg auf der Stelle aus dem Schlitten springen und verschwinden.

»Natürlich.« Caspar beugte sich vor und umarmte den Jungen.

Petre seufzte zufrieden und kuschelte sich eng an Josefine. Dankbar spürte sie den Körper des Jungen an ihren Rippen, der mit seiner Wärme die Leere in ihrem Herzen erträglich machte.

Er blies leicht gegen eine der dunklen Locken, die sich vor sein Gesicht geschoben hatten. »Jetzt wird alles gut, nicht wahr? Und Henk ... Wir sehen ihn dann in Königsberg. Er wird doch kommen, Josefine?«

»Sicher! Abraham wird die Zarin schon dazu überreden, ihn mit aus der Stadt zu nehmen.«

»Wann werden wir da sein? Ich meine, in Königsberg?«

»In etwa drei Wochen.«

»Einundzwanzig Tage noch«, sagte Petre, als sei es eine magische Zahl. »Einundzwanzig Tage, und dann kommt Henk.«

Josefine tat einen zittrigen Atemzug und betete, dass es so sein würde.

Später, als Petre und Caspar schon längst eingeschlafen waren, entzündete der Kutscher Laternen, die gelbe Lichtkreise in die herabsinkende Dämmerung malten. Wind kam auf, fegte die Wolken fort, und bald hing ein runder Mond über der Weite. Er bedeckte die Ebene mit einem Mantel aus glänzenden Sternen, der sich bis zum Horizont erstreckte.

In Pieterhof verbrachten sie die erste Nacht, um im Morgengrauen schon wieder unterwegs zu sein. Der Schnee lag hoch, und der Schlitten fuhr und fuhr, von einem Quartier zum nächsten. Es konnte Josefine nur recht sein, denn sie wollte unbedingt Königsberg erreichen. Auch wenn Henk länger brauchen würde – Königsberg, das war der Ort, an dem die Hoffnung wohnte.

Die Tage wurden ihr lang, und die Reise dorthin schien nicht enden zu wollen. Der Winter tat das Seine dazu. Oft genug steckte der Schlitten im Schnee fest, und noch öfter konnten sie morgens nicht rechtzeitig aufbrechen. Eisiger Frost trieb die Wölfe, die in den Weiten Russlands lebten, bis an die Häuser heran, und mehr als einmal erlebte Josefine, dass der Schlittenführer zu seiner Waffe greifen musste, um die hungrigen Tiere zu vertreiben. Humbertus musste ihn fürstlich entlohnt haben, denn er führte sie unbeirrbar weiter. Dann, endlich, hatten sie die weiten Ebenen Russlands durchquert und ließen mit ihnen auch die Wölfe, den beißenden Frost und den Schlittenführer samt seinem Gefährt hinter sich. Fedor, der während der sieben Tage, in denen er ihr Führer gewesen war, kaum ein Wort gesprochen hatte, besorgte ihnen eine Kutsche. Als Josefine ihm mit Tränen in den Augen für all seine Mühen dankte und Wünsche an Humbertus mit auf den Weg gab, verneigte sich Fedor nur und lüftete seine Fellmütze.

»Ich war Humbertus etwas schuldig. Jetzt zieh' ich wieder mit ihm gleich!«

Es wurde milder, die Gasthäuser ansehnlicher, und Kachelöfen sorgten für Wärme, selbst in den Schlafkammern. Josefine durchlebte die Tage wie in einem Traum, regelte den Reiseverlauf und kümmerte sich um Unterkünfte. Sie beschrieb Caspar ihre Heimat und erzählte von dem, was ihn in Leer erwartete. Und nebenbei tröstete sie Petre, der sich nach Henk und Humbertus sehnte.

Sie lenkte sich ab, denn eines wollte sie nicht – ins Grübeln geraten. Sie musste nach Königsberg – das war das Einzige, was zählte. Josefine merkte kaum, wohin sie ging, was sie aß, sagte oder tat – ihre Füße und ihre Zunge bewegten sich wie von selbst. In ihrem Kopf hämmerte es beständig, und ihr Herz fühlte sich wie betäubt an. Doch sie wollte es gar nicht anders, denn sie wusste nicht, wie sie sonst den Schmerz in ihrem Inneren hätte ertragen können.

Henk hatte sie gelehrt, was Liebe war, was Gemeinschaft bedeutete. Er hatte sie gelehrt, an diese Dinge zu glauben. An das Schicksal, das sie zusammengeführt hatte. Sie dachte an die unzähligen Spaziergänge zurück, an seine Worte, an seine Beteuerungen, dass er mit ihr und Petre sein Glück gefunden habe. Sie spürte seinen Atem auf ihren Lippen. Und deshalb glaubte Josefine an ihre Liebe, und sie erlaubte sich nicht die Spur eines Zweifels. Henk würde kommen. Ganz sicher.

Sie musste nach Königsberg. Dort würde sie jede Stunde an ihn denken. Daran, wie es ihm gehen mochte, wo er steckte und wann er bei ihnen sein könnte. Doch jetzt und hier hätte sie es nicht ertragen, ohne verrückt zu werden.

Sie würden einander wiedersehen! In Königsberg!

3

Es war stockdunkel auf der Treppe und im Gang, doch auch ohne die Laterne hätte Henk wie ein Schlafwandler den Weg zu Josefine gefunden, ganz so, als zögen ihn unsichtbare Fäden, allen Gefahren und Hindernissen zum Trotz. Bevor Henk in ihre Kammer unter dem Dach schlüpfte, sah er sich wachsam um. Immer noch saß ihm die Angst im Nacken, der Zar könnte Späher geschickt haben.

Die Tür knarrte sacht. Henk trat ein, hielt den Atem an und verharrte still. Die Laterne beleuchtete Josefines Gesicht. Er sah Spuren auf ihren Wangen, vielleicht von Tränen, die sie seinetwegen vergossen hatte. Sein Herz weitete sich. Wie sehr er sie liebte! Wie sehr er sich nach ihr gesehnt hatte! Und jetzt … Er war hier, bei ihr in Königsberg! Der Nachtwächter hatte bei seiner Ankunft längst geblasen, doch er wollte keine Minute länger warten!

Henk stellte das Licht auf dem kleinen Tisch ab und setzte sich aufs Bett. Josefine schlief, wie er es sich gedacht hatte. Sanft legte er eine Hand an ihre Wange und streichelte die weiche Haut. Sein Herz schlug ihr entgegen, und endlich tat sie einen zittrigen Atemzug und öffnete die Augen.

»Henk!«, flüsterte sie und kniff ihre Augen wieder zusammen, als befürchtete sie, er sei ein Traumgebilde, das sich wieder verflüchtigen würde.

»Josefine!«

Sie öffnete die Lider erneut und richtete sich ungläubig auf.

Er sah, wie sie blass wurde. »Henk! Bist du es wirklich, oder träume ich?«

»Wirklich und wahrhaftig!« Er breitete die Arme aus, und sie warf sich mit einem freudigen Aufschrei hinein. Er erstickte ihren Laut mit einem langen Kuss.

»Schsch ... Ich möchte nicht, dass sich der ganze Gasthof hier versammelt. Wir brauchen noch Zeit für uns!«

»Es ist nur, weil du wahrhaftig hier bist!«

»Ich kann es selbst noch kaum glauben!«

Henk presste Josefine erneut an sich, vergrub sein Gesicht in ihrem Haar und tat einen tiefen Atemzug. »Wie herrlich! Davon habe ich geträumt, Josefine! Du glaubst nicht, wie ich dich vermisst habe, dich und Petre.«

»Du glaubst nicht, wie ich *dich* vermisst habe! Ich liebe dich und hätte es nicht ertragen, ohne dich zu sein. Als du nach einer Woche immer noch nicht da warst, wäre ich fast gestorben vor Angst!« Ihre Stimme zitterte.

Er wiegte sie sanft in den Armen, bis Josefine sich wieder beruhigt hatte.

»Es ist alles ganz anders gekommen. Katharina konnte mich nicht aus der Stadt mitnehmen. Im letzten Moment ist es Peter eingefallen, sie selbst hinauszugeleiten. Er traut mittlerweile fast keinem Menschen mehr. Abraham, der arme Kerl, war ganz verzweifelt, mir nicht helfen zu können.«

»Warst du tatsächlich in Gefahr?«

»Nachdem Peters Männer weder Petre noch dich fanden, hat der Zar nicht mehr nach mir schicken lassen. Er soll mich verflucht und einen ›undankbaren Hund‹ genannt haben!« Henk seufzte und fuhr sich müde mit der Hand durchs Haar. »Es mag merkwürdig klingen, doch ich konnte die bedrückende Atmosphäre von drohender Gefahr fast körperlich spüren und wollte nur noch raus aus der Stadt, wusste jedoch nicht, wie!«

»Hast du dich versteckt?«

Henk nickte. »Humbertus … Jahrelang hat er heimlich die Arbeiter an der Newa behandelt – jetzt konnten sie es ihm vergelten, indem sie mich in einer der Baracken verborgen hielten. Sieben Tage und Nächte habe ich dort ausgeharrt und mir den Kopf über meine Flucht zerbrochen. Schließlich haben Humbertus, Abraham und ich eine List ersonnen, die nicht nur mich, sondern auch Johanna, ein Zofe, retten sollte.«

»Johanna, ist das die üppige Rothaarige, die sich um die beiden Töchter des Zaren gekümmert hat?«

»Richtig. Ihr wurde angelastet, für Alexei spioniert zu haben, nur weil er und sie als Kinder Spielgefährten waren. Johanna war so verzweifelt! Sie liebt die Mädchen von ganzem Herzen.«

»Mein Gott, Henk! Der Zar wird noch den ganzen Hofstaat verdächtigen und ermorden lassen.«

»Ich kann nur hoffen, dass Peter bald wieder zu Verstand kommt.«

»Wie ist euch die Flucht gelungen?«

»Wir haben für unser Vorhaben eine mondlose Nacht abgewartet. Tiefe Wolken hingen über der Stadt, und die Luft war klamm und von so eisiger Kälte, dass einem die Tränen in die Augen schossen, wenn man die Nase nach draußen steckte.

Es war schon nach Mitternacht, als Humbertus mich aus meinem Versteck holte. Die Straßen und Gassen waren wie leer gefegt, nur in wenigen Schenken brannte noch Licht. Der Schnee dämpfte unsere Schritte und das Schlagen der Pferdehufe auf die Steine.

Humbertus verfrachtete Johanna und mich auf eine Karre und brachte uns, verborgen unter einem Haufen Lumpen, bis in die Nähe des Stadttors. Auch dort war alles ruhig. Niemand, der um diese Zeit, in dieser stockfinsteren Nacht, noch Einlass begehrte oder hinauswollte. Die Wachen schritten auf und ab. Sie hielten sich in Bewegung – wegen der Kälte und sicherlich, um nicht einzuschlafen. Sie tauschten Scherze aus und sangen.

Wir warteten. Die Scherze verklangen, das Singen wurde leiser, die Bewegungen der Männer schwerfälliger, müder. Schließlich gab Humbertus uns ein Zeichen, und Johanna und ich setzten uns in Bewegung – sie als Dirne verkleidet und ich als ihr Freier.«

»Mein Gott! Wie müssen euch die Knie gezittert haben.«

»Ja! So war es tatsächlich. Furchtbar, und doch irgendwie auch zu unserer Rolle passend, denn wir gaben vor, betrunken zu sein. Meine Füße waren schwer wie Blei, und ich musste mich zum Gehen zwingen. Wir torkelten auf das Licht der Laterne beim Schlagbaum zu, stützten uns gegenseitig und grölten wirres Zeug. Johanna hatte ihr rotes Haar unter einer Haube versteckt, sich das Gesicht weiß getüncht und den Mund knallrot angemalt. Trotz der Kälte trug sie nur ein dünnes Mieder, dessen Bänder sehr locker geschnürt waren.« Henk lachte grimmig bei der Erinnerung. »Sie sah einigermaßen verdorben aus, muss ich sagen. Ich hatte mir einen Dreispitz aufgesetzt und trug Humbertus' Mantel, der mir viel zu lang war. Er ließ mich kleiner und älter erscheinen. Außerdem schlurfte ich wie ein Großväterchen. Johanna wackelte mit den Hüften und kicherte so laut, dass es eine Freude war, und ich hielt mich an ihr fest, um nicht zu fallen. Und so wankten wir auf die Wachhabenden zu.«

»Eine Dirne mit ihrem ältlichen Freier.«

»Richtig. Die Männer glotzten, schritten aber weiterhin auf und ab. Als wir in greifbarer Nähe waren, stieß Johanna einen schrillen Schrei aus und stieß mich von sich. Ich torkelte rückwärts, fing mich jedoch wieder und wankte erneut auf sie zu. Wir rangen miteinander. Ich riss am Mieder ihres Kleides und präsentierte den Wachen einen Blick auf ihre wohlgerundeten Brüste. Die beiden Männer blieben stehen und starrten Johanna an wie einen Weihnachtsschinken. Sie entwand sich meiner Umklammerung, rannte auf die Männer zu und flehte sie um Hilfe an.

In diesem Augenblick kam Humbertus zum Einsatz. Er hatte sich in einer Nische versteckt gehalten, schlich sich von hinten an die Männer heran und verpasste jedem von ihnen einen gezielten Hieb, der sie für kurze Zeit außer Gefecht setzte. Wir zogen die Burschen aus dem Lichtkreis heraus, knebelten und fesselten sie. Dann trug Humbertus die Männer in eine Kammer und schloss sie ein, in der Hoffnung, man würde sie erst am Morgen bei der Wachablösung entdecken. Wir beeilten uns, unverzüglich aus dem Tor zu kommen.«

»Mein Gott, was für ein Wagnis!«

Die Angst in ihrer Stimme, die ihm galt, machte Henk ganz schwindelig. Ihre Hände berührten seine Wangen, glitten über seinen Hals, strichen sanft über sein Gesicht, als wollte sie sich vergewissern, dass er noch heil und ganz war. Henk musste sich zwingen, Atem zu holen. Jeder klare Gedanke drohte ihm zu entgleiten. Er schloss für einen Moment die Augen. Herr im Himmel, es war so schön, wieder bei ihr zu sein. Sie zu spüren, ihre Liebe zu spüren!

Er legte die Hand an Josefines Wange und küsste sie. Ihr Mund schmeckte nach Schlaf und einer Spur von Hagebutte. Josefine seufzte wohlig, als er sie auf die Wange, den Hals und die Schulterbeuge küsste. Sie drückte sich fest an ihn, und er küsste sie lange und leidenschaftlich.

Alles andere musste warten, dies hier war wichtiger und so anders als die zarten Küsse während ihrer langen Spaziergänge an der Newa.

Im schummrigen Licht erkannte Henk die Ernsthaftigkeit auf Josefines Gesicht. Sie umfasste mit einer Hand seinen Ellenbogen und ließ ihre Finger zu seiner Schulter gleiten. Eine tiefe Zärtlichkeit stieg in Henk auf. »Ich bin wieder bei ihr«, war alles, was er denken konnte in dieser Stunde, in der das matte Licht der Laterne ihre Liebe beleuchtete. Später, als sie sich sattgeküsst hatten, war auch wieder Raum für Henks Abenteuer.

»Wie ging es hinter der Stadtmauer weiter?«

»Abraham hatte dafür gesorgt, dass ein Schlitten auf uns wartete. Auf geheimen Wegen ließen wir St. Petersburg in aller Eile hinter uns. Wir übernachteten bei Freunden des Mohren, und am nächsten Tag trennten sich meine Wege und die von Johanna. Sie wollte mit der Postkutsche bis nach Berlin reisen. Ich wechselte auf ein Pferd und ritt trotz des Schnees wie der Teufel, um zu dir zu gelangen … zu dir und zu Petre.« Henk schloss die Augen und schüttelte seufzend den Kopf.

»Ich bin hier, Josefine, bei dir, doch ich bin ein armer Mann. Nichts habe ich aus St. Petersburg retten können, gar nichts! Da ist kein Vermögen, das ich mein eigen nennen kann. Alles verloren.«

»Du hast dich retten können, und das ist am wichtigsten! Ein Vermögen? Pah! Was bedeutet mir Reichtum? Wir beide werden arbeiten und uns gemeinsam etwas aufbauen. Uns stehen alle Wege offen.«

Josefine ließ sich zurücksinken und hob einladend die Bettdecke. Henk schlüpfte unter die Federn und zog sie an sich. Für einen Moment war es still.

»Bist du verzweifelt, dass alles so gekommen ist? Dass du die Stadt verlassen musstest wie ein Feind?«, fragte Josefine.

»Ich hätte es gerne anders erlebt. Russland war der Traum meines Vaters, der mich dort festhielt wie einen Gefangenen – und natürlich die Freundschaft des Zaren. Trotzdem tut es mir weh, all das zurückzulassen, was mir Heimat war, und es tut mir weh, dass der Zar mir nicht vertraut. Ich glaubte, ihn zu kennen und liebte Peter wie einen Bruder, dem man auch manche Schwäche verzeiht. Ich habe ihn bei Spiel und Tanz ausgelassen erlebt und am Verhandlungstisch hart und unerbittlich. Ich habe ihn niedergeschlagen gesehen und siegesgewiss.«

»Du musst ihm das verzeihen, Henk. Der Zar hat so viele Anfeindungen von Menschen erlebt, denen er glaubte vertrauen zu können, dass er allen gegenüber skeptisch und misstrauisch geworden ist. Ein argwöhnischer Zyniker. Seine Taten sind umstritten, das weißt du. Seine Feinde sind unzählig, genauso wie die Pläne, die unsichtbare Gegner bei Hof schmieden.«

»Trotzdem: Wie kann der Zar nur glauben, ich hätte ihn verraten? Wie kann er all den Menschen misstrauen, die ihn von Herzen lieben?«

Josefine umfing ihn. »All das liegt hinter dir, Henk. St. Petersburg und die Freundschaft des Zaren magst du verloren haben, aber wir sind noch da, Petre und ich. Und wir lieben dich! Wir wissen, dass du unschuldig bist. Du hast so viel für Russland getan.«

»Die Wunderkammer … Josefine, wir werden all die Schätze nie wiedersehen und Humbertus vielleicht auch nicht! Und Katharina!«

»Henk, wir beide werden unsere eigene Wunderkammer haben und uns Humbertus zu Besuch einladen. Wir können Vater helfen und das schönste Kuriositätenkabinett weit und breit aufbauen. Eine Duftwerkstatt muss auch dabei sein und vielleicht ein Kräutergarten. Henk, du könntest von meinem Vater das Apothekerhandwerk erlernen. Es gibt so viele Möglichkeiten für dich, dein Glück zu finden!«

»Ich weiß, und mein größtes Glück wirst du sein.« Er nahm ihr Gesicht zwischen seine Hände und küsste Josefine sanft auf die Stirn. »Schade, dass auf all dem der Schatten des vermeintlichen Verrats liegt.«

»Du hast den Zaren nicht verraten. Er hat dich fallen lassen! So und nicht anders ist es gewesen! Der Zar … Russland … Du schuldest ihnen nichts. Der Traum deines Vaters hat sich erfüllt. Es gibt diese neue Stadt, von der er geträumt hat. Es gibt die Wunderkammer, die wir beide mit aufgebaut haben. Sie ist der Anfang.«

»Der Anfang wovon?«

»Der Anfang dafür, dass sie dem Westen ihre Arme öffnen. Dein Vater hat nur träumen können, doch du hast gehandelt. Was jetzt daraus wird, liegt bei den Russen selbst.«

Henks Lächeln war leicht und flüchtig, wie ein Sonnenstrahl. Josefine nahm seinen Kopf in ihre Hände »Wirst du mit mir in Leer glücklich sein können?«

»Ja, doch eines musst du wissen: Ich werde mich nicht bei deinem Vater ins gemachte Nest setzen. Meine Hände mögen leer sein, doch ich werde etwas aufbauen für uns. Uns eine Zukunft schaffen.«

»Du brauchst nichts mehr zu schaffen, Henk! Es ist alles da und wartet auf uns.«

Henk hob mit einer entschuldigenden Geste eine Hand. »Du kehrst von einer langen Reise zurück in dein Leben, in deine Welt, die auf dich wartet. Ich dagegen habe meine gerade erst verloren. Ich war ein Mann, der die Visionen seines Vaters erfüllte, der an seiner statt dem Zaren diente, und jetzt fühle ich mich leer, wie eine wertlose Hülle.«

»Henk, der Zar ist ein zweischneidiges Schwert, genau wie Russland. Petre und ich – lass uns der neue Sinn deines Lebens sein.«

»Das seid ihr! Jetzt schon! Doch ich muss mir erst ein eigenes Leben aufbauen.«

Josefine zuckte zurück und gab einen ungeduldigen Laut von sich. »Henk, ich will nicht länger auf eine gemeinsame Zukunft mit dir warten.«

»Ich auch nicht, aber du wirst mich nicht davon abbringen. Ich brauche Zeit, Josefine.«

Josefine seufzte. Dann schlich sich ein Lächeln auf ihre Züge. »Ich werde schon dafür sorgen, dass es nicht zu lange dauert!« Sie küsste ihn. »Du bist hier, bei mir. Alles andere wird sich finden.«

Der Lampenschein beleuchtete Josefines glückliches Gesicht,

und warme Schauer durchrieselten Henk wie sanfter Regen. Josefine schlang die Arme um seinen Hals, während er sie fest an sich drückte. Sie küssten sich leidenschaftlicher, drängten sich aneinander, als könnte sie ein Wort wieder trennen. Henk legte die Hand an ihre Wange und strich Josefine zärtlich durch das Haar.

Sie ließ ihre Hände über seinen Rücken wandern, fühlte die Muskeln und Sehnen durch das dünne Hemd. Seine Fingerspitzen glitten über ihre Wangen, fuhren die Linien ihrer Lippen entlang und gelangten zu den Augenbrauen. Seine Lippen streiften erneut ihren Mund, langsam und so zart, als befürchtete nun er, sie könnte ein Traumgebilde sein und sich verflüchtigen.

Die Laterne tauchte den Fortlauf der Nacht in warmen Glanz und erlosch erst am Morgen mit einem verschwiegenen Lächeln.

Im Gasthaus herrschte schon reges Treiben, als Josefine erwachte. Henk war fort, und nur ein feiner, herber Duft verriet, dass sie nicht geträumt hatte. Sie hatte wunderbar geschlafen, ruhig und fest wie lange nicht mehr. Hier oben hoch unterm Dach hatte niemand sie gestört.

Sie setzte sich im Bett auf und lauschte auf die Geräusche des Morgens. Tellerklappern drang zu ihr hoch, und die Stimme der Wirtin, die die Mägde antrieb, überlagerte alle anderen Geräusche.

»Josefine, schläfst du noch?«

Petre klopfte an die Tür und öffnete sie im selben Moment. Er stürmte an ihr Bett und tanzte hin und her wie ein Derwisch. Sein Gesicht strahlte.

»Du wirst nie erraten, wer hier ist! Henk! Er sitzt mit Caspar am Tisch in der Wirtsstube, als würde er dorthin gehören. Als ich in die Stube gekommen bin, wollte ich meinen Augen nicht trauen. Ist das nicht wunderbar?«

»Die schönste Nachricht überhaupt!«

Josefine schob die Decke zur Seite und schwang die Beine aus dem Bett. »Dann wird es wohl Zeit, dass ich mich zu euch geselle!«

»Und wie es Zeit wird! Henk ist ganz hibbelig und blickt immer zur Tür, ob du endlich kommst. Und Josefine: Du kannst ihn ruhig küssen. Ich weiß, dass ihr das immerzu tut, wenn ich nicht hinsehe.«

Josefine zog den kleinen Kerl an sich und küsste ihn auf die Stirn. »Dich küsse ich aber auch gerne. Wie bin ich glücklich mit euch zwei Männern!«

»Jetzt sind wir wie eine richtige Familie, nicht wahr?«

»So ist es. Und warte nur, bis du Bertram und Dietlinde kennenlernst.«

»Wenn sie so sind wie Meinhardus, dann mag ich sie.«

»Die beiden sind anders, aber du wirst sie trotzdem mögen. Ich verspreche es dir!«

4

Erste Sonnenstrahlen fielen durch das Fenster in die Offizin und tanzten auf dem Holz des Fußbodens. Josefine stand an der Tür und blickte hinaus. Es versprach ein wunderbarer Junitag zu werden, und die Marktbeschicker waren früh aufgestanden, um die ersten Kunden nicht zu verpassen.

»Der schreiende Willem hat mich schon vor zwei Stunden geweckt«, erboste sich Meinhardus über den Fischhändler. Josefines Vater überprüfte die Vollständigkeit der Medikamente und war bei den Salben angelangt. »Besser wär's gewesen, ich hätte diesem Schreihals nichts gegen seine Halsschmerzen verkauft.«

Ächzend kam er hinter dem Tresen hervor und gesellte sich zu Josefine.

Sie tat einen tiefen Atemzug und nahm den wohlvertrauten Duft der getrockneten, zerstoßenen oder destillierten Kostbarkeiten aus fernen und nahen Gefilden wahr, den es nur in einer Offizin geben konnte.

Josefine legte ihren Kopf an Meinhardus' Schulter. »Ich bin so froh, wieder zu Hause zu sein. Wie habe ich mich danach gesehnt, in St. Petersburg schon und dann auf der langen Reise.«

»Du hast nicht viel davon erzählt.«

»Es war schön und schrecklich zugleich. Schön, weil ich mit Henk und Petre zusammen war, und schrecklich, weil es nicht vorwärtsging. Wir durchfuhren tiefe Wälder, die kein Ende zu nehmen schienen. Viele Wege waren so schlecht, dass wir kaum vorankamen und am Abend mitten im Dickicht unser Lager aufschlagen mussten, ohne eine anständige Mahlzeit und ohne Futter für die Pferde!«

»Ihr habt es geschafft, und ich bin heilfroh darüber, mein Mädchen! Und wie froh bin ich erst, dass du uns diese beiden kleinen Burschen mitgebracht hast!«

Josefine lachte. »Caspar ist ein Gewinn für die Wunderkammer nicht wahr?«

»Er ist Gold wert!«

»Und er versteht es, Dietlinde um den Finger zu wickeln, genauso wie Petre.«

Nach ihrer Heimkehr, nach einem langen Abend voller Freudentränen und Stunden des Erzählens, hatte Meinhardus ihr am nächsten Morgen als Erstes voller Stolz seine Neuerwerbung gezeigt: das Haus *Regenbogen*, in dem sich seine Wunderkammer befand. Es stand in der Nähe der Waage und war schöner, als Josefine es sich in ihren Träumen ausgemalt hatte: die Lage, der Garten, der Blick auf den Fluss. Der *Regenbogen* hatte seine Vorbilder in den Amsterdamer Giebelhäusern und besaß eine prächtige Zierfassade mit aufwendigen Ornamenten aus grauweißem Sandstein. Den Treppengiebel bekrönten sieben Turmaufsätze. Das Gebäude erstreckte sich über drei Stockwerke. Im unteren befand sich Meinhardus' Sammlung, die vier Räume bevölkerte – alle aufs Wunderbarste eingerichtet! Caspar hatte mittlerweile eine Wohnstätte unter dem Dach des *Regenbogen* bezogen, oben in der Sperlingslust, wie er sagte, während die Räumlichkeiten im zweiten Stock, deren Einrichtung mindestens so prächtig war wie die der Wunderkammer, für Josefine, Henk und Petre gedacht waren.

Wie verzaubert war Josefine an ihrem ersten Tag in Leer durch das Haus gestreift und hatte sich nicht sattsehen können an den Kostbarkeiten. Mit Freudenrufen hatte sie altvertraute Schätze begrüßt und voller Staunen Neuerwerbungen bewundert. Josefine glaubte, Fleurs Gegenwart zu spüren, denn die Schränke mit Einsätzen aus fein geschliffenem Glas, die Schubkästen und Schalen aus Holz, die Körbe und verzierten Regale hätten ihre Errungenschaften sein können. Teppiche und Wände waren in Farben gehalten, die sie geliebt hatte, und die Möbel trugen Fleurs Handschrift.

»Allein die Gobelins … Dieses Meer aus Blumen!«, hatte sie erstaunt ausgerufen.

»Ansje hat sie von einem Wirker in Amsterdam herstellen lassen. Als Vorlage dienten Bilder von Maria Sybilla Merian.«

»Und das Mobiliar! Chinesische Vitrinen, Truhen mit Schnitzarbeiten, dazu diese gemütlichen Sitzmöbel und der runde Tisch mit den Intarsien, die wohlige Wärme des Kachelofens. Das Bett mit dem Baldachin und Petres Zimmer mit dem Elefanten aus Holz, der als Sitzbank dient. Das hätte Fleur gefallen! Und die Badestube mit dem riesigen Zuber … Die bunten Kissen und Stoffe an den Fenstern und auf den Böden.«

»Bertram und ich haben dich so sehr vermisst, während du fort warst. Da tat es gut, sich mit der Einrichtung zu beschäftigen.«

»Aber sag, Meinhardus, wie hast du es nur geschafft, in so kurzer Zeit all die Schätze zusammenzutragen?«

»Der Zar hat nicht nur mit Kleingeld geklimpert!« Er hatte sie schuldbewusst angesehen, doch Josefine wischte seine Zweifel, damals falsch gehandelt zu haben, als er sie nach Russland reisen ließ, mit einem Lächeln beiseite.

»Ich bin überwältigt! Deine Kuriosa lassen einem das Herz aufgehen!«

»So soll es sein!« Meinhardus warf sich in die Brust und strahlte. »Ich wollte, dass sich die Schöpfungen der Natur und die des Menschen aufs Herrlichste spiegeln: Koralle und Kunst, Affe und Alabasterarbeit. Biene und Bernsteinkabinett. Eine Ausstellung der Welt in vier Kammern.«

»Ein buntes Gemenge aus Gefundenem und Gemachtem.«

»Ja, doch es ist aufs Genaueste sortiert. Die beiden Räume mit Blick auf den Fluss beherbergen ausgefallene Kunstgegenstände und Naturwunder. Und jetzt stehen wir …«

»… inmitten der Kostbarkeiten aus aller Welt, stimmt's?« Josefine wies bezeichnend auf ein an der Decke hängendes ausgestopftes Krokodil.

»Richtig. Ich habe mich wieder lieb Kind bei den Seeleuten gemacht und mir wahrlich sensationelle Reichtümer und viele fremde Tiere aus aller Herren Länder eingehandelt. Sieh dir nur den Pfeffervogel an, dessen Schnabel so groß ist wie sein Körper. Und die Paradiesvögel! Sind sie nicht herrlich?«

»Ja. Und das Zimmer dort drüben, mit den prächtigen Uhren, den Landkarten und Globen, es ist der Wissenschaft gewidmet, oder?«

»Die Wissenschaft ordnet die Wunder und bildet den Schluss der Ausstellung. Ein kleiner Raum mit Blick auf die Waage ist noch frei. Du könntest dort deine Düfte vertreiben und Bertram seine Genusswässerchen. Caspar … Was hältst du davon, wenn er im Winter heißen Tee und Süßwaren anböte und im Sommer erfrischende Säfte?«

»Eine gute Idee. Sag mal, wer hat dir eigentlich das Krokodil besorgt?«

»Cornelis hat es in Amsterdam aufgetan. Der gräuliche Kerl gefällt besonders den Kleinen. Die Weiber tun dagegen eher ein Wort von den Seidenschuhen, den Muschelschalen und Tränenphiolen, und die Männer beißen bei den Schwertern und Totenmasken an. Hast du schon die stacheligen Pantoffeln dort drüben gesehen?« Meinhardus wies auf ein abgerundetes Holzbrett in Form eines offenen Schuhs auf vier Stelzen, aus dessen Oberfläche Nägel ragten. Josefine fuhr vorsichtig mit der Hand über die Spitzen.

»Wozu dienen sie?«

»Man kann sich selbst damit bestrafen. Ein Missionar hat die Buß-Pantoffeln aus Indien mitgebracht. Er sagte, wenn die Menschen dort vom rechten Weg abkommen, dann zürnen ihnen die Götter, und sie fühlen sich gezwungen, zur Strafe in den Buß-Pantoffeln zu tanzen.«

»Was Menschen alles so treiben!«

»Verrückt, nicht? All die kleinen Geschichten zu unseren Schätzen … Du musst sie unbedingt für die Besucher aufschreiben.«

»Das werde ich, Meinhardus.«

»Und deine Düfte … Mit ihnen wirst du der Wunderkammer den letzten Schliff geben.

»Mit Düften und mit Stoffen. Das habe ich in Russland gelernt.«

»Die Besucher werden ein Fest der Sinne erleben.«

Und genau so war's gekommen. Meinhardus' Wunderkammer war tatsächlich bereits die neue Attraktion in Leer. Die Besucher strömten in Scharen herbei, und Caspar hatte seinen Spaß daran, sie bei Laune zu halten. Er trieb seine Scherze mit den Kindern und plauderte mit den Erwachsenen. Der Zwerg hatte ein offenes Ohr für die Betrübten und lachte mit den Fröhlichen. Nichts konnte ihn aus der Ruhe bringen. In seiner dunklen Pluderhose mit dem roten Umhang und einem ebensolchen Turban auf dem Kopf sah er aus wie einer der Mohren des Zaren.

»Caspar und Petre sind wirklich ein Herz und eine Seele«, holte Meinhardus Josefine aus ihren Gedanken in die Offizin zurück. Dann warf er ihr einen besorgten Seitenblick zu und fuhr fort: »Nur schade, dass Henk ein solcher Sturkopf ist!«

Josefines Gesicht umwölkte sich umgehend. »Drei Jahre sollen Petre und ich darauf warten, dass er mit uns in den *Regenbogen* einzieht. Bis dahin hat seine Arbeit für den Drosten genug Früchte getragen, um dir eine Partnerschaft anbieten zu können.«

Meinhardus schnaubte verächtlich. »Eine Partnerschaft! Darauf will ich gern verzichten. Wie kann Henk erwarten, dass du drei Jahre auf ihn wartest! Dieser verrückte Bengel! Du bist kein junges Blut mehr, und ich alter Bär möchte noch Enkelkinder auf meinen Knien wiegen!« Er schüttelte vor Empörung den Kopf, dass die Locken flogen. »Drei Jahre! Kein Mensch weiß, ob ihm der morgige Tag noch gehört. Jeden Augenblick muss man genießen. Aber was erzähle ich dir! All mein Reden hat nichts genützt. Da reist dieser Kerl durch das Land, dabei könnten wir ihn in der Wunderkammer so gut gebrauchen! Aber nein! Henk arbeitet für die Imhofs, treibt Geschäfte mit Gottweiß-wem und hockt in einer winzigen Kate am Fluss, während oben im *Regenbogen* die schönsten Kammern auf ihn warten! Es ist zum Verzweifeln!«

»Niemand weiß das besser als ich«, sagte Josefine leise. »Das ganze Haus ist wie ein Paradies! Nur schade, dass Henk es nicht mit mir teilen will!«

Der Schmerz kam zurück, sobald sie nur an das letzte Gespräch mit ihm dachte.

Ihre Liebe … Sie durfte jetzt noch nicht sein, hatte er beschlossen. Erst musste er Grundlagen schaffen, ein Vermögen, mit dem er ihrem Vater unter die Augen treten und um ihre Hand anhalten könne. Als ob ihr Vater darauf Wert legte!

Gleich am zweiten Tag nach ihrer Ankunft hatte Henk sie in seine Pläne eingeweiht. »Ich muss mir etwas aufbauen, Josefine. Deshalb erbitte ich mir Zeit.«

»Das kann doch nicht dein Ernst sein, Henk! Drei Jahre sollen Petre und ich auf dich verzichten? Eine Ewigkeit! Weißt du, was das für mich bedeutet? Ich liebe dich und habe in Gedanken schon die Düfte für unsere Hochzeit kreiert. Henk, am liebsten möchte ich sofort und auf der Stelle mit dir gemeinsam leben.«

Fast wäre sie in Tränen ausgebrochen. »Die Flucht aus St. Petersburg … Die lange Fahrt bis nach Königsberg und das Bangen um dich … Weißt du denn nicht, dass allein der Gedanke an ein gemeinsames Leben mit dir mich all das hat ertragen lassen?«

»Wir werden ein gemeinsames Leben haben, nur nicht sofort. Auch mir fällt das Warten nicht leicht, aber manchmal muss man sich gedulden können.«

»Nenne mir einen vernünftigen Grund! Warten heißt, es fehlt etwas, es besteht ein Mangel. Sinnvoll ist diese Wartezeit doch nur, wenn einem die Behebung dieses Mangels den Preis des Ausharrens wert ist. Henk! Unserem Glück mangelt es an überhaupt nichts. Mir ist es völlig gleichgültig, ob du einen vollen oder leeren Geldbeutel an deinem Gürtelbund trägst. Wir beide haben Hände, um zu arbeiten. Gemeinsam. Warum also sollen wir warten?«

»Für mich ist meine finanzielle Lage ein Mangel. Ich möchte kein Bittsteller sein.«

Josefine ballte die Fäuste, dass die Fingerknöchel weiß hervortraten. »Niemand hält dich dafür. Henk, denk doch an das neue Haus! Meinhardus und Bertram haben alles für uns hergerichtet. Die Räume über der Wunderkammer warten darauf, mit Leben erfüllt zu werden. Sie warten auf unser glückliches Lachen und das unserer Kinder.«

»Josefine …«, er drehte ihr den Rücken zu und machte Anstalten zu gehen, »… es tut mir leid.« Das waren seine letzten Worte an sie gewesen.

In den Nächten danach hatte sie sich jeden Abend in den Schlaf geweint. Seit acht Wochen hatte sie Henk nun schon nicht mehr gesehen. Wenn ihm neben all seinen Aufträgen Zeit blieb, dann besuchte er Petre und Caspar und hatte natürlich auch nach Josefine gefragt. In ihrer Wut ließ sie sich nicht blicken. Er wollte ja auf sein Glück verzichten und warten. Bitteschön!

Wie gut, dass es in der Wunderkammer noch so viel zu tun gab! Dankbar für die Ablenkung, hatte sich Josefine nach Henks Abfuhr mit Feuereifer an die Arbeit gemacht. Tagsüber half sie Meinhardus und Bertram in der Apotheke, doch sobald sich die Türen der Wunderkammer für Besucher schlossen, eilte Josefine zum *Regenbogen*. Sie kreierte Düfte, verkleidete Decken und Wände und verteilte Blumenarrangements auf Fensterbänke und Tische. Sie brachte Beschriftungen an, notierte Geschichten und ordnete die Herbarien, Sammlungen von Pflanzen und Kräutern, neu. Es gab so viel zu tun, dass ihr kaum Zeit zum Grübeln blieb. Nur die Nächte gehörten der Verzweiflung.

Der Gedanke an ihre verzwickte Lage brachte Josefine in die Gegenwart zurück und entlockte ihr einen Seufzer. Meinhardus war mittlerweile dabei, die Gewichte der Waage neu zu ordnen, und blickte fragend herüber, als hätte er ihre Gedanken gelesen, doch Josefine wollte jetzt nicht weiter über Henk sprechen.

»Das Haus«, wechselte sie das Thema, »es gehörte doch dem knauserigen alten Reeder Kohlmann, nicht wahr? Was ist eigentlich aus seiner Witwe geworden?«

»Die lütte Albertine? Sie ist nach Aurich gezogen, zu ihrer Schwester. Ich glaube, das wird ihr gut tun. Dirk … Er ist im Alter so maulfaul geworden wie ein Ziegenbock. Der sprach ja nur noch an Weihnachten und Pfingsten. Und dabei schwätzt Albertine so gern.«

»Ich weiß.« Josefine verzog das Gesicht. Sie hatte sofort an die winzige Greisin, an ihr ewiges Gebabbel und das Murren der wartenden Kundschaft gedacht.

»Der *Regenbogen* … Ach, Josefine, wie die Schneekönige haben Bertram und ich uns auf deine Heimkehr gefreut und auf dein glückliches Gesicht beim Einzug. Und nun das!«

Josefine sah ein, wie sinnlos es war, Meinhardus auf andere Gedanken bringen zu wollen, und schenkte ihm ein gezwungenes Lächeln. »Dieser verdammte Männerstolz, Meinhardus. Henk ist dickköpfig, genau wie ich. Aber ob es seine Sturheit mit meiner aufnehmen kann, das muss sich noch herausstellen. Ich habe mir gemeinsam mit Caspar etwas überlegt. Vielleicht gelingt es mir, Henk zu überlisten!«

Meinhardus zog neugierig die Augenbrauen hoch, doch Josefine schwieg. Sie dachte an das gestrige Gespräch mit Caspar. Der Zwerg hatte summend die Tür hinter den letzten Gästen geschlossen, sich den Turban vom Kopf gefegt und für sie beide einen Tee angesetzt.

»Hast du die dicke Mamsell mit der holländischen Haube gesehen, die als Letzte gegangen ist? Ein Elefantenweib! Sie musste den Kopf einziehen, um ihn sich nicht am Türrahmen zu stoßen. Vier Stücke von Dietlindes Zimtkuchen hat das dicke Meisje verdrückt. Fast hätte ich sie gefragt, ob wir sie später ausstopfen dürfen. Erinnerst du dich noch an die Riesin und den Hofheiducken im Kuriositätenkabinett des Zaren?«

»Hör bloß auf.« Sie schüttelte sich lachend.

Unvermittelt wurde Caspar wieder ernst. »Josefine, wann wirst du endlich zu Henk gehen und ihm Verstand einbläuen?«

»Überhaupt nicht. Ich habe es versucht, mein Lieber, und ich werde mich nicht noch einmal lächerlich machen.«

Caspar goss den Kamillenaufguss in die Tassen und reichte Josefine eine. »Wer um die Liebe kämpft, der macht sich niemals lächerlich. Der Weltenlenker hat einen großen Korb Glück für euch abgegeben …«

»… und Henk hat ihn erst mal in die Ecke geschoben.«

»Ja. Und jetzt lässt du den Korb dort stehen. Das ist gefährlich, Josefine. Glück ist kein Kuriosum, das man jahrelang in einer Vitrine aufbewahren kann.«

»Ich weiß.« Ihre Stimme zitterte leicht. »Aber was soll ich denn machen, Caspar?«

Der Zwerg umfing seine Tasse mit beiden Händen. »Damals,

als ich mit Elisabeth, der Tochter des Fürsten von Braunschweig-Wolfenbüttel, von Hof zu Hof reiste und ihr Herz noch nicht vergiftet war … Ich habe sie geliebt, und vielleicht ging es ihr ebenso. Wir haben gelacht, gesungen und uns Geschichten erzählt. Wir haben unsere Zuneigung ausgetauscht, doch nie dem anderen das Herz gereicht. Uns fehlte der Mut. Du bist eine Löwin, Josefine! Kämpfe um dein Glück – wenn es sein muss, mit Händen und Füßen.«

»Wie denn? Soll ich Henk überfallen, fesseln und knebeln und hierher ins gemachte Nest bringen?«

Caspar dachte über ihre Worte nach. Er trank einen Schluck, und dann nahm sein Gesicht einen spitzbübischen Ausdruck an.

»Kennst du eigentlich die Geschichte von Wrenda, der klugen Braut des Zaunkönigs?«

Josefine schüttelte verwirrt den Kopf.

»Wrenda, die kleine Zaunkönigin, hatte sich unsterblich verliebt, doch Plier, dem ihre Zuneigung galt, hatte weder Zeit für einen Balzgesang noch für andere Umwerbungen. Er wollte seiner Liebsten etwas bieten können und war emsig damit beschäftigt, Nester zu bauen. Es wurde schon höchste Zeit, als Wrenda schließlich unter drei Brutkugeln wählen durfte. Das erste Nest befand sich in einem ausgewaschenen Wurzelstock am Bachufer und war wunderbar hergerichtet. Das ovale Einflugloch hatte Plier mit Halmen verstärkt, und im Inneren warteten duftendes Moos, Farnwedel und weiche Daunen auf Wrenda. Das zweite Nest befand sich in einem Dornenstrauch. Ein Bollwerk gegen jeden Angreifer und von innen wie von außen ein Farbenmeer aus Grün und Braun. Das Nest war mit Wolle und Haaren ausgepolstert, und Hühnerfedern bildeten einen Baldachin. Das dritte Nest im Efeu einer Mauer … Tja … Plier hatte es leider nicht mehr fertigstellen können. Nur das Nötigste war vorhanden, keine Daunen, kein Baldachin, kein abgestimmtes Farbenspiel. Was denkst du, welches Nest hat Wrenda gewählt?«

»Du wirst es mir sicherlich verraten.«

»Wrenda bezog das Nest im Efeu!«

»Warum?«

»Weil es ihr nicht um einen wunderbaren Nistplatz ging. Sie wollte nicht allein in der Kugel sitzen und auf ihren Eiern brüten. Am dritten Nest, dem unfertigen, musste ihr Zaunkönigmann noch so manches richten, und sie, Wrenda, würde ihm nahe sein.« Caspar sah Josefine an, als müsste bei ihr doch nun endlich der Taler fallen. »Du solltest es genauso machen!«

»Was sollte ich machen?« Josefine stützte ihren Kopf in die Hände und krauste die Stirn.

»Wähle das unfertige Nest! Bring dich selbst nach Hause. Bring dich dorthin, wo Henk ist, und überfalle ihn mit deiner Liebe, wirf dich ihm zu Füßen. Euer Glück wird der Preis sein. Welchen Wert hat dagegen ein Quäntchen Stolz?«

»Caspar, das musst du mir schon näher erklären.«

Er tat es, doch es hatte noch vieler Worte bedurft, bis Josefine vom Erfolg des Vorhabens überzeugt war. Die ganze Nacht hatte sie sich schlaflos von einer Seite auf die andere gewälzt und war im Kopf immer wieder jeden Schritt durchgegangen. Es brauchte noch ein wenig an Vorbereitungen, doch morgen früh würde sie ihren Plan in die Tat umsetzen!

Während Josefine tief in Gedanken versunken den Staub vom runden Tisch und den Stühlen in der Offizin wischte und Meinhardus sie verstohlen beobachtete, stellte sie fest, dass ihr Magen vor Aufregung rumorte. Was, wenn Caspars Einfall keine Früchte trug? Was, wenn sie morgen ihre spitze Zunge nicht hüten konnte und alles verdarb? Josefine suchte im Kopf nach den passenden Worten, doch das Knarren der Tür störte ihre Konzentration.

Bertram betrat den Verkaufsraum. Mit einer lässigen Bewegung stülpte er sich seine Perücke auf den kahlen Schädel.

»Guten Morgen zusammen!«

»Oh, mein werter Herr Bruder hält es auch mal für an der Zeit, sich blicken zu lassen.« Meinhardus hatte die Gewichte geordnet und kehrte hinter den Tresen zurück. Er begann, in einem Schrank mit Büchern und Folianten zu stöbern.

»Was machst du da?«

»Da sich die Kundschaft heute lieber auf dem Markt herumtreibt als bei uns, sortiere ich und räume auf. Ah … Was haben wir denn hier? Diesen Schinken wollte ich schon vor einem halben Jahrhundert verschwinden lassen.«

Er zog ein Buch hervor und warf es mit solcher Wucht auf den Rezepturtisch, dass die Gewichte auf den Waagschalen wackelten. Auf der Vorderseite prangte das Porträt einer Nonne.

»Verschwinden lassen? Das wertvolle Kleinod? Nur über meine Leiche!« Bertram eilte zum Tresen und baute sich vor Meinhardus auf.

»Wertvolles Kleinod! Pah! Hildegard hat von der Heilkunst doch so viel verstanden wie eine Ziege vom Bierbrauen.«

»Aus dir spricht der blanke Neid, Meinhardus. Sie ist eine Heilige gewesen und wusste, dass gegen jedes Übel ein Kraut gewachsen ist. Sie hat wahrhaftig was von Krankheiten und deren Heilung verstanden, während du nur so tust, als ob!«

Meinhardus schüttelte sich vor Lachen. »Hast du das gehört, Josefine? Schon als junger Bursche hätte er Hildegard von Bingen am liebsten geheiratet, doch leider war sie Nonne und außerdem schon tot. Und jetzt verehrt sie dieser Hornochse immer noch! Mein Bruder wird älter, aber nicht klüger!« Meinhardus griff angeekelt nach dem Buch und drehte es um. »Ich halte es nicht aus, wenn mich Hildegards Augen so vorwurfsvoll anstarren. Todkrank müsste ich sein, wenn ihre Thesen die richtigen wären.«

»Du meinst, weil dir die Gottesfurcht fehlt?«, fragte Bertram.

»Richtig. Nach Ansicht dieser Madam entstehen Krankheiten doch nur, weil der Mensch nicht mit Gott im Einklang ist. Wenn dem so wäre, dann könnten wir hier in Leer zwanzig Apotheker beschäftigten. Locker! Und du, mein Freund«, er zeigte mit dem Finger auf Bertram, »du zählst auch nicht gerade zu den fleißigen Kirchgängern.«

»Man kann mit Gott im Einklang sein, auch ohne jeden Sonntag die Predigt zu hören.«

Meinhardus schlug sich auf die Knie und grölte. »Der Einklang mit Gott hat mit der Gesundheit so wenig zu tun wie eine Blase am Fuß mit eingelegten Heringen.«

»Du willst Hildegard falsch verstehen, stimmt's? Nur weil sie eine gläubige Haubenlerche war«, bellte Bertram zurück. »Solltest deine Nase lieber in ihr Buch stecken als immer nur in den Bierkrug.«

»Nun hört doch endlich auf zu streiten«, rief Josefine wütend, die immer noch versuchte, ihre Gedanken zu ordnen. »Könnt ihr euch nicht einmal wie normale Menschen benehmen?«

Bestürzt sahen die Männer sich an. Für einen Moment schienen sie tatsächlich sprachlos zu sein. Josefine war doch niemals wütend!

»Josefinchen, wir streiten doch gar nicht, wir amüsieren uns!«, beeilte sich Meinhardus ihr zu versichern.

»Wir wollten dich nur ein wenig aufheitern«, pflichtete ihm sein Bruder bei. »Du hast doch sonst immer über unsere kleinen Dispute gelacht. Doch jetzt ... Oh, mein armes Mädchen!«

»Tut mir leid, Bertram. Und du, Meinhardus, schau nicht so erschrocken aus der Wäsche. Es ist alles gut.« Josefine lief zu den Männern und umarmte einen nach dem anderen. »Euch trifft keine Schuld ...«

»Bertram, wie wäre es, wenn du uns einen guten Tropfen kredenztest«, schlug Meinhardus vor. »Das bringt die Sinne wieder ins Lot.«

»Hildegard von Bingen war mäßigem Trinken auch nicht abgeneigt. Es heißt, sie habe täglich einen Becher Wein zu sich genommen«, wusste Bertram zu berichten, während er nach der *›Friesischen Liebelei‹*, einem Schlehenlikör, griff.

»Ha! Da haben wir's!« Meinhardus wies auf das Buch.»Die gute Hildegard hat sich jeden Abend besoffen und dann diesen ganzen Unsinn verzapft.« Bertram wollte etwas erwidern, doch sein Bruder schüttelte den Kopf. »Prost!«

Sie tranken einander zu. Meinhardus schenkte ihnen nach und fing an, ein Trinklied zu summen, eine unmelodische Weise die abbrach, als das Glöckchen einen Kunden ankündigte.

Friedlef, einer der Kutscher des Drosten, betrat den Laden, und Josefines Vater eilte zum Rezepturtisch zurück.

»Womit kann ich dienen?«

Der Kutscher wies auf seine Augen, die feuerrot und entzündet waren. »Ich war unvorsichtig und habe mich meinem Gaul von hinten genähert, ohne auf seinen Schwanz zu achten. Das Biest hat den Schweif hoch in die Luft geschleudert, und die harten Rosshaare haben meine Augen getroffen. Ich dachte schon, ich müsste blind werden.«

»Das wohl nicht, doch es wird noch eine Weile wehtun. Du hast Glück gehabt, Friedlef. Ein Pferdehuf wäre schlimmer gewesen. Ich werde dir einen Aufguss aus Augentrostblättern mitgeben. Tränke dreimal täglich ein sauberes Tuch mit der Tinktur und lege es über deine Augen.«

Der Kutscher bedankte sich und verschwand.

Meinhardus grinste seinen Bruder an. »So, da haben wir es also wieder! Friedlef war nicht im Einklang mit Gott, und deshalb hat sein Gaul ihm den Schwanz um die Ohren geschlagen.«

»Ich wünschte, dir würde mal jemand was um die Ohren schlagen, damit du aufhörst, so dummes Zeug zu schwätzen!«, fauchte Bertram.

Meinhardus hob das Buch und warf es nach ihm. Der Band traf den Mörser, die Blätter lösten sich und flatterten wie Herbstlaub zu Boden.

»Endlich!«, freute sich Meinhardus. »Ich habe ihr das Genick gebrochen!«

5

Morgennebel hüllte die Landschaft und die Droschke ein, dämpfte das Klappern der Hufe und das leise Klimpern des Zaumzeugs, doch das dichte Grau störte Josefine, die neben dem Kutscher, saß nicht im Geringsten.

Auf dem Fluss zogen tief im Wasser liegende Lastkähne dahin, gefolgt von kleinen Booten. Jemand hob die Hand und grüßte Josefine. Sie winkte zurück. Von Weitem näherte sich ein großer Segler, der zwischen all seiner Fracht sicher auch Kuriosa für Meinhardus geladen hatte.

Als die Sonne aufzog und den Morgennebel vertrieb, waren sie bei der alten Hütte angelangt, in der Henk lebte. Josefine sprang vom Kutschbock und marschierte gemächlich auf den Eingang zu.

Henk musste sie wohl gehört haben, denn er trat heraus.

Vorsichtig maß er Josefine. »Oh! Lange nicht gesehen! Ich wünsche dir einen guten Morgen!«

»Den hatte ich, danke!« Sofort biss sie sich auf die Zunge und ermahnte sich, ihren scharfen Ton in Zaum zu halten. Und es sollte ihr nicht schwerfallen, denn sie war zutiefst erschrocken, wie müde Henk aussah, müde und verzweifelt. Mit einem raschen Blick entdeckte sie die noch nicht verheilte Wunde an seiner Hand. Wilhelm von Imhof war gestern in der Apotheke gewesen und hatte von einem kleinen Malheur erzählt.

»Ich bringe dir eine Salbe – eigenhändig angemischt.«

Henk zog die Augenbrauen hoch. »Deshalb bist du hier?«

Sie beobachtete ihn. »Nein. Jedenfalls nicht nur.«

»Also?«

Sie baute sich mit in die Hüften gestemmten Händen vor ihm auf. »Ich habe keine Lust, drei Jahre auf ein gemeinsames Leben mit dir zu warten. Wie lange willst du diesen Unsinn eigentlich noch durchhalten? Es geht dir nicht nur darum, ein Vermögen anzuhäufen, stimmt's?«

»Ich arbeite für unsere Zukunft und versuche, mit meiner Flucht aus St. Petersburg fertigzuwerden, ja.«

»Verdammt noch mal, Henk, du bemitleidest dich doch nur selbst. Glaubst du etwa, den Zaren schert es, ob dir der Abschied zu Herzen gegangen ist. Er hat dich längst ersetzt!«

Henk sagte nichts und starrte Josefine nur böse an.

»Du hast mich abgewiesen. Du hast mich für drei Jahre in den Keller geschickt. Jede andere Frau würde dir nicht einmal mehr ein Kopfnicken schenken! Aber zum einen bin ich nicht wie jede andere Frau, und zum anderen hat Petre mir gestern Abend erst erzählt, dass der Prinz in jedem Märchen ein zweite Gelegenheit erhält, sein Glück zu finden.«

Ein belustigter Ausdruck glitt über das Gesicht ihres Gegenübers und brachte die Erinnerung an den alten Henk zurück.

»Und ich bin ein Prinz?«

»Selbstverständlich. Mein Prinz. Du willst nicht mit mir in der Wunderkammer leben und arbeiten. Du willst auch kein Apotheker werden. Nun gut. Ich kann ohne all das leben. Die Ausnahme ist Petre. Ihn habe ich mitgebracht.«

Josefine winkte. Der Kutscher öffnete die Tür der Droschke, und der Junge stieg aus. Er rannte auf Henk zu, der verdutzt die Arme ausbreitete. Petre warf sich hinein, während der Kutscher begann, Kisten und Körbe vom Wagen zu laden.

»Verdammt, was soll das?«, fragte Henk über den Kopf des Jungen hinweg.

»Petre und ich können auf alles verzichten, nur nicht auf dich.

Du brauchst dich auch nicht in ein gemachtes Nest zu setzen ... Wir wollen bei dir sein und sind schon mit dem kleinsten Raum in deiner Hütte zufrieden. Irgendwann ... irgendwann erkennst du vielleicht, wer dich wirklich liebt und wen du lieben solltest.«

Als sie Henks angespannte Miene sah, überspülte eine Welle aus Verzweiflung Josefine. Fast wäre sie auf der Stelle umgedreht, doch dann straffte sie die Schultern und sah ihm fest in die Augen.

Henk seufzte. »Ich werde dich wohl nicht los, Josefine.«

»Nicht, solange es noch die winzigste Möglichkeit für eine gemeinsame Zukunft gibt. Henk, bitte lass mich jeden Raum in deinem Haus mit einem Duft versehen, der nach Heimat riecht. Ich möchte für dich kochen und backen, dass Dietlinde vor Neid erblasst, und dir, wenn du es wünschst, tausend Geschichten schreiben, die alle hier spielen und nicht in Russland.«

Petre entwand sich Henks Armen und baute sich vor ihm auf. »Und ich werde dir jeden Tag ein neues Lied singen. Es wird sein wie in dem Märchen von dem Seemann, der von der bösen Meerhexe in einem gläsernen Gefängnis gefangen gehalten wird. Eine Dienerin der Meerhexe verliebt sich in ihn. Sie versucht alles, um das Glas zu zerbrechen und den Seemann zu befreien, doch erst als sie mit glockenheller Stimme ein trauriges Liebeslied singt, zerbirst das Gefängnis aus Glas, und ihr Liebster ist frei.«

Henk zerzauste ihm das Haar. »Da bekomme ich es ja mit der Angst zu tun! Was, wenn mein steinernes Herz anfängt zu bröckeln und zu einem Sandhaufen wird?«

Petre legte eine Hand auf Henks Brust, dorthin, wo er sein Herz vermutete. Er schüttelte den Kopf, als habe Henk etwas sehr Dummes gesagt. »Dein Herz wird nicht zerspringen, sondern nur das gläserne Gefängnis drumherum. Und jetzt schaue ich mir dein Haus an, und ihr beide müsst euch küssen. So ist es immer in den Märchen. Am Ende wird alles gut!«

Sie sahen ihm nach.

»Ihr seid mir schon eine Bande«, sagte Henk schließlich, und seine Mundwinkel zuckten. »Josefine – Kochen und Backen, das sind nicht deine liebsten Beschäftigungen.«

»Für dich werde ich es tun. Und solltest du dann irgendwann doch noch Lust auf die *Wunderkammer im Regenbogen* haben, oder darauf, gemeinsam mit mir fremde Länder zu bereisen und Kuriosa zu sammeln, dann packe ich all meine Habe zusammen und fahre mit dir bis ans Ende der Welt.«

Josefines Augen blitzten, und ihr Mund zitterte. Sie stand aufrecht vor ihm, mit verschränkten Armen und zu Fäusten geballten Händen.

Ein oder zwei Lidschläge lang hielt Henk ihrem ernsten Blick stand, dann bröckelte seine kühle Fassade, und ein Lachen ließ sein Gesicht leuchten.

»Was für ein Überfall! Aber weißt du, worauf du dich einlässt?«

»Auf das größte Abenteuer meines Lebens. Dagegen sind der Zar und Russland doch nur kleine Fische gewesen.«

Er sah sie verblüfft an und begann zu lachen. Und so wie nach einem reinigenden Gewitter die Luft herrlich frisch roch, so spülte sein Lachen jede Unsicherheit, jeden Zweifel davon.

Josefine stimmte in Henks Lachen ein, und gleichzeitig stiegen ihr Tränen in die Augen. Alle Argumente, alle Worte, die sie sich zurechtgelegt hatte, waren vergessen. Sie war nur noch eine liebende Frau. Das Lachen verebbte, und sie standen sich einfach nur gegenüber, bis Henk die Arme ausbreitete und Josefine hineinflog.

Epilog

Es war ein strahlender Spätsommermorgen, und in der noch warmen Luft hingen schwer die berauschenden Düfte der Blumen. Josefine legte beschwingt den kurzen Weg von der Apotheke zum *Regenbogen* zurück. Vorfreude ließ ihr Gesicht leuchten. Sie trug ein blaues Kleid, und der Wind spielte mit ihrem unbedeckten Haar, das vom Septembersonnenschein durchtränkt war.

Josefine sprang die Stufen zum Eingang hinauf, aber Henk schien sie schon von Weitem gesehen zu haben und kam ihr entgegen.

»Oho, die Sehnsucht treibt mein holdes Weib schon am frühen Morgen in die Wunderkammer! Wolltest du mich besuchen, oder bist du wegen der neuen Schätze gekommen, die Meinhardus gestern Abend vom Hafen geholt hat?«

»Ich wollte dich kurz aus der Wunderkammer locken.« Josefine küsste Henk und winkte ihm, ihr zu folgen.

»Aber gleich musst du dir unbedingt die Masken und das Geschmeide aus der Neuen Welt ansehen. Eine Malerei aus dem Königreich Kongo hat Meinhardus auch erstanden.«

»Was ist darauf abgebildet?«

»Ein Thron aus Holz und Elfenbein, auf dem der Mani Kongo sitzt. Er trägt keine Krone, sondern eine kleine Mütze, und die Insignien seiner Macht sind ein mit Tierköpfen behängter Gurt und eine Peitsche aus dem Schweif eines Wildpferds. Die Malerei zeigt, wie sich ihm seine Untertanen auf allen vieren nähern. Das Gemälde hat auf der langen Reise gelitten. Ich bin dabei, es wiederherzurichten.«

Sie waren am Fluss angekommen. Josefine zog einen Brief aus der Tasche ihres Kleides und hielt ihn Henk entgegen.

»Hat Humbertus geschrieben? Ist er schon auf dem Weg zu uns?«

Josefine schüttelte den Kopf. »Der Brief ist nicht von Humbertus.«

»Von wem ist er dann?«

»Das musst du schon selber herausfinden.«

Henk folgte ihr ans Wasser und ließ sich im Gras nieder. Neugierig zog er den Bogen aus dem Kuvert und begann, halblaut zu lesen.

St. Petersburg, 15. Juli 1717

Meine liebe Josefine,

hoffentlich könnt Ihr ohne zu viel Bitterkeit an Eure Zeit in St. Petersburg denken und werft meinen Brief nicht ungelesen ins Feuer. Es schmerzt mich, wie Peter Eure Mühen mit Misstrauen gelohnt hat, Eure und die von Henk de Jonge. Was müsst Ihr für Ängste ausgestanden haben, und wie ist es Euch wohl gelungen, zu fliehen? Ich kann es nur erahnen und seufzend hoffen, dass ihr meinem Gatten verzeihen mögt. Er hat viele Gesichter, und als er sich von aller Welt verraten glaubte, da kam sein grausamstes zum Vorschein.

Er hat Verrat gewittert, wo es keinen gab, und Menschen vertraut, denen nicht zu trauen war. Schließlich war es wieder einmal Alexander Menschikow, der ihm geholfen hat, klarzusehen und die Spreu vom Weizen zu trennen.

»Alexander Menschikow«, Henk schrie den Namen fast. Er ließ den Bogen sinken und starrte Josefine entgeistert an. »Dieser

Halunke! Als ob er nicht den ganzen Schlamassel mitzuverantworten hätte! Wie kann Peter sich nur so hinters Licht führen lassen? Menschikow! Also, manche Leute fallen doch immer wieder auf die Füße!«

»Ich habe vor Empörung aufgestampft, als ich das las«, nickte Josefine. »Da siehst du, mit welcher Blindheit der Zar geschlagen ist, wenn es um wahre und falsche Freunde geht. Und du hast dir den Abschied so schwer werden lassen. Vielleicht gelingt es dir jetzt, deine Bitterkeit beiseitezuschieben und dem Zaren einen angemessenen Platz in deiner Erinnerung einzuräumen.«

Henk nickte nachdenklich und las weiter.

Viele Feinde mussten Russland verlassen. Zu ihnen gehören auch jahrelange Vertraute, wie Varvara und Andrej. Ich hätte nie geglaubt, dass mir die Schwester meiner liebsten Freundin Böses wollte, doch es war so!

Jetzt, da wieder Ruhe im Land und in Peters Gemüt eingekehrt ist, hat er begriffen, wie falsch sein Handeln Euch gegenüber war. Ich habe ihm in einer stillen Stunde alles über Eure Düfte erzählt, welch ein Segen sie sind, und dass sie mich wieder zurück ins Leben gebracht haben.

Meine Töchter und ich sind in den Sommerpalast heimgekehrt, wo wir allezeit am glücklichsten waren. Peter ist wieder er selbst, wenn ihn auch dunkle Schatten umgeben. Sie werden wohl nie mehr weichen, denn er gibt sich die Schuld am Tod seines Sohnes. Ihr habt sicherlich selbst in Eurem fernen Land davon gehört, dass Alexei gestorben ist. Manche sagen, die Folter sei der Grund für den Tod des Zarewitschs gewesen, andere glauben, er sei an gebrochenem Herzen gestorben, wieder andere, er habe die Kälte seines Vaters nicht länger ertragen können. Peter schweigt sich aus, was das angeht, nur die Dunkelheit seines Gemüts sagt mir, dass er bereut und alles dafür geben würde, gewisse Dinge ungeschehen zu machen.

Dinge, wie das Fortgehen seines geliebten Gefährten Henk. Jose-

fine, wenn mich meine Vermutung nicht trügt, dann ist der Holländer ganz in Eurer Nähe. Peter vermisst ihn und bittet Henk inständig, ihm zu verzeihen. Bei klarem Verstand hätte er keine Minute an seiner Loyalität gezweifelt. Ihr beide, und auch der kleine Junge, seid aufs Herzlichste in St. Petersburg willkommen, immer und jederzeit.

Doch ich denke, Russland wird nicht Euer Streben sein. Ihr sucht, Euer Glück in Friesland zu finden, das zumindest behauptet Humbertus Drachenkopf, den wir befragt haben.

Da Henk während der Wirrnisse fliehen musste und wohl kaum mehr als sein Leben retten konnte, hat Peter eine hohe Summe an einen Bankier avisiert. Das Geld ist die Entlohnung für all die Jahre, in denen Henk meinem Gemahl nicht nur treue Dienste leistete, sondern auch Freundschaft entgegenbrachte. Ein Bote mit den entsprechenden Dokumenten wird bald bei Euch eintreffen. Und … sollte ein gewisser Zwerg bei Euch ein neues Zuhause gefunden haben (Abraham raunte mir solches zu), so ist dies wohl Gottes Wille, dem sich Peter beugt und Euch den Gnom gerne überlässt. Bestellt ihm Grüße von uns, von Abraham und Konteppa, meiner lieben alten Dienerin.

So viele Meilen liegen zwischen uns, Josefine, und doch fühle ich mich Euch ganz nah. Das mag an Eurem Duft liegen, den ich allezeit trage.

Was haben wir seit Amsterdam für Abenteuer erlebt! Ich hoffe, es reut Euch nicht, mir nach St. Petersburg gefolgt zu sein, und Ihr könnt die schönen Momente in Eurem Herzen bewahren. Und … betet für uns, dass das Kind in meinem Leib ein Junge sein möge!

Es grüßt Euch von Herzen
Katharina

Josefine sah, wie sich Erleichterung auf Henks Gesicht ausbreitete. Er faltete den Bogen zusammen und schob ihn gedankenverloren in seine Jackentasche.

»Das ist ja kaum zu glauben! Der Zar … Wir sind wieder Freunde. Davon habe ich geträumt!«

Sie nickte ihm lächelnd zu, erhob sich, und auch Henk sprang auf. Glücklich breitete er die Arme aus und Josefine flog hinein. Er wirbelte sie durch die Luft und stellte seine Frau dann vorsichtig wieder auf die Füße. Henk umfing sie von hinten und legte seine Hände auf die kleine Wölbung, die sich unter ihrem Kleid abzeichnete.

»Wie wunderbar. Dieser Brief – ich glaube, er hat alles wieder ins Lot gebracht. Da wird das wilde kleine Mädchen nun doch nicht die Tochter eines Habenichts sein.«

»Woher weißt du eigentlich, dass es ein Mädchen wird und wild noch dazu?«, frage Josefine trocken.

»Also ein wildes Kind wird es auf jeden Fall – bei der Mutter. Und Meinhardus, unser Apotheker und Berater in allen Lebenslagen, glaubt fest an ein Mädchen. Die boxen sich nach vorn und beulen ihre Mütter aus. So seine Rede.«

»Aha. Da ist er sich dann aber wieder einmal nicht einig mit Bertram. Der hat gestern noch behauptet, mein Appetit auf Fisch lasse auf einen Jungen schließen.«

Sie lachten beide.

»Meinethalben kannst du ein ganzes Fass voller Heringe verputzen, Josefine, jetzt, da ich kein armer Schlucker mehr bin. Was für ein Geschenk!«

Josefine drehte sich in seinen Armen und betrachtete ihn mit all der Liebe, die sie empfand. »Das Geld ist nicht lebenswichtig, aber es wird uns im Haushalt von Nutzen sein!«

»Lebenswichtig bist nur du! Ich danke dir, dass du mir ein zweites Leben geschenkt hast«, sagte Henk ernst.

Sie stellte sich auf die Zehenspitzen, und Henk beugte sich zu Josefine vor. Ihre Lippen trafen sich, und so standen die beiden zusammen am Strom, ohne auf die Menschen um sich herum und den vorbeiziehenden Fluss mit all seinen Schiffen zu achten. Sie vergaßen die Welt um sich, und nur Petre, der angelaufen kam und sich zwischen ihre Beine drängelte, fand in diesem Augenblick als Einziger noch Platz in ihrer innigen Verbundenheit.

Inspiration

Ich will, dass die Menschen schauen und lernen!
(Zar Peter I., 1718)

Zu diesem Roman angeregt wurde ich durch eine Biografie des aus Ostfriesland stammenden Apothekers Albertus Seba, der seine umfangreiche Sammlung seltener Tiere, exotischer Pflanzen, Mineralien und anderer Naturprodukte 1716 an den russischen Zaren verkaufte. Ein gewaltiger Katalog mit vier umfassenden Bänden wurde in Amsterdam von 1734–1765 veröffentlicht.

Albertus Seba wurde 1665 als Bauernsohn in einem kleinen Dorf namens Etzel geboren. Der Dorfschullehrer förderte den zielstrebigen jungen Mann, der sich in späteren Jahren in Amsterdam zum Apotheker ausbilden ließ und ein berühmter Naturalienforscher wurde. Sein »Thesaurus«, in dem Seba seine gesammelten Objekte im Einzelnen beschreibt und darstellt, gehört zu den Vorläufern späterer Enzyklopädien.

Albertus Seba betrieb in Amsterdam sehr erfolgreich eine »Duitsche Apotheek« und nutzte geschickt die Möglichkeiten der Hafenstadt, um einen Groß- und Fernhandel mit Arzneimitteln zu gründen. Er belieferte schließlich sogar den Hof des russischen Zaren in St. Petersburg.

Seba begann schon in jungen Jahren damit, eine große Naturaliensammlung anzulegen, die aus präparierten Tieren und Pflanzen, aber auch aus Mineralien bestand. Amsterdam war um 1700 eine Weltstadt mit weitreichenden Verbindungen und daher besonders geeignet, ein solches Kabinett zusammenzutragen.

Zu Sebas umfangreichem Kundenkreis gehörten zahlreiche Seeleute, deren Krankheiten und Erschöpfungszustände nach monatelanger Fahrt er behandelte, oft schon bevor sie von Bord gegangen waren. Er fragte nach interessanten Objekten, die sie als Kuriositäten mitgebracht hatten – ausgestopfte oder in Alkohol eingelegte Tiere, Muschelschalen oder Schmetterlinge, Wurzeln und Früchte, die er dann kaufte oder mit denen er sich seine medizinische Hilfe bezahlen ließ. Seine Sammlung war weit über Amsterdam hinaus bekannt.

1716 konnte Seba seine umfangreiche Sammlung für 15 000 Gulden an den russischen Zaren Peter I. verkaufen, der bestrebt war, sein in vielen Belangen rückständiges Reich nach Westen zu öffnen, und zu diesem Zweck eine »Welt des Wissens« in St. Petersburg aufbaute.

Anmerkung

Zugunsten des Handlungsablaufs habe ich mir die künstlerische Freiheit genommen, die zweite Reise des Zaren nach Europa um ein Jahr zu verkürzen und den Aufbau der Kunstkammer im Kikin-Palast sowie die Verkündung einiger Ukas vorzuverlegen. Einen Sohn des russischen Herrschers, der zur Zeit meines Romans ein Säugling war, aber schon in jungen Jahren starb, habe ich unterschlagen. Die peinliche Befragung des Zarewitschs und seine Inhaftierung habe ich zugunsten der Romangeschehnisse nach St. Petersburg verlegt. Alexei stirbt in meiner Geschichte ein Jahr eher, da alle Ereignisse rund um sein Schicksal um diese Zeitspanne vorgezogen wurden.

Danksagung

Bedanken möchte ich mich bei Eugen Klein für die Organisation einer Reise zu den Schauplätzen meines Romans sowie bei Olga, Julia und Andrej für die sehr kompetente und freundschaftliche Führung durch St. Petersburg.

Auf eigene Faust erkundeten Roland Dubberke und ich Amsterdam und fanden nicht nur Zeugnisse aus alter Zeit und wunderbare Anregungen für den Roman, sondern auch hervorragende Aufnahme im »Branbantse Aap«. An dieser Stelle ein Dank an Roland, der meine Projekte von Anfang bis Ende begleitet und für Lesungen den passenden musikalischen Rahmen erarbeitet.

Mein Dank gilt ferner den Mitarbeitern der Landschaftsbibliothek in Aurich, die mir bei meinen intensiven Recherchearbeiten zur *Dufthändlerin* stets hilfreich und kompetent zur Seite standen. Ein herzliches Dankeschön an meine Lektorin Anke Göbel, die allzeit ein offenes Ohr hatte und passende Ratschläge wusste, und auch an Frauke Brodd für die Redaktion des Manuskripts und die wunderbaren Vorschläge für einen »guten Schluss«. Nicht zuletzt danke ich Dirk Meynecke, meinem Agenten, der in jeder Lebenslage die passenden Worte findet und es immer wieder schafft, meinen (Buch-)Träumen Flügel zu verleihen.